CARAMBAIA

28

Victor Serge

O caso Tuláiev

Tradução
Monica Stahel

Posfácio
Susan Sontag

SIGLAS E ABREVIAÇÕES
CITADAS 7

1. OS COMETAS NASCEM
   DA NOITE 13
2. AS ESPADAS SÃO CEGAS 43
3. OS HOMENS CERCADOS 73
4. CONSTRUIR É PERECER 101
5. A VIAGEM PARA
   A DERROTA 135
6. CADA UM NAUFRAGA
   À SUA MANEIRA 179
7. A MARGEM DO NADA 221
8. A ROTA DO OURO 255
9. QUE A PUREZA SEJA
   TRAIÇÃO 297
10. O GELO CONTINUAVA
    A DESLIZAR... 329

POSFÁCIO 363
Susan Sontag

Siglas e abreviações citadas

CC
Comitê Central: órgão mais importante do Partido Comunista da União Soviética (PCUS), que dirigia todas as atividades do partido e tomava todas as decisões. Os membros do Comitê Central eram eleitos em congressos realizados a cada cinco anos.

CCC
Comissão Central de Controle: órgão que desempenhava a função de controladoria do PCUS, fiscalizando a disciplina dos órgãos centrais do partido e dos seus membros.

CNT
Confederación Nacional del Trabajo: confederação de sindicatos autônomos de ideologia anarcossindicalista da Espanha, fundada em 1910.

ETM
Estação de Tratores e Máquinas.

GPU
Gossudártsvenoe Polititcheskoe Upravlénie: Direção Política do Estado. Polícia política soviética criada em 1922 para substituir a Tcheká.

ILP
Independent Labour Party, partido trabalhista britânico, fundado em 1893, que não aderiu à Internacional Comunista (Komintern).

KOMBINAT

Conjunto de empresas e indústrias comandadas pelo governo soviético na base do capitalismo de Estado.

KOMINTERN

Termo que designa a Terceira Internacional, organização mundial fundada por Lênin e pelo PCUS em 1919, para reunir partidos comunistas de vários países.

KPO

Kommunistische Partei Österreichs: Partido Comunista da Áustria.

NEP

Novaya Ekonomiceskaya Politika: Nova Política Econômica, implantada pelo Estado soviético a partir de 1918, em substituição ao Comunismo de Guerra.

PCUS

Partido Comunista da União Soviética: partido fundado em 1912 pelos bolcheviques, grupo revolucionário liderado por Vladimir Lênin, que assumiu o poder após a Revolução de Outubro de 1917. Existiu, como partido político único da URSS, até 1990.

POLITBURO

Primeiro conselho do Comitê Central, que definia as políticas a serem seguidas pelo PCUS. A autoridade do Politburo acabou se sobrepondo à do CC.

POUM

Partido Obrero de Unificación Marxista: o partido comunista espanhol, de linha marxista, mas que romperia com o stalinismo e faria duras críticas à burocracia russa.

RSFSR

República Socialista Federativa Soviética da Rússia, também conhecida como Rússia Soviética, foi proclamada na Revolução de Outubro de 1917 como o primeiro Estado soberano constitucionalmente socialista do mundo e daria origem, cinco anos mais tarde, à URSS.

SOVIETES

Conselhos de membros da classe trabalhadora — operários e camponeses — que, a partir da Revolução de Outubro de 1917, passaram a ter função de órgãos deliberativos.

SDN

Sociedade das Nações: organização internacional formada na França, no final da Primeira Guerra Mundial, quando as potências vencedoras se uniram para negociar o acordo de paz.

SIM
Servicio de Investigatión Militar: organismo de contraespionagem e de polícia militar da Espanha, criado em 1937.

TCHEKÁ
Órgão militar de segurança constituído por Lênin em 1917, substituído em 1922 pela GPU.

UGT
Unión General de Trabajadores: confederação de sindicatos da Espanha, próxima ao Partido Socialista Obrero Español (PSOE).

URSS
União das Repúblicas Socialistas Soviéticas: Estado socialista fundado em 1922 como união de várias repúblicas soviéticas subnacionais. Era governada por um regime unipartidário altamente centralizado, comandado pelo partido comunista.

Este romance pertence à ficção literária.
A verdade criada pelo romancista não
poderá, de modo algum, ser confundida
com a do historiador ou do cronista.
Qualquer tentativa de estabelecer
uma identificação exata entre os
personagens e os episódios deste livro
e os personagens e fatos históricos
conhecidos seria, portanto, injustificada.

Capítulo 1
Os cometas nascem da noite

Kóstia planejava havia várias semanas a compra de um par de sapatos quando uma súbita ideia com a qual ele mesmo se surpreendeu embaralhou todos os seus cálculos. Privando-se de cigarros, de cinema e, dia sim dia não, do almoço, em seis semanas economizaria os 140 rublos necessários à aquisição de umas botinas razoáveis que a amável vendedora de uma loja de artigos de segunda mão prometera reservar para ele "por baixo do pano". Enquanto isso, ele andava, bem-humorado, com solas de papelão renovadas todas as noites. Por sorte, o tempo continuava seco. Já com 70 rublos acumulados, Kóstia foi ver, por diversão, seus futuros calçados, meio escondidos no escurinho de uma estante, atrás de velhos samovares de cobre, de um amontoado de estojos de binóculos, de uma chaleira chinesa, de uma caixa de conchas na qual se destacava em azul-celeste o golfo de Nápoles... Botas magníficas, de couro macio, ocupavam o primeiro plano da estante: 400 rublos, imagine! Homens de paletós gastos lambiam os beiços por elas.

— Fique tranquilo — disse a jovem vendedora a Kóstia —, suas botinas estão aqui, não se preocupe...

Ela lhe sorria, morena de olhos fundos, dentes desalinhados, mas bonitos, lábios... como descrever os lábios? "Você tem lábios encantados", pensou Kóstia, olhando-a bem de frente, sem timidez, porém jamais ousaria dizer o que estava pensando. Demorando-se por alguns instantes nos olhos fundos, que tinham a cor intermediária entre o verde e o azul de alguns bibelôs chineses expostos na vitrine do balcão, o olhar de Kóstia depois percorreu as joias, os cortadores de papel, os relógios, as tabaqueiras, outras antiguidades, até se deter num pequeno retrato de mulher emoldurado em ébano, tão pequeno que caberia na mão...

— Quanto custa? — perguntou Kóstia com voz surpresa.

— Setenta rublos; é caro, sabe — responderam os lábios encantados.

Mãos igualmente encantadas, afastando um brocado vermelho e dourado jogado de través no balcão, pegaram a miniatura. Kóstia a segurou, perturbado por ter entre os dedos grossos e pouco limpos aquela imagem, aquela imagem viva, aquela imagem ainda mais extraordinária do que viva, aquela minúscula esquadria preta a emoldurar uma cabeça loira cingida por um diadema, um belo rosto oval com olhos cheios de um alerta, uma doçura, uma força, um mistério infinito.

— Vou comprar — disse Kóstia em surdina, sem que ele mesmo esperasse.

A vendedora não ousou objetar, de tão baixinho que ele falou, do fundo de si mesmo. Com uma olhadela furtiva para a direita e outra para a esquerda, a vendedora murmurou:

— *Psst*, vou fazer a nota: 50 rublos, não mostre o artigo no caixa.

Kóstia agradeceu quase sem a enxergar. "Cinquenta ou setenta, não me importa. Isso não tem preço, mocinha, entendeu?" Uma fogueira acendeu-se nele. Ao longo de todo o caminho, sentiu o pequeno retângulo de ébano, apertado no bolso interior do casaco, incrustar-se levemente em seu peito; e dali difundia-se uma alegria crescente. Foi andando cada vez mais depressa, subiu correndo uma escadaria escura, no apartamento coletivo percorreu corredores que aquele dia estavam mergulhados em cheiro de naftalina e sopa de repolho azedo, entrou em seu quarto, acendeu a luz, observou exaltado a cama de cilha, os velhos jornais ilustrados empilhados na mesa, a janela zarolha em que papelões substituíam vários quadrados de vidro... com vergonha de si mesmo ao ouvir-se murmurar: "Que felicidade!". A cabeça loira, na pequena moldura preta apoiada na parede, sobre a mesa, agora olhava só para ele, e ele não enxergava nada além dela. O quarto enchia-se de uma claridade indefinível. Kóstia deu alguns passos, sem objetivo, da janela à porta, subitamente sentindo-se acuado. Do outro lado da divisória, Romáchkin tossiu debilmente.

"Ah, esse Romáchkin", pensou Kóstia, divertido diante da ideia do homenzinho bilioso, sempre fechado no quarto, esmerado, limpinho, um verdadeiro pequeno-burguês, vivendo sozinho entre gerânios, livros encapados com papel pardo, retratos de homens importantes: Henrik Ibsen, para quem o homem mais solitário é o homem mais forte; Miétchnikov, que, com a higiene, postergou os limites da vida; Charles Darwin, que demonstrou que os animais da mesma espécie não se devoram; Knut Hamsun, porque denunciou a fome e amava a floresta... Romáchkin ainda usava velhos casacos de antes da guerra que precedeu a revolução que precedeu a guerra civil — do tempo em que os Romáchkin, inofensivos e temerosos, pululavam na terra. Kóstia voltou-se com um leve sorriso para sua meia lareira, pois a divisória que separava seu quarto do quarto de Romáchkin, segundo subchefe de departamento, cortava ao meio a bela lareira de mármore de um salão de outrora.

"Maldito Romáchkin, convenhamos, você nunca terá mais do que a metade de um quarto, a metade de uma lareira, a metade de uma vida humana — e nem mesmo a metade de um olhar como esse..."

(O da miniatura, aquela exaltante luzinha azul.)

"Sua metade de existência é de sombra, meu pobre Romáchkin."

Em duas passadas, Kóstia viu-se no corredor, diante da porta do vizinho, em que deu três batidinhas convencionadas. Do outro extremo do apartamento vinha um cheiro rançoso de fritura misturado a vozes e barulhos de brigas. Uma mulher raivosa, certamente magricela, amarga e infeliz, repetia, às voltas com a louça: "Então ele disse: Bem, cidadã, vou advertir a diretoria, a senhora vai ver, então eu disse, pois bem, cidadão, eu!". Por uma porta aberta, que depois bateu com força, saiu uma explosão de choro de criança. A campainha do telefone tocava furiosamente. O próprio Romáchkin abriu.

— Olá, Kóstia.

Romáchkin também dispunha de 3 metros de fundo por 2,75 de largura. Flores de papel, sem nenhuma poeira, subiam pela meia lareira. O vermelho-púrpura dos gerânios bordejava a janela. Um copo de chá frio descansava sobre a mesa zelosamente coberta com papel branco.

— Não estou atrapalhando? Por acaso você estava lendo?

Os trinta livros alinhavam-se na estante dupla disposta acima da cama.

— Não, Kóstia, eu não estava lendo. Estava pensando.

Sozinho, com o casaco abotoado, sentado diante do copo de chá, da divisória desbotada na qual se destacavam os quatro retratos de homens importantes, Romáchkin pensava... Kóstia perguntou-se: "O que ele faz com as mãos nessas horas?". Romáchkin nunca apoiava os cotovelos; geralmente falava com as mãos espalmadas nos joelhos; andava com as mãos entrelaçadas; às vezes cruzava os braços sobre o peito, erguendo os ombros timidamente. Seus ombros lembravam as formas humilhadas dos animais de carga.

— No que estava pensando, Romáchkin?

— Na injustiça.

"Assunto vasto. Não vai conseguir esgotá-lo, meu velho. Estranho, faz mais frio aqui do que ao lado."

— Vim pedir uns livros emprestados — disse Kóstia.

Romáchkin tinha os cabelos bem escovados, rosto amarelo e envelhecido, a boca apertada, um olhar insistente mas amedrontado, de cor indefinida — aliás, parecia não ter cor nenhuma, Romáchkin parecia cinzento. Examinou as prateleiras, refletindo por um segundo antes de pegar uma velha brochura.

— Leia isto, Kóstia, são histórias de homens corajosos.

Era o fascículo nº 9 da revista *Galés*, "órgão da Associação de Ex-Forçados e Deportados em Caráter Perpétuo". "Obrigado, até logo". Até logo, amigo. — Será que ele se poria novamente a pensar, pobre coitado?

Suas duas mesas ficavam exatamente frente a frente dos dois lados da divisória. Kóstia sentou-se diante da sua, folheou o livro, tentou ler. De vez em quando, levantava os olhos para a miniatura para encontrar com uma certeza benfazeja o misterioso alerta dos olhos verde-azulados. Os céus pálidos da primavera, sobre os gelos, têm aquela radiância quando os rios se derretem no início do degelo, e a terra revive. Romáchkin, em seu deserto íntimo ao lado, voltara a se sentar, com a cabeça entre as mãos, completamente sozinho, absorto, acreditando que pensava. Talvez estivesse realmente pensando.

—

Fazia muito tempo que Romáchkin vivia às voltas com uma ideia penosa. Na função de subchefe no Departamento de Salários do Kombinat Moscou-Confecção, ele jamais seria efetivado no emprego, por não ser do partido, nem substituído — salvo prisão ou falecimento —, uma vez que, dos 117 empregados da divisão central que ocupavam das nove às seis horas quarenta escritórios acima do Kombinat dos Álcoois, acima do Sindicato das Peleterias da Carélia, ao lado da representação das Algodoarias do Uzbequistão, só ele conhecia a fundo as dezessete categorias de salários e vencimentos, mais os sete modos de remuneração do trabalho por peça, as combinações do salário-base com os prêmios por produção, a arte das reclassificações e dos aumentos nominais que não afetam em nada o orçamento global dos salários... Diziam-lhe: "Romáchkin, o diretor está lhe pedindo que prepare a aplicação da nova circular da Comissão de Planejamento de acordo com a circular do Comitê Central de 6 de janeiro, levando em conta a decisão da conferência dos trustes do setor têxtil, você é capaz?". Ele era capaz. Seu chefe de escritório, ex-operário do setor de quepes, membro do partido desde a primavera anterior, não sabia nada: nem mesmo contar, mas dizia-se que era ligado ao serviço secreto (vigilância do pessoal técnico e da mão de obra). Aquele funcionário falava em tom autoritário: "Entendeu, Romáchkin? Para amanhã às cinco horas. Vou participar da reunião da diretoria". Os escritórios ficavam acima do beco São Barnabé, no terceiro pátio de um imóvel de tijolos vermelhos e janelas mais largas do que altas; árvores franzinas, quase mortas pelo entulho de uma demolição, formavam sob a janela uma folhagem comovente.

Romáchkin fazia os cálculos; e o resultado era que o aumento de 5% do salário-base publicado pelo Comitê Central, aliado a reclassificações de trabalhadores da 11ª categoria, transferidos para a 10ª e outras, passados da 10ª para a 9ª, a fim de melhorar as condições dos menos bem pagos — o que é justo e conforme à diretriz do Conselho dos Sindicatos —, levava à redução de 0,5% do fundo global dos salários, de acordo com a interpretação mais estrita... Ora, os operários das duas manufaturas ganhavam entre 110 e 120 rublos; o aumento dos aluguéis tornava-se aplicável no final do mês. Tristemente, Romáchkin mandou datilografar suas conclusões. Refazia essas operações todos os meses, sob diferentes pretextos, atualizava seus quadros explicativos para a contabilidade, esperava chegarem as quinze para as cinco, para lavar as mãos, lentamente, cantando baixinho "tra-ta-ta-ta, tra-ta-ta" ou "mmmmm hmm", como o zumbido de uma abelha melancólica... Jantava depressa no refeitório da empresa, lendo o artigo de capa do jornal, que dizia sempre no mesmo tom administrativo que estavam avançando, em pleno progresso, em pleno desenvolvimento, incomparavelmente, vitoriosamente, apesar de tudo, para a grandeza da República e a felicidade das massas laboriosas, e a prova eram as 210 fábricas abertas em um ano, o estrondoso sucesso da estocagem de cereais e...

"Mas eu", disse a si mesmo Romáchkin certo dia, engolindo a última colherada de sêmola fria, "eu arrocho os miseráveis".

Os números comprovavam. Ele perdeu a tranquilidade. Todo o mal provém do fato de pensarmos, ou melhor, do fato de haver em nós um ser que pensa à nossa revelia e depois, de repente, no silêncio do cérebro emite uma frasezinha ácida, insuportável, depois da qual já não conseguimos viver como antes. Romáchkin ficou aterrorizado com aquela dupla descoberta: ele pensava e os jornais mentiam. Passou noites refazendo em casa cálculos complicados, comparando bilhões de rublos-mercadoria com bilhões de rublos nominais, e toneladas de trigo com multidões de seres humanos. Folheou os dicionários das bibliotecas, indo aos verbetes "Obsessão", "Mania", "Loucura", "Alienação mental", "Paranoia", "Esquizofrenia", e concluiu que não era nem paranoico, nem ciclotímico, nem esquizofrênico, nem neurótico, no máximo acometido, em baixo grau, por depressão histérico-maníaca. Isso se traduzia numa obsessão por números, na propensão a detectar mentira em todas as coisas, numa ideia quase fixa que ele temia nomear, a tal ponto ela era sagrada, dominando os transtornos do espírito, devastando as mentiras — uma ideia que era preciso ter sempre presente para não se tornar mais do que um pobre patife, sub-homem pago para roer o pão dos outros, craca aninhada na construção de tijolos do Kombinat... A justiça estava no Evangelho, mas o Evangelho era superstição feudal e pré-feudal; a justiça certamente estava em Marx, embora Romáchkin não a conseguisse encontrar; estava na revolução, velava no mausoléu de Lênin, iluminava a fronte embalsamada de um Lênin rosado e lívido, deitado sob o vidro e protegido por sentinelas imóveis: na verdade eles protegiam a justiça eterna.

Romáchkin foi consultar um médico do dispensário neuro-psiquiátrico em Khamóvniki, que lhe disse:

— Reflexos excelentes, nada a temer, cidadão. Como é a vida sexual?

— Pouca, apenas ocasional — disse Romáchkin, corando.

— Recomendo-lhe o coito duas vezes por mês, pelo menos — disse o médico, secamente —, e, quanto à ideia de justiça, não se atormente, é uma ideia social positiva resultante da sublimação do egoísmo primordial e do recalcamento dos instintos individualistas; é convocada a desempenhar papel importante no período de transição para o socialismo... Macha, mande entrar o próximo. Seu número, cidadão?

O próximo já ia entrando, com o número entre os dedos, dedos de papel, agitados pelo vento interior. Um ser desfigurado por um riso animal. O homem de jaleco branco, o médico, desapareceu por trás do biombo. Como seria seu rosto? Romáchkin já não lembrava. Satisfeito com a consulta, brincou consigo mesmo: "Doente é você, cidadão doutor... Sublimação primordial, essa é boa! Você nunca entendeu nada de justiça, cidadão".

Ele saiu mais forte dessa crise: esclarecido. A recomendação de higiene sexual levou-o uma vez, em meio a duvidosa escuridão, a um banco do bulevar Trúbnoi, por onde perambulam jovens embriagadas e maquiadas que, com voz pastosa, pedem um cigarro... Romáchkin não fumava.

— Sinto muito, senhorita — ele disse, acreditando dar a essas palavras um tom provocante.

A moça tirou do bolso um cigarro, que ela acendeu lentamente, para mostrar suas unhas pintadas, seu belo perfil — e veio colar-se inteira nele:

— Está carente?

Ele fez que sim.

— Vamos para o outro banco, ali em frente, fica mais longe da luz, você vai ver o que eu sei fazer... Três rublos, hein?

A ideia de miséria e de injustiça abateu Romáchkin; no entanto, qual a relação entre essas ideias, aquela moça, ele e a higiene sexual? Calou-se, vislumbrando uma relação incontestável, tênue como os raios prateados que, em noites límpidas, ligam as estrelas umas às outras.

— Cinco rublos e levo você para minha casa — disse a moça. — Pagamento adiantado, meu querido, é a regra.

Ele ficou satisfeito por haver uma regra naquele tipo de negócio. A moça o conduziu a um casebre que, à luz do luar, era espremido por um prédio quadrado de oito andares de escritórios. Chamada por batidas discretas nos vidros de uma janela, uma pobre mulher saiu ao encontro deles, estreitando um xale sobre o peito magro.

— Está agradável — disse ela —, tem um pouco de luz. Não precisa ter pressa, Katiúchenka, vou ficar bem, fumando um pouquinho enquanto espero vocês. Não acorde a menina, ela está dormindo no canto da cama.

Para não acordar a menina, deitaram-se no chão, à luz de uma vela, num acolchoado tirado da cama em que dormia, de boca aberta, uma criança morena.

— Trate de não gritar, querido — disse a moça, entreabrindo as roupas e mostrando uma carne desbotada, meio morna.

Em torno deles, desde o teto sujo até os cantos atravancados, tudo era sórdido. A iniquidade trespassava Romáchkin tal qual um frio que chega até os ossos. Iníquo, também ele, animal iníquo: a iniquidade, através dele, espojava-se sobre uma moça miserável e lívida. A iniquidade preencheu o amplo silêncio no qual ele mergulhava com vil furor. Naquele momento nasceu nele outra ideia, débil, longínqua, hesitando vir à tona. Assim surge de solo vulcânico uma labareda minúscula que, no entanto, revela que a terra vai tremer, rachar, explodir sob o impulso infernal das lavas.

Em seguida a moça e ele voltaram para o bulevar. Contente, a moça tagarelava.

— Preciso encontrar mais alguém hoje. Não é fácil. Ontem fiquei até de madrugada para encontrar um bêbado que já não tinha exatamente os 3 rublos, imagine. Praga! Estamos passando fome, os homens já não pensam em fazer amor.

Romáchkin assentiu educadamente, ocupado em acompanhar em si mesmo os movimentos da pequena labareda que surgira.

— É verdade, as necessidades sexuais são influenciadas pela alimentação...

Agora confiante, a moça falou do que acontecia no campo.

— Eu venho da aldeia, ah, praga!

Praga devia ser sua palavra favorita, dizia-a tranquilamente, lançando ora uma lufada de fumaça para a frente, ora um fino jato de saliva para o lado.

— Acabaram-se os cavalos, praga! O que será de nós agora? Primeiro, pegaram os mais belos animais para a empresa coletiva; depois a cooperativa do setor negou forragem para os que ainda restavam aos camponeses, aos resistentes... Aliás, na verdade já não havia forragem, o exército requisitara os últimos estoques. Os velhos, lembrando-se das fomes de outrora, deram aos animais o choupo dos telhados, lavado pelas neves, ressecado pelo sol, alimento de matar, pobres animais! Praga! Os animais davam pena, com olhos suplicantes, línguas de fora, costelas rasgando a pele, imagine que se formavam feridas, as articulações inchadas e montes de pequenos abscessos debaixo do ventre, na espinha, cheios de vermes por dentro, fervilhando em pus, sangue, em carne viva — apodreciam vivos, os pobres animais —, à noite era preciso colocar-lhes barrigueiras para mantê-los pendurados, caso contrário não teriam força para se levantar de manhã. Deixavam-nos perambular pelos currais e eles lambiam a madeira das cercas, mordiscavam a terra para encontrar hastezinhas de capim... Na nossa terra, sabe, temos mais apego ao cavalo do que ao filho. Sempre temos filhos demais para alimentar, os filhos sempre vêm quando não queremos, você acha que eu precisava vir ao mundo? Cavalos nunca são suficientes para o trabalho da terra, havendo cavalos as crianças podem viver, um homem sem cavalo deixa de ser homem, não é mesmo? Já não há um lar, só há fome, só há morte... Bom, os cavalos estavam acabando, não havia o que fazer. Os velhos se reuniram. Eu estava num canto, perto do fogão, havia um pequeno lampião em cima da mesa, eu tinha que espevitar a mecha o tempo todo, como fazia fumaça aquele lampião. O que fazer para salvar os animais? Os velhos já não tinham voz, toda aquela desgraça os transtornava. Finalmente meu pai disse, e ele estava com uma cara horrível, a boca toda escura: "Nada mais a fazer. Temos que abater os animais, assim eles deixarão de sofrer. O couro sempre pode ser útil. Nós ou vamos morrer ou não, ao deus-dará"... Ninguém disse mais nada, foi um silêncio tão grande que eu ouvia as baratas se mexerem sob os tijolos quentes do fogão. O velho levantou-se pesadamente. "Vou indo", ele disse. Pegou o machado debaixo do banco. Minha mãe se lançou para ele: "Níkon Níkonitch, tenha pena...". O velho é que dava pena, com sua pobre cara de assassino. "Cale-se, mulher", ele disse. E para mim: "Venha, minha filha, ilumine para nós". Peguei o lampião. A cocheira era do outro lado da casa, quando à noite o animal se mexia nós ouvíamos. Era reconfortante. O animal nos viu entrar com a luz, olhou-nos como um homem doente, triste, olhos molhados, mal voltando a cabeça porque já não tinha força nenhuma. Meu pai escondia o machado, pois o animal teria entendido, com certeza. Meu pai aproximou-se dele, deu-lhe uns tapinhas na bochecha. E disse: "É um animal valente, minha Morena. Não foi por minha culpa que você sofreu. Que Deus me perdoe". Mal ele acabou de falar, Morena já estava com o crânio rachado. "Lave o machado", meu pai me disse. Lá ficamos, miseráveis... Como chorei aquela noite, lá fora, porque eu apanharia se me vissem chorando em casa, acho que todos na aldeia se esconderam para chorar...

Romáchkin deu mais 50 copeques para a moça. Ela então quis beijá-lo na boca, "você vai ver como, querido", mas ele disse "não, obrigado" humildemente e se foi, sob as árvores escuras, com os ombros caídos.

Todas as noites da vida se pareciam, igualmente vazias. Romáchkin vagueava um pouco ao sair do escritório, de cooperativa em cooperativa, em meio a uma multidão de errantes como ele. As prateleiras das lojas estavam cheias de caixas, mas, para evitar qualquer mal-entendido, os vendedores colocavam nelas avisos manuscritos: CAIXAS VAZIAS. Gráficos indicavam, no entanto, a curva ascendente das vendas de uma semana para outra. Romáchkin comprou cogumelos em conserva e tomou lugar numa fila que se formava para comprar salame. Por uma rua relativamente iluminada, ele chegou à esquina de uma outra, escura, e enveredou por ela. Anúncios luminosos, eles mesmos invisíveis, projetavam no fundo uma auréola de fogueira. De repente, vozes inflamadas encheram a escuridão. Romáchkin se deteve. Uma voz brutal de homem extinguiu-se num burburinho, elevou-se uma voz de mulher, rápida e veemente, insultando traidores, sabotadores, feras de aparência humana, agentes do estrangeiro, vermes. A afronta jorrava na escuridão, de um alto-falante esquecido num escritório vazio. Era assustadora a cólera daquela voz sem rosto, nas trevas do escritório, naquela solidão, sob o clarão vermelho estagnado no fundo da rua. Romáchkin foi tomado por um frio enorme. A voz de mulher clamava: "Em nome das 4 mil operárias...". No cérebro de Romáchkin, o eco repetiu passivamente: *Em nome das 4 mil operárias da fábrica*... Assim, 4 mil mulheres de todas as idades — e as havia comoventes, envelhecidas muito cedo (por quê?), bonitas, inacessíveis, apenas sonhadas — fizeram-se presentes nele por um momento fugaz e todas gritavam: "Reivindicamos a pena de morte para esses cães vis! Nenhuma piedade!" (Será possível, mulheres? — respondia-lhes Romáchkin severamente —, nenhuma piedade? Todos nós, vocês e eu, precisamos tanto de piedade...), "Que sejam fuzilados!". As assembleias de fábrica continuavam durante o julgamento de engenheiros — ou de economistas, ou de diretores de abastecimento, ou de velhos bolcheviques, quem seria julgado desta vez? Vinte passos adiante, Romáchkin parou de novo, agora diante de uma janela, iluminada. Através das cortinas via uma mesa servida, chá, pratos, mãos, nada além de mãos sobre a toalha de oleado xadrez: uma mão gorda que segurava um garfo, uma mão cinzenta adormecida, uma mão de criança... No aposento, um alto-falante lançava sobre aquelas mãos o clamor das assembleias, que sejam fuzilados, que sejam fuzilados, que sejam fuzilados... Quem? Não importa. Por quê?

Porque a angústia e o sofrimento estavam por toda parte misturados a um inexplicável triunfo incansavelmente proclamado pelos jornais. "Boa noite, camarada Romáchkin. Sabe, negaram os passaportes para Marfa e o marido porque foram privados do direito de voto como artesãos estabelecidos por conta própria. Sabe, o velho Búkin está preso, dizem que escondia dólares recebidos do irmão que é dentista em Riga... E o engenheiro perdeu o emprego, suspeito de sabotagem. Sabe, vai haver um novo expurgo dos funcionários, prepare-se, ouvi dizer no comitê da casa que seu pai era oficial..." — "Não é verdade", disse Romáchkin, sufocado, "ele só foi sargento durante a guerra imperialista, ele era contador...". (Mas, como aquele contador bem-pensante pertencera à União do Povo Russo, Romáchkin não tinha a consciência completamente tranquila.) "Trate de arranjar testemunhos, dizem que as comissões serão severas... Dizem que há problemas na região de Smolensk; acabou-se o trigo" — "Eu sei, eu sei... Venha jogar damas, Piotr Petróvitch...". O vizinho entrava no quarto de Romáchkin, punha-se a explicar em voz baixa seu infortúnio pessoal: a mulher fora casada em primeiras núpcias com um comerciante e corria o risco de não conseguir a renovação de seu passaporte para Moscou: "Eles nos dão três dias para partir, camarada Romáchkin, a mais de 100 quilômetros, mas então quem consegue o passaporte?". E sendo assim a filha dele não poderia entrar no Instituto das Florestas. O machado, dourado pelo reflexo do lampião, abatia-se sobre o crânio de um cavalo de olhos humanos, vozes enfurecidas em meio às trevas avermelhadas reclamavam fuzilados, multidões enchiam as estações aguardando quase sem esperança trens que corriam pelo mapa rumo ao último trigo, às últimas carnes, aos supremos expedientes; uma moça do bulevar Trúbnoi deitava-se, escancarada, num catre, perto de uma menina adormecida, cor-de-rosa como um porquinho, pura como um serzinho marcado por Herodes, e a moça era cara, 5 rublos, um dia de trabalho — seria preciso encontrar testemunhos, de fato, para passar pela depuração, a nova tabela de aluguéis entrará em vigor? Se em tudo isso não houvesse um erro imenso, alguma culpa sem limites, alguma maldade oculta, seria porque uma espécie de loucura soprava sobre todas as cabeças. Terminada a partida de damas, Piotr Petróvitch se foi, ruminando suas preocupações: "A mais grave, a questão do passaporte interno...". Romáchkin desfez a cama, despiu-se, enxaguou a boca, deitou-se. O lampião elétrico queimava à sua cabeceira, a toalha era branca, os retratos mudos, dez horas. Antes de adormecer ele percorria atentamente os jornais do dia. O rosto do Chefe ocupava um terço da primeira página, tal como duas ou três vezes por semana, enquadrado por um discurso de sete colunas: *Nossas realizações econômicas*... Prodigiosas! Somos o povo eleito, feliz entre todos, invejado pelo Ocidente condenado às crises, ao desemprego, às lutas de classes, às guerras; nosso bem-estar cresce dia a dia, os salários, em consequência da emulação socialista das brigadas de choque, acusam um aumento de 12% em relação ao ano passado; está na hora de estabilizá-los, uma vez que o rendimento da produção aumentou apenas 11%. Pobres dos céticos, das pessoas de pouca fé, dos que nutrem secretamente no coração a serpente venenosa da oposição! Era o que estava dito em períodos ásperos, numerados 1, 2, 3, 4, 5; numeradas também eram as cinco condições (cumpridas) da realização do socialismo; numerados os seis mandamentos do trabalho; numeradas as quatro razões da certeza histórica... Romáchkin, não acreditando em seus sentidos, perscrutou com olhar arguto os 12% de aumento dos salários. A esse aumento do salário nominal correspondia uma redução tripla — no mínimo — dos salários reais, por depreciação do papel-moeda e aumento dos preços... Mas, a esse respeito, o Chefe, em sua peroração, fazia uma alusão escarnecedora aos especialistas desonestos do Comissariado de Finanças, prometendo-lhes castigo exemplar. "Aplausos vigorosos. Os assistentes levantam-se e aclamam demoradamente o orador. Salvas de gritos: Viva nosso Chefe inabalável! Viva nosso genial Timoneiro! Viva o Politburo! Viva o partido! A ovação recomeça. Várias vozes: Viva a Segurança Geral! Explosão de aplausos!"

Romáchkin, insondavelmente triste, pensou: "Como ele mente", e assustou-se com a própria audácia. Felizmente, ninguém podia ouvi-lo pensar; o quarto estava vazio; alguém saiu do banheiro e caminhava pelo corredor arrastando os chinelos, decerto o velho Schlem, que sofre do intestino; uma máquina de costura ronronava baixinho; antes de dormir, o casal que morava do outro lado do corredor brigava usando pequenas frases sibilantes e leves chibatadas. Adivinhava-se que o homem beliscava a mulher, torcia-lhe os cabelos lentamente, fazendo-a pôr-se de joelhos para lhe bater nos lábios com as costas da mão; todo o corredor sabia, tinham sido denunciados, mas eles negavam, reduzidos a se atormentar um ao outro abafando os ruídos, e depois se possuíam, com ajustes silenciosos de animais prudentes. E as pessoas que escutavam à porta não ouviam quase nada, mas adivinhavam tudo. Vinte e duas pessoas habitavam os seis quartos e o reduto sem janelas do fundo: todas reconhecíveis por seus mais furtivos ruídos no silêncio noturno. Romáchkin apagou a luz. A fraca luminosidade de uma luminária da rua, atravessando as cortinas, desenhou no teto as figuras costumeiras. Variavam de um dia para outro, com monotonia. O perfil compacto do Chefe sobrepôs-se na penumbra aos contornos do homem que, no quarto vizinho, esbofeteava sem ruído a mulher ajoelhada. Será que algum dia ela, a vítima, se furtaria àquela possessão? Será que nos furtaremos à mentira? Responsável, aquele que mentia na cara de um povo inteiro como se o espancasse. A ideia terrível que até aquele instante amadurecera em regiões obscuras de uma consciência, temendo a si mesma, fingindo ignorar-se, empenhando-se em se desfigurar diante do espelho interior, desmascarou-se. É assim que o raio faz aparecer, na noite, a paisagem de árvores retorcidas por cima dos precipícios. Romáchkin teve o sentimento quase visual de uma revelação. Enxergava o culpado. Uma chama transparente invadiu-lhe a alma. Não imaginou que aquele conhecimento pudesse ser vão. A partir de então o possuiria, guiaria seu cérebro, seus olhos, seus passos, suas mãos. Adormeceu, de olhos abertos, suspenso entre a exaltação e o medo.

Ora de manhã, antes do horário do escritório, ora no fim da tarde, terminado o trabalho, Romáchkin frequentava o Grande Mercado. Vários milhares de homens formavam ali, desde o amanhecer até a noite, uma multidão estagnada, que se poderia acreditar imóvel, tão pacientes e prudentes eram seus deslocamentos. Cores dispersas, rostos, objetos, tudo ali soçobrava na grisalha uniforme do chão batido, lamacento, nunca completamente seco; a miséria imprimia em cada criatura sua marca esmagadora. Transparecia nos olhares desafiadores das comadres encapuchadas de lã ou chita, nas faces terrosas de soldados que já não deviam ser soldados de verdade embora ainda vestissem vagos uniformes desbaratados, no tecido gasto dos sobretudos, nas mãos que ofereciam mercadorias imprevistas: uma luva samoieda de pele de rena orlada de franjas vermelhas e verdes, forrada por dentro: "É macia como pluma, cidadã, apalpe, por favor", luva única, aquele dia mercadoria única de uma ladrazinha calmuca. Era difícil distinguir vendedores de fregueses, uns e outros parados no lugar ou rodando a passos lentos uns em torno dos outros. "Relógio, relógio, um bom relógio Cyma, quer?" O Cyma não funcionava mais do que sete minutos. "Ouça que belo movimento, cidadão!", tempo para o vendedor embolsar 50 rublos e ir embora. Um suéter de gola puída, remendado na cintura, quero 10 rublos, é dado. Não é verdade que ainda esteja impregnado pelo suor de um tifoso, é o cheiro da mala, cidadão. "Chá, autêntico, chá das caravanas, *tchai, tchai*", o chinês vesgo cantarola, sem parar, as sílabas encantatórias olhando as pessoas bem de perto, e passa; a qualquer relance de cumplicidade, ele tira parcialmente da manga o minúsculo pacotinho cúbico de chá Kuznetsov de antigamente, com as iluminuras desenhadas. "É autêntico. Vem da cooperativa do GPU", diz o chinês com um sorrisinho, ou será que sua boca de dentes esverdeados é feita de tal modo que ele parece sorrir? Por que ele fala de GPU? Talvez faça parte. Estranho não ser preso, estar ali todos os dias, mas aqueles 3 mil especuladores e especuladoras entre 10 e 80 anos estão ali todo santo dia, decerto porque não é possível prender todos de uma vez — e porque não adianta a milícia fiscalizar, aqueles seres são muitos. Entre eles rondam também, com quepes achatados no crânio, os homens da polícia em busca de sua caça: assassinos, fugitivos, escroques, contrarrevolucionários depostos. Uma organização indistinta de lodo decrépito reina naquele formigamento humano. ("Vigiem seus bolsos, hein, e sacudam-se bem ao sair de lá, com certeza terão pegado piolho; cuidado com esses bichos, que vêm dos campos, das prisões, dos trens, dos pardieiros da Eurásia, eles transmitem tifo; também os apanhamos no chão, há piolhentos e piolhentas que os espalham ao andar, e o bichinho imundo, também procurando comida, nos sobe pelas pernas até encontrar um lugar quente; são espertos esses insetos. Ora, mas você acredita mesmo que chegará o dia em que o homem deixará de ter piolho? O verdadeiro socialismo, então, com manteiga e açúcar para todo mundo? E talvez, para felicidade dos homens, piolhos delicados e perfumados, carinhosos?") Romáchkin ouviu distraído um grandalhão, com barba até nos olhos, falar dos piolhos de modo meio zombeteiro. Romáchkin segue o corredor da manteiga, onde, é claro, não há nenhuma indicação de corredor nem de manteiga, mas duas fileiras de comadres em pé, algumas segurando blocos de manteiga embrulhados em pano; outras, que não pagaram por seu lugar ao supervisor, escondem a manteiga debaixo da roupa, entre a cintura e o seio. (Mesmo assim às vezes eram apanhadas, "não tem vergonha, hein, especuladora?".) Mais adiante abria-se o setor dos animais abatidos clandestinamente, carne levada no fundo de sacolas, debaixo de objetos, legumes, cereais, e que era mal e mal mostrada. "Boa carne fresca, quer?" A mulher tira de baixo do casaco um jarrete de boi embrulhado em jornal sujo de sangue. "Quanto?" "Pode apalpar." Um homenzinho sinistro com trejeitos de epilético segurava entre os dedos encurvados de feiticeiro uma estranha carne escura, e não dizia nada. "Dá para comer até isso, é barato, é só cozer bem, é claro que só dá para cozinhar em bacia de lata, numa fogueira em terreno baldio. Gosta de histórias de mulheres esquartejadas, cidadão? Conheço algumas interessantes." Um menino passava, chaleira e copo na mão, vendendo por 10 copeques o copo de água fervida. Aqui se abria o mercado devidamente legal, tabuleiros dispostos no chão, tabuleiros incríveis em que havia lado a lado lentes de óculos azuis, lampiões a querosene, bules rachados, fotos de tempos antigos, livros, bonecas, ferro-velho, halteres, pregos (os grandes por peça, os pequenos por dúzia, examinados um por um, para não se deixar roubar em ninharias), louças, bibelôs antigos, conchas, escarradeiras, chupetas, sapatos de dança com um resto de douração, uma cartola de diretor de circo ou de dândi do final do antigo regime, coisas incatalogáveis, vendáveis, já que eram vendidas, já que se vivia de vendê-las, pequenos despojos de inúmeros naufrágios acumulados pelas ressacas de vários dilúvios. Perto do teatro armênio, Romáchkin finalmente se interessou por alguém, por alguma coisa. O teatro armênio era constituído por um conjunto de caixas cobertas de panos pretos e perfuradas por uma dúzia de buracos ovais através dos quais os espectadores passavam o rosto; assim, ficavam com o corpo para fora e a cabeça no país das maravilhas. "Mais três lugares disponíveis, camaradas, só 50 copeques, a apresentação vai começar, os mistérios de Samarcanda, em dez quadros, trinta personagens em cores." Encontrados seus três clientes, o armênio desaparecia debaixo dos panos, para puxar os cordões de suas marionetes secretas, fazendo todas falarem, só ele, com trinta vozes de huris de olhos oblongos, de velhas malvadas, de criadas, de crianças, de gordos mercadores turcos, de vidente cigana, de diabo (magro, negro, barbudo, chifrudo e língua de fogo de assassino), belo cantor enamorado, soldado vermelho corajoso... Perto dele, um tártaro acocorado vigiava sua mercadoria: chapéus de feltro, tapetes, uma sela, punhais, um acolchoado amarelo cheio de manchas estranhas, uma espingarda de caça muito velha. "Boa espingarda", ele disse sobriamente para Romáchkin, debruçado sobre a arma. "Trezentos." Assim eles se conheceram. A espingarda já não era utilizável, a não ser para atrair o cliente temerário. "Tenho outra, novinha, em casa", disse finalmente o tártaro — Akhim — em seu quarto encontro, depois que tomaram chá juntos. "Venha ver."

Em sua casa, no fundo de um pátio cercado de bétulas brancas, no bairro de ruelas limpas e silenciosas da rua Kropótkin — era preciso entrar pela rua Morte —, num antro escurecido pelos couros e chapéus de feltro pendurados no teto, Akhim revelava uma magnífica Winchester de cano duplo azul, "1.200 rublos, meu amigo", eram seis meses do salário de Romáchkin, e uma arma muito insatisfatória: apenas dois tiros. Quanto à forma, desajeitada; para carregá-la debaixo de roupas de passeio, ele poderia serrar o cano e dois terços da coronha. Romáchkin, muito hesitante, ponderava consigo mesmo os prós e os contras. Mesmo se endividando, vendendo tudo o que tinha de vendável, até roubando algumas coisas do escritório, não chegaria a conseguir 600... Explosões surdas abalaram levemente a parede, fizeram tilintar as vidraças.

— O que é isso?

— Nada, meu amigo, estão dinamitando a catedral de Cristo Salvador.

Não voltaram a falar no assunto.

— Não, realmente — disse Romáchkin com pesar —, não posso, é caro demais; e depois...

Ele se dissera caçador, membro da Associação Oficial dos Caçadores, dono de uma licença... Akhim mudou de olhar, Akhim mudou de voz, foi pegar a chaleira de apito no fogão, despejou o chá nos copos, sentou-se no banquinho baixo diante de Romáchkin, tomou com alegria a beberagem cor de âmbar; decerto se preparava para dizer alguma coisa muito importante, talvez seu último preço, 900? Nem assim Romáchkin conseguiria. Era lamentável. Ao final de uma pausa, sua voz afetuosa misturando-se a uma explosão longínqua, Akhim disse:

— Se é para matar alguém, tenho coisa melhor...

— Melhor? — indagou Romáchkin com respiração entrecortada.

Surgiu sobre a mesa, entre seus copos, um revólver Colt, com boca e tambor pretos, arma proibida cuja simples presença era um crime — um belo revólver limpo, que atraía a mão, estimulava a vontade.

— Quatrocentos, meu amigo.

— Trezentos — disse Romáchkin, inconscientemente, já impregnado pela magia da arma.

— Trezentos, leve-o, meu amigo — disse Akhmin —, porque meu coração confia em você.

Só ao sair Romáchkin notou o estranho abandono daquele lugar; lá não se morava, por lá se passava antes de desaparecer, no congestionamento de uma plataforma de estação durante uma debandada do exército. Akhim lhe sorriu com doçura, sob a brancura das bétulas, Romáchkin foi-se embora pelas ruelas tranquilizadoras. Levava o revólver pesando-lhe sobre o peito, no bolso interno do casaco. De que assalto, de que assassínio da estepe longínqua provinha aquela arma? Agora ela repousava sobre o coração de um homem puro que só pensava em justiça.

Ele parou por um momento na entrada de um grande canteiro de obras. A paisagem era ampla, tingida de azul líquido pela lua; viam-se cintilar em algum lugar, sob andaimes, num recorte de demolições, como que através das seteiras de uma fortaleza em ruínas, as águas do rio Moscou; viam-se também perfilados ao fundo, à direita, os andaimes de um arranha-céu em construção; à esquerda erigia-se a cidade fechada do Kremlin, com a fachada plana e pesada do Grande Palácio, a alta torre do tsar Ivan, as torres pontiagudas da muralha, as cúpulas em forma de bulbos, escalonadas das catedrais, sob as estrelas. Ali reinavam holofotes, homens corriam através de uma zona de luz crua, um soldado rechaçava alguns curiosos. A massa ferida da catedral de Cristo Salvador ocupava todo o primeiro plano, despojada da enorme cúpula dourada como que de um antigo sonho, amontoada sobre princípios de ruínas, rasgada de alto a baixo, em 30 metros de altura, por uma fenda escura, em zigue-zague, como um raio morto na alvenaria. "Veja, veja", disse alguém. Uma voz de mulher murmurou: "Meu Deus!". A explosão rastejou debaixo da terra, abalou a terra, fez oscilar fantasticamente toda a paisagem, banhada de luar, fez cintilar a curva visível do rio, arrepiar as espinhas das pessoas. Porções de fumaça inflaram-se lentamente acima do canteiro, a explosão rolou colossal rente ao chão e se desvaneceu num silêncio de fim de mundo; um profundo suspiro soltou-se da massa de pedra transtornada pela explosão e ela começou a cair sobre si mesma com ossos se quebrando, madeirames estalando, uma lúgubre aparência de sofrimento. "Pronto!", gritava um engenheiro baixinho, de cabeça descoberta, para operários cobertos de poeira que, como ele, emergiam das nuvens. Romáchkin pensou, conforme lera nos artigos, que a vida se eleva através das destruições, que é preciso destruir constantemente para construir, matar as velhas pedras para construir novas edificações mais arejadas, mais dignas do homem; que naquele lugar um dia se ergueria o mais belo palácio dos povos da União — em que talvez já não reinaria a iniquidade. Um pouco de dor inconfessa mesclava-se àquelas grandes ideias enquanto ele retomava a caminhada rumo ao bonde A.

Colocou o revólver sobre a mesa. A arma de tons preto-azulados encheu o aposento com sua presença. Onze horas. Romáchkin debruçou-se sobre ela, antes de se deitar, pensativo. Do outro lado da divisória, Kóstia se mexeu; estava lendo e às vezes erguia os olhos para a miniatura irradiante. Os dois homens sentiam-se próximos. Kóstia tamborilou levemente na divisória, com a ponta dos dedos. Romáchkin respondeu do mesmo modo: sim, venha. Deveria esconder o revólver antes que Kóstia entrasse? A hesitação de Romáchkin não durou mais do que um centésimo de segundo. A primeira coisa que Kóstia viu ao entrar foi o mágico preto-azulado do aço sobre a toalha de papel branco. Kóstia pegou o revólver e o fez saltar alegremente na mão aberta.

— Magnífico!

Nunca tinha segurado uma arma, sentia uma felicidade infantil. Ele era alto, tinha a testa larga debaixo das mechas de cabelo desordenadas, as pupilas de cor marinha.

— Como você sabe empunhá-lo bem! — admirou-se Romáchkin.

O revólver, de fato, fazia Kóstia crescer, dando-lhe um ar altivo de jovem guerreiro.

— Comprei porque gosto de armas — explicou Romáchkin. — Antigamente eu caçava, mas espingarda de caça custa muito caro... Mil e duzentos uma Winchester de dois tiros, imagine!

Kóstia ouvia distraído a explicação constrangida: achava engraçado aquele vizinho tímido ter um revólver e não o dissimulava, com o rosto iluminado por um riso fácil...

— Certamente nunca vai usá-lo, Romáchkin — disse ele.

Romáchkin respondeu, prudente:

— Não sei... Não preciso dele, naturalmente. Por que precisaria?... Ninguém me quer mal... Mas arma é uma coisa muito bonita. Faz pensar...

— Nos assassinos?

— Não, nos justos.

Kóstia conteve uma gargalhada. Que herói ridículo você é, pobre coitado! — Bom sujeito, é verdade. O homenzinho fitava-o com uma espécie de gravidade. Kóstia teve medo de magoá-lo com suas brincadeiras. Conversaram por alguns minutos, como de costume.

— Leu o fascículo 12 de *Galés*? — perguntou Romáchkin, antes de se separarem.

— Não, é interessante?

— Interessante, sim, traz a história do atentado contra o almirante Dubássov em 1906...

Kóstia levou o fascículo 12.

O próprio Romáchkin não quis reler nenhum relato daquelas proezas revolucionárias. Aqueles textos o teriam desencorajado. Os atentados de antigamente exigiam preparação minuciosa, organizações disciplinadas, dinheiro, meses de trabalho, de vigilância, de espera, muitas energias unidas; além do mais, frequentemente fracassavam. Se tivesse pensado de verdade, seu plano lhe pareceria absolutamente quimérico. Mas não pensava; o pensamento se atava, se desatava sem que ele o governasse, próximo do devaneio. E, como se isso lhe bastasse para viver, ele não sabia que era possível pensar melhor, com maior firmeza, maior clareza, mas que é um trabalho estranho que se faz quase a contragosto e que muitas vezes leva apenas a uma alegria amarga para além da qual não há nada. Sempre que possível, de manhã, ao meio-dia, à noite, Romáchkin explorava algumas paragens do centro da cidade, a praça Staraia, velha praça em que se ergue o alto edifício de pedra talhada cinzenta, de uma espécie de banco; na entrada, uma placa de vidro escuro com letras douradas: PARTIDO COMUNISTA (BOLCHEVIQUE) DA URSS, COMITÊ CENTRAL. Silhueta de um guarda no corredor. Elevadores. Do outro lado da praça estreita, a velha muralha branca ameada, de Kitai-Gorod, cidadela chinesa. Chegavam automóveis. Na esquina sempre havia alguém fumando distraidamente... Não, aqui não. Impossível, aqui. Romáchkin não saberia dizer por quê. Por causa da muralha branca ameada, das austeras pedras cinzentas, do vazio? Seus passos perderam-se num chão muito duro, Romáchkin não sentia peso nem consistência. Nas imediações do Kremlin, em contrapartida, sopros de ar, deslizando sobre os jardins, transportavam-no, criatura insignificante, pela calçada da praça Vermelha, absolutamente anônimo, quando ele parou por um breve momento, com alguns provincianos, diante do mausoléu de Lênin, mais frágil ainda sob os bulbos retorcidos de cores desbotadas da igreja de São Basílio Bem-Aventurado. Sentiu-se bem só depois de subir os três degraus de pedra do lugar dos suplícios, que existe há séculos, cercado por um pequeno balcão circular de pedra. Quantos homens teriam sofrido ali? De todos aqueles supliciados, nada subsistia em nenhuma alma dos que passavam pela praça, a não ser nele; também ele teria simplesmente deitado na roda para que lhe quebrassem os membros — dor atroz cuja simples ideia lhe arrepiava a pele —, mas o que fazer quando se está ali? A partir daquele dia, levava o revólver sempre que saía.

Romáchkin gostava dos jardins públicos que beiram a muralha do Kremlin, do lado da cidade. Comprazia-se em percorrê-los quase todos os dias. O que aconteceu então o atingiu em pleno peito. Entre uma e quinze e dez para as duas, ele passeava naqueles jardins, comendo um sanduíche, em vez de conversar com os colegas no refeitório do trabalho. Geralmente a alameda central era quase deserta, os bondes, fazendo a volta atrás da grade, agitavam ferros e disparavam campainhas. Na curva da alameda, destacando-se da folhagem vermelha que margeia a alta muralha do Kremlin, surgiu um militar. Vinha com passos rápidos em direção a Romáchkin. Dois civis o seguiam, fumando. Alto, quase magro, com a viseira do quepe baixada sobre os olhos, farda sem insígnias, expressão dura, bigode volumoso, aquele homem inconcebivelmente carnal surgia dos retratos publicados nos jornais, exibidos nas fachadas de quatro andares, afixados nos escritórios, impressos todos os dias nos cérebros. Não havia dúvida: ELE. Seu andar autoritário, marcado pela rigidez, a mão direita no bolso, a outra solta. O Chefe, para ter certeza de ser reconhecido, tirou do bolso um cachimbo curto que segurou entre os dentes, sem se deter. Não estava a mais de 10 metros de Romáchkin. A mão de Romáchkin buscou precipitadamente no bolso interno do casaco a coronha do revólver. Naquele momento, o Chefe, sempre andando, tirou a tabaqueira; a menos de 2 metros de Romáchkin, parou, desafiador; seus olhos de gato lançaram na direção de Romáchkin um pequeno raio cruel. Seus lábios zombeteiros murmuraram algo como: "Miserável, miserável Romáchkin!", com um desprezo aniquilador. E ele passou. Romáchkin, arrasado, bateu a ponta do pé numa pedra, cambaleou, quase caiu. Dois homens, surgidos não sabia de onde, o seguraram:

— Está se sentindo mal, cidadão?

Deviam ser os agentes da escolta secreta.

— Deixem-me em paz! — gritou Romáchkin, fora de si, mas na verdade ele mal pronunciou aquelas palavras ou outras, num sopro desesperado. Os dois homens, que o seguravam pelo cotovelo, soltaram-no.

— Quem não sabe beber não deve beber, imbecil — um deles esbravejou.

— Seu vegetariano!

Romáchkin deixou-se despencar num banco, ao lado de um jovem casal. Uma voz trovejante — a dele mesmo — explodia-lhe no crânio: "Sou um covarde, um covarde, covarde, covarde...". O casal, sem lhe dar atenção, continuava brigando.

— Se você a encontrar de novo — dizia a moça —, eu... (suas palavras se perderam). Eu não aguento mais. Estou muito magoada... eu... (mais palavras perdidas). Por favor...

Era uma moça anêmica, mais para uma menina grande, loira desbotada com o rosto crivado de espinhas róseas. O rapaz respondia:

— Não me aborreça, Maria. Chega... Não me aborreça — olhando à distância.

Tudo acontecia de acordo com uma lógica perfeita. Romáchkin levantou-se de um salto, olhou implacável para o casal, bem de frente, e disse:

— Somos todos covardes, estão ouvindo?

Era tão evidente que a exaltação de seu desespero se atenuou e ele conseguiu ir embora, andando como antes, chegar ao escritório sem um minuto de atraso, retomar suas tabelas, tomar seu copo de chá das quatro horas, responder a perguntas, terminar a jornada, voltar para casa... E agora, o que fazer com o revólver? Romáchkin já não suportava a presença daquela arma inútil em sua casa.

Ela estava sobre a mesa, o aço preto-azulado ostentando uma frieza insultante, quando Kóstia chegou, parecendo sorrir para ele. Romáchkin viu muito bem.

— Gosta dela, Kóstia? — perguntou.

Em torno deles a noite estava calma. Kóstia, com a arma na mão e sorrindo de fato, tornou-se de novo um jovem guerreiro imberbe.

— Coisa bonita! — disse.

— Não preciso disso — disse Romáchkin, dilacerado pelo desgosto. — Pode ficar com ela.

— Mas isso custa caro — objetou o rapaz.

— Para mim não vale nada. Você bem sabe que isso não se vende. Fique com ela, Kóstia.

Romáchkin teve receio de insistir, pois de repente passara a desejá-la.

— De verdade? — Kóstia voltou a dizer.

E o outro respondeu:

— De verdade, fique com ela.

Kóstia levou o revólver, colocou-o sobre a mesa, sob a miniatura, sorriu mais uma vez para os olhos fiéis da imagem, depois para a arma tão limpa, mortalmente limpa e altiva, e, alegre, fez alguns movimentos de ginástica. Romáchkin, com inveja, ouviu-o fazer estalar as articulações.

Quase todas as noites, eles conversavam por alguns minutos antes de deitar, um pesadamente insidioso, retomando constantemente as mesmas ideias, tal como um animal de lavoura que segue um sulco, depois traça mais um e mais um ainda; o outro zombeteiro, empolgado mesmo sem querer, às vezes pulando fora do círculo invisível traçado à sua volta, mas voltando a ele, sem saber.

— O que você acha, Romáchkin — perguntou ele finalmente —, quem é o culpado, o culpado de tudo?

— Evidentemente é o mais poderoso. Se existisse Deus, seria Deus — respondeu baixinho Romáchkin. — Seria muito cômodo — acrescentou com um sorrisinho enviesado.

Kóstia acreditou ter entendido coisas demais de uma só vez. Sua cabeça girava.

— Você não sabe o que está dizendo, Romáchkin, e sorte sua. Boa noite, velho!

Das nove horas da manhã às seis da tarde, Kóstia trabalhava no escritório de um canteiro de obras do metrô. O rangido ritmado da escavadeira transmitia-se às tábuas do barracão. Caminhões levavam a terra tirada das profundezas do subsolo. As primeiras camadas pareciam formadas de restos humanos, tal como o húmus é formado de restos vegetais; elas cheiravam a cadáver, a cidade em decomposição, a lixo fermentado longamente, ora sob a neve, ora sob o asfalto quente. Os motores dos caminhões, alimentados por uma gasolina espantosa, enchiam o canteiro de explosões entrecortadas, tão violentas que encobriam os insultos dos motoristas. Uma paliçada separava precariamente o canteiro nº 22 da rua trepidante e cheia de buzinas, com duas correntezas que se deslocavam em sentidos opostos, bondes acionando suas campainhas histéricas, carros de presos novos em folha, fiacres sacolejantes, enxames de pedestres. O barracão, cujo centro era ocupado por um aquecedor, incluía o controle de ponto, a contabilidade, o escritório técnico, a mesa do partido e das Juventudes Comunistas e seu fichário, o canto do secretário da célula sindical, o escritório do chefe do canteiro, que nunca estava lá, pois percorria Moscou em busca dos materiais enquanto as comissões de controle corriam atrás dele; então era possível ocupar seu lugar. O secretário do partido ocupava-o por direito: desde a manhã até a noite, recebia as queixas de trabalhadores e trabalhadoras, cobertos de lama, que desciam para baixo da terra, voltavam a subir, desciam de novo, uma porque não tinha lanterna, outro porque estava sem botas; o terceiro não tinha luvas, o quarto estava machucado, o outro, despedido por ter chegado bêbado e atrasado, estava furioso porque não o deixavam ir embora, pois tinha sido despedido:

— Quero que respeitem a lei, camarada organizador do partido, cheguei atrasado, estava bêbado, fiz escândalo, tenho que ir para a rua, é esse o decreto!

O organizador do partido, ruborizado, explodiu:

— Por Deus, palerma, está interessado no decreto porque quer dar o fora, não é? Está achando que em outro lugar vão lhe dar roupa de trabalho? Seu...

— Decreto é decreto, camarada.

Kóstia verificava o ponto dos trabalhadores, descia à galeria para levar mensagens, ajudava o organizador do Comitê dos Jovens em suas diversas tarefas de educação, disciplina, vigilância secreta. De passagem, interpelou uma baixinha enérgica, de 18 anos, morena de olhinhos ácidos e lábios pintados:

— Então, e sua amiga Maria? Faz dois dias que ela não vem. Preciso levar o caso ao Comitê dos Jovens.

A baixinha parou bruscamente, levantando a saia com um gesto masculino. A lanterna de mina pendia sobre seu avental de couro. Cabelos escondidos debaixo de um lenço, parecia estar de capacete. Falou com violência, sem pressa, em voz baixa:

— Bem, Maria, o senhor não vai vê-la mais. Ela morreu. Jogou--se ontem no rio Moscou; a esta hora está dormindo no necrotério. Vá vê-la, se seu coração mandar. Você tem alguma coisa a ver com isso, e o escritório também, não tenho medo de dizer.

O gume da pá brilhava ameaçador sobre seu ombro. Ela se enfiou na boca do elevador. Kóstia ligou para o departamento, a milícia, o secretário das Juventudes (linha privada), a secretária do jornal e outros mais. De toda parte a notícia ricocheteava para ele, glacial, banalmente irreparável. No necrotério, sobre mesas de mármore, em um lúgubre frio cinzento, perfurado pela luz, jazia um menino sem nome, atropelado por um bonde. Estava dormindo de costas, a pele de uma brancura de cera, as duas mãos abertas como se acabassem de lançar bolinhas de gude; havia um velho asiático de sobretudo comprido, nariz adunco, pálpebras azuis, garganta cortada, preta (tinham-lhe pintado o rosto grosseiramente para fotografá-lo). Dava a impressão de um morto mascarado, esverdeado, de bochechas maquiadas. E lá estava Maria, com uma blusinha azul de bolinhas brancas, pescoço magro assustadoramente azulado, narizinho arrebitado, os cachos ruivos colados ao crânio, mas já sem olhar nenhum, sem olhos, apenas lamentáveis vincos de carne pisada, estranhamente enfiada nas órbitas. "Por que fez isso, pobre Marússia?", perguntou Kóstia estupidamente, com as mãos desoladas amassando o quepe. Lá estava a morte, fim de um universo. Uma menina ruiva, no entanto, não é o universo? O funcionário do necrotério, um judeu vagaroso, de avental branco sujo, se aproximou:

— Você a conhecia, cidadão? Bem, então não se demore, é inútil. Venha preencher o questionário.

O escritório dele era aquecido, confortável, cheio de papéis. *Afogamentos. Acidentes de rua. Suicídios. Casos duvidosos.*

— Na sua opinião, em que rubrica deve-se inscrever a falecida, cidadão?

Kóstia levantou os ombros. Perguntou com ódio:

— Existe a rubrica "crimes coletivos"?

— Não — disse o judeu —, mas repare que a falecida, que já foi examinada pelo médico-legista, não apresenta equimoses nem marcas de estrangulamento.

— Suicídio — Kóstia lançou, furioso.

Ele mergulhou no chuvisco da rua, com o ombro projetado para a frente. Se pudesse brigar com alguém, quebrar a cara de alguém, levar nas gengivas um direto bem aplicado — por você, pobre Marússia, namoradinha sem nenhuma importância —, isso lhe faria bem. Sua tola, por que se deixou acabar desse jeito? Todos sabem que os homens são uns safados. O jornal mural que se dane, eu disse! Aquilo a gente usa para se limpar! Ah, como você foi tola, pobre menina, ah, meu Deus, ah, desgraça! Nada mais simples do que aquele caso. O secretário do Comitê dos Jovens, aterrado, guardou na carteira a breve declaração, assinada como Maria (e o sobrenome), numa página de caderno de escola.

Proletária, não quero viver com essa suja desonra. Não acusem ninguém de minha morte. Adeus.

E pronto! Por instrução do Comitê Central das Juventudes, os Comitês Setoriais faziam campanha "pela saúde, contra a desmoralização". Como fazer essa campanha? Cinco jovens que formavam o comitê se indagavam, até que um deles disse: "Expulsão das doenças venéreas". Pareceu brilhante. "Quem?" Dos cinco, dois decerto estavam doentes, bastante hábeis para se tratar em dispensários distantes. "Maria, a ruiva." — "Claro!" Aquela menina estranha que nunca dizia nada nas reuniões, pudica, que rechaçava os avanços, tímida, mas agressiva quando provocada, onde tinha apanhado a doença? Com certeza não fora na organização. Então entre elementos pequeno-burgueses desmoralizados? "Ela não tem instinto de classe", disse o secretário, severo. "Proponho que a expulsão seja publicada no jornal mural do canteiro de obras. É necessário um exemplo." O jornal mural, ilustrado por caricaturas em aquarela, nas quais se via Maria — reconhecível apenas pela blusa dos dias risonhos e pelos cabelos ruivos, grotesca, enfeitada por brincos de diamantes falsos — cair por uma porta enquanto atrás dela estendia-se a sombra de uma vassoura enorme, o jornal mural datilografado ainda estava afixado no vestíbulo do barracão. Kóstia o despregou lentamente da parede, rasgou-o em quatro, guardou os pedaços na gaveta porque poderiam servir como prova diante de um tribunal...

O outono levou com suas chuvas o episódio insignificante do suicídio de Maria. Transmitido para instrução ao Comitê Setorial, o caso sucumbiu sob as diretrizes de uma campanha urgente, imediata, contra a oposição de direita, seguida de expulsões incompreensíveis, e de uma outra campanha, desencadeada mais lentamente, mas na realidade pior, contra a corrupção dos funcionários do partido e das Juventudes. Aquela borrasca fez o secretário do Comitê dos Jovens da obra mergulhar num abismo de opróbrio: expulsão, escárnio, jornal mural (a vassoura reapareceu, expulsando o jovem de cabelos eriçados cuja pasta de papéis caía no estrume), demissão final, por ter atribuído a si mesmo dois meses de férias numa casa de repouso de jovens trabalhadores de elite, cintilante de tão branca, sob os deslizamentos de rochas e as explosões de flores de Alupka, na Crimeia.

Kóstia, acusado "de ter rasgado ostensivamente um número do jornal mural (indisciplina grave) e tentado explorar o suicídio de uma excluída com fins de intriga, a fim de desacreditar o Comitê dos Jovens", foi "severamente repreendido". No fundo, o que lhe importava? Todas as noites, depois da obra, da cidade, das raivas reprimidas, dos sapatos sem solas, das sopas azedas, do vento norte, ele reencontrava o olhar reconfortante da miniatura. Batia à porta de Romáchkin, que envelhecera muito em pouco tempo e, agora, lia livros singulares de tendência religiosa. Kóstia o alertava:

— Cuidado, Romáchkin, você vai se entregar à mística...

— Não é possível — respondia o homenzinho encarquilhado —, sou tão materialista que...

— Que...

— ... que nada. Penso que é sempre a mesma inquietude sob formas contraditórias...

— Talvez — disse Kóstia, impressionado com a ideia —, talvez os místicos e os revolucionários sejam irmãos... Mas é preciso que uns enterrem os outros...

— Sim — disse Romáchkin.

E abriu um livro: *Isolamento*, de Vassíli Rozanov.

— Tome, leia. Que verdade!

Com a unha amarelada, apontou estas linhas:

"O carro funerário avança lentamente, o trajeto é longo. — Então, adeus, Vassíli Vassílievitch, é ruim estar na terra, meu velho, e você viveu mal; se tivesse vivido melhor, seria mais fácil repousar debaixo da terra. Ao passo que, com a *iniquidade*..."

"Meu Deus, morrer na *iniquidade*...

Ora, estou na iniquidade."

— Não é morrer na iniquidade que se deve — replicou Kóstia —, mas viver na luta...

Surpreendeu-se por tê-lo pensado com tanta clareza. Romáchkin observava-o com aguda atenção. A conversa desviou-se para a distribuição de passaportes, a intensificação da disciplina no trabalho, as regras ditadas pelo Chefe — o próprio Chefe.

— Onze horas — disse Kóstia —, boa noite.

— Boa noite. O que fez com o revólver?

— Nada.

Numa noite de fevereiro, por volta das dez horas, a neve parou de cair sobre Moscou, uma geada suave revestiu tudo de cristais diamantinos. Com ela recobriram-se feericamente os galhos mortos das árvores e dos arbustos nos jardins. Uma floração de cristais encerrando luzes secretas nasceu sobre as pedras, cobriu as fachadas, vestiu os monumentos. Andava-se sobre uma poeira de estrelas, através de uma cidade estelar: miríades de cristais flutuavam da auréola das luminárias. Mais tarde, a noite tornou-se de uma pureza inaudita. A menor luz prolongava-se rumo ao céu como espada. Foi uma festa de gelo. O silêncio parecia cintilar. Kóstia só o percebeu depois de ter andado por alguns minutos naquele encantamento, ao sair de uma reunião dos Jovens, mais uma vez dedicada ao afrouxamento da disciplina no trabalho. O mês estava terminando. Kóstia estava de jejum como tantos outros. Na reunião, ele se calara, sabendo que sua fórmula era inaceitável: "Para mais disciplina, mais alimento. Sopa em primeiro lugar! Uma boa sopa eliminará o álcool!". De que adianta falar? A magia noturna apoderou-se dele, tornou seu andar mais leve, limpou seu espírito, fez com que esquecesse a fome, fez com que esquecesse até os seis homens fuzilados na véspera, o que o tinha impressionado estranhamente. Sabotadores de provisões, dizia o sóbrio comunicado oficial. Decerto roubavam, como todo mundo, mas conseguiriam deixar de roubar? Eu conseguiria, com o correr do tempo? As colunas de luz acima das luminárias se alargavam para o alto, subiam para dentro da noite cheia de minúsculos cristais de gelo.

Kóstia seguia por uma rua estreita, margeada de um lado por pequenos palacetes do século passado, do outro por prédios de seis andares. De longe em longe uma luz discreta transparecia nas janelas. Cada um tem sua vida — curioso! Sob os passos do jovem pedestre a neve fazia um leve ruído de seda amarfanhada. Um potente automóvel preto, aflorando silenciosamente da neve, parou alguns passos adiante dele. Um homem gordo de peliça curta e gorro de astracã desceu, pasta debaixo do braço. Chegando perto, Kóstia viu seu bigode grosso e pendente, num rosto cheio, de nariz muito achatado. Teve a impressão de reconhecer vagamente aquela cara. O homem disse alguma coisa ao motorista, que respondeu em tom de deferência:

— Tudo bem, camarada Tuláiev.

Tuláiev? Do Comitê Central? Aquele das deportações em massa da região de Vorogen? Aquele do expurgo das universidades? Kóstia voltou-se, por curiosidade, para vê-lo melhor. O automóvel desaparecia no fim da rua. Tuláiev, com passo ágil e pesado, alcançou Kóstia, passou por ele, parou, levantou a cabeça para uma janela iluminada. Finos cristais de gelo caíam sobre seu rosto erguido, salpicando-lhe as sobrancelhas e o bigode. Kóstia estava atrás dele, a mão de Kóstia se lembrou sozinha do revólver Colt, o fez surgir e...

O tiro foi ensurdecedor e seco. Ensurdecedor na alma de Kóstia, como o trovão subitamente desencadeado em meio ao silêncio. Insólito naquela noite boreal. Kóstia viu explodir seu trovão interior: foi uma nuvem que se dilatou, tornou-se uma enorme flor preta orlada de chamas e se desvaneceu. Um apito estridente, bem próximo, fustigou a noite. Outro respondeu, um pouco mais distante. A noite encheu-se de um pânico invisível. Os apitos se cruzavam desvairados, precipitados, buscando-se, chocando-se, cortando as colunas aéreas de luz. Kóstia corria sobre a neve, por ruazinhas tranquilas, com os cotovelos colados ao corpo, como no estádio das Juventudes. Virou uma esquina, depois outra, e disse a si mesmo que agora deveria andar sem pressa. Seu coração batia com muita força. "O que eu fiz? Por quê? Que insensatez... Agi sem pensar... sem pensar, como um homem de ação..." Tal como rajadas de neve, farrapos de ideias se atropelavam em seu cérebro. "Tuláiev bem merecia ser fuzilado... Caberá a mim sabê-lo? Terei certeza disso? Terei certeza de que é justo? Não estarei louco?" Surgiu um trenó, absolutamente fantástico, e o cocheiro, ao passar, inclinou-se para Kóstia com olhos de gato grande e a barba cheia de neve:

— O que está acontecendo ali, rapaz?

— Não sei. Briga de bêbados de novo, acho. Eles que vão para o diabo que os carregue!

O trenó deu meia-volta lentamente, no meio da ruazinha, para se afastar da confusão. Aquela troca de palavras triviais desanuviou

Kóstia, entregando-o a uma paz extraordinária. Ao atravessar uma praça bem iluminada, passou perto de um soldado em seu posto de vigilância. Será que tinha sonhado? Em seu bolso, o revólver conservava um calor perturbador. Em seu peito, a alegria se levantava inexplicavelmente. Só alegria. Deslumbrante, fria, inumana, como um céu estrelado de inverno.

Um clarão se insinuava sob a porta de Romáchkin. Kóstia entrou. Romáchkin lia na cama, por causa do frio. Samambaias cinzentas cobriam as vidraças da janela.

— O que está lendo, Romáchkin, com esse frio?... Lá fora está tão bonito, se você soubesse!

— Eu quis ler alguma coisa sobre a felicidade de viver — disse Romáchkin. — Só que não há livros sobre isso. Por que ninguém os escreve? Será que os escritores não sabem mais do que eu sobre o assunto? Será que não gostariam, como eu, de saber o que é isso?

Kóstia divertia-se com ele. Que fenômeno!

— Veja, só encontrei isto, numa banca de livros usados, um livro muito velho, muito bonito... *Paulo e Virgínia*. A história se passa numa ilha cheia de pássaros e de plantas felizes; eles são muito jovens, puros, eles se amam... É incrível. (Ele notou o olhar exaltado de Kóstia.) Mas o que está acontecendo com você, Kóstia?

— Estou apaixonado, Romáchkin, meu amigo, é terrível!

Capítulo 2
As espadas são cegas

Os jornais anunciaram sobriamente "a morte prematura do camarada Tuláiev". A primeira instrução secreta acarretou, em três dias, 77 prisões. As suspeitas recaíram primeiro sobre a secretária de Tuláiev, que também era amante de um estudante sem partido. Em seguida as suspeitas concentraram-se no motorista que acompanhara Tuláiev até sua porta; um homem da Segurança, tido em boa conta, não bebia, não tinha relações indesejáveis, ex-soldado das tropas especiais, membro do comitê da célula da garagem. Por que não tinha esperado que Tuláiev entrasse em casa? Por que Tuláiev, em vez de entrar imediatamente, dera alguns passos na calçada? Por quê? Todo o mistério do crime parecia contido nessas incógnitas. Ninguém sabia que Tuláiev esperava demorar-se por um momento na casa da mulher de um amigo ausente; que lá o esperavam uma garrafa de vodca e dois braços roliços, um corpo leitoso e quente debaixo do penhoar... A bala mortal, no entanto, não saíra do revólver do motorista; a arma assassina continuava desaparecida. Interrogado por sessenta horas seguidas por inquisidores, também eles no fim das forças, que se revezavam a cada quatro horas, o motorista desceu às raias da loucura, só variando suas declarações porque acabara perdendo o uso da palavra, da razão, até dos músculos do rosto que os nervos deveriam acionar para a fala e a expressão. A partir da 35ª hora de interrogatório, já não era um homem, mas um fantoche de carne dolorida e roupas informes. Era drogado com café muito forte, conhaque, cigarros à vontade. Deram-lhe uma injeção. Seus dedos soltavam os cigarros, seus lábios esqueciam-se de beber quando lhes colavam um copo; de hora em hora dois homens do destacamento especial o arrastavam até a pia, inclinavam-lhe a cabeça debaixo da torneira, aspergiam-no com água gelada. Ele não se mexia, nem mesmo sob a água gelada, e os homens achavam que ele aproveitava aquele instante de trégua para dormir um minuto entre as mãos deles; lidar com o farrapo humano tirava-lhes o moral em algumas horas; era preciso substituí-los. Seguravam o motorista sentado, para que não caísse da cadeira. De repente o juiz de instrução explodia, batendo violentamente a coronha do revólver na beirada da mesa:

— Abra os olhos, acusado! Eu o proibi de dormir! Responda! Depois de ter atirado, o que você fez?

A essa pergunta repetida pela centésima vez, o homem esvaziado de toda inteligência, de toda resistência, o homem no limite de si mesmo, os olhos injetados de sangue, o rosto flácido assustadoramente amarfanhado, começou a responder:

— Eu...

Depois desmoronou sobre a mesa fazendo "hrrr", como se roncasse. Uma baba espumosa escorreu-lhe da boca. Voltaram a erguê-lo. Despejaram-lhe entre os dentes um gole de conhaque armênio.

— ... eu... não atirei...

— Canalha!

O juiz, exasperado, esbofeteou-o com toda a força; o magistrado teve a sensação de bater num fantoche oscilante. Engoliu de um trago meio copo de chá; mas aquele chá, na verdade, era conhaque quente. E um calafrio o congelou. Vozes baixas arrastavam-se atrás dele. A divisória era apenas uma cortina estendida sobre um recinto escuro, de onde se via perfeitamente tudo o que acontecia, a 2 metros somente, no recinto claro. Ali acabavam de entrar sem ruído vários personagens, um após outro, respeitosamente. O Chefe, cansado de indagar por telefone: "Então, e esse complô?" — para ouvir a voz desconcertada do alto-comissário responder que "a investigação prosseguia sem resultados apreciáveis", frase idiota —, viera.

De botas, jaqueta curta e deselegante, sem chapéu, testa estreita, rosto maciço, bigode espesso, do fundo do reduto invisível ele fixara os olhos avidamente nos olhos do motorista, que não o via, que não via mais nada. Ele ouvira. Atrás dele, o alto-comissário, extenuado, ereto como uma sentinela; atrás deles, mais perto da porta, na completa escuridão, outros personagens graduados, mudos, petrificados. O Chefe voltou-se para o alto-comissário e disse muito baixo:

— Mande parar imediatamente essa tortura inútil. Vocês estão vendo muito bem que esse homem não sabe nada.

Os uniformes se afastaram. Ele dirigiu-se para o elevador, sozinho, com os maxilares apertados, a testa franzida, seguido por um homem da escolta muito seguro, seu predileto.

— Não me acompanhe — ele dissera duramente ao alto-comissário. — Ocupe-se do complô.

A febre e o pavor reinavam no edifício, concentrados naquele andar em torno das vinte mesas onde os interrogatórios prosseguiam sem trégua. O alto-comissário, no gabinete que reservara para si naquele lugar, abriu tolamente um processo inepto, depois outro, mais inepto ainda. Nada! Sentiu-se mal. Tinha vontade de vomitar como o motorista, que finalmente estavam levando para dormir, numa maca, a boca orlada de espuma. O alto-comissário vagueou por um tempo de sala em sala. Na 266, a mulher do motorista, em prantos, contava que frequentava videntes, que tinha assistido em segredo a ofícios religiosos, que era ciumenta, que... Na 268, o soldado que estava de guarda no lugar e na hora do atentado contava mais uma vez que tinha entrado no pátio para se aquecer no braseiro, pois o camarada Tuláiev nunca chegava antes da meia-noite; que saiu correndo para a rua ao ouvir o tiro, mas não vira ninguém num primeiro momento, e o camarada Tuláiev estava caído encostado ao muro; que apenas notara, impressionado, a luz extraordinária...

O alto-comissário entrou na sala. O soldado depunha em pé, em posição de sentido, calmamente, com voz emocionada. O alto-comissário perguntou:

— De que luz está falando?

— De uma luz extraordinária... sobrenatural... que não consigo descrever... havia colunas de luz até o céu, cintilantes... deslumbrantes...

— Você é religioso?

— Não, camarada chefe, há quatro anos membro da Sociedade dos Sem-Deus, contribuições em dia.

O alto-comissário deu meia-volta, erguendo os ombros. Na 270, uma voz de bisbilhoteira gorda declarava, em meio a suspiros e exclamações de "Jesus, meu Deus", que no mercado de Smolensk todo mundo estava dizendo que o pobre camarada Tuláiev, adorado pelo grande camarada Chefe, fora encontrado com a garganta cortada na entrada do Kremlin e que também estava com o coração transpassado por um estilete de lâmina triangular, como em outros tempos o pobrezinho *tsarévitche* Dimítri, e que os monstros lhe tinham furado os olhos, que por isso ela tinha chorado com Marfa, que vende cereais, com Fróssia, que revende cigarros, com Niucha, que... Aquela tagarelice inesgotável era pacientemente registrada com letra ágil, em grandes folhas de papel, por um jovem oficial de pincenê, apertado dentro de seu uniforme, trazendo no lado direito do peito uma insígnia com o perfil do Chefe. Estava tão ocupado que não levantou a cabeça para o alto-comissário, que parou sob a moldura da porta e se retirou sem dar um pio.

Em seu escritório, o alto-comissário encontrou um grande envelope vermelho do Comitê Central, Secretariado Geral, *Urgente, Rigorosamente confidencial*... Em três linhas, a ordem de "Seguir com a maior atenção o caso Titov e nos prestar contas pessoalmente". Muito significativo. Ruim. Então o novo alto-comissário adjunto delatava sem sequer tentar salvar as aparências. Só ele, à revelia de seu superior, poderia ter informado o Secretariado Geral sobre aquele caso, cuja simples menção dava vontade de cuspir com desprezo. Caso Titov: uma denúncia anônima, em grosseira caligrafia escolar, chegada aquela manhã: "Matvei Titov disse que foi a Segurança que mandou matar o camarada Tuláiev porque há contas escusas entre eles. Ele disse: quanto a mim, pressinto que é o GPU, estou dizendo. Disse isso diante de sua criada Sídorovna, do cocheiro Pálkin e de um vendedor de roupas que mora na esquina do beco do Trapeiro e da rua São Gleb, no fundo do pátio, no primeiro andar, à direita. Matvei Titov é inimigo do regime dos Sovietes e de nosso bem-amado camarada Chefe, além de ser um explorador do povo que faz a criada dormir no corredor sem lareira, engravidou uma pobre filha de camponês coletivizado e recusou-se a pagar a pensão alimentícia da criança que virá ao mundo na dor e na miséria...". E mais vinte linhas. O alto-comissário adjunto, Gordêiev, mandara fotografar e copiar aquele documento para ser transmitido imediatamente ao Politburo!

Era justamente Gordêiev que entrava: gordo, loiro, cabelos besuntados, rosto redondo, um esboço de bigode penugento, grossos óculos de tartaruga, tinha algo de porcino, com uma insolência servil de animal doméstico bem nutrido demais.

— Não o compreendo, camarada Gordêiev — disse o alto-comissário negligentemente. — Comunicou esta coisa ridícula ao Politburo? Para quê?

Gordêiev protestou, ligeiramente escandalizado:

— Ora, Maksim Andrêievitch, uma circular do CC determina que se comuniquem ao Politburo todas as queixas, denúncias, até alusões de que possamos ser objeto. Circular de 16 de março... E esse caso Titov não é tão ridículo assim, ele indica, no seio das massas, um estado de espírito do qual devemos ser informados... Mandei prender esse Titov e também várias pessoas de seu entorno...

— Talvez você mesmo já o tenha interrogado, não?

A entonação de escárnio pareceu escapar a Gordêiev, que achou conveniente dar-se ares de desentendido:

— Eu mesmo, não. Meu secretário assistiu ao interrogatório. É muito interessante buscar a origem das lendas que circulam sobre nós, não acha?

— E por acaso a encontrou?

— Ainda não.

No 16º dia da instrução, o alto-comissário Erchov, chamado imediatamente por telefone ao Secretariado Geral, esperou por 35 minutos numa antessala. Todo o pessoal do Secretariado sabia que ele contava os minutos. Finalmente as portas altas abriram-se diante dele. Viu o Chefe na mesa de trabalho, diante dos telefones, sozinho, grisalho, cabeça baixa, expressão pesada — e sombria, vista à contraluz. A sala era ampla, alta, confortável, mas quase nua... O Chefe não levantou a cabeça, não estendeu a mão para Erchov, não o convidou a se sentar. Por deferência, o alto-comissário caminhou até a beira da mesa abrindo sua pasta.

— E o complô? — perguntou o Chefe, com o rosto contraído, os traços crispados de raiva fria.

— Tendo a admitir que o assassínio do camarada Tuláiev foi ato de um indivíduo isolado...

— Incrível esse seu indivíduo isolado! Supremamente organizado!

O sarcasmo golpeou Erchov na nuca, no lugar que as balas dos executores costumam atingir. Gordêiev teria levado a ignomínia ao ponto de realizar em segredo uma investigação paralela e dissimular seus resultados? Bem difícil, na verdade. Em todo caso, nada para responder. O silêncio que se seguiu incomodou o Chefe.

— Admitamos provisoriamente sua tese do indivíduo isolado. Por decisão do Politburo, a investigação não será encerrada enquanto os culpados não forem punidos...

— É o que eu ia lhe propor — disse o alto-comissário, como bom jogador.

— Tem punições para propor?

— Aqui estão.

As punições preenchiam várias folhas datilografadas. Vinte e cinco nomes. O Chefe deu uma olhada e disse, exaltado:

— Você perdeu o juízo, Erchov. Já não o reconheço, realmente. Dez anos para o motorista! Quando o dever dele era não largar a pessoa que lhe fora confiada antes de deixá-la em casa em segurança?

Sobre as outras propostas, ele não disse nada, mas sua observação, em contrapartida, também fez o alto-comissário aumentar todas as penas propostas. O soldado que, durante o atentado, se aquecia no braseiro seria mandado por dez anos, e não oito, para o campo de trabalho de Petchora. A secretária de Tuláiev e seu amante, deportados: a jovem para Vólogda, o que era uma clemência, e o estudante para Turgai, no deserto do Cazaquistão, ambos por cinco anos (em vez de três). O alto-comissário teve o prazer de dizer, ao devolver para Gordêiev as folhas assim anotadas:

— Suas propostas foram consideradas indulgentes, camarada Gordêiev. Eu as retifiquei.

— Obrigado — disse o outro com uma amável flexão da cabeça besuntada. — Quanto a mim, eu me permiti tomar uma iniciativa que o senhor certamente aprovará. Mandei fazer uma lista de todas as pessoas que, por seus antecedentes, poderiam tornar-se suspeitas de terrorismo. Encontramos até agora 1.700 nomes de pessoas que ainda gozam de liberdade.

— Ah, muito interessante...

(Aquele gordo delator de crânio besuntado não tinha imaginado tudo sozinho... A ideia talvez viesse de cima, de longe...)

— Dessas 1.700 pessoas, 1.200 pertencem ao partido; cem ainda têm cargos importantes; várias se encontraram diversas vezes no círculo próximo do Chefe do partido; três pertencem aos próprios quadros da Segurança...

Cada uma dessas pequenas frases, pronunciadas com segurança, em tom neutro, era um golpe. O que você quer, quem é seu alvo, arrivista? Seu alvo é principalmente o partido. O alto-comissário lembrou que, em 1914, em Tachkent, durante as lutas, tinha atirado na milícia montada; depois permanecera dezoito meses em fortaleza... Também eu, então, serei suspeito? Serei um dos três "ex-terroristas", "membros do partido" e colaboradores da Segurança?

— Pôs alguém a par de suas buscas nesse sentido?

— Não, é evidente — respondeu suavemente a cabeça besuntada —, não, a não ser o secretário-geral, por meio do qual obtive informações sobre certos processos da Comissão Central de Controle.

Dessa vez, o alto-comissário sentiu-se claramente preso nas malhas de uma rede que se apertava sem razão. Amanhã ou na semana seguinte terminariam por retirar-lhe, sob pretextos diversos, os últimos colaboradores de confiança: Gordêiev os substituiria por homens dele. E depois... Aquele mesmo gabinete fora ocupado durante anos por outro — e desse outro ele conhecia bem a silhueta, a voz, os trejeitos de linguagem, a maneira de cruzar as mãos, de erguer a caneta acima do papel a ser assinado, percorrendo-o com o cenho franzido; esse outro era zeloso, consciencioso, trabalhava de dez a doze horas por dia, hábil, implacável, obediente, devotado como um cão; quando a rede lhe caiu em cima, ele se debatera nas malhas inextricáveis, recusando-se a compreender, a admitir, sentindo-se cada vez mais vencido, envelhecendo a olhos vistos, encurvando-se, assumindo em algumas semanas o aspecto de um pequeno funcionário humilhado a vida toda, deixando subalternos comandar em seu lugar, bebendo à noite com uma pequena atriz da Ópera, pensando todos os dias em dar um tiro nos miolos, pensando nisso até a noite em que foram prendê-lo... Mas talvez ele fosse realmente culpado, ao passo que eu...

Gordêiev disse:

— Mandei fazer uma seleção na lista dos 1.700: uns quarenta

nomes, por enquanto. Vários são muito importantes. Quer examiná-la?

— Mande trazê-la imediatamente — respondeu o alto-comissário com autoridade, enquanto um frio desagradável se difundia por seus membros.

—

Sozinho em seu amplo gabinete, frente a frente com processos, suspeita, medo, potência, impotência, o alto-comissário passou a ser apenas ele mesmo, Maksim Andrêievitch Erchov, homem de cerca de 40 anos, vigoroso, precocemente enrugado, de pálpebras inchadas, boca estreita, olhar doentio... Estava ali sucedendo a Henri Grigórievitch, que durante dez anos respirara o ar daquelas salas e fora fuzilado após o julgamento dos Vinte e Um, depois a Piotr Eduárdovitch, desaparecido, ou seja, encerrado no segundo andar da prisão subterrânea, sob o controle especial de um funcionário designado pelo Politburo. O que desejavam extrair dele? Piotr Eduárdovitch lutava havia cinco meses — se é que se podia chamar de luta ficar de cabelos brancos aos 35 anos e repetir "Não, não, não, não, é mentira" —, sem outra esperança que não a de morrer em silêncio, a menos que a solitária o tivesse deixado suficientemente louco para esperar mais. Erchov, chamado do Extremo Leste, onde se acreditava, felizmente, perdido de vista pelo Departamento de Quadros, recebera a oferta daquela promoção insólita: assumir o Alto-Comissariado da Segurança junto ao Comissariado do Povo para Assuntos Internos, o que lhe conferia quase o grau de marechal, sexto marechal — ou terceiro, uma vez que três dos cinco tinham desaparecido. "Camarada Erchov, o partido depositou confiança em você! Felicito-o por isso!" Assim lhe falavam, apertavam-lhe a mão, sorrisos em torno dele enchiam uma sala do Comitê Central no mesmo andar do Secretariado Geral; o Chefe entrava de improviso, com passo rápido, examinava-o por um centésimo de segundo, de cima a baixo — de cima a baixo —, tão simples, tão cordial, com um belo sorriso, também ele, todo descontraído; o Chefe apertava a mão de Maksim Andrêievitch Erchov olhando-o amigavelmente nos olhos. "Encargo pesado, camarada Erchov, tenha um bom desempenho!" O fotógrafo dos grandes jornais projetava sobre todos aqueles sorrisos o clarão do magnésio... Erchov alcançava o apogeu de sua vida e tinha medo. Três mil processos de importância capital porque pediam a pena capital, 3 mil ninhos de víboras sibilantes transbordavam como avalanche sobre todos os minutos de sua vida. A grandeza do Chefe o serenou por um tempo. O Chefe, chamando-o em tom cordial "Maksim Andrêievitch", recomendou-lhe paternalmente que "poupasse os quadros, levasse em conta o passado, todavia com vigilância, pusesse fim aos abusos". "Foram fuzilados homens de quem eu gostava, em quem eu confiava, homens preciosos para o partido, para o Estado!" — exclamava ele com amargura. "O Politburo, no entanto, não pode rever todas as sentenças!" E concluía: "É assunto seu. Você tem toda a minha confiança". Dele emanava uma autoridade espontânea, perfeitamente simples, humana, manifestada pelo riso dos olhos castanhos e do bigode denso, e levava a gostar dele, levava a acreditar nele, dava vontade de elogiá-lo, como nos jornais e nos discursos oficiais, mas sinceramente, efusivamente. Enquanto o secretário-geral abastecia o cachimbo, Maksim Andrêievitch Erchov, alto-comissário da Defesa Interna, "espada da ditadura", "olhar sagaz e sempre alerta do partido", "o mais implacável e humano dos mais fiéis colaboradores do maior Chefe de todos os tempos" (assim se expressava naquela manhã a *Gazeta das Escolas dos Departamentos Políticos*), Erchov sentia que amava aquele homem e que o temia como se teme o mistério. "Nada de lentidões burocráticas, hein!", disse também o Chefe. "Nada de excesso de papelada! Processos claros, atualizados, sem muito palavrório, mas nos quais nada se perca — e ações! Caso contrário você se afogará em trabalho..." — "Diretriz genial!", comentou sobriamente um dos membros da Comissão Especial — formada pelos chefes de departamento — quando Erchov a transmitiu palavra por palavra.

Só que os processos, abundantes, prolíficos, transbordantes, invasivos, recusavam-se a deixar de lado a menor anotação e, ao contrário, continuavam a se inflar. Milhares de casos foram abertos durante o primeiro grande processo dos traidores, processo "de importância mundial"; milhares de outros casos foram abertos antes que os primeiros se resolvessem, durante o segundo processo, milhares durante o terceiro, milhares durante a instrução do quarto, do quinto e do sexto processos que acabaram não ocorrendo porque foram abafados nas trevas; chegavam autos de Ussuri (agentes japoneses), da Iacútia (sabotagem, traição, espionagem nas jazidas de ouro), de Buriat-Mongólia (caso dos mosteiros budistas), de Vladivostok (caso do comando da frota submarina), dos estaleiros de Komsomolsk — cidade dos jovens comunistas — (propaganda terrorista, desmoralização, abuso de poder, trotskismo-bukharinismo), de Sinkiang (contrabando, relações secretas com agentes japoneses e britânicos, intrigas muçulmanas), de todas as repúblicas do Turquestão (questões de separatismo, panturquismo, banditismo, Intelligence Service, mahmudismo — mas quem era o tal Mahmud? —, no Uzbequistão, no Turcomenistão, no Cazaquistão, na velha Bucara, em Sir Dária); o assassínio de Samarcanda ligava-se ao escândalo de Alma Ata, e esse escândalo, ao caso de espionagem (agravado pelo rapto de um iraniano) do consulado de Isfahan; casos extintos se reacendiam nos campos de concentração do Ártico, novos casos eclodiam nas prisões, notas cifradas datadas de Paris, Oslo, Washington, Panamá, Hankou, Cantão em chamas, Guernica em ruínas, Barcelona bombardeada, Madri obstinada vivendo sob vários terrores — etc., consulte-se o mapa dos dois hemisférios — exigiam investigações; Kaluga anunciava epizootias suspeitas; Tambov, distúrbios agrários; Leningrado apresentava vinte processos de uma só vez: o caso do clube dos marinheiros, o da fábrica Triângulo Vermelho, o da Academia de Ciências, o dos ex-prisioneiros revolucionários, o das Juventudes Leninistas, o do Comitê de Geologia, o dos franco-maçons, o dos homossexuais da Marinha... Tiros de ambas as partes atravessavam incessantemente aquele amontoado de nomes, de papéis, de números, de vidas enigmáticas, nunca totalmente decifradas, suplementos de investigações, denúncias, relatórios, ideias loucas, era atravessado por tiros. Várias centenas de homens uniformizados, rigorosamente hierarquizados, revolviam esses materiais noite e dia, eram revolvidos por eles, desapareciam repentinamente, passando a labuta perpétua para outros... Na ponta superior daquela pirâmide, Maksim Andrêievitch Erchov. O que podia fazer?

Da sessão do Politburo à qual assistiu trouxe a diretriz oral, várias vezes repetida pelo Chefe: "Você deve reparar os erros de seu antecessor!". Os antecessores nunca eram nomeados; Erchov agradecia ao Chefe — mas por quê, na verdade? — o fato de nunca ter dito "do traidor". De todos os setores do Comitê Central chegavam queixas, referentes à desorganização dos quadros, atingidos em dois anos por tantos expurgos e repressões que, de tanto serem renovados, acabavam por se dissolver; daí resultavam novos casos de sabotagem, visivelmente surgidos das trapalhadas, da incompetência, da insegurança, da pusilanimidade do pessoal da indústria. Um membro do escritório de Organização destacara, sem que o Chefe o desaprovasse, a necessidade urgente de devolver à produção os condenados abusivamente, com base em denúncias caluniosas, resultantes de campanhas de massa, e até os culpados passíveis de indulgência. "Não somos o país da reforma do homem?" — exclamara. "Transformamos até nossos piores inimigos..." Essa frase de comício caiu numa espécie de vazio. Um gracejo contrarrevolucionário irritante assombrou por alguns segundos o espírito do alto-comissário, justamente no momento em que sobre ele se detinha o olhar benévolo, mas singularmente insistente, do Chefe: "A reforma do homem consiste em reduzi-lo, por persuasão, ao estado de cadáver...". Erchov levou todo o seu pessoal à exaustão: em dez dias, 10 mil processos, selecionados preferencialmente entre aqueles dos administradores industriais (comunistas), dos técnicos (sem partido) e dos oficiais (comunistas e sem partido), revistos atentamente, permitiram 6.727 libertações, das quais 47,5% reabilitações. Para esmagarem mais o predecessor, cujos chefes de departamento acabavam de ser fuzilados, os jornais publicaram que a porcentagem de condenações infligidas a inocentes elevara-se durante os expurgos recentes para mais de 50%. O efeito foi bom, ao que parecia, mas os estatísticos do CC que tinham chegado a esses números e o subdiretor da imprensa que autorizara a publicação foram imediatamente demitidos, uma vez que um jornal de emigrados, publicado em Paris, comentara esses dados perfidamente. Erchov e seu pessoal lançaram-se sobre outras montanhas de processos; eles já não dormiam. Entretanto, duas notícias os transtornaram. Um ex-comunista expulso do partido por denúncia, inegavelmente caluniosa, de ser trotskista e filho de padre (os autos registravam que ele se notabilizara nas campanhas contra o trotskismo, de 1925 a 1937, sendo, além do mais, filho de um mecânico da fábrica de Briansk), tinha saído do campo de concentração especial de Kem, no mar Branco, e voltado para Smolensk, onde matou um membro do Comitê do partido. Uma médica, libertada de um campo de trabalho do Ural, fora presa ao tentar atravessar a fronteira estoniana. Recenseavam-se 750 novas denúncias contra os libertados; em cerca de trinta casos, os supostos inocentes revelavam-se culpados indubitáveis; pelo menos era o que afirmavam diversos comitês. Segundo os rumores, "Erchov não estava se saindo bem. Demasiado liberal, imprudente, conhecimento insuficiente da técnica da repressão".

Ocorreu o caso Tuláiev. Gordêiev, que continuava a acompanhá-lo em virtude de instruções especiais do Politburo, questionado por Erchov sobre a execução do motorista, respondeu com desagradável indiferença:

— ... anteontem à noite, com os quatro sabotadores do Kombinat das Peleterias e a atriz de *music-hall* condenada por espionagem...

Erchov pestanejou imperceptivelmente, pois empenhava-se em não deixar transparecer em nada seus sentimentos. Seria, acaso, coincidência ou insinuação? Tinha admirado bastante a pequena atriz no palco — seu corpinho espigado, saltitante e ligeiro, mais atraente do que se estivesse nu, apertado numa malha preta e amarela —, a ponto de lhe mandar flores. Gordêiev lançou — talvez — uma segunda insinuação:

— O relatório foi submetido ao senhor...

(Então ele não lia todos os relatórios colocados sobre sua mesa?...)

— É lamentável — continuou Gordêiev com naturalidade —, porque justamente ontem a personalidade do motorista nos apareceu sob nova luz...

Erchov levantou a cabeça, francamente interessado.

— Pois é. Imagine que entre 1924 e 1925 ele foi, durante sete meses, motorista de Bukhárin: foram encontradas quatro cartas de recomendação de Bukhárin em seu dossiê no Comitê de Moscou. A última é datada do ano passado! Não é só isso: em 1921, no front de Volínia, foi acusado de insubordinação, na qualidade de comissário de um batalhão, e Kiril Rubliov tirou-o de apuros.

Golpe direto, mais uma vez. Por qual inconcebível negligência fatos como aqueles teriam escapado às comissões encarregadas de estudar o *curriculum vitae* dos agentes ligados pessoalmente aos membros do CC? A responsabilidade pelos departamentos recaía sobre o alto-comissário. O que faziam as comissões que estavam sob suas ordens? Qual era a composição delas? Bukhárin, ex-ideólogo do partido, "discípulo preferido de Lênin", que o chamava de "meu filho", agora encarnava a traição, a espionagem, o terrorismo, o desmembramento da União. Kiril Kirílovitch Rubliov, seu amigo de sempre, ainda existiria depois de tantas proscrições?

— Sim — garantiu Gordêiev —, ele existe, na Academia de Ciências, soterrado debaixo de toneladas de arquivos do século XVI... mandei vigiá-lo...

Poucos dias depois, o primeiro juiz de instrução do 41º Departamento, um militar consciencioso, de aspecto taciturno, testa alta sulcada de rugas, cuja promoção Erchov acabara de aprovar, apesar da hostilidade prudente do secretário da célula do partido, enlouqueceu de repente. Expulsou violentamente de sua sala um alto funcionário do partido. Ouviram-no gritar:

— Saia daqui, espião! Delator! Ordeno que se cale!

Trancou-se em seu gabinete, onde logo soaram tiros de revólver; ele apareceu na porta, na ponta dos pés, cabelos desgrenhados, o revólver fumegando na mão. Gritava: "Sou um traidor! Traí tudo! Bando de brutos!", e viu-se com espanto que ele tinha crivado de balas o retrato do Chefe, furando-lhe os dois olhos e fazendo-lhe na testa um buraco em forma de estrela...

— Castiguem-me! — também gritava. — Castrados!

Dominado com dificuldade por seis homens que o ataram com cintos, ele desatou a rir, numa risada irreprimível, mordaz, entrecortada, convulsiva.

— Castrados! Castrados!

Erchov, tomado por surda angústia, foi encontrá-lo amarrado numa cadeira e a cadeira caída no chão, de tal modo que o furioso estava com as botas para cima e a cabeça no tapete. Ao ver o alto-comissário, ele espumou:

— Traidor, traidor, traidor, traidor, traidor! Estou vendo o fundo da sua alma, hipócrita. Castrado você também, hein?

— Devemos amordaçá-lo, camarada chefe? — perguntou respeitosamente um oficial.

— Não. Por que a ambulância ainda não chegou? Avisou a clínica? O que está pensando? Se o carro não estiver aqui em quinze minutos, você será preso!

Uma secretariazinha muito loira, de brincos irritantes, que entrara por curiosidade com uns papéis na mão, olhava para os dois, Erchov e o louco, com o mesmo pavor, sem reconhecer o alto-comissário. Erchov empertigou-se: com a espinha ereta, uma ligeira vertigem e náuseas no peito, como em outros tempos quando era obrigado a assistir às execuções, saiu sem dizer uma palavra, tomou o elevador... Os chefes de serviço o evitavam visivelmente. Apenas um veio ter com ele, um velho amigo, compartilhando sua sorte brusca, que dirigia o Departamento de Estrangeiros.

— Então, Ricciotti, o que houve?

Ricciotti tinha nome italiano porque, de uma infância passada à beira de um golfo de cartão-postal, restava-lhe uma beleza inútil de pescador napolitano, um toque dourado nos olhos, uma voz quente de violonista, uma fantasia e uma lealdade tão inabituais que — pensando bem — mais pareciam fingidos. Dele dizia-se que "se fazia de original".

— A ração diária de aborrecimentos, meu caro Maksimka.

Ricciotti pegou Erchov pelo braço com familiaridade, acompanhou-o até seu escritório, falou prodigamente: do serviço secreto em Nanquim onde se deixara enrolar desastrosamente pelos japoneses; do trabalho dos trotskistas no exército de Mao Tsé-tung, no Chunan Bian; de uma intriga no interior da organização militar branca em Paris, "cujos fios agora estão nas nossas mãos"; casos de Barcelona que agora se tornavam tenebrosos: trotskistas, anarquistas, socialistas, católicos, catalães, bascos, todos ingovernáveis; a derrota militar iminente, não nos iludamos; as complicações criadas em torno da reserva de ouro, e cinco ou seis espionagens agindo em todo lugar ao mesmo tempo... — Uma conversa de dez minutos com ele, andando pelo escritório de um lado para outro, equivalia a longos relatórios. Erchov admirava, invejando um pouco, aquele espírito ágil que abarcava tudo ao mesmo tempo com uma leveza singular. Ricciotti baixou a voz conduzindo-o para perto da janela onde surgiu Moscou: ampla praça branca, atravessada em todos os sentidos por formigas humanas que seguiam pistas sujas sobre a neve, amontoado de prédios e, dominando tudo, as velhas cúpulas e uma igreja, de azul intenso, salpicadas de grandes estrelas douradas. Erchov teria pensado que, apesar de tudo, aquilo era bonito — se tivesse conseguido pensar.

— Ouça, Maksimka, cuidado...

— Com o quê?

— Ouvi dizer que a escolha dos agentes enviados à Espanha foi infeliz... Entenda, aparentemente o alvo sou eu. Na verdade, é você.

— Tudo bem, Sacha. Não se preocupe, *ele* confia em mim, entendeu?

Os ponteiros do relógio avançavam inexoravelmente. Eles se separaram. Quatro minutos para passar os olhos pelo *Pravda*... O quê? A foto de primeira página: Erchov devia estar nela, segundo personagem à esquerda do Chefe, entre os membros do governo, fotografia tirada na antevéspera, no Kremlin, na recepção das operárias de elite do setor têxtil... Ele desdobrou a folha: havia duas fotos em vez de uma — cortadas de tal modo que o alto-comissário da Segurança não estava em nenhuma delas. Choque. Telefone. Redação? Aqui é do escritório do alto-comissário... Quem fez a paginação das fotos? Quem? Por quê? Está dizendo que as fotos foram fornecidas pelo Secretariado Geral em cima da hora? Sim, sim, muito bem, era o que eu queria saber... Na verdade ficara sabendo demais.

Gordêiev veio avisar amavelmente que dois dos três homens de sua escolta tiveram que ser substituídos, sendo que um estava doente e o outro fora enviado à Rússia branca para entregar uma bandeira aos trabalhadores de um grupo militar agrícola da fronteira. Erchov se absteve de observar que bem poderiam tê-lo consultado. No pátio, três homens em posição de sentido o acolheram diante do carro com um único "Salve, camarada alto-comissário!", impecavelmente lançado de seus peitos protuberantes. Erchov respondeu baixinho e, com a mão, indicou o volante para o único dos três que ele conhecia — que decerto seria dispensado daquele posto num dia próximo para que o alto-comissário passasse a viajar cercado de rostos desconhecidos, talvez trazendo instruções secretas, obedecendo a uma vontade que não a sua.

O automóvel surgiu de uma abóbada baixa e abriram-se portões de ferro guardados por sentinelas de capacete, que apresentavam armas. Foi dar numa praça na hora sombria do crepúsculo. Preso por um instante entre um ônibus e a onda de pedestres, diminuiu a marcha. Erchov viu rostos desconhecidos de pessoas sem importância: escriturários, técnicos ainda com o quepe das escolas, um velho judeu triste, mulheres sem graça, operários de expressões duras. Aquelas pessoas o viam sem pensar em reconhecê-lo, fechadas, mudas, inconsistentes na neve. Como vivem, do que vivem? Mesmo entre as que leem meu nome nos jornais, nenhuma adivinha, nenhuma pode adivinhar quem sou na realidade. E eu, o que sei delas a não ser que são milhões de desconhecidos, classificados por categoria em fichários e dossiês, no entanto todos diferentemente desconhecidos e todos, de algum modo, indecifráveis... A praça do Grande Teatro se iluminava, a rua Tverskaia arrastava, por suas ladeiras íngremes, a multidão densa da noite. Cidade asfixiante, fervilhante, de luzes duras recortando faixas de neve, fragmentos de multidão, torrentes de asfalto e de lama. Os quatro homens uniformizados, no possante automóvel governamental, vão calados. Quando finalmente o carro deslanchou, depois de ter contornado um arco do triunfo maciço, como a porta de uma imensa prisão, rumo às amplas perspectivas da avenida Leningrado, Erchov lembrou com amargura que gostava de carros, de estradas, de velocidade, de controlar a velocidade e o motor de acordo com seu olhar preciso. Agora não o deixavam dirigir. A tensão nervosa e a obsessão pelos processos também o teriam impedido. Bela avenida, sabemos construir. Uma estrada como esta, reproduzindo a Transiberiana, é disso que precisamos para a segurança do Extremo Leste: poderia ser feita em alguns anos com uma mão de obra de 5 mil homens, dos quais 4 mil seriam vantajosamente recrutados nas penitenciárias. Nada de utópico, voltarei a pensar nisso. A imagem do louco, amarrado na cadeira tombada dentro de uma sala destruída, flutuou de repente sobre a bela avenida escura margeada de puro branco. "É evidente que há razões para enlouquecer..." O louco ria, o louco punha-se a dizer que louco é você, é você, não sou eu, você vai ver, é você. Erchov acendeu um cigarro para ver a chama do isqueiro dançar entre suas mãos metidas em luvas de couro. Assim se dissipou aquele início de pesadelo. Os nervos no limite. Tirar um longo dia de descanso, tomar ar... A iluminação da rua se espaçava, uma noite cintilante se derramava sobre os bosques, em longínquas ondas pálidas. Erchov a contemplou com humilde alegria no íntimo, mas sem tomar consciência disso, ruminando indícios, intrigas, projetos, detalhes de casos. O carro penetrou nas trevas debaixo de altos pinheiros cobertos de uma neve semelhante à pelagem arredondada dos animais. O frio se intensificava. O carro virou e passou a rodar sobre neve densa. Os telhados angulosos de uma grande casa norueguesa recortaram-se em preto opaco contra o céu: a mansão nº 1 do Comissariado do Povo para Assuntos Internos.

Lá dentro, reinava uma calma aconchegante sobre coisas selecionadas, brancas e de cores ardentes. Não havia telefone à vista, não havia jornais, não havia mensagens, não havia retratos oficiais (bani-los era uma ousadia), nem uma arma, nem um bloco de anotações com cabeçalho administrativo. Erchov pretendia que nada lhe fizesse lembrar trabalho. O animal humano, quando se esforça ao máximo, tem necessidade de repouso completo. O funcionário altamente responsável é, de todos, o que mais tem direito a isso. Aqui, nada além da vida privada, da intimidade, você e eu, Vália. Um retrato de Vália, Valentina, como escolar bem-comportada, numa moldura oval, cor creme, encimada por um laço de fitas esculpido. O espelho grande refletia cores quentes da Ásia Central. Nada revelava o inverno: nem mesmo as feéricas ramagens nevadas que se vislumbravam nas janelas. Não era mais do que um magnífico cenário de magia branca. Erchov aproximou-se do gramofone. O disco era de *blues* havaianos. Ah, não! Hoje não! O louco desolado gritava: "Traidores, somos todos traidores!". Será que ele gritou mesmo "somos todos" ou sou eu que estou acrescentando? Por que eu acrescentaria? O espírito do investigador profissional tropeçou num obstáculo singular. Os loucos, por humanidade, não deveriam ser suprimidos?

Valentina saiu do banheiro, de penhoar. "Olá, querido." Desde que os cuidados com o corpo e o grande bem-estar transformaram aquela pequena provinciana de Ienissei, todo o seu ser expressava com suavidade radiante a alegria de viver. Quando a sociedade comunista estiver construída, bem depois dos períodos de transição, difíceis, mas enriquecedores, todas as mulheres atingirão tal plenitude... "Você é um prenúncio vivo, Vália..." — "Graças a você, Maksim, que trabalha e luta, graças aos homens como você..." Às vezes eles se diziam coisas assim, decerto para justificar diante de si mesmos sua condição privilegiada. Contudo, o privilégio conferia uma missão. A união deles era clara, sem complicações, como a de dois corpos sadios que se gostam. Oito anos antes, numa viagem de inspeção pela região de Krasnoiarsk, onde comandava uma divisão de tropas especiais da Segurança, Erchov parou numa cidade militar perdida no meio das florestas, na casa de um chefe de batalhão. A jovem mulher desse subordinado, quando entrou na sala de jantar, deslumbrou-o pela primeira vez na vida por uma animalidade inocente e segura de si. Sua presença fazia lembrar a floresta, a água fria dos riachos selvagens, a pelagem dos animais ariscos, o gosto do leite fresco. Tinha narinas infladas, que pareciam farejar incessantemente, e grandes olhos de gata. Ele a desejou de imediato, não para um encontro, não para uma noite, mas para possuí-la por inteiro, para sempre, com orgulho. "Por que ela seria de outro se eu a quero?" Esse outro, pequeno oficial sem futuro, ridiculamente respeitoso diante do chefe, tinha um modo de falar risível, como o dos comerciantes. Erchov o detestou. Para ficar sozinho com a mulher cobiçada, Erchov mandou o outro inspecionar os postos na floresta. Ao ficar a sós com aquela mulher, primeiro fumou um cigarro em silêncio, dando-se um tempo para criar coragem. Depois: "Valentina Anissimovna, ouça bem o que vou dizer. Nunca falto com minha palavra. Sou direto e infalível como um bom sabre de cavalaria. Quero que você seja minha mulher...". Com as pernas cruzadas, sentado a 3 metros dela, olhava para a moça como se a comandasse, como se ela devesse necessariamente obedecer — e aquilo agradou. "Mas eu não o conheço", disse ela, desesperadamente assustada, como se tivesse caído em seus braços. "Não tem importância. Eu a conheci inteira desde o primeiro olhar. Sou seguro e direto, dou-lhe minha palavra de que..." — "Não duvido", murmurou Valentina, sem saber que já era um consentimento. "Mas..." — "Não há mas, a mulher é livre para escolher..." Ele se absteve de acrescentar: Eu sou o chefe da divisão, seu marido nunca vai chegar a nada. Ela deve ter pensado a mesma coisa, pois os dois se entreolharam, confusos, com tal sensação de cumplicidade que o pudor os fez corar. Erchov virou para a parede o retrato do marido, estreitou a jovem, beijou-a nos olhos com estranha ternura. "Seus olhos, seus olhos, minha ensolarada!" Ela não resistiu, perguntando-se tolamente se aquele chefe importante — e homem bonito — iria pegá-la imediatamente no sofazinho incômodo — ainda bem que ela estava sem roupas de baixo, ainda bem... Ele não fez nada, limitou-se a concluir em tom preciso de relator: "Você vai embora comigo em dois dias. Quando ele voltar, vou me explicar de homem para homem com o chefe de batalhão Nikudíchin. Vocês se divorciam hoje mesmo, preparem os documentos para as cinco horas". O que poderia objetar o chefe de batalhão ao chefe de divisão? A mulher é livre, a ética do partido prescreve respeito à liberdade! O chefe de batalhão Nikudíchin, cujo nome significava algo como "imprestável", embebedou-se por uma semana, até solicitar outro tipo de esquecimento às prostitutas chinesas da cidade. Erchov, informado de sua má conduta, mostrou-se indulgente, pois compreendia o pesar do subordinado. Entretanto, mandou o secretário do partido passar-lhe um sermão... Por uma mulher que vai embora, um comunista não deve perder o equilíbrio moral, não é verdade?

Naqueles quartos, Valentina gostava de viver quase nua, sob leves tecidos vaporosos. A presença de seu corpo era sempre tão completa quanto a de seus olhos, de sua voz. Seus olhos grandes pareciam dourados como os cachos que lhe caíam na testa. Tinha lábios carnudos, maçãs do rosto acentuadas, tez clara, formas flexíveis e viçosas de nadadora vigorosa... "Você sempre parece estar saindo, toda alegre, da água fria para o sol...", disse-lhe um dia o marido. Ela respondeu com um risinho orgulhoso, mirando-se no espelho: "Eu sou assim. Fria e ensolarada. Seu peixinho dourado". Aquela noite ela lhe estendeu seus belos braços nus:

— Por que tão tarde, querido? O que está acontecendo?

— Nada — disse Erchov com um sorriso forçado.

Naquele instante, ele percebeu claramente que, ao contrário, ali e aonde quer que ele fosse, havia algo enorme, inconcebível, infinitamente temível para ele e para aquela mulher talvez bonita demais, talvez privilegiada demais, talvez... Um passo regular prolongava-se no corredor contíguo: o homem de guarda ia verificar a entrada de serviço.

— Nada... Trocaram dois homens da minha escolta pessoal, isso me deixa contrariado.

— Mas você é quem manda, querido — disse Valentina, em pé diante dele, ereta, com o penhoar entreaberto na altura dos seios.

Ela continuava a lixar uma unha esmaltada. Erchov olhou estupidamente, com o cenho franzido, um belo seio duro de bico pardo. Acolheu sem se descontrair o olhar tranquilo, inundado de flores de verão.

— ... Então você não faz o que quer?

Devia estar realmente muito cansado para que palavras tão insignificantes tivessem nele repercussão tão singular. Ouvindo aquela frase banal, Erchov percebeu que não mandava em nada, que na verdade sua vontade não controlava nada, que qualquer luta seria inútil. "Só os loucos fazem o que querem", pensou. Em voz alta, respondeu com um sorriso forçado:

— Só os loucos acreditam que fazem o que querem.

A moça adivinhou: "Está acontecendo alguma coisa...", com tal certeza na apreensão que não ousou indagar, e o ímpeto de carinho prestes a lançá-la na direção dele arrefeceu. Esforçou-se para manter-se jovial.

— Tudo bem, um beijo, Sima.

Ele a ergueu, como costumava fazer, segurando-a pelos cotovelos, e a beijou, não nos lábios, mas entre os lábios e as narinas e no canto da boca, aspirando um pouco o aroma da pele. ("Ninguém beija assim", dissera ele quando lhe fazia a corte; "só nós".)

— Tome um banho — disse ela.

Embora não acreditasse na pureza da alma — palavras ultrapassadas! —, ele acreditava na pureza benfazeja do corpo banhado, enxaguado, submetido a uma ducha de água gelada depois do banho morno, friccionado com água-de-colônia, admirado no espelho. "Misericórdia, como é bonito o animal humano!", exclamava ele às vezes no banheiro. "Vália, eu também sou bonito!" Ela entrava, beijavam-se diante do espelho, ele nu, de constituição sólida, ela seminua, maleável, entre as dobras de um roupão de listras brilhantes... Lembranças hoje adormecidas, na verdade não tão recentes, mas de outrora. Naquele tempo, chefe das operações secretas numa região fronteiriça do Extremo Leste, o próprio Erchov perseguia os espiões na floresta, dirigia silenciosas caças ao homem, conluiava-se com agentes duplos, tremia de repente ao pressentir a bala certeira que abate por entre as folhagens sem que nunca se saiba de onde veio... Ele gostava de sua vida, não sabendo estar prometido a um grande destino... A água morna escorreu sobre seus ombros. De si mesmo, só via no espelho um rosto abatido, de olhar inquieto sob pálpebras inchadas. Estou com cara de um sujeito que acabou de ser preso — merda! A porta do banheiro estava aberta; ao lado, Vália pusera um disco havaiano para tocar, banjo, voz negra ou polinésia, *I am fond of you*... Erchov explodiu:

— Vália, faça o favor de arrebentar esse disco horrível imediatamente!

O *blues* se interrompeu bruscamente, a água gelada caiu sobre a nuca do homem, como um bálsamo.

— Está feito, Sima querido. E estou rasgando a almofada amarela.

— Obrigado — disse ele, endireitando-se. — Você é boa como água gelada.

A água gelada vem de baixo das neves. Em algum lugar os lobos a bebem.

Mandaram trazer sanduíches e vinho espumante ao quarto. Mal-estar dissipado: era preciso não pensar nele para que não voltasse. Pouca ternura entre eles, mas íntima familiaridade de dois corpos inteligentes, muito limpos, que se querem profundamente.

— Quer esquiar amanhã? — perguntou Vália com os olhos arregalados e as narinas dilatadas.

Ele quase derrubou a mesinha diante deles, tão rápido foi o movimento que o lançou na direção da porta. Abriu-a bruscamente e ouviu-se um breve grito de mulher no corredor:

— Que susto, camarada chefe!

A camareira recolhia toalhas do tapete.

— O que estava fazendo aqui?

A raiva tornou a voz de Erchov quase incompreensível.

— Ora, eu ia passando, camarada chefe, o senhor me assustou...

Fechada a porta, ele voltou para Vália com expressão de irritação e tristeza, o bigode eriçado.

— Aquela vadia estava ouvindo atrás da porta...

Vália, dessa vez, teve medo de fato.

— Não é possível, querido, você está muito cansado, está dizendo bobagem...

Ele se agachou a seu lado, no tapete. Ela tomou a cabeça do homem entre as mãos para trazê-la até seu colo.

— Chega de dizer bobagem, querido. Vamos dormir.

Ele pensou: "Dormir, você acha que é fácil assim?", deixando as mãos subirem pelas pernas da jovem até o ventre cálido:

— Ponha um disco de novo, Vália. Que não seja havaiano, nem negro, nem francês... Alguma coisa nossa...

— *Os guerrilheiros*, pode ser?

Ele andava de um lado para outro do quarto enquanto se elevava o coro dos guerrilheiros vermelhos cavalgando através da taiga:

Venceram os atamanos,
Venceram os generais
e concluíram suas vitórias
à beira do Oceano...

Colunas de homens de casacos cinzentos desfilavam cantando assim pelas ruas brancas de uma cidadezinha da Ásia, em um fim de tarde. Erchov detinha-se para contemplá-los. A voz única de um jovem lançava triunfalmente os primeiros versos de cada estrofe, retomada por um coro disciplinado. O passo cadenciado das botas na neve acompanhava o canto veladamente. Essas vozes conscientes, vozes unidas e potentes, vozes de força terrestre, somos nós... O canto terminou. Erchov disse a si mesmo: "Vou tomar um pouco de gardenal..." — e bateram à porta.

— Camarada chefe, o camarada Gordêiev está chamando ao telefone.

E, do outro lado da linha, a voz pausada de Gordêiev anunciou dados novos referentes ao caso do atentado, descobertos naquele instante:

— ... o que me obriga a incomodá-lo, peço desculpas, Maksim Andrêievitch. Há uma decisão importante a ser tomada... Fortes presunções de culpa indireta pesam sobre K. K. Rubliov. Sendo assim, o caso estaria ligado por um curioso atalho aos dois últimos processos... Como K. K. Rubliov está na lista especial dos antigos membros do Comitê Central, eu não quis assumir a responsabilidade de...

"Bem, você quer então que eu assuma a responsabilidade de ordenar ou de impedir a prisão, grande safado..." — Erchov perguntou secamente:

— Biografia?

— Estou com a ficha. Em 1905, estudante de medicina na faculdade de Varsóvia; maximalista em 1906, feriu com duas balas o coronel Gólubev — fugido da fortaleza em 1908. ... membro do partido em 1908. Muito ligado a Innokéntii (Dubróvinski), a Rykov, a Preobrajenski, a Bukhárin (e os nomes dos traidores fuzilados que tinham sido chefes do partido pareciam já condenar o tal Rubliov).

Comissário político no enésimo Exército, encarregado de missão na região do Baikal, missão secreta no Afeganistão, presidente do *Kombinat* dos Fertilizantes Químicos, encarregado de cursos na Universidade Sverdlov, membro do Comitê Central até... membro da Comissão Central de Controle até... Recebeu advertência da Comissão de Controle de Moscou por atividade divisionista... Objeto de um pedido de expulsão por oportunismo de direita... Suspeito de ter lido o documento criminoso redigido por Riútin... Suspeito de ter assistido à reunião clandestina no bosque de Zielony Bor... Suspeito de ter prestado socorro à família de Eysmont quando este foi preso... Suspeito de ter traduzido do alemão um artigo de Trótski descoberto no decorrer de uma busca na casa de seu ex-aluno B. (As suspeitas cercavam aquele homem por todos os lados enquanto ele dirigia agora o Gabinete de História Geral de uma biblioteca.)

Erchov ouvia com irritação cada vez maior. Tudo isso, grande safado, nós sabemos há muito tempo. Suspeitas, denúncias, presunções, estamos fartos disso! Nenhum fio liga tudo isso ao caso Tuláiev e você está apenas armando uma cilada para mim, quer que eu mande prender um velho membro do Comitê Central. Se o pouparam até agora, é porque o Politburo tem suas razões. Erchov disse:

— Tudo bem. Aguarde um pouco. Boa noite.

—

O camarada Popov, da Comissão Central de Controle, personagem desconhecido do grande público, mas que gozava de elevada autoridade moral — sobretudo depois da execução, por alta traição, de dois ou três homens ainda mais respeitáveis do que ele —, fez-se anunciar na casa do alto-comissário e foi recebido por ele, com curiosidade. Era a primeira vez que Erchov via Popov. Com frio mais rigoroso, Popov cobria sua abundante cabeleira grisalha com um velho quepe de operário comprado por 6 rublos na loja Moscou-Confecção. Seu casaco de couro, desbotado, tinha dez anos. Popov tinha o velho rosto todo cheio de rugas e inchaços de má saúde, barbicha sem cor, óculos metálicos. Entrou assim, com o quepe por cima das madeixas grisalhas, uma pasta grande debaixo do braço, um sorrisinho dúbio e frouxo nos olhos.

— Então, tudo bem, caro camarada? — perguntou familiarmente, e Erchov foi seduzido em apenas um centésimo de segundo por aquela bonomia de velho esperto.

— Muito feliz por finalmente conhecê-lo, camarada Popov — respondeu o alto-comissário.

Popov desabotoou o casaco, deixou-se cair pesadamente numa poltrona e murmurou:

— Que cansaço, misericórdia! É agradável sua casa, essas novas construções são bem equipadas (começou a preparar o cachimbo). Sabe, conheci a Tcheká bem no início, com Félix Edmúndovitch Dzerjínski, ah não, não era nada confortável, a organização de hoje... O país soviético está crescendo a olhos vistos, camarada Erchov. Você tem sorte de ser jovem...

Erchov, polido, não o apressou. Popov levantou entre eles uma mão cor de terra, flácida, de unhas descuidadas.

— Pois bem, meu caro camarada. O partido anda pensando em você; o partido pensa em cada um de nós. Você trabalha muito, com dedicação, o Comitê Central lhe tem apreço. Naturalmente, você esteve um pouco sobrecarregado, havia a herança a ser liquidada (a alusão aos predecessores foi discreta), o período de complôs pelo qual estamos passando...

Aonde ele queria chegar?

— A história avança por etapas... Ora as polêmicas, ora os complôs... Pois bem, é assim. É claro que você está cansado. Não esteve totalmente à altura no caso do atentado terrorista contra o camarada Tuláiev... Perdoe-me dizer com minha velha franqueza, a título absolutamente pessoal, olho no olho, caro camarada, tal como certa vez, em 1918, Vladímir Ilitch disse a mim... Pois bem, porque lhe temos apreço...

O que Lênin lhe dissera vinte anos antes ele não pensou em contar. Era sua maneira de falar; um falso gaguejar, com uns *pois bem* semeados aqui e ali, voz trêmula, a gente envelhece, sou um dos mais velhos do partido, sempre preparando o bote.

— Pois bem, é preciso que você descanse por uns dois meses, ao ar livre, ao sol do Cáucaso... Uma estação de águas, camarada, eu o invejo imensamente, acredite... Hehe... Matsesta, Kislovodsk, Sótchi, Tikhes-Dziri, regiões de sonho... Conhece os versos de Goethe:

Kennst du das Land wo die Zitronen blühn?[1]... não sabe alemão, camarada Erchov?

Finalmente o alto-comissário entendia, abalado, o sentido daquela falação.

— Desculpe-me, camarada Popov, não sei se entendi bem: é uma ordem?

— Não, caro camarada, apenas uma recomendação que lhe fazemos. Você está esgotado, assim como eu, é visível. Todos nós pertencemos ao partido, a ele devemos prestar contas de nossa saúde. E o partido cuida de nós. Os Velhos pensaram em você, falamos de você no Departamento de Organização (mencionado aí para não nomear o Politburo). O que está decidido é que Gordêiev o substituirá em sua ausência... Sabemos de suas boas relações com ele, assim será um colaborador de sua inteira confiança que... sim... dois meses, não mais do que isso... O partido não lhe pode conceder mais, caro camarada...

Popov esticou os joelhos, com lentidão exagerada, levantou-se, sorriso rançoso, pele lamacenta, mão estendida, benevolente.

— Misericórdia, ah, você ainda não sabe o que é reumatismo... Pois bem, quando vai partir?

— Amanhã à noite, para Sukhum. De férias, esta noite.

Popov pareceu encantado.

— Muito bem. Prontidão militar, gosto disso... Eu mesmo, apesar dos anos... Sim, sim... Bom descanso, camarada Erchov... Cáucaso, região magnífica, joia da União... *Kennst du das land...*

Erchov sacudiu com força uma mão frouxa, conduziu Popov até a porta, fechou, parou no meio do gabinete, completamente desamparado. Ali nada mais lhe pertencia. Alguns minutos de uma conversa hipócrita foram suficientes para tirar o comando de suas mãos. O que significava aquilo? O telefone tocou. Gordêiev perguntava a que horas deveria convocar os chefes de departamento para a conferência programada.

— Venha receber minhas ordens — disse Erchov, mal se contendo —; não, não venha. Nada de conferência hoje...

Tomou um copo grande de água gelada.

---

1 Em alemão: "Conheces o país onde os limoeiros florescem?". [TODAS AS NOTAS SÃO DESTA EDIÇÃO]

Escondeu da mulher que aquelas férias repentinas eram uma ordem. Em Sukhum, à beira de um mar incrivelmente azul, em locais luxuosos de verão, debaixo das palmeiras, os envelopes rigorosamente secretos de informação lhe foram entregues durante seis dias, depois pararam de chegar; não ousou reclamá-los, mas demorou-se no bar do clube com generais taciturnos que voltavam da Mongólia. O uísque lhes propiciava uma alma comum, ardente e pesada. O anúncio da chegada de um membro do Politburo a uma mansão vizinha mergulhou Erchov no pânico. E se aquele personagem fingisse ignorar a presença do alto-comissário naquele lugar?

— Vamos para as montanhas, Vália.

O automóvel subiu uma estrada sinuosa, sob um sol de fogo, entre as rochas brilhantes de tanta luz, as ravinas, a imensa taça de esmalte fundido do mar. O horizonte marinho subia cada vez mais, de um azul ofuscante. Vália começou a viver com medo. Pressentia uma fuga, mas ridícula, impossível.

— Você já não me ama? — perguntou finalmente a Maksim, entre o céu, o mar e as rochas, no ar puro dos 1.200 metros de altitude.

Ele beijou-lhe a ponta dos dedos, já não sabendo se ainda era capaz de desejá-la, com aquele tumulto asqueroso na alma.

— Estou com medo demais para pensar no amor... Estou com medo, é idiotice. Não, tenho razão de ter medo, estou sendo aniquilado, chegou minha vez...

A visão das rochas sobre as quais o sol escorria dava um cansaço delicioso — e o mar, o mar!

Se é para ser aniquilado, que pelo menos eu usufrua dessa mulher e desse azul!

Foi uma ideia corajosa. Ele beijou Vália gulosamente, boca a boca. A pureza das paisagens impregnava-os de um deslumbramento semelhante ao da luz. Passaram três semanas num chalé das alturas. Um casal de abcásios, ambos vestidos de branco, o homem e a mulher igualmente bonitos, serviam-nos em silêncio. Adormeciam num terraço, ao ar livre, debaixo de grossas cobertas, os corpos envolvidos em seda, reunidos depois do amor pela contemplação das estrelas. Vália disse certa vez: "Veja, querido, vamos cair ao encontro das estrelas...". Um pouco de verdadeiro descanso veio então para o homem assediado por dois pensamentos, um racional, tranquilizador, o outro dissimulado, pérfido, seguindo seus próprios caminhos obscuros, tenaz como uma cárie. O primeiro formulava-se claramente: Por que eles não me afastariam do trabalho pelo tempo de resolver essa história aborrecida na qual me deixei enredar? O chefe se mostrou bem impressionado a meu respeito. Afinal, é só me mandarem de volta para o exército. Não causo problemas para ninguém, já que não tenho passado. E se eu pedisse para voltar ao Extremo Leste? — O outro, insidioso, murmurava: Você sabe coisas demais, como eles poderiam ter certeza de que nunca as dirá? Você terá de desaparecer, como seus predecessores. Seus predecessores conheceram essas vicissitudes, esses mesmos indícios, inquietações, dúvidas, esperanças, férias, fugas insensatas, retornos resignados, e foram fuzilados. "Vália", chamava Erchov de repente, "vamos à caça!". Arrastava Vália em longas escaladas, até lugares inacessíveis de onde subitamente o mar se revelava, delineando um mapa imenso: e promontórios, rochedos, devorados pela claridade, avançavam ao longe rumo ao largo. "Veja, Vália!" Uma cabra-montês surgida no pico de um rochedo, dominando as pedras douradas, destacava-se em pleno azul, imóvel, chifres erguidos. Erchov passou a carabina para Vália, que a levou ao ombro devagarinho, com os braços nus; gotinhas de suor brilhavam em sua nuca. O mar enchia a taça do mundo, o silêncio reinava sobre o universo, havia em pleno céu a delgada silhueta viva de um animal dourado... "Mire bem", Erchov murmurava ao ouvido de sua mulher. "E principalmente, querida, não acerte..." O cano da carabina foi subindo lentamente, foi subindo, a nuca de Vália se inclinou: quando a arma apontou para o zênite, o tiro partiu. Vália ria, os olhos cheios de céu. A detonação se esvaneceu, reduzida a um chiado fraco. Sem se assustar, a cabra-montês virou a cabeça afilada para aquelas formas brancas longínquas, considerou-as por um instante, dobrou os joelhos, saltou graciosamente na direção do mar e desapareceu... Aquela noite Erchov recebeu um telegrama que o chamava de volta a Moscou com urgência.

Partiram em vagão especial. No segundo dia de viagem, o trem parou numa estação perdida, no meio de campos de milho nevados. Uma névoa cinzenta, opressiva, escurecia o horizonte. Vália fumava com um livro de Zostchenko nas mãos, ligeiramente contrariada... "O que você acha de interessante", dissera ele, "nesse humor triste que nos calunia?"... Ela acabara de responder em tom hostil: "Você só faz raciocínios oficiais...". A volta à vida costumeira já os irritava. Erchov percorria os jornais. O oficial de serviço veio dizer que ele estava sendo chamado ao telefone na estação, a linha direta não podia ser acessada no vagão especial, em consequência de uma avaria. Erchov enfezou-se:

— Ao chegar, imponha oito dias de detenção ao chefe de material. Os telefones dos vagões especiais devem funcionar im-pe-ca-vel-men-te. Entendeu?

— Sim, camarada alto-comissário.

Erchov vestiu o casaco coberto de insígnias do mais alto poder, desceu para a plataforma de tábuas da pequena estação completamente deserta, constatou que a locomotiva rebocava apenas três vagões, caminhou a passos largos para a única casinha branca visível. O oficial de serviço seguia-o respeitosamente, três passos atrás. *Segurança controle das estradas de ferro.* Erchov entrou, saudado por vários militares em posição de sentido.

— Por aqui, camarada chefe — disse o oficial de serviço, estranhamente ruborizado.

No quartinho do fundo, superaquecido por um aquecedor de ferro fundido, dois graduados levantaram-se quando ele entrou, movidos pelas molas da disciplina, um alto e magro, outro baixo e gordo, os dois imberbes e de alto escalão. Erchov, um tanto surpreso, correspondeu a seu cumprimento. Em tom seco:

— O telefone?

— Temos um recado para o senhor — respondeu de modo evasivo o alto e magro, que tinha o rosto longo, fino, e olhos cinzentos absolutamente frios.

— Que recado? Diga.

O magro alto tirou da carteira uma pequena folha de papel com algumas linhas datilografadas.

— Por favor.

Por decisão da conferência especial do Comissariado do Povo para Assuntos Internos... na data de... referente ao caso nº 4.628 g... colocar em estado de prisão preventiva... ERCHOV, Maksim Andrêievitch, 41 anos...

Erchov, tomado por uma espécie de câimbra na garganta, mesmo assim encontrou forças para reler aquelas palavras, uma por uma, examinar o timbre, as assinaturas: Gordêiev, contra-assinatura ilegível, os números de ordem...

— Ninguém tem o direito — disse ele absurdamente depois de alguns segundos —, eu sou...

O gordo baixinho não o deixou terminar.

— Não é mais, Maksim Andrêievitch, o senhor foi exonerado dessas altas funções por decisão do Departamento de Organização...

Ele falava com uma deferência viscosa.

— Estou com a cópia. Queira entregar-me suas armas...

Erchov depôs sobre a mesa, coberta de oleado preto, seu revólver regulamentar. Procurando no bolso de trás da calça a pistola Browning de reserva que costumava levar, veio-lhe a vontade de dar um tiro no coração e desacelerou imperceptivelmente seus movimentos, acreditando compor uma expressão impassível. A cabra-montês dourada sobre a agulha das rochas, entre o mar e o céu. A cabra-montês dourada ameaçada pela espingarda do caçador; os dentes de Vália, sua nuca inclinada, o azul... Tudo acabado. Os olhos transparentes do magro alto não se desviavam dos seus, as mãos do gordo baixinho tomaram suavemente a mão do alto-comissário para receber a Browning. Uma locomotiva apitou longamente. Erchov disse:

— Minha mulher...

O gordo baixinho o interrompeu, solícito:

— Não se preocupe, Maksim Andrêievitch, cuidarei dela pessoalmente...

— Obrigado — disse Erchov tolamente.

— Queira trocar de roupa — disse o magro alto —, por causa das insígnias...

De fato, as insígnias... Um jaquetão sem insígnias e um capote militar mais ou menos parecido com o seu, sem insígnias, estavam jogados no encosto de uma cadeira. Tudo bem preparado. Trocou-se como um sonâmbulo. Tudo se esclarecia, a começar por coisas que ele mesmo fizera... seu retrato, amarelado pelo sol e sujo de cagadelas de moscas, olhava para ele.

— Tirem esse retrato — disse ele, severo.

O sarcasmo o fortaleceu, mas caiu no silêncio.

Quando Erchov saiu daquela sala, entre o magro alto e o gordo baixinho, a sala de guarda vizinha estava vazia. Os homens que o tinham visto entrar, levando na gola e nas mangas as estrelas do poder, não o viam sair degradado. "O organizador desta detenção merece cumprimentos", pensou o alto-comissário destituído. Não sabia se fazia aquela reflexão automaticamente ou por ironia. A estação estava deserta. Trilhos escuros sobre a neve, espaços brancos. Fora-se o trem especial levando Vália, levando o passado. Só um vagão esperava a 100 metros, um vagão completamente diferente, mais especial, para o qual Erchov dirigiu-se a passos largos entre os dois altos graduados silenciosos.

Capítulo 3
Os homens cercados

Das regiões polares, acima das florestas adormecidas do Kama, tempestades de neve, lentas e turbilhonantes, enxotando aqui e ali matilhas de lobos, chegavam a Moscou. Pareciam destroçar-se sobre a cidade, exaustas de sua longa viagem aérea. Submergiam de repente o azul. Uma claridade morna e leitosa espalhava-se pelas praças, ruas, pequenas residências esquecidas das ruelas antigas, pelos bondes de vidros cobertos de gelo... Vivia-se num suave turbilhão de brancura semelhante a um enterro. Andava-se sobre miríades de estrelas puras, renovadas a cada instante. E eis que no alto, sobre as cúpulas das igrejas, sobre finas cruzes douradas ainda não completamente desdouradas, plantadas no crescente invertido, o azul ressurgia. O sol espalhava-se pela neve, acariciava as velhas fachadas miseráveis, penetrava nos interiores pelas janelas duplas... Rubliov contemplava essas metamorfoses incansavelmente. Finas ramagens adiamantadas subiam à janela de seu gabinete de trabalho. Visto dali, o universo reduzia-se a um pedaço de jardim descuidado, um muro e, atrás do muro, uma capela abandonada com um bulbo verde-dourado, rosado pela pátina do tempo.

Rubliov desviou os olhos dos quatro livros que estava consultando simultaneamente: neles uma única série de fatos revestia quatro aspectos inegáveis, mas incertos, de onde nasciam os erros dos historiadores, alguns metódicos, outros espontâneos. Caminhava-se através do erro como através da borrasca de neve. Séculos depois surgia para alguém — hoje para mim — a evidência daquele emaranhado de contradições. A história econômica, anotou Rubliov, muitas vezes tem a clareza enganadora de um relatório de autópsia. Algo essencial lhe escapa, felizmente, como na autópsia: a diferença entre o cadáver e o ser vivo.

— Tenho letra de neurastênico.

A sub-bibliotecária Andrónikova entrou. ("Ela acha que tenho cara de neurastênico...")

— Por favor, Kiril Kirílovitch, verifique a lista das obras proibidas ao público, solicitadas por autorização especial...

Rubliov verificou com negligência todas as solicitações, quer se tratasse de historiadores idealistas, economistas liberais, social-democratas afeitos ao ecletismo burguês, intuicionistas confusos... Então ele estacou: um estudante do Instituto de Sociologia Aplicada solicitava *1905*, de L. D. Trótski. A sub-bibliotecária Andrónikova, de rosto minúsculo cercado por uma espuma de cabelos brancos, já esperava por aquilo.

— Recusado — disse ele. — Aconselhe esse rapaz a se dirigir à Biblioteca da Comissão de História do partido...

— Foi o que eu já fiz — respondeu baixinho Andrónikova —, mas ele insistiu muito.

Rubliov teve a impressão de que ela o olhava com simpatia infantil, por ele ser fraco, puro e bom.

— Como vai, camarada Andrónikova? Encontrou tecidos na cooperativa Kusnétski Most?

— Sim, obrigada, Kiril Kirílovitch — disse ela, e uma efusão contida nuançou sua voz.

Ele tirou a peliça do cabideiro e, enquanto a vestia, gracejou sobre a arte de viver.

— Estamos esperando boas oportunidades, camarada Andrónikova, para os outros e para nós... Vivemos nas selvas do período de transição, não é?

"Arte perigosa viver nessas condições", pensou a mulher de cabelos brancos, mas limitou-se a sorrir, mais com os olhos do que com os lábios. Será que aquele homem singular, erudito, inteligente, apaixonado por música, acreditava mesmo no "duplo período de transição do capitalismo para o socialismo e do socialismo para o comunismo" sobre o qual publicara um livro na época em que o partido ainda lhe permitia escrever? A cidadã Andrónikova, 70 anos, ex-princesa, filha de um grande político liberal (e monarquista), irmã de um general massacrado em 1918 por seus soldados, viúva de um colecionador de quadros que na verdade a vida toda só gostara de Matisse e de Picasso, privada do direito de voto em razão de suas origens sociais, vivia de um culto íntimo dedicado a Vladímir Soloviov. O filósofo da sabedoria mística, embora não a ajudasse a compreender aquela variedade de homens estranhamente obstinados, duros, limitados, perigosos, alguns dos quais, no entanto, tinham alma de riqueza inédita — os bolcheviques —, fortalecia em Andrónikova uma indulgência recentemente mesclada a uma compaixão secreta. Se não fosse para amar também os piores, haveria lugar neste mundo para o amor cristão? Se os piores não estivessem às vezes muito próximos dos melhores, seriam eles de fato os piores? Andrónikova pensava: "Eles certamente acreditam no que escrevem... E talvez Kiril Kirílovitch tenha razão. Talvez este seja, de fato, um período de transição...". Ela sabia os nomes, conhecia os rostos, a maneira de sorrir, a maneira de vestir a peliça de vários grandes personagens do partido recentemente desaparecidos ou fuzilados ao longo de processos incompreensíveis. Eram mesmo irmãos daquele; todos se tratavam com extrema familiaridade; todos falavam em *período de transição*, decerto tinham morrido também porque acreditavam nisso... Andrónikova cuidava de Rubliov com uma ansiedade quase dolorosa, sem que ele soubesse. Repetia o nome de Kiril Kirílovitch em suas orações mentais da noite, antes de adormecer, coberta até o queixo, como aos 16 anos. O quarto era minúsculo, cheio de coisas amarelecidas, velhas cartas guardadas em caixas, retratos de gente jovem e bonita, primos e sobrinhos em sua maioria enterrados não se sabia onde, nos Cárpatos, em Galípoli, em Trebizonda, em Iaroslavl, na Tunísia. Dois daqueles aristocratas provavelmente estavam vivos, um como garçom em Constantinopla, outro, sob nome falso, condutor de bondes em Rostov. Mas Andrónikova conseguia arranjar um chá passável e um pouco de açúcar, ainda sentia uma certa alegria de viver... Para ter um minuto de conversa a cada dia com

Rubliov, imaginara procurar tecidos, papel de carta, víveres raros nas lojas, e contar-lhe suas dificuldades. Rubliov, que gostava de percorrer as ruas de Moscou, entrava nas lojas para informá-la.

Respirando prazerosamente o ar frio, Rubliov voltava a pé pelos bulevares brancos. Alto, magro, ombros largos, havia dois anos começava a se encurvar, não sob o peso dos anos, mas sob o peso maior da preocupação. Os meninos que avançavam patinando pelo bulevar conheciam sua velha peliça desbotada nos ombros, seu gorro de astracã afundado até os olhos, sua barba fina, seu nariz grande e ossudo, suas sobrancelhas grossas, a pasta abarrotada que ele levava debaixo do braço. Rubliov ouvia-os gritar à sua passagem: "Ei, Vanka, lá vai o professor Xeque-Mate!" ou, então, "Cuidado, Tiomka, lá vem o tsar Ivan, o Terrível!". O fato é que ele parecia mesmo um pedagogo exímio em xadrez, o fato é que se assemelhava aos retratos do tsar sanguinário. Certa vez, um menino que se lançara a toda velocidade, num patim único, contra suas pernas, gaguejara atabalhoado desculpas bizarras: "Perdão, cidadão professor Ivan, o Terrível...", e não compreendera o riso estranho que provocara naquele velho alto e severo.

Ele passava diante do portão do número 25 do bulevar Tverskói, Casa dos Escritores. Na fachada do pequeno palacete um medalhão revelava o nobre perfil de Alexandre Herzen. Embaixo, pelas janelas do subsolo, escapavam os aromas do restaurante dos literatos, mais exatamente da manjedoura dos escrevinhadores. "Semeei dragões", dizia Marx, "e colhi pulgas!". O país semeia dragões incessantemente e na época dos furacões os produz, fortes, alados, com garras, providos de cérebro magnífico, mas sua descendência extingue-se como pulgas, pulgas amestradas, pulgas fétidas, pulgas, pulgas! *Nesta casa nasceu Alexandre Herzen*, o homem mais generoso da Rússia de seu tempo, por isso reduzido a viver no exílio; e, talvez por ter trocado uma mensagem com ele, a elevada inteligência de um Tchernychévski foi pisoteada durante vinte anos pela polícia. Agora, os literatos, naquela casa, enchiam a pança escrevendo, em verso e prosa, em nome da revolução, as tolices e as infâmias encomendadas pelo despotismo. Pulgas, pulgas. Rubliov ainda pertencia ao Sindicato dos Escritores, cujos membros, que antes lhe pediam conselhos, hoje fingiam não o reconhecer na rua, por medo de se comprometer... Uma espécie de ódio acendia-se em seus olhos quando vislumbrava o "poeta das juventudes comunistas" (40 anos) que escrevera para o fuzilado Platakov e alguns outros:

> Fuzilá-los é pouco,
> é pouco, muito pouco!
> Carniça envenenada, crápulas,
> escória imperialista
> que nos suja as altivas balas socialistas!

Rima rica. Havia assim cem versos; a 4 rublos o verso, equivalia a um mês de trabalho de um operário qualificado, três meses de trabalho de um braçal. O autor disso, vestido com um terno esportivo de grosso tecido cor de ferrugem de fabricação alemã, exibia nas salas de redação um rosto rubicundo.

Praça Strastnaia — praça do Mosteiro da Paixão: Púchkin meditava sobre seu pedestal. Receba o agradecimento dos séculos, poeta russo, por não ter sido um safado, por só ter sido um pouco covarde, apenas o necessário, decerto, para viver sob uma tirania relativamente esclarecida, quando enforcavam seus amigos, os decembristas! Estavam demolindo sem pressa, em frente, a pequena torre do mosteiro. O edifício de cimento armado dos *Izvestia*[2], marcado por um relógio, dominava os jardins do antigo mosteiro. Nos ângulos da praça, uma pequena igreja de um branco sujo, cinemas, uma livraria. Pessoas em fila indiana esperavam o ônibus, pacientes. Rubliov virou à direita, na rua Górki, deu uma olhada discreta nas vitrines de uma grande loja de comestíveis, peixes opulentos do Volga, belas frutas da Ásia Central, alimentos de luxo para especialistas gordamente remunerados. Ele morava numa ruazinha lateral, num imóvel de dez andares de corredores espaçosos fracamente iluminados. O elevador chegou lentamente ao sétimo, Rubliov seguiu por um triste corredor escuro, bateu de modo discreto a uma porta, que se abriu, ele entrou, beijou sua mulher na testa:

— Então, Dora, o aquecimento está funcionando?

— Mal. Os aquecedores só estão mornos. Vista seu jaquetão velho.

---

2 *Izvestia* era o jornal oficial da União Soviética, fundado em 1917, que circulou até a dissolução da URSS em 1991.

Tal como as assembleias de locatários da Casa dos Sovietes, os julgamentos anuais dos técnicos da Diretoria Regional dos Combustíveis não remediaram a crise. O frio instalava no grande aposento uma espécie de desolação. A brancura dos telhados, atingida pelo crepúsculo, entrava pela vidraça. A folhagem das plantas verdes parecia metálica, a máquina de escrever exibia um teclado empoeirado que parecia uma dentadura fantástica. Os corpos humanos, transbordantes de força, pintados por Michelangelo para a Capela Sistina, limitados na fotografia a cinza e preto, reduziam-se nas paredes a manchas sem interesse. Dora acendeu o lampião sobre a mesa, sentou-se, cruzou os braços sob o xale de lã marrom e levantou para Kiril seu tranquilo olhar cinzento.

— Foi bem de trabalho?

Ela reprimia a alegria de vê-lo de volta, assim como um instante antes reprimia o medo de não o ver voltar. Será sempre assim.

— Leu os jornais?... Dei uma olhada... Um novo comissário do povo foi nomeado para a Agricultura da RSFSR; o outro desapareceu... Claro! E esse vai desaparecer em menos de seis meses, Dora, não tenha dúvida! E o próximo! Qual deles vai melhorar alguma coisa?

Eles falavam baixo. Se fosse para contar os habitantes daquele prédio, todos pessoas influentes, desaparecidos em vinte meses, chegariam a porcentagens surpreendentes, constatariam que aqueles apartamentos davam azar, evocariam sob vários ângulos fatais 25 anos de história. Essa conta obscura estava dentro deles. Por causa disso, Rubliov envelhecia. Era sua única maneira de se dobrar.

Naquela mesma sala, entre as plantas de folhas metálicas e as reproduções apagadas da Capela Sistina, ao longo do dia e até tarde da noite, eles tinham ouvido vozes insensatas, demoníacas, inexoráveis, inimagináveis, despejadas pelo alto-falante. As vozes enchiam horas, noites, meses, anos, enchiam as almas de delírio, e era espantoso que se pudesse viver depois de as ter ouvido. Dora se levantara uma vez, pálida e desamparada, as mãos caídas, para dizer:

— É como uma borrasca de neve cobrindo o continente... Já não há estradas, não há luz, não há caminho possível, tudo deve ser enterrado... É uma avalanche que despenca sobre nós, que nos leva... É uma horrível revolução...

Kiril também estava pálido e o aposento embaçado. A caixa envernizada do rádio emitia uma voz um pouco rouca, trêmula, vacilante, carregada de sotaque turco — de um membro do Comitê Central do Turcomenistão que, como todo mundo, confessava traições inumeráveis. "Eu organizei o assassinato de... Participei do atentado contra... que falhou... Levei ao fracasso os planos da irrigação... Provoquei a revolta dos basmaches... Entreguei ao serviço secreto britânico... Recebi da Gestapo... Pagaram-me 30 mil dinares..." Kiril, girando um botão, interrompeu aquela torrente de palavras insanas. "O interrogatório de Abrahimov", murmurou. "Pobre diabo!" Ele o conhecia: jovem arrivista de Tachkent, bebedor de bom vinho, funcionário zeloso, nada bobo... Kiril pôs-se de pé para dizer gravemente:

— É a contrarrevolução, Dora.

A voz do procurador supremo ruminava indefinidamente, sombria, conspirações, atentados, crimes, devastações, felonias, traições; transformava-se numa espécie de latido cansado para injuriar homens — que ouviam, aniquilados, nucas inclinadas, desesperados, sob os olhos de uma multidão, entre dois guardas: muitos daqueles homens eram puros, os mais puros, os melhores, os mais inteligentes da revolução — e justamente por essa razão eram submetidos ao suplício, aceitavam submeter-se a ele. Ouvindo-os ao microfone, pensava-se por vezes: "Como ele deve estar sofrendo... Não, no entanto é sua voz natural, o que está acontecendo? Será que enlouqueceu? Por que está mentindo assim?". Dora atravessou o quarto esbarrando nas paredes, Dora afundou-se na cama, sacudida por soluços — sem chorar, sufocada.

— Não fariam melhor deixando-se dilacerar vivos? Será que não compreendem que estão envenenando a alma do proletariado? Que estão envenenando a fonte do futuro?

— Isso eles não compreendem — disse Kiril Rubliov. — Acreditam estar mais uma vez servindo ao socialismo. Alguns ainda têm esperança de sobreviver. Foram torturados...

Ele retorceu as mãos.

— Não, não são covardes; não, não foram torturados; não acredito. São fiéis, entende, continuam fiéis ao partido e já não existe partido, existem apenas inquisidores, carrascos, safados... Não, já não sei o que estou dizendo, não é tão simples. Talvez eu fizesse o mesmo se estivesse no lugar deles.

(Ao mesmo tempo pensava nitidamente: "Aquele lugar é meu, e

algum dia estarei lá, necessariamente...", e sua mulher, nitidamente, sabia que ele pensava assim.)

— Eles acham que mais vale morrer na desonra, assassinados pelo Chefe, do que o denunciando para a burguesia internacional...

Rubliov quase gritou, como um homem esmagado:

— ... e nisso eles têm razão.

Essa conversa obsessiva prosseguiu entre eles por muito tempo. O cérebro deles passou a funcionar apenas em função daquele assunto, examinando-o por todos os ângulos, porque a História, naquela parte do mundo, a grande sexta parte, passara a funcionar apenas em função das trevas, das mentiras, das devoções perversas, do sangue derramado todos os dias. Os Velhos do partido evitavam uns aos outros, para não se olharem de frente, não se mentirem de frente de maneira ignóbil por natural covardia, não tropeçarem em nomes de camaradas desaparecidos, não se comprometerem por apertar uma mão, não se constrangerem por não a apertar. No entanto, mesmo assim ficavam sabendo das prisões, dos desaparecimentos, das estranhas licenças por motivos de saúde, das mudanças de mau augúrio, dos fragmentos de interrogatórios secretos, dos rumores sinistros. Muito tempo antes de um subchefe do estado-maior, ex-trabalhador mineiro, bolchevique de 1908, outrora celebrado por uma campanha da Ucrânia, uma campanha no Altai, uma campanha em Iacútia, muito antes que esse general três vezes condecorado com a Ordem da Bandeira Vermelha desaparecesse, um rumor pérfido o envolveu, dilatando inexplicavelmente as pupilas das mulheres que ele encontrava, criando um vazio à sua volta quando ele atravessava as antessalas do Comissariado da Defesa. Rubliov o viu numa noitada, na Casa do Exército Vermelho: "Imagine, Dora, que a dez passos dele as pessoas se esquivavam... Os que davam de frente com ele faziam-se de melosos, excessivamente polidos, e logo se eclipsavam... Observei-o durante vinte minutos; estava sentado sozinho, entre duas cadeiras vazias: com todas as suas condecorações, de uniforme novo, era como uma figura de cera, vendo os casais rodopiar. Jovens tenentes, não sabendo de nada, felizmente tiravam sua mulher para dançar... Archínov aproximou-se, reconheceu-o, parou bruscamente, fingindo procurar alguma coisa nos bolsos, e lentamente virou-lhe as costas...". Um mês depois, quando o prenderam na saída de uma reunião de comitê na qual não abrira a boca, ele ficou aliviado, e todos ficaram aliviados com o fim de uma expectativa. Quando a mesma atmosfera glacial se criou em torno de outro general vermelho chamado do Extremo Leste, por telegrama, para receber uma nomeação mítica, esse general deu um tiro na cabeça dentro da banheira. Contrariando todas as expectativas, a Diretoria da Artilharia lhe fez um belo funeral; três meses depois, por aplicação do decreto que estabelecia a deportação "para as regiões mais longínquas da União" das famílias de traidores, sua mãe, sua mulher e seus dois filhos receberam ordens de partir para o desconhecido. Essas notícias e muitas outras do mesmo tipo chegavam por acaso, confidencialmente. Sussurradas de boca em boca, seus detalhes nunca eram seguros. Alguém tocava à porta de um amigo e a criada, ao abrir, considerava a pessoa, assustada: "Não sei de nada, ele não está, não vai mais voltar, me mandaram ir embora para o campo... Não, não sei de nada, nada...". Tinha medo de falar demais, medo da pessoa como se o perigo viesse atrás dela. Alguém telefonava para um camarada, de uma cabine pública, por preocupação, e uma voz de homem desconhecido, muito atencioso, perguntava: "É da parte de quem?", e a pessoa entendia que lá se instalara uma ratoeira, respondia confusa, mesmo assim escarnecendo: "Do Banco Estatal, negócios", depois ia embora sem se voltar, pois em dez minutos a cabine seria identificada. Nos escritórios, novos rostos substituíam os rostos conhecidos; tinha-se vergonha de pronunciar o nome do desaparecido ou de evitar pronunciá-lo. Os jornais publicavam as nomeações de novos membros dos governos federados sem indicar o que fora feito de seus antecessores, o que ficava bastante claro. Nos apartamentos comuns, ocupados por várias famílias, quando a campainha da entrada soava no meio da noite, as pessoas se diziam: "Vieram buscar o comunista", do mesmo modo como antes teriam pensado imediatamente na prisão do técnico ou do ex-oficial. Rubliov fez as contas dos antigos camaradas sobreviventes que lhe eram mais próximos e chegou a dois, Filípov, da Comissão do Planejamento, e Wladek, um imigrante polonês. Este, em outros tempos, conhecera Rosa Luxemburgo, pertencera com Wárski e Walétski aos primeiros Comitês Centrais do Partido Comunista da Polônia, trabalhara nos serviços secretos sob a direção de Unszlicht... Wárski e Walétski, se porventura ainda estivessem vivos, decerto estavam presos, em algum isolamento secreto reservado aos dirigentes, antes importantes, da Terceira Internacional; o corpulento Unszlicht, de rosto grande e óculos, era dado como certamente — quase com total certeza — fuzilado. Wladek, obscuro colaborador de um Instituto de Agronomia, tentava se fazer esquecer. Morava a cerca de 40 quilômetros de Moscou, numa casa abandonada, em plena floresta; só vinha à cidade para trabalhar, não frequentava ninguém, não escrevia a ninguém, não recebia cartas de ninguém, não telefonava para ninguém.

— Talvez assim me esqueçam, entende? — disse a Rubliov. — Éramos uns trinta poloneses pertencentes aos antigos quadros do partido: restam quatro, quando muito.

De baixa estatura, quase careca, nariz redondo, muito míope, enxergava Rubliov através de lentes de espessura extraordinária: conservando um olhar alegre, jovial, e grossos lábios de enfado.

— Kiril Kirílovitch, todo esse pesadelo é, no fundo, muito interessante e velho. A história está se lixando para nós, meu amigo. Ah, meus pequenos marxistas, diz aquela bruxa de Macbeth, vocês traçam planos, colocam problemas de consciência social! E aí ela solta entre nós o paizinho tsar Ivan, o Terrível, com seus medos histéricos e seu bastão de ponta de ferro...

Eles sussurravam, fumando cigarros na penumbra de uma antessala cujas vitrines continham coleções de gramíneas. Rubliov respondeu com uma risadinha tíbia à socapa:

— Sabe, os meninos da escola acham que sou eu que me pareço com o tsar Ivan...

— Nós todos nos parecemos com ele em algum aspecto — disse Wladek, meio sério, meio zombeteiro. — Somos todos professores pertencentes à geração do Terrível... Eu também, apesar da calvície e das origens semíticas, tenho um pouco de medo de mim, confesso, quando me vejo.

— Não concordo de modo nenhum com sua má literatura psicológica, Wladek. Precisamos conversar seriamente. Vou trazer Filípov.

Marcaram encontro no bosque, à beira do Istra, pois não seria sensato se encontrarem na cidade nem na casa de Filípov, que era vizinho de ferroviários. "Nunca recebo ninguém", dizia Filípov, "é mais seguro. Além do mais, o que falar com as pessoas?".

Filípov sobrevivia, sem entender por quê, a várias equipes sucessivas da Comissão de Planejamento. "O único plano cumprido à risca", gracejava, "será o das prisões". Membro do partido desde

1910, presidente de um Soviete da Sibéria quando as águas da primavera de março de 1917 levaram as águias bicéfalas (de madeira carunchada), mais tarde comissário de pequenas tropas de guerrilheiros vermelhos que defenderam a taiga contra o almirante Koltchak, colaborava havia cerca de dois anos com o estabelecimento dos planos de produção de artigos de primeira necessidade: tarefa improvável, passível de provocar prisão imediata, em regiões nas quais faltavam ao mesmo tempo pregos, calçados, fósforos, tecidos etc. Só que, como suspeitavam dele, por ser antigo no partido, diretores preocupados em evitar problemas lhe confiaram o plano de distribuição dos instrumentos de música popular: acordeões, harmônios, flautas, violões e cítaras, tamborins para o Leste, com exceção do equipamento das orquestras, vinculado a um serviço específico; e aquele departamento constituía um oásis de segurança, sendo que a oferta era maior do que a demanda em quase todos os mercados, salvo aqueles, considerados secundários, de Buriat--Mongol, do Birobidjão, do território autônomo de Nakhichevan e da República Autônoma das Montanhas do Karabakh. "Em compensação", comentava Filípov, "introduzimos o acordeão na Dzungaria... Os xamãs da Mongólia Interior pedem nossos tamborins". Ele registrava sucessos inesperados. Na verdade, ninguém ignorava que a boa venda dos instrumentos musicais explicava-se justamente pela penúria de objetos mais úteis; e que a fabricação desses objetos em quantidades suficientes devia-se em parte ao trabalho dos artesãos refratários à organização cooperativa, em parte à própria inutilidade da pacotilha... Mas isso envolvia a responsabilidade da Comissão Central do Planejamento em seus escalões mais altos... Filípov, rosto redondo, face cheia de rosáceas, riscada por um bigodinho preto cortado rente aos lábios, grandes olhos sagazes brilhando entre pálpebras inchadas, chegou ao encontro sobre esquis, como Rubliov. Wladek saiu de casa com botas de feltro, vestido de pele de carneiro, parecendo um estranho lenhador muito míope. Encontraram-se debaixo de uns pinheiros cujos troncos retos e escuros lançavam-se como um jato 15 metros para fora da neve azulada. O rio, sob as colinas arborizadas, descrevia curvas lentas, em leves tons cinza-rosados e azuis como os das aquarelas japonesas. Os três homens conheciam-se de longa data. Filípov e Rubliov, por terem dormido no mesmo quarto de um hotel miserável na praça da Contrescarpe, em Paris, um pouco antes da Grande Guerra; na época alimentavam-se de queijo brie e morcela; comentavam com desprezo, na biblioteca Sainte-Geneviève, a sociologia medíocre do dr. Gustave Le Bon; liam juntos no jornal de Jaurès os relatórios do julgamento da sra. Caillaux; faziam compras nas bancas da rua Mouffetard, encantados em medir com o olhar as velhas casas das revoluções, divertindo-se em identificar personagens de Daumier, saídos de corredores que pareciam subterrâneos... Filípov às vezes ia para a cama com Marcelle, mocinha de cabelos castanhos, risonha e séria, cabelo com franjinha, que frequentava a taverna do Panthéon, onde dançava valsas apaches com algumas colegas. Era à tardinha, nas salas estreitas do subsolo, ao som de violinos. Rubliov reprovava o camarada por uma moral sexual inconsequente. Iam ver, na Closerie des Lilas, Paul Fort, cercado de admiradores. O poeta tinha cara de mosqueteiro; diante do café, o marechal Ney, sobre seu pedestal, partia para a morte brandindo o sabre — e, segundo Rubliov, devia estar praguejando: Bando de porcos! Bando de porcos! Eles declamavam juntos os versos de Konstantin Balmont:

Sejamos como o sol!

Discordavam sobre o problema da matéria e da energia, cujos termos eram renovados por Avenarius, Mach e Maxwell. "A energia é a única realidade cognoscível", afirmou Filípov certa noite, "a matéria é apenas um aspecto dela..." — "Você não passa de um idealista inconsciente", replicou Rubliov, "e está voltando as costas para o marxismo... Aliás", acrescentou, "sua leviandade pequeno--burguesa na vida privada já me havia mostrado...". Trocaram um frio aperto de mão na esquina da rua Soufflot. A silhueta volumosa e escura do Panthéon erguia-se no fim daquela rua larga, deserta, margeada por luminárias fúnebres. As calçadas brilhavam, só uma mulher, uma prostituta de rosto sempre velado, esperava o desconhecido na escuridão. A guerra agravou seu longo desentendimento, embora ambos continuassem internacionalistas, mas um engajado na Legião Estrangeira, o outro internado. Reencontraram-se depois em Perm, no ano de 1918, sem poderem se surpreender ou comemorar por mais de cinco minutos. Rubliov levava à cidade um destacamento operário encarregado de reprimir um motim de marinheiros embriagados. Filípov, com um xale enrolado no pescoço, a voz entrecortada, um braço ferido na tipoia, acabava de escapar, por sorte, das bordoadas dos camponeses revoltados contra as requisições. Os dois com roupas de couro preto, armados de máuseres com coldre de madeira, portadores de ordens imperativas, alimentados por sêmola cozida em água e pepinos salgados, extenuados, entusiasmados, transbordantes de sinistra energia. Reuniram-se à luz de uma vela, sob a proteção de proletários de Petrogrado com sobretudos atravessados por cartucheiras. Tiros inexplicáveis espocavam na cidade escura com jardins cheios de inquietações e estrelas. Filípov foi o primeiro a falar:

— Precisamos fuzilar alguém ou não vamos sair dessa.

Um dos homens que guardavam a porta exclamou sobriamente:

— Por Deus, também acho!

— Quem? — perguntou Rubliov, superando o cansaço, a vontade de dormir, a vontade de vomitar.

— Reféns: há oficiais, um pope, donos de fábricas...

— É mesmo necessário?

— Necessário, estou dizendo, senão estamos perdidos — voltou a resmungar o homem de guarda caminhando para eles, com as mãos escuras para a frente.

E Rubliov se levantou, impelido por uma raiva desenfreada.

— Silêncio! É proibido interferir nas deliberações do Conselho do Exército! Disciplina!

Com uma pressão da mão em seus ombros, Filípov o fez sentar-se de novo e, para pôr fim à altercação, sussurrou ironicamente:

— Lembra-se do Bul' Mich'?

— O quê? — disse Rubliov, espantado. — Não fale, tártaro, por favor. Sou decididamente contra a execução dos reféns, não vamos partir para a barbárie.

Filípov replicou:

— Você tem de concordar. Primeiro, bloquearam nossa retirada por três dos quatro lados; segundo, preciso sem falta de alguns vagões de batatas pelos quais não posso pagar; terceiro, os marinheiros se comportaram como uma horda de vadios, eles é que deveriam ser fuzilados, mas não podemos, são rapazes esplêndidos; quarto, assim que virarmos as costas, toda a região se rebelará... Portanto, assine.

A ordem de execução estava pronta, escrita a lápis no verso de uma fatura. Rubliov a assinou resmungando:

— Espero que paguemos por isso, você e eu; estou dizendo que conspurcamos a revolução; o diabo sabe o que significa tudo isso...

Ainda eram jovens. Agora, vinte anos depois, mais gordos, grisalhos, eles avançavam deslizando lentamente com seus esquis através da admirável paisagem de Hokusai, e aquele passado se despertava neles sem palavras.

Filípov, com passos largos, passou à frente. Wladek veio ao encontro deles. Fincaram os esquis na neve e seguiram a orla do bosque, acima de um rio de gelo, margeado por espantosos arbustos brancos.

— É bom nos reencontrarmos — disse Rubliov.

— É admirável estarmos vivos — disse Wladek.

— O que vamos fazer? — perguntou Filípov. — *That is the question.*

O espaço, o bosque, a neve, o gelo, o azul, o silêncio, a limpidez do ar frio os cercavam. Wladek falou dos poloneses, todos desaparecidos nas prisões, a esquerda dirigida por Lenski depois da direita, dirigida por Kostchewa.

— Os iugoslavos também — acrescentou — e os finlandeses... Toda a Komintern...

Semeava seu relato com nomes e rostos.

— Mas é pior do que na Comissão do Planejamento! — exclamou Filípov, animado.

— Quanto a mim — disse Filípov —, creio que devo minha vida a Bruno. Você o conheceu, Kiril, quando ele era secretário da legação em Berlim, lembra do perfil assírio dele? Desde a prisão de Krestínski ele esperava também ser liquidado e, mal dá para acreditar, foi nomeado subdiretor de um serviço central no interior, o que lhe dava acesso ao fichário principal. Dizia que esperava ter salvado uma dúzia de camaradas eliminando as fichas deles. De todo modo estou em maus lençóis, dizia. Os dossiês se mantêm, evidentemente, e há o fichário do Comitê Central, mas lá a pessoa cai menos na vista, às vezes é mais difícil de encontrar...

— E depois?

— Acabou-se, não sei onde, não sei como, no ano passado.

Filípov retomou:

— O que vamos fazer?

— Quanto a mim — disse Wladek, procurando os cigarros nos bolsos, com seu ar meio cômico de velho menino reclamão —, se quiserem me prender, não vou deixar que me peguem vivo. Obrigado.

Os outros dois olhavam à distância.

— No entanto — disse Filípov —, há os que são soltos ou deportados. Conheço alguns. Sua solução não é sensata. Além disso, há uma coisa que não me agrada nisso. Parece suicídio.

— ... como quiser.

Filípov continuou:

— Se me prenderem, em todo caso, vou dizer educadamente que não vou entrar em nenhuma tramoia, nem com processo nem sem processo. Façam de mim o que quiserem. Quando é totalmente às claras, creio que a pessoa tem possibilidade de escapar. Vai para Kamtchatka, onde há projetos de corte de madeira. Eu gostaria. E você, Kiril?

Kiril Rubliov tirou o gorro de pele. Sua testa alta, sob mechas de cabelo ainda escuras, ofereceu-se ao frio.

— Desde que fuzilaram Nikolai Ivánovitch, sinto que estão me rondando, invisivelmente. E estou esperando por eles. Não digo a Dora, mas ela sabe. Para mim, portanto, é uma questão muito prática, que pode surgir de um dia para outro... E... não sei...

Eles caminhavam, afundando-se na neve até a barriga da perna. Corvos voavam sobre suas cabeças, de galho em galho. A luz do dia impregnava-se de brancura invernal. Kiril era uma cabeça mais alto do que os dois amigos. Diferente deles também de alma. Monologava com voz calma:

— O suicídio é uma solução apenas individual; por conseguinte, não é socialista. No meu caso, seria um mau exemplo. Não digo isso para abalar sua resolução, Wladek: você tem suas razões, acredito que sejam válidas para você. É corajoso dizer que não vai confessar nada, talvez corajoso demais: ninguém tem certeza absoluta de suas forças. Além disso, tudo é mais complexo do que parece.

— Sim, sim — disseram os outros dois, tropeçando na neve.

— É preciso tomar consciência do que está acontecendo... tomar consciência...

A expressão de Rubliov, repetindo a frase em tom constrangido, era de pedagogo preocupado. Wladek se exaltou, corou, gesticulou com seus braços curtos:

— Maldito teórico! Incurável! Inigualável! Pois ainda vejo os artigos em que você arrasava os trotskistas, em 1927, mostrando que o partido operário não pode degenerar... Porque, caso degenere, é óbvio, já não será o partido proletário... Casuísta, ora! O que está acontecendo está claro como o dia. Termidor, Brumário etc. num plano social imprevisto no país onde Gêngis Khan dispõe de telefone, como dizia o velho Tolstói.

— Gêngis Khan — disse Filípov — é um muito mal interpretado. Ele não era cruel. Se mandava erguer pirâmides de cabeças cortadas, não era nem por maldade nem por gostar da estatística primitiva, mas para despovoar as regiões que não podia dominar de outro modo e que pretendia fazer voltar à economia pastoral, a única que ele era capaz de compreender. Já eram questões de economias diferentes que levavam a cortar cabeças... Notem que a única maneira de garantir a execução dos massacres era reunir as cabeças cortadas. O Khan desconfiava de sua mão de obra...

Andaram por mais um tempo na neve mais profunda.

— Maravilhosa Sibéria — murmurou Rubliov, serenado pela paisagem. E Wladek voltou-se bruscamente para seus dois camaradas, plantou-se diante deles, comicamente exasperado:

— Ah, vocês dissertam bem! Um discorre sobre Gêngis Khan, o outro preconiza uma tomada de consciência! Estão caindo no ridículo, queridos camaradas. Permitam-me fazer uma revelação, eu, eu.

(Eles viram que seus lábios grossos tremiam, que as lentes de seus óculos estavam levemente embaçadas, que rugas retas estiravam horizontalmente suas bochechas — e por alguns segundos ele balbuciou *eu, eu*, de maneira pouco inteligível.)

— Mas decerto sou de natureza mais grosseira, caros camaradas. Pois bem, é isso, eu, eu estou com medo. Estou morrendo de medo, estão ouvindo, seja ou não seja digno de um revolucionário. Vivo sozinho como um animal no meio de toda essa neve e esses bosques que eu odeio, porque estou com medo. Vivo sem mulher porque não quero que sejamos dois a acordar à noite perguntando-nos se é a última noite. Espero-os a cada noite, sozinho, tomo brometo, durmo entorpecido, acordo sobressaltado, achando que eles estão lá, gritando: "Quem está aí?". E a vizinha responde: "É a janela que está batendo, Vladímir Ernestovitch, durma tranquilo", e não consigo voltar a dormir, é assustador. Tenho medo e vergonha, não por mim, por todos nós. Penso nos que foram fuzilados, vejo a cara deles, ouço suas brincadeiras e tenho enxaquecas que a medicina ainda não classificou: uma dorzinha, cor de fogo, se crava na nuca. Tenho medo, medo, não tanto medo de morrer quanto de tudo isso, sim, medo de encontrar vocês, medo de falar com as pessoas, medo de pensar, medo de compreender...

Isso era visível, de fato, por seu rosto inchado, pelas bordas rosadas de seus olhos, por sua fala apressada. Filípov disse:

— Também tenho medo, naturalmente, mas não adianta nada. Eu me acostumei. Vive-se com esse medo como com uma hérnia.

Kiril Rubliov tirou as luvas lentamente, olhou para suas mãos, que eram fortes e longas, um pouco peludas acima das articulações — "mãos ainda carregadas de grande vitalidade", pensou. E, pegando um pouco de neve, começou a amassá-la vigorosamente. Sua boca grande se deformou:

— Somos todos covardes — disse —, é mais do que sabido desde sempre. A coragem consiste em saber disso e se comportar, quando preciso, como se o medo não existisse. Você está errado, Wladek, em se achar excepcional. Seja como for, não valeria a pena nos encontrarmos no meio dessa neve feérica para fazermos confidências tão inúteis...

Wladek não respondeu nada. Notou a paisagem deserta, triste e luminosa. Ideias lentas como o voo dos corvos no céu atravessavam-lhe o espírito: todas as nossas palavras não servem para mais nada — eu gostaria de um copo de chá quente... Kiril, de repente despojado do peso dos anos, deu um salto para trás, ergueu o braço, e a bola dura de neve que ele acabara de amassar atingiu o meio do peito de Filípov, surpreendendo-o.

— Defenda-se, estou atacando! — gritou alegremente o camarada, que, com olhos risonhos e barba desalinhada, pegava neve aos punhados.

— Safado! — exclamou Filípov, transfigurado.

A batalha travou-se entre eles como entre meninos de escola. Pulavam, riam, afundavam-se na neve até a cintura, abrigavam-se atrás dos troncos dos pinheiros para fazer seus projéteis e mirar antes de lançá-los. Renascia neles alguma coisa da destreza de seus 15 anos, soltavam *ahn!* alegres, cobriam o rosto com o cotovelo, resfolegavam. Wladek não saía do lugar, bem plantado sobre as pernas curtas, moldando a neve com gestos metódicos para atacar Rubliov pelo flanco, rindo até as lágrimas, injuriando-o: "Mais essa, teórico! Moralista! Vá para o diabo que o carregue!", sem nunca o acertar...

Estavam com muito calor: corações batendo forte e rostos desanuviados. De um céu que imperceptivelmente se tornara cinzento, a noite caiu repentinamente sobre uma neve opaca, levemente enevoada, e árvores petrificadas. Os três voltaram, respirando forte, rumo à estrada de ferro.

— E aí, Kiril, aquela que acertei na sua orelha! — exclamou Filípov, gargalhando.

— E você, velho — replicou Rubliov —, aquela que você levou na nuca, hein?

Wladek retomou a conversa séria:

— Pois é, meus nervos estão em frangalhos, de fato, mas não estou com tanto medo assim. Aconteça o que for, vou morrer como qualquer outro para adubar a terra socialista, se é mesmo a terra socialista...

— Capitalismo de Estado — disse Filípov.

Rubliov:

— ... É preciso tomar consciência. Uma conquista indubitável permanece sob essa barbárie, um progresso sob esse retrocesso. Vejam as massas, nossa juventude, todas essas fábricas novas, Dnieprostroi, Magnitogorsk, Kirovsk... Somos todos fuzilados, à espera da execução, mas a aparência da terra mudou, as aves migratórias já não devem reconhecer os desertos em que surgem as construções. E que novo proletariado, 10 milhões de homens trabalhando, com as máquinas, em vez dos 3,5 milhões em 1927. O que esse esforço dará ao mundo daqui a meio século?

— ... quando nada restar, nem mesmo de nossas pequenas ossadas — cantarolou Wladek, talvez sem ironia.

Por prudência, deixaram-se antes das primeiras casas. "Deveríamos nos encontrar de novo", propôs Wladek, e os outros dois disseram: "Sim, sim, sem falta", mas nenhum dos três acreditava que fosse realmente útil ou possível. Separaram-se com fortes apertos de mão. Kiril Rubliov deslizou, com longas passadas de esqui, até a estação seguinte, ao longo dos bosques silenciosos em que a escuridão parecia nascer ao rés da terra assim como uma neblina impalpável. Uma lua crescente azul, estreita, muito afilada, assumindo a forma de um seio ideal, subiu pela noite. Rubliov pensou: lua sórdida! O medo chega exatamente como a noite.

—

Uma noite, quando os Rubliov acabavam de jantar, Ksênia Popova veio lhes dar uma grande notícia. Sobre a mesa havia uma travessa de arroz, salame, uma garrafa de água mineral Narzan, pão preto. O fogareiro Primus zumbia debaixo da chaleira. Kiril Rubliov estava sentado na velha poltrona; Dora, no canto do sofá.

— Como você está bonita — disse Kiril afetuosamente a Ksênia. — Mostre seus olhos grandes.

Ela os voltou com franqueza para Rubliov: olhos grandes e bem recortados, orlados por cílios longos.

— Nem as pedras, nem as flores, nem o céu têm essa cor — disse Rubliov à sua mulher. — Olhos simplesmente maravilhosos. Orgulhe-se, menina!

— Vai me deixar constrangida — disse ela.

Rubliov examinava com um pouco de malícia os traços puros, a testa alta, as pequenas tranças loiras enroladas acima das orelhas, aquele ar de estar sempre sorrindo para a vida. Assim a pureza renasce da lama, e a juventude, do desgaste. Ele conhecia Popov havia mais de vinte anos: um velho imbecil que, incapaz de compreender o abecê da economia política, se especializara nas questões de moral socialista e se enterrara nos processos da Comissão Central de Controle do partido. Popov passara a viver só dos adultérios, das prevaricações, das bebedeiras, dos abusos de autoridade cometidos por velhos revolucionários. Era ele que registrava as queixas, preparava os requisitórios, antecipava-se às execuções, propunha recompensas para os executores. "Muitas tarefas baixas devem ser cumpridas; portanto, são necessários muitos seres vis", é um pensamento de Nietzsche. Mas como, por qual milagre emanava da carne e da alma de um velho rançoso como Popov aquela criatura, Ksênia? A vida triunfa, portanto, sobre nossa reles argila. Kiril Rubliov observava Ksênia com uma alegria ávida e maliciosa.

De pernas cruzadas, a moça acendia um cigarro. Era para manter a compostura. Tão feliz, tinha receio que percebessem. Muito desajeitada, assumiu ares de indiferença para dizer:

— Papai vai me mandar para o estrangeiro: para Paris, em missão de seis meses pela Diretoria Central dos Têxteis; devo estudar a nova técnica dos tecidos estampados. Há muito tempo papai sabia quanto eu desejava ir para o estrangeiro... Dei pulos de alegria!

— Com razão — disse Dora. — Estou contente por você. O que vai fazer em Paris?

— Fico tonta só de pensar. Ver Notre Dame, Belleville. Estou lendo a vida de Blanqui, a história da Comuna. Vou ver o *faubourg* Saint-Antoine, a rua Saint-Merri, a rua Haxo, o Muro dos Federados... Bakunin morava na rua de Bourgogne, mas não consegui encontrar o número. E talvez os números tenham mudado. Sabem onde Lênin morava?

— Lá estive na casa dele — disse Rubliov lentamente —, mas esqueci totalmente onde é...

Ksênia fez um "oh" de censura. Como é possível esquecer essas coisas? Os olhos grandes se surpreenderam.

— É verdade, o senhor conheceu Vladímir Ilitch... Que sorte a sua!

"Como você é criança", pensou Rubliov, mas você é que tem razão.

— E, também — disse ela, superando uma ligeira hesitação —, quero me vestir um pouco. Belas coisas francesas, algum mal, o que acham?

— Não, pelo contrário — disse Dora. — Deveria haver essas coisas bonitas para toda a nossa juventude.

— Também acho! Também acho! Mas meu pai sempre diz que a roupa deve ser utilitária, que os adereços são uma sobrevivência das culturas bárbaras... Que a moda caracteriza a mentalidade capitalista... (Os olhos de um azul sem igual sorriram.)

— Seu pai é um maldito velho puritano... Como vai ele?

Ksênia tagarelava. Por vezes no fundo de uma água transparente, correndo sobre seixos, uma sombra aparece, inquieta o olhar, passa, e nos perguntamos o que foi, que vida misteriosa segue por ali seu caminho. Os Rubliov, de repente, puseram-se em alerta. Ksênia disse:

— ... Meu pai tem se ocupado muito do caso Tuláiev, ele diz que é mais um complô...

— Conheci Tuláiev um pouco, em outros tempos — disse Rubliov com voz abafada —; tomei a palavra contra ele no Comitê de Moscou, há quatro anos. Era véspera de inverno e, naturalmente, havia falta de combustíveis. Tuláiev propôs que se levassem a julgamento os dirigentes do Kombinat dos Combustíveis. Fiz com que aquela proposta idiota fosse recusada.

— ... Papai diz que há muita gente comprometida... Acho, não digam a ninguém, é grave: acho que Erchov foi preso... Foi chamado do Cáucaso, mas não apareceu em lugar nenhum... Por acaso ouvi uma conversa por telefone sobre a mulher dele... Também deve estar presa...

Rubliov pegou da mesa o copo vazio, levou-o aos lábios como se bebesse, colocou-o de volta. Ksênia o observou estupefata.

— Kiril — perguntou Dora —, o que você bebeu?

— Nada, ora — disse ele com um sorriso perturbado.

Seguiu-se um silêncio inquietante. Ksênia baixou a cabeça. O cigarro inútil queimava entre seus dedos.

— E nossa Espanha, Kiril Kirílovitch — perguntou ela finalmente, fazendo um esforço —; acha que vai resistir?... Eu gostaria — (ela não disse do que gostaria).

Rubliov voltou a pegar o copo vazio.

— Derrota. Parte da culpa é nossa.

O fim da conversa foi pesado. Dora tentou puxar outros assuntos.

— Tem ido ao teatro, Ksênia? O que está lendo?

As perguntas caíam no vazio. Uma melancolia úmida e fria invadia o aposento inexoravelmente, embaçando a luz. Ksênia sentiu um calafrio nos ombros. Rubliov e Dora levantaram-se ao mesmo tempo que ela, para acompanhá-la até a porta. Todos em pé, por um momento superaram a melancolia.

— Ksênia — disse Dora baixinho —, desejo que seja feliz.

E Ksênia condoeu-se um pouco: era como se fosse um adeus. Como corresponder àquele desejo? Rubliov tomou-a suavemente pela cintura.

— Você tem ombros de estatueta egípcia, mais largos do que os quadris. Com esses ombros e esses olhos luminosos, Ksêniuchka, proteja-se bem!

— O que está querendo dizer?

— Muita coisa. Um dia você vai me entender. Boa viagem.

No último instante, no estreito vestíbulo abarrotado por pilhas de jornais, Ksênia lembrou-se de uma coisa importante que não podia deixar de dizer. Em voz baixa, olhar sombrio:

— Ouvi meu pai dizer que levaram Ryjik para uma prisão de Moscou. Que ele está fazendo greve de fome, que está muito mal... É um trotskista?

— Sim.

— Agente estrangeiro?

— Não. Um homem forte e puro como cristal.

O olhar desamparado de Ksênia encheu-se de pavor.

— Mas então?...

— Na história nada se faz que, de certo modo, não seja racional. Às vezes os melhores precisam ser triturados porque atrapalham, justamente por serem os melhores. Você ainda não é capaz de entender.

Um ímpeto quase a jogou contra o peito de Rubliov:

— Kiril Kirílovitch, o senhor é oposicionista?

— Não.

Foi com essa palavra clara, alguns gestos carinhosos e rápidos beijos nos lábios, trocados com Dora — cujos lábios estavam desolados —, que eles se separaram. O passo jovem de Ksênia foi sumindo no corredor. Para Kiril e Dora a sala parecia maior, mais inóspita.

— É assim — disse Kiril.

— É assim — disse Dora com um suspiro.

Rubliov serviu-se de uma dose de vodca e a engoliu de um só trago.

— E você, Dora, que vive comigo há dezesseis anos, acha, sim ou não, que sou oposicionista?

Dora preferiu não responder. Às vezes ele falava assim, consigo mesmo, interrogando-a com uma espécie de aspereza.

— Dora, eu queria me embriagar amanhã, acho que depois eu enxergaria com mais clareza... Nosso partido não pode ter oposição: ele é monolítico porque conciliamos o pensamento e a ação por uma eficácia superior. A ter razão, uns contra os outros, preferimos nos enganar unidos porque assim somos mais eficazes para o proletariado. E era um velho erro do individualismo burguês buscar a verdade para uma consciência, MINHA consciência. EU. Nós nos lixamos para o eu, estou me lixando para mim, estou me lixando para a verdade, contanto que o partido seja forte!

— Que partido?

As duas palavras pronunciadas por Dora em voz baixa e gélida chegaram-lhe no momento em que, nele, o pêndulo interno recomeçava a caminhar em sentido inverso.

— ... É evidente que, se o partido se traiu, se já não é o partido da revolução, o que fazemos é risível e insensato. Deveríamos fazer o contrário: então cada consciência deve se recompor... precisamos de uma unidade infalível para conter a pressão das forças inimigas... Mas se essas forças atuam justamente sobre a nossa unidade... O que foi que você disse?

Ele não parava no lugar no amplo aposento. Sua silhueta angulosa se deslocava obliquamente. Parecia uma grande ave de rapina, esquálida, fechada numa gaiola bastante ampla, mas pequena demais. Aquela imagem se formou nos olhos de Dora, que respondeu:

— Não sei.

— Na verdade, seria preciso rever as sentenças proferidas sobre a oposição entre 1923 e 1930, sete a dez anos atrás. Então estávamos enganados, a oposição talvez tivesse razão: talvez, pois ninguém sabe se o curso da história poderia ser diferente do que é... Rever julgamentos sobre anos mortos, lutas terminadas, fórmulas ultrapassadas, homens sacrificados de maneiras diversas?

—

Alguns dias se passaram: dias de Moscou, atropelados, atropelando-se, atravancados de ocupações, interrompidos por aberturas do céu límpido, quando de repente na rua as pessoas se esquecem de si mesmas a contemplar as cores e a neve, sob um belo sol frio. Passam jovens rostos sadios cuja alma desejaríamos conhecer, e imaginamos que somos um povo numeroso como as folhas de capim, mesclando centenas de povos, eslavos, finlandeses, mongóis, nórdicos, turcos, judeus, todos em marcha, conduzidos pelas moças e rapazes de sangue dourado. Pensamos nas máquinas que nascem para ativar as novas fábricas; são ágeis e reluzentes, encerram a força de milhões de escravos insensíveis. Nelas extingue-se para sempre o antigo sofrimento do trabalho. Esse mundo novo pouco a pouco emerge da dificuldade, falta sabão, tecido, roupa, saber lúcido, palavras verdadeiras, simples e densas, generosidade; a essas máquinas mal sabemos dar vida; há sórdidas barracas em torno de nossas novas fábricas gigantescas mais bem administradas do que as de Detroit, EUA, ou do Ruhr; nesses barracos, homens, curvados sob a dura lei da exploração do trabalho, ainda dormem um sono de brutos, mas a fábrica vencerá a barraca, as máquinas darão a esses homens ou a outros que virão depois, pouco importa, um despertar surpreendente. Esse avanço de um mundo, máquinas e massas progredindo juntas, necessariamente, compensa muitas coisas. Por que não compensaria o fim de nossa geração? Custos generosos, absurdo resgate pago ao passado. Absurdo: isso era o pior. E o fato de as massas e as máquinas ainda precisarem de nós, de poderem, sem nós, perder o caminho, isso preocupava, revoltava. Mas o que fazer? Para realizar conscientemente as coisas, só temos o partido, a "coorte de ferro". De ferro, de carne e de espírito. Já nenhum de nós pensava sozinho nem agia sozinho: agíamos, pensávamos juntos, e sempre no sentido das aspirações de massas inumeráveis, atrás das quais sentíamos a presença, a aspiração ardente de outras massas ainda mais amplas, proletários de todo o mundo, uni-vos! O espírito se turvou, a carne se corrompeu, o ferro enferrujou, porque a coorte selecionada, num momento talvez único da história, pelas provações da doutrina, do exílio, dos campos de trabalho, da insurreição, do poder, da guerra, do trabalho, da fraternidade, se desgastou, foi pouco a pouco invadida por intrusos que falavam nossa língua, imitavam nossos gestos, marchavam sob nossas bandeiras, mas eram completamente diferentes; movidos por velhos apetites, nem proletários nem revolucionários: aproveitadores... Coorte doente, sorrateiramente invadida por teus inimigos, ainda te pertencemos. Se pudéssemos te curar, mesmo que te tratando a ferro em brasa, ou te substituir, isso valeria nossa vida. Incurável tanto quanto agora insubstituível. Portanto, só nos resta servir e, se nos assassinarem, nos submeter. Nossa resistência teria outro resultado que não agravar o mal? Se um Bukhárin, um Piatakov, no banco dos réus, tivessem se levantado de repente para, em sua última hora, desmascarar num piscar de olhos os pobres camaradas que mentiam obedecendo a ordens mentirosas, o procurador falsário, os juízes cúmplices, a inquisição ardilosa, o partido amordaçado, o Comitê Central embrutecido e aterrorizado, o Politburo aniquilado, o Chefe à mercê de seu pesadelo, que desmoralização no país, que júbilo no mundo capitalista, que manchetes na imprensa fascista! Leiam *O escândalo de Moscou*, *A podridão do bolchevismo*, *O Chefe denunciado por suas vítimas.* Não, realmente, antes o fim, não importa qual seja o fim. É uma conta para ser acertada entre nós, no seio da nova sociedade corroída por velhas doenças... O pensamento de Rubliov não parava de girar nesse círculo de ferro.

Uma noite, depois do jantar, ele vestiu a meia de peliça e o gorro de astracã e disse para Dora: "Vou tomar ar lá em cima", pegou o elevador, foi até o terraço, acima do décimo andar. Lá um restaurante caro se estabelecia no verão; e os que iam jantar, ouvindo os violinos distraidamente, contemplavam as inúmeras luzes de Moscou, enlevados involuntariamente por aquelas constelações terrestres em cujo interior as mais ínfimas claridades guiavam vidas no trabalho. Era mais bonito ainda no inverno, quando não havia frequentadores, nem flores, nem abajures coloridos nas pequenas mesas, nem violinos, nem cheiro de carneiro assado, de champanhe e de cosmético — nada além da imensa noite calma sobre a imensa cidade, da auréola vermelha da praça da Paixão com seus anúncios luminosos, suas pistas escuras na neve, sua efervescência de seres e veículos sob as luminárias, o avermelhado discreto, secreto, de suas janelas... Àquela altura, a eletricidade já não incomodava a visão, distinguiam-se perfeitamente as estrelas. Clarões de brasa, emanados da escuridão densa das construções, assinalavam as praças; os bulevares brancos perdiam-se na sombra. Rubliov, com as mãos nos bolsos, deu a volta no terraço sem pensar. Entre a barba e o bigode esboçou-se um sorriso. "Eu deveria ter obrigado Dora a vir ver isto, é magnífico, magnífico..." Parou de repente, completamente maravilhado, pois, surgido do céu e da noite, um casal enlaçado aproximava-se rapidamente, inclinado para a frente num movimento gracioso de pleno voo. Os namorados patinavam sozinhos no terraço, lançaram-se ao encontro de Kiril Rubliov, iluminaram-no com seus rostos radiantes, seus lábios entreabertos, sorriram para ele, descreveram, inclinados, uma longa curva aérea, voltaram a partir rumo ao horizonte, ou seja, ao outro extremo do terraço, de onde se avistava o Kremlin. Rubliov os viu parar ali e debruçar-se no parapeito; juntou-se a eles, debruçou-se como eles. Distinguiam-se nitidamente a alta muralha ameada, as sólidas torres de guarda, a chama vermelha da bandeira, iluminada por um holofote, no alto da cúpula do Executivo, os bulbos das catedrais, a ampla auréola da praça Vermelha...

A jovem patinadora lançou um olhar de esguelha para Rubliov, em quem reconheceu o velho bolchevique importante que um carro do Comitê Central ia buscar todas as manhãs — no ano anterior. Virou-se um pouco para ele. O namorado acariciava-lhe a nuca com a ponta dos dedos.

— É lá que mora o Chefe do nosso partido? — perguntou ela, voltando o olhar para longe, na direção das torres e das ameias iluminadas.

— Ele tem um apartamento no Kremlin, mas não mora lá — respondeu Rubliov.

— É lá que ele trabalha? Em algum lugar debaixo da bandeira vermelha?

— Sim, às vezes.

A jovem meditou por um momento, depois, virando-se para Rubliov:

— É terrível pensar que um homem como ele viveu durante anos cercado de traidores e criminosos! É de temer pela vida dele... Não é terrível?

Rubliov limitou-se a repetir:

— ... terrível.

— Vamos, Dina — disse o rapaz a meia-voz.

Enlaçaram-se pela cintura, novamente se tornaram aéreos, inclinaram-se e, levados por uma força encantada, foram-se com seus patins rumo a outro horizonte... Rubliov, um pouco tenso, dirigiu-se para o elevador.

Em casa, encontrou Dora pálida, sentada diante de um visitante desconhecido, jovem e bem-vestido.

— Camarada Rubliov, trago-lhe um envelope do Comitê de Moscou... (Um grande envelope amarelo. Apenas uma convocação para assunto urgente.) Se puder vir imediatamente, o carro está lá embaixo...

— Mas são onze horas — Dora objetou.

— O camarada Rubliov estará de volta, de carro, em vinte minutos, fui encarregado de lhe garantir.

Rubliov dispensou o mensageiro.

— Vou descer em três minutos.

Olhos nos olhos, ele considerou a mulher: tinha os lábios descorados, rosto amarelado e como que desfalecente. Ela murmurou:

— O que foi?

— Não sei. Já aconteceu uma vez, sabe. Mesmo assim, é meio estranho.

Nenhuma luz em lugar nenhum. Nenhum socorro possível. Beijaram-se apressadamente, cegamente, com as bocas frias.

— Até já...

— Até já...

Desertas, as salas do Comitê. Na secretaria, um tártaro gordo condecorado, cabeça raspada, lábio orlado de pelos pretos, lia os jornais e tomava chá. Pegou a convocação. "Rubliov? Um instante..." Abriu uma pasta na qual havia apenas uma folha datilografada. Leu de cenho franzido. Levantou a cabeça, tinha a cara inchada, opaca e pesada de glutão.

— Está com sua carteira do partido? Mostre-a, por favor.

Rubliov tirou da carteira a caderneta vermelha em que estava escrito: "filiado desde 1907". Mais de vinte anos. E que anos!

— Tudo bem.

A caderneta vermelha desapareceu dentro de uma gaveta, e a chave girou.

— Você está sendo objeto de uma instrução criminal. A carteira lhe será devolvida, se for o caso, depois da investigação. É só isso.

Rubliov estava à espera do choque havia muito tempo. Uma espécie de furor eriçou-lhe as sobrancelhas, cerrou-lhe os maxilares, ergueu-lhe os ombros... O funcionário recuou um pouco em sua poltrona giratória:

— Não sei mais nada, recebi ordens específicas. É só isso, cidadão.

Rubliov foi embora, estranhamente leve, carregado por ideias semelhantes a voos de pássaros desgovernados. É a armadilha — o animal que caiu na armadilha é você, o animal que caiu, velho revolucionário, é você... E estamos todos na armadilha... Será que não nos enganamos redondamente em algum lugar? Canalhas, canalhas!... Um corredor vazio, friamente iluminado, a grande escada de mármore, a porta giratória dupla, a rua, o frio seco, o carro preto do mensageiro. Perto do mensageiro que esperava fumando, mais alguém, uma voz baixa dizendo, pastosa:

— Camarada Rubliov, solicitamos que nos acompanhe para uma conversa breve...

— Eu sei, eu sei — disse Rubliov com raiva, e abriu a porta, jogou-se dentro do Lincoln gelado, cruzou os braços, aplicando toda a sua força de vontade em controlar uma explosão de fúria desesperada...

As ruelas em dois tons, o branco da neve e o azul da noite, corriam pelas janelas. "Mais devagar", ordenou Rubliov, e o motorista obedeceu. Rubliov baixou o vidro para ver melhor um trecho de rua, qualquer um. A calçada cintilava, coberta de neve intocada. Uma velha mansão senhorial do século anterior, frontão sustentado por colunas, parecia dormir havia cem anos atrás do portão gradeado. Os troncos prateados das bétulas brilhavam fracamente no jardim. Estava tudo, para sempre, em perfeito silêncio, numa pureza de sonho. Cidade sob o mar, adeus. O motorista acelerava. — Nós é que estamos sob o mar. Tanto faz, nós fomos fortes.

Capítulo 4
Construir é perecer

Makêiev tinha, em grau excepcional, o dom de esquecer para crescer. Do pequeno camponês de Akímovka, perto de Kliútchevo, A Fonte, província de Tula, de campos acidentados, verdes e avermelhados, semeados de telhados de colmo, só lhe restavam lembranças elementares para orgulhá-lo de ter mudado. Rapazinho ruivo, semelhante a milhões de outros, prometido como eles ao destino do cultivo da terra, as moças da aldeia não o quiseram; chamavam-no em tom de troça de Artiomka Bexiguento. O raquitismo infantil conferia às suas pernas uma curva desgraciosa. Aos 17 anos, no entanto, nas batalhas do domingo à noite entre os da rua Verde e os da rua do Fedor, atordoava o adversário com um soco de sua invenção, que acertava em algum ponto entre o pescoço e a orelha para provocar vertigem instantânea... Terminadas essas batalhas violentas, como nenhuma moça queria saber dele ainda, punha-se a roer as unhas, sentado na soleira destroçada de sua casa, olhando para os dedos grandes e fortes dos pés, que remexiam a poeira. Se soubesse que há palavras para expressar o torpor desagradável daqueles momentos, murmuraria, como Maksim Górki na sua idade: "Que tédio, que solidão e que vontade de quebrar a cara de alguém!" — agora não pelo prazer de vencer, mas para fugir de si mesmo e de um mundo pior.

O Império fez de Artiom Makêiev, em 1917, sob as águias bicéfalas, um soldado passivo, tão sujo, tão ocioso quanto qualquer outro, em trincheiras da Volínia. Passava o tempo saqueando, numa região antes já visitada por 100 mil saqueadores iguais a ele; espiolhan-do-se ao crepúsculo, trabalhosamente; pensando em estuprar as raras jovens camponesas que se demoravam naquelas estradas, fre-quentemente, aliás, estupradas por muitos outros... Ele não ousava. Seguia-as por paisagens de greda com árvores quebradas, terras com crateras em forma de funil; e de repente brotava do chão uma mão encarquilhada, um joelho, um capacete, uma lata de conserva com a tampa dilacerada. Ele seguia aquelas mulheres, com a gar-ganta seca, os músculos lamentavelmente sedentos de violência, mas nunca ousava.

Uma força estranha, que no princípio o inquietou, despertou dentro dele quando soube que os camponeses andavam tomando terras. Diante de seus olhos só via o domínio senhorial de Akímovka, a residência de frontão baixo sustentado por quatro colunas bran-ças, a estátua de uma ninfa à beira do lago, as terras de pousio, as florestas, os pântanos, os prados... Sentiu que odiava indizivel-mente os donos desconhecidos daquele universo, na verdade o dele, por toda a eternidade, por toda a justiça, mas que lhe fora roubado por um crime inominável bem antes de seu nascimento, um crime imenso cometido contra todos os camponeses do mundo. Fora assim desde sempre, sem ele saber; e sempre houvera nele aquele ódio adormecido. As rajadas de vento que à noite passavam sobre as terras deserdadas da guerra trouxeram-lhe, com propósitos inin-teligíveis, palavras reveladoras. Chamavam os senhores, os cava-lheiros e as damas da residência de "bebedores de sangue". Como o soldado Artiom Makêiev nunca os tinha visto, nenhuma imagem humana perturbava a que assim se formava nele; em contrapartida, muitas vezes contemplara o sangue de seus camaradas depois de explosões de obuses, quando a terra e o capim amarelado o bebiam: primeiro muito vermelho, de dar náusea, logo depois preto, e então vinham as moscas.

Por volta daquela época, pela primeira vez na vida Makêiev pen-sou. Foi como se começasse a falar consigo mesmo e quase dava risada, achando-se engraçado, ei, estou bancando o idiota! Mas as palavras que se organizavam em seu cérebro eram tão sérias que matavam o riso, e ele contorcia o rosto como um homem que levanta um peso excessivo para suas forças. Dizia a si mesmo que precisava *ir embora, levar granadas debaixo do capote, voltar à aldeia, pôr fogo na residência, tomar a terra.* De onde lhe veio a ideia do fogo? A floresta às vezes se acende no verão sem que se saiba como. As aldeias se inflamam sem que se saiba onde nasce a chama. A ideia do fogo obrigou-o a pensar mais. Era pena mesmo incendiar a bela residência. O que se poderia fazer com ela? O que fazer dela para os camponeses? Aqueles rústicos, lá dentro, realmente impossível... Ninho queimado, pássaro enxotado. Queimado o ninho dos senhores, um fosso repleto de terror e de fogo separaria o passado do presente, seríamos nós os incendiários, cujo destino é a prisão ou a forca; seria preciso, então, sermos os mais fortes, mas isso ultrapassava a inteligência formal de Makêiev, essas coisas ele mais sentia do que pensava. Pôs-se a caminho sozinho, afastando-se, pelas latrinas, da trincheira contaminada. Nos trens, encontrou homens iguais a ele, que partiam como ele; ao vê-los, seu coração encheu-se de força. Contudo não lhes disse nada, pois o silêncio o fortalecia. A residência se incendiou. Um esquadrão de cossacos marchou contra a insurreição camponesa pelas estradas verdes: as vespas zumbiam sobre a garupa suada dos cavalos; borboletas irisadas fugiam ao odor acre daquela tropa em marcha. Antes que ela entrasse na aldeia criminosa, Akímovka perto de Kliútchevo, A Fonte, telegramas chegados ao distrito divulgaram misteriosamente a boa notícia: Decreto sobre a Tomada das Terras, assinado pelos Comissários do Povo. Os cossacos a receberam de um velho de cabelos brancos que surgiu do meio dos arbustos à beira do caminho, sob as bétulas mosqueadas de prata. "É a lei, meus filhos, a lei, vocês já não podem nada contra a lei." A terra, a terra! A lei! O murmúrio espantado elevou-se sobre os cossacos, que se puseram a deliberar. As borboletas estupefatas pousaram no capim, ao passo que a tropa, retida pelo decreto invisível, estava parada sem saber para onde ir. Que terra? Terra de quem? A dos senhores? A nossa? De quem? De quem? O oficial, consternado, de repente teve medo de seus homens; mas ninguém pensou em impedi-lo de fugir. Na única rua de Akímovka, cujas casas de troncos e adobe se espalhavam, cada uma vergada a seu modo no meio de um pequeno cercado frondoso, as mulheres de seios pesados faziam sinal da cruz. Não teria chegado de fato, agora, o tempo do Anticristo? Makêiev, que não se separava de seu cinto de granadas, apareceu então, com a cara vermelha, na porta de sua casa, uma isbá decrépita de telhado esburacado, gritando para aquelas bruxas que se calassem, pelo amor de Deus! Senão, elas iam ver, pelo amor de Deus, senão... O primeiro conselho dos camponeses pobres do lugar o elegeu presidente de seu Comitê Executivo. O primeiro *decreto* que Makêiev ditou a seu escriba (da justiça de paz do distrito) ordenava que fossem fustigadas as comadres que falassem em público do Anticristo, e o texto, escrito em caligrafia redonda, foi afixado na rua principal.

Makêiev começava uma carreira bastante vertiginosa. Foi Artiom Artiêmievitch, presidente do Executivo, sem saber exatamente o que era o Executivo, mas com os olhos bem afundados sob a arcada sobreciliar, a boca cerrada, o crânio tosado, a camisa isenta de parasitas e, na alma, uma vontade firme como raízes na fenda de uma pedra. Mandou expulsar de suas moradas algumas pessoas que sentiram saudade da polícia de outros tempos, mandou prender outras que foram enviadas ao distrito e não voltaram mais. Diziam que ele era justo. Ele o repetia com um lampejo opaco no olhar, que vinha do mais profundo de si mesmo: justo. Se tivesse tido tempo de se ver viver, teria se surpreendido com uma nova descoberta. Assim como a faculdade de pensar se revelara a ele subitamente, para que tomasse a terra, outra faculdade mais obscura, nascida inexplicavelmente de algum lugar em sua nuca, suas costas, seus músculos, o impelia, o erguia, o fortalecia. Não sabia o nome dela. Os intelectuais chamariam aquela faculdade de vontade. Antes de aprender a dizer *eu quero*, o que só lhe aconteceu ao cabo de muitos anos, quando se acostumou a arengar nas assembleias, soube instintivamente o que era preciso fazer para obter, impor, ordenar, conseguir e depois sentir uma satisfação calma quase tão boa quanto a que se segue à posse de uma mulher. Só raramente falava na primeira pessoa, preferia dizer *Nós*. Não sou eu que quero, somos nós que queremos, irmãos. As primeiras vezes que falou foi para soldados vermelhos, num vagão de carga; era preciso que sua voz dominasse os ruídos das ferragens do trem em marcha. Sua faculdade de compreender aumentava a cada evento, por iluminações: enxergava muito bem as causas, os prováveis efeitos, os motivos das pessoas, sentia como agir, reagir; teve muita dificuldade para reduzir tudo aquilo a palavras dentro da cabeça, depois as palavras a ideias, a lembranças, e jamais o conseguiu perfeitamente bem.

Os Brancos invadiram a região. Os Makêiev eram enforcados sumariamente por aqueles oficiais graduados, com uma placa infamante no peito, BANDIDO ou BOLCHEVIQUE, ou os dois ao mesmo tempo. Makêiev encontrou os camaradas na floresta, com eles apossou-se de um trem, nele desceu até uma cidade da estepe, que lhe agradou extraordinariamente, pois era a primeira cidade grande de sua vida e ela levava uma existência tranquila debaixo de um sol tórrido. Lá vendiam-se no mercado grandes melancias suculentas por alguns copeques. Os camelos partiam lentamente pelas ruas cobertas de areia. A 3 quilômetros dali, deitado sob juncos à beira de um rio quente que cintilava sobre a areia, Makêiev atirou tão certeiramente contra cavaleiros de turbante branco que foi feito subchefe. Pouco depois, em 1919, aderiu ao partido. A reunião realizou-se em torno de uma fogueira em campo aberto, debaixo de constelações deslumbrantes. Os quinze homens do partido estavam reunidos em torno do Grupo dos Três, e os Três, acocorados com os blocos de anotações nos joelhos, à luz do fogo. Depois do balanço sobre a situação internacional, feito por uma voz áspera que dava a estranhos nomes europeus uma entonação asiática — Klê-man-ssô, Lói-Djorge, Guermânia, Liebcnecht! —, o comissário Kaspárov perguntou se "alguém fazia objeção à admissão do candidato Makêiev, Artiom Artiêmievitch no seio do partido da revolução proletária — Levante-se, Makêiev", ele disse imperiosamente. Makêiev já estava em pé, ereto à luz avermelhada do fogo, ofuscado por ela e por todos os olhares que se fixavam nele para aquela consagração: ofuscado também por uma chuva de estrelas, no entanto imóveis... "Camponês, filho de camponeses trabalhadores...", Makêiev retificou, orgulhoso: "Filho de camponês sem terra!". Várias vozes aprovaram veementemente sua filiação. "Adotado", disse o comissário.

Em Perekop, quando, para ganhar a última batalha da guerra maldita, foi preciso entrar no mar pérfido de Sivach, caminhar por ele com água até a barriga, com água até os ombros, em lugares hostis — e o que aconteceria dez passos adiante, talvez subitamente o mergulho final? —, Makêiev, subcomissário do 4º batalhão, arriscou a vida várias vezes disputando-a violentamente com o medo e a fúria. Quantos buracos mortais dissimulava aquela água baça sob o céu branco da aurora? Não estariam sendo traídos por algum técnico do comando? Com os maxilares cerrados, todo trêmulo, mas loucamente resoluto, armado de sangue-frio, segurava o fuzil acima da cabeça, com as duas mãos, dando o exemplo. O primeiro a sair do mar, ele escalou uma duna de areia, estendeu-se, com o ventre suavemente aquecido, levou a arma ao ombro, pôs-se a atirar, invisível, contra homens que, apanhados por trás, ele via distintamente agitarem-se em torno de um pequeno canhão... Na noite da vitória extenuante, um chefe, vestido de cáqui novo, ergueu-se na frente do canhão a fim de ler para a tropa uma mensagem do *komandarm* — comandante do exército — que Makêiev não ouviu, pois estava com as costas arrebentadas de dores musculares e as pálpebras pregadas de sono. No final, porém, palavras gravemente escandidas chegaram a seu entendimento:

— Quem é o valoroso combatente da gloriosa divisão das estepes que...

Makêiev também perguntou a si mesmo, mecanicamente, quem seria o valoroso combatente e o que ele teria feito, mas ele que vá para o diabo que o carregue junto com todas essas cerimônias senão vou cair de sono, não aguento mais. O comissário Kaspárov, naquele momento, pousou em Makêiev um olhar penetrante tão estranho que Makêiev achou ter cometido alguma falta. "Devo estar parecendo bêbado", pensou, fazendo um esforço enorme para não deixar seus olhos se fecharem. Kaspárov gritou:

— Makêiev!

E Makêiev, cambaleante, saiu da formação, acompanhado por um murmúrio. Ele, ele, ele, Artiêmievitch! O Artiomka, antes desprezado pelas moças, atingia a glória, coberto de barro seco até os ombros, embriagado de cansaço, não desejando nada no mundo além de um pouco de capim ou palha para poder se deitar. O chefe o beijou na boca. O chefe estava mal barbeado, cheirava a cebola crua, a suor ressecado, a cavalo. Depois, olharam-se por um instante, através de uma névoa, tal como se encaram dois cavalos exaustos, de olhos molhados. E Makêiev despertou reconhecendo o guerrilheiro dos Urais, o vencedor de Krásny Iar, o vencedor de Ufá, o vencedor da mais desesperada retirada: Blücher.

— Camarada Blücher — disse ele com voz pastosa —, estou... estou contente em vê-lo... Você está... Você está um homem...

Pareceu-lhe que o chefe cambaleava como ele, de sono.

— Você também — respondeu Blücher, sorrindo. — Está um homem de verdade... Amanhã de manhã vá tomar um chá no estado-maior da divisão.

Blücher tinha o rosto bronzeado, marcado por sulcos perpendiculares, e grandes bolsas embaixo dos olhos. Naquele dia começou entre eles uma amizade de homens da mesma têmpera que se encontravam por uma horinha duas vezes ao ano, nos acampamentos, nas solenidades, nas grandes conferências do partido.

Em 1922, Makêiev voltou a Akímovka num Ford sacolejante com as iniciais do CC do PC da RSFSR. As crianças da aldeia cercaram o carro. Makêiev observou-as por alguns segundos com uma emoção terrivelmente intensa: na verdade, procurava a si mesmo entre elas, mas muito atabalhoado para ver quantas se pareciam com ele. Jogou-lhes toda a sua provisão de açúcar e de dinheiro, deu tapinhas nas bochechas das meninas, mais tímidas, gracejou com as mulheres, dormiu com a mais risonha das que tinham os seios maduros, dentes grandes, olhos grandes — e instalou-se no distrito, na melhor casa do povoado, na qualidade de secretário de organização do partido. "Que lugar atrasado!", dizia. "Tudo por fazer. As trevas, ora!" Enviado de lá para a Sibéria ocidental, para presidir um Executivo Regional. Eleito membro suplente do CC no ano seguinte à morte de Vladímir Ilitch... Todos os anos, novas menções se acrescentavam à folha de serviço de seu dossiê pessoal de membro do partido pertencente à categoria dos mais responsáveis. Subia com passo seguro, honestamente, pacientemente, os degraus do poder. O esquecimento, no entanto, extinguia nele a lembrança exata da infância e da adolescência miseráveis, da guerra suportada com humilhação, de um passado sem orgulho e sem poder, de tal modo que Makêiev sentia-se superior a todos os que encontrava — com exceção dos homens investidos pelo CC de um poder maior. Aqueles ele venerava sem inveja como seres de uma essência que ainda não era a dele mas que um dia seria. Como eles, sentia-se detentor de uma autoridade legítima, integrado à ditadura do proletariado tal como um parafuso de bom aço colocado em seu lugar, em alguma máquina admirável, sutil e complicada.

—

Secretário de Comitê Regional, Makêiev governava Kurgansk (cidade e região) havia vários anos, com a orgulhosa segunda intenção de lhes dar seu nome: Makêievgorod ou Makêievgrad, por que não? O mais simples, Makêievo, lembrava-lhe demasiado a linguagem camponesa. A proposta, aventada nos corredores de uma conferência regional do partido, estava para ser aprovada — por unanimidade, de acordo com o costume — quando, assaltado por uma dúvida, o próprio Makêiev mudou de ideia no último momento.

— Toda a honra de minha obra — exclamou ele na tribuna, sob a grande imagem de Lênin — cabe ao partido! O partido me fez, o partido fez tudo!

Os aplausos explodiram. Assustado, Makêiev perguntava a si mesmo que alusões infelizes poderiam ser atribuídas a suas palavras com respeito aos membros do Politburo. Voltou a subir à tribuna uma hora depois, após ter consultado dois números recentes da revista histórica *O Bolchevique* para buscar algumas frases que lançou ao auditório, com breves gestos, projetando o punho para a frente.

— A mais alta personificação do partido é nosso grande, nosso genial Chefe! Proponho darmos seu magnífico nome à nova escola que construiremos!

Aplaudiram tão seguros quanto teriam votado em Makêievgrad, Makêievo, Makêiev City. Ele desceu da tribuna enxugando a testa, contente com sua habilidade ao rejeitar a glória, por enquanto. A hora chegaria. Seu nome constaria nos mapas, entre as curvas dos rios, as manchas verdes das florestas, as hachuras das colinas, as sinuosas linhas escuras das estradas de ferro. Pois tinha fé em si mesmo assim como no socialismo triunfante: e decerto era a mesma fé.

No presente, única realidade, ele já não se separava daquele país, tão grande quanto a velha Inglaterra, do qual três quartos se estendiam sobre a Europa, o último quarto transbordando sobre as planícies e os desertos da Ásia ainda sulcados pelas pistas das caravanas. País sem história: por ele passaram os tsares no século V, semelhantes, com seus pequenos cavalos de pelo comprido, aos citas que os precederam nos séculos; iriam fundar um império no Volga. De onde vinham? Quem eram? Por ele passaram os pechenegues, os cavaleiros de Gêngis Khan, os arqueiros de Hulagu Khan, os administradores de olhos puxados e os metódicos cortadores de cabeças da Horda Dourada, os tártaros nogais. Planícies, planícies, as migrações de povos perdem-se nelas como a água nas areias. Daquela lenda imemorial Makêiev só conhecia alguns nomes, algumas imagens, mas amava, entendia os cavalos como os pechenegues, como os nogais; como eles decifrava o voo dos pássaros, como eles era guiado através das borrascas de neve por indícios indiscerníveis para as outras raças. Se o arco dos séculos passados, por milagre, voltasse a suas mãos, ele o utilizaria com habilidade igual à dos desconhecidos diversos que viveram daquela terra, nela morreram, por ela foram absorvidos... "Tudo é nosso!", dizia sinceramente nas reuniões públicas do clube dos ferroviários, e facilmente teria transcrito: "Tudo é meu!", sem saber bem onde terminava o *eu*, onde começava o *nós*. (O *eu* pertence ao partido, o *eu* só vale porque encarna, pelo partido, a nova coletividade; no entanto, como a encarna forte e conscientemente, o *eu*, em nome do *nós*, possui o mundo.) Na teoria, Makêiev confundia as coisas. Na prática, não tinha a menor dúvida. "Tenho 40 mil carneiros, este ano, no distrito de Tatárovka!", exclamava animado na conferência regional da produção. "No próximo ano terei três olarias em atividade. Eu disse à Comissão de Planejamento: camarada, você tem que me dar os trezentos cavalos antes do outono, senão vai levar ao fracasso o plano anual! Querem vincular ao Centro minha única estação de eletricidade? Não aceito, é minha, esgotarei todos os recursos, o CC decidirá." Ele dizia *instâncias* em vez de *recursos*, e, acreditando dizer *instâncias*, dizia *insistências*.

Dois Naríchkin sucessivamente exilados em Kurgansk, no final do século XVIII e no início do XIX — um por dilapidações julgadas excessivas quando desagradou a uma imperatriz obesa e decadente, o outro por afirmações espirituosas proferidas sobre o jacobinismo do sr. Bonaparte —, construíram na cidade um palacete retilíneo em estilo imperial neogrego, ornado com um peristilo de colunas. A esse palácio alinharam-se as casas de madeira dos comerciantes, o caravançarai de paredes baixas, os jardins das mansões particulares. Makêiev instalou seu escritório num dos salões dos governadores gerais do antigo regime, justamente naquele em que o Naríchkin liberal, servido por servas indolentes, deleitara-se relendo Voltaire. Um erudito do local contou-o ao camarada Artiom Artiêmievitch.

Franco-maçom, o tal Naríchkin, da mesma loja que os decembristas, sinceramente liberal... "Você acredita mesmo", perguntou Makêiev, "que essa canalha feudal podia ser sinceramente liberal? O que quer dizer liberal?". Um caderno do diário de família, tomos avulsos de Voltaire, um exemplar de *O espírito das leis*, de Montesquieu, contendo notas marginais pela mão do grande senhor, ainda estavam jogados no sótão, entre velhos móveis despojados e retratos de família, um dos quais, assinado pela sra. Vigée-Lebrun, emigrada da Revolução Francesa, representava um gordo dignitário de uns 50 anos, de olhar castanho, muito vivo, boca irônica e glutona... Makêiev mandou trazê-lo, olhou bem de frente para Naríchkin, torceu a boca ao ver uma cruz brilhante que ele trazia debaixo do queixo, tocou com a ponta da bota a moldura do quadro e desistiu: "Nada mau. Uma verdadeira cara de senhor. Mandem para o museu regional". Traduziram-lhe o título do livro de Montesquieu. Ele gracejou: "Espírito de explorador... Mandem para a biblioteca..." — "Melhor para o museu...", objetou o erudito. Makêiev voltou-se para ele e em tom arrasador (porque não compreendia): "Por quê?". Intimidado, o erudito não respondeu nada. Na porta de mogno de dois batentes foi colocada uma placa: GABINETE DO SECRETÁRIO REGIONAL. Dentro, uma grande escrivaninha; quatro telefones, dos quais um com linha direta com Moscou, o CC e o Executivo Central; palmeiras-anãs entre as janelas altas, quatro poltronas fundas de couro — as únicas da cidade; na parede da direita, mapa da região especialmente desenhado por um ex-oficial deportado; na parede da esquerda, mapa da Comissão de Planejamento Econômico, indicando a localização das futuras fábricas, das ferrovias a serem construídas, de um canal a ser aberto, três cidades operárias a serem construídas, banheiros, escolas, estádios que seriam criados na cidade... Atrás da confortável poltrona do secretário regional, grande retrato a óleo do secretário-geral, comprado por 800 rublos nas Lojas Internacionais da capital: lustroso e reluzente retrato em que a túnica verde do Chefe parecia recortada em espesso papelão pintado, e o meio sorriso do Chefe perdia-se em absoluta nulidade. Terminados os arranjos do gabinete, Makêiev voltou, cheio de velada alegria.

— Impressionante o retrato do Chefe. Arte proletária! — disse, radiante.

Mas o que estaria faltando? Que vazio era aquele, estranho, irritante, inconveniente, inconcebível? Deu meia-volta, vagamente insatisfeito, e as pessoas a seu redor, o arquiteto, o secretário do Comitê da Cidade, o administrador do edifício, o ecônomo, a secretária particular, todos sentiram o mesmo incômodo. Makêiev procurava.

— E Lênin? — disse ele finalmente.

E, em tom de reprovação, quase explosivo:

— Vocês esqueceram Lênin, camaradas! Ha, ha, ha!

Ouviram-no rir com insolência no meio da confusão geral. O secretário do Comitê da Cidade foi o primeiro a se recompor:

— Não, camarada Makêiev, em absoluto. De manhã estávamos com pressa de terminar, não tivemos tempo de colocá-lo aqui, veja, a biblioteca: *Obras completas* de Ilitch, edição do Instituto; em cima, o pequeno busto, igual ao da minha sala.

— Ah, bom — disse Makêiev com os olhos ainda faiscando, maliciosos.

E, antes de despedir seu pessoal, proferiu em tom sentencioso:

— Nunca esquecer Lênin, camaradas, é a lei do comunista.

Depois que as pessoas saíram do gabinete, Makêiev acomodou-se na poltrona giratória, girou-a alegremente em vários sentidos, mergulhou a pena nova na tinta vermelha e, no bloco de papel timbrado (PC DA URSS COMITÊ REGIONAL DE KURGANSK. SECRETÁRIO REGIONAL), traçou uma grande assinatura floreada — A. A. Makêiev — e admirou-a por um instante. Em seguida, ao ver os telefones, sorriu-lhes de uma bochecha à outra. "Alô, cidade, 76." Com voz adocicada: "Aliá, é você? (Risonho, quase carinhoso.) Nada, nada. Tudo bem com você? Sim, tudo bem, até já". Pegou o segundo aparelho: "Alô, Segurança, gabinete do chefe. Bom dia, Tikhon Alexêitch, venha então por volta das quatro horas. Sua mulher melhorou? Sim, tudo bem, tudo bem". Que maravilha tudo isso. Lançou um longo olhar de cobiça para o aparelho de linha direta com Moscou, mas não encontrou nada de urgente a dizer aos homens do Kremlin; no entanto pousou a mão no aparelho (se eu ligasse para a Comissão Central de Planejamento, para falar dos transportes rodoviários?), não se atreveu. Em outros tempos o telefone o maravilhava, instrumento mágico; desajeitado para usá-lo, por muito tempo o temeu, pois perdia a segurança diante do pequeno cone preto do fone. Aquela magia temível, colocada inteiramente a seu serviço, parecia-lhe agora sinal de poder. Nos pequenos comitês locais, suas ligações diretas eram temidas. A voz imperiosa explodia no aparelho: "Aqui é Makêiev. (Ouvia-se apenas um Êiev rugido.) É você, Ivanov? Mais escândalos, hein?... Não vou tolerar... sanções imediatas... Dou 24 horas!...". Fazia aquelas encenações de preferência diante de alguns colaboradores deferentes. O sangue afluía-lhe ao rosto volumoso, ao crânio raspado, grande e cônico. Terminada a advertência, depunha a corneta acústica com brusquidão, levantava no vazio um rosto de carnívoro insatisfeito, fingia não ver ninguém, abria uma pasta, aparentemente para se acalmar. (Mas tudo não passava de um rito interior.) Ai do membro do partido, levado a uma comissão de controle, cujo dossiê pessoal lhe caísse nas mãos naquele momento! Makêiev, com olhar infalível, encontrava em quarenta segundos o ponto fraco do caso: "*afirmou ser filho de camponeses pobres, na realidade é filho de um diácono*". O verdadeiro filho de camponeses sem terra ironizava duramente e, na coluna das decisões propostas, colocava: "exp." (expulsar), seguido de um M implacável, com grosso lápis azul. Daqueles dossiês ele tinha memória desconcertante, capaz de identificá-los entre cem outros para manter sua decisão dezoito meses depois, quando a pasta voltasse de Moscou engrossada por uma dúzia de anotações. Era capaz até mesmo, caso a Comissão Central de Controle emitisse parecer favorável à manutenção do pobre coitado no partido "com advertência grave", de opor-se de novo com habilidade maquiavélica. Esses casos eram conhecidos na CCC, e acreditava-se com indulgência que daquele modo Makêiev estivesse acertando contas pessoais, e ninguém no mundo imaginava o desinteresse absoluto de suas iras, encenadas por questão de prestígio. Só um dos secretários da CCC tomou a liberdade de, algumas vezes, revisar suas decisões: Tuláiev. "Nada feito, Makêiev", murmurava Tuláiev por trás de seu bigode espesso, mandando reintegrar o excluído que nem ele nem Makêiev tinham visto nem jamais veriam. Por ocasião de seus raros encontros em Moscou, Tuláiev, personagem mais importante do que Makêiev, tratava Makêiev com informalidade, porém chamando-o de "camarada", para marcar a distância entre bolcheviques. Tuláiev apreciava o caráter de Makêiev. No fundo, os dois homens se assemelhavam, sendo Tuláiev mais instruído, mais sutil, mais indiferente quanto ao exercício cotidiano do poder (fizera um curso numa escola comercial como principal funcionário de um grande comerciante do Volga). Tuláiev desenvolvia uma carreira mais importante. Aconteceu-lhe de mergulhar Makêiev numa confusão intolerável ao relatar diante de uma assembleia que na manifestação de Primeiro de Maio em Kurgansk fora possível contar no desfile 137 retratos, de diversas dimensões, do camarada Makêiev, secretário regional; também ao contar sobre a inauguração de uma creche Makêiev numa aldeia cazaque, que depois emigrara inteira para novas pastagens...; naufragado sob as risadas, Makêiev, com lágrimas nos olhos, uma tosse estrangulada na garganta, fisionomia congestionada, em pé diante dos rostos hilariantes, pedia a palavra... Não a obteve, pois um membro do Politburo entrou, vestido com uma elegante túnica de ferroviário, e toda a sala se levantou para a ovação ritual de sete a oito minutos. Tuláiev abordou Makêiev no final da reunião.

— Acabei com você, hein, irmão? Não se zangue por tão pouco. Se tiver oportunidade, pode me arrasar, sem constrangimento. Quer tomar um trago?

Eram os bons tempos da fraternidade rude.

—

Naquela época o partido estava trocando de pele. Extintos os heróis, eram necessários bons administradores, homens práticos e não românticos. Terminados os arroubos aventureiros da revolução internacional, planetária etc., vamos pensar em nós mesmos, construir o socialismo aqui, para nós. A renovação dos quadros, cedendo lugar aos homens de segundo escalão, rejuvenescia a República. Makêiev contribuiu para os expurgos, ganhou reputação de homem prático dedicado à "linha geral", aprendeu a repetir durante uma hora contada no relógio as frases oficiais que dão repouso à alma. Sentiu estranha emoção, certo dia, ao receber Kaspárov. O ex-comissário da divisão das estepes, o chefe dos dias inflamados da guerra civil, entrou discretamente no gabinete do secretário regional, sem bater nem se fazer anunciar, por volta das três horas da tarde, num dia tórrido de verão. Um Kaspárov envelhecido, magro, diminuído, de túnica e quepe brancos. "Você!", exclamou Makêiev, e precipitou-se para o visitante, beijou-o, estreitou-o contra o peito. Kaspárov parecia leve. Sentaram-se frente a frente nas poltronas fundas, e surgiu o mal-estar, apagando a alegria.

— Bom — disse Makêiev sem saber o que dizer —, aonde você vai assim?

Kaspárov estava com o rosto tenso e o olhar severo dos bivaques de Oremburgo, da campanha da Crimeia, de Perekop... Examinava Makêiev enigmaticamente, julgando-o, talvez. Makêiev sentiu-se incomodado.

— Nomeado pelo CC — disse Kaspárov — para a direção dos transportes fluviais do Extremo Leste...

Makêiev avaliou imediatamente a extensão significativa daquela desgraça: exílio distante, função puramente econômica, ao passo que um Kaspárov poderia governar Vladivostok ou Irkutsk, pelo menos.

— E você? — disse Kaspárov, com uma espécie de tristeza na entonação.

Para dissipar o mal-estar, Makêiev levantou-se, hercúleo, maciço, cabeça raspada. Manchas de suor surgiram em sua túnica.

— Estou construindo — disse ele, jovialmente. — Venha ver.

Levou Kaspárov até o mapa da Comissão de Planejamento: irrigações, olarias, armazéns de estradas de ferro, escolas, banhos, haras.

— Veja, meu velho, como o país está crescendo a olhos vistos, em vinte anos alcançaremos os Estados Unidos da América; acredito nisso porque estou pondo mãos à obra.

Sua voz soava um pouco falsa, ele percebeu. Era a voz das conversas oficiais... Kaspárov esboçou um gesto rejeitando as palavras inúteis, os planos econômicos, o falso júbilo do ex-camarada — e era exatamente o que Makêiev temia, confusamente. Kaspárov disse:

— Tudo isso está muito bem, mas o partido está numa encruzilhada. É o destino da revolução que está se decidindo, irmão.

Sorte incrível, naquele instante o telefone emitiu um guincho irritante. Makêiev deu ordens ao setor estatizado do comércio. Depois, afastando por sua vez o que preferia ignorar, o ar ingênuo, suas grandes mãos carnudas escancaradas, num movimento de demonstração:

— Neste lugar, meu velho, tudo se decide irrevogavelmente. A linha geral é só o que enxergo. Vou em frente! Volte daqui a três ou quatro anos, você não vai reconhecer nem a cidade nem os campos. Um mundo novo, meu velho, uma nova América! Um partido jovem, imune ao pânico, confiante. Quer presidir comigo, esta noite, ao desfile esportivo das Juventudes? Você vai ver.

Kaspárov meneou a cabeça, evasivo. Mais um termidoriano consumado, belo animal administrativo que sabe de cor as quatrocentas frases da ideologia corrente que dispensam de pensar, de ver, de sentir — e até de lembrar, até de sentir o menor remorso quando são feitas as piores coisas. Havia ironia e também desespero no sorrisinho que iluminou o rosto magro de Kaspárov. Makêiev se eriçou sob os eflúvios desses sentimentos absolutamente estranhos à sua natureza, os quais no entanto ele adivinhou.

— Sim, sim, claro — dizia Kaspárov com voz singular.

Pareceu pôr-se à vontade, abriu os botões do colarinho da túnica, jogou o quepe em uma das poltronas, sentou-se confortavelmente, com as pernas cruzadas no encosto da outra.

— Belo gabinete, este. Cuidado, Artiêmievitch, com o conforto burocrático. É lodo, nos faz naufragar.

Será que ele pretendia ser deliberadamente desagradável? Makêiev ficou um pouco desconcertado. Kaspárov pousava nele seus estranhos olhos cinzentos, calmos no perigo, calmos na paixão.

— Artiêmievitch, tenho refletido. Nossos planos são irrealizáveis numa medida de 50% a 60%. Para realizar os 40% restantes, será preciso baixar os salários reais da classe trabalhadora a um nível inferior ao que alcançaram no regime imperial — muito abaixo do seu nível atual nos países capitalistas, até mesmo atrasados... Já pensou nisso? Permita-me duvidar. Será preciso no máximo em seis meses declarar guerra aos camponeses e começar a fuzilá-los, isso é certo como dois e dois são quatro. Penúria de mercadorias industriais mais depreciação do rublo, vamos falar francamente: inflação disfarçada, preço baixo dos cereais imposto pelo Estado, resistência natural dos proprietários de grãos, você conhece a cantilena. Pensou nas consequências?

Makêiev tinha demasiado senso da realidade para se permitir uma objeção, mas teve medo de que ouvissem, do corredor, aquelas palavras pronunciadas no seu gabinete (sacrílegas, atentatórias à doutrina do Chefe, a tudo). Elas o fustigavam, o perturbavam; Makêiev deu-se conta de que envidava claríssimos esforços para não empregar, também ele, aquela linguagem terrível. Kaspárov continuava:

— Não sou frouxo nem burocrata, sei do meu dever para com o partido. O que estou dizendo aqui escrevi para o Politburo, apoiando-me em números. Trinta de nós assinaram, todos sobreviventes das velhas prisões, de Taman, Perekop, Kronstadt... Adivinhe como nos responderam. Quanto a mim, primeiro me mandaram inspecionar as escolas do Cazaquistão, que não têm professores, nem instalações, nem livros, nem cadernos... Agora me enviam para contar chalanas em Krasnoiarsk, o que não me importa nem um pouco, você deve imaginar. Mas o fato de as tolices criminosas continuarem ao bel-prazer de 100 mil burocratas ociosos demais para entender que estão indo ao encontro de sua própria ruína e arrastando a revolução com eles, isso sim me importa. E você, meu velho, está ocupando um lugar honroso na hierarquia desses 100 mil. Eu suspeitava. Às vezes perguntava a mim mesmo: o que vai ser daquele Makêiev, se é que já não se tornou um beberrão consumado?

Makêiev ia e vinha, nervoso, de um mapa para outro. Aquelas palavras, aquelas ideias, a própria presença de Kaspárov tornavam-se terrivelmente penosas para ele, como se de repente se sentisse sujo, dos pés à cabeça, por causa daquelas palavras, daquelas ideias de Kaspárov. Os quatro telefones, os mínimos detalhes do gabinete adquiriam tonalidades odiosas. E não havia saída possível pelos caminhos da raiva, por quê? Respondeu com voz cansada:

— Vamos deixar esses assuntos de lado. Você sabe que não sou economista. Execute as diretrizes do partido, só isso, tanto agora como antigamente, no exército com você. E você me ensinava a obedecer pela revolução. O que mais posso fazer? Vá jantar lá em casa logo mais. Sabe, tenho uma nova mulher, Aliá Sáidovna, uma tártara. Você vai?

Kaspárov percebeu, debaixo do tom descontraído, uma súplica. Mostre que você ainda me estima o suficiente para sentar-se à minha mesa, com minha nova mulher, só estou pedindo isso. Kaspárov pôs o quepe, assobiou baixinho diante da janela aberta para o jardim público (disco de pedregulhos cintilando ao sol; pequeno busto de bronze escuro, bem no centro).

— Tudo bem, até à noite; sua cidade é bonita...

— Não é? — respondeu Makêiev, animado e aliviado.

Lá embaixo, o crânio de bronze de Lênin reluzia, com brilho de pedra polida. O jantar foi bom, servido por Aliá, que era baixinha e rechonchuda, de formas arredondadas, com uma graça de animal selvagem, limpa, bem nutrida, tranças preto-azuladas enroladas sobre as têmporas, olhos de gazela, perfil de curvas suaves, todas as linhas do rosto e do corpo esbatidas. Trazia velhas moedas de ouro do Irã penduradas nas orelhas, as unhas eram pintadas de grená. Ofereceu a Kaspárov arroz *pilaf*, melancia suculenta, o verdadeiro chá "que já não se encontra em nenhum lugar", disse ela gentilmente. Kaspárov absteve-se de confessar que fazia seis meses que não tinha uma refeição tão boa. Manteve sua máscara mais amável, contou as três únicas anedotas que conhecia e que no íntimo chamava de "as três historinhas para noitadas idiotas", exasperou-se, sem deixar transparecer, ao ver o risinho de dentes brancos e os seios redondos de Aliá, a gargalhada satisfeita de Makêiev; levou a complacência ao ponto de cumprimentá-los por sua felicidade.

— Vocês precisariam de um canário, numa linda gaiola bem grande, fica bem na intimidade de um lar...

Makêiev quase adivinhou o sarcasmo, mas Aliá explodiu:

— Eu já disse, camarada. Pergunte a Artiom se eu já não lhe disse!

Ao se despedirem, os dois homens sentiram que não voltariam a se encontrar — a não ser como inimigos.

—

Visita de mau agouro: os aborrecimentos começaram um pouco depois. Os expurgos do partido e das administrações tinham terminado havia pouco, energicamente comandados por Makêiev. Em Kurgansk, nos escritórios, restava apenas uma pequena porcentagem de antigos, ou seja, homens formados nas tormentas dos dez últimos anos; as tendências de esquerda (trotskista), de direita (Rykov-Tómski-Bukhárin) e de falso legitimismo (Zinóviev-Kámenev) pareciam aniquiladas, sem que na realidade o estivessem totalmente, pois a sensatez recomendava esperar. Mas a produção do trigo ia mal. Makêiev, atendendo às mensagens do CC, visitou as aldeias, distribuiu promessas e ameaças, deixou-se fotografar cercado por mujiques, mulheres e crianças; organizou vários desfiles de lavradores entusiastas que entregavam todo o seu trigo ao Estado. Iam para a cidade num longo comboio de carroças carregadas de sacos, com bandeiras vermelhas, faixas proclamando devoção unânime ao partido, retratos do Chefe e outros do camarada Makêiev, levados como estandartes pelos jovens. Uma intensa atmosfera de festa reinava nessas manifestações. O Executivo do Soviete regional mandava a orquestra do clube dos ferroviários ao encontro desses desfiles; operadores de cinema chamados de Moscou por telefone chegaram de avião para filmar um desses comboios vermelhos que depois a URSS inteira viu desfilar na tela. Makêiev o acolhia, de pé em cima de um caminhão, bradando com voz retumbante: "Honra aos lavradores de uma terra feliz!". Na noite do mesmo dia, ficou acordado até tarde, em seu gabinete, na companhia do chefe da Segurança, do presidente do Executivo do Soviete e de um enviado extraordinário do CC, pois a situação revelava-se grave: estoques insuficientes, receitas insuficientes, redução indubitável das semeaduras, alta ilícita dos preços nos mercados, aumento da especulação. O enviado extraordinário do CC anunciou medidas draconianas que deveriam ser aplicadas com "mão de ferro". "Certamente", disse Makêiev, temendo compreender.

Assim se iniciaram os anos negros. Cerca de 7% dos produtores expropriados e depois deportados deixaram a região em vagões de animais, sob os clamores, o choro, as maldições das crianças, das mulheres desesperadas, dos velhos loucos de fúria. Terras deixaram de ser cultivadas, o gado desapareceu, comiam-se os bagaços destinados a alimentar os animais, já não havia açúcar nem querosene, nem couro nem calçados, nem tecido nem papel, por toda parte havia fome nos rostos alterados e pálidos, roubos, trapaças, doença; a Segurança dizimou em vão os departamentos da Pecuária, da Agricultura, dos Transportes, do Abastecimento, da Indústria Açucareira, da Distribuição... O CC recomendou a criação de coelhos... Makêiev mandou anunciar que "o coelho será a pedra angular da alimentação proletária", e os coelhos do governo local — os dele — foram os únicos da região que não morreram logo no início da criação, porque foram os únicos a serem alimentados. "Ora, o coelho precisa comer antes de ser comido", constatou Makêiev, ironicamente. A coletivização da agricultura abrangeu 82% dos lares... "Tão grande é o entusiasmo socialista dos camponeses da região", escreveu o *Pravda*, que na ocasião publicou o retrato do camarada Makêiev, "organizador combativo dessa maré alta". Fora dos colcozes só restavam camponeses isolados cujas casas dormitavam longe das estradas, alguns pequenos povoados de menonitas, uma aldeia onde resistia um antigo guerrilheiro do Irtych, duas vezes condecorado com a Ordem da Bandeira Vermelha, que conhecera Lênin e que por essa razão não era preso... Contudo estava sendo construída uma fábrica de conservas de carne, provida de uma maquinaria americana de último tipo e completada por um curtume, uma fábrica de sapatos, uma manufatura de couros especiais para o exército: ficou pronta no ano em que a carne e o couro desapareceram. Construíram-se também habitações confortáveis para os dirigentes do partido e os técnicos, uma cidade operária próxima da fábrica morta... Makêiev enfrentava tudo, batalhava, verdade seja dita, "em três frentes" para executar as ordens do CC, cumprir o plano de industrialização, não deixar a terra morrer. Onde obter madeira seca para construções, pregos, couro, roupas de trabalho, tijolos, cimento? A todo instante faltava material, os homens famintos roubavam ou fugiam, entre as mãos do grande construtor restavam apenas papéis, circulares, relatórios, ordens, teses, previsões oficiais, textos de discursos ameaçadores, moções votadas pelas brigadas de choque. Makêiev telefonava, jogava-se dentro do seu Ford, agora desgastado como um velho automóvel de estado-maior de antigamente, chegava de improviso num canteiro de obras, contava, com o cenho terrivelmente franzido, os tonéis de cimento, os sacos de cal, interrogava os engenheiros: uns mentiam jurando construir mesmo sem madeira nem tijolos, outros mentiam mostrando a impossibilidade de construir com aquele cimento. Makêiev se perguntava se não estariam todos conspirando pela ruína da União e dele. Primeiro, Makêiev sentia, sabia que tudo o que eles diziam era verdade; Makêiev, com a pasta embaixo do braço, o quepe caído sobre a nuca, fez-se levar a toda velocidade, através das florestas e das planícies, até o colcoz "Glória à Industrialização", que já não tinha nenhum cavalo, onde as últimas vacas estavam prestes a morrer por falta de forragem, onde acabavam de ser roubados na calada da noite trinta feixes de feno, talvez para alimentar cavalos dados como mortos, mas na verdade escondidos na floresta erma de Tchórtov-Rog, o Corno do Diabo. O colcoz parecia deserto, dois jovens comunistas vindos da cidade lá moravam no meio da hostilidade e da hipocrisia gerais; o presidente, tão desorientado que até gaguejava, explicava ao camarada secretário do Comitê Regional que as crianças estavam todas doentes de fome, que era necessário imediatamente pelo menos um caminhão de batatas para que se pudesse retomar o trabalho nos campos, pois as rações concedidas pelo Estado no final do ano transcorrido (um ano de escassez) tinham faltado pelo menos para dois meses, nós avisamos, lembra? Makêiev se zangava, prometia, ameaçava inutilmente, tomado por um desespero estúpido... Velhas histórias interminavelmente repetidas, mais do que conhecidas, e ele perdia o sono. A terra definhava, os animais se exauriam, as pessoas se exauriam, o partido sofria de uma espécie de escorbuto, Makêiev via morrer até as estradas, invadidas pelo capim, nas quais já não passavam carregamentos...

Era tão odiado pelas pessoas que só saía a pé pela cidade quando necessário, fazendo-se acompanhar então por um agente civil que o seguia a 1 metro de distância, com a mão sobre o bolso de trás, o do revólver; por sua vez, ele andava de bengala, pronto para impedir alguma agressão. Sua casa foi cercada com grades e era vigiada por milicianos. O drama se complicou de repente, no terceiro ano de escassez, no dia em que ele recebeu pelo telefone de Moscou a ordem confidencial de proceder, antes das semeaduras de outono, a um novo expurgo nos colcozes a fim de reduzir as resistências ocultas.

— Quem assinou essa decisão?

— O camarada Tuláiev, terceiro-secretário do CC.

Makêiev agradeceu secamente, interrompeu a ligação, deu um soco frouxo na mesa.

— É positivamente maluco...

Subiu-lhe à cabeça uma onda de ódio contra Tuláiev, o bigodão de Tuláiev, o rosto largo de Tuláiev, o burocrata sem coração Tuláiev, o causador da fome Tuláiev... Aquela noite Aliá Sáidovna viu chegar em casa um Makêiev mau, parecendo um buldogue. Raramente conversava com ela sobre negócios; de preferência falava sozinho, pois, sob efeito da emoção, pensar em silêncio tornava-se difícil para ele. Aliá, de suave perfil esbatido, moedas de ouro nos lobos de suas belas orelhas, ouviu-o esbravejar:

— Não quero mais um período de fome. Já pagamos nossa cota,

meu velho, chega. Não dá mais. A região não aguenta mais. As estradas estão morrendo! Não, não, não. Vou escrever ao CC.

Ele o fez, depois de uma noite em claro, uma noite de angústia. Pela primeira vez na vida Makêiev recusava-se a obedecer a uma ordem do CC, denunciando seu erro, sua insensatez, seu crime ora era violento demais, ora não o suficiente: ao reler o que escrevera, aterrado com sua audácia, pensava que ele mesmo pediria a expulsão e a prisão de quem se permitisse comentar naqueles termos uma instrução do partido. Mas as lavouras invadidas pelo joio, as estradas devoradas pelo capim, as crianças de ventre inchado pela fome, as bancas vazias do comércio varejista estatizado, os olhares furiosos dos camponeses estavam presentes, realmente presentes. Rasgou vários rascunhos, um após o outro. Aliá, quente e inquieta, revirava-se febril na cama de casal; agora o atraía apenas raramente — femeazinha que jamais poderia entender. O memorando sobre a necessidade de adiar ou anular a circular Tuláiev referente ao novo expurgo dos colcozes foi enviado no dia seguinte. Makêiev teve enxaqueca, arrastou-se pelos aposentos, de chinelo, descomposto, por trás das venezianas fechadas para o calor intenso. Aliá trazia-lhe, numa bandeja, copinhos de vodca, pepinos salgados, grandes copos de água tão fresca que fazia o vapor se condensar. A insônia deixava-lhe os olhos vermelhos, seu rosto cobria-se de pelos, pois não fizera a barba, e ele cheirava a suor...

— Você deveria fazer uma viagem, Artiom — sugeriu Aliá —, isso lhe faria bem.

Ele olhou para ela: o calor alucinante das três da tarde abrasava a cidade, as planícies, as estepes dos arredores, atravessava as paredes da casa, crepitava nas veias pesadas. Três passos apenas o separavam de Aliá, que recuou, cambaleou à beira do sofá, derrubada, violentamente apertada do pescoço aos joelhos pelas mãos secas de Artiom, a boca esmagada por sua boca sufocante, rasgado o cafetã de seda que não cedia com a pressa desejada, machucadas as pernas que não se abriram prontamente...

— Aliá, você é aveludada como um pêssego — disse Makêiev, levantando-se, revigorado. — Agora o CC vai ver quem tem razão, o imbecil do Tuláiev ou eu!

Possuir a mulher propiciou-lhe por um momento a sensação de vitória sobre o universo.

Em quinze dias, Makêiev só tinha a perder sua batalha contra Tuláiev. Acusado por seu poderoso adversário de cair no "desvio oportunista de direita", viu-se à beira do abismo. Números e várias linhas do memorando Makêiev, citados para denunciar "as incoerências da política agrária do Politburo" e a "funesta cegueira de certos dirigentes", eram reproduzidos num documento provavelmente redigido por Bukhárin e entregue à Comissão de Controle por um informante. Vendo-se perdido, Makêiev retratou-se na hora, veementemente. O Politburo e o escritório de Organização decidiram mantê-lo no posto, já que ele se retratava de seus erros e procedia com energia exemplar ao novo expurgo dos colcozes. Longe de poupar seus protegidos, Makêiev mostrou-se tão suspeitoso com relação a eles que muitos foram encaminhados para campos de concentração. Lançando sobre eles suas próprias responsabilidades, recusava-se duramente a recebê-los ou a interceder por eles. Do fundo das prisões, alguns escreveram que não tinham feito nada além de executar suas ordens.

— A indiferença contrarrevolucionária desses elementos desmoralizados — disse então Makêiev — não merece nenhuma indulgência. Eles visam apenas a desacreditar a direção do partido.

Ele mesmo acabou por acreditar nisso.

Sua desavença com Tuláiev não seria lembrada no momento da eleição do Conselho Supremo? Uma indecisão nos comitês do partido deixou Makêiev preocupado. Em muitos locais, preferiam-se as candidaturas de altos funcionários da Segurança ou dos generais às de dirigentes comunistas. Dia de alegria! O rumor oficial reportou a seguinte afirmação de um membro do Politburo: "A candidatura Makêiev é a única possível na região de Kurgansk... Makêiev é um construtor". As faixas surgiram imediatamente atravessando as ruas, clamando: VOTEM NO CONSTRUTOR MAKÊIEV! Aliás, candidato único. Na primeira sessão do Conselho Supremo, em Moscou, Makêiev, no apogeu de seu destino, encontrou Blücher nos corredores.

— Salve, Artiom! — disse o comandante em chefe do valoroso Exército Especial da Bandeira Vermelha do Extremo Leste.

Makêiev, inebriado, respondeu:

— Salve, marechal! Como vai?

Foram juntos ao bufê, de braços dados, como velhos companheiros que eram. Ambos mais gordos, rostos cheios e bem cuidados, bolsas de cansaço sob os olhos, vestidos com tecidos refinados e bem cortados, condecorados: Blücher trazia no peito, do lado direito, quatro medalhas reluzentes, três da Ordem da Bandeira Vermelha, uma da Ordem de Lênin; Makêiev, menos heroico, só tinha uma Bandeira Vermelha e a Insígnia da Honra ao Trabalho... O estranho foi que não tiveram nada a se dizer. Trocaram, com alegria sincera, frases corriqueiras:

— Então, construindo, meu velho amigo? Tudo bem? Feliz, firme?

— Então, marechal, controlando os japonesinhos?

— Ah, sim, eles que venham quando quiserem!

Deputados do norte da Sibéria, da Ásia Central, do Cáucaso, com trajes nacionais, agrupavam-se para observá-los. Makêiev, sobre quem recaíam glórias de homem de guerra, admirava a si mesmo. Pensava: "Daríamos uma boa foto". A lembrança daquele momento memorável tornou-se amarga para ele, alguns meses depois, após os combates de Tchang-Ku-Feng em que o exército do Extremo Oriente reconquistou aos japoneses duas colinas contestadas que dominavam a baía de Possiet, cuja importância estratégica, até então ignorada, revelava-se enorme. A mensagem de informação do CC, dedicada a esses acontecimentos gloriosos, não fazia menção a Blücher. Makêiev compreendeu e ficou aterrado. Sentiu-se comprometido. Blücher, era a vez de Blücher descer às trevas subterrâneas. Inconcebível!... Sorte que nenhuma fotografia tivesse registrado a imagem de sua última conversa!

Makêiev vivia bem, tranquilo em meio às proscrições, pois elas atingiam principalmente círculos dirigentes de tempos antigos e recentes aos quais ele já não pertencia. "Em linhas gerais, socialmente, a velha geração se desgastou... Pior para ela, os tempos não estão para sentimentalismos... Heróis de ontem, restolhos de hoje, é a dialética da história..." Seus pensamentos inconfessos diziam-lhe que sua geração, em contrapartida, aparecia para ficar no lugar da que estava sucumbindo. Homens medianos tornavam-se grandes ao chegar seu dia, não era justo? Embora tivesse conhecido e admirado no poder um bom número dos réus de processos importantes, aceitava o fim deles com uma espécie de zelo. Capaz de compreender apenas a argumentação mais grosseira, a enormidade das acusações não lhe desagradava: nós não somos sutis, e o que há de mais natural do que esmagar sob a mentira o inimigo que é preciso suprimir? Exigência da psicologia das massas de um país atrasado. Chamado ao poder pelos subalternos do Chefe único, incorporado ao poder dos proscritores, Makêiev nunca se sentira ameaçado. Ao abater Blücher, uma foice invisível o aflorou. O marechal fora afastado do comando? Preso? Iria reaparecer? Se não fosse a julgamento, talvez nem tudo estivesse terminado para ele; em todo caso, já não se pronunciava seu nome... Makêiev queria esquecê-lo, mas aquele nome, aquela sombra o perseguiam no trabalho, no silêncio, no sono. Ao tomar a palavra diante dos funcionários da região, teve medo de subitamente lançar aquele nome obcecante no meio de uma frase. E, quanto mais o expulsava de sua alma, mais o nome lhe vinha aos lábios, a ponto de acreditar tê-lo misturado, em uma mensagem lida em voz alta, aos dos membros do Politburo...

— Minha língua não se embaralhou? — ele perguntou, em tom negligente, a um dos membros do Comitê Regional.

E uma angústia louca o atormentava.

— Não — respondeu o camarada. — Curioso. Teve essa impressão?

Makêiev olhou para ele, tomado por um vago terror. "Está zombando de mim..." Os dois homens coraram, constrangidos.

— Foi muito eloquente, Artiom Artiêmievitch — disse o membro do Comitê, para romper o embaraço. — Leu o comunicado do Politburo com ímpeto magnífico...

Makêiev ficou mais perturbado ainda. Seus lábios grossos moviam-se em silêncio. Fazia um esforço insano para não dizer: "Blücher, Blücher, Blücher, está ouvindo? Eu falei Blücher, Blücher...". Seu interlocutor preocupou-se:

— Está se sentindo mal, camarada Makêiev?

— Uma tontura — disse Makêiev, engolindo em seco.

Ele superou a crise, venceu a obsessão, Blücher não reapareceu, foi se acabando a cada dia. Outros desaparecimentos, de menor importância, continuavam. Makêiev tomou a firme decisão de ignorá-los. "Homens como eu precisam ter coração de pedra. Nós construímos sobre cadáveres, mas construímos."

Naquele ano, os expurgos e as mudanças de pessoal, na região de Kurgansk, só terminaram em meados do inverno. Às vésperas da primavera, numa noite de fevereiro, Tuláiev foi morto em Moscou. Ao receber a notícia, Makêiev deu um grito de alegria. Aliá, com o corpo moldado na seda, punha cartas. Makêiev jogou para a frente o envelope vermelho das mensagens confidenciais.

— Esse fez por merecer! Cabeça dura! Fazia tempo que isso o esperava. Atentado? Decerto andava envenenando a existência de alguém que lhe acertou um tijolo na cara... Ele procurou, com aquele caráter de cão raivoso...

— Quem? — perguntou Aliá sem levantar a cabeça, porque era a segunda vez que as cartas faziam surgir a dama de ouros entre ela e o rei de copas.

— Tuláiev. Escreveram de Moscou que ele acabou de ser assassinado...

— Meu Deus — disse Aliá, preocupada com a dama de ouros, decerto uma mulher loira.

Makêiev respondeu, irritado:

— Já disse cem vezes para você não invocar Deus, como uma camponesa.

As cartas estalaram sob os belos dedos de unhas pintadas de vermelho-sangue. Irritação. A dama de ouros confirmava as alusões pérfidas da mulher do presidente do Soviete, Doroteia Guérmanovna — alemã de corpo gordo e flácido, que sabia todas as histórias da cidade havia dez anos —, as reticências hábeis da manicure e os dados mortalmente precisos da carta anônima laboriosamente composta de letras grandes recortadas dos jornais, eram bem umas quatrocentas coladas uma a uma, para denunciar a bilheteira do cinema Aurora, que antes dormia com o diretor dos serviços comunais, que havia mais de um ano se tornara amante de Artiom Artiêmievitch, a prova era que no inverno anterior ela fizera um aborto na clínica do GPU, recebida por recomendação especial, depois tivera uma licença remunerada de um mês, na casa de repouso dos trabalhadores do Ensino, por recomendação especial, a prova era que o camarada Makêiev fora então duas vezes à casa de repouso e lá passara a noite... A carta continuava assim por muitas páginas, tudo com letras encavaladas, desiguais, formando desenhos disparatados. Aliá ergueu para Makêiev os olhos carregados de uma atenção tão intensa que os tornava cruéis.

— O que foi? — perguntou o homem, vagamente inquieto.

— Quem foi que mataram? — perguntou a mulher, desfigurada pela atenção e pelo desespero.

— Tuláiev, ora, Tuláiev, está surda?

Aliá aproximou-se dele a ponto de tocá-lo, pálida, ereta, com os ombros enrijecidos, os lábios trêmulos:

— E aquela bilheteira loira, quem vai matá-la, diga lá, traidor mentiroso?

Makêiev começava a entender a gravidade do choque para o partido: remanejamento do CC, acerto de contas nos escritórios, ataques fundamentais contra a direita, acusações mortais contra a esquerda excluída, retaliações, que retaliações? Um vento noturno, enorme e turbulento, expulsava do quarto a calma luz do dia, envolvia-o, fazia correr-lhe até a medula arrepios de frio... Através daqueles terríveis sopros tenebrosos, a mísera invectiva trêmula de Aliá, a mísera expressão alterada de Aliá lhe caíram mal.

— Deixe-me em paz! — gritou, fora de si.

Não sabia pensar nas grandes e nas pequenas coisas ao mesmo tempo. Trancou-se com seu secretário particular para preparar o discurso que pronunciaria à noite, na assembleia extraordinária dos funcionários do partido, um discurso denso, gritado do fundo do peito, pontuado pelo punho cerrado. Falou como se brigasse ali, em singular combate, com os inimigos do partido. Os homens das Trevas, a contrarrevolução mundial, o trotskismo de focinheira metálica marcada por uma cruz gamada, o fascismo, o mikado... "Ai do verme fétido que ousou levantar a mão armada contra nosso grande partido! Nós o aniquilaremos para sempre, até seus descendentes! Eterna memória a nosso grande, a nosso sábio camarada Tuláiev, bolchevique férreo, discípulo inabalável de nosso Chefe bem-amado, o maior homem de todos os séculos!..." Às cinco horas da manhã, encharcado de suor, rodeado de secretários exaustos, Makêiev ainda corrigia o texto estenografado de seu discurso que um correio especial, partindo duas horas depois, levaria a Moscou. Quando se deitou, o dia claro reinava luminoso sobre a cidade, as planícies, os canteiros de obras, as pistas das caravanas. Aliá acabava de se acalmar depois de uma noite de tormentos. Percebendo a presença do marido, abriu os olhos para a brancura do teto, a realidade, seu sofrimento. E desceu silenciosamente da cama, quase nua, entreviu-se no espelho, cabelos desfeitos, seios caídos, pálida, enfeada, desamparada, humilhada, parecendo uma velha — por causa da bilheteira loira do cinema Aurora. Estaria se dando conta do que fazia? O que ia procurar na gaveta de quinquilharias? Lá encontrou uma faca de caça com cabo de chifre e a pegou. Voltou para a cama. Sem cobertas, com o roupão aberto, Artiom dormia profundamente, de boca fechada, a borda das narinas orlada de gotículas, o grande corpo nu, coberto de pelos ruivos, abandonado... Aliá contemplou-o por um instante como que espantada por reconhecê-lo, mais espantada ainda por descobrir nele algo completamente desconhecido, algo que lhe escapava sem remissão, talvez uma presença estranha, uma alma de sono, como um brilho secreto que o despertar dissipava. "Meu Deus, meu Deus, meu Deus", Aliá repetia mentalmente pressentindo que nela uma força ergueria a faca, tomaria impulso, atingiria aquele corpo viril estendido, aquele corpo viril amado até o fundo do ódio. Onde golpear? Buscar o coração, bem protegido por uma couraça de osso e carne, difícil de atingir profundamente, perfurar o ventre exposto, onde os ferimentos facilmente são mortais, dilacerar o sexo pousado em seu velo, carne mole, execrável e enternecedora? Essa ideia, que no entanto não era uma ideia, já era o esboço de um ato, caminhou tenebrosamente pelos centros nervosos... Aquele fluxo sombrio cruzou com outro, de inquietude. Aliá virou a cabeça e viu que Makêiev, de olhos arregalados, olhava para ela com uma sagacidade aterradora.

— Aliá — ele disse simplesmente —, largue essa faca.

Ela ficou paralisada. Levantando-se de um salto, Artiom apertou-lhe o punho, abriu-lhe a mãozinha frágil, jogou longe a faca de cabo de chifre. Aliá retraiu-se em vergonha e desespero, com enormes lágrimas cintilantes presas aos cílios. Sentia-se uma criança malcomportada pega em erro, sem socorro possível, e agora ele a expulsaria para longe, como uma cadela doente, a ser afogada.

— Você queria me matar? — disse ele. — Matar Makêiev, secretário do Comitê Regional, você, membro do partido? Matar o construtor Makêiev, miserável? Matar por causa de uma bilheteira loira, sua tola?

A raiva lhe subia, através daquelas palavras claras.

— Sim — disse Aliá baixinho.

— Imbecil, imbecil! Ficaria seis meses presa num porão, pensou nisso? Depois, uma noite, pelas duas horas da madrugada, seria levada para os fundos da estação e tomaria uma bala aqui, veja, aqui (deu-lhe um piparote forte na nuca), entendeu? Quer se divorciar já, agora de manhã?

Ela disse, enraivecida:

— Sim.

E ao mesmo tempo, em voz mais fraca, baixando os cílios longos:

— Não, você é mentiroso e traidor — ela repetiu, quase mecanicamente, tentando ordenar as ideias.

Continuou:

— Mataram Tuláiev por menos do que isso e você se alegrou. No entanto, você o ajudou a organizar a fome, conforme disse muitas vezes. Mas talvez ele não tenha mentido para uma mulher, como você!

Eram palavras tão terríveis que Makêiev encarou a mulher com olhar desvairado. Sentiu-se desesperadamente fraco. Só a fúria o impedia de desfalecer. Ele explodiu:

— Nunca! Eu nunca disse nem pensei esse disparate criminoso... Você é indigna do partido... Pulha!

Ele andava pelo quarto de um lado para o outro, gesticulando como um demente. Aliá, deitada no sofá, o rosto enfiado nas almofadas, não se mexia. De repente ele se aproximou, com um cinto de couro na mão, apertou-lhe a nuca com a mão esquerda e, com a direita, bateu, fustigou, fustigou até perder o fôlego o corpo apenas coberto de seda, que se revolvia levemente sob suas pancadas... Quando o corpo parou de se mexer, quando a respiração gemente de Aliá pareceu se extinguir, Makêiev, mais tranquilo, se virou, se afastou, voltou com gaze embebida em água-de-colônia para enxugar suavemente o rosto da mulher, que em alguns instantes se tornara feia, uma feiura deplorável de menina... Ele foi buscar amoníaco, molhou panos de rosto, foi diligente e hábil como um bom enfermeiro... E, voltando a si, Aliá viu debruçados sobre ela os olhos verdes de Makêiev, de pupilas contraídas, parecendo olhos de gato... Artiom beijou-lhe o rosto intensamente, calorosamente, depois se afastou.

— Descanse, tolinha, vou trabalhar.

—

Makêiev retomou a vida normal, entre Aliá, silenciosa, e a dama de ouros, enviada por precaução aos canteiros de obras da nova usina elétrica, entre planície e floresta, onde ela dirigia o registro da correspondência. Aqueles canteiros trabalhavam 24 horas por dia. O secretário do Comitê Regional aparecia com frequência a fim de estimular o esforço das brigadas de elite, seguir pessoalmente a execução dos planos semanais, receber os relatórios do pessoal técnico, contra-assinar os telegramas destinados todos os dias ao Centro... Voltava esgotado, sob as estrelas límpidas. (Enquanto isso, em algum lugar na cidade, mãos desconhecidas, trabalhando em profundo mistério, recortavam com obstinação dos jornais letras do alfabeto de todas as dimensões e as colecionavam, alinhavando-as sobre folhas de caderno; seriam necessárias umas quinhentas para a carta planejada. Esse trabalho paciente era realizado em solidão e mutismo, com todos os sentidos despertos; os jornais mutilados, amarrados a uma pedra, desciam ao fundo de um poço, pois queimá--los produziria fumaça — e onde há fumaça há fogo, não é mesmo? As mãos secretas preparavam o alfabeto demoníaco, o espírito ignorado pelo mundo reunia as pistas, os indícios esparsos, os elementos infinitesimais de várias certezas ocultas, inconfessáveis...)

Makêiev planejava ir a Moscou para debater com os dirigentes da eletrificação a questão dos materiais deficitários; na mesma oportunidade, informaria ao CC e ao Executivo Central os avanços realizados no decorrer do semestre na instauração das estradas e da irrigação (com baixo custo, graças à mão de obra penitenciária); talvez esses avanços compensassem a degradação do artesanato, a crise da pecuária, o mau estado das culturas industriais, a desaceleração do trabalho nas oficinas da estrada de ferro... Recebeu com prazer a breve mensagem — confidencial, urgente — do CC convidando-o a assistir a uma conferência dos secretários regionais do Sudoeste. Partindo com dois dias de antecedência, Makêiev examinou, animado, na cabine azul do vagão-leito, os relatórios do Conselho de Economia da região. Os especialistas da Comissão Central de Planejamento falariam com a pessoa certa! Campos de neve infinitos, semeados de telhados miseráveis, corriam pelas janelas; o horizonte de bosques era triste sob os céus de chumbo, a luz preenchia os espaços brancos com uma imensa expectativa. Makêiev contemplava as belas terras escuras que, em alguns lugares, eram cobertas por poças causadas pelo degelo prematuro e perseguidas pelas nuvens. "Indigente Rússia, opulenta Rússia!", ele murmurava, porque Lênin, em 1918, citara esses dois versos de Nekrássov. Os Makêiev, ao lavrarem aquelas terras, nelas faziam surgir da indigência a opulência.

Na estação de Moscou, Makêiev conseguiu sem dificuldade que lhe mandassem um automóvel do CC, carro americano grande de forma singular, arredondado, alongado, "aerodinâmico", explicou o motorista, vestido mais ou menos como os motoristas dos milionários nos filmes importados. Makêiev constatou que em sete meses muitas coisas tinham melhorado na capital. A vida prosseguia em meio a uma transparência cinzenta sobre o asfalto novo do qual se retirava a neve ciosamente, todos os dias. As vitrines tinham boa aparência. Na Comissão Central de Planejamento, num edifício de cimento armado, vidro e aço, com duzentos a trezentos escritórios, Makêiev, recebido como personalidade muito importante, de acordo com sua categoria, por funcionários elegantes, de óculos grossos e ternos de estilo britânico, obteve sem esforço o que desejava: material, suplementos de crédito, envio de um dossiê ao setor de projetos, criação de uma estrada extra. Como ele poderia adivinhar que os materiais não existiam e que todas aquelas competências impressionantes agora só tinham existência espectral, visto que o Politburo acabara de decidir, em princípio, o expurgo e a reorganização completa dos departamentos de Planejamento? Makêiev, satisfeito, sentiu-se mais importante do que nunca. Sua peliça quadrada, seu gorro simples de pele contrastavam com o vestuário perfeito dos técnicos e salientava nele o construtor provinciano. "Nós, desbravadores das terras virgens..." Inseria pequenas frases como essa na conversa, e elas não soavam falsas.

Dos raros velhos camaradas que tentou buscar no segundo dia, não conseguiu encontrar nenhum. Um estava doente numa clínica do subúrbio, longe demais; sobre outros dois, só obteve, por telefone, respostas evasivas. A segunda vez Makêiev se zangou. "Aqui é Makêiev, já disse. Makêiev do CC, está ouvindo? Estou perguntando onde está Foma, para mim acho que pode dizer..." Do outro lado do fio, a voz masculina insegura baixou o tom como se quisesse se esconder e murmurou: "Ele foi preso...". Preso, Foma, bolchevique de 1904, fiel à linha geral, ex-membro da Comissão Central de Controle, membro do colegiado especial da Segurança? Makêiev perdeu a voz, fez uma careta, por um momento perdeu a compostura. O que estava acontecendo?

Resolveu passar a noite sozinho, na Ópera. Ao entrar no grande camarote do governo, outrora da família imperial, um pouco depois do levantar do pano, só encontrou um casal de velhos instalado na primeira fila à esquerda. Discretamente, Makêiev cumprimentou Popov, um dos diretores de consciência do partido, velhinho desleixado de tez cinzenta, perfil flácido, cavanhaque amarelado, vestido com uma túnica cinzenta de bolsos deformados; sua companheira se parecia surpreendentemente com ele. Makêiev teve a impressão de que ela mal respondeu a seu cumprimento, evitando até mesmo voltar a cabeça para ele. Popov cruzou os braços sobre o veludo do apoio, tossiu, torceu o nariz, completamente absorvido pelo espetáculo. Makêiev sentou-se no outro extremo da fila. As poltronas vazias aumentavam a distância entre ele e o casal; mesmo que estivessem mais próximos, o amplo camarote os teria cercado de solidão. Makêiev não conseguiu interessar-se nem pela cena nem pela música — que o entorpecia como uma droga, enchendo-lhe o ser de inquietação, a cabeça de imagens sem sequência, ora violentas, ora lamurientas, a garganta de gritos mal contidos ou de suspiros, ou de uma espécie de lamentação. Repetiu para si mesmo que tudo estava muito bem, que era um dos mais belos espetáculos do mundo, embora pertencente à cultura do antigo regime, mas dessa cultura somos os herdeiros legítimos, os conquistadores. Além disso, aquelas dançarinas, aquelas dançarinas bonitas, por que não as desejar? (Desejar era também uma de suas maneiras de *esquecer*.)

No intervalo, os Popov saíram tão discretamente que ele só percebeu que tinham ido embora pelo aumento de sua solidão no amplo camarote. Por um momento ele contemplou, em pé, toda a sala do teatro constelada de luzes, de toaletes e fardas. "Nossa Moscou, capital do mundo." Makêiev sorriu. A caminho do *foyer*, um oficial de óculos chanfrados, que, acima de um bigode habilmente aparado em quadrado, tinha um nariz encurvado, em bico de coruja, cumprimentou-o muito respeitosamente. Makêiev, retribuindo o cumprimento, deteve-o com um movimento do queixo. O outro se apresentou:

— Capitão Pakhómov, comandante do Departamento de Ordem Pública, a seu dispor, camarada Makêiev.

Lisonjeado por ser reconhecido, Makêiev teve vontade de beijá-lo. A solidão insólita se dissipava. Makêiev agarrou-se a ele.

— Ah, acabou de chegar, camarada Makêiev — dizia Pakhómov lentamente, como se estivesse refletindo. — Então não conhece nossas novas instalações de cenários, compradas em Nova York e montadas em novembro? Deveria vê-las, Meyerhold maravilhou-se com elas... Quer que o espere no intervalo do terceiro ato para guiá-lo?

Antes de responder, Makêiev soltou em tom indiferente:

— Diga, capitão Pakhómov, aquela atriz de turbante verde, tão graciosa, quem é ela?

O nariz em bico de coruja e os olhos noturnos de Pakhómov iluminaram-se um pouco:

— Um belo talento, camarada Makêiev. Notável. Paulina Ananieva. Posso apresentá-la no camarim, ela ficará muito feliz, camarada Makêiev, muito feliz, pode ter certeza...

E agora você já não me interessa, Popov, velho moralista, velho carrancudo, nem você nem sua mulher, que parece uma perua velha depenada. O que você sabe da vida dos seres fortes, dos homens importantes, dos homens de luta? Debaixo do chão, no fundo dos porões, os ratos roem alimentos obscuros — vocês, vocês devoram os processos, as queixas, as circulares, as teses que o grande partido joga nos seus gabinetes, e será assim até o dia em que forem enterrados com mais honras do que terão conhecido em toda a sua sombria existência! Makêiev debruçou-se quase de costas para aquele casal desagradável. Aonde levaria Paulina? Ao bar do Metrópole? Paulina, belo nome de amante. Paulina... Será que ela se deixaria levar aquela noite? Paulina... Makêiev, tomado por uma espécie de felicidade, esperou o intervalo.

O capitão Pakhómov o aguardava na curva da escadaria.

— Vou lhe mostrar primeiro as novas máquinas, camarada Makêiev; depois passamos no camarim de Ananieva, que está à sua espera...

— Muito bem, ótimo...

Makêiev seguiu o oficial por um labirinto de corredores cada vez mais iluminados. Um reposteiro aberto à sua esquerda pôs à mostra maquinistas ocupados em torno de um guindaste; jovens de túnicas azuis varriam o palco; um mecânico jogou-se entre eles, empurrando à sua frente uma espécie de pequeno projetor baixo sobre rodas.

— É apaixonante, não é? — disse o oficial de cara de coruja.

Makêiev, com o cérebro ocupado pela espera de uma mulher, respondeu:

— Magia do teatro, caro camarada...

Passaram, uma porta metálica cedeu à sua frente, voltou a se fechar atrás deles, viram-se na escuridão.

— Ora, o que está acontecendo? — exclamou o oficial.

— Não se mexam, com licença, camarada Makêiev, eu...

Fazia frio. A escuridão durou apenas alguns segundos, mas quando voltou a se acender uma fraca luz nebulosa de bastidores, de sala de espera abandonada, ou de antecâmara de um inferno miserável, Pakhómov já não estava ali; da parede do fundo, em contrapartida, destacaram-se vários sobretudos pretos, alguém se aproximou rapidamente de Makêiev, um sujeito de ombros largos, com a gola do sobretudo levantada, o quepe sobre os olhos, as mãos nos bolsos. A voz do desconhecido murmurou bem de perto, distintamente:

— Artiom Artiêmievitch, sem escândalo, por favor. Está preso.

Vários sobretudos o cercavam, colavam-se a ele; mãos hábeis corriam por ele, violentas, localizaram seu revólver... Makêiev teve um sobressalto violento que quase o arrancou de todas aquelas mãos, de todos aqueles ombros, que se tornaram mais pesados e o seguraram:

— Sem escândalo, camarada Makêiev — repetia a voz persuasiva. — Tudo vai se resolver, decerto, deve ser apenas um mal-entendido, obedeça às ordens... E os outros, sem barulho, hein!

Makêiev deixou-se arrastar, quase carregado. Vestiram-lhe a peliça, dois homens o pegaram pelo braço, outros o precediam e o seguiam, andaram assim através das penumbras aglutinadas, como um único homem, movendo atabalhoadamente pernas multiplicadas. O corredor estreito os comprimiu, fazendo-os tropeçar uns nos outros. Atrás de uma leve divisória, a orquestra se pôs a tocar, com uma suavidade prodigiosa. Em algum lugar nas campinas, à beira de um lago prateado, milhares de pássaros saudavam a aurora, a luz se elevava de segundo em segundo, um canto se introduziu, uma voz pura de mulher avançou por aquela manhã do além-mundo...

— Devagar, cuidado com os degraus — alguém sussurrou ao ouvido de Makêiev, e já não houve manhã, nem canto, nem nada, mas a noite fria, um carro preto, o inimaginável...

Capítulo 5
A viagem para a derrota

Antes de chegar a Barcelona, Ivan Kondrátiev sofreu várias transformações banais. Antes de tudo ele foi o sr. Murray-Barren de Cincinnati (Connecticut, EUA), fotógrafo da Mondial Photo Press, indo de Estocolmo para Paris por Londres... Levado por um táxi aos Champs-Elysées, vagueou por um tempo a pé, com uma maleta marrom-avermelhada na mão, entre a rua Marbeuf e o Grand Palais; viram-no deter-se diante do Clemenceau disfarçado de soldado velho andando em cima de um bloco de pedra na esquina do Petit Palais. O bronze havia fixado o ímpeto do velho, e era perfeito. As pessoas andam assim quando estão no fim do caminho, quando não aguentam mais. "Por quanto tempo mais, velho duro, você salvou um mundo moribundo? Talvez tenha apenas aprofundado mais na rocha a mina que o fará explodir!" — "Eu os meti numa enrascada por cinquenta anos...", murmurava amargamente o velho homem de bronze. Kondrátiev o considerou com secreta simpatia. Divertido, leu numa placa de mármore branco encastrada na pedra: COGNÉ, ESCULTOR. Duas horas depois, o sr. Murray-Barren saía de uma casa de aspecto clerical do bairro Saint-Sulpice, sempre carregando sua leve maleta marrom, mas transformado em sr. Waldemar Laytis, cidadão letão, delegado na Espanha pela

Cruz Vermelha de seu país. De Toulouse, sobrevoando paisagens impregnadas de uma luz alegre, os picos cor de ferrugem dos Pireneus, Figueras adormecida, as colinas da Catalunha douradas como uma bela carnação, um avião da Air France transportou o sr. Waldemar Laytis até Barcelona. O oficial do Controle Internacional de Não Intervenção, um sueco meticuloso, devia pensar que a Cruz Vermelha dos países bálticos desenvolvia uma atividade louvável na península: o sr. Laytis era o quinto ou sexto delegado enviado por ela para contemplar os efeitos dos bombardeios aéreos nas cidades abertas. Ivan Kondrátiev, ao observar um movimento de atenção no rosto do oficial, apenas disse a si mesmo que o Serviço de Ligação provavelmente estava abusando do expediente. No aeroporto de Prat, um coronel gorducho, de óculos, dirigiu cumprimentos ao sr. Laytis e, com voz muito untuosa, convidou-o a embarcar num belo automóvel cuja carroceria ostentava com elegância alguns arranhões de bala, e disse ao motorista: *Vaya, amigo*. Ivan Kondrátiev, mensageiro de uma poderosa revolução vitoriosa, pensou que estava entrando numa revolução bastante doentia.

— A situação?

— Razoavelmente boa. Quer dizer, não completamente desesperadora... Contamos muito com vocês. Um navio grego de bandeira britânica foi afundado esta noite ao largo das Baleares: munições, bombardeios, tiros de artilharia, a barulheira cotidiana... *No importa*. Rumores de concentrações na região do Ebro. *Es todo*.

— E no interior? Os anarquistas? Os trotskistas?

— Os anarquistas, mais razoáveis, provavelmente acabados...

— Já que são razoáveis — disse baixinho Kondrátiev.

— Os trotskistas quase todos presos...

— Muito bem. Mas vocês demoraram — disse Kondrátiev, severo, e alguma coisa nele se contraiu.

Uma cidade, iluminada com suntuosa doçura pelo sol do final da tarde, abriu-se diante dele, semelhante a muitas outras cidades marcadas pelo mesmo cunho simplesmente infernal. O reboco das casas baixas, cor-de-rosa ou vermelhas, estava descascado; as janelas escancaradas estavam com as vidraças quebradas; marcas negras de incêndio às vezes corroíam os tijolos, lojas tinham as vitrines vedadas com tábuas. Umas cinquenta mulheres, pacientes e tagarelas, esperavam à porta de uma loja devastada. Kondrátiev as reconheceu pela tez terrosa, pela fisionomia abatida, por tê-las visto em tempos remotos ou recentes, igualmente miseráveis, igualmente pacientes e tagarelas, sob o sol e o vento, às portas dos armazéns em Petrogrado, Kiev, Odessa, Irkutsk, Vladivostok, Leipzig, Hamburgo, Cantão, Changsha, Wuhan. Aquela espera das mulheres por batatas, pão ázimo, arroz, pelo último açúcar deveria ser tão necessária à transformação social quanto os discursos dos chefes, as execuções ocultas, as instruções absurdas. Despesas gerais. O carro sacolejava como na Ásia Central. Mansões mostravam-se no meio de jardins. Entre as folhagens erguia-se uma fachada branca atravessada de um lado a outro por buracos, em plena alvenaria, abertos para o céu...

— Qual é a porcentagem de moradias danificadas?

— *No sé.* Não são tantas assim — respondeu displicente o coronel gorducho, de óculos, que parecia mascar chiclete; mas ele não mascava nada, era apenas um cacoete.

Em Sarrià, no pátio de uma residência que outrora fora rica, Ivan Kondrátiev, sorridente, distribuiu apertos de mão. A fonte parecia rir baixinho para si mesma, colunas robustas sustentavam abóbadas sob as quais a sombra fresca era azul. A água de um regato escorria por uma canaleta de mármore, um agudo martelar de máquinas de escrever misturava-se ao leve farfalhar de seda que as explosões longínquas não perturbavam. Bem barbeado, vestindo um uniforme novo, do exército republicano, Kondrátiev tornara-se o general Rúdin.

— Rúdin? — exclamou um alto funcionário dos Assuntos Estrangeiros —, eu já não o encontrei? Em Genebra, talvez, na SDN?

O russo deu um leve sorriso, muito leve.

— Nunca estive lá, meu senhor, mas talvez tenha encontrado um personagem com esse nome num romance de Turguêniev...

— Claro! — exclamou o alto funcionário. — Isso mesmo! Sabe, para nós Turguêniev é quase um clássico.

— É um prazer saber disso — respondeu educadamente Rúdin, que começava a sentir-se incomodado.

Aqueles espanhóis o chocaram de imediato. Eram simpáticos, infantis, cheios de ideias, de projetos, de recriminações, de informações confidenciais, de suspeitas abertamente declaradas, de segredos espalhados aos quatro ventos por belas vozes fervorosas — e nenhum deles tinha lido Marx (alguns mentiam afrontosamente dizendo ter lido: tão desconhecedores do marxismo que não sabiam que uma troca de três frases bastava para revelar sua mentira), nenhum deles se constituiria num agitador passável em um centro industrial de segunda categoria como Zaporíjia ou Chui. Além do mais, achavam que o material soviético chegava em quantidades pequenas demais, que os caminhões eram ruins; segundo eles, a situação tornava-se insustentável em toda parte, mas no instante seguinte eles mesmos propunham um plano de vitória; alguns preconizavam a guerra europeia; anarquistas pretendiam renovar a disciplina, estabelecer a ordem impiedosa, provocar a intervenção estrangeira; republicanos burgueses achavam os anarquistas sensatos demais e repreendiam veladamente os comunistas por seu espírito conservador; os sindicalistas da Confederación Nacional del Trabajo (CNT) diziam que a Unión General de Trabajadores (UGT) catalã — controlada pelos comunistas — era engrossada por pelo menos 100 mil contrarrevolucionários e simpatizantes do fascismo; os dirigentes da UGT barcelonesa declaravam-se prestes a romper com a UGT de Valência-Madri; denunciavam por toda parte a intriga dos anarquistas; os comunistas desprezavam todos os outros partidos, mas esbanjavam gentilezas com os da burguesia; pareciam temer a organização fantasma dos Amigos de Durutti, ao passo que eles mesmos afirmavam que ela não existia; diziam que os trotskistas também já não existiam, mas não paravam de persegui-los, eles renasciam inexplicavelmente das cinzas mais pisoadas nas prisões clandestinas; nos estados-maiores, comemorava-se a morte de um militante de Lérida abatido pelas costas, na linha de fogo, quando ia buscar a sopa dos colegas; congratulava-se por sua firmeza um capitão da divisão Karl Marx que mandara fuzilar sob um pretexto habilmente imaginado um velho trabalhador do Partido Obrero de Unificación Marxista — partido maldito. Nunca se acertavam contas, eram necessários anos para constituir um processo incerto contra generais que na Rússia seriam fuzilados na hora, sem processo. Nunca se tinha certeza de encontrar um número suficiente de juízes bastante compreensivos para, com base no exame de peças falsas produzidas com incrível negligência, mandá-los terminar seus dias nos fossos de Montjuïc na hora radiante em que os cantos de pássaros enchiam o amanhecer.

— Para começar, seria preciso fuzilar nosso próprio escritório de falsificadores — disse Rúdin maldosamente, percorrendo o processo. — Então esses idiotas não entendem que um documento falso deve pelo menos se parecer com um documento autêntico? Com essas indecências só poderemos apanhar intelectuais que já foram pagos...

— Nossos falsificadores iniciais foram quase todos fuzilados, mas não adiantou nada — replicou o búlgaro Iuvanov no tom de extrema discrição que lhe era peculiar.

Ele explicou muito ironicamente que, naquele país de sol resplandecente em que nada nunca tinha precisão, em que os fatos ardentes se deformavam ao sabor da combustão, as falsificações não chegavam a adquirir consistência; encontravam obstáculos imprevistos; canalhas consumados de repente tinham crises de consciência como se fossem dor de dente, bêbados sentimentais revelavam segredos, a desordem fazia subir das profundezas da imundície as peças autênticas, o magistrado instrutor desconfiava, o procurador ruborizado subitamente cobria o rosto diante de um velho amigo que o qualificava de vil canalha, para completar via-se chegar de Londres um representante do Independent Labour Party, usando um velho terno cinza, magro, ossudo, de uma feiura especificamente britânica, que, apertando em torno da piteira do cachimbo maxilares de homem pré-histórico, não parava de perguntar com obstinação de autômato "em que pé está a investigação sobre o desaparecimento de Andrés Nin?". Os ministros — também sujeitos insólitos! — pediam-lhe imperativamente, diante de quinze pessoas, que desmentisse "os rumores caluniosos, ultrajantes para a República" e, na intimidade, davam-lhe tapinhas no ombro: "Foram aqueles canalhas que o apanharam, mas o que podemos fazer agora? Não podemos combater sem as armas russas, entende? Acha que nós mesmos estamos em segurança?". Nenhum daqueles homens de Estado, inclusive os do PC, seria digno de um modesto emprego nos serviços secretos: falavam demais. Um ministro comunista, sob um pseudônimo transparente, denunciava na imprensa um colega socialista como vendido aos banqueiros da City... O velho socialista comentava no café aquela conversa mesquinha e o riso sacudia seu volumoso queixo triplo, suas bochechas pesadas, até suas pálpebras cinzentas: "Vendido, *yo*! E isso quem está dizendo são aqueles canalhas malucos, eles que são pagos por Moscou — aliás, com ouro espanhol!". Certíssimo. O búlgaro Iuvanov terminou seu relatório:

— Todos incapazes. Apesar de tudo, massas magníficas.

Suspirou:

— Mas como são aborrecidas!

Iuvanov carregava sobre os ombros quadrados uma cara de galã perigosamente séria: cabelos assentados em ondas pretas num crânio maciço, olhar dissimulado de domador, bigode cuidadosamente aparado até a borda do lábio superior, cujo contorno ele acentuava com um traço negro. Kondrátiev sentiu por aquele homem uma inexplicável antipatia, que se definiu ainda mais quando examinaram juntos a lista dos visitantes a serem recebidos. O búlgaro marcava com um ligeiro erguer de ombros seu desfavor por alguns; os três que ele claramente quis descartar revelaram-se os mais interessantes, pelo menos foi por eles que Kondrátiev mais ficou sabendo. Durante vários dias não saiu de seus dois quartinhos brancos, mobiliados apenas com o necessário, a não ser para fumar andando pelo pátio, sobretudo à noite, sob as estrelas. As datilógrafas, relegadas ao anexo, continuavam ao longe martelando a Remington. Nenhum barulho vinha da cidade, o voo abafado dos morcegos circulava no espaço. Kondrátiev, cansado dos relatórios sobre as reservas, as frentes de batalha, as divisões, as esquadrilhas aéreas, as conspirações, o pessoal do Servicio de Información Militar (SIM), da censura, da Marinha, da secretaria da Presidência, o clero, as despesas do partido, os casos pessoais, a CNT, as manobras dos agentes ingleses *et cetera*, observava as estrelas que desde sempre quisera conhecer mas das quais não sabia nem os nomes. (Pois, nos únicos períodos de estudo e de meditação de sua vida, em diversas prisões, não conseguira obter nem um tratado de astronomia nem um passeio noturno.) Porém, na verdade, as estrelas inumeráveis — não têm nome, não têm número, têm apenas essa pouca luz misteriosa — misteriosa por causa da ignorância humana... Vou morrer sem saber mais sobre elas: assim é o homem destes tempos, "separado de si mesmo", dilacerado, como disse Marx, até mesmo o homem revolucionário, no qual a consciência do desenvolvimento histórico atinge sua mais prática lucidez. Separado das estrelas, separado de si mesmo? Kondrátiev não quis refletir sobre aquela fórmula bizarra que se lançava em seu espírito, atravessando preocupações úteis.

Assim que nos descontraímos um pouco, divagamos, a velha educação literária vem à tona, tornamo-nos sentimentais aos mais de 50 anos. Ele voltou a entrar, retomou as anotações da artilharia, a lista das nomeações para o SIM de Madri, as fotografias da correspondência pessoal de *don* Manuel Azana, presidente da República, a análise das conversas telefônicas de *don* Indalecio Prieto, ministro da Guerra e da Marinha, indivíduo muito embaraçoso... Ele recebeu à luz de velas, durante uma pane de eletricidade por ocasião de um bombardeio noturno do porto, o primeiro dos visitantes que Iuvanov teria preferido descartar, um tenente-coronel socialista, advogado antes da guerra civil, de origem burguesa, rapagão magro, de rosto amarelo, cujo sorriso espalhava feias rugas.

— Trago-lhe um relatório detalhado, caro camarada. (Chegou até, no calor da conversa, a dizer perfidamente "caro amigo".) Nunca tivemos, na *sierra*, mais de doze cartuchos por combatente... O front de Aragón não foi defendido, poderíamos tê-lo tornado inexpugnável em quinze dias; enviei 27 cartas sobre o assunto, das quais seis a seus compatriotas... Aviação absolutamente insuficiente. Em suma, estamos perdendo a guerra, não se iluda quanto a isso, caro amigo.

— O que está querendo dizer? — cortou Kondrátiev, a quem aquelas palavras claras davam calafrios.

— O que estou dizendo, caro camarada, é que, se não nos querem dar meios de lutar, devem nos permitir negociar. Se negociarmos agora, entre espanhóis, ainda poderemos evitar um desastre completo, que acredito, caro amigo, vocês não têm interesse em provocar.

Era de uma insolência tão brutal que Kondrátiev, sentindo a cólera acender-se nele, respondeu com voz irreconhecível:

— ... cabe a seu governo negociar ou continuar a guerra. Acho sua linguagem despropositada, camarada.

O socialista se empertigou, ajeitou a gravata cáqui, deu um largo sorriso amarelo mostrando as gengivas:

— Então me desculpe, caro camarada. Talvez tudo isso, de fato, seja apenas uma farsa que não estou entendendo, mas que está custando caro para meu pobre povo. Em todo caso, eu lhe disse a pura verdade, meu general. Até logo...

Foi o primeiro a estender a longa mão simiesca, ágil e seca, juntou os calcanhares à moda alemã, inclinou-se, foi embora... "Derrotista", pensou Kondrátiev, enfurecido. "Mau elemento... Iuvanov tinha razão..." O primeiro visitante no dia seguinte de manhã foi um sindicalista de cabelo crespo, nariz triangular muito grande, olhos ora inflamados, ora esfuziantes. Respondeu com ar concentrado às perguntas de Kondrátiev. Parecia esperar alguma coisa, com as mãos grandes pousadas uma sobre a outra. No final, ao se fazer uma pausa constrangedora, Kondrátiev fez menção de se levantar para justificar o final da audiência. Naquele instante a expressão do sindicalista animou-se subitamente, suas duas mãos se estenderam com ardor, pôs-se a falar muito depressa, acaloradamente, num francês atropelado, como se quisesse convencer Kondrátiev de uma coisa fundamental:

— Quanto a mim, camarada, eu amo a vida. Nós, anarquistas, somos o partido dos homens que amam a vida, a liberdade da vida, a harmonia... A vida livre! Não sou marxista, sou antiestatista, antipolítico. Em desacordo com vocês em tudo, do fundo da minha alma.

— Acredita que possa existir uma alma anarquista? — perguntou Kondrátiev, divertido.

— Não. Não quero nem saber... Mas quero ser morto como tantos outros, se for pela revolução. Mesmo que seja preciso antes ganhar a guerra, como dizem os seus, e só fazer a revolução depois, o que me parece um erro funesto: pois, para combater, as pessoas precisam ter razões para lutar... Vocês pretendem nos enrolar com esse engodo da guerra antes, se nós ganhássemos vocês é que estariam enrolados! Não se trata disso... Aceito quebrar a cara, mas perder a revolução, a guerra e meu couro, tudo de uma vez, acho demais, ora. E é o que fazemos com esse monte de tolices. Sabe o que são tolices? Por exemplo, 20 mil sujeitos na retaguarda, magnificamente armados, belos uniformes novos, e manter nas prisões 10 mil revolucionários antifascistas, os melhores... E seus 20 mil canalhas sairão correndo ao primeiro alerta, ou passarão para o lado inimigo. Por exemplo, a política de abastecimento de Camorera, os comerciantes fazendo bons negócios com as últimas batatas e os proletários apertando os cintos. Por exemplo, todas aquelas histórias dos poumistas, canalleristas. Conheço uns e outros: sectários como todos os marxistas, porém mais honestos do que os seus. Nenhum traidor entre eles: quero dizer, tantos canalhas quantos em toda parte.

Por cima da mesa que os separava, suas mãos procuraram as de Kondrátiev e, quando as encontraram, apertaram-nas afetuosamente. Sua respiração se aproximou, sua cabeça de cabelos crespos e olhos brilhantes se aproximou, dizendo:

— Foi enviado por seu Chefe? Pode dizer. Gutiérrez é um túmulo para guardar segredos. Diga! Seu Chefe não vê o que está acontecendo aqui, o que fizeram os imbecis, os lacaios, os incapazes a mando dele? Ele quer nossa vitória mesmo, está sendo sincero? Sendo assim, ainda podemos ser salvos, estamos salvos, diga?

Kondrátiev respondeu lentamente:

— Fui enviado pelo Comitê Central do meu partido. Nosso grande Chefe quer o bem do povo espanhol. Ajudamos vocês, vamos continuar fazendo tudo o que pudermos para ajudar.

Foi glacial. Gutiérrez retirou as mãos, a cabeça de cabelos crespos, o brilho dos seus olhos, refletiu por alguns segundos e depois deu uma gargalhada:

— *Bueno*, camarada Rúdin. Quando visitar o metrô, pense que Gutiérrez, que ama a vida, chegará lá em dois ou três meses. Está decidido. Desceremos aos túneis com nossas metralhadoras e travaremos a última batalha, que custará caro aos franquistas, garanto.

Ele deu uma piscadela jovial para Kondrátiev.

— E, depois que nós formos derrotados, quanto vocês vão ganhar! Todos! (Seu gesto abarcou o mundo.)

Kondrátiev teria desejado tranquilizá-lo, aproximar-se dele... Mas sentia-se endurecer. Para se despedir, só encontrou palavras vãs, que sentia serem vãs. Gutiérrez se foi bamboleando, com passo pesado, com um aperto de mão que terminou com uma espécie de choque.

E o terceiro dos visitantes desagradáveis foi introduzido: Claus, graduado da brigada internacional, velho militante do PC alemão, em outros tempos comprometido com a tendência Heinz Neumann, condenado na Baviera, condenado na Turíngia... Kondrátiev conhecia-o desde Hamburgo 1923: três dias e duas noites de batalhas de rua. Claus, bom atirador, sangue-frio. Contentes por se reencontrarem, ficaram em pé, frente a frente, mãos nos bolsos, amigos.

— Vai bem mesmo a edificação socialista lá? — perguntou Claus. — A vida melhorou? A juventude?

Kondrátiev elevou o tom de voz, com uma animação que lhe soou artificial, para dizer que estavam em pleno crescimento. Falaram da defesa de Madri como técnicos, do espírito — excelente — das brigadas internacionais.

— Lembra-se de Beimler, Hans Beimler? — disse Claus.

— Claro — respondeu Kondrátiev —, ele está com você?

— Já não está.

— Morto?

— Morto. Na linha de frente, na Cidade Universitária, mas pelas costas, pelos nossos. (Os lábios de Claus tremeram, sua voz também tremeu.) Por isso fiz questão de vir vê-lo. Você tem que investigar isso. Um crime abominável. Morto com base não sei em que infâmias, em que suspeitas. O búlgaro com cara de cafetão que encontrei ao entrar aqui deve saber de alguma coisa. Interrogue-o.

— Vou interrogá-lo — disse Kondrátiev. — É só isso?

— Só.

Quando Claus se foi, Kondrátiev recomendou ao plantão que não deixasse entrar mais ninguém, fechou a porta que dava para o pátio, andou por alguns minutos pela sala, que se tornara sufocante como uma cela de prisão. O que responder àqueles homens? O que escrever para Moscou? Os propósitos dos personagens oficiais iluminavam-se com luz sinistra a cada confronto com os fatos. Por que a defesa antiaérea só entrava em ação no fim dos bombardeios — tarde demais? Por que só se davam os alertas no momento em que as bombas caíam? Por que a inação da armada? Por que a morte de Hans Beimler? A falta de munições nas posições mais avançadas? A passagem dos oficiais de estado-maior para o lado inimigo? A fome entre os pobres do interior? Sentiu muito bem que essas perguntas precisas lhe dissimulavam um mal muito mais amplo sobre o qual seria melhor não fazer indagações... Sua reflexão durou pouco, pois Iuvanov bateu à porta.

— Estaria na hora de sair para a conferência dos comissários políticos, camarada Rúdin.

Kondrátiev aquiesceu. E a investigação sobre a morte de Hans Beimler, morto pelas costas nas paisagens lunares da Cidade Universitária de Madri, encerrou-se logo a seguir.

— Beimler? — disse Iuvanov com indiferença. — Sei. Corajoso, um pouco imprudente. Nada de misterioso em sua morte: as inspeções de postos avançados custam um ou dois homens por dia; ele foi desaconselhado a ir. Sua conduta política tinha provocado alguma insatisfação na brigada. Sem gravidade: discussões indulgentes com trotskistas, afirmações sobre os julgamentos de Moscou mostrando que ele não entendia nada... Obtive de fonte segura todos os detalhes sobre seu fim. Um camarada meu estava com ele no momento em que foi atingido...

Kondrátiev insistiu:

— Você elucidou?

— Elucidei o quê? A proveniência de uma bala perdida numa terra de ninguém varrida por trinta metralhadoras?

Ridículo, de fato, pensar nisso.

Enquanto o carro dava a partida, Iuvanov retomou:

— Uma boa notícia, camarada Rúdin. Conseguimos deter Stefan Stern. Mandei transportá-lo a bordo do *Kuban*. Golpe certeiro contra a traição trotskista... Equivale a uma vitória, pode ter certeza!

— Vitória? Acha mesmo?

O nome de Stern aparecia em inúmeros relatórios sobre a atividade dos grupos heréticos. Kondrátiev deteve-se nele várias vezes. Secretário de um grupo dissidente, ao que parecia; mais teórico do que organizador; autor de panfletos e de uma brochura sobre o "reagrupamento internacional". Aquele trotskista polemizava asperamente com Trótski.

— Quem o prendeu? — perguntou Kondrátiev. — Nós? E você mandou transportá-lo a bordo de um de nossos navios? Agiu seguindo ordens ou por iniciativa própria?

— Tenho o direito de não responder a essa pergunta — respondeu Iuvanov com firmeza.

—

Havia algum tempo Stefan Stern atravessara os Pireneus sem passaporte, sem dinheiro, mas levando na sacola um precioso caderno datilografado de *Teses sobre as forças motrizes da revolução espanhola*. A primeira moça morena de braços dourados que ele viu num albergue da região de Puigcerdà o inebriou com um olhar sorridente, mais dourado que seus braços, e disse:

— *Aquí, camarada, empieza la verdadera revolución libertaria*.[3]

---

3 Em espanhol: "Aqui, camarada, começa a verdadeira revolução libertária".

Por isso consentiu em que ele tocasse seus seios e a beijasse sob os caracóis ruivos da nuca. Ela era toda calor selvagem dos olhos, brancura dos dentes, aroma acre de uma carne jovem, ligada à terra e aos animais; levava nos braços roupas recém-lavadas, torcidas, e o frescor do poço a envolvia inteira. Um brancor tingia as colinas ao longe, através dos galhos de uma macieira.

— *Mi nombre es Nieve* — disse a jovem, divertida com a exaltação mesclada de timidez daquele jovem camarada estrangeiro, de grandes olhos verdes ligeiramente oblíquos, com a testa coberta de madeixas ruivas desalinhadas, e ele entendeu que ela se chamava Neve. "Neve, neve ensolarada, pura Neve", ele murmurou numa língua que Neve não entendia. E, ao mesmo tempo que a acariciava distraidamente, ele parecia já não pensar nela. A lembrança daquele momento, semelhante à de uma simples felicidade incrível, nunca se apagou completamente nele. Naquele instante a vida se rompia: a miséria de Praga e de Viena, a atividade dos pequenos grupos, suas cisões, o pão murcho dos hoteizinhos cheirando a urina velha, em Paris, atrás do Panthéon, a solidão, enfim, do homem cheio de ideias, tudo desaparecia.

Em Barcelona, num final de comício, enquanto uma multidão cantava para os que estavam prestes a partir para a batalha, debaixo do grande retrato de Joaquín Maurín, morto na *sierra* (mas na verdade vivo, anônimo numa prisão do inimigo), Stefan Stern encontrou Annie, que com 25 anos mal parecia ter 17. Panturrilhas nuas, braços nus, pescoço nu, uma pasta pesada pendurada no braço, trazida de longe — do Norte — por uma paixão resoluta. Uma vez que se compreende a teoria da revolução permanente, como viver, por que viver senão por uma realização elevada? Se lembrassem a Annie a grande sala familiar em que seu pai, o senhor armador, recebia o senhor pastor, o senhor burgomestre, o senhor médico, o senhor presidente da Associação de Beneficência; e as sonatas que uma Annie anterior, criança bem-comportada de tranças enroladas sobre as orelhas, tocava naquela mesma sala aos domingos diante das senhoras — Annie, conforme seu estado de humor, teria assumido um ar de aversão para responder que aquele pântano burguês era nauseabundo ou, provocadora, com uma risada um pouco estridente que não era totalmente dela, diria algo assim: "Quer que eu conte como aprendi o amor numa gruta de Altamira com milicianos da

CNT?". Ela trabalhara algumas vezes com Stefan Stern, escrevendo o que ele ditava, quando, ao sair do Grande Circo, nas ondas da multidão, sem pensar um só instante, ele a pegou de repente pela cintura, estreitou-a e simplesmente a convidou:

— Você fica comigo, Annie? Eu me aborreço tanto à noite...

Ela o olhou de soslaio, dividida entre a irritação e uma espécie de alegria, tentada a responder maldosamente:

— Procure uma puta, Stefan, quer que eu lhe empreste 10 pesetas?

Mas, contendo-se por um momento, foi sua alegria que falou em tom de desafio um pouco amargo:

— Você me deseja, Stefan?

— Claro! — disse ele, decidido, parando diante dela, e afastou da testa as mechas ruivas. Seus olhos tinham um brilho cobre.

— Tudo bem. Pegue meu braço, vamos — disse ela.

Em seguida falaram do comício, do discurso de Andrés Nin, vago demais em alguns pontos, insuficiente quanto à questão essencial:

— Precisaria ser muito mais duro, não ceder em nada sobre o poder dos Comitês — disse Stefan.

— Tem razão — disse Annie com ímpeto. — Beije-me e, principalmente, não me declame versos ruins...

Beijaram-se desajeitados à sombra de uma palmeira da Plaza de Cataluña, enquanto um holofote da defesa percorria o céu, detinha-se no zênite, fincado em pleno céu, na vertical, como uma espada de luz. Sobre a questão dos Comitês Revolucionários, que não deveriam ter sido dissolvidos pelo novo governo de coalizão, eles estavam de acordo. Desse acordo nascia neles um calor amigo. Depois das jornadas de maio de 1937, do sequestro de Andrés Nin, da declaração da ilegalidade do POUM, do desaparecimento de Kurt Landau, Stefan viveu com Annie em Gracia, numa casa térrea cor-de-rosa, cercada por um jardim outrora cultivado, agora abandonado, em que flores luxuriosas, voltando a uma espantosa selvageria, cresciam em desordem, misturadas a urtigas, cardos, plantas singulares de grandes folhas aveludadas... Annie tinha ombros retos, pescoço ereto como haste forte. Mantinha erguida a cabeça alongada, estreita nas têmporas, quase não tinha sobrancelhas, que eram de um matiz indiscernível. Seus cabelos loiros, cor de palha, destacavam uma pequena testa lisa e dura, seus olhos de ardósia pousavam nas coisas um olhar desnudado. Annie ia às compras, cozinhava na lareira ou num fogareiro, lavava roupa, corrigia provas, datilografava numa Underwood a correspondência, os artigos, as teses de Stefan. Viviam quase em silêncio. Stefan às vezes sentava na frente de Annie, cujos dedos dançavam no teclado da máquina de escrever, olhava-a com um sorriso oblíquo, dizia apenas:

— Annie.

Ela respondia:

— É a mensagem para o ILP, deixe-me terminar... Preparou a resposta para o KPO?

— Não, não tive tempo. Encontrei muita coisa para destacar no Boletim Interno da Quarta.

Em tudo aquilo o erro se multiplicava, submergindo a doutrina vitoriosa de 1917 que era preciso tentar salvar através da tormenta para as lutas do futuro, já que claramente, antes dos dias finais, a única coisa que restava salvar era a doutrina.

Todos os dias alguns camaradas lhes traziam notícias... Jaime contava a história mais estranha, de três sujeitos que faziam a barba durante um bombardeio e foram degolados ao mesmo tempo com uma navalhada pelos três barbeiros, que tiveram um sobressalto causado pela explosão de uma bomba — efeito cinematográfico! Um bonde abarrotado de mulheres que traziam as compras matinais incendiou-se de repente, inexplicavelmente, como um monte de palha; o sopro do fogo abafava os gritos sob uma enorme crepitação; aquele pedaço de inferno deixou no meio de um cruzamento, sob o olhar vazio das janelas destroçadas, uma carcaça metálica preta... "A linha foi desviada." As pessoas que tinham perdido suas preciosas batatas iam embora a passos miúdos, cada uma ao encontro da própria vida... As sirenes voltaram a bramir, as mulheres reunidas na porta do armazém não se dispersavam, temendo perder a vez para pegar sua porção de lentilhas. Ora, a morte é uma possibilidade, mas a fome é uma certeza. As pessoas perambulavam pelos escombros das casas desmoronadas para pegar os pedaços de madeira — para fazer o fogo da sopa. Bombas de modelo desconhecido fabricadas na Saxônia por homens de ciência conscienciosos desencadeavam tamanhos ciclones que só os esqueletos das sólidas construções permaneciam de pé, reinando sobre pequenas ilhas de silêncio semelhantes a crateras subitamente extintas. Ninguém sobreviveu sob os escombros, a não ser, por milagre, uma menininha desmaiada, de cachinhos pretos, descoberta por colegas debaixo de 5 metros de entulho, numa espécie de alcova milagrosamente poupada, e eles a carregavam com movimentos de doçura inconcebível, encantados por ouvir sua respiração tranquila. Talvez estivesse apenas dormindo! Ela saiu da síncope como que do nada no momento em que a luz do sol lhe aflorou as pálpebras. Acordou nos braços de homens seminus, sujos de fumaça, cujo riso desvairado preenchia os olhos brancos; desciam em plena cidade, no bairro comum de todos os dias, do alto de uma montanha desconhecida... As comadres afirmavam ter visto cair do céu, precedendo a criança que fora salva, uma pomba decapitada; do pescoço da ave cinza-pérola, de asas abertas, jorrava uma abundante espuma vermelha, como orvalho vermelho... — Vocês acreditam nessas histórias de devotas delirantes, Deus meu? Caminhava-se por muito tempo, fora do tempo humano, na fria escuridão de um túnel, ferindo os dedos em paredes de rochas cortantes e escorregadias, esbarrando em corpos inertes que talvez fossem cadáveres, talvez seres vivos exauridos, em vias de se tornarem cadáveres, acreditando estar fugindo para o alto menos ameaçado, mas já não restava um só teto intacto, um só canto de porão habitável — esperem alguém morrer, dizia-se, não será uma longa espera, Jesus! E sempre esse Jesus deles! O mar entrava por um amplo abrigo escavado na rocha, o fogo do céu caía numa prisão, certa manhã a morgue se enchia de crianças endomingadas, no dia seguinte, de soldados de cotas azuis, todos imberbes, com estranhas fisionomias de homens sensatos, no outro dia, jovens mães desfiguradas dando o peito a bebês mortos, no dia seguinte mulheres velhas de mãos endurecidas por meio século de trabalho servil — como se a Morte se divertisse em escolher vítimas por séries sucessivas... Os cartazes repetiam NÃO PASSARÃO — NO PASARÁN! Mas, e nós, passaremos a semana? Passaremos o inverno? Passemos, passem, só estão em paz os que passaram para o outro mundo. A fome perseguia milhões de seres, disputando com eles grãos-de-bico, óleo rançoso, o leite concentrado enviado pelos quacres, o chocolate de soja enviado pelos sindicatos do Donietz, moldando nas crianças aqueles rostos emocionantes de pequenos poetas agonizantes e de querubins massacrados que os Amigos da Nova Espanha expunham em Paris nas vitrines do bulevar Haussmann. Os refugiados das duas Castillas, da Extremadura, das Asturias, da Galicia, de Euzkadi, de Málaga, de Aragón e até famílias anãs de Las Hurdes sobreviviam teimosamente, dia após dia, contrariando todas as expectativas, apesar de todas as desgraças da Espanha, apesar de todas as desgraças concebíveis. Só acreditavam ainda no milagre da vitória revolucionária algumas centenas de homens divididos em várias famílias ideológicas: marxistas, libertários, sindicalistas, marxistas libertarizantes, libertários marxizantes, socialistas de esquerda, evoluindo para a extrema esquerda, a maioria deles re-unidos na prisão-modelo, comendo avidamente os mesmos feijões, erguendo o punho furiosamente em saudação ritual, vivendo uma expectativa devastadora entre o assassinato, a execução ao ama-nhecer, a disenteria, a fuga, o motim, a exaltação total, a tarefa de uma razão única, científica e proletária, iluminada pela história...

— Veremos todos eles atravessarem os Pireneus rapidamente, belos militares, ministros, políticos, diplomatas prontos para a fuga e a traição, falsos socialistas estalinizados, falsos comunistas maquiados como socialistas, falsos anarquistas governamentais, falsos irmãos e puros totalitários, falsos republicanos devotados de antemão dos ditadores, veremos todos eles esquivando-se diante das bandeiras vermelhas — será uma extraordinária revanche, ca-maradas. Paciência!

Um sol em festa iluminava aquele universo que ao mesmo tempo nascia e findava, um mar idealmente depurado o banhava, e os bombardeiros Savoia, como gaivotas de asas imóveis, chegando de Maiorca para produzir a morte nas zonas baixas do porto, voavam entre céu e mar em pleno sol. Não havia munições no front norte; em Teruel, em batalhas inúteis, as divisões confederadas fundiam-se como sebo no fogo, mas eram homens, e homens reunidos pela CNT em nome do sindicalismo e da anarquia, sobre os quais se abatiam o sofrimento e a morte como realidade, eram milhares de homens que, tendo partido para os campos de batalha levando na alma o adeus crispado das mulheres, nunca mais voltariam — ou voltariam em padiolas, em trens sujos lotados, encimados por cruzes vermelhas e espalhando pelo caminho um abominável cheiro de curativos, de pus, de clorofórmio, de desinfetantes, de febres malignas. Quem quis Teruel? Por que Teruel? Para destruir as últimas divisões ope-rárias? Stefan Stern fazia a pergunta em suas cartas aos camaradas do estrangeiro, os longos dedos de Annie copiavam essas cartas na Underwood, e já Teruel não significava nada mais do que passado, as batalhas se deslocavam para o Ebro, ultrapassavam o Ebro, o que significariam as mortandades comandadas com obscuros desígnios por Líster ou El Campesino? Por que o recuo premeditado da divisão Karl Marx, a não ser pela razão de que ela se reservava para um derradeiro fratricídio na retaguarda, pronta para fuzilar os últimos combatentes da divisão Lênin? Stefan Stern, em pé atrás de Annie, da nuca estreita de Annie, vigorosa como uma haste, seguia melhor o próprio pensamento através daquele cérebro obediente, dos dedos de Annie, do teclado da máquina.

Às vezes conversavam com camaradas do comitê clandestino até tarde da noite, à luz de velas, tomando vinho escuro e ordinário... O presidente Negrín entregava aos russos a reserva de ouro, enviada para Odessa; os comunistas mantinham Madri com Miaja no comando supremo ("Vocês vão ver que eles abandonarão no último momento"), sendo que na verdade Orlov e Gorev comandavam, com Cazorla na Segurança, e equipes de inquisidores, prisões secretas, tudo eles seguravam pelas amarras cerradas da intriga, do medo, da chantagem, do favorecimento, da disciplina, da devoção, da fé. O governo, refugiado no mosteiro de Montserrat, num lugar de rochas escarpadas, já não podia nada. Os comunistas sustentavam com dificuldade a cidade em que ódios mortais começavam a rondar seus organizadores.

— Não está longe o dia, ouça o que digo, em que serão destroçados nas ruas pelo populacho. Seus ninhos de delações serão incendiados como foram incendiados os conventos. Temo que seja tarde demais, depois da última derrota, no último tumulto.

Stefan respondeu:

— Eles vivem da maior e mais revoltante mentira que a história já conheceu desde a artimanha do cristianismo, mentira que contém muita verdade... Eles invocam a revolução realizada (realizada, é verdade), arvoram as bandeiras vermelhas, apelam assim para o mais poderoso e mais justo instinto das massas; apanham os homens pela fé, e é para roubar essa fé, fazer dela um instrumento de poder. Sua força mais temível vem do fato de que a maioria deles acredita continuar a revolução servindo a uma nova contrarrevolução, tal como jamais houve até agora, instalada nos próprios aposentos em que Lênin trabalhou... Imagine-se o seguinte: um sujeito de olhos amarelos roubou as chaves do Comitê Central; chegou, instalou-se diante da escrivaninha do velho Ilitch, pegou o telefone e disse: "Os proletários sou EU". E até a rádio, que na véspera repetia: "Proletários de todos os países, uni-vos", pôs-se a clamar: "Ouvi-nos, obedecei-nos, tudo nos é permitido, a revolução somos nós...". Talvez ele acredite nisso, mas então é meio louco, o mais provável é que só acredite pela metade, pois os medíocres adaptam sua convicção às situações a que são submetidos. Atrás dele, fervilhantes como ratos, ascendem os aproveitadores, os covardes bem-pensantes, os timoratos, os recém-acomodados, os arrivistas, os arrivistas aspirantes, os mercantis, os bajuladores dos fortes, os previamente vendidos a todos os poderes, a velha turba que vai ao poder porque é o antigo meio de tomar do próximo seu trabalho, os frutos de seu trabalho, sua mulher se for bonita, sua casa se for confortável. E essa multidão põe-se a berrar, constitui de fato o coro mais unânime do mundo: "Viva nosso bife, viva nosso Chefe, a revolução somos nós, foi por nós que os exércitos andrajosos venceram, admirem-nos, deem-nos honras, posições, dinheiro; glória a Nós, ai de quem se opõe a Nós!". O que os pobres podem fazer? O que nós podemos fazer? Todas as saídas estão bem guardadas, funcionários e idealistas enchem as gazetas para demonstrar a nova verdade oficial, os alto-falantes a proclamam, é demonstrada pelos desfiles de crianças das escolas na Praça Vermelha, pela descida dos paraquedistas das alturas, pelas manifestações operárias mobilizadas como em outros lugares o são os desfiles do exército... É demonstrada pela construção das fábricas, pela inauguração dos estádios, pelo sobrevoo do polo, pelos congressos dos cientistas. A arte do ditador consiste em vangloriar-se utilitariamente dos novos métodos de tratamento do câncer, ou das novas pesquisas sobre os raios cósmicos, realizadas na estratosfera: confiscar em seu proveito político toda a obra realizada, a despeito dele, pelos outros. A partir do momento em que essa grande fraude se consuma, tudo começa a se estabilizar internacionalmente. Os senhores do velho mundo se reconhecem naquele que, aos olhos deles, restabeleceu a ordem, uma vez que ele traz de volta um poder essencialmente semelhante ao deles, no fundo...

"Antigamente, uma fronteira visível dividia a sociedade; nessa fronteira, lutava-se, podia-se viver pacificamente, sem muitas ilusões nem desespero, conforme a época. Os regimes estabelecidos tinham suas doenças, bem conhecidas, suas taras originais, seus crimes naturais fáceis de denunciar. As classes operárias reivindicavam pão, lazer, liberdades, esperança... Os melhores homens das classes proprietárias voltavam-se contra essa sociedade. Reação contra revolução, que belo esquematismo! Que clareza! Não havia erro possível quando nos colocávamos de um lado da barricada. Aqui os camaradas, lá o inimigo. Mais além, diante de nós, nada, a não ser o futuro que certamente era nosso. Secundários, o número de valas comuns a serem transpostas para chegar a ele, o número de gerações a serem enterradas, a soma de sofrimentos a serem aceitos. Mitos luminosos, benfazejos, irrefutáveis, intensamente carregados de verdade evidente... Hoje, tudo se turvou. Outra reação, mais perigosa do que a antiga porque nascida de nós mesmos, fala nossa língua, assimila nossas inteligências e nossas vontades, revelou-se na revolução vitoriosa, com a qual pretende confundir-se... Marx e Bakunin viveram na época dos problemas simples; não tinham inimigos às suas costas."

Jaime disse:

— No século XVI, a Espanha foi o país mais rico da Europa... Como sempre, a civilização formava apenas ilhotas no meio de uma barbárie sã que ela mais corrompia do que rompia. A Espanha se enriquecera não pelo trabalho e pelo comércio, mas pela pilhagem das Américas, a mais maravilhosa aventura de bandidos de que se tem conhecimento, também a mais desmoralizante, por suas repercussões. De todo o ouro extraído do sangue dos índios, os conquistadores não fariam nada... Os verdadeiros colonizadores, mais tarde, foram os burgueses, não os que buscaram ouro: facilmente roubado, o ouro matava a produção. A decadência de um império cumulado de riquezas por seus aventureiros permitiu a um povo, que nem as conquistas nem o enriquecimento nem a ruína atingiram profundamente, regenerar-se em sua imundície, ao sol. Pois o que temos é essencialmente isto: o sol e homens acostumados a viver dele. As decadências arrastam sobretudo senhores, coroas, aristocracias, clero, artistas feitos para divertir os poderosos; o povo continua vivendo quase como mil anos antes... E afinal tivemos, sob uma monarquia sem monarquistas, a par do caciquismo no campo e de uma bela indústria moderna na Catalunha, o proletariado mais jovem do mundo, pelo frescor de seus instintos, pela ingenuidade de seu espírito, por sua visão direta das coisas; tivemos os camponeses mais espoliados; tivemos, aos milhares, intelectuais para os quais as velhas ideias, desacreditadas em outros lugares, de revolução cristã, revolução jacobina, conspiração dos Iguais, ideias de Bakunin de 1860, dos advogados liberais de 1880, eram uma verdade carnal. Assistiram à primeira guerra de divisão do mundo. Fomos então, para os Aliados, uma espécie de fábrica auxiliar: nossos centros industriais tiveram um rápido desenvolvimento, os bons negócios do patronato tinham como contrapartida um crescimento de força e de consciência do proletariado, um verdadeiro proletariado cujos nervos e cujo cérebro as máquinas, os jornais, o cinema, o álcool ainda não tinham desgastado, exaurido, que na verdade nada tinha no mundo além de sua força de trabalho, suas paixões, suas proles, sua espera. Foram tempos magníficos, nós nos sentíamos os justos conquistadores de tudo, podíamos sê-lo de fato. A revolução russa imprimia nos corações sua estrela vermelha de cinco pontas, suas inflamadas frases marxistas simplificadas pelo terror, à força de vitórias inteiramente novas: Quem não trabalha não come, *hombre*! (Já estava escrito no Evangelho, mas estava esquecido...) Todo o poder aos trabalhadores, *hombre*! A terra aos camponeses, a fábrica aos operários, *hombre*! Massacraram a família imperial inteira, meu velho! Na época eu tinha 17 anos, era anarquista, ganhava 2 pesetas e meia por dia aplainando tábuas, mas vivia em encantamento. A execução do tsar, com suas belas filhas, seu menino pálido, me embriagou como um grande copo de uísque em jejum... Foi ignóbil, éramos açougueiros, estripadores, dizia a mim mesmo, no entanto uma outra voz em mim cantava a plenos pulmões que, ora bolas, era mais do que merecido pelos carrascos coroados, mais do que bem feito. Mais tarde entendi que todos nós temos um complexo de inferioridade de eternos vencidos, difícil de superar. As classes trabalhadoras têm essa afecção. Precisamos de muitas vitórias e de algumas vinganças sórdidas mas intensas para nos curar e até encontrar os elementos de um novo complexo de superioridade de que temos absoluta necessidade para mudar... De quanto entendimento, de quanta organização, de quanta inteligência precisaremos, eu me dizia, para conseguir o que eles conseguem lá! Foi isso que me trouxe a ideia do partido. Depois comecei a sofrer, sem compreender muito bem por quê, ao saber das notícias da Rússia. Se os russos tivessem permanecido fiéis a si mesmos, tão grandiosos, com aquele sentimento de superioridade que nos davam, a luz forte que nos traziam, não sei o que teríamos feito aqui e em outro lugar, sei que teria sido magnífico. Mas eles proscreviam o anarquismo, ao passo que vivíamos de um anarquismo primitivo; colocavam o marxismo em fórmulas abreviadas, o furacão em pequenos comprimidos portáteis para exportação; falavam uma linguagem teórica que não conseguíamos penetrar por causa de nossa velha teoria humanitária e de sua algaravia que certamente faria Marx vomitar. E por isso hoje estamos acabando, amigo, cerca de vinte anos depois, por isso tantos homens valentes foram enterrados em cal viva, em todas as nossas *sierras*... Quando o rei fugiu, o poder em Madri ficou vacante, não houve ninguém para apanhar o bastão de comando, as pastas ministeriais, a chancelaria do Estado, os carimbos para timbrar os decretos jogados nos cestos de lixo ou deixados de lado. Os revolucionários sem cérebro que éramos não pensaram nisso. Insurretos, deveríamos ter nos improvisado um pouco em sucateiros, em arrivistas, em aproveitadores, em impostores. Então, naturalmente foram os burgueses que pegaram o poder. Eles têm experiência nisso, produzem num café um ministério magnífico com Alcala Zamora, Maura e outros gatos-pingados dessa espécie ordinária, e no dia seguinte saem falando em ordem e autoridade, aí está, os jornais publicam retratos dos novos senhores, uma constituição é votada, a guarda civil reforçada desaloja, a poder de fuzil, de uma prefeitura de aldeia, em Casas Viejas ou algum outro lugar, os companheiros ingênuos que acabam de proclamar a república libertária universal! O castigo por esse crime pavoroso faz seu cérebro leviano derramar-se na calçada.

"Que vitória poderíamos ter tido aqui! Ninguém pensou nela, ninguém soube discernir seus caminhos, foi quase uma trombada de cegos... Bons militantes, militantes capazes de improvisar tudo, de se transformar em heróis a cada esquina, tivemos dezenas de milhares deles, mas não houve uma só cabeça capaz de abarcar a situação, de enxergar longe, de pensar com audácia, de expressar em linguagem decisiva a esperança de todo um povo que, por sua vez, não a distinguia muito bem, o desejo de milhões de homens inseguros; não houve uma equipe coerente de homens de boa vontade suficientemente lúcidos e corajosos... Estamos morrendo dessa falta de homens entre milhões de homens."

Eles julgavam seu próprio partido com afeição e severidade: fraco demais, com falta de figuras de primeira plana, esmagado sob o peso de erros anteriores a seu nascimento, dizimado pela perseguição. Assim que uma cabeça se levanta, é fácil abatê-la, sobretudo pela retaguarda...

— Os banqueiros de Londres não querem saber de uma Espanha socialista; preferem comprometer a segurança dos caminhos do Império a nos ver vencer... Aliás, essa é a opinião de todos os financistas do mundo. Melhor a guerra universal, amanhã! Eles a terão. Pagarão caro por seu maldito egoísmo... Mísero consolo para nós. Não há nada que a URSS do líder genial mais tema do que uma jovem revolução viva. Ela nos priva de armas e nos apunhala devagarinho. Para seu líder talvez não sejamos mais do que uma peça no tabuleiro de xadrez... Estamos sós, absolutamente sós no mundo, com nossas últimas metralhadoras, nossas últimas máquinas de escrever, nossas três dúzias de últimos camaradas, sem meios e divididos, dispersos nos dois hemisférios...

"O pior é que as pessoas estão fartas de tudo. Vamos engolir a derrota, vamos engolir qualquer coisa, pensam, contanto que isso termine. Já não sabem por que a república está lutando. E têm razão. Que república? Por quem? Não sabem que a história nunca para de inventar, que nunca se alcança o pior... Imaginam não ter nada mais a perder... E há ligações diretas entre a fome a esse grau e o obscurecimento dos espíritos; quando as barrigas estão vazias, as pequenas chamas espirituais piscam e se apagam... A propósito, ao vir até aqui encontrei um alemão feinho que não me agradou. Vocês não observaram nada? Este lugar é seguro?"

Annie e Stefan se entreolharam, muito atentos.

— Não, nada...

— Você está tomando todas as precauções? Você não sai?

Fizeram as contas dos camaradas que conheciam aquele refúgio: sete.

— Sete — disse Annie, pensativa — é demais.

Tinham omitido dois, na realidade eram nove de toda a confiança, mas *nove*.

— Precisamos pensar em mandá-lo para Paris — concluiu Jaime. — É lá que necessitamos de um bom secretário internacional...

Jaime ajustou o cinto mais pesado por causa do revólver, pôs o chapéu de miliciano, atravessou o jardim entre os dois, parou perto da porta de saída:

— Redija para os ingleses um projeto de resposta moderada: eles têm um modo próprio de compreender o marxismo através do positivismo, do puritanismo, do liberalismo, do *fairplay*, do uísque com soda... Depois, aconselho que, por via das dúvidas, esta noite você vá dormir na colina, enquanto mando colher informações na Generalidad.

Jaime deixou atrás de si uma surda inquietação, no jardim silvestre em que as cigarras emitiam seu leve guincho metálico. Stefan Stern, aos 35 anos de idade, sobrevivera a várias derrocadas: bancarrota de um proletariado reduzido à impotência na Alemanha, Termidor na Rússia, derrocada da Viena socialista sob os canhões católicos, desmantelamento das Internacionais, emigrações, desmoralizações, assassínios, julgamentos de Moscou... Depois de nós, se desaparecermos sem termos tido tempo de cumprir nossa tarefa ou simplesmente de testemunhar, a consciência operária se obscurecerá completamente por um tempo que ninguém poderá medir... Um homem acaba por concentrar em si certa clareza única, certa experiência insubstituível. Foram necessárias gerações, foram necessários inúmeros sacrifícios e fracassos, movimentos de massa, imensos acontecimentos, acidentes infinitamente delicados de um destino pessoal para formá-lo em vinte anos — e ei-lo à mercê da bala atirada por um bruto. Stefan Stern sentia-se esse homem e temia por si mesmo, sobretudo depois que muitos outros já não existiam. Dois Comitês Executivos do partido lançados sucessivamente na prisão; os homens do terceiro comitê, os melhores que fora possível encontrar entre 7 e 8 mil militantes, 30 mil inscritos e 60 mil simpatizantes, eram medíocres cheios de boa vontade, de fé ininteligente, de ideias confusas que frequentemente se reduziam a símbolos elementares...

— Annie, ouça. Tenho medo de me tornar um covarde quando penso em tudo o que sei, em tudo o que compreendo e que eles não sabem, que não compreendem...

Por falta de tempo para pensar, ele não tinha clareza de nada...

— Ouça, Annie, já não há mais do que uns cinquenta homens na terra que compreendem Einstein: se todos fossem fuzilados na mesma noite, tudo estaria acabado por um ou dois séculos... ou três, quem vai saber? Toda uma visão do universo desapareceria no nada... Pense bem: o bolchevismo levantou milhões de homens acima de si mesmos, na Europa, na Ásia, durante dez anos. Agora que fuzilaram os russos, ninguém mais pode ver por dentro como era, do que todos esses homens viveram, o que constituiu sua força e sua grandeza, eles se tornarão indecifráveis e vamos voltar a cair abaixo deles...

Annie não sabia se ele a amava; consentiria em saber que não a amava, apenas entrevia o amor, sem tempo para deter-se nele; ela lhe era indispensável no trabalho, era uma presença ao lado dele, um corpo tenso entre seus braços, tranquilizador. Quando ela estava ali, ele tinha menos necessidade de apalpar o revólver debaixo do travesseiro para dormir.

Por precaução, passaram a noite que se seguiu à advertência de Jaime enrolados nas cobertas, no alto da colina, no meio das moitas cheias de espinhos. Ficaram acordados até tarde, ao luar, em estranha intimidade, felizes por de repente se verem prodigiosamente aproximados pela transparência do céu. A manhã dissipou os temores de ambos, pois ela simplesmente se levantou, devolvendo às coisas seus traços habituais, às plantas, às pedras, aos insetos, aos contornos distantes da cidade, seus aspectos familiares. Era como se o perigo cego, depois de ter roçado neles, tivesse se afastado.

— Esse Jaime está tendo visões — reclamou Stefan. — Como acha que poderiam nos localizar? Não é possível seguir alguém sem ser percebido... Vamos voltar.

A casa os esperava, completamente imutável. Lavaram-se no poço, cuja água estava gelada. Depois Annie pegou a vasilha de leite e subiu correndo, como uma cabra, o caminho que levava à fazenda. Lá em cima, Battista, um simpatizante, vendia-lhe por amizade pão, leite, um pouco de queijo. Aquele trajeto, que ela fazia animada, levava cerca de vinte minutos. Por que a velha porta de madeira, no muro do jardim, estava entreaberta quando Annie voltou? A fresta da porta, assim que Annie a avistou, a uns quatro passos, provocou-lhe um leve sobressalto. Stefan não estava no jardim. Àquela hora, geralmente ele fazia a barba diante de um espelho pendurado no fecho da janela; e, enquanto se barbeava, debruçava-se sobre alguma publicação aberta em cima da mesa de trabalho. O espelho estava pendurado no fecho da janela; o pincel coberto de espuma branca, colocado na parte de dentro do peitoril; o barbeador ao lado; havia um livro aberto sobre a mesa, a toalha estava jogada no encosto da cadeira...

— Stefan!... — Annie chamou, assustada. — Stefan!

Não houve resposta de dentro da casa, mas todo o seu ser percebeu irremissivelmente que a casa estava vazia. Ela se precipitou até o cômodo vizinho, onde a cama não estava desfeita; até o poço, as aleias do jardim, a porta camuflada que dava para a colina — esta, bem fechada... Annie girou sobre si mesma, tomada por uma sensação de desgraça, as pupilas contraídas carregavam um olhar louco, para escrutar tudo depressa, depressa, implacavelmente depressa... "Não é possível, não é possível..." Chamou de novo. Um nó de angústia apertava-lhe a garganta, ela ouvia as batidas violentas de seu coração, como os passos de uma tropa em marcha, pesadas e titubeantes. "Volte, Stefan! Não brinque assim comigo, Stefan, estou com medo, Stefan, eu vou chorar..." Era uma insensatez suplicar assim, era preciso agir imediatamente, telefonar... O telefone, cortado, não produzia nenhum som. O silêncio caía sobre a casa vazia, em blocos, como inconcebíveis pazadas de terra numa cova desmesurada. Annie contemplava estupefata o pincel de barba ensaboado, o barbeador Gillette bordejado de minúsculos pelos de barba e de sabão. Stefan não iria surgir atrás dela, enlaçá-la, dizer: "Desculpe se fiz você chorar..."? Loucura pensar nisso. O sol escorria sobre o jardim. Annie percorreu as aleias procurando sobre as pedras misturadas com capim e terra impossíveis marcas de passos. A 2 metros da entrada, algo revelador a fez arregalar os olhos: um toco de charuto fumado pela metade, com sua coroa de cinzas. Formigas agitadas que atravessavam o caminho contornavam o obstáculo de natureza desconhecida. Fazia meses que a cidade já não tinha cigarros, nem Jaime nem Stefan fumavam, havia muito tempo ninguém ali fumava, o charuto revelava a presença de estrangeiros ricos, russos poderosos, meu Deus! Annie desceu para a cidade correndo sobre os pedregulhos escaldantes. O caminho ardia, o ar quente vibrava sobre a pedra. Várias vezes Annie parou para, com as duas mãos, comprimir as têmporas que latejavam forte demais. Em seguida retomava a correria para a cidade, sobre lavas subitamente petrificadas.

—

Stefan começou a recobrar a consciência muito antes de abrir os olhos. A obscura sensação de pesadelo se atenuou, seria o despertar, o fim; a sensação de pesadelo voltou, mais precisa e mais avassaladora, não, talvez não fosse o fim, mas outro começo de escuridão, a entrada em um túnel talvez sem fim. Seus ombros repousavam sobre algo duro, o bem-estar um pouco bizarro do despertar espalhava-se por seus membros, superando a dor muscular e a ansiedade. O que aconteceu? Estarei doente? Annie? Ora, Annie? Entreabriu as pálpebras pesadamente, teve medo de abrir completamente os olhos, não compreendeu logo de início, pois todo o seu ser recuava diante da assustadora necessidade de compreender, mesmo assim *viu*, por uma fração de segundo, e voltou a fechar as pálpebras, dessa vez num ato voluntário.

Um indivíduo de tez cor de oliva, crânio raspado, maçãs do rosto ossudas, têmporas fundas, debruçava-se por cima dele. No colarinho, insígnias de oficial. Um aposento desconhecido, exíguo, branco, em que flutuavam outros rostos esparsos numa luz dura. O pavor tomou Stefan pela garganta, o pavor desceu como água gelada, lentamente, até as extremidades de seus membros. E sob aquele calafrio ele percebeu que um calor benfazejo ainda lhe banhava o ser. "Devem ter me aplicado uma injeção de morfina." Suas pálpebras voltaram a se fechar sozinhas. Dormir de novo, fugir daquele despertar, dormir de novo.

— A síncope terminou — disse o indivíduo de têmporas fundas. E também disse, ou pensou muito distintamente: — Agora é fingimento.

Stefan percebeu que uma mão musculosa o pegava pelo punho, apalpando-lhe o pulso. Empenhou-se em se recompor: dominar aquela onda gelada que lhe devastava o ser. Conseguiu, mas o calafrio não cessou. A lembrança do que acabava de acontecer apareceu com uma nitidez irremediável. Por volta das nove horas da manhã, quando ele se preparava para fazer a barba, Annie disse: "Vou buscar as provisões, não abra para ninguém". Quando o portão do jardim se fechou atrás de Annie, ele vagueou por um momento pelas aleias cheias de mato, singularmente oprimido, não encontrando conforto nem nas flores nem no ar matinal. A colina vizinha começava a flamejar sob o sol já tórrido. Os aposentos brancos lhe foram hostis; Stefan verificou sua pistola Browning, deslizou o pente carregador; tentou afastar o mal-estar, aproximou-se da máquina de escrever, finalmente resolveu fazer a barba, como sempre. "Os nervos, maldição..." Enxugava o rosto, esforçando-se para ler, em pé, diante de uma revista aberta sobre a mesa, quando a areia da aleia chiou sob um passo insólito; também houve o assobio combinado, mas como tinham aberto a porta? Annie de volta tão depressa? Ela não assobiaria. Stefan, com o revólver em punho, lançou-se no jardim de flores silvestres. Alguém vinha sorrindo a seu encontro, alguém que ele não reconheceu num primeiro momento, um camarada que às vezes, raramente, vinha no lugar de Jaime. Stefan não gostava de seu rosto grande e chato de macaco fortão. "Olá! Então, assustou-se comigo? Tenho umas cartas urgentes para você..." Stefan estendeu a mão, mais tranquilo. "Bom dia, velho..." Foi então que começou a síncope, o pesadelo, o sono; deve ter levado um golpe na cabeça (a lembrança indistinta de um machucado erguia-se do esquecimento; uma dor surda nasceu-lhe no meio da testa). Atingido por aquele homem, aquele camarada, aquele miserável, arrastado, levado, sim, pelos russos, evidentemente. A água gelada nas entranhas. Náusea. Annie. Annie, Annie! Naquele instante a derrocada de Stefan foi total.

— A síncope terminou — disse uma voz pausada, muito próxima.

Stefan percebeu que era observado de muito perto, com uma atenção quase violenta. Pensou que era preciso abrir os olhos. "Aplicaram-me uma injeção na coxa. Noventa possibilidades em cem de que eu esteja perdido... Noventa e cinco em cem... Em todo caso é sensato admitir..." Ele abriu os olhos resolutamente.

Viu-se deitado no divã de uma confortável cabine de barco.

Madeira clara. Três rostos atentos inclinados sobre ele.

— Está melhor?

— Estou bem — disse Stefan distintamente. — Quem são vocês?

— Você foi detido pelo Serviço de Investigação Militar. Sente-se em condições de submeter-se ao interrogatório?

Assim se faziam aquelas coisas. Stefan enxergava tudo com uma espécie de desprendimento distante... Não respondeu nada, mas considerou os três rostos: seu ser inteiro estava empenhado em decifrá-los. Um deles se afastou imediatamente por si mesmo: o desinteressante e vago, decerto o do médico de bordo, o indivíduo de têmporas fundas... Aquele rosto se ergueu, recuou para a parede, desapareceu. Uma lufada de ar salino refrescou a cabine. Os dois outros rostos tinham consistência material naquela meia irrealidade. O mais jovem, forte, quadrado, cabelos besuntados, bigode bem cuidado, planos das faces marcados, olhar aveludado e odiosamente insistente. Domador de feras, galã corajoso que se acovardou de tanto fustigar tigres, medo nas entranhas — ou traficante de mulheres... Animalescamente inimiga aquela cara pousada sobre uma gravata de listras coloridas. O outro intrigou Stefan, depois acendeu nele uma inexplicável luz de esperança. Cinquenta e cinco anos, mechas grisalhas sobre uma testa equilibrada, boca emoldurada por vincos amargos, pálpebras enrugadas, olhar sombrio, triste, quase doloroso... "Completamente perdido, completamente perdido" — através de tudo o que conseguia captar e pensar, Stefan ouvia irromper nele aquele clamor abafado — "completamente perdido". Mexeu os membros, contente por não estar amarrado, ergueu-se devagar, encostou-se na parede, cruzou as pernas, esforçou-se para sorrir, acreditou ter conseguido, limitou-se a uma estranha expressão crispada, esticou os dedos na direção do galã perigoso:

— Cigarro?

— Sim — disse o outro, surpreso, pondo-se a procurar no bolso...

Em seguida, Stefan pediu fogo. Era preciso ficar muito, muito calmo, mortalmente calmo. Mortalmente, não havia palavra mais certa.

— Responder a um interrogatório? Depois desse sequestro ilegal? Sem saber quem vocês são (ou sabendo muito bem), sem garantias de nenhum tipo?

A cabeça maciça do galã oscilou ligeiramente sobre a gravata; os dentes se mostraram, grandes e amarelos... Aquele brutamontes também pretendia sorrir. O que ele murmurou devia significar: "Saberemos obrigá-lo". Claro. Com uma corrente elétrica de baixa tensão é possível torcer uma criatura humana em todos os sentidos, mergulhá-la nas piores convulsões da epilepsia, da demência, claro, e eu sei disso. Stefan, no entanto, percebia uma possibilidade desesperada de salvação.

— ... Mas eu tenho muito a lhes dizer. Também tenho vocês nas mãos.

O rosto de olhar triste disse em francês:

— Fale. Antes quer um copo de vinho? Não está com fome?

Stefan estava jogando sua vida. Avançar sobre aqueles dois homens, empunhando a verdade. Entre eles, a metade era de canalhas implacáveis que se prestavam a tudo, a outra metade era de revolucionários autênticos pervertidos por uma fé cega num poder sem fé. Aqueles dois pareciam representativos. Abalar pelo menos um talvez fosse a salvação. Ele queria, ao falar, observar as reações deles, perscrutar seus rostos, mas a fraqueza o tornava singularmente inconsistente, perturbava-lhe a visão, tornava-lhe a fala premente e irregular.

— Tenho vocês nas mãos. Acaso acreditam nos complôs que inventam? Acreditam obter vitórias ou salvar alguma coisa para seu senhor na derrota? Sabem o que fizeram até agora?

Exaltou-se, com o tronco inclinado para eles, as duas mãos agarradas à beirada da cama em que estava sentado e à qual teve que se atracar com todas as suas últimas forças para não cair para trás, contra a parede, nem para a frente, no tapete azul que se movia como o mar, tapete cuja visão lhe provocava um começo de vertigem.

— Se vocês têm uma sombra de alma que seja, chegarei a ela, vou tocá-la, fazê-la sangrar, sua almazinha vil, e ela gritará a despeito de vocês que tenho razão!

Falava furiosamente, violentamente, e era persuasivo, hábil, obstinado, sem acompanhar muito bem suas palavras; escapavam dele como o sangue, em golfadas ferventes, de um grande ferimento (essa imagem atravessou-lhe o espírito). O que fizeram, miseráveis, com seus processos de impostura? Envenenaram o que o proletariado tinha de mais sagrado, a fonte de sua autoconfiança, que nenhuma derrota nos conseguia furtar. Antigamente podia-se até metralhar os da comuna, mas eles se sentiam limpos, tombavam com orgulho; agora vocês fizeram com que se sujassem uns aos outros, e com tal imundície a ponto de torná-la ininteligível aos melhores... Neste país, vocês conspurcaram, apodreceram tudo, puseram tudo a perder.

— Vejam, vejam...

Stefan soltou-se da beirada da cama para lhes mostrar melhor a derrota que segurava entre as mãos descoradas e quase caiu.

Enquanto falava, observava os dois homens frente a frente. O mais jovem não reagia. O rosto daquele que devia ter 55 anos cobria-se de uma névoa cinzenta, se apagava, reaparecia, sulcado de rugas. Suas mãos assumiam expressões opostas. A mão direita do mais jovem, apoiada no mogno de uma mesinha, repousava como um animal adormecido. As mãos do mais velho, fortemente entrelaçadas, expressavam, talvez, uma espera crispada.

Stefan se calara, ouvia o silêncio. Sua voz, que se desligara dele, suprimia-se, deixando-o extraordinariamente desperto, num silêncio que zumbia e se eternizava...

— Tudo o que acabou de nos dizer — respondeu pausadamente a cabeça grande de cabelos assentados na testa — não tem nenhum interesse para nós.

A porta se abriu, voltou a se fechar; alguém ajudava Stefan, desfalecente, a se deitar. "Estou perdido, perdido." No convés do barco, numa noite leve em que se enxergavam muito bem, em que sentiam a presença das estrelas, do verão, da terra próxima, rica em seres, em folhagens, em flores, os dois homens que acabavam de ouvir Stefan andaram lado a lado, sem falar, até se deterem um diante do outro. O mais jovem, que era o mais encorpado, tinha por trás todas as construções do barco; o outro, o que devia ter 55 anos, encostou-se na amurada; atrás dele, o alto-mar, a noite, o mar, o céu.

— Camarada Iuvanov — disse ele.

— Camarada Rúdin?

— Não entendo por que mandou pegar esse rapaz... Mais um caso sórdido que terá uma repercussão diabólica até as Américas. Ele me dá a impressão de ser um romântico da pior espécie, confuso, trotskista, anarquizante *et cetera*... Já esgotamos todos os recursos... Aconselho-o a mandar desembarcá-lo em terra e soltá-lo o quanto antes, talvez com uma pequena encenação conforme convém, antes que seu desaparecimento seja divulgado...

— Impossível — disse Iuvanov, secamente.

— Impossível por quê?

Kondrátiev, arrebatado, baixou a voz. Sua fala tornou-se quase sibilante.

— Acha que vou deixar você cometer crimes impunemente debaixo dos meus olhos? Não se esqueça de que estou a serviço do Comitê Central.

— A víbora trotskista em favor da qual está intercedendo, camarada Rúdin, está implicada no complô que custou a vida do nosso grande camarada Tuláiev.

Dez anos antes, Kondrátiev, ao ouvir aquela frase de jornal proferida com descaramento, teria explodido numa gargalhada veemente: surpresa, desprezo, cólera, escárnio e o próprio temor se confundiriam nessa risada, e ele gargalharia, ora, você é impagável, francamente, eu o admiro, nessa imbecilidade nefasta você chega a ser uma espécie de gênio! E houve mesmo, da parte dele, uma risadinha quase alegre, mas sufocada por uma triste covardia.

— Não estou intercedendo de modo nenhum — ele disse —, limitei-me a lhe fazer uma recomendação política...

"Sou um poltrão." O barco balançava suavemente na noite amena. "Estou mergulhando no visgo imundo deles..." Todo o alto-mar estava às suas costas, sentiu-se encostado naquele nada, naquele imenso frescor.

— Além do mais, camarada Iuvanov, você está simplesmente maluco... Conheço a fundo o caso Tuláiev. Nenhum indício sério, nenhum, está ouvindo, naquele processo de 6 mil páginas, justifica a inculpação de quem quer que seja...

— Permita-me, camarada Rúdin, ter outra opinião.

Iuvanov despediu-se inclinando a cabeça. Kondrátiev observou o horizonte noturno que confundia céu e mar. O vazio. Daquele vazio emanava uma angústia ainda não opressiva, antes atraente. Nuvens dividiam as constelações. Pela escada de corda ele desceu para a lancha encostada, na escuridão, ao casco abaulado do *Kuban*... Por um instante, suspenso acima do marulho, ficou completamente sozinho entre a enorme forma escura do cargueiro, as ondas, a lancha quase invisível a seus pés: e desceu em meio às trevas ondulantes, absolutamente só, com a alma tranquila, completamente senhor de si mesmo.

Na lancha, o maquinista, um ucraniano de 20 anos, prestou continência para ele. Kondrátiev, obedecendo a uma alegria que estava em seus músculos, afastou-o dos comandos e pôs o motor em marcha.

— Sabe, irmão, ainda conheço perfeitamente essas máquinas. Sou um veterano da Marinha.

— Sim, camarada chefe.

A lancha saltou ao rés das ondas como um animal alado: de fato, duas grandes asas de espuma branca jorravam de seus flancos. Nas entradas de uma passarela, sobre um canal de Leningrado, há grandes leões vermelhos de asas douradas, há... O que mais? Há o alto-mar! Jogar-se inteiro nele, sem volta, ao alto-mar! Ao alto--mar! O motor roncava, a noite, o mar, o vazio embriagavam, era bom lançar-se em linha reta, sem saber aonde, alegremente, sem fim, bom como um galope na estepe... Noites semelhantes, melhores as mais escuras — melhores por causa do perigo menor — antigamente diante de Sebastopol quando lá montávamos guarda, a bordo de nossas cascas de nozes, contra as esquadras da Entente. E porque cantarolávamos baixinho os hinos da revolução mundial, os almirantes das esquadras poderosas tinham medo de nós. Passado, passado, isso é passado, este instante, maravilhoso, logo será passado.

Kondrátiev aumentou a velocidade, rumo ao horizonte. Que prodígio é viver! Respirava fundo, tinha vontade de gritar de alegria. Alguns movimentos para chegar à borda, um esforço para se lançar, cairia através da asa de espuma e depois, e depois tudo terminaria em alguns minutos, mas provavelmente aquele menino ucraniano seria fuzilado.

— De onde você é, meu rapaz?

— De Mariúpol, camarada chefe... De um colcoz de pescadores...

— Casado?

— Ainda não, camarada chefe. Quando eu voltar.

Kondrátiev mudou de rumo, fazendo proa para a cidade. A montanha de Montjuïc emergiu do nada, escuridão densa contra escuridão transparente de céu. Kondrátiev refletiu que a cidade que se estendia ao pé daquela montanha, cidade massacrada pelos bombardeios, adormecida na fome, no perigo, nas traições, no abandono, com três quartas partes já perdidas, morta que se acreditava ainda prometida à vida, ele não a vira, não a veria, jamais a conheceria. Cidade conquistada, cidade arruinada, capital das revoltas vencidas, capital de um mundo nascente, arruinado, que tomamos, que está escapando de nossas mãos, nos escapando, caindo, caindo para as tumbas... Porque nós, nós que começamos a conquista, estamos sem fôlego, esvaziados, tornamo-nos maníacos da suspeita, maníacos do poder, desvairados capazes de fuzilar a nós mesmos para acabar — e é isso que estamos fazendo. Há muito poucos cérebros capazes de pensar claramente entre essas massas da Europa e da Ásia que um glorioso infortúnio levou a fazer a primeira revolução socialista. Lênin o enxergou já de início, Lênin resistiu o quanto pôde à inquietação de um destino tão elevado e tão obscuro. Em linguagem didática, pode-se dizer que as classes operárias do velho mundo ainda não chegaram à maturidade, ao passo que a crise do regime se manifestou; acontece que as classes que se esforçam por caminhar contra a corrente da história são as mais inteligentes — mediocremente inteligentes —, as mais instruídas, as que colocam a mais desenvolvida consciência prática a serviço da mais profunda inconsciência e do maior egoísmo... Nesse ponto de sua reflexão, enquanto luzes fracas nasciam sobre a cidade em trevas, Kondrátiev reviu mentalmente o rosto convulso de Stefan Stern levado pelas grandes asas de espuma... "Desculpe-me", disse-lhe Kondrátiev fraternalmente, "não posso fazer mais nada por você, camarada. Eu o compreendo, fui como você, fomos todos como você... E ainda sou, pois decerto estou perdido como você...". Ele mesmo não esperava concluir assim, ficou surpreso. O fantasma de Stefan, com a testa úmida, as mechas desgrenhadas do cabelo cor de cobre, o esgar da boca, a chama tenaz no olhar, confundiu-se como em sonho com outro fantasma, Bukhárin, com sua testa grande e saliente, o espirituoso olhar azul, o rosto envelhecido, ainda capaz de sorrir, interrogando-se ao microfone do Supremo Tribunal, alguns dias antes de morrer — e a Morte já estava ali, quase visível, bem perto dele, com uma mão em seu ombro, a outra segurando o revólver: não era a morte que Albert Dürer vira e gravara, esqueleto de caveira sorridente, envolto no burel, armado com a foice da Idade Média, não: moderna, a morte, vestida como graduado do serviço especial das operações secretas, com a Ordem de Lênin no lado direito do peito, faces cheias e bem barbeadas... "Por qual causa morrerei?", perguntava-se Bukhárin, em voz alta, depois falou da degenerescência do partido proletário... Kondrátiev quis enxotar aquele pesadelo.

— Pegue o leme — disse ao maquinista.

Sentado na popa, subitamente cansado, mãos juntas sobre o joelho, desvencilhado das sombras, ele pensava. Arrasado, evidentemente. A lancha precipitava-se rumo à montanha, através daquela evidência sombria. Arrasado como aquela cidade, aquela revolução, aquela república, arrasado como tantos camaradas... Aliás, o que haveria de mais natural? Cada um na sua vez, cada um a seu modo... Como pudera não se dar conta até então, viver frente a frente com aquela revelação escondida, sem a adivinhar, sem a ouvir, imaginar coisas importantes ou banais a fazer, ao passo que na verdade já não havia nada a fazer? A lancha acostou no porto escuro, em meio a um caos de pedras atabalhoadas. Uma lanterna oscilante precedeu Kondrátiev pelas ruínas de uma construção baixa de teto furado, em que os milicianos jogavam ganizes à luz de uma vela... Um pedaço de cartaz, acima deles, mostrava mulheres descarnadas que finalmente tinham vencido a miséria, no limiar do futuro prometido pela CNT... Às onze horas Kondrátiev fez com que o conduzissem até prédios do governo para uma reunião inútil com diretores do Serviço de Munições. Munições demais para sucumbir, insuficientes para vencer. Por volta da meia-noite, um membro do governo ofereceu-lhe um jantar. Kondrátiev tomou duas taças grandes de champanhe; um ministro da Generalidad da Catalunha brindava com ele. O vinho das terras francesas impregnadas do sol mais doce e ativo fez correr pepitas de ouro em suas veias. Kondrátiev, bem-humorado, tocou numa das garrafas com o indicador e, sem pensar no que ia dizer:

— Por que, *señor*, não reserva este vinho para os feridos?

O outro olhou-o com um meio sorriso forçado. O estadista catalão era alto, magro, encurvado; 60 anos, vestido com elegância; rosto severo, iluminado por um olhar bom e sutil; professor universitário. Ele ergueu os ombros:

— Tem razão... E é por essas pequenas coisas que estamos morrendo... Insuficiência de munições, excesso de injustiça...

Kondrátiev abria a segunda garrafa. Caçadores e caçadoras, com grandes chapéus de feltro emplumados, perseguindo o veado encurralado em matas de outro século, observavam-no do alto da tapeçaria. O velho professor universitário catalão voltou a brindar com ele. Uma intimidade os aproximava, desarmados um diante do outro, como se tivessem deixado a hipocrisia na antecâmara...

— Estamos derrotados — disse o ministro, amável. — Meus livros serão queimados, minhas coleções dispersadas, fecharão minha escola. Se eu escapar, no Chile ou no Panamá não serei mais do que um emigrado cuja língua ninguém compreenderá... Com uma mulher desequilibrada, senhor. Eis aí.

Sem saber como, deixou escapar a pergunta mais inconveniente, enorme:

— Caro senhor, tem notícias do *señor* Antónov-Ovsêienko, a quem estimo infinitamente?

— Não tenho — respondeu Kondrátiev com uma voz sem timbre.

— É verdade que... que ele foi... que... que...

Kondrátiev via de muito perto, nas pupilas daquele homem velho e simpático, estrias verdes mescladas de sombra.

— ... que o fuzilaram? — completou Kondrátiev tranquilamente. — Sabe, entre nós essa palavra é de uso corrente. Pois bem, é provável que seja verdade, mas não sei nada ao certo.

Sobre eles caiu um estranho silêncio, de extinção ou de desânimo.

— Algumas vezes ele tomou este champanhe, aqui mesmo, comigo — retomou o ministro catalão em tom confidencial.

— Provavelmente terminarei como ele — respondeu Kondrátiev no mesmo tom, quase com alegria.

No umbral, na fresta da porta branca e dourada, apertaram-se as mãos efusivamente, reassumindo seus personagens convencionais, no entanto mais vivos que de costume. Um dizia: "Boa viagem, caro senhor", e o outro repetia, batendo os pés, os agradecimentos calorosos pela amável acolhida. A despedida tornava-se muito longa, era o que eles sentiam, mas, no instante em que suas mãos se soltaram, um laço invisível e frágil, com um fio de ouro, rompeu-se entre eles, também o sentiram; para nunca mais se atar.

... Kondrátiev, lançando-se para o perigo, tomou o avião para Toulouse no dia seguinte. Chegar a Moscou antes dos relatórios secretos que, deturpando seus menores gestos, o mostrariam como intercedendo por um trotskista terrorista — que delírio tudo aquilo! Chegar a tempo para propor as medidas extremas de recuperação, um envio volumoso de armas, uma depuração de serviços, a cessação imediata de crimes na retaguarda... Conseguir ser recebido pelo Chefe antes que o imenso mecanismo esmagador das ciladas governamentais fosse acionado; frente a frente com ele, pôr em jogo a vida calmamente, usando os trunfos precários de uma camaradagem iniciada em 1906 nas landes frias da Sibéria, de uma lealdade absoluta, de uma franqueza hábil, mas mordaz, da verdade — apesar de tudo, verdade é coisa que existe.

—

A 1.500 metros de altitude, num céu que era só luz, a mais ensolarada catástrofe da história já não se distinguia em terra. A guerra civil desaparecia justamente à altura em que os bombardeiros se preparavam para o combate. A terra oferecia o aspecto de um mapa tão rico em cores, tão cheio de vida geológica, vegetal, marinha, humana, que, ao contemplá-la, Kondrátiev foi tomado por uma espécie de inebriamento. Apenas passou de um avião para outro. Quando finalmente, ao sobrevoar as florestas lituanas, com as ondulações musgosas e sombreadas que davam àquelas regiões uma fisionomia anterior à humana, ele descobriu as terras soviéticas, tão diferentes de todas as outras por uma tonalidade uniforme de vastas culturas colcozianas, uma ansiedade definida penetrou-o até a medula. Teve pena dos telhados de choupo, humildes como pobres velhas, reunidos aqui e ali nos vazios de lavouras quase pretas, à beira de rios tristes. (Decerto, no fundo, havia pena de si mesmo.)

O Chefe o recebeu no dia mesmo de sua chegada, de tão grave que parecia ser a situação da Espanha. Kondrátiev esperou apenas alguns instantes numa antecâmara espaçosa, inundada de luz branca, com amplas vidraças, da qual se avistavam um bulevar de Moscou, os bondes, uma fileira dupla de árvores, pessoas, janelas, telhados, um canteiro de demolição, verdes cúpulas bulbosas de uma igreja poupada... "Entre, por favor..." Uma sala branca, nua como um céu frio, de pé-direito alto, sem outro ornamento além do retrato, em tamanho maior do que o natural, de Vladímir Ilitch, de chapéu, mãos nos bolsos, em pé no pátio do Kremlin. A sala era tão ampla que à primeira vista Kondrátiev achou que estivesse vazia; mas atrás da mesa do fundo, no canto mais branco, mais deserto, mais solitário daquela solidão encerrada e nua, alguém se levantou, pousou uma caneta, emergiu do vazio; alguém atravessou o tapete que era de um cinza-claro de neve velada, alguém veio segurar Kondrátiev pelos dois braços, com uma agradável brusquidão afetuosa, alguém, Ele, o Chefe, colega de outros tempos, seria real?

— Bom dia, Ivan, como vai?

A realidade venceu o estupor da realidade. Kondrátiev apertou as duas mãos estendidas, longamente — e sob suas pálpebras juntaram-se lágrimas de verdade, quentes, que secaram no mesmo instante, e sua garganta se contraiu. O raio de uma grande alegria o eletrizou:

— E você, Iossif?... Você... Como estou contente em vê-lo... Como ainda está jovem...

A cabeleira à escovinha, grisalha, continuava densa: a testa larga mas atarracada, vincada de rugas, o bigode cerrado revelavam uma carga de vida tão compacta que o homem de carne e osso contrariava a imagem de seus inúmeros retratos. Ele sorria, tinha rugas de sorriso em torno do nariz e sob as pálpebras, dele emanava um calor tranquilizador — será que era bom de verdade? —, mas como todos aqueles dramas tenebrosos, aqueles processos, aquelas sentenças assustadoras cogitadas no Politburo não o tinham desgastado mais?

— Você também, Vânia — ele disse (sim, com sua voz imutável) —, está resistindo bem, não envelheceu tanto assim.

Olharam-se, descontraídos. Há quantos anos, meu velho! Praga, Londres, Cracóvia, faz tempo, o quartinho na Cracóvia em que discutimos tão furiosamente, por uma noite inteira, sobre as expropriações no Cáucaso; depois fomos tomar uma boa cerveja numa *keller*[4], de abóbadas românicas, debaixo da construção de um convento... As manifestações de 1917, os congressos, a campanha da Polônia, os hotéis das cidadezinhas tomadas em que os percevejos devoravam nossos Conselhos Revolucionários exaustos. Neles aflorou uma tal multidão de lembranças que nenhuma se impôs: todas presentes, mas mudas, apagadas, para recompor, aquém de toda expressão, uma amizade estranha às palavras. O Chefe procurava o cachimbo no bolso da jaqueta. Juntos, caminharam pelo tapete até as altas vidraças do fundo, através da brancura...

— Então, Vânia, como estão as coisas por lá? Fale sem rodeios, você me conhece.

— As coisas... — começou Kondrátiev com um muxoxo desanimado e aquele gesto da mão que parece deixar cair o que ela está segurando —, as coisas...

O Chefe pareceu não ter ouvido aquelas primeiras palavras. Continuava olhando para baixo, com os dedos amassando o tabaco no fornilho do cachimbo.

— Você sabe, irmão, os velhos como você, do velho partido, têm que me dizer toda a verdade... toda a verdade... Senão a quem vou perguntar? Preciso disso, às vezes fico sufocado. Todo mundo mente, mente, mente! De alto a baixo, todos mentem de uma maneira diabólica... Repugnante... Vivo no topo de um edifício de mentiras,

---

4 Adega especializada em cerveja.

compreende? As estatísticas mentem, naturalmente. Somam as tolices dos pequenos funcionários da base, as tramas dos administradores médios, as invencionices, o servilismo, a sabotagem, a burrice enorme de nossos quadros dirigentes... Quando me trazem todos esses números quintessenciados, às vezes me contenho para não lhes dizer: praga! Os planos mentem porque, nove em cada dez vezes, baseiam-se em dados falsos; os executores do Planejamento mentem porque não têm coragem de dizer o que conseguem e o que não conseguem fazer; os economistas mais qualificados mentem porque são cidadãos da lua, lunáticos, estou dizendo! E também tenho vontade de perguntar às pessoas por que, quando se calam, seus olhos mentem. Você entende?

Estaria se desculpando? Acendeu o cachimbo impetuosamente, enfiou as mãos nos bolsos, carrancudo, ombros pesados, com os pés fincados no tapete sob a claridade límpida. Kondrátiev considerou-o com amizade, mas no fundo desconfiado, pensativo. Ousaria? Arriscou-se, em voz baixa:

— Tudo isso não é um pouco por culpa sua?

O Chefe balançou a cabeça; as rugas minúsculas de um bom sorriso tremulavam-lhe em torno do nariz, debaixo dos olhos...

— Ora, meu velho, queria ver você no meu lugar. A velha Rússia é um pântano; quanto mais se avança mais o chão se move, a pessoa se afunda quando menos espera... Além do mais, a escória humana... Recuperar o mau animal humano vai levar séculos. Quanto a mim, não tenho séculos à disposição... Pois bem, e as últimas novidades?

— Detestáveis. Três frentes mal se aguentando; basta um empurrão para desmoronarem, para se afundarem. Nem escavaram trincheiras diante das posições essenciais...

— Por quê?

— Falta de pás, de pão, de planos, de oficiais, de disciplina, de munições, de...

— Entendi... Começo de 1918 para nós, não é?

— Sim... Aparentemente... Todavia sem o partido, sem Lênin... (Kondrátiev hesitou por uma ínfima fração de segundo, mas deve ter sido visível)... sem você... E não é um começo, é um fim... o fim.

— Os especialistas estão anunciando: três a cinco semanas, é isso que eles dizem?

— Pode levar mais tempo, como uma agonia que se prolonga. Pode ruir amanhã.

— Preciso prolongar a resistência por algumas semanas — disse o Chefe.

Kondrátiev não respondeu. Ele pensava: "É cruel. Para quê?". O Chefe pareceu adivinhá-lo:

— Nós bem merecemos isso — ele retomou. — Bem. Nossos tanques em Somovo?

— Nada bem. Blindagens passáveis... (Kondrátiev lembrou que tinham fuzilado seus construtores por sabotagem: sombra de constrangimento.) Motores insuficientes. Até 35% de avarias no combate.

— Isso está no seu relatório escrito?

— Sim.

Constrangimento. Kondrátiev pensou que, daquele modo, estava abrindo um processo, que os 35% se iluminariam em letras fosforescentes nos cérebros exauridos por interrogatórios noturnos.

— Material humano antes de tudo deficiente... — ele retomou.

— Já me disseram. Qual é sua explicação?

— Simples. Você e eu fizemos a guerra em outras condições. A máquina tritura o homem. Você sabe que não sou covarde. Pois bem, quis saber como era, entrei numa daquelas máquinas, uma nº 4, com três sujeitos impressionantes, um anarquista barcelonês...

— ... um trotskista, naturalmente...

(O Chefe disse isso sorrindo, em meio a uma baforada de fumaça; seus olhos castanho-avermelhados riam através da fresta quase fechada das pálpebras.)

— Talvez, não tive tempo de perguntar... Você também não o teria feito... Dois camponeses de tez cor de oliva, andaluzes, atiradores admiráveis, como nossos siberianos ou nossos letões de antigamente... Bem, lá estamos nós, rodando por uma estrada excelente, não consigo ter ideia de como seria em atoleiros... Somos quatro lá dentro, molhados de suor da cabeça aos pés, sufocando, no escuro, com barulho, fedor de gasolina, vontade de vomitar, isolados do mundo, torcendo para que aquilo acabasse! Uma espécie de pânico apertava a barriga, já não éramos combatentes, mas uns pobres-diabos malucos, colados uns aos outros numa caixa escura, asfixiante... Em vez de se sentir protegido e forte, você se sente reduzido a nada...

— Qual é o remédio?

— Máquinas mais bem concebidas, unidades especiais, treinadas. Justamente o que não tivemos na Espanha.

— Nossos aviões?

— Bons, com exceção dos modelos antigos... Foi um erro impingir-lhes tantos modelos velhos... (O Chefe aprovou com um movimento decidido da cabeça.) Nosso B 104, inferior aos Messerschmidt, ultrapassado em termos de velocidade.

— O construtor sabotava.

Kondrátiev hesitou antes de replicar, pois pensara muito no caso, convencido de que o desaparecimento dos melhores engenheiros do Centro de Experimentação da Aviação provocara com certeza uma baixa da qualidade da produção.

— Talvez não... Talvez seja apenas porque a técnica alemã continua sendo superior...

O Chefe disse:

— Ele sabotava. Ficou provado. Ele confessou.

Da palavra *confessou* nasceu entre eles um nítido mal-estar. O Chefe o sentiu, tanto que se voltou, foi apanhar sobre a mesa um mapa das frentes da Espanha, fez perguntas sobre detalhes que, para ele, na verdade não poderiam ter nenhum interesse. Àquela altura, o que lhe poderia importar que a Cidade Universitária de Madri fosse mais guarnecida ou menos de artilharia? Por outro lado, não falou do embarque dos estoques de ouro, provavelmente já informado por um mensageiro especial. Kondrátiev omitiu o assunto. O Chefe não fez alusão às mudanças de pessoal propostas por Kondrátiev em seu memorando... Kondrátiev viu num relógio distante, pela vidraça, que a audiência já durava mais de uma hora. O Chefe ia e vinha; mandou trazer chá, respondeu a seu secretário: "*Não antes que eu o chame...*". O que ele estava esperando? Kondrátiev, tenso, também esperava. O Chefe, com as mãos nos bolsos, levou-o até bem perto da vidraça pela qual se avistavam os telhados de Moscou. Só havia um vidro entre eles, a cidade, o céu pálido.

— E entre nós, nesta Moscou magnífica e desoladora, o que está errado, na sua opinião? O que não vai bem? Hein?

— Você acabou de dizer, irmão. Todo mundo mente, mente, mente. O servilismo, ora. Daí a falta de oxigênio. Como construir o socialismo sem oxigênio?

— Hum... É só isso, na sua opinião?

Kondrátiev viu-se contra a parede. Falar? Arriscar? Furtar-se covardemente? A tensão interior impedia-o de observar direito, a 40 centímetros, o rosto do Chefe. A despeito de si mesmo, foi muito direto, portanto muito desastrado. Com voz pesada, falsamente descontraída:

— Os velhos se fazem raros...

Fingindo não a perceber, o Chefe descartou a imensa alusão:

— Em contrapartida, os jovens se alçam. Enérgicos, práticos, ao modo americano... Quanto aos velhos, está na hora de descansarem...

"Que descansem com os santos", é o canto litúrgico dos mortos... Kondrátiev, crispado, tergiversou:

— Sim, os jovens, é verdade... É nosso orgulho, essa juventude... (Minha voz está soando falsa, também estou mentindo...)

O Chefe sorriu estranhamente, como se zombasse de alguém ausente. E com o tom mais natural:

— Acha que cometi muitos erros, Ivan?

Estavam sós, na pura brancura, e diante deles toda a cidade, da qual não vinha nenhum ruído. Numa espécie de pátio espaçoso, embaixo, bastante longe, entre uma igreja atarracada com os campanários em ruínas e um pequeno muro de tijolos vermelhos, cavaleiros georgianos exercitavam-se no sabre, galopando de um extremo ao outro do pátio. A meio caminho, inclinavam-se até o chão para alcançar um pano branco com a ponta do sabre...

— Não me cabe julgá-lo — disse Kondrátiev, perturbado. — Você é o partido (percebeu que a frase agradava), quanto a mim sou apenas um velho militante... (com uma tristeza mesclada de ironia)... um dos que precisam de descanso...

O Chefe esperava como um juiz imparcial ou um réu indiferente. Impessoal, tão real quanto as coisas.

— Acho — disse Kondrátiev — que você fez mal em "liquidar" Nikolai Ivánovitch.

Liquidar: a velha palavra que se usava sob o terror vermelho, ao mesmo tempo por pudor e cinismo, em lugar de *executar*. O Chefe a recebeu de frente, sem reagir, expressão de pedra.

— Ele traía. Ele reconheceu. Será que você não acredita?

Silêncio. Branco.

— É difícil acreditar.

O Chefe retorceu a boca, numa espécie de sorriso zombeteiro. Seus ombros se avultaram, ele franziu a testa, sua voz se fez pastosa.

— É evidente... Tivemos muitos traidores... conscientes e inconscientes... não temos tempo para psicologia... Não sou romancista... (Pausa.) Vou aniquilar todos eles, sem trégua... sem clemência... até o último dos últimos... É difícil, mas é preciso... Todos... Pelo país, pelo futuro. Estou fazendo o que é preciso. Como uma máquina.

Nada a responder... ou a gritar? Kondrátiev esteva prestes a gritar. O Chefe não lhe deu tempo. Voltou ao tom da conversa:

— E lá, os trotskistas continuam suas manobras?

— Não tanto quanto os imbecis afirmam. Aliás, queria lhe falar de um caso de pouca importância, mas que pode ter repercussões... Nossa gente está fazendo bobagens perigosas...

Kondrátiev expôs em quatro frases o caso de Stefan Stern. Tentava adivinhar se o Chefe estava sabendo. O outro, impenetrável e natural, ouvia com atenção, anotava o nome: Stefan Stern — como se o ignorasse. Será que ignorava mesmo?

— Tudo bem, vou ver isso... Mas, quanto ao caso Tuláiev, você está enganado: há uma conspiração.

— Ah!

"Talvez haja de fato uma conspiração..." No cérebro de Kondrátiev, foi um consentimento hesitante... "Estou sendo complacente, que diabo!"

— Permite uma pergunta, Iossif?

— Diga.

Os olhos castanho-avermelhados do Chefe mantinham a expressão amigável.

— O Politburo está insatisfeito comigo?

Na verdade, aquilo significava: "Você está insatisfeito, agora que lhe falei de coração aberto?".

— Como posso responder? — disse o Chefe lentamente. — Não sei. O curso dos acontecimentos não é satisfatório, decerto, mas você não podia fazer grande coisa. Só passou alguns dias em Barcelona, sua responsabilidade é pouca... Não temos a quem dar os parabéns quando tudo desanda, não é? Ha ha!

Interrompeu de repente seu risinho gutural.

— Agora, o que fazer com você? Que trabalho deseja? Quer ir para a China? Temos lá pequenos exércitos admiráveis, um tanto afetados por certas doenças... (dava a si mesmo um tempo para refletir). Mas decerto está farto de guerras, não?

— Estou farto, irmão. Não, obrigado quanto à China, poupe-me disso, por favor. Sangue, sempre sangue, para mim chega...

Justamente as palavras que não deveria ter dito, que trazia na garganta desde o primeiro minuto daquele encontro, as palavras mais graves de seu diálogo secreto.

— Compreendo — disse o Chefe, o que foi absolutamente sinistro sob a luz límpida do dia. — E então? Uma função na produção? Na diplomacia? Vou pensar.

Atravessaram o tapete na diagonal. Dormindo acordados. O Chefe reteve a mão de Ivan Kondrátiev na sua.

— Fiquei feliz em revê-lo, Ivan.

Era sincero. Aquela centelha no fundo das pupilas, aquele rosto contraído, de homem forte envelhecido, que vive sem confiança, sem felicidade, sem contatos humanos, numa solidão de laboratório... Ele prosseguiu:

— Descanse, velho. Cuide-se. Na nossa idade, depois de vidas como a nossa, é necessário. Você tem razão, os velhos se fazem raros.

— Lembra-se das nossas caças ao pato selvagem na tundra?

— De tudo, tudo, velho, lembro-me de tudo. Vá descansar no Cáucaso. Só um conselho: afaste-se dos sanatórios, suba o mais possível pelas trilhas da montanha. É isso que eu gostaria de fazer.

Então levantou-se entre eles, neles, um diálogo secreto que os dois prosseguiram por adivinhação, distintamente: "Por que não vai?", sugeriu Kondrátiev. "Faria muito bem para você, irmão." — "Tentador, as trilhas perdidas", ria o Chefe. "Para que um dia me encontrassem com a cabeça rachada? Não sou tão louco, ainda precisam de mim..." — "Lastimo-o, Iossif, é o mais ameaçado de nós, o mais prisioneiro..." — "Não quero que me lastimem. Proíbo-o de me lastimar. Você não é nada, ao passo que eu sou o Chefe." Não disseram nenhuma dessas palavras, os dois as ouviram, as proferiram num duplo face a face, um com o outro corporalmente e também um com o outro dentro de si mesmo, incorporalmente.

— Até logo, até logo.

No meio da ampla antecâmara, Kondrátiev cruzou com um indivíduo baixinho de óculos de armação de tartaruga, nariz curvo e inchado, carregando uma pasta pesada rente ao tapete: o novo procurador do Supremo Tribunal, Ratchévski. Trocaram um cumprimento reticente.

Capítulo 6
Cada um naufraga
à sua maneira

Uma dúzia de funcionários lidava havia seis meses com os 150 dossiês selecionados do caso Tuláiev. Fleischman e Zvéreva, designados "investigadores encarregados de seguir os casos da mais alta gravidade", o acompanhavam de hora em hora, sob o controle direto do alto-comissário adjunto Gordêiev. Fleischman e Zvéreva, ambos tchekistas de antigamente, ou seja, dos tempos heroicos, deveriam ser suspeitos e o sabiam, por isso podia-se contar com seu zelo. O caso crescia em todos os sentidos, ligando-se a uma infinidade de outras instruções, nelas se dissolvendo, se perdendo e ressurgindo como uma perigosa chamazinha azul sob os escombros calcinados. Os investigadores traziam à sua frente uma multidão de prisioneiros heterogêneos, todos extenuados, todos desesperados, todos desesperadores, todos inocentes no antigo sentido jurídico da palavra, todos suspeitos e culpados em vários aspectos; no entanto, por mais que os instigassem, só chegavam com eles a estranhos becos sem saída. O bom senso sugeria que se descartassem as confissões de meia dúzia de malucos que relatavam como tinham assassinado o grande camarada Tuláiev. Uma turista americana, quase bonita, completamente louca, embora armada de duro sangue-frio, declarava:

— Não entendo nada de política, odeio Trótski, sou terrorista. Desde criança sonhava em ser terrorista. Vim a Moscou para me tornar amante do camarada Tuláiev e matá-lo. Ele era muito ciumento, ele me adorava. Eu queria morrer pela URSS. Creio que são necessárias emoções assombrosas para estimular o amor do povo... Matei o camarada Tuláiev, que eu amava mais do que a própria vida, para afastar o perigo que ameaçava o Chefe... O remorso me tira o sono, vejam meus olhos. Agi por amor... Estou feliz por ter cumprido minha missão na terra... Se estivesse livre, gostaria de escrever minhas memórias para a imprensa... Fuzilem-me! Fuzilem-me!

Em momentos de depressão, ela enviava longas mensagens a seu cônsul (que não eram enviadas) e escrevia ao juiz de instrução: "Vocês não podem me fuzilar porque sou americana!".

— Puta bêbada! — praguejou Gordéiev, depois de ter passado três horas estudando aquele caso.

Não estaria simulando loucura? Na verdade, não teria *pensado* anteriormente em cometer um atentado? Não haveria em suas palavras o eco de projetos amadurecidos por outros? O que fazer com aquela doente? Uma embaixada interessava-se por ela, agências de notícias do outro lado do mundo publicavam fotos suas, descreviam os pretensos tormentos que o inquérito lhe infligia... Psiquiatras, uniformizados, observando o rito dos interrogatórios, revezavam-se nos esforços de, por sugestão, por hipnose, pela psicanálise, persuadi-la de que era inocente. Ela esgotava-lhes a paciência.

— Pois bem — propôs Fleischman —, pelo menos tentem persuadi-la de que matou outra pessoa, qualquer uma... Tenham imaginação, ora! Mostrem-lhe fotos de assassinados, contem-lhe crimes sádicos e ela que vá para o inferno! Bruxa!

Mas, em seu devaneio, ela só admitia o assassínio de grandes personagens. Fleischman a odiava, odiava sua voz, seu sotaque, o rosa-amarelado de suas faces... Um jovem médico investigador passou horas fazendo aquela louca repetir, acariciando-lhe as mãos e os joelhos: "Sou inocente, sou inocente...". Ela repetiu, talvez, umas duzentas vezes e, no fim, deu um sorriso de beatitude, dizendo baixinho:

— Como você é gentil... Há muito tempo sei que me ama... mas fui eu, eu, eu que matei o camarada Tuláiev... Ele me amava como você...

180

Logo à noite, o jovem médico investigador fez seu relatório para Fleischman. Uma espécie de desvario alterava seu olhar e sua fala.

— Tem certeza — perguntou ele finalmente, com estranha gravidade — de que ela não tem nada a ver com esse caso?

Fleischman esmagou furiosamente o charuto no cinzeiro:

— Vá tomar um banho, rapaz, imediatamente!

Mandaram o jovem recuperar os nervos nas florestas do norte de Petchora. Cinco séries de confissões detalhadas foram consideradas, assim, ligadas à demência: no entanto, era preciso ter coragem para descartá-las. Gordêiev enviava os acusados aos médicos. Estes, por sua vez, entravam em pânico... Azar deles! Fleischman opinava com seu sorriso frouxo: "Para a casa de loucos, com boa escolta...". Zvéreva, alisando com os dedos afilados seus longos cabelos tingidos, respondia: "Considero-os muito perigosos... Loucura antissocial...". Massagens no rosto, cremes e a maquiagem mantinham sua máscara sem idade, de traços fluidos, rugas indistintas, exasperante. A consideração mordaz e agitada de seus pequenos olhos pretos provocava inquietação. Foi ela que informou a Fleischman que o alto-comissário adjunto, Gordêiev, esperava-os à uma e meia, em sua casa, para uma conferência importante. Acrescentou em tom significativo:

— O procurador Ratchévski também irá. Foi recebido pelo Chefe...

"Estamos perto do desfecho", pensou Fleischman.

Reuniram-se no escritório de Gordêiev, no 12º andar de uma torre que domina as artérias centrais da cidade. Fleischman, depois de tomar um pouco de conhaque, sentia-se bem. Meio debruçado à janela, observava lá embaixo o formigamento humano da rua, os carros enfileirados diante do Comissariado do Povo para Assuntos Estrangeiros, as fachadas das livrarias e das cooperativas. Perambular um pouco por ali, entrar num sebo, olhar as vitrines, eventualmente seguir uma moça bonita de seus 20 anos, seria magnífico. Que vida desgraçada! Mesmo quando se consegue não pensar no risco. Gordo, descorado, faces caídas, pálpebras murchas, manchas amarelas sob os olhos, têmporas calvas, nos últimos tempos ele começava a envelhecer visivelmente. Pensou: "Estarei completamente impotente dentro de dois ou três anos...", decerto porque seus olhos interessavam-se mais por jovens de boina, livros debaixo dos braços, que atravessavam a rua acotovelando-se alegremente, entre um carro preto da prisão interna, um reluzente Fiat diplomático, um ônibus verde.

O procurador Ratchévski, por sua vez, interessava-se por uma pequena paisagem de Isaac Levitan pendurada na parede. Noite azul da Ucrânia, telhado de choupo, curva acinzentada de uma estrada, encantamento das planícies sob as estrelas indistintas. Ele disse, sem desviar o olhar daquela estrada para o irreal:

— Camaradas, creio que está na hora de finalizar.

"É evidente", pensou Gordêiev, desconfiado, "mais do que na hora. Finalizar o quê, por favor?". Gordêiev acreditava saber muito bem, mas absteve-se de concluir. O menor erro num caso como aquele equivaleria ao equívoco de um construtor de arranha-céus que coloca rebites de madeiramento 100 metros acima do canteiro. A queda é inexorável. Impossível obter uma diretriz precisa. Não interferiam, estimulavam-no, espreitavam-no, cabia-lhes aprová-lo ou desaprová-lo. As palavras de Ratchévski levavam ao pressentimento de uma revelação, uma vez que o procurador acabara de encontrar o Chefe. Escalas musicais irromperam no fundo do apartamento: Ninelle começava sua aula de piano.

— Sou da mesma opinião, Ignátii Ignátievitch — disse Gordêiev com um largo sorriso adocicado.

Fleischman ergueu os ombros.

— Claro, vamos acabar com isso. Essa instrução não pode durar para sempre. Só que seria preciso saber como concluí-la. (Encarou Ratchévski.) O caso é nitidamente político...

Com perfídia e indiferença, fez uma pequena pausa antes de continuar:

— ... embora o crime, na verdade...

Na verdade o quê? Fleischman voltou-se para a rua, sem terminar a frase. Insuportavelmente corpulento, ombros arqueados, o queixo transbordando sobre a gola da túnica. Zvéreva, que nunca era a primeira a se aventurar, observou em tom cortante:

— Creio que não terminou sua frase.

— De fato.

Entre os estudantes aglomerados embaixo, à beira da calçada, uma bela moça espantosamente loira explicava alguma coisa aos rapazes, gesticulando veementemente com as duas mãos; àquela distância seus dedos pareciam captar luz; e, para rir melhor, ela jogava a cabeça um pouco para trás. Aquela cabeça, longínqua como uma estrela, inacessível e real como uma estrela, não sentia pesar nela o olhar opaco de Fleischman. O alto-comissário adjunto da Segurança, o procurador do Supremo Tribunal, a investigadora encarregada dos assuntos da mais alta gravidade esperavam que Fleischman desse sua opinião. Percebendo a expectativa, ele retomou com firmeza:

— Encerrar a instrução.

E, voltando-se, dirigiu-se a um por um de seus três interlocutores com uma amável inclinação da cabeça, como se acabasse de dizer algo muito importante; três rostos repugnantes, deteriorados, moldados numa substância horrivelmente gelatinosa... Também sou feio, tenho a pele esverdeada, o queixo animalesco, as pálpebras inchadas... temos que ser destruídos... E vocês estão aí, camaradas queridos, bem enredados, pois não direi mais nada. Cabe a vocês justificar a decisão ou postergá-la, já me comprometi bastante...

Os estudantes já não estavam na rua; nem o ônibus, nem o carro de polícia. Outros pedestres passavam, um carrinho de bebê ia pelo asfalto, sob o focinho baixo dos grandes caminhões... Naquela multidão da rua, não havia um ser que soubesse o nome de Tuláiev. Naquela cidade, naquele país de 170 milhões de seres, não havia um que se lembrasse realmente de Tuláiev. Daquele homem gordo de bigode, importuno, informal, de uma eloquência banal, eventualmente embriagado, abjetamente fiel ao partido, envelhecido e feio como todos nós, restavam apenas um punhado de cinzas numa urna e uma lembrança sem calor nem valor em algumas memórias enfastiadas de investigadores meio loucos. As únicas criaturas para as quais ele fora realmente um homem — as mulheres que ele despia depois de beber, com risos cacarejantes, balbucios de ternura, gracejos imundos, violências de touro — talvez guardassem dele, por pouco tempo ainda, imagens secretas completamente diferentes de seus retratos pendurados, por esquecimento, em alguns gabinetes. Mas saberiam seu nome? Lembranças e retratos logo desapareceriam... Nada havia no processo, nenhum indício sério contra quem quer que fosse. Tuláiev se desvanecia, levado pelo vento, pela neve, pelas trevas, pelo frio saudável de uma noite de geada forte.

— Encerrar a instrução? — disse Zvéreva em tom indagativo.

Ela tinha uma sensibilidade sempre alerta de criatura oficial. Intuições quase infalíveis faziam-na pressentir os intuitos que amadureciam nas altas esferas em meio ao silêncio e à dubiedade. Ela era toda interrogação, com o queixo apoiado na mão, os ombros erguidos, os cabelos ondulados, o olhar aguçado, ferino. Fleischman bocejou com a mão diante da boca. Gordêiev, para disfarçar o embaraço, tirou uma garrafa de conhaque de um armário e começou a dispor os copos.

— Martell ou Armênia?

O procurador Ratchévski, compreendendo que ninguém diria mais nada antes que ele falasse, começou:

— Esse caso, de fato estritamente político, só comporta uma solução política... Os resultados da instrução em si mesmos só têm para nós interesse secundário... Segundo os criminalistas da velha escola, com a qual concordamos nesta circunstância, o *quid prodest*[5]...

— Muito bem — disse Zvéreva.

O rosto do procurador Ratchévski parecia esculpido em duas curvas opostas, uma mais larga que a outra, em carne dura e malsã. Côncavo, no conjunto, da testa abaulada ao queixo em esfera cinza; um nariz curvo, dilatado na base, de narinas escuras e peludas marcava sua força. Sua tez era sanguínea, com placas tendendo ao violáceo. Grandes olhos castanhos, com globos opacos, o ensombreciam. Havia poucos anos, numa época terrível, emergira do fundo de um destino lúgubre, cheio de tarefas obscuras, penosas e arriscadas, realizadas sem ganho, com um empenho de animal de carga. Alcançando subitamente a grandeza, ele já não se embriagava, por medo de falar demais. Pois antes lhe acontecera dizer de si mesmo, na boa embriaguez calorosa que traz alívio: "Sou um cavalo de tiro... Arrasto o velho arado da justiça. Só conheço meu sulco, ha ha! Quando gritam *eia!*, eu puxo. Quando estalam a língua, eu paro. Sou a besta do dever revolucionário; anda, burro velho, ha ha!". Depois guardava profundo ressentimento contra os íntimos que tinham ouvido aquelas palavras suas. Sua ascensão datava de um processo por sabotagem — terrorismo, traição — aberto em Tachkent contra os homens do governo, seus chefes até a véspera. Construiu então, nem mesmo por ordem explícita, um edifício complicado de hipóteses falsas e intrigas, recobriu com as malhas de uma

---

5 Em latim: "Para que serve?".

dialética tortuosa as declarações cuidadosamente elaboradas de uns vinte acusados, encarregou-se de ditar a sentença implacável que hesitavam em lhe comunicar, retardou o envio dos recursos solicitando indulto... Depois foi falar no grande teatro da cidade, diante de 3 mil trabalhadores e trabalhadoras. Esse episódio foi decisivo para sua ascensão. Envolvia em frases atropeladas, que desabavam umas sobre as outras, um pensamento muito claro. Só seus incisos eram mais ou menos estruturados. Sua voz difundia assim sobre a razão dos ouvintes uma espécie de bruma em que no entanto viam-se definir, afinal, contornos ameaçadores, sempre os mesmos. "Você argumenta", disse-lhe certo dia um acusado, "como um bandido hipócrita que fala gesticulando suavemente e em cuja manga se vê a ponta da faca..." — "Desprezo suas insinuações", replicou o procurador calmamente, "e todos nesta sala estão vendo que minhas mangas são estreitas...". Na intimidade, faltava-lhe segurança. O estímulo de Zvéreva foi tão oportuno que ele respondeu com um meio sorriso: entreviam-se seus dentes, que eram amarelos e desalinhados. Ele falou:

— Camaradas, não me cabe fazer aqui a teoria da conspiração. Esse termo, em direito, pode ter sentido estrito ou amplo e, diria eu, outro ainda que corresponde muito mais ao espírito de nosso direito revolucionário, que voltou a suas origens desde que o subtraímos à perniciosa influência dos inimigos do povo que conseguiram desnaturar-lhe o sentido a ponto de submetê-lo às fórmulas ultrapassadas do direito burguês, baseado na constatação estática do fato para então proceder à busca de uma culpa formal considerada efetiva em virtude de definições preestabelecidas...

Essa torrente de palavras fluiu durante cerca de uma hora. Fleischman olhava para a rua e a repulsa crescia nele. Que canalhas destituídos do menor talento fazem carreira atualmente! Zvéreva apertava os olhos, satisfeita como um gato ao sol. Gordêiev traduzia mentalmente em palavras claras aquele discurso de agitador em que certamente se abrigava, como fuinha agachada no matagal, a ordem do Chefe.

— Em suma: vivemos no seio de uma imensa conspiração, infinitamente ramificada, que acabamos de liquidar. Três quartos dos dirigentes dos períodos anteriores da revolução foram levados a se corromper; venderam-se ao inimigo e, quando não, era como se o tivessem feito, no sentido objetivo da palavra. Causas: as contradições internas do regime, o desejo de poder, a pressão do entorno capitalista, as manobras dos agentes do estrangeiro, a atividade demoníaca de Judas-Trótski. A grande lucidez, a "lucidez realmente genial" do Chefe permitiu-nos desmontar as maquinações de inúmeros inimigos do povo que frequentemente detinham as alavancas de comando do Estado. Doravante ninguém deve ser considerado insuspeito, além dos homens inteiramente novos que a história e o gênio do Chefe fazem surgir para a salvação do país... Em três anos, a batalha da salvação pública foi ganha, a conjuração foi reduzida à impotência; mas, nas prisões, nos campos de concentração, na rua, sobrevivem homens que são nossos últimos inimigos internos e, por serem os últimos, os mais perigosos, mesmo que não tenham feito nada, mesmo que sejam inocentes de acordo com o direito formal. A derrota inculcou-lhes um ódio e uma dissimulação mais profundos; tão temíveis que são capazes de se refugiar em inatividade temporária. Juridicamente inocentes, podem ter uma sensação de impunidade, acreditar-se ao abrigo da espada. Rondam ao nosso redor, "como chacais famintos ao crepúsculo", às vezes estão entre nós, traem-se apenas por um olhar. Por meio deles, graças a eles, a Conjuração de Mil Cabeças poderia renascer. Vocês sabem das notícias do campo, como se colocam os problemas da colheita, houve distúrbios no médio Volga, uma recrudescência do banditismo no Tadjiquistão, vários crimes políticos no Azerbaijão e na Geórgia! Incidentes singulares produziram-se na Mongólia, no campo religioso; o presidente da república judaica era um traidor, vocês sabem do papel que o trotskismo desempenhou na Espanha: conspiraram contra a vida do Chefe nos subúrbios de Barcelona, recebemos um dossiê assombroso sobre o caso! Nossas fronteiras estão ameaçadas, estamos perfeitamente a par das tratativas entre Berlim e Varsóvia; os japoneses estão reunindo tropas no Jehol, construindo novas fortificações na Coreia, seus agentes acabam de provocar uma avaria de turbinas em Krasnoiarsk...

O procurador voltou a tomar conhaque. Entusiasmada, Zvéreva disse:

— Está de posse de matéria para uma denúncia prodigiosa, Ignátii Ignátievitch!

O procurador agradeceu batendo as pálpebras.

— Não vamos ignorar, por outro lado, que os grandes processos anteriores, insuficientemente preparados sob determinados aspectos, deixaram os quadros do partido relativamente desorientados. A consciência do partido volta-se para nós e solicita explicações que só lhe poderíamos oferecer nas audiências de um processo de certo modo complementar...

— Complementar — repetiu Zvéreva —, exatamente o que eu pensava.

Ela se rejubilava discretamente. O fardo da incerteza caía dos ombros de Gordêiev. Ufa!

— Concordo inteiramente, Ignátii Ignátievitch — disse ele com firmeza. — Permitam-me que me ausente por um momento, minha filha...

Enveredou pelo corredor branco, porque o piano de Ninelle silenciara e porque, por uma questão de prudência, precisava de um instante de solidão. Tomou com as mãos abertas e quentes os quadris ossudos de Ninelle:

— Então, minha querida, como foi a aula?

Às vezes olhava aquela criança morena de íris estriadas de verde vegetal como já não sabia olhar para ninguém no mundo. A professora de música arrumava as partituras, que estalaram levemente, como um dossiê que se fecha. "Agora", pensou Gordêiev, "as armadilhas estão na lista de acusados... Vai ser preciso descobrir pelo menos um ex-trotskista de verdade, um espião de verdade... Perigoso, isso...".

— Papai — disse Ninelle, desconcertada —, você estava tão bonzinho e agora parece zangado...

— São os negócios, querida.

Beijou-a nas duas faces, rapidamente, sem sentir a alegria daquela carícia simples; demasiadas sombras de homens torturados moviam-se nele, à sua revelia. Voltou à reunião. Fleischman suspirou estranhamente:

— Ah, a música... que música...

— O que está querendo dizer? — perguntou Zvéreva.

Fleischman inclinou um pouco a testa macilenta, o que lhe comprimiu ainda mais o queixo duplo contra o colarinho da túnica, e ele se fez um sapo amável.

— Nostalgia da música... Nunca lhe acontece?

Zvéreva murmurou alguma coisa com ar suave.

— A lista dos acusados... — disse Gordêiev.

Ninguém respondeu.

— A lista dos acusados — repetiu o procurador Ratchévski, decidido a não dizer mais nada.

Imagine-se o hipopótamo do zoológico desabando de repente para dentro do seu pequeno tanque de cimento... Fleischman teve essa agradável impressão ao opinar que "cabe a vocês dois, estimados camaradas, apresentá-la...". A cada um suas responsabilidades, portanto assumam as suas.

—

Erchov percebeu, amargamente, que sua preparação para aquele choque fora completa. Nada o espantou, a não ser o fato de não conhecer os locais aos quais foi levado. "Eu controlava tantas prisões, todas mais ou menos secretas!" O ex-alto-comissário assim se justificou por desencargo de consciência. Nova, moderna, situada num subsolo de concreto, a prisão em que estava, no entanto, não poderia ter deixado de lhe chamar atenção. Seu esforço de memória para encontrar menção a ela nos relatórios do chefe dos serviços de detenção ou do diretor das construções foi infrutífero. "Será que pertencia apenas ao Politburo?" Abandonou o problema erguendo os ombros. A temperatura era boa, a iluminação, suave. Leito de campanha, lençóis, travesseiros, uma cadeira de balanço. Nada mais, nada. Mesmo o destino de sua mulher atormentava-o menos do que previra. "Somos soldados..." Isso significava: "Nossas mulheres devem esperar ficar viúvas...". No fundo, transposição de outro pensamento, menos confessável: "O soldado que tomba não se compadece de uma mulher". Pequenas fórmulas elementares como essa satisfaziam-lhe o espírito; irremediáveis, tal como ordens. Esperou, fazendo sua ginástica todas as manhãs. Solicitou e obteve uma ducha diária. Andou interminavelmente da porta à janela, de cabeça baixa, cenho franzido. Ouviu-se repetir maldosamente, ao cabo de suas reflexões, uma só palavra que se impunha de fora, apesar dos raciocínios mais bem elaborados: "Fuzilado". Tomou-se de autopiedade — de repente — quase desfaleceu. "Fuzilado." Recompôs-se sem muito esforço, empalidecendo (mas não podia ver-se empalidecer): "Pois bem, ora, somos soldados...". Sua carne máscula, descansada, reclamou a mulher, e ele se lembrou de Vália com angústia. Mas era mesmo de Vália que se lembrava ou de sua própria vida carnal, encerrada? Se o toco do cigarro incandescente esmagado com o pé pudesse sentir e pensar, sentiria aquela angústia. O que fazer para terminar mais depressa?

Passaram-se semanas sem que o deixassem ver uma nesga de céu. Depois se seguiram os interrogatórios numa cela vizinha, de modo que trinta passos ao longo de um corredor subterrâneo não forneciam nenhum indício sobre a prisão. Altos graduados desconhecidos o interrogaram com deferência mesclada a dura insolência.

— Verificou o emprego dos 344 mil rublos destinados à reforma das instalações da administração penitenciária de Rybinsk?

Estupefato, Erchov respondeu:

— Não.

Um sorriso talvez sarcástico, talvez condescendente, enrugou as faces côncavas do alto graduado, cujos óculos lhe davam aparência de peixe marinho... Aquela vez foi só isso... A vez seguinte:

— Quando assinou a nomeação do chefe de campo Iliénkov, conhecia o passado daquele inimigo do povo?

— Que Iliénkov?

O nome decerto lhe fora apresentado numa longa lista...

— Mas que absurdo! Camarada, eu...

— Absurdo? — disse o outro em tom ameaçador. — Não, é muito grave, trata-se de um crime contra a segurança do Estado, cometido por um alto funcionário no exercício de suas funções, passível de pena capital, segundo o artigo... do código penal.

Aquele homem era um velhote ruivo com o rosto coberto de rosácea; e seu olhar escondia-se por trás de lentes cinzentas.

— Então, quer dizer que não sabia, acusado Erchov?

— Não...

— Como queira... Mas sabe muito bem que para nós a confissão das culpas e dos crimes sempre é melhor do que a resistência... Não estou dizendo nenhuma novidade...

Outro interrogatório foi a respeito do envio para a China de um agente secreto que cometera traição. Erchov respondeu prontamente que o escritório de Organização do Comitê Central ordenara aquela nomeação. O investigador magro, de rosto marcado, como que por uma cruz, pelo nariz longo e pela boca escura, replicou:

— Está tentando desastrosamente esquivar-se de suas respon-sabilidades...

Tratou-se também do preço dos casacos de pele de Vália, dos per-fumes adquiridos por ela nos armazéns de contrabando, da execução de um contrarrevolucionário comprovado, ex-oficial do exército do barão Wrangel:

— Decerto vai alegar que não sabia que ele era um de nossos agentes mais dedicados...

— Eu não sabia — disse Erchov, que, na verdade, não se lem-brava de nada.

Aquela instrução, sem sentido, devolveu-lhe uma sombra de confiança: será que de fato só tinham a lhe reprovar pecadilhos? Ao mesmo tempo tinha a sensação de um perigo crescente. "Seja como for, provavelmente serei fuzilado..." Uma frase ouvida em outros tempos no curso superior da Academia de Guerra atormen-tava-lhe a memória: "No raio da explosão, a destruição do homem é instantânea e total...". Somos soldados. Ele definhava, suas mãos começavam a tremer. Escrever ao Chefe? Não, não, não...

Os prisioneiros secretos submergem lentamente num tempo nu. O fato, se os desperta de repente, tem intensidade de sonho. Er-chov viu-se entrar em amplos gabinetes do Comitê Central. Avan-çou, com andar flutuante, ao encontro de meia dúzia de pessoas sentadas em torno de uma mesa coberta por um pano vermelho. Ruídos de rua, estranhamente amenizados, chegavam até lá. Er-chov não reconheceu nenhum rosto. O indivíduo da direita, com perfil de roedor gordo, mal barbeado, podia ser o novo procurador Ratchévski... Seis rostos oficiais, abstratos, impessoais, dois uni-formes... "Como estou debilitado, estou com medo, com um medo terrível... O que lhes dizer? O que tentar? Vou saber de tudo, será esmagador. Impossível que não me fuzilem..." Um rosto volumoso pareceu aproximar-se dele: ligeiramente lunar, ligeiramente re-luzente, completamente desprovido de pelos, minúsculas pupilas pretas, um minúsculo nariz redondo, boquinha ridícula. Dela saiu uma voz de eunuco, que disse quase amavelmente:

— Sente-se, Erchov.

Erchov obedeceu. Uma cadeira permanecia vazia atrás da mesa.

Tribunal? Seis pares de olhos o encaravam com extrema severidade. Abatido, pálido, vestido com sua túnica cujas insígnias tinham sido descosturadas, sentiu-se sujo.

— Erchov, você pertenceu ao partido... Aqui, compreenda, é inútil resistir. Fale... Confesse... Confesse tudo, nós já sabemos tudo... Ponha-se de joelhos diante do partido... Essa é a salvação, Erchov, a salvação possível é só essa... Estamos ouvindo...

O homem de rosto lunar, de voz castrada, reforçou o convite com um gesto da mão. Erchov o considerou por alguns segundos, perturbado, depois se levantou e disse:

— Camaradas...

Precisava declarar sua inocência, percebeu que não conseguia, que se sentia obscuramente culpado, justamente condenado de antemão mas sem saber dizer por quê; e era tão impossível confessar o que quer que fosse quanto se defender. Só soube lançar àqueles seis juízes desconhecidos uma torrente de palavras que lhe pareceram lamentavelmente desordenadas.

— Servi lealmente ao partido e ao Chefe... disposto a morrer... Cometi erros, confesso... os 344 mil rublos da central de Rybinsk, a nomeação de Iliénkov, sim, concordo... Acreditem em mim, camaradas... Vivo apenas pelo partido...

Os seis, já sem o ouvirem, levantaram-se num só movimento instantâneo. Erchov assumiu posição de sentido. O Chefe apareceu, sem olhar para ele, silencioso, sombrio, com expressão dura e triste. O Chefe sentou-se, com a cabeça inclinada sobre uma folha de papel, lendo-a atentamente. Os seis voltaram a se sentar, num só movimento. Houve um instante de completo silêncio, até mesmo sobre a cidade.

— Continue — retomou a voz castrada —, fale-nos de seu papel na conspiração que custou a vida do camarada Tuláiev...

— ... mas é completamente absurdo... — gritou Erchov. — É uma loucura, não, não, eu é que estou ficando louco... Deem-me um copo de água, estou sufocando...

Então o Chefe ergueu seu velho rosto admirável e monstruoso dos inúmeros retratos e disse justamente o que Erchov diria em seu lugar, o que Erchov, desesperado, devia pensar de si mesmo:

— Erchov, você é um soldado... E não uma mulher histérica. Estamos pedindo a verdade... a verdade objetiva. Nada de dramas aqui.

A voz do Chefe era tão semelhante à sua própria voz interior que devolveu a Erchov uma lucidez completa e até mesmo uma espécie de segurança. Mais tarde, lembrou-se de ter argumentado com sangue-frio, retomado todos os elementos essenciais do caso Tuláiev, citado documentos de memória... mesmo sentindo muito bem que nada serviria para nada. Outrora, acusados desaparecidos havia muito tempo argumentavam assim diante dele; por sua vez, ele sabia tudo o que aqueles miseráveis estavam escondendo. Ou seja, sabia por que as palavras eram inúteis. O Chefe cortou-lhe a palavra no meio de uma frase.

— Basta. Estamos perdendo nosso tempo com esse traidor cínico... Então está nos acusando, canalha? Fora daqui!

Ele foi levado. Apenas entreviu o clarão enfurecido dos olhos castanho-avermelhados e o movimento de cutelo de um cortador de papel sobre a mesa. Erchov passou aquela noite andando pela cela, com a boca amarga, a respiração oprimida. Impossível se enforcar, impossível cortar as veias, ridículo jogar-se de cabeça contra a parede, impossível deixar-se morrer de fome, seria alimentado à força, por sonda (ele mesmo assinara instruções para ocorrências daquele tipo). Os orientais dizem que se consegue morrer quando se quer morrer, pois o que mata não é o revólver, é a vontade... Mística. Literatura. Os materialistas sabem muito bem matar, não sabem morrer conforme sua vontade. Pobres imundos somos nós! — Agora Erchov estava entendendo tudo.

Passaram-se quatro, cinco ou seis semanas? Essas medidas da rotação do globo no espaço que relação têm com a fermentação de um cérebro entre as paredes de concreto de uma prisão secreta, no tempo da reconstrução do mundo? Erchov submetia-se sem fraquejar a interrogatórios de vinte horas. Em meio a uma infinidade de perguntas, aparentemente sem ligação umas com as outras, estas voltavam incessantemente: "O que fez para impedir a prisão de seu cúmplice Kiril Rubliov? O que fez para dissimular o passado criminoso do trotskista Kondrátiev, na véspera de sua missão na Espanha? Que mensagens o fez levar aos trotskistas da Espanha?". Erchov explicava que o dossiê pessoal de Kondrátiev lhe fora comunicado pelo Politburo na última hora; que esse dossiê não continha nada de especial; que as informações fornecidas por seus serviços eram boas; que vira Kondrátiev apenas por dez minutos, apenas para lhe recomendar agentes seguros... "Que agentes seguros, exatamente?" Ao voltar desses interrogatórios, ele dormia como um animal exausto, mas falava em sonho, pois os interrogatórios prosseguiam em seus sonhos...

Na 16ª hora (mas para ele também poderia ser a centésima, pois sua inteligência se arrastava no cansaço como um animal exausto no lamaçal) do sétimo ou do décimo interrogatório, aconteceu algo fantástico. A porta se abriu. Ricciotti entrou, simplesmente, com a mão estendida:

— Olá, Maksimka.

— O que foi? O que foi? Estou muito cansado, que diabo, já não sei o que é sono ou vigília. De onde você surgiu, irmão?

— Vinte horas de bom sono, Maksimka, e tudo ficará esclarecido, garanto. Vou dar um jeito nisso.

Ricciotti voltou-se para os dois investigadores sentados atrás da escrivaninha enorme, como se fosse seu chefe:

— Agora, camaradas, deixem-nos... Chá, cigarros, um pouco de vodca, por favor...

Erchov via nele a fisionomia descorada dos velhos prisioneiros, muitos cabelos brancos entre as madeixas descuidadas, lábios roxos desagradavelmente vincados, roupas desleixadas. A centelha espirituosa do olhar de Ricciotti ainda brilhava, mas através de uma névoa. Ricciotti esforçava-se para sorrir.

— Sente-se, temos tempo... Está arrasado, hein?

Ele explicou:

— Estou numa cela provavelmente não muito distante da sua. Só que, para mim, as pequenas formalidades terminaram... Eu durmo, passeio no pátio... recebo um pote de compota a cada refeição, até leio os jornais... (Ele piscou, seus dedos esboçaram um estalo.) São aborrecidos os jornais... Curioso como os panegíricos mudam de aspecto quando os lemos numa prisão subterrânea... estamos afundando como um barco que... (Ele se recompôs.) Estou descansando, entende... Preso uns dez dias depois de você...

Trouxeram o chá, os cigarros, a vodca. Ricciotti escancarou o reposteiro da janela, era dia claro num amplo pátio quadrado. Nos gabinetes em frente as datilógrafas passavam diante das vidraças. Várias jovens que deviam estar em pé num patamar falavam animadas; distinguiam-se até mesmo suas unhas pintadas, de uma delas até as tranças enroladas sobre a orelha.

— Estranho — disse Erchov a meia-voz.

Tomou trago por trago um copo de chá quente, depois uma golada de aguardente. Era como um homem que começasse a sair da bruma.

— Eu estava com frio por dentro... Você entende o que está acontecendo, Ricciotti?

— Tudo, meu velho. Vou explicar tudo. Está claro como uma partida de xadrez para principiantes. Xeque-mate.

Na borda da mesa, seus dedos deram um estalo decisivo.

— Eu me suicidei duas vezes, Maksimka. No momento em que você foi preso, eu tinha um excelente passaporte canadense, com o qual poderia ir embora... Soube o que tinha acontecido com você, eu já esperava, dizia a mim mesmo que dentro de dez dias viriam me buscar, e não me enganei... Comecei a arrumar a mala. Mas o que fazer na Europa, na América, em Istambul? Publicar artigos na imprensa fétida deles? Apertar a mão de um monte de burgueses idiotas, me esconder em hoteizinhos sujos ou em palácios e acabar levando uma bala na saída da privada? Sabe, detesto o Ocidente; este nosso mundo eu detesto e amo mais do que detesto, acredito nele, tenho no sangue todos os nossos venenos... E estou cansado, estou farto... Entreguei meu passaporte ao Serviço de Ligação. Surpreendia-me passar livremente pelas ruas de Moscou, como um verdadeiro ser vivo. Olhava tudo dizendo a mim mesmo que era a última vez. Acenava para mulheres desconhecidas, de repente sentia vontade de beijar crianças, descobria um encanto extraordinário nas calçadas riscadas a giz para as brincadeiras das meninas, parava diante de janelas que me intrigavam, já não conseguia dormir, deitava com putas, me embebedava. "Se por acaso não vierem me buscar", eu pensava, "o que será de mim? Não vou prestar para mais nada". Acordava sobressaltado, do sono ou da bebedeira, para traçar planos absolutamente extravagantes, com os quais me entusiasmava por meia hora. Partir para Viatka, arrumar um emprego sob nome falso como contramestre nos trabalhos de abate de florestas... Tornar-me Kuzmá, lenhador, iletrado, sem partido, não sindicalizado, veja só! E não seria absolutamente impossível, mas no fundo eu não acreditava, não queria isso... Meu segundo suicídio foi na reunião da célula do partido: o orador enviado pelo Comitê Central evidentemente deveria falar de você... Sala cheia, todos uniformizados, rostos verdes, meu velho, verdes de medo, todos mudos, mas ondas de tosse e de fungadas percorriam a sala... Eu também estava com medo, no entanto tinha vontade de berrar: "Covardes, covardes, não têm vergonha de tremer assim por suas próprias peles imundas?". O orador foi prudente, usando de circunlóquios confusos, só deixou surgir seu nome no fim, falando de "faltas profissionais extremamente sérias... que poderiam justificar suspeitas mais graves...". Não ousávamos olhar uns para os outros, eu sentia a testa úmida, calafrios na espinha. Pois, enfim, já não era você que visavam ao falar de você! Já sua mulher... As prisões não tinham terminado. Afinal, 25 homens de sua confiança estavam ali, todos com seus revólveres e sabendo muito bem do que se tratava... Quando o orador se calou, caímos num buraco de silêncio. O próprio enviado do Comitê Central caiu junto conosco. Os que estavam sentados na primeira fila, sob os olhos do pessoal do Politburo, foram os primeiros a se recompor, naturalmente, e os aplausos explodiram, um frenesi de aplausos. "Quantos mortos estão aplaudindo seu próprio suplício?", perguntei a mim mesmo, mas eu agia como os outros, para não me fazer notar, todos nós aplaudíamos assim, uns sob o olhar dos outros... Você está dormindo?...

— Sim... Não, não é nada, já acordei... Continue.

— Os que mais lhe deviam, por conseguinte os mais ameaçados, falaram de você com mais perfídia... Perguntavam-se se o orador reticente do PC não estaria lhes armando uma cilada, era lastimável. Subi à tribuna, como os outros, sem saber muito bem o que dizer, comecei como todo mundo, pelas frases ocas sobre a vigilância do partido. Uma centena de rostos de asfixiados me olhavam de baixo, boquiabertos, pareciam-me viscosos e empedernidos, adormecidos e maldosos, deformados pelo medo. Os da diretoria cochilavam, o que eu pudesse dizer para denunciá-lo não interessava ninguém, cantilena conhecida de antemão que não me salvaria; e cada um só pensava em si... Voltei à calma absoluta, meu amigo, tive uma enorme vontade de gracejar, senti que minha voz retomava o prumo, vi faces gelatinosas se retorcerem debilmente, eu começava a inquietá-los. Estava dizendo tranquilamente coisas inauditas, que congelaram a sala, os da diretoria, o sujeito do Comitê Central (ele fazia anotações rapidamente, como que desejando desaparecer debaixo do chão). Eu dizia que os erros, no nosso trabalho exaustivo, eram inevitáveis, que eu o conhecia havia doze anos, que você era leal, que só vivia para o partido, que aliás todo mundo sabia disso, que temos poucos homens como você e muitos canalhas... Fui cercado por um frio polar. Do fundo da sala, lançou-se uma voz estrangulada: "Vergonha!". Ela despertou as larvas loucas de medo, "vergonha!" — "Vergonha é a de vocês!", eu disse, descendo da tribuna, e acrescentei: "Vocês é que são tolos por achar que estão em situação melhor do que eu!". Atravessei todo o comprimento da sala. Todos temiam que eu me sentasse perto deles, recuavam em seus assentos quando me aproximava, todos aqueles colegas. Fui fumar no bufê, cortejando a garçonete. Estava satisfeito, meu corpo todo tremia... Fui preso na manhã seguinte.

— Sim, sim — disse Erchov, distraído. — O que queria dizer da minha mulher?

— Vália? Ela acabava de escrever à diretoria da célula dizendo que se divorciava... Que desejava lavar-se da desonra involuntária de ter sido, por inconsciência, mulher de um inimigo do povo... *Et cetera*... Você conhece as fórmulas. Vália não estava errada, ela queria viver.

— Não tem importância.

Erchov acrescentou em voz mais baixa:

— Talvez tenha agido certo... O que foi feito dela?

Ricciotti fez um gesto vago:

— Não sei de nada... Deve estar em Kamtchatka, suponho... Ou em Altai...

— E agora?

Viam-se sob a luz incolor, através do cansaço, de um espanto sombrio, uma calma devastada, simplificada.

— Agora — respondeu Ricciotti —, é preciso ceder, Maksimka. Não adianta resistir, você sabe melhor do que ninguém. Só servirá para sofrer como um condenado, além do mais inutilmente, o fim será o mesmo. Ceder, estou dizendo.

— Ceder o quê? Confessar que sou inimigo do povo, assassino de Tuláiev, traidor, o que mais? Repetir essas algaravias de epilético bêbado?

— Confesse, irmão. Isso ou outra coisa, tudo o que eles quiserem. Primeiro, você vai dormir, depois terá uma pequena chance... Uma chance muito pequena, quase nula, na minha opinião, mas ninguém pode fazer mais nada... Maksimka, você é mais forte do que eu, mas tenho maior discernimento político, convenhamos... É assim, garanto. Eles precisam disso, é uma ordem, como se ordena a destruição de uma turbina... Nem os engenheiros nem os trabalhadores discutem ordens e ninguém se preocupa com as vidas que ela vai custar... Eu nunca tinha pensado nisso antes... Os últimos processos não tiveram o rendimento político que se esperava, considera-se necessário dar uma nova demonstração e fazer uma nova limpeza... Entenda que já não se pode deixar nada velho em lugar nenhum... Não cabe a nós decidir se o Politburo está errado ou não...

— Está assustadoramente errado — disse Erchov.

— Quanto a isso, fique calado. Nenhum membro do partido tem o direito de falar assim. Se o mandassem chefiar uma divisão contra os tanques japoneses, você não discutiria, marcharia mesmo sabendo que ninguém voltaria. Tuláiev não passa de um acidente ou de um pretexto. Eu mesmo estou convencido de que não há nada por trás desse caso, de que ele foi morto por acaso, imagine só! No entanto, admita que o partido não pode se reconhecer impotente diante de um tiro de revólver que não se sabe de onde veio, talvez do fundo da alma popular... Há muito tempo o Chefe está num impasse. Talvez esteja perdendo a razão. Talvez esteja enxergando mais longe e melhor do que nós todos. Não o acho genial, acho-o antes limitado, mas não temos outro e ele só tem a si mesmo. Massacramos e permitimos que massacrassem todos os outros, ele é o único que resta, o único real. Ele sabe que, quando alguém atira em Tuláiev, o visado é necessariamente ele, pois não pode ser diferente, só ele pode e deve ser odiado...

— Você acha?

Ricciotti gracejou:

— Só o real é racional, segundo Hegel.

— Não posso — disse Erchov dolorosamente —, está acima das minhas forças...

— Palavras vazias. Não temos mais forças, nem você nem eu. E daí?

A metade dos escritórios do edifício que eles viam pela janela já estava vazia e fechada. À direita, iluminavam-se andares em que se trabalharia durante a noite... A luz verde dos abajures alegrou o crepúsculo. Erchov e Ricciotti gozavam de uma liberdade singular: iam refrescar o rosto no banheiro, trouxeram-lhes um jantar bastante bom, uma profusão de cigarros. Entreviram rostos quase amigáveis... Erchov deitou-se no sofá, Ricciotti andou pelo aposento, sentou-se a cavalo numa cadeira.

— Tudo o que você está pensando eu sei, pensei a mesma coisa e continuo pensando. Primeiro, não há outra solução, meu velho. Segundo, assim nos damos uma chance muito pequena, digamos 0,5%. Terceiro, prefiro morrer pelo país a morrer contra o país... Devo confessar que, no fundo, já não acredito no partido, mas acredito no país... Este mundo nos pertence, nós lhe pertencemos, mesmo que seja absurdo e abominável... Mas nada disso é tão absurdo nem tão abominável quanto parece à primeira vista. É, antes, bárbaro e desastrado. Estamos fazendo cirurgia com machado. Nosso governo se mantém firme em situações catastróficas e sacrifica suas melhores divisões, uma por uma, porque não sabe agir de outra maneira. Chegou nossa vez.

Erchov segurou o rosto entre as mãos.

— Cale-se, estou confuso.

Voltou a levantar a cabeça, com ar desiludido e a boca amargurada.

— Você acredita em um quinto do que está me dizendo? O que lhe estão pagando para me convencer?

A mesma desolação furiosa opôs um ao outro e eles se viram de muito perto, com barba de oito dias, pele descorada, pálpebras enrugadas, traços decompostos por um cansaço ilimitado. Ricciotti respondeu sem veemência:

— Não estão me pagando nada, imbecil. Mas não quero morrer em vão, entende? Essa chance, de 0,5 em cem ou em mil, sim, em mil!, quero tentá-la, entende? Quero tentar viver, custe o que custar, e depois azar! Sou uma besta humana que quer viver, apesar de tudo, fazer sexo com mulheres, trabalhar, lutar na China... Atreva-se a dizer que você é diferente! Quero tentar salvá-lo, entende? Estou sendo lógico. Fizemos isso com outros, estão fazendo conosco, bem feito. As coisas estão acima de nós e temos que ir até o fim, entende? Fomos feitos para servir a este regime, só temos a ele, somos seus filhos, seus filhos ignóbeis, tudo isso não é obra do acaso, será que dá para entender? Estou sendo fiel, entende? E você também, você está sendo fiel, Maksimka. (Sua voz se rompeu, mudou de tom, suavizou-se com uma espécie de ternura.) É só isso, Maksimka. Está enganado ao me injuriar. Reflita. Sente-se de novo.

Tomou-o pelos ombros, conduziu-o até o sofá e o outro deixou--se cair, sem forças.

Era noite, passos ecoaram num corredor afastado, mesclados a um rangido de máquina de escrever. Aqueles ruídos esparsos que se insinuavam no silêncio eram pungentes.

Erchov continuava revoltado:

— Confessar que traí tudo, que participei de um crime contra o qual lutei com todas as forças... Deixe-me em paz, você está delirando!

A voz do camarada lhe chegava de muito longe. Entre eles havia espaços gelados em que planetas escuros giravam lentamente... Entre eles só havia uma mesa de mogno, copos de chá, vazios, uma garrafa de vodca, vazia, 1,5 metro de tapete empoeirado.

— Outros, que valiam mais do que você e eu, fizeram isso antes de nós. Outros farão depois de nós. Ninguém resiste a essa máquina. Ninguém deve, ninguém pode resistir ao partido sem passar para o lado inimigo. Nem você nem eu jamais passaremos para o lado inimigo... E, se você acha que é inocente, está completamente enganado. Inocentes, nós? Está brincando? Esqueceu nosso ofício? O camarada alto-comissário da Segurança seria inocente? O grande inquisidor seria puro como um cordeiro? O único no mundo que não merecia a bala na nuca que ele distribuía mediante carimbo-assinatura à razão de setecentas por mês, em média, em números oficiais, radicalmente falsos? Os números verdadeiros ninguém jamais saberá...

— Ora, cale-se! — gritou Erchov, exaltado. — Que me levem de volta para minha cela. Eu era soldado, executava instruções, chega! Está me infligindo uma tortura inepta...

— Não. A tortura só está começando. A tortura virá, estou tentando poupá-lo. Estou tentando salvá-lo... Salvá-lo, entendeu?

— Prometeram alguma coisa para você?

— Eles nos têm de tal modo nas mãos que não precisam nos prometer o que quer que seja... Sabemos o que valem as promessas... Popov veio falar comigo, sabe, aquele velho galocha gago... Quando chegar a vez dele, vou ficar muito contente, mesmo que eu esteja no outro mundo... Ele me disse: "O partido exige muito, o partido não promete nada para ninguém. O Politburo avalia de acordo com as necessidades políticas. O partido também pode fuzilar sem julgamento...". Decida-se, Maksimka, estou tão cansado quanto você.

— Impossível — disse Erchov.

Com a cabeça entre as mãos e as mãos caídas sobre os joelhos, talvez estivesse chorando, respirava como um asmático. Passou-se um tempo devastador.

— Bom seria eu mesmo me dar um tiro na cabeça — murmurou Erchov.

— Acredito!

O tempo incolor, mortal, e nada no fim. Dormir.

— Uma chance em mil — murmurava Erchov do fundo de uma calma sem recurso —, tudo bem. Tem razão, irmão. É preciso entrar no jogo.

Ricciotti apertava com força um botão de campainha. O chamado autoritário tocou em algum lugar... Um jovem soldado do batalhão especial entreabriu a porta.

— Chá, sanduíches, conhaque. Depressa, hein!

A claridade azulada do dia ofuscava as luzes nas vidraças do serviço secreto, deserto só àquela hora... Antes de se separarem, Erchov e Ricciotti abraçaram-se. Rostos sorridentes os cercavam. Alguém disse a Erchov:

— Sua mulher vai bem. Está em Viatka, tem um emprego na administração comunal...

Em sua cela, Erchov encantou-se ao encontrar jornais sobre a mesa. Havia meses não lia nada, seu cérebro trabalhava no vazio, às vezes era muito difícil. Destroçado, deixou-se desabar na cama, desdobrou um número do *Pravda* deixando aparecer o retrato benevolente do Chefe. Considerou-o por um longo instante, com esforço, como se buscasse compreender alguma coisa, e adormeceu assim, com o rosto coberto por aquela imagem impressa.

—

Telefones transmitiam a notícia importante. Às 6h27 da manhã, Zvéreva, despertada por sua secretária, informou por linha direta o camarada Popov: "Erchov vai confessar...". Zvéreva, deitada em sua cama de casal de madeira dourada da Carélia, depôs o fone no criado-mudo. Obliquamente inclinado para ela, um espelho límpido mostrava-lhe uma imagem de si mesma da qual ela não se cansava nunca. Os cabelos tingidos, lisos e longos emolduravam o rosto até o queixo com um oval escuro quase perfeito. "Tenho boca trágica", pensava, ao ver a dobra amarelada dos lábios, que confessavam vergonha e rancor. De verdadeiramente humano, num rosto cor de cera velha e rugas cuidadosamente massageadas, ela só tinha os olhos — sem cílios nem sobrancelhas —, que eram pretos como fuligem. Sua opacidade, no cotidiano, nada expressava além de dissimulação. A sós com o espelho, expressavam um desvario devorador. Zvéreva desfez-se bruscamente das cobertas. Por ter seios envelhecidos, dormia de sutiã de renda preta. Seu corpo apareceu-lhe no espelho, ainda de linhas puras, longo, flexível, fosco, como de uma chinesa magra, "de uma escrava chinesa tal como aquelas das casas de prostituição de Harbin". As palmas de suas mãos secas seguiram-lhe as curvas dos quadris. Admirou-se: "Tenho um ventre estreito e cruel...". No monte de Vênus, tinha apenas um tufo árido; embaixo, as dobras secretas eram tristes e apertadas como uma boca abandonada... Sua mão deslizou para essas dobras, ao passo que seu corpo corcoveava, seu olhar se turvava, o espelho se ampliava e se enchia de vagas presenças. Zvéreva acariciou-se lentamente. Por baixo dela flutuaram num vazio execrável formas mescladas de homens e mulheres muito jovens possuídas violentamente. Seu rosto em transe, com os olhos semicerrados, a boca entreaberta, exaltou-se por um momento diante de si mesmo. "Ah, como sou bonita, ah..." Ela se deixou tombar, sacudida do calcanhar à nuca por um forte tremor, em sua solidão. "Ah, quando terei..." O telefone tocou. Era o chiado aborrecido do velho Popov:

— Meus pa-pa-pa-parabéns... A instrução deu um grande passo... Agora, camarada Zvéreva, pre-prepare-me o dossiê Rubliov...

— Logo de manhã, camarada Popov.

—

Havia quase dez anos Makêiev vivia da humilhação infligida ou deglutida. Não conhecia outra maneira de governar que não reduzindo toda objeção pela repressão e pela humilhação. No início, quando um camarada, na tribuna, relutava tristemente em reconhecer, sob olhares irônicos, os erros da véspera, em abjurar companheiros, amizades, seu próprio pensamento, Makêiev sentia-se incomodado. "Filho da mãe", pensava, "não seria melhor deixar que lhe quebrassem as costelas?". Foi com um desprezo carregado de escárnio que, depois das discussões de 1927-1928, ele esmagou os grandes veteranos que se renegavam para não serem expulsos do partido. Makêiev achava-se confusamente chamado a compartilhar a sucessão deles. Suas chacotas grosseiras arrastavam as assembleias contra o militante de 1918, que, subitamente despojado de sua auréola, de seu poder, via-se humilhado diante do partido — e na verdade era diante de pessoas medíocres reunidas unicamente pela preocupação de castigar. Makêiev, com o crânio avermelhado, trovejava: "Não, não é suficiente! Menos frases feitas! Fale-nos da agitação criminosa da qual você participou nas fábricas!". Suas interrupções, como chicotadas aplicadas em pleno rosto, contribuíram em muito para lhe abrir o caminho do poder. E ele o percorreu tal como chegara a ele, perseguindo os camaradas vencidos, exigindo que repetissem constantemente, em termos mais grosseiros e mais revoltantes, as mesmas abjurações, pois era a única maneira que restava de lhes retirar o poder sempre pronto, ao que parecia, a cair necessariamente entre as mãos deles, já que eram na verdade isentos dos erros presentes; exigindo que seus subordinados assumissem as responsabilidades pelos erros que cometia, pois ele, Makêiev, valia para o partido mais do que eles; humilhando-se prontamente quando alguém mais importante do que ele o exigia. A prisão mergulhou-o num desespero animal. Dentro da cela, escura e baixa, parecia um boi atordoado pela martelada do magarefe. Sua musculatura forte definhou, seu peito peludo murchou, uma barba parecendo palha desbotada cresceu-lhe até debaixo dos olhos, tornou-se um mujique alto de espinha encurvada, ombros arqueados, olhar triste e medroso... O tempo passava, Makêiev era esquecido, ninguém respondia a seus protestos de devoção. Também não ousava protestar uma inocência mais imprudente do que incerta. A realidade do mundo exterior se apagava, ele já não conseguia representar visualmente sua mulher, mesmo nos momentos em que um frenesi sexual apoderava-se dele para prostrá-lo em seu leito, com a carne congestionada, um pouco de baba na comissura dos lábios... O começo dos interrogatórios lhe fez um bem imenso. De início tudo se esclareceu, era apenas uma carreira interrompida, não valeria mais do que alguns anos

nos campos de concentração do Ártico, onde também é possível demonstrar zelo, espírito de organização, obter recompensas... Lá há mulheres. Pedia-se que ele conviesse em que tinha exagerado na aplicação das diretrizes de maio e, por outro lado, negligenciado ciosamente a aplicação das de setembro; que reconhecesse sua responsabilidade pela redução das semeaduras na região; que reconhecesse que nomeara para a divisão de Agricultura funcionários depois condenados como contrarrevolucionários (ele mesmo os denunciara); que reconhecesse que desviara para uso pessoal, na compra de móveis, fundos destinados à instalação de uma casa de repouso para trabalhadores da terra... Era um ponto discutível, mas ele não discutia, concordava, era tudo verdade, podia ser, devia ser, camarada, se o partido exige, só peço que se atribua tudo a mim... Bom sinal, nenhuma daquelas acusações acarretava a pena capital. Permitiram que lesse velhas revistas.

Certa noite, despertado do mais profundo dos sonos, levado ao interrogatório por caminhos inabituais, elevadores, pátios, subterrâneos muito iluminados, Makêiev viu-se de repente diante de outros perigos. Uma terrível severidade dissipava todos os enigmas.

— Makêiev, reconhece ter sido, na região cuja administração lhe fora confiada pelo Comitê Central, o organizador da fome...

Makêiev fez sinal de assentimento. A formulação, no entanto, era muito preocupante: lembrava processos recentes... No entanto, o que mais poderiam lhe perguntar? Por qual outra coisa poderia ser razoavelmente responsabilizado? Ninguém, em Kurgansk, colocaria em dúvida sua culpa. E a responsabilidade do Politburo seria afastada.

— Chegou a hora de nos fazer uma confissão mais completa. O que você está nos escondendo mostra que se tornou um inimigo irredutível para o partido. Sabemos de tudo. Está tudo provado, Makêiev, irrefutavelmente. Seus cúmplices confessaram. Fale-nos da sua participação na conspiração que custou a vida do camarada Tuláiev...

Makêiev baixou a cabeça — ou, mais exatamente, a cabeça sem forças lhe caiu sobre o peito. Seus ombros se dobraram como se o corpo tivesse perdido toda a consistência enquanto lhe falavam daquele modo. Um buraco negro, um buraco negro diante dele, um porão, uma cova e nada mais a responder. Perdeu a fala, o gesto, olhava estupidamente para o chão.

— Acusado Makêiev, responda!... Está se sentindo mal?

Se o tivessem espancado nada teria acontecido, seu corpanzil não tinha mais consistência do que um saco de trapos. Levaram-no, cuidaram dele, devolveram-lhe um pouco da aparência habitual mandando barbeá-lo. Não parava de falar sozinho. Seu rosto parecia uma caveira, alto, cônico, de maxilares proeminentes, dentes carnívoros. Recuperado do primeiro choque nervoso, numa outra noite retomou o caminho do interrogatório. Andar apático, angustiado, foi perdendo suas últimas forças à medida que se aproximava da sala...

— Makêiev, no caso Tuláiev, temos contra você um depoimento arrasador, o de sua mulher...

— Impossível.

A imagem estranhamente irreal da mulher que fora real para ele, em outra vida, numa das vidas anteriores que se tornaram irreais, trouxe-lhe à fisionomia um raio de firmeza. Seus dentes brilharam maldosamente.

— Impossível. Ou ela está mentindo porque vocês a torturaram.

— Não lhe cabe nos acusar, criminoso Makêiev. Continua negando?

— Nego.

— Ouça então e retrate-se. Ao saber do assassínio do camarada Tuláiev, você exclamou que já esperava por essa notícia, que era bem feito para ele, que fora ele, e não você, o organizador da fome na região... Tenho aqui suas palavras textuais, será preciso que as leia? Isso é verdade?

— É mentira — respondeu Makêiev a meia-voz —, é tudo mentira.

E a lembrança emergiu misteriosamente da escuridão interior. Aliá, com o rosto lastimavelmente inchado de tantas lágrimas... Ela segurava entre os dedos trêmulos a dama de ouros, gritava mas sua voz sibilante e fraca mal se fazia ouvir: "E você, traidor mentiroso, quando é que vão matar você?". O que ela teria pensado, o que lhe teriam sugerido, pobre tola? Ela o denunciara para salvá-lo ou para acabar com ele? Inconsciente...

— É verdade — disse. — Eu deveria explicar que é mais mentira do que verdade, mentira, mentira...

— Seria completamente inútil, Makêiev. Se é que você tem alguma chance de salvação, ela está numa confissão completa e sincera...

A lembrança imediata de sua mulher o reanimara. Voltou a ser o que era, foi sarcástico:

— Como os outros, não é?

— O que está insinuando, Makêiev? O que se atreve a pensar, contrarrevolucionário Makêiev, traidor do partido, assassino do partido?

— Nada.

Ele voltou a se abater.

— Em todo caso, este talvez seja seu último interrogatório. Talvez seu último dia. A decisão poderá sair esta noite, Makêiev, entendeu bem? Levem o acusado de volta.

Em Kurgansk, uma caminhonete ia buscar o homem na prisão. Às vezes lhe comunicavam a sentença; às vezes o deixavam na dúvida, é melhor, pois acontece ser necessário segurar, amarrar, carregar, amordaçar os que já não têm dúvida. Os outros andam como autômatos avariados, mas andam. A alguns quilômetros da estação, no lugar em que os trilhos descrevem uma curva que reluz sob as estrelas, o carro para. O homem é levado a pé para o matagal... Makêiev assistiu à execução de quatro ferroviários que tinham roubado pacotes postais. Os furtos estavam desorganizando o tráfego de mercadorias. Makêiev, no Comitê Regional, exigira a pena capital para aqueles proletários transformados em ladrões. Safados! Irritava-se com eles por ser obrigado a usar de um rigor odioso. Os quatro ainda esperavam ser transferidos. "Não ousarão fuzilar trabalhadores por tão pouco..." — 7 mil rublos de mercadorias... A última esperança se dissipou no matagal, sob uma sinistra lua amarela cujo brilho doentio atravessava folhagens franzinas. Makêiev, na curva do caminho, observou o andar deles: o primeiro andava ereto, de cabeça erguida, com passo resoluto, avançava ao encontro da cova preparada ("estofo de revolucionário..."). O segundo tropeçava nas raízes, saltitava, afundava a cabeça entre os ombros (parecia mergulhado em profundas reflexões) e, mais de perto, Makêiev viu que aquele homem de 50 anos chorava em silêncio. O terceiro parecia um bêbado com sobressaltos de lucidez. Desacelerava, depois corria um pouco (iam em fila indiana, seguidos por vários homens armados de fuzis). O último ia amparado, um menino de 20 anos que reconheceu Makêiev e caiu de joelhos, gritando: "Camarada Makêiev, pai amado, perdoe-nos, poupe-nos, somos trabalhadores...". Makêiev recuou de um salto, seu pé bateu numa raiz, ele se machucou, os soldados, em silêncio, arrastaram o menino. Naquele momento o primeiro dos quatro virou a cabeça para dizer com voz calma, absolutamente nítida em meio ao silêncio lunar: "Cale-se, Sacha, já não são homens, são hienas... Devíamos cuspir na cara deles...". Quatro tiros pouco espaçados alcançaram Makêiev no carro. A lua se encobrira, o motorista quase jogou o automóvel num buraco. Makêiev deitou-se logo depois, abraçou forte sua mulher adormecida e ficou muito tempo assim, com os olhos abertos para as trevas. O calor de Aliá e sua respiração regular o tranquilizaram. Como para ele era fácil não pensar, sabia se refugiar. No dia seguinte, ao ver nos jornais a breve menção à execução, ficou quase satisfeito por se sentir "um bolchevique de ferro"...

Makêiev não vive lembranças, são antes as lembranças que vivem nele, uma vida insidiosa e incômoda. Aquela surge então numa tela luminosa da consciência enquanto levam o acusado para a cela, para... E aquela lembrança encadeia-se abominavelmente com outra. Na época, Makêiev sentia-se de uma raça diferente da raça dos homens que seguiam tais caminhos noturnos, sob a lua amarela, rumo às covas abertas pelos soldados punidos do batalhão especial. Nenhum acontecimento concebível poderia tirá-lo do apogeu do poder para lançá-lo entre aqueles deserdados. Mesmo caindo em desgraça, iria apenas para o fichário do Comitê Central. Precisaria ser expulso do partido, coisa impossível. Era fiel até a alma! E flexível, bem sabendo que o Comitê Central sempre tem razão, que o Politburo sempre tem razão, que o Chefe sempre tem razão, pois razão é força; que o erro do poder se impõe, torna-se verdade; basta pagar as custas para que uma solução errada se torne certa... Na estreita cabine do elevador, Makêiev ficou espremido contra a parede pelo tronco volumoso de um suboficial de cerca de 40 anos que se parecia com ele, ou seja, que se parecia com o Makêiev anterior pela forma da cabeça e do queixo, pelas narinas dilatadas, pelo olhar obstinado, pela compleição (mas naquele momento nem um nem outro poderiam se dar conta da semelhança). O guarda observava seu prisioneiro com olhar anônimo. Homem tenaz, homem revólver, homem instrução, homem poder — e Makêiev estava em poder daqueles homens, doravante pertencia a outra raça... Entreviu-se caminhando no matagal, ao clarão da lua amarela recortado pelos galhos, e fuzis abaixados o seguiam... Aquele homem esperava Makêiev na curva do caminho, com roupa de couro, mãos nos bolsos; e, quando Makêiev deixasse de existir, o homem voltaria para casa, calmamente, para deitar numa cama de casal quente, ao lado de uma mulher adormecida, de seios ardentes... Aquele homem ou outro, mas com o mesmo olhar anônimo, viria buscar Makêiev, talvez já na noite seguinte...

Mais uma imagem sombria ergueu-se do esquecimento. No clube do partido estava sendo projetado um novo filme dedicado à glória da aviação soviética, *Aerograd*. Na floresta siberiana, no Extremo Oriente, camponeses barbudos, que eram antigos guerrilheiros, enfrentavam agentes japoneses... Havia dois velhos caçadores de peles que pareciam irmãos, e um ficou sabendo que o outro era traidor; frente a frente, debaixo das grandes árvores austeras, na taiga murmurante, o patriota desarmava o traidor: "Vá na frente!". O outro ia andando, vergado, sentindo-se condenado. Na tela apareciam alternadamente os dois rostos quase idênticos, o de um velho barbudo, tomado de pavor, e o do camarada, parecido com ele, que o julgava e gritava: "Prepare-se! Em nome do povo soviético...", erguendo a carabina... Em torno deles, a floresta maternal, sem saída. Close: o rosto enorme do condenado dava um longo grito de morte... E desapareceu no estrondo benfazejo de um tiro. Makêiev deu sinal para os aplausos... O elevador parou, Makêiev teve vontade de dar um grito de morte. No entanto, andou ereto. Na cela, pediu que trouxessem uma folha de papel. Escreveu:

"Cesso toda resistência diante do partido. Estou pronto para assinar uma confissão completa e sincera..."

Assinou: *Makêiev*. A maiúscula ainda era forte, as outras letras pareciam espremidas.

—

Kiril Rubliov recusou-se a responder aos interrogatórios. ("Se precisarem de mim, cederão. Se pretendem apenas desvencilhar-se de mim, abrevio as formalidades...") Um alto funcionário veio perguntar por suas exigências.

— Não quero ser tratado numa prisão socialista pior do que nos campos de trabalhos forçados do antigo regime... Afinal, cidadão, sou um dos fundadores do Estado soviético. (Dizendo isso, pensava: "Estou ironizando sem querer... Humor integral...".) Quero livros e papel...

Recebeu obras da biblioteca da prisão e cadernos com páginas numeradas...

— Agora, deixem-me tranquilo durante três semanas...

Aquele tempo era necessário para pôr seu pensamento às claras. Sentimo-nos singularmente livres quando tudo está perdido, finalmente somos capazes de pensar de maneira rigorosamente objetiva — na medida em que superamos o medo, que é, no ser, uma força primordial comparável ao instinto sexual... Quase insuperáveis, esse instinto e essa força; questão de disciplina interior. Nada mais a perder. Alguns movimentos de ginástica pela manhã: nu, desengonçado, perfil delgado, deleitava-se em repetir o movimento flexível do ceifador de trigo: o tronco e os dois braços lançados para a frente com um vigor oblíquo. Em seguida, caminhava um pouco, refletindo; punha-se a escrever. Interrompia-se para meditar sobre outro tema, o da morte, apenas do ponto de vista racional, o das ciências naturais: um campo de papoulas. Pensar em Dora o atormentava com frequência, mais do que deveria. "Estávamos preparados havia tanto tempo, Dora..." Durante toda a sua vida, toda a vida deles, a verdadeira vida deles, dezessete anos, desde os duros entusiasmos da revolução, Dora fora forte, sob uma doçura desarmada, escrupulosa e cheia de dúvidas. Assim como certas plantas frágeis que, sob o desenho delicado de suas folhas, carregam uma vitalidade tão resistente que sobrevivem às tempestades e, ao vê-las, adivinha-se a existência de uma força autêntica, admirável, completamente diferente da mistura de ardor imediato e brutalidade que se costuma chamar de força. Kiril falava com Dora como se ela estivesse presente. Conheciam-se tão bem, eram ligados por tantos pensamentos comuns que, quando ele escrevia, às vezes ela se antecipava à frase ou à página seguinte. "Pensei que você continuaria assim, Kiril", dizia Dora em outros tempos, pálida e bonita, com a testa deixada à mostra pelos cabelos assentados dos dois lados da cabeça, perto das têmporas. "Ora, é verdade!", maravilhava-se Kiril, "como você me adivinha, minha pequena Dora!". A alegria daquele entendimento levava-os a se beijarem sobre os manuscritos. Era a época do frio, do tifo, da fome, do terror, das frentes de guerra, sempre rompidas, nunca completamente derrotadas, o tempo de Lênin e Trótski, o bom tempo. "Ah, Dora, se tivéssemos tido a sorte de morrer juntos, não é?" Essas palavras eram trocadas entre eles quinze anos depois, quando se debatiam no pesadelo como asfixiados dentro de uma mina. "Até perdemos essa oportunidade, lembra, você estava com febre tifoide, e um dia as balas descreveram na parede um verdadeiro semicírculo ao meu redor..." — "Eu delirava", disse Dora, "eu delirava, eu via tudo, compreendia tudo, tinha a chave das coisas, era eu que, com um movimento da mão, afastava as balas da volta da sua cabeça e, com a ponta dos dedos, tocava seus cabelos... Era uma visão tão real que quase acreditei nela, Kiril. Em seguida tive uma crise de dúvida, para que eu servia se não conseguia afastar as balas da sua volta, será que tinha direito de amar você mais do que a revolução, sentia que o amava mais do que tudo no mundo, que se você desaparecesse eu não conseguiria viver, nem mesmo para a revolução... E você se zangava quando eu dizia isso, você me falava em meu delírio, foi então que o conheci bem pela primeira vez...". Kiril pôs as duas mãos nos quadris de Dora e a olhou dentro dos olhos; já não sorriam a não ser com os olhos e estavam muito pálidos, muito envelhecidos, muito angustiados: "Mudei muito desde então?", ele perguntou com voz estranhamente jovem. "Você continua espantosamente o mesmo!", respondeu Dora, acariciando-lhe os cabelos. "Espantosamente... mas eu sempre me dizia que você precisava viver porque haveria algo a menos no mundo se você deixasse de existir, e que eu precisava viver com você, e começo a achar que talvez tenhamos perdido a oportunidade de morrer, de fato... Talvez haja épocas inteiras em que, para os homens de determinada natureza, já não valha a pena viver..." Kiril respondia lentamente: "Você diz épocas inteiras. Tem razão, mas como não conseguimos prever, no atual estado de nossos conhecimentos, a duração e a sucessão das épocas, e como é preciso tratar de estar presente no momento em que a história precisa de nós...". Poderia ter falado assim em seu curso "O cartismo e o desenvolvimento do capitalismo na Inglaterra"... Agora, ele estava no canto direito da cela, encostado na parede, de lado, erguendo para a janela seu perfil de Ivan, o Terrível, para vislumbrar um losango de céu de 10 centímetros quadrados, e murmurava: "Pois é, Dora, pois é, eis que chegou o fim...".

Seu manuscrito progredia. Com letra ágil, um pouco trêmula no início das primeiras linhas de cada dia, firme a partir da vigésima, sem palavras supérfluas, com uma concisão de economista, ele retomava a história dos últimos quinze anos, citava números das estatísticas secretas (as verdadeiras), analisava os atos do poder. Era de uma objetividade aterradora, que não poupava ninguém. As batalhas confusas pela democratização do partido, os primeiros debates da Academia Comunista sobre a industrialização, os números verdadeiros do déficit das mercadorias, do valor do rublo, dos salários, a tensão crescente das relações entre as massas rurais, a indústria fraca e o Estado, a crise da nova política econômica, os efeitos da crise mundial sobre a economia soviética encerrada em suas fronteiras, a crise do ouro, as soluções impostas por um poder ao mesmo tempo precavido (quanto aos perigos que o ameaçavam diretamente) e cegado por seu instinto de conservação, a degenerescência do partido, o fim de sua vida intelectual, o surgimento do sistema autoritário, o início da coletivização, concebida como um expediente para evitar a falência do grupo dirigente, a fome se alastrando pelo país como uma lepra... Rubliov conhecia as atas das reuniões do Politburo, citava suas passagens mais escusas, provavelmente agora destruídas, mostrava o secretário-geral usurpando dia após dia todos os poderes, seguia a intriga nos corredores do Comitê Central, da qual se destacava a silhueta do chefe, ainda hesitante entre a demissão, a prisão, a cena violenta ao fim da qual se viam dois membros do Politburo igualmente abatidos, no meio de cadeiras derrubadas, e um dizia: "Vou me matar para que meu cadáver denuncie você! Um dia os mujiques o estriparão, a mim não importa, mas o país, a revolução...". E o outro, expressão fechada como um túmulo, murmurava: "Acalme-se, Nikolai Ivánovitch, se aceitarem minha renúncia, eu a apresento...". Não a aceitaram, já não havia sucessores.

Longas páginas escritas, livremente — livremente! —, como ele já não escrevia havia dez anos. Kiril Rubliov pôs-se a andar pela cela, fumando: "Então, Dora, o que me diz?". Dora, na invisibilidade, virava as folhas escritas. "Bom", dizia ela. "Firme e claro. É você. Continue, Kiril." Ele retomava, então, a outra meditação necessária. A do campo de papoulas.

Um campo de flores vermelhas, de manhã, numa encosta suave, ondulada, como a carne. A flor é ardente e tão frágil que um leve contato faz suas pétalas caírem. Quantas flores? Impossível contar. A cada instante alguma se desfolha, outra acaba de desabrochar. Se fossem abatidas as mais altas, mais crescidas por terem semente mais vigorosa ou por terem encontrado no solo alguns sais desigualmente distribuídos, nem o aspecto, nem a natureza, nem o futuro do campo se alterariam. Darei um nome, dedicarei um amor a uma flor entre todas? Parece que cada uma existe por si mesma, de certo modo única e só, diferente de todas as outras, e que, uma vez destruída, essa flor jamais renasce... Parece, mas será verdade? De segundo em segundo a flor muda, deixa de se parecer consigo mesma, algo nela morre e renasce. A flor deste instante já não é a do instante passado. Na verdade será a diferença entre ela mesma ao longo do tempo menor do que a diferença, no instante presente, entre ela e várias outras muito parecidas com ela, que talvez sejam as que ela era no momento passado, a que ela será no próximo momento?

Uma investigação rigorosa abolia assim, no devaneio, os limites dos momentos do tempo, do indivíduo e da espécie, do concreto e do concebido, da vida e da morte. A morte se reabsorvia completamente no maravilhoso campo de papoulas, nascido talvez numa vala comum, alimentado talvez de carne humana decomposta... Outro problema, e mais amplo. Pensando nisso, não veríamos também ser abolidos os limites das espécies? "Mas já não seria científico", respondia Rubliov a si mesmo, considerando que, fora das sínteses puramente experimentais, a filosofia não existe ou é apenas "a máscara histórica de um idealismo de origem teológica".

Como ele era bom, lírico e estava um pouco cansado de viver, as papoulas o ajudavam a se familiarizar com uma morte próxima — a de tantos camaradas que já não era estranha nem demasiado aterradora. Ele sabia, além disso, que raramente se fuzilava no decorrer de uma instrução, de modo que a ameaça — ou a espera — não era imediata. Quando fosse preciso adormecer com a ideia de só acordar para ser fuzilado, os nervos passariam por outra provação... (Mas parece que também fuzilam de dia?)

—

Zvéreva mandou trazê-lo. Quis dar ao interrogatório o tom de uma conversa familiar.

— Está escrevendo, camarada Rubliov?

— Estou.

— Uma mensagem para o Comitê Central, não é?

— Não exatamente. Não sei bem se ainda temos um Comitê Central no sentido em que o entendíamos no antigo partido.

Zvéreva ficou surpresa. Tudo o que se sabia de Kiril Rubliov levava a crer que ele fosse "alinhado", submisso — não sem reservas interiores —, disciplinado; e as reservas interiores fortalecem as aceitações práticas. A instrução corria o risco de fracassar.

— Não estou entendendo bem, camarada Rubliov. Penso que sabe o que o partido espera de você.

A prisão o marcava menos do que aos outros, uma vez que antes ele já usava barba. Não parecia deprimido, embora cansado: tinha olheiras. Sua fisionomia era de santo vigoroso, de nariz grande e ossudo, tal como o de certos ícones da escola de Novgorod. Zvéreva tentava decifrá-lo. Ele falava calmamente:

— O partido... Sei mais ou menos o que se espera de mim... Mas que partido? O que se chama de partido mudou tanto... Certamente não consegue me entender...

— E por que, camarada Rubliov, acha que não consigo entendê-lo? Pelo contrário, eu...

— Não diga mais nada — interrompeu Rubliov —, você tem nos lábios uma frase oficial que não significa mais nada... Quero dizer que pertencemos, você e eu, a espécies humanas diferentes. Digo isso sem nenhuma animosidade, pode ter certeza.

O que poderia haver de ofensivo em suas palavras era atenuado pelo tom objetivo e pelo olhar polido.

— Posso lhe perguntar, camarada Rubliov, o que está escrevendo, para quem e com que finalidade?

Rubliov balançava a cabeça, sorrindo, como se uma aluna lhe tivesse feito uma pergunta intencionalmente embaraçosa.

— Camarada juíza de instrução, penso em escrever um estudo sobre o movimento dos destruidores de máquinas na Inglaterra, no início do século XIX... Não proteste, estou pensando nisso seriamente.

Ele esperou o efeito de seu gracejo. Zvéreva também o observava, amável, com seus pequenos olhos sagazes.

— Escrevo para o futuro. Um dia os arquivos se abrirão. Talvez neles encontrem meu memorial. O trabalho dos historiadores que estudarão nossa época será assim facilitado. Considero-o muito mais importante do que aquilo que provavelmente a encarregaram de me perguntar... Agora, cidadã, permita uma pergunta de minha parte: do que, exatamente, sou acusado?

— Logo saberá. Está satisfeito com o regime? A alimentação?

— Passável. Às vezes açúcar insuficiente na compota. Mas muitos proletários soviéticos, que não são acusados de nada, são menos bem nutridos do que você e eu, cidadã.

Zvéreva disse secamente:

— O interrogatório terminou.

Rubliov voltou à cela de excelente humor. "Consegui me esquivar daquela gata horrível, Dora. Só faltava ter que me explicar para aquela gente... Eles que me enviem alguém melhor ou me fuzilem sem explicações..." O campo de papoulas deixava-se entrever em encostas distantes, através de um véu de chuva. "Minha pobre Dora... estou pondo abaixo toda a trama deles, não é?" Dora ficaria contente. Diria: "Tenho certeza de que não sobreviverei a você por muito tempo, Kiril. Vá na frente".

Rubliov nem sempre se voltava quando a porta se abria. Aquela vez, quando a porta voltou a se fechar distintamente, teve a impressão de uma presença às suas costas. Continuou a escrever para não se fazer joguete de seus nervos.

— Bom dia, Rubliov — disse uma voz arrastada.

Era Popov. Quepe cinza, velho sobretudo, pasta disforme debaixo do braço, como sempre (eles já não se viam havia anos).

— Olá, Popov, sente-se.

Rubliov lhe cedeu a cadeira, fechou o caderno que estava sobre a mesa e deitou na cama. Popov examinava a cela. Nua, amarela, abafada, envolta em silêncio. Era-lhe visivelmente desagradável.

— Então — disse Rubliov —, preso você também! Seja bem-vindo, velho irmão, você bem mereceu.

Ele ria baixinho, com gosto. Popov jogou o quepe sobre a mesa, livrou-se do sobretudo, deu uma cuspidela no seu lenço cinzento.

— Dor de dente. Que diabo... Mas está enganado, Rubliov, ainda não estou preso...

Rubliov lançou as duas pernas compridas para o ar, numa cambalhota de júbilo. E falou a si mesmo em meio a um frouxo de riso:

— Ele disse *ainda não*, esse Popov! *Ainda não*! Freud daria 3 rublos por esse *lapsus linguae*, sem discutir... Sério, Popov, você se ouviu dizer *ainda não*? Ainda não!

— Eu disse *ainda não* — gaguejou Popov —, ainda não, e daí? O que é que tem? Por que você tem que... se apegar assim às palavras? O que é que eu *ainda não* estou?

— ... *preso, preso, preso, ainda não está preso!* — gritou Rubliov com imenso escárnio nos olhos, no matagal ruivo de suas sobrancelhas, na barba eriçada.

Popov olhava estupidamente à sua frente: a parede, a janela de vidros opacos por trás dos quais se perfilavam as grades. Aquela acolhida insensata o desarmava. Deixou o silêncio cair entre eles a ponto de causar mal-estar. Rubliov cruzou os braços sob a nuca.

— Rubliov, vim decidir com você sobre sua sorte. Esperamos muito de você... Sabemos quanto é dotado de espírito crítico, mas... fiel ao partido... Os velhos como eu o conhecem... Trago-lhe uns documentos... Leia... Confiamos em você... Só que, por favor, vamos trocar de lugar, prefiro me deitar... Minha saúde, você sabe, reumatismo, miocardite, polineurite *et cetera*... Tem sorte de ter essa saúde, Rubliov...

Uma água derramada se espalha, mas os próprios obstáculos que ela encontra lhe conferem contorno definido. Assim, Popov recuperou a vantagem. Trocaram de lugar, Popov deitou-se na cama e, de fato, sua fisionomia era de velho doente, com os dentes cinzentos, a pele flácida, as raras mechas de cabelo, de um branco lastimável, ridiculamente eriçadas.

— Quer me passar a pasta, Rubliov... permite que eu fume?

Da pasta, ele tirou alguns papéis.

— Tome, leia... Sem pressa... temos tempo... É sério, tudo é muito sério.

Suas frases curtas terminavam em tossidelas. Rubliov começou a ler. *Resumo dos relatórios dos adidos militares em... Relatório sobre a construção das estradas estratégicas na Polônia... Reservas de combustíveis... Conversações de Londres...* Longo tempo se passou.

— Guerra? — disse Rubliov finalmente, muito sério.

— Guerra, muito provavelmente, no próximo ano... mmmm... Viu os números de controle dos transportes?

— Sim.

— Ainda temos uma pequena possibilidade de desviar a guerra para o Ocidente...

— Não por muito tempo.

— Não por muito tempo...

Falaram do perigo como se estivessem um na casa do outro, em visita. Prazos de mobilização? Tropas de cobertura? Haveria necessidade, no Extremo Leste, de uma segunda refinaria de petróleo; e seria preciso desenvolver urgentemente a rede rodoviária de Komsomolsk. A nova ferrovia de Iacútia está mesmo terminada? Como passou pela prova do inverno?

— Contamos com uma probabilidade de perdas muito grandes de efetivo... — disse Popov com voz mais clara. "Todos aqueles jovens" — pensou Rubliov, que gostava de assistir aos desfiles de atletas e que, nas ruas, observava os rapazes robustos das terras russas, os siberianos de nariz largo, olhos puxados afundados sob as testas rígidas, os asiáticos de rosto largo e alguns mongóis de traços admiravelmente finos, produtos das belas raças civilizadas bem anteriores à civilização branca. As moças os acompanhavam na vida, ombro a ombro (essas imagens talvez se formassem nele por reminiscências de filmes), e todos atravessavam as cidades em ruínas, sob os aviões, e nossas novas construções quadradas de cimento armado, obra de tantos proletários famintos, transformavam-se em carcaças incendiadas, e todos aqueles rapazes, todas aquelas moças, aos milhões, manchados de sangue, enchiam covas hediondas, trens-lazaretos, pequenas ambulâncias cheirando a gangrena e clorofórmio —, "certamente nos faltarão anestésicos... Eles continuavam lentamente, nos hospitais, a se transformar em cadáveres...".

— Não se deve pensar por imagens — disse —, torna-se insuportável...

— Insuportável, de fato — respondeu Popov.

Rubliov quase exclamou:

— Ah, você ainda está aqui? O que está querendo aqui?

Mas Popov atacou primeiro.

— Contamos com uma perda de efetivos que pode chegar a vários milhões de homens no primeiro ano... Por isso... mmmm... o Politburo adotou essa medida... hm... mmmm... impopular... a proibição do aborto... Milhões de mulheres se submetem... Já contamos apenas em milhões... Doravante precisamos de milhões de crianças, independentemente da miséria, para substituir os milhões de jovens que vão morrer... mmmm... e você, enquanto isso, fica aqui escrevendo... o diabo que carregue... que carregue o que você está escrevendo, Rubliov... mmmm... e toda essa mesquinharia da sua luta contra o partido... O joelho e o maxilar ao mesmo tempo...

— Que maxilar?

— Superior... Dói aqui, dói ali... Rubliov, o partido lhe solicita... o partido lhe ordena... eu não sou o partido.

— Solicita o quê? Ordena o quê?

— Você sabe tão bem quanto eu... Não cabe a mim entrar em detalhes... Você vai se entender com os juízes de instrução... eles conhecem o roteiro... pagos para isso... mmm... alguns até acreditam, os jovens, os imbecis... mmm... os jovens imbecis, os mais úteis... Lamento os acusados que caem nas patas deles... mmmm... Você continua resistindo? Vão metê-lo numa sala cheia de gente, todos os diplomatas, os espiões oficiais, os correspondentes estrangeiros, aqueles que nós pagamos, que recebem de dois ou três lados, uma escória, todos ávidos por isso, você será colocado diante de um microfone e dirá, por exemplo, que é o responsável moral pelo assassínio do camarada Tuláiev... Isso ou outra coisa... mmm... sei lá. Você vai dizer porque o procurador Ratchévski vai ajudá-lo a dizer palavra por palavra, e não só uma vez, mas dez vezes... mmm... Ratchévski é paciente como uma mula... uma mula ignóbil... Você vai dizer o que eles o fizerem dizer porque você conhece a situação... mmmm... porque não tem escolha: obedecer ou trair... Ou vamos intimá-lo, diante daquele mesmo microfone, a desonrar o Supremo Tribunal, o partido, o Chefe, a URSS — tudo ao mesmo tempo, para proclamar... que diabo... esse joelho... para proclamar o que você chama de sua inocência... e nessa hora sua inocência vai ser muito bonita...

Rubliov ia e vinha em silêncio na cela já escura. Aquela voz, que ora emergia da gagueira, ora mergulhava nela, fazia chover sobre ele palavras enlameadas; não ouvia todas elas, mas tinha a sensação de estar pisando em cuspe; continuavam a chover cuspidelas cinzentas, e não havia o que responder, ou o que havia para responder não adiantaria nada... "E foi às vésperas da guerra, nesse perigo, que vocês destruíram os quadros do país, decapitaram o exército, o partido, a indústria, vocês, mil vezes imbecis e criminosos..." Se ele gritasse essas palavras, Popov responderia: "Meu joelho... mmm... talvez você tenha razão, mas de que lhe adianta ter razão? O poder somos nós, e nós não podemos fazer nada. Neste momento estão pedindo sua cabeça e isso que está me dizendo você não vai dizer diante da burguesia internacional, não é? Nem mesmo para vingar sua pobre cabecinha que logo será quebrada como uma noz... mmmm...". Pessoa odiosa, mas como sair daquele círculo infernal, como?

Popov, com as mãos juntas sobre o peito, vestido com uma jaqueta velha e uma calça disforme, monologava fazendo breves pausas. Rubliov deteve-se diante dele como se o estivesse vendo pela primeira vez. E falou-lhe com familiaridade, primeiro com tristeza:

— Popov, meu velho, você está parecendo Lênin... É impressionante... Não se mexa, deixe suas mãos como estão... Não o Ilitch vivo, de jeito nenhum... Está parecendo a múmia dele... como uma boneca de pano parece uma criatura... (Ele o examinava com uma atenção pensativa, mas tensa.) Você se parece com ele em versão cinza, de pedra embolorada, do gênero craca... os calombos da testa, a barbicha miserável, pobre, pobre velho...

Havia uma sincera piedade em sua voz. Popov olhava-o com atenção arguta. Rubliov via seu olhar turvado, mas preciso, perigoso.

— ... pobre, pobre safado, trapo velho... Cínico e fétido... Ah!

Com expressão de repugnância desesperada, Rubliov virou as costas, foi para a porta. A cela pareceu pequena demais para ele. Pensou alto:

— E é essa larva de cemitério que me traz a mensagem da guerra...

Atrás dele, Popov voltou ao seu balbucio gaguejado, talvez maldosamente:

— Ilitch dizia que um pano de chão sempre tem utilidade na limpeza doméstica... mmmm... um pano de chão um pouco sujo, naturalmente, pois faz parte da natureza dos panos de chão serem um pouco sujos... Admito... Não sou individualista... mmmm... Está escrito na Bíblia que mais vale um cão vivo do que um leão morto...

Pondo-se de pé, Popov arrumou os papéis em sua pasta e, com dificuldade, vestiu o sobretudo. Com as mãos no bolso, Rubliov absteve-se de ajudá-lo. Murmurava para si mesmo:

— Cão vivo ou rato pestilento quase morto?

Popov teve que passar diante dele para pedir que lhe abrissem a porta. Não se despediram. Antes de sair, Popov, com gesto ágil, enfiou o quepe na cabeça, de esguelha, com a viseira para cima. Aos 17 anos, no limiar das primeiras prisões, nos primórdios dos entusiasmos revolucionários, ele gostava de se dar aquele ar de um pouco desordeiro. Emoldurado pela porta metálica, roçando com o peito a lingueta dupla da fechadura, ele se voltou, com olhar direto, um olhar brilhante, ainda vigoroso:

— Até logo, Rubliov. Não preciso da sua resposta... sei o que precisava saber... mmmm. No fundo, nós nos entendemos perfeitamente. (Baixou a voz por causa dos uniformes que estavam atrás da porta.) É difícil, claro... mmmm... para mim também... mas... mmm... o partido confia em você...

— Vá para os infernos!

Popov voltou dois passos para dentro da cela e, sem gaguejar, como se a bruma sórdida de sua vida se dissipasse, perguntou:

— O que devo responder de sua parte ao Comitê Central?

E Rubliov, também recomposto, disse com firmeza:

— Que por toda a vida só vivi pelo partido. Por mais doente e degradado que esteja, é nosso partido. Que não tenho pensamento nem consciência fora do partido. Que sou fiel ao partido, seja ele o que for, faça ele o que fizer. Que, se eu tiver que morrer esmagado pelo meu partido, eu aceito... Mas que aviso aos canalhas que estão nos matando que eles estão matando o partido...

— Até logo, camarada Rubliov.

A porta se fechou, o ferrolho bem lubrificado entrou suavemente na fechadura. A escuridão era quase completa. Rubliov bateu com força naquela porta de sepulcro. Passos abafados precipitaram-se pelo corredor, o postigo se abriu.

— O que houve, cidadão?

Rubliov teve a impressão de que vociferava, mas na verdade sua voz não passava de um sopro irritado:

— Traga-me luz!

— Psss... Tssss... Aqui está, cidadão.

A lâmpada elétrica se acendeu. Rubliov sacudiu o travesseiro no qual a cabeça do visitante deixara uma concavidade. "Ele é infame, Dora, é imundo. Seria um prazer empurrá-lo para um precipício, um poço, uma cova escura, contanto que fosse engolido para sempre, contanto que o quepe e a pasta de documentos secretos não voltassem à tona de água nenhuma... depois eu iria embora com

a alma aliviada, o ar da noite pareceria mais puro... Dora, Dora..."
Mas Rubliov sentia que eram as mãos frouxas de Popov que o em-
purravam obliquamente para a cova escura... "Dialética da relação
das forças sociais nas épocas de reação..."

Capítulo 7
A margem do nada

O deportado Ryjik suscitava problemas insolúveis para vários gabinetes. O que pensar de um maquinista que sai ileso de trinta colisões de locomotivas? De seus companheiros de luta, nenhum sobrevivera. A prisão o protegia providencialmente durante mais de dez anos, desde 1928. Acasos como os que fazem sobreviver um soldado de um batalhão arrasado o livravam dos grandes processos, das instruções secretas e até da "conspiração das prisões"! Naquele momento, Ryjik vivia absolutamente sozinho sob forte vigilância, num colcoz do médio Ienissei; no momento em que se desenrolava a investigação que descobriria ser ele uma testemunha política das mais perigosas, das que são imediatamente incriminadas em razão de sua solidariedade moral com os culpados, uma ordem de sigilo absoluto o cobria num isolamento do mar Branco! Seu dossiê, no entanto, não deixava nenhuma desculpa aos dirigentes dos expurgos, mas a própria enormidade de sua situação o preservava na medida em que a prudência aconselhava a não lhe dar muita atenção para não envolver responsabilidades excessivas. Acabaram por habituar-se àquele caso estranho; entre alguns chefes de departamento de Repressão nascia a obscura convicção de que uma alta proteção oculta estendia-se sobre aquele velho trotskista. Conheciam-se vagamente precedentes daquele tipo.

O procurador Ratchévski, o alto-comissário interino da Segurança, Gordêiev e o delegado do Comitê Central no controle da instrução dos casos mais graves, Popov, comunicaram aos gabinetes a ordem de anexar ao dossiê do caso Erchov-Makêiev-Rubliov (assassínio do camarada Tuláiev) o de um trotskista influente, o que significava autêntico, qualquer que fosse sua atitude. Ratchévski, em oposição a Fleischman, considerava que, para tornar o processo mais convincente aos olhos do estrangeiro, aquela vez poderiam admitir que um acusado negasse toda a culpa. O procurador achava-se capaz de desmenti-lo por meio de testemunhos fáceis de elaborar. Popov acrescentava com indiferença que o veredito poderia levar em conta a dúvida suscitada pelas negações, o que surtiria bom efeito, se o Politburo o considerasse útil. Zvéreva ofereceu-se para reunir os testemunhos secundários que anulariam as negações do réu ainda desconhecido. "Dispomos de um material tão abundante", dizia ela, "e essa conspiração tem tantas ramificações que não há resistência possível. Não há inocências individuais. A culpa dessa ralé contrarrevolucionária é coletiva...". Das buscas nos arquivos surgiram várias fichas das quais apenas uma convinha perfeitamente aos fins visados: a de Ryjik. Popov estudou esse dossiê com a prudência de um perito diante de um aparato explosivo de fabricação desconhecida. Os sucessivos acidentes que explicavam a sobrevivência daquele velho opositor apareceram-lhe em seu encadeamento rigoroso. Ryjik: antigo trabalhador da empresa de encanamentos Hendrikson na ilha de Vassíliev, em São Petersburgo, membro do partido desde 1906, deportado para as margens do Lena em 1914, voltou da Sibéria em abril de 1917, teve vários encontros com Lênin logo após a conferência de abril de 1917; membro do Comitê de Petrogrado durante a guerra civil; ali assumia, em 1920, a defesa da oposição operária sem todavia votar por ela. Comissário de uma divisão durante a marcha sobre Varsóvia, trabalhava então com Smilga, do CC, Rakóvski, chefe de governo da Ucrânia, Tukhatchévski, comandante do exército, três inimigos do povo castigados tarde demais, em 1937... Expulso do partido em 1927, preso em 1928, deportado para Minussinsk, Sibéria, em julho de 1929, condenado pelo Colégio Secreto da Segurança a três anos de reclusão, enviado ao isolamento de Tobolsk, lá tornou-se líder da tendência denominada dos "Intransigentes", que publicou uma revista manuscrita intitulada *O Leninista* (quatro números anexados). Em 1932, o Colégio Secreto infligiu-lhe uma pena adicional de dois anos (por decisão do Politburo), a que ele respondeu: "Dez anos, se lhes aprouver, pois duvido muito que mantenham o poder por mais de seis meses, estúpidos promotores da fome". Autor, nessa época, de uma "Carta aberta sobre a fome e o terror", dirigida ao CC. Refutava a teoria do capitalismo de Estado e apoiava a do bonapartismo soviético. Libertado em 1934, depois de uma greve de fome de dezoito dias. Deportado para Tchórnoie, preso em Tchórnoie com Iólkin, Kostrov e outros. Transferido para Moscou, penitenciária de Butyrka, recusou-se a responder aos interrogatórios e fez duas greves de fome; foi transportado para a enfermaria especial (insuficiência cardíaca)... "A ser deportado para as regiões mais distantes... Interceptar a correspondência..." Cerca de cem nomes apareciam nas 244 páginas do dossiê, e eram nomes aterradores ceifados pela espada do partido. Sessenta e seis anos, idade ruim, das últimas intransigências ou das súbitas quebras da vontade. Popov decidiu:

— Mandem transferi-lo para Moscou... Façam-no viajar em boas condições...

Ratchévski e Gordêiev responderam:

— Perfeitamente.

Dias inigualáveis levantaram-se para Ryjik do fundo de uma indiferença desértica. Ele morava na última das cinco casas de madeira de flutuação não esquadriada que formavam o povoado de Dyra, Buraco Sujo, na confluência de dois rios gelados perdidos no ermo. A paisagem não tinha limites nem marcos. No início, quando ainda escrevia cartas, Ryjik chamara aquele lugar de Margem do Nada... Sentia-se no limite extremo do mundo humano, à beira de um imenso túmulo. A maioria das cartas não chegava a lugar nenhum, é claro, e não vinham cartas de lugar nenhum. Escrever de lá era gritar no vazio, o que às vezes ele fazia para ouvir a própria voz, que o mergulhava então numa tristeza tão violenta que ele começava a gritar injúrias à contrarrevolução triunfante: "Canalhas! Bebedores de sangue proletário! Termidorianos!". A charneca pedregosa devolvia-lhe como eco um leve murmúrio indistinto, mas pássaros assustados que ele não percebera levantavam voo de repente e seu pânico propagava-se pouco a pouco fazendo o céu inteiro se animar — e a raiva absurda de Ryjik se dissolvia, ele se punha a agitar os braços, avançava trotando até perder o fôlego e parar, com o coração batendo forte e os olhos úmidos.

Cinco famílias de pescadores velhos crentes de origem grão-russa, no entanto adaptados aos costumes dos ostiacos, viviam ali um destino sem saída. Os homens, atarracados e barbudos, as mulheres, baixinhas de rosto chato, tinham dentes cariados, olhinhos vivos sob as pálpebras espessas. Pouco falavam, não riam, cheiravam a gordura de peixe, trabalhavam sem pressa na limpeza das redes trazidas pelos antepassados, da época de um imperador Alexandre, na secagem dos peixes, na preparação de alimentos insípidos para o inverno, no entrançamento do vime, na reforma das roupas de velhos panos desbotados do século anterior. Já no final de setembro uma brancura lúgubre oprimia os horizontes planos.

Ryjik compartilhava a morada de um casal sem filhos que não gostava dele porque ele nunca se persignava, fingindo não ver o ícone. Aqueles dois seres de olhar apagado eram tão taciturnos que deles parecia emanar um silêncio de terra infecunda! Viviam no meio da fumaça de um fogão destroçado, alimentado por gravetos minguados. Ryjik ocupava um reduto que tinha uma claraboia exígua, vedada em três quartos com tábuas e trapos porque nela só subsistia um pedaço de vidro. A principal riqueza de Ryjik era um fogãozinho de ferro fundido, deixado em outros tempos por algum deportado, cuja chaminé se ajustava a um dos cantos superiores da claraboia. Ryjik podia, assim, fazer um pouco de fogo, sob condição de buscar lenha na mata, do outro lado do Bezdólnia, o Abandonado, 5 quilômetros a montante... Outra riqueza invejada era o relógio de pêndulo que a gente das casas vizinhas às vezes vinha olhar. Quando algum caçador nenets atravessava aquelas planícies, as pessoas explicavam-lhe que lá vivia um homem sobre o qual pesava um castigo, e que ele tinha uma máquina de fazer o tempo, uma máquina que cantava sozinha, sem parar nunca, para o tempo invisível. A roedura obstinada do relógio devorava, de fato, um silêncio de eternidade. Ryjik o adorava, depois de viver quase um ano sem ele, no puro tempo, pura loucura imóvel, anterior a toda criação. Para fugir da casa muda, Ryjik saía pela charneca. Pedras esbranquiçadas enchiam o chão; o olhar agarrava-se avidamente aos raros arbustos franzinos e rígidos, de uma cor de ferrugem e verde-limão. Ryjik gritava-lhes: "O tempo não existe! Nada existe!". Sua voz, pequeno ruído insólito, era absorvida pela extensão, fora do tempo humano, sem nem assustar os pássaros. Talvez não houvesse pássaros fora do tempo. A colônia de deportados de Ienissei, por ocasião do aniversário de uma grande vitória socialista, conseguiu enviar-lhe presentes, entre os quais ele descobriu uma mensagem oculta: "Para você que é exemplarmente fiel, para você, um dos últimos sobreviventes da Velha Guarda, para você que viveu apenas pela causa do proletariado internacional...". A caixa de papelão continha riquezas inverossímeis: 100 gramas de chá e aquele pequeno relógio vendido por 10 rublos nas cooperativas das cidades. Na verdade, não tinha importância nenhuma que ele adiantasse uma hora a cada 24 quando se esqueciam de pendurar o canivete no pêndulo que lhe imprimia movimento. Ryjik e Pakhómov, no entanto, não se cansavam da brincadeira que consistia em perguntar um ao outro:

— Que horas são?

— Quatro...

— Com ou sem o canivete?

— Com a galocha — respondeu Ryjik certo dia, muito sério, pois estava lendo o *Pravda* do mês anterior.

O anfitrião e sua mulher, carregando meio século de dura servidão sem patrão — ele acariciando com a mão a barba áspera, ela com as mãos juntas dentro das mangas da roupa de lã —, vieram contemplar a maravilha e falaram diante dela, dizendo uma só palavra, mas uma palavra profunda, que se ergueu do fundo de sua alma (e como eles sabiam aquela palavra?):

— Bonito — disse ele, meneando a cabeça.

— Bonito — repetiu a mulher.

— Quando os dois ponteiros estão aqui — explicou Ryjik —, de dia é meio-dia, de noite é meia-noite.

— Graças a Deus — disse o homem.

— Graças a Deus — disse a mulher.

Retiraram-se fazendo o sinal da cruz. Tinham o andar pesado dos pinguins.

Pakhómov, que pertencia à Segurança, ocupava o quarto mais confortável (requisitado) da melhor das cinco casas, a 1 quilômetro dali, diante dos três pinheiros do povoado. Único personagem governamental numa região quase tão vasta quanto um país da velha

Europa, ele tinha riquezas consideráveis: um sofá, um samovar, um jogo de xadrez, um acordeão, volumes avulsos de Lênin, jornais do mês anterior, tabaco, vodca. Do que mais um homem precisa? Lev Nicoláievitch Tolstói, embora nobre e místico, ou seja, antiquado, mediu justamente quanta terra é necessária de fato ao homem ávido: 1,80 metro de comprimento por 40 centímetros de largura e cerca de 1 metro de profundidade para uma cova escavada razoavelmente... "Não é?", perguntava Pakhómov, certo da resposta afirmativa. Ele tinha o humor amargo, sem maldade. Quando encontrava no fim da pista de neve, diante da casa na qual estava pendurada de través a placa CORREIO COOPERATIVO, animais de carga desgastados pelo cansaço, renas ou cavalos de pelagem longa, gracejava em tom carinhoso: "Alegrem-se por estarem vivos, animais úteis!". Encarregado de vigiar Ryjik, tomara-se pelo deportado de uma afeição reservada, mas calorosa, que acendia uma luz receosa em seus olhinhos esquadrinhadores. Dizia-lhe:

— Ordem é ordem, irmão. Somos os homens do serviço, nada mais. Não nos pedem que compreendamos, só nos cabe obedecer. Quanto a mim, sou um homem minúsculo. O partido é o partido, não me cabe julgar vocês. Tenho uma consciência, minúscula também, porque o homem é um animal que tem consciência. Vejo que você é puro. Vejo que luta pela revolução mundial e, caso esteja enganado, caso ela não venha, caso seja preciso construir o socialismo num só país com nossos pequenos esqueletos, então, naturalmente, você é perigoso, é preciso isolá-lo, não há o que fazer e cá estamos nós, cada um com seu dever nesta aldeia que parece o polo, pois é, mesmo assim fico contente por estar aqui com você.

Ele nunca se embriagava completamente, talvez para permanecer vigilante, talvez em respeito a Ryjik, que bebia pouco, o suficiente para aquecer a alma, por aversão à arteriosclerose. Ryjik explicara para Pakhómov:

— Quero continuar pensando por algum tempo.

— Muito justo — disse Pakhómov.

Cansado de seu reduto de paredes nuas, Ryjik refugiava-se com frequência na casa de seu guardião. Pakhómov tinha sempre no rosto um trejeito de humildade desconfiada, como se seus traços e rugas se tivessem congelado na vontade contrariada de chorar. Tinha a pele ruiva e amarfanhada, os olhos castanho-avermelhados, o nariz achatado, e pouco sorria, com a boca entreaberta mostrando tocos de dentes amarelados.

— Quer música? — perguntava a Ryjik, que viera estender-se no sofá do quarto bem aquecido.

— Um traguinho, tome aqui...

Antes de beber, Ryjik mordiscava o pepino em conserva.

— Toque.

Pakhómov extraía do acordeão lamentos dilacerantes e também notas alegres que davam vontade de dançar.

— Ouça isto, é para as moças da minha terra!

Ele dedicava às moças de um lugar distante sua música apaixonada.

— Dancem, meninas, de novo! Hop! Vamos lá, Mafa, Nádia, Tânia, Vária, Tanka, Vassilissa, dancem meninas dos olhos dourados. Hei-hop! Hei-hop!

O quarto se enchia de movimento, de fantasmas felizes, de nostalgia. Ao lado, encurvados em sua penumbra eterna, uma velha desembaraçava redes de pesca com seus dedos anquilosados; uma jovem que tinha o rosto redondo e amarelo dos ostíacos, marcado por uma doçura animal, ocupava-se perto do fogo; mocinhas largavam seus trabalhos para pôr-se a rodopiar, enlaçando-se desajeitadas, entre a mesa e o fogão; o rosto escuro e barbudo de São Basílio, iluminado de baixo para cima pela luz de um toco de vela, julgava severamente aquela alegria estranha que no entanto lá entrara sem pecado... Um sangue revigorado percorria as mãos da velha e as da jovem, mas nenhuma das duas dizia uma palavra; aquilo as oprimia. No cercado, as renas erguiam a cabeça, uma inquietação surgia em seus olhos vítreos. E as renas punham-se a correr de repente, de um pinheiro a outro, da casa aos pinheiros. O espaço branco absorvia aqueles sons mágicos. Ryjik ouvia com um sorriso descolorido. Pakhómov extraía de seu instrumento as notas mais brilhantes, como se quisesse soltar no vazio um último grito mais forte, mais ainda, e, depois de fazê-lo brotar, jogava o instrumento sobre a cama. O silêncio caía implacavelmente, e também um peso, sobre o espaço, as renas, a casa, as mulheres e as crianças. (A velha, ao descobrir fios rompidos sobre seus joelhos, perguntava a si mesma se aquela música não viria do Maligno. Muito tempo depois, seus lábios continuavam a se mover, resmungando uma imprecação, mas já sem lembrar por quê.)

— Será bom viver na terra daqui a cem anos — disse Pakhómov certa vez, num desses momentos.

— Cem anos? — calculou Ryjik. — Não tenho certeza de que seja suficiente.

De tempos em tempos, pegavam as espingardas e iam caçar do outro lado do Bezdólnia. Lá a paisagem era estranhamente simples. Rochas arredondadas, quase brancas, brotavam do chão, em blocos, a perder de vista. Acreditava-se vagamente que era um povo de gigantes surpreendidos por um dilúvio, congelados e petrificados. Arbustos estendiam suas redes frágeis de galhos. Seria fácil perder-se depois de uma hora de caminhada e escalada. Manobrar os esquis era trabalhoso e encontravam-se poucos animais, ariscos, difíceis de surpreender, e era preciso rastreá-los, seguir suas pegadas, ficar de tocaia horas a fio afundados na neve. Os dois homens passavam às mãos um do outro um cantil de vodca. Ryjik admirava o azul leve do céu. Aconteceu-lhe dizer inexplicavelmente ao companheiro:

— Veja esse céu, irmão. Vai se cobrir de estrelas pretas.

Essas palavras os aproximaram depois de um longo silêncio, Pakhómov não se surpreendeu. Pakhómov falou:

— Sim, irmão. A Ursa Maior e a Polar ficarão inteiramente pretas. Sim, vi isso em sonho.

Nada mais a se dizerem, nem mesmo com os olhos. Enregelados, depois de uma jornada exaustiva, abateram uma raposa cor de fogo, com o focinho afilado, e o sorriso feminino do animal morto na neve causou-lhes mal-estar. Não o diziam. Tomaram sem alegria o caminho de volta. Duas horas depois, ao deslizarem por uma encosta branca através da lividez do crepúsculo, rumo à esfera avermelhada do sol, Pakhómov deixou-se alcançar por Ryjik. Seu olhar deu a entender que tinha algo a dizer. Murmurou:

— O homem é um bicho ruim, irmão.

Ryjik, sem responder, passou à frente. Os esquis o levavam como que através da irrealidade. Passaram-se horas. Seu cansaço tornou-se terrível, Ryjik chegou quase a desmaiar, com as costas geladas. Por sua vez, deixou-se alcançar e disse:

— Apesar de tudo, irmão...

Teve que retomar forças para terminar sua frase, pois estava quase sem fôlego:

— ... nós transformaremos o homem.

Na mesma hora pensou que aquela tinha sido sua última caçada. Estava velho demais. Adeus, animais que já não matarei! Vocês são uma das faces atraentes e cruéis da vida que se vai. O que tiver de ser feito será feito por outros, adeus. Ryjik passou vários dias deitado sobre a peliça, no calor do fogão, sob a roedura do relógio. Pakhómov vinha lhe fazer companhia. Jogavam cartas, um jogo elementar que consistia em trapacear. Pakhómov ganhava quase sempre.

— Claro — declarou —, eu sou um pouco canalha.

Assim se passava a vida no longo inverno noturno. A esfera avermelhada do sol se arrastava sem cessar no horizonte. O correio chegava de trenó uma vez por mês. Pakhómov, com um pouco de antecedência, redigia para seus superiores relatórios sobre o deportado submetido à sua vigilância.

— O que devo escrever sobre você, velho, hein?

— Escreva — dizia Ryjik — que estou me lixando para a contrarrevolução burocrática.

— Eles já sabem disso — respondia Pakhómov —, mas você não deveria me dizer. Sou o homem do serviço. Não tem necessidade de me ofender.

Sempre chega um dia em que as coisas terminam. Ninguém pode prevê-lo, embora se saiba que esse dia não pode deixar de chegar. O silêncio, a brancura, o Norte eterno continuarão sem fim, ou seja, até o fim do mundo — e talvez até continuem depois, quem sabe? Mas Pakhómov entrou no reduto onde Ryjik relia jornais antigos cheio de um pesadelo difuso como neblina. Mais vermelho que de costume, o homem da Segurança, com a barba oblíqua, o olhar cintilante, disse:

— Vamos embora, meu velho. Acabou-se este lugar horrível. Junte sua trouxa. Tenho ordens de levá-lo para a cidade. Temos sorte.

Ryjik voltou para ele um olhar pétreo, terrivelmente frio.

— O que houve? — perguntou Pakhómov, solícito. — Não está contente?

Ryjik ergueu os ombros. Contente? Contente de morrer? Aqui ou em outro lugar? Sentiu que quase já não lhe restavam forças para mudar, para lutar, até para pensar em lutar; que já não tinha nem medo de verdade, nem esperança, nem sentimento de desafio, que sua coragem tornara-se uma espécie de força de inércia...

As pessoas das cinco casas os viram partir num dia de céu baixo atravessado por fracos clarões prateados. O universo parecia esquecido. As crianças agasalhadas em peles saíram nos braços das mães. Eram trinta figuras minúsculas na brancura opaca em torno do trenó. Os homens davam conselhos e verificavam os arreios das renas. Na hora de irem embora, Pakhómov e Ryjik tornavam-se mais reais do que antes, as pessoas emocionavam-se um pouco por descobri-los. Era como se fossem morrer. Partiam para o desconhecido, um cuidando do outro, para a liberdade ou para a prisão, só Deus sabia. O nenets, o samoieda Eyno, que viera buscar peles e peixe, levou-os em seu trenó. Vestido com peles de lobos, o rosto magro e moreno, olhos puxados, barba rala, parecia um Cristo mongol. Laços verdes e vermelhos enfeitavam suas botas, suas luvas, seu gorro. Enfiou cuidadosamente na gola os últimos fios amarelos da barba, percorreu a extensão do céu e da terra com olhar atento, alertou as renas estalando a língua. Ryjik e Pakhómov deitaram-se um encostado ao outro, embrulhados nas peles. Levavam pão ressecado, peixe seco, vodca, fósforos, álcool comprimido para acender fogo. As renas deram um pequeno salto e pararam.

— Vão com Deus! — disse alguém.

Pakhómov respondeu, rindo:

— Estamos melhor sem ele.

Ryjik apertou todas as mãos que se estendiam para ele. Havia mãos de todas as idades, velhas, rugosas e encarquilhadas, fortes, minúsculas, delicadamente desenhadas.

— Adeus, adeus, camaradas!

Homens e mulheres que não gostavam dele diziam:

— Adeus, camarada Ryjik, boa viagem — e lançavam-lhe olhares amáveis.

Novos olhares seguiram o trenó até o horizonte. As renas tomavam impulso rumo ao espaço; uma floresta adormecida surgiu ao longe, reconhecível por suas sombras violáceas. O céu clareava, com rendas prateadas. Eyno inclinava-se para a frente, observava seus animais. Uma poeira de neve envolvia o trenó e nela flutuavam arcos-íris.

— É bom ir embora — repetia Pakhómov, alegre —, estou farto desse buraco, que venham as cidades!

Ryjik imaginava que as pessoas de Dyra decerto jamais iriam

embora. Que ele jamais voltaria ali, nem a Tchórnoie, nem às cidades conhecidas, nem, sobretudo, aos tempos de força e vitória. Há momentos da vida em que é possível esperar tudo, mesmo afundado na derrota. Vive-se atrás das grades da prisão sabendo que a revolução vai chegar, que, à sombra do patíbulo, se tem o mundo à frente. O futuro é inesgotável. Esgotado o futuro de um só homem, cada partida torna-se a última. No fim da viagem, suas decisões tornavam-se claras. Suas determinações tinham sido tomadas havia muito tempo, sentia-se disponível. O frio nas costas o incomodava. Tomou um gole de vodca, cobriu o rosto de peles e entregou-se ao torpor, depois ao sono.

Só acordou quando era noite alta. O trenó deslizava veloz através do nada terrestre. Noite de transparência verde. Reinavam estrelas pálidas, que por sua cintilação passavam de um azul de relâmpago a um suave verde glacial. Preenchiam o ermo, faziam-se sentir convulsionadas em sua aparente imobilidade, prestes a cair, prestes a explodir na terra em enormes fogueiras. Encantavam o silêncio; o menor cristal de neve refletia sua luz ínfima e soberana. A única verdade absoluta estava nelas. A planície ondulava, o horizonte quase invisível oscilava como um mar, e as estrelas o acariciavam. Eyno velava, agachado na dianteira; seus ombros oscilavam ao ritmo da corrida, ao ritmo do girar do mundo, escondiam e depois revelavam constelações inteiras. Ryjik viu que seu companheiro também não dormia. Com os olhos ainda abertos como nunca e as pupilas douradas, ele respirava a fosforescência mágica da noite.

— Tudo bem, Pakhómov?

— Tudo bem. Estou bem. Não lamento nada. Está maravilhoso.

— Maravilhoso.

O deslizar do trenó os embalava num calor comum. Um leve frio lhes mordia os lábios e as narinas. Libertados do peso, do tédio, do cansaço, do pesadelo, libertados de si mesmos, flutuavam na noite luminosa. As menores estrelas, aquelas que acreditaríamos quase indistinguíveis, estavam perfeitas; e cada uma indescritivelmente única, embora sem ter nome nem rosto na imensa cintilação.

— Estou como embriagado — murmurou Pakhómov.

— Estou lúcido — respondeu Ryjik — e é exatamente a mesma coisa.

Ele pensou: "É o universo que está lúcido". Aquele estado durou alguns minutos ou algumas horas. Em torno das estrelas mais cintilantes nasciam, quando as contemplavam, amplos círculos irradiantes, visivelmente imateriais.

— Estamos além da substância — murmurou um.

— Além do júbilo — murmurou o outro.

As renas trotavam alegremente sobre a neve, precipitavam-se ao encontro das estrelas do horizonte. O trenó descia vertiginosamente pelas encostas que voltava imediatamente a subir, com um ímpeto que parecia um canto. Pakhómov e Ryjik adormeceram assim, e o maravilhamento prosseguiu em seus sonhos, prosseguiu quando despertaram ao nascer do dia. Colunas de luz nacarada elevavam-se até o zênite. Ryjik lembrou-se de que em sonho sentira-se morrer. Não era aterrador nem amargo, era simples como o fim da noite, e todas as claridades, as das estrelas, as dos sóis, as das auroras boreais, as mais longínquas do amor continuavam a se despejar infinitamente sobre o mundo, não havia nada de verdadeiramente perdido. Pakhómov voltou-se para ele e disse de modo bizarro:

— Ryjik, existem cidades... É incompreensível.

E Ryjik respondeu:

— Existem carrascos — bem no momento em que cores desconhecidas invadiram o céu.

— Por que está me ofendendo? — perguntou Pakhómov, em tom de repreensão, depois de um longo silêncio durante o qual se fez em torno deles uma brancura total.

— Não estava pensando em você, irmão, só estava pensando na verdade — disse Ryjik.

Pareceu-lhe que Pakhómov chorava sem lágrimas, com o rosto quase escuro, embora fossem transportados através de um branco incrível. Se é sua alma escura, pobre Pakhómov, que lhe está subindo ao rosto, deixe-a enfrentar a claridade fria, e, se ela morrer, morra com ela, o que você tem a perder?

Pararam sob o sol alto e vermelho para tomar chá, desentorpecer as pernas, deixar as renas buscarem por baixo da neve sua pastagem de musgo. Pakhómov, depois de ter acendido o fogareiro e feito a água ferver, levantou-se de repente como que para lutar. Ryjik estava diante dele, em pé, com as pernas afastadas, as mãos nos bolsos, silenciosamente feliz.

— Como você sabe, camarada Ryjik, que estou com aquele envelope amarelo?

— Que envelope amarelo?

Olhos nos olhos, sozinhos no meio do deserto esplêndido, no frio, na claridade, com o bom chá fervente que iam partilhar, nenhuma mentira era possível... Ouviam, a trinta passos, Eyno falar amistosamente com seus animais. Talvez estivesse cantarolando...

— Então não sabe? — voltou a perguntar Pakhómov, confuso.

— Não está delirando um pouco, irmão?

Tomaram o chá em pequenos goles. Aquele sol líquido invadia-lhes o ser. Pakhómov falou gravemente.

— O envelope amarelo do serviço secreto está costurado por dentro da minha jaqueta. Para dormir, eu punha a jaqueta por baixo do corpo. Nunca me separei dela. O envelope amarelo está aqui, no meu peito... Não me disseram o que ele contém, não posso abri-lo sem ordem escrita ou cifrada... Mas sei que nele está a ordem para fuzilar você... Em caso de mobilização, em caso de contrarrevolução, entende, se o poder decidir que você não deve viver... Muitas vezes esse envelope me impediu de dormir. Eu pensava nele quando bebíamos juntos... Quando via você sair rumo ao Bezdólnia, buscar lenha... Quando eu tocava canções ciganas para você... Quando aparecia um ponto escuro no horizonte, o maldito correio, eu me perguntava o que ele traria para mim, que sou tão pequeno. Entende, sou homem do dever. É isso.

— Veja só — disse Ryjik —, não tinha pensado nisso. No entanto, deveria ter desconfiado.

Jogaram uma curiosa partida de xadrez. O tabuleiro cobria-se de uma poeira de cristais brancos admiravelmente trabalhados. Ryjik e Pakhómov andavam a grandes passadas sobre a rocha, que naquele lugar era coberta de neve pouco profunda, na qual suas botas deixavam pegadas arredondadas de animais gigantes. Deslocavam uma peça e saíam, refletindo ou devaneando, como que atraídos por horizontes aos quais renunciariam em alguns minutos. Eyno veio se acocorar perto do jogo, jogando mentalmente dos dois lados ao mesmo tempo. Tinha uma expressão concentrada, seus lábios se moveram. As renas voltaram lentamente ao trenó, para também contemplar com seus grandes olhos opacos o jogo misterioso que ínfimas rajadas cristalinas passando rente ao chão acabavam cobrindo de branco. As casas pretas e brancas só existiam abstratamente, mas através do abstrato as pequenas forças rigorosas do espírito continuaram sua batalha. Pakhómov perdeu, como de costume, admirando a engenhosa estratégia de Ryjik.

— Não é culpa minha se ganhei — disse Ryjik. — Você ainda tem muito a perder antes de compreender.

Pakhómov não respondeu nada.

A viagem deslumbrante levava a regiões cobertas de matas descarnadas. Placas de capim amarelo emergiam da neve. A mesma emoção tomou conta dos três homens ao descobrirem os indícios de um caminho traçado por rodas. Eyno murmurou um encantamento para conjurar a sorte. O trote das renas tornou-se nervoso. O céu estava opaco, um céu abatido.

Ryjik sentiu voltar-lhe a tristeza que era a trama de sua vida e que ele desprezava. Eyno deixou-os num colcoz, onde pegaram cavalos. Lá a vida devia ter tonalidades terrosas, mas lavada pelas auroras que lançavam azul sobre a terra. Os caminhos perderam-se em florestas povoadas de pássaros. Tantos riachos corriam por algumas matas cantantes que seus reflexos salpicavam o chão, a rocha e as raízes. Atravessaram a vau rios em que as nuvens flutuavam. Os camponeses daquelas regiões conduziam a carroça em silêncio. Desconfiados, só saíam de seu torpor depois de tomar um pouco de aguardente. Então cantarolavam interminavelmente.

A separação de Ryjik e Pakhómov aconteceu na única rua de um grande burgo, entre grandes casas escuras espaçadas, às portas da Casa do Soviete, que era também a da Segurança, uma construção de tijolos e madeira, com grandes alpendres.

— Pois bem — disse Pakhómov —, nossa viagem comum terminou. Tenho ordens de entregá-lo ao posto da Segurança. A ferrovia fica no máximo a 100 quilômetros. Desejo-lhe boa sorte, irmão. Não me guarde rancor.

Ryjik fingiu interessar-se pela rua para não ouvir aquelas últimas palavras. Apertaram-se as mãos longamente.

— Adeus, camarada Pakhómov, desejo que compreenda, embora seja perigoso...

No posto da Segurança, dois jovens de uniforme jogavam dominó numa mesa imunda. Um frio miserável emanava do fogão apagado. Um dos dois examinou os papéis trazidos por Pakhómov.

— Criminoso de Estado — disse ao colega, e olharam para Ryjik com severidade. Ryjik sentiu as mechas brancas de suas têmporas se eriçarem um pouco, um sorriso agressivo mostrou suas gengivas roxas e ele disse:

— Vocês sabem ler, suponho. Isso quer dizer: velho bolchevique, fiel à obra de Lênin.

— Refrão conhecido. Muitos inimigos do povo camuflaram-se assim. Venha, cidadão.

Sem mais uma palavra, fizeram-no entrar num reduto escuro, no fundo do corredor, fecharam a porta e passaram o cadeado. Aquele desvão cheirava a urina de gato, o ar era carregado de umidade. Mas de trás da parede chegavam nitidamente vozes de crianças. Ryjik as ouviu encantado. Instalou-se da melhor maneira possível no chão, encostado à madeira, com as pernas confortavelmente esticadas. A carne velha e desgastada gemeu a contragosto e teve vontade de se deitar em palha limpa... Uma voz de menina, refrescante como um fio de água sobre as pedras da taiga, lia com seriedade, do outro lado do mundo, decerto para outras crianças, o *Tio Vlass* de Nekrássov.

Com sua dor sem fundo — grande, ereto, rosto bronzeado —, o velho Vlass caminha sem pressa — por cidades e aldeias.

As lonjuras o chamam, ele vai — viu Moscou, nossa mãe — as imensidões do Cáspio — e o Neva imperial,

ele vai, levando o Livro Sagrado — vai, falando consigo mesmo — vai e sua bengala com ponteira — faz um ruído suave na terra.

"Também vi tudo isso", pensou Ryjik. "Anda, anda, velho Vlass, não terminamos nossa caminhada... Contudo nossos livros sagrados não são os mesmos..."

E lembrou-se, antes de adormecer de cansaço e desânimo, de outro verso do poeta: "Ó minha Musa, fustigada até sangrar...".

Tarefa extenuante a das transferências! Não há prisões sob o círculo polar; as cadeias aparecem com a civilização. Os Sovietes de distrito às vezes dispõem de uma casa abandonada que ninguém quis por ter trazido desgraça ou porque seria preciso fazer muitos reparos para que se tornasse habitável. As janelas são vedadas com tábuas velhas nas quais ainda se lê TAHAK-TRUST, que deixam passar vento, frio, umidade, abomináveis mosquitos sugadores de sangue. Quase sempre há um ou dois erros de ortografia na inscrição feita na porta com giz branco: PRISÃO RURAL. Às vezes o pardieiro é cercado de arame farpado e, quando abriga um assassino, um fugitivo de óculos encontrado na floresta, um ladrão de cavalos, um administrador de colcoz reclamado pelas autoridades superiores, coloca-se como sentinela na porta um jovem comunista de 17 anos, de preferência algum que não sirva para nada, com um velho fuzil pendurado ao ombro, um fuzil que também já não sirva para nada, é claro... Encontram-se, por outro lado, vagões de carga blindados de sucata e pregos enormes; dejetos escorreram pela porta, são terrivelmente sinistros: parecem velhos ataúdes desenterrados... O extraordinário é que deles sempre saem grunhidos de seres doentes, vagos gemidos e até canções! Chegarão a se esvaziar? Nunca chegam ao fim da viagem. Para extinguir a espécie, seria necessário haver incêndios de florestas, quedas de meteoros, destruição de cidades... Dois sabres nus conduziram Ryjik por uma trilha verde que a casca das bétulas alegrava como um leve riso, para um desses vagões estacionados entre pinheiros. Ryjik subiu penosamente até sua entrada, a porta decrépita fechou-se atrás dele e foi trancada com cadeado. Seu coração batia forte por causa do esforço que acabara de fazer; a penumbra e o mau cheiro de covil o sufocaram. Tropeçou em corpos, procurou com as duas mãos alcançar a parede oposta, vislumbrou por uma fenda a calma paisagem azulada dos pinheiros, acomodou sua mochila e agachou-se sobre a palha mole. Cerca de vinte cabeças ossudas se moviam por ali, carregadas por corpos esqueléticos seminus.

— Ah — disse Ryjik, retomando o fôlego —, olá, *chpana*[6]! Olá, camaradas vadios!

E começou a fazer uma débil declaração de princípios para aqueles meninos das estradas, dos quais o mais velho devia ter 16 anos:

— Se alguma coisa sumir da minha mochila, quebro a cara dos dois primeiros que me caírem nas mãos. Eu sou assim: bonzinho. Seja como for, tenho 3 quilos de pão seco, três latas de conserva, dois arenques e açúcar, ração governamental que vamos compartilhar fraternalmente, mas com disciplina. Sejamos conscientes!

---

6 Em russo: bando de delinquentes, trombadinhas.

Os vinte garotos esfarrapados estalaram a língua alegres, antes de soltar um "hurra!" agudo. "Minha última ovação", pensou Ryjik, "pelo menos é sincera...". Os crânios raspados dos meninos pareciam cabeças de pássaros depenados. Alguns tinham cicatrizes até os ossos; uma espécie de febre agitava todos eles. Sentaram-se em círculo, lentamente, para conversar com aquele velho enigmático. Muitos começaram a se espiolhar. Comiam seus piolhos à maneira dos quirguizes, murmurando: "Você me devora e eu devoro você", dizem que faz bem. Estavam sendo enviados para o Tribunal Regional por terem pilhado o depósito de víveres de uma Colônia Penal de Reeducação pelo Trabalho. Viajavam naquele vagão havia doze dias, os seis primeiros dias sem sair dele, alimentados nove vezes.

— A gente cagava por baixo da porta, tio, mas em Slavianka passou um inspetor, nossos representantes reclamaram com ele em nome da higiene e da vida nova, então agora fazem a gente sair duas vezes por dia... Não tem perigo de fugirmos nesse mato, viu?

O mesmo inspetor, um ás, mandou que fossem alimentados na mesma hora.

— Se não fosse ele, alguns teriam morrido, com certeza. Foi preciso ele passar lá pessoalmente, tinha jeito de ser um dos antigos, caso contrário não seria possível...

Esperavam a próxima prisão como uma salvação, mas só chegariam a ela depois de uma semana, por causa dos trens de munição, que deviam passar primeiro. Era uma prisão-modelo, com aquecimento, roupas, rádio, cinema, banho duas vezes por mês, segundo a lenda. Valia a viagem, e os mais velhos, depois de condenados, talvez tivessem a sorte de permanecer nela.

Um raio de luar entrou pela fenda do teto. A luz pousou sobre ombros pontudos, refletiu-se em olhares humanos que pareciam de gatos selvagens. Ryjik distribuiu pão ressecado e dividiu dois arenques em dezessete pedaços. Ouvia as bocas salivarem. O bom humor do banquete avivou o belo raio de lua.

— Como é bom! — exclamou aquele que chamavam de Evangelista porque por um tempo tinha sido adotado por camponeses batistas ou menonitas (depois foram deportados).

Ele ronronava de satisfação, completamente deitado no chão. A luz acinzentada só lhe pousava no alto da testa; mais abaixo Ryjik via reluzirem suas pequenas pupilas escuras. O Evangelista contou uma boa história de transferência. Gricha, o Bexiguento, garoto de Tiumén, morreu sem mais nem menos, sem dizer nada, enrolado no canto dele como uma bola. Os companheiros só se deram conta quando começou a cheirar mal e resolveram não dizer nada pelo maior tempo possível, para dividir entre eles sua ração de víveres. No quarto dia, não deu mais para aguentar, mas foi uma comilança, oba, uma festa!

Kot, o Gato, de nariz levantado, boca aberta mostrando dentes de pequeno carnívoro, estudava Ryjik com benevolência e quase adivinhou:

— Tio, você é engenheiro ou inimigo do povo?

— O que você chama de inimigo do povo?

As respostas nasceram de um silêncio embaraçado.

— Os que fazem os trens descarrilarem... os agentes do mikado... os que põem fogo debaixo da terra no Donietz... Os assassinos de Kírov... Eles envenenaram Maksim Górki...

— Eu conheci um, um presidente de colcoz, ele fazia os cavalos morrerem lançando um feitiço... Conhecia uns truques para chamar a seca...

— Também conheci um, um crápula, isso mesmo, ele dirigia a Colônia Penal, revendia as nossas rações na feira...

— Eu também, eu também...

Todos eles conheciam os miseráveis que eram responsáveis, inimigos do povo, torturadores, causadores de fome, espoliadores de condenados, é justo que sejam fuzilados, fuzilar não é suficiente, deviam antes furar os olhos deles, arrancar os testículos com uma corda, como fazem os coreanos.

— Eu mandaria fazer um telégrafo neles, um buraco aqui, veja, Murlyka, no meio da barriga, e você agarra o intestino, desenrola como um carretel de linha, pendura no teto, tem metros e metros, o sujeito esperneia e você manda ele telegrafar para o pai e a mãe, desgraçados, eles que torrem no fogo do inferno...

Animavam-se diante da ideia revigorante dos suplícios e esqueciam Ryjik, o velho pálido, de maxilar quadrado que os ouvia, com expressão dura.

— Irmãozinhos — disse Ryjik finalmente —, sou um velho guerrilheiro da guerra civil e quero dizer que derramamos muito sangue inocente...

Um coro discordante respondeu na escuridão apunhalada pelo luar:

— Quanto ao sangue inocente, isso é verdade, é verdade...

Tinham conhecido mais vítimas do que safados. E às vezes os próprios safados eram vítimas, como entender? Discutiram até altas horas, quando o raio de lua desapareceu na madrugada inocente, principalmente entre eles, porque Ryjik se deitou com a cabeça apoiada na mochila e adormeceu. Corpos magros encostaram-se nele.

— Você é grande, está vestido, está quente...

O sono da floresta lunar acabou por impregnar aquele velho e aquelas crianças grandes de uma calma tão imensa que parecia curar todos os males.

—

Ryjik ia de uma prisão a outra, tão cansado que já não conseguia refletir. "Sou uma pedra levada por uma correnteza turva..." Onde terminava nele a vontade, onde começava a indiferença? Fraco a ponto de chorar em alguns momentos sombrios: isso é ser velho, as forças se vão, a inteligência pisca como as lanternas amarelas que os ferroviários levam ao longo dos trilhos em estações desconhecidas... Suas gengivas doloridas denunciavam um início de escorbuto, suas articulações sofriam, depois de descansar ele desdobrava penosamente o corpanzil enrijecido pela ancilose. Dez minutos de caminhada o exauriam. Fechado numa grande barraca, no meio de cinquenta larvas humanas — uma parte formada por camponeses chamados "colonos especiais" e outra por reincidentes —, ficou quase contente quando lhe roubaram o gorro de pele e a mochila. A mochila encerrava o relógio das margens do silêncio. Ryjik saiu de lá com as mãos nos bolsos e sem gorro, amargamente restabelecido. Estaria apenas esperando o momento de cuspir pela última vez seu desprezo no rosto de alguns subtorturadores anônimos que não valiam aquele trabalho? Estaria perdendo até aquela obstinação inútil? Policiais, carcereiros, investigadores, altos funcionários, todos arrivistas chegados na 11ª hora, ignaros e com o cérebro recheado de fórmulas impressas, o que sabiam eles da revolução? Já não tinha nenhuma linguagem comum com aquela corja; e os escritos desapareciam nos arquivos secretos que só se abririam quando a terra, chacoalhada até as entranhas, se abrisse debaixo dos palácios governamentais. Que necessidade é essa do último grito do último opositor esmagado por aquela máquina como um coelho por um tanque? Ele sonhava estupidamente com uma cama, lençóis, um edredom, um travesseiro para apoiar a nuca — essas coisas existem. O que nossa civilização inventou de melhor? Nem mesmo o socialismo poderá aperfeiçoar a cama. Deitar, adormecer, não mais acordar... Os outros estão todos mortos, todos! Todos! De quanto tempo precisará este país para que nosso novo proletariado comece a tomar consciência de si mesmo? Impossível forçar seu amadurecimento. Não se apressa a germinação da semente debaixo da terra. Por outro lado, pode-se matá-la, mas não se pode (certeza tranquilizadora) matá-la nem em todos os lugares, nem sempre, nem completamente...

Os piolhos o atormentavam. Via-se em portas de vagões exatamente como um velho vagabundo ainda bem vigoroso... Um suboficial e vários soldados com botas pesadas o colocaram num vagão de terceira classe. Feliz por ver pessoas. As pessoas mal o notavam — veem-se tantos prisioneiros! Aquele podia ser um grande criminoso, já que o escoltavam daquela maneira, no entanto não parecia, seria um crente, um padre, um perseguido? Uma camponesa que carregava uma criança pediu licença ao suboficial para oferecer leite e ovos ao prisioneiro, pois ele parecia doente.

— Vou fazê-lo como cristã, cidadão.

— É estritamente proibido, cidadã — disse o militar —, afaste-se daqui, cidadã, senão a farei descer do trem...

— Agradeço infinitamente, camarada — disse Ryjik à camponesa, com voz grave e forte, fazendo todas as cabeças do corredor se voltarem.

O suboficial ficou vermelho e interveio:

— Cidadão, está rigorosamente proibido de dirigir a palavra a quem quer que seja...

— Estou me lixando — disse Ryjik tranquilamente.

— Cale-se!

Do leito superior, um dos soldados jogou uma coberta por cima de Ryjik. Seguiu-se uma grande agitação e, quando Ryjik se desvencilhou, viu que o corredor fora evacuado. Três soldados obstruíam a entrada do compartimento. Olhavam para ele com furor e terror. Em frente, o suboficial, atento, vigiava seus menores movimentos, pronto a se lançar sobre ele para amordaçá-lo, amarrá-lo, talvez até matá-lo, para que não pronunciasse mais uma palavra.

— Imbecil — disse-lhe Ryjik bem de frente, sem raiva, com a vontade de rir superada pela náusea.

Tranquilamente debruçado à janela, contemplava a fuga das terras. Cinzentas, à primeira vista, e estéreis, na verdade já não o eram, pois logo distinguiam-se os primeiros brotos verdes do trigo. Até para além dos horizontes, aquelas planícies eram semeadas de grãos de ouro vegetal, franzinas mas invencíveis. Ao entardecer, chaminés surgiram ao longe, sob o escuro das fumaças. Uma fábrica grande acendeu fogueiras avermelhadas: estavam na região industrial dos Urais. Ryjik reconheceu as silhuetas das montanhas. "Passei por aqui a cavalo em 1921, era um deserto... Que orgulho, que orgulho..." A pequena prisão do lugar era limpa, bem iluminada, pintada por dentro de verde-água, como um lazareto. Lá Ryjik tomou banho, recebeu roupa limpa, cigarros, refeição quente, passável... Seu corpo sentia pequenas alegrias independentes de seu espírito: a de engolir a sopa quente e identificar um gosto de cebola, a de se limpar, a de se deitar comodamente num colchão de palha novo... "Bem", murmurava sua inteligência, "estamos na Europa, última etapa...". Uma grande surpresa o aguardava. A cela fracamente iluminada a que o levaram tinha duas camas; numa delas alguém estava dormindo. Com o ruído dos ferrolhos abrindo e fechando, o homem despertou.

— Seja bem-vindo — disse ele, amável.

Ryjik sentou-se na outra cama. Os dois presos entreolharam-se em meio à obscuridade, com simpatia imediata.

— Político? — perguntou Ryjik.

— Como você, caro camarada — respondeu o recém-acordado. — Sou adivinho, adquiri um faro infalível nessa questão... Isolamento de Verkhneuralsk, de Tobolsk, ou será de Súzdal ou de Iaroslavl? Um dos quatro, tenho certeza; depois Extremo Norte, não é?

Era um homenzinho de barbicha cujo rosto enrugado parecia uma maçã cozida, mas iluminado por olhos bondosos de coruja. Seus dedos longos de feiticeiro se mexiam sobre a coberta... Ryjik balançava a cabeça, afirmativamente, hesitando um pouco em confiar.

— Ora, diabo, como você fez para ainda estar vivo?

— Na verdade não sei — disse Ryjik —, mas acho que não será por muito tempo.

O barbicha cantarolou:

Breve é a vida como a marola...
Despeja-me o vinho que consola...

— Na verdade, toda essa história desagradável não é tão breve como dizem... Permita que me apresente: Makárenko, Boguslav Petróvitch, professor de química agrícola na Universidade de Khárkov, membro do partido desde 1922, expulso em 1934 (desvio ucraniano, suicídio de Shrípnik *et cetera*)...

Foi a vez de Ryjik se apresentar:

— ... ex-membro do Comitê de Petrogrado, ex-membro suplente do CC... oposição de esquerda...

As cobertas do barbicha fizeram um movimento de asas, ele saltou para fora da cama, de camisa, tinha o corpo céreo e as pernas peludas. Risos e lágrimas vincavam seu rosto ridículo. Gesticulava, abraçava Ryjik, soltava-o, voltava para ele e finalmente se pôs no meio da cela estreita, agitado como um polichinelo.

— Você! Fenomenal! No ano passado sua morte era comentada em todas as prisões... de greve de fome... Comentava-se seu testamento político... Eu o li, muito bom, embora... Você! Ah! Minha nossa! Pois bem, parabéns! É formidável!

— Fiz greve de fome, de fato — disse Ryjik —, e mudei de ideia na penúltima hora, porque achei que a crise do regime se declararia... Eu não pretendia desertar.

— Naturalmente... Magnífico! Fenomenal!

Makárenko, com os olhos embaciados, acendeu um cigarro, tragou a fumaça, tossiu, andou descalço pelo cimento.

— Só tive um encontro tão extraordinário quanto este, na prisão de Kansk. Um velho trotskista, veja só, que estava chegando de um isolamento secreto e não sabia nada dos processos, das execuções, que não suspeitava de nada, dá para imaginar? Pedia-me notícias de Zinóviev, Kámenev, Bukhárin, Strétski... "Eles têm escrito? Têm autorização para colaborar com a imprensa?" Primeiro eu dizia: "Sim, sim", não queria deprimi-lo. "O que eles escrevem?" Eu bancava o idiota, sabe como é, a teoria... No fim, acabei dizendo: "Controle seus nervos, estimado camarada, não pense que estou louco: estão todos mortos, foram todos fuzilados, do primeiro ao último, e todos confessaram". "O que podem ter confessado?..." Ele começou por me chamar de mentiroso e provocador, até avançou no meu pescoço, ah, meu Deus, que dia! Alguns dias depois, ele próprio foi fuzilado, felizmente, atendendo a um telegrama do Centro. Quando penso, ainda me sinto aliviado, por ele... Mas, você, é fenomenal!

— Fenomenal — repetiu, Ryjik, encostado na parede, com a cabeça subitamente pesada.

Foi tomado por calafrios. Makárenko enfiou-se sob a coberta. Seus longos dedos brincavam com o ar.

— Nosso encontro é inaudito... Negligência inconcebível dos serviços, fantástico sucesso comandado pelos astros... os astros, desequilibrados. Estamos vivendo um apocalipse do socialismo, camarada Ryjik... Por que você está vivo, por que eu também estou? Diga! Hein? Magnífico! Impressionante! Quisera eu viver um século para finalmente compreender...

— Eu compreendo — disse Ryjik.

— As teses da esquerda, é claro... Também sou marxista. Mas feche os olhos por um instante, ouça a terra, ouça seus nervos... Acha que estou dizendo tolices?

— Não.

Ryjik decifrava a fundo os hieróglifos impressos a ferro em brasa na própria carne daquele país; talvez fosse o único no mundo a decifrá-los, e isso lhe dava uma sensação angustiante de vertigem. Sabia quase de cor os relatórios falsificados dos três grandes processos; conhecia todos os detalhes possíveis dos menores processos de Khárkov, Sverdlovsk, Novossibirsk, Tachkent, Krasnoiarsk, ignorados pelo mundo. Entre as centenas de milhares de linhas dos textos publicados, sobrecarregados pela mentira inominável, ele identificava outros hieróglifos também sangrentos, mas impiedosamente nítidos. E cada hieróglifo era humano: um nome, um rosto humano de expressões cambiantes, uma voz, uma história vivida de um quarto de século ou mais. Determinada réplica de Zinóviev no processo de agosto de 1936 estava ligada a uma frase pronunciada em 1932 em um pátio de isolamento, a um discurso cheio de subentendidos, aparentemente frouxo, tenaz com um tortuoso pendor calculista, pronunciado no Comitê Central em 1926: e esse pensamento estava ligado a determinada declaração do presidente da Internacional feita em 1925, a determinada conversa do ano de 1923 mantida durante a primeira discussão sobre a democratização da ditadura... Mais além, o fio da ideia remontava ao XII Congresso, à discussão sobre o papel dos sindicatos em 1920, às teorias sobre o comunismo de guerra debatidas pelo Comitê Central durante a primeira fome, às divergências imediatamente antes e depois da insurreição, a pequenos artigos que comentavam as teses de Rosa Luxemburgo, as objeções de Iúli Mártov, a heresia de Bogdánov... Se reconhecesse em si mesmo o mínimo de senso poético, Ryjik se embriagaria com o espetáculo do poderoso cérebro coletivo que reuniu milhares de cérebros para cumprir seu trabalho durante um quarto de século, agora destruído em alguns anos pelo contragolpe de sua própria vitória e refletindo-se talvez apenas em seu espírito como num espelho de mil facetas... Extintos todos aqueles cérebros, desfigurados aqueles rostos, sujos de sangue. As próprias ideias se revolviam numa dança macabra, os textos de repente passavam a significar o contrário do que clamavam, uma demência arrebatava os homens, os livros, a história que se acreditava feita, e já não havia mais do que aberração grotesca. Um batia no peito, gritando: "Fui pago pelo Japão!", outro se lamentava: "Eu quis assassinar o Chefe que adoro!", outro ainda, acompanhando a frase "Não pode ser!" com um desdenhoso levantar de ombros, abria cem janelas de uma vez para um mundo asfixiado... Ryjik poderia fazer um registro detalhado, anedótico, biográfico, bibliográfico, ideológico, anexando documentos e apoiando-se em instantâneos, para quinhentos fuzilados, trezentos desaparecidos. O que Makárenko podia acrescentar a essa visão perfeita? Enquanto mantivera a menor esperança de sobreviver utilmente, Ryjik prosseguira sua pesquisa. Perguntou por hábito:

— O que aconteceu nas prisões? Quem você encontrou? Conte, camarada Makárenko...

— As festas de Sete de Novembro e de Primeiro de Maio desapareceram aos poucos ao longo destes anos negros. Uma evidência mortal iluminava as prisões como o clarão das salvas de tiros ao amanhecer. Sabe, os suicídios, as greves de fome, as covardias finais — inúteis — que também eram suicídios. Os presos abriam as próprias veias com pregos, comiam o vidro moído das garrafas, agarravam o pescoço dos guardas para serem mortos, você sabe, você sabe. Havia o costume da chamada dos mortos nos pátios dos isolamentos. Na véspera das grandes datas, o círculo dos camaradas se formava durante o passeio; uma voz enrouquecida pelo desespero e pela rebeldia chamava os nomes, os maiores primeiro, os outros por ordem alfabética — e os havia para todas as letras do alfabeto —, e cada um dos presentes respondia por sua vez: "Morto pela revolução!"; depois, começava-se a cantar o hino aos mortos "gloriosamente caídos na luta sagrada". Raramente se chegava a cantá-lo inteiro, pois os vigias, alertados, acudiam como cães furiosos. Fazia-se uma corrente com os braços enlaçados para recebê-los, e na briga, unidos uns aos outros sob pancadas e insultos, às vezes sob água gelada das bombas de incêndio, os camaradas continuavam a escandir: "Glória a eles! Glória a eles!".

— Basta — disse Ryjik —, já sei o que vem depois.

— Essas manifestações acabaram em dezoito meses, embora as prisões estivessem mais cheias do que antes. Os que mantinham a tradição das velhas lutas iam para debaixo da terra ou para Kamtchatka, nunca se sabe nada exatamente; alguns sobreviventes perdiam-se em novas multidões. Houve até manifestações contrárias, e alguns presos gritavam: "Viva o partido, viva nosso Chefe, viva o pai da Pátria". Não ganharam nada com isso, também foram encharcados com água gelada.

— E agora as prisões estão caladas?

— Estão meditando, camarada Ryjik.

Ryjik formulou "conclusões teóricas; o principal era não perder a cabeça, não deixar nossa objetividade marxista ser desvirtuada por esse pesadelo".

— Evidente — disse Makárenko num tom que talvez significasse o contrário.

— Primeiro, a despeito de sua regressão no interior, nosso Estado continua sendo no mundo um fator de progresso, pois constitui um organismo econômico superior aos velhos Estados capitalistas. Segundo, mantenho que, a despeito das piores aparências, não se permite nenhuma equiparação entre nosso Estado e os regimes fascistas. O terror não é suficiente para determinar a natureza de um regime, o que importa essencialmente são as relações de propriedade. A burocracia, dominada por sua própria polícia política, é obrigada a manter o regime econômico estabelecido pela revolução de outubro de 1917; só pode aumentar uma desigualdade que se torna contra ela um fator da educação de massas... Terceiro, o velho proletariado revolucionário termina conosco. Um novo proletariado de origem camponesa forma-se em novas fábricas. Precisa de tempo para chegar a determinado grau de consciência e superar por experiência própria a educação totalitária. Temer que a guerra interrompa seu desenvolvimento e libere as confusas tendências contrarrevolucionárias do campesinato... Concorda, Makárenko?

Makárenko, deitado, puxava nervosamente a barbicha. Seus olhos de ave noturna deixavam transparecer uma obscuridade fosforescente.

— Naturalmente — disse —, no conjunto... Ryjik, palavra de honra que nunca vou me esquecer de você... Escute, você precisa tentar dormir algumas horas...

—

Arrancado do sono ao amanhecer, Ryjik teve alguns instantes para se despedir de seu companheiro de uma noite: beijaram-se na boca. Um destacamento das tropas especiais cercou Ryjik na plataforma do caminhão, para que ninguém pudesse vê-lo, mas não havia ninguém passando pela calçada. Na estação, um excelente vagão dos serviços penitenciários o esperava. Ele compreendeu que provavelmente estava na via principal para Moscou. O cesto de víveres colocado para ele no assento continha alimentos de luxo, esquecidos havia muito tempo, salame e queijo branco. Aqueles víveres absorveram a atenção de Ryjik, pois estava com muita fome; suas forças diminuíam. Decidiu comer o menos possível, apenas para se sustentar, e, por gulodice, comer apenas os bons alimentos raros. Deitado na madeira, em meio ao barulho ritmado do expresso, saboreou-os pensando sem nenhum medo, até com alívio, em morrer logo. Foi uma viagem repousante. De Moscou, Ryjik entreviu somente uma estação de mercadorias à noite. Lâmpadas a arco envolviam ao longe o emaranhado de trilhos, uma vaga aura vermelha cobria a cidade. O camburão seguiu por ruas adormecidas em que Ryjik só ouviu um ronco de motor, a briga lúgubre de dois bêbados, o carrilhão feérico de um relógio que lançou no silêncio algumas notas musicais perturbadoras. Três horas. Ele reconheceu pela atmosfera indefinível um dos pátios da prisão de Butyrka.

Fizeram-no entrar num pequeno prédio reformado, depois numa cela pintada de cinza até a altura de um homem, como no antigo regime, por quê? A cama tinha lençóis, a lâmpada elétrica do teto emitia uma luz fraca. Não é nada, é apenas a verdadeira Margem do Nada...

Chamado à instrução já pela manhã, só precisou caminhar alguns passos pelo corredor. As portas das celas vizinhas estavam abertas: prédio desocupado. Numa das celas, mobiliada com uma mesa e três cadeiras, Ryjik imediatamente identificou Zvéreva, que ele conhecia havia mais de vinte anos, desde a Tcheká de Petrogrado, a conspiração Kaas, o caso Arkádi, as batalhas de Púlkovo, os casos comerciais do início da NEP. Então aquela histérica ardilosa e cheia de apetites insatisfeitos era a única a sobreviver a tantos homens valentes? "Faz parte da ordem", pensou Ryjik. "Era só o que faltava, meu Deus!" Aquilo o fez sorrir estranhamente, sem cumprimentar. Ao lado dela, um rosto redondo de cabelos gordurosos ciosamente repartidos. "É a jovem canalha administrativa que está controlando você, puta velha de fuziladores?" Ryjik não disse uma palavra, sentou-se, olhou-os de frente, calmamente.

— Creio que me reconheceu — disse Zvéreva com voz suave e uma espécie de tristeza.

Ele ergueu os ombros.

— Espero que sua transferência não tenha sido feita em condições muito ruins... Dei ordens. O Politburo não esquece sua folha de serviços...

Ergueu os ombros de novo, com menos ênfase.

— Consideramos terminado seu tempo de deportação...

Ele continuou imóvel, com expressão irônica.

— O partido espera de você uma atitude corajosa, que será sua própria salvação...

— Não tem vergonha? — disse Ryjik com aversão. — Olhe-se no espelho esta noite, tenho certeza de que vai vomitar. Se fosse possível morrer de vomitar, você morreria...

Falou baixo, com voz tumular. Branco, pálido, hirsuto, débil como um doente grave e duro como uma velha árvore aniquilada. Para o alto funcionário rosado de cabeça besuntada, só dirigiu um olhar de esguelha e um desdenhoso franzir de narinas.

— Não devo me exaltar, você não vale isso. Está abaixo da vergonha. Não vale mais do que a bala do proletariado que um dia a fuzilará se seus patrões não a liquidarem antes, amanhã, por exemplo...

— Em seu próprio interesse, cidadão, peço que se modere. Aqui, a veemência e o insulto não têm serventia. Estou cumprindo meu dever. Uma acusação capital pesa sobre você, estou lhe oferecendo os meios de se desculpar...

— Chega. Tomem nota do que vou dizer. Estou irrevogavelmente decidido a não ter conversa nenhuma com vocês, a não responder a nenhum interrogatório. É minha última palavra.

Olhou para o outro lado, para o teto, para o nada. Zvéreva ajeitou o penteado. Gordêiev tirou uma bela cigarreira laqueada em que se via uma troica correndo pela neve e a estendeu para Ryjik:

— Sofreu muito, camarada Ryjik, nós o compreendemos...

A resposta foi um esgar de tamanho desprezo que Gordêiev perdeu o jeito, guardou a cigarreira e, com o olhar, consultou Zvéreva, desorientada. Ryjik lançou-lhes um meio sorriso, plácido e insultante.

— Nós temos meios para fazer falar o mais resistente dos criminosos...

Ryjik lançou uma cusparada no assoalho, levantou-se murmurando alto, para si mesmo: "Escória fétida!", virou as costas, abriu a porta e disse aos três homens de serviço que lá estavam:

— Para a cela! — e voltou para sua cela.

Assim que ele saiu, Gordêiev tomou a ofensiva.

— Devia ter preparado o interrogatório, camarada Zvéreva...

Daquele modo ele declinava de toda a responsabilidade pelo fracasso. Zvéreva examinava estupidamente a ponta das unhas pintadas. Metade do processo caíra por terra?

— Com sua permissão, vou derrubá-lo — disse ela. — Não tenho dúvida nenhuma sobre a culpa dele. Sua própria atitude...

Essas palavras devolveram a responsabilidade a Gordêiev.

— Se não me der carta branca para submeter esse acusado que nos é necessário, você é que terá torpedeado o processo...

— Vamos ver — murmurou Gordêiev, evasivo.

———

Ryjik jogou-se na cama. Estava todo trêmulo. Sentia o coração oscilar pesadamente no peito. Fragmentos de ideias, como trapos dilacerados por uma fogueira, e pedaços de raciocínios quebrados cujas arestas reluziam por instantes e machucavam giravam-lhe na cabeça sem que ele precisasse colocá-los em ordem. Tudo fora sondado, ponderado, concluído, terminado. A tempestade interior levantava-se independentemente da sua vontade, mas começou a se acalmar quando ele viu sobre a mesa a ração do dia: o pão preto, a gamela de sopa, dois torrões de açúcar. Estava com fome. Tentado a se levantar para cheirar a sopa — repolho azedo e peixe, decerto —, ele se conteve. Veio-lhe o desejo de comer pela última vez, pela última vez! Seria bom... Não. Depressa. Foi graças a esse movimento da vontade que ele readquiriu pleno autocontrole e que a decisão se pronunciou nele, definitivamente. A pedra desliza por um declive do chão, chega à beira do precipício e cai nele: não há nenhuma proporção entre o leve choque que lhe dá impulso e a profundidade de sua queda. Mais calmo, Ryjik fechou os olhos para refletir. Provavelmente se passariam vários dias até que aqueles canalhas tivessem esclarecido suas intenções. Quanto tempo aguentarei? Aos 35 anos, ainda é possível desenvolver alguma atividade entre o 15º e o 18º dia de greve de fome, contanto que se tomem vários copos de água por dia. Aos 66 anos, no estado em que me encontro — subalimentação crônica, desgaste, vontade de não resistir —, em uma semana entrarei na última fase... Sem líquidos, a greve de fome é mortal em seis a dez dias, mas extremamente difícil de ser mantida a partir do terceiro, por causa das alucinações. Ryjik resolveu ingerir líquidos para sofrer menos e manter-se lúcido, mas beber o menos possível, para abreviar. O difícil seria burlar a vigilância dos guardas fazendo os alimentos desaparecerem. Evitar a todo custo os procedimentos repugnantes da alimentação por sonda... A descarga do banheiro estava funcionando bem. Ryjik não viu nenhuma dificuldade em destruir o pão, que seria preciso esmigalhar, mas foi demorado, o aroma do centeio fermentado subia às narinas, a sensação daquela massa que era a própria vida penetrava nos dedos, nos nervos. Em poucos dias, para os dedos debilitados e para os nervos prestes a se exaurir seria uma provação cada vez mais penosa. Ao pensar que a imunda Zvéreva e o outro canalha de cabelos lisos não tinham previsto aquilo, Ryjik riu alegremente. (O guarda de plantão, que tinha ordens para observá-lo de dez em dez minutos pelo orifício recortado no postigo da porta, viu seu rosto pálido iluminado por um riso largo e transmitiu imediatamente o relato ao subchefe do corredor II: "O prisioneiro da cela 4, deitado de costas, está rindo e falando sozinho...".) Geralmente o indivíduo permanece deitado durante as greves de fome, pois cada movimento significa um dispêndio de forças... Ryjik resolveu andar o mais possível.

Não havia nenhuma inscrição nas paredes recém-pintadas. Ryjik mandou chamar o subchefe do corredor para lhe pedir livros.

— Logo mais, cidadão.

Depois, o subchefe voltou dizendo:

— Vai ser preciso fazer uma solicitação ao juiz de instrução, no seu próximo interrogatório...

"Não vou ler mais nada", pensou Ryjik, e surpreendeu-o que sua despedida dos livros fosse tão indiferente.

Hoje deveria haver livros fulgurantes, cheios de uma álgebra histórica irrefutável, cheios de denúncias inclementes, livros que julgassem a época atual: cada linha deveria ser de inteligência implacável, impressa com puro fogo. Esses livros nascerão mais tarde. Ryjik quis lembrar-se de livros ligados, para ele, à sensação da vida. O papel acinzentado dos jornais, com sua monótona repetição, deixava-lhe apenas uma lembrança de insipidez. De um passado muito longínquo voltou-lhe com intensidade a imagem de um jovem a sufocar numa cela, a se içar às grades das janelas, a avistar então três fileiras de janelas gradeadas numa fachada amarela, um pátio em que outros presos serravam madeira, um céu atraente que teve vontade de beber... Aquele prisioneiro distante — eu, um eu que na verdade não sei se está vivo ou se morreu, um eu que me é mais estranho do que muitos fuzilados do ano passado — certo dia recebeu livros que o fizeram renunciar inebriado ao apelo dos céus, a *História da civilização* de Buckle e *Contos populares* bem-pensantes, que folheou com irritação. Por volta da metade do livro o caráter tipográfico mudou e era o *Materialismno histórico* de Gueórgui Valentínovitch Plekhánov. Parecia-lhe que até então aquele jovem não fora mais do que vigor elementar, músculos hábeis tentados pelo esforço, instintos, sentira-se como um potro no campo; e a rua sórdida, a oficina, as multas, a falta de dinheiro, as solas furadas, a prisão o mantinham como um animal de castigo. De repente descobriu em si uma nova capacidade de viver que ultrapassava indizivelmente o que em geral se chamava de vida. Relia as mesmas páginas andando pela cela, tão feliz por compreender que tinha vontade de correr e gritar; e escreveu para Tânia: "Perdoa-me por desejar ficar aqui até que termine estes livros. Finalmente sei por que te amo...". O que é, então, a consciência? Será que ela surge em nós como uma estrela no céu branco do crepúsculo, de modo invisível e inegável? Ele, que na véspera vivia na névoa, agora enxergava a verdade. "É isso, é o contato com a verdade." A verdade era simples, próxima como uma jovem que tomamos nos braços, chamando-a *querida*, e então descobrimos seus olhos límpidos em que se misturam luz e sombra. Ele tinha a verdade para sempre. Em novembro de 1917, um outro Ryjik — e no entanto o mesmo — foi requisitar em nome do partido, com a Guarda Vermelha, uma grande gráfica da ilha de Vassíliev. Diante das máquinas poderosas que fazem livros e jornais, ele exclamou: "Pois bem, camaradas, acabou-se o tempo da mentira! Os homens imprimirão apenas a verdade!". O proprietário da gráfica, homem gordo e pálido de lábios amarelos, declarou maldosamente: "Quanto a isso, senhores, tenho minhas dúvidas!", e Ryjik teve vontade de matá-lo na hora, mas não éramos portadores da barbárie, estávamos acabando com a guerra e a matança, éramos portadores da justiça proletária. "Veremos, cidadão; seja como for, saiba que os senhores acabaram para sempre..." O homem que ele era naquele tempo passava dos 40, idade pesada para quem trabalha, mas sentia-se de volta à adolescência: "A tomada do poder", dizia, "nos rejuvenesce vinte anos".

Os três primeiros dias que passou sem alimento quase não o fizeram padecer. Não estaria ingerindo muito líquido? A fome era apenas um tormento visceral, que ele media com indiferença. Enxaquecas obrigavam-no a permanecer deitado, depois passavam, mas tonturas faziam-no apoiar-se de repente na parede enquanto andava. Seus ouvidos enchiam-se de um ruído semelhante ao do mar dentro do caramujo. Sonhava mais do que pensava; só sonhava e pensava na morte de modo derrisoriamente superficial. "Conceito puramente negativo, o sinal de menos; só a vida existe..." Era evidente, era vertiginosamente falso. Estúpidas eram a evidência e a vertigem. Sentiu frio, deitado debaixo da coberta e do casaco grosso de inverno: "É o calor da vida que se vai...". Teve calafrios duradouros, tomado por um tremor de folha na tempestade — não, por um tremor eletrizado, dang-dang-dang-dang... Seus olhos enchiam-se de clarões coloridos, como auroras boreais; também via luzes escuras, orladas de fogo: raios, discos, planetas extintos... Talvez o homem consiga vislumbrar muitas coisas misteriosas quando a matéria de seu cérebro começa a se desagregar. Acaso ela não é feita da mesma substância que os mundos? Um calor suntuoso penetrava seus membros, ele se levantou, economizando movimentos, para esmagar entre os dedos, cujas articulações tornavam-se doloridas, o centeio negro que precisava destruir, destruir a todo custo, camaradas, apesar de seu cheiro horrível.

Chegou um dia em que já não teve forças para se levantar. Seus maxilares se decompunham, iam estourar como um abscesso, isso alivia, estourar como uma grande bolha de carne, uma grande bolha de sabão transparente na qual reconhecia seu rosto, um ridículo sol careteiro. Ele ria. Gânglios formavam-se debaixo de suas orelhas, dolorosamente, como uma cárie... Uma enfermeira entrou, chamava-o afetuosamente por seu nome de outrora, ele se recostou para mandá-la embora, mas a reconheceu: "Você, você morreu há tanto tempo e está aqui, e sou eu que estou morrendo porque é preciso, querida. Vamos passear um pouco, vamos?". Seguiram pela beira do Neva até o Jardim de Verão, pela noite branca. "Estou com sede, querida, uma sede incrível... estou delirando, é bom, tomara que eles demorem para perceber. Um copo grande de cerveja, querida! Depressa!" Sua mão estendida para o copo tremia tanto que o copo caiu no chão com um suave tilintar de sinos, e belas vacas malhadas de azul e dourado, de chifres transparentes bem abertos, projetavam os peitos num prado da Carélia; as bétulas cresciam de segundo em segundo, agitando folhagens que acenavam melhor do que mãos — o rio é aqui, a fonte pura é aqui, bebam, animais lindos! Ryjik deitava-se no capim para beber, beber, beber, beber...

— Está doente, cidadão? O que houve?

O vigia-chefe pôs a mão em sua testa, uma mão fresca, benfazeja, mão imensa de nuvens e neve... A ração do dia intacta no chão, um resto de pão no vaso sanitário, aqueles enormes olhos cintilantes no fundo das órbitas sombreadas, o tremor do corpanzil que se transmitia para a cama, o hálito fétido do preso... O vigia--chefe compreendeu na mesma hora (e viu-se perdido: criminosa negligência no serviço!).

— Arkhípov!

Arkhípov, soldado do batalhão especial, entrou pisando duro, e seus passos repercutiram no cérebro de Ryjik como pazadas de terra sobre seu túmulo, engraçado, então é tão simples estar morto, mas onde estão os cometas?

— Arkhípov, despeje água lentamente na boca dele...

O vigia-chefe anunciou ao telefone: "Camarada-chefe, um comunicado: o preso 4 está moribundo...". De um telefone para outro, a morte do preso 4, ainda vivo, percorreu Moscou espalhando pânico pelo caminho; zumbiu na concha acústica do Kremlin, insinuou uma vozinha aguda nos aparelhos da Casa do Governo, do Comitê Central, do Comissariado do Interior, anunciou-se com uma voz de homem falsamente firme num palacete cercado de silêncio idílico no meio dos bosques do Moskova; então seu murmúrio agressivo impôs-se a outros murmúrios que informavam sobre uma escaramuça na fronteira sino-mongol e sobre uma avaria grave na usina de Tcheliábinsk.

— Ryjik moribundo? — disse o Chefe com sua voz baixa de raivas reprimidas. — Ordeno que seja salvo.

Ryjik saciava a sede com uma água deliciosa. Era gelo e era sol. Caminhava na neve com passo aéreo. "Juntos, juntos", disse alegre porque os camaradas, todos juntos, de braços dados como nos funerais revolucionários de outrora, os Velhos, os enérgicos, os voluntariosos o arrastavam sobre o gelo... De repente a seus pés abriu-se uma fenda, recortada geometricamente em forma de raio; uma água preta, lisa, estrelada, agitava-se no fundo. Ryjik gritou: "Camaradas, cuidado!". Uma dor dilacerante, também em forma de raio, percorria-lhe o peito. Ele ouvia breves explosões por baixo do gelo... Arkhípov, soldado do batalhão especial, viu o sorriso do preso se contorcer sobre seus dentes que pararam de bater na borda do copo. O olhar delirante se turvou.

— Cidadão! Cidadão!

Nada mais se mexia no rosto compacto, eriçado de pelos brancos. Arkhípov pousou lentamente o copo na mesa, recuou um passo, pôs-se em posição de sentido, imobilizou-se em pavor e piedade.

Ninguém lhe deu atenção quando acorreram os personagens importantes, o médico de avental branco, um altíssimo graduado de cabelos perfumados, uma mulher baixinha de uniforme, completamente pálida, sem lábios, um velhinho de casaco puído a quem o próprio graduado, com insígnias de general, só falava inclinado... O médico fez um gesto amável com o estetoscópio:

— Desculpem-me, camaradas, a ciência já não pode fazer nada...

E, assumindo um ar ostensivamente descontente, pois se sentia justificado:

— Por que me chamaram tão tarde?

Ninguém soube o que dizer. O soldado Arkhípov lembrou que, nas igrejas, canta-se para os mortos em tom de súplica: "Perdoa-lhe, Senhor!". Ateu como se deve ser no nosso tempo, ele se censurou imediatamente pela reminiscência, mas o canto litúrgico, contra a sua vontade, continuou aflorando-lhe à memória. Afinal, seria tão ruim? Ninguém saberia dizer: "Perdoa-lhe, Senhor! Perdoa-nos!". O silêncio da prisão abateu-se por um momento sobre todo o grupo. Os personagens importantes avaliavam as consequências: atribuição de responsabilidades, retomada da instrução por outra via, informação ao Chefe, a que relacionar o processo Tuláiev?

— A quem pertencia o acusado? — perguntou Popov sem olhar para ninguém, pois ele sabia perfeitamente.

— À camarada Zvéreva — respondeu Gordêiev, alto-comissário interino da Segurança.

— Ordenou uma visita médica quando ele chegou, camarada Zvéreva? Recebia relatórios diários sobre seu estado e seu comportamento?

— Eu achava... Não...

A reprovação de Popov explodiu:

— Está ouvindo, Gordêiev, está ouvindo?

Arrebatado pela fúria, foi o primeiro a se precipitar para fora da cela. Ia quase correndo, raivoso, como um descomunal polichinelo, mas era ele que arrastava o imponente Gordêiev por um fio invisível. Zvéreva foi a última a sair. Ao passar diante do soldado Arkhípov, sentiu que ele a olhava com ódio.

Capítulo 8
A rota do ouro

Desde seu retorno da Espanha, Kondrátiev vivia numa espécie de vazio. A realidade fugia dele. Seu quarto, no 14º andar da Casa do Governo, era só abandono. Os livros empilhavam-se sobre a pequena escrivaninha, abertos, uns por cima dos outros. Os jornais desdobrados abarrotavam o sofá no qual ele se jogava de repente, olhando para o teto, com o cérebro vazio e uma leve sensação de pânico no peito. A cama parecia sempre desarrumada, mas, estranhamente, já não se assemelhava a uma cama de verdadeiro ser vivo, e Kondrátiev não gostava de vê-la, não gostava de se despir para deitar-se nela, já não gostava de dormir — pensar que será preciso acordar amanhã, ver de novo o teto branco, as tapeçarias de palacete rico, o cinzeiro cheio de cigarros pela metade, mal começados e já esquecidos, as fotos outrora queridas que já não significavam nada... Espantoso como as imagens se apagam. Agora ele só suportava a janela da qual se viam as obras do Grande Palácio dos Sovietes, a curva do rio Moscou, as torres e os edifícios sobrepostos do Kremlin, a caserna quadrada das últimas tiranias (anteriores à nossa), os bulbos das velhas igrejas, a torre branca de Ivan, o Terrível... As pessoas caminhavam sempre pela margem do rio, um carro oficial ultrapassava uma velha carroça de tijoleiros dos séculos anteriores, e aqueles movimentos de formigas ocupadas, com animais e motores, o intrigavam. Será que aquelas formigas imaginam que têm algo a fazer, que suas pequenas existências têm algum sentido? Um sentido que não seja o da estatística? Mas o que é que me deu para estar com essas ideias malucas? Acaso não vivi conscientemente, firmemente? Estarei me transformando num neurótico? Ele sabia muito bem que não estava se tornando neurótico, mas só conseguia escapar ao mal-estar daquele quarto naquela janela. As torres pontiagudas mantinham sua severidade de pedras velhas, o céu era vasto, a sensação de uma cidade imensa impunha-se como um consolo. Nada pode acabar, o que é um homem acabando? Kondrátiev saía, tomava um bonde até um ponto final de subúrbio onde nunca iriam parar as pessoas de sua categoria, vagueava pelas ruas pobres ladeadas por terrenos baldios e casas de madeira de venezianas azuis e verdes. Havia hidrantes nos cruzamentos. Ele detinha o passo diante das janelas por trás das quais parecia reinar uma calorosa intimidade, pois tinham cortinas limpinhas, flores na parte interna do parapeito, pequenas panelas colocadas entre os vasos para manter o frescor. Se tivesse coragem, pararia ali para ver as pessoas vivendo — as pessoas vivem, é curioso, simplesmente vivem, esse vazio não existe para elas, não conseguem conceber que tão perto haja homens que andam através do vazio, num mundo completamente diferente, e que nunca terão outros caminhos. Ora, pare com isso, você está ficando doente! Impunha a si mesmo a penosa tarefa de se apresentar no Kombinat dos Combustíveis, onde deveria controlar a execução dos projetos especiais da Diretoria Central do Reabastecimento Anual. Outros faziam esse trabalho e esses outros o olhavam de modo estranho, com o respeito de sempre, mas por que tinham aquela atitude distante, quase amedrontada? A secretária, Tamara Leontiêvna, entrava silenciosamente no escritório envidraçado, tinha lábios mudos pintados de um vermelho duríssimo, olhar receoso, e por que baixava a voz ao lhe responder, sem nunca mais sorrir? Ocorreu-lhe a ideia de que talvez ele estivesse assim, de que a expressão, a frieza, a angústia dele (era mesmo angústia) fossem perceptíveis à primeira vista. Serei contagioso? Foi olhar-se no espelho do banheiro e lá ficou diante de si mesmo, quase sem pensar, por muito tempo, numa imobilidade desértica. No fundo, é absurdo como nos interessamos por nós mesmos! Sou eu esse homem cansado, esse rosto amarelado, essa boca feia de lábios vermelho-acinzentados, eu, eu, eu, eu, essa aparência humana, esse fantasma carnal! Os olhos lembravam outros Kondrátiev desaparecidos dos quais não tinha saudade. É absurdo ter vivido tanto para chegar a isto. Será que vou mudar muito depois de morto? Provavelmente ninguém se dá ao trabalho de fechar os olhos dos fuzilados, terei esse olhar fixado para sempre, ou seja, por pouco tempo, até a decomposição dos tecidos ou a cremação. Levantou os ombros, lavou as mãos ensaboando-as longa e automaticamente, penteou-se, acendeu um cigarro, deixou-se ficar. O que estou fazendo aqui? Fumou diante do espelho, com olhar ausente, sem pensar em nada. Voltou a seu escritório. Tamara Leontiêvna o esperava, fingindo ler a correspondência do dia.

— Assine, por favor...

Por que não o chamava de "camarada" ou, mais amavelmente, de Ivan Nikoláievitch? Ela evitava seu olhar, devia estar constrangida por ele ter visto suas mãos, a nudez de suas mãos finas e simples. Suas unhas não estavam pintadas, ela as dissimulava atrás dos papéis. Não era assim que se temia o olhar de um moribundo?

— Ora, não esconda as mãos, Tamara Leontiêvna — disse Kondrátiev com humor, e desculpou-se imediatamente, com o cenho franzido e a voz ríspida. — Quero dizer que para mim é indiferente, esconda-as se quiser, desculpe. Não podemos mandar essa carta para as minas de hulha de Malakhovo, não é nada do que eu lhe tinha dito!

Não ouviu as explicações da secretária, mas respondeu com alívio:

— É isso, exatamente isso, refaça a carta nesse sentido...

O espanto dos olhos castanhos que estavam muito próximos, maldosamente próximos, interrogativos ou assustados, provocou-lhe um ligeiro choque e ele assinou a carta assumindo ares de indiferença.

— Enfim, é isso, tudo bem... Não virei amanhã...

— Certo, Ivan Nikoláievitch — respondeu a secretária com voz amável, natural...

— Certo, Tamara Leontiêvna — repetiu ele, alegre, e dispensou-a com um aceno amistoso, pelo menos foi o que sentiu, pois na verdade sua expressão continuava terrivelmente triste. Sozinho, acendeu um cigarro que viu atentamente consumir-se entre seus dedos apoiados na borda da mesa.

Os diretores importantes o evitavam, por sua vez ele evitava os chefes de departamento, sempre preocupados com coisas insignificantes. O presidente do Kombinat estava saindo do seu gabinete no momento em que Kondrátiev chamava o elevador. Precisaram descer juntos naquela caixa de mogno, forrada de espelhos que multiplicavam as duas imagens vultosas. Falaram-se quase como de costume, mas o diretor não ofereceu a Kondrátiev um lugar em seu carro. Enfiou-se nele muito depressa, com um aperto de mão rápido, tão desagradável que, no instante seguinte, Kondrátiev esfregou as mãos para apagar a sensação que ficara. Como aquele ser enorme, de pescoço porcino, podia adivinhar? Como o próprio Kondrátiev podia adivinhar? A pergunta não suscitava nenhuma resposta racional, mas ele *sabia*, e os outros, todos os outros que ele encontrava, também *sabiam*. Na conferência do Instituto de Agronomia, o conferencista, um jovem técnico arrivista e muito dotado, indicado para a subdiretoria do Kombinat das Florestas do Transbaikal, escapuliu discretamente pela porta dos fundos, claro que para não precisar conversar com Kondrátiev, que o protegera. Kondrátiev instalara-se sozinho num canto da sala e ninguém viera sentar-se perto dele. Para evitar os cumprimentos constrangidos dos camaradas, na saída ele tinha se demorado com alunas do instituto: evidentemente, elas eram as únicas que *não sabiam*, dirigiam-lhe olhares isentos, amáveis, ainda viam nele uma pessoa importante, um velho do partido, até o admiravam um pouco porque, segundo os rumores, era próximo do Chefe, cumprira uma missão na Espanha, era um homem de estirpe especial, ex-condenado a trabalhos forçados, herói da guerra civil, usava um terno descuidado, o nó da gravata era displicente, tinha olhos bondosos e cansados (um homem bem bonito, na verdade), mas por que aquela mocinha da Politécnica, que encontramos outra noite no Grande Teatro, foi embora? Era o que se perguntavam as duas mais velhas enquanto ele se afastava lentamente, com os ombros caídos e o andar pesado.

— Ele deve ser genioso — disse uma delas. — Você notou a testa enrugada e o cenho franzido? Deus sabe o que ele tem na cabeça...

Na cabeça ele só tinha "como todos eles sabem, como é que eu sei, mas será que sei mesmo, será que eles não leem a angústia nervosa no meu rosto?".

Um ônibus cheio de uma gente que ele não enxergava levou-o ao parque Sokôlniki. Andou solitário e na noite sob as grandes árvores frias, entrou num cabaré em que trabalhadores que pareciam vadios e vadios que pareciam trabalhadores tomavam cerveja e fumavam, em meio ao vozerio de uma briga arrastada.

— Você é um safado, meu velho irmão, e não sei por que não admite. Não fique zangado, pois eu admito, também sou um safado...

De outro lado da sala, uma voz jovem gritou:

— Isso é verdade, cidadão!

E o bêbado respondeu:

— Claro que é verdade, nós todos somos uns safados...

Aquele homem levantava-se, gordo, com roupas grossas de carregador, que não eram da estação, cabeleira ruiva, testa brilhante, e ia levando o colega cambaleante:

— Vamos embora, meu velho irmão, a gente também é cristão, hoje não vou quebrar a cara de ninguém... E, se eles não sabem que são uns safados, é bom não dizer para não ficarem ofendidos...

Ele viu Kondrátiev, estrangeiro triste e forte, com terno de europeu, de cotovelos apoiados na mesa molhada, olhando vagamente para o vazio. O bêbado se deteve, perplexo, e falou para si mesmo:

— E esse aí também é um safado? Difícil dizer... Desculpe, cidadão, só estou em busca da verdade.

Kondrátiev mostrou os dentes, com um meio sorriso divertido:

— Sou quase igual a você, cidadão, mas é difícil julgar...

Disse isso num tom grave, que surtiu efeito. Sentiu-se excessivamente observado, levantou-se e foi embora. No meio da noite escura, um sujeito suspeito, de quepe, com uma lanterna de bolso iluminando a si mesmo, pediu-lhe os documentos; e, diante do salvo-conduto do Comitê Central, recuou como que para desaparecer nas trevas:

— Desculpe-me, camarada, o serviço...

— Fora — resmungou Kondrátiev —, e depressa!

O sujeito suspeito, no limite da escuridão absoluta, bateu continência, com a mão na altura de um quepe disforme. E Kondrátiev, retomando com passo mais leve a caminhada pela alameda escura, tomou conhecimento de duas coisas incontestáveis: que não havia dúvida possível, nem valia a pena recapitular os indícios, *e que ele lutaria*.

Ele sabia, e todos os que se aproximavam dele deviam saber, pois aquela sutil revelação emanava dele, ele sabia que um dossiê KONDRÁTIEV, I. N. transitava de um gabinete para outro, no domínio ilimitado do mais secreto segredo, deixando por toda parte um transtorno inominável. Mensageiros confidenciais depositavam aquele envelope lacrado sobre as mesas do serviço secreto do Secretariado Geral; mãos atentas o pegavam, abriam, faziam anotações no novo documento anexado pelo Alto-Comissariado da Segurança; o envelope aberto transpunha portas, semelhantes a todas as portas do mundo, da região restrita em que todos os segredos se apresentavam nus, silenciosos, muitas vezes mortais, mortalmente simples. O olhar do Chefe percorria aqueles papéis por um momento, devia estar com o velho rosto pálido, testa baixa, sulcada de rugas, os olhinhos castanho-avermelhados de olhar anguloso, olhar duro de homem abandonado. "Está sozinho, camarada, absolutamente sozinho com todos esses papéis envenenados a que você mesmo deu origem. Aonde o levarão? Bem sabe aonde estão nos levando, mas não pode saber aonde o levarão. Você vai naufragar no fim do caminho, irmão, tenho pena de você. Dias terríveis virão, e você estará só com milhões de rostos mentirosos, só com seus retratos enormes exibidos nas fachadas, só com os espectros de crânios perfurados, só no cume de uma pirâmide de esqueletos, só com este país desertado de si mesmo, traído por você que é fiel, como nós, louco de fidelidade, louco de suspeitas, louco de invejas reprimidas a vida toda... Sua vida foi negra, só você se vê quase como é, fraco, fraco, fraco, atormentado pelos problemas, fraco e fiel, e mau, porque, sob a couraça rígida que nunca abandonará, na qual morrerá, rígido de tenacidade, você é débil e nulo. É esse o seu drama. Desejaria destruir todos os espelhos do mundo para não mais se reconhecer neles, nossos olhos são seus espelhos e você os destrói, mandou estourar crânios para destruir os olhos nos quais se via, se julgava, tal como é, irremediavelmente... Acaso meus olhos o incomodam, irmão? Olhe para mim bem de frente, deixe todos esses papéis fabricados por nossa máquina de esmagar homens. Não lhe reprovo nada, avalio toda a sua culpa, mas vejo toda a sua solidão e penso no amanhã. Ninguém pode ressuscitar os mortos nem salvar o que se perdeu, o que já está morrendo, não podemos deter a descida rumo ao abismo, travar a máquina. Não tenho ódio, irmão, não tenho medo, sou como você, só temo por você, por causa do país. Você não é grande nem inteligente, mas é forte e devotado como todos os que valiam mais do que você e desapareceram por ordens suas. A história nos pregou esta peça: só temos você. É isso que meus olhos lhe dizem, pode me matar, isso o tornará apenas mais desarmado, mais só, mais nulo e talvez não me esqueça, assim como não esqueceu os outros... Quando nos tiver matado todos, você será o último, irmão, o último de nós, o último para si mesmo, e será sufocado pela mentira, pelo perigo, pelo peso da máquina que você montou..."

O Chefe levantava a cabeça lentamente, porque tudo nele pesava, e ele não era aterrador, era velho, de cabelos grisalhos, pálpebras inchadas, e perguntava simplesmente, com a voz pesada como o arcabouço de seus ombros: "O que fazer?".

"O que fazer?", repetiu Kondrátiev em voz alta, na noite fresca. Caminhava a passos largos para um ponto vermelho que oscilava lentamente no meio da calçada. O céu se abria e estrelas surgiam acima das construções de tijolo da praça Spartacus; à direita, a praça escura de árvores mirradas.

"O que fazer, meu velho? Não lhe peço que confesse... Se você se pusesse a confessar, tudo desmoronaria. Essa é sua maneira de segurar o mundo nas mãos: calar-se..."

A alguns passos da pequena lanterna vermelha, numa cuba de piche decerto ainda quente, cabeças descabeladas colavam-se umas às outras, com as pontas douradas dos cigarros; e de lá vinha um murmúrio de vozes agitadas. Kondrátiev, com as mãos nos bolsos, cabeça baixa, detinha-se diante de seu problema por causa de um cabo que lhe interceptava o caminho e da lanterna que sinalizava obras públicas. Estava enxergando muito bem, mas só olhava para si mesmo e para muito além de si mesmo. Na cuba quente, ergueram-se cabeças, voltadas para aquele transeunte que não parecia da milícia, e todos sabem muito bem que às três horas da manhã esses preguiçosos já não estão nas ruas. Era um bêbado, então, com os bolsos prontos para serem esvaziados, veja só, Ieromka, o Esperto, é sua vez, você é o especialista em cidadãos desse tipo, ele parece forte, cuidado... Ieromka ergueu-se de corpo inteiro, esguio como uma moça, mas de aço, com a faca preparada no cinto esfarrapado, e olhou através da escuridão para aquele homem de

55 anos, ombros e queixo quadrados, bem-vestido, que continuava falando baixinho consigo mesmo.

— Ei, tio! — disse Ieromka com voz sibilante, que se ouvia bem até onde era preciso e logo se perdia na noite.

— O que foi, tio? Tá bêbado?

Kondrátiev percebeu o grupo de meninos e disse alegremente:

— Olá! Muito frio?

Não estava bêbado, mas estranhamente cordial, com voz segura: alarmante. Ieromka saiu devagar da cuba e se aproximou, mancando um pouco (artimanha dele para parecer mais fraco do que era; arame, desossado, boneco desengonçado de articulações metálicas, ele leva a pensar em tudo isso). Separados apenas pelo cabo e pela lanterna vermelha, Ieromka e Kondrátiev interrogaram-se de muito perto, num silêncio opaco. "Aqui estão nossas crianças, nossas crianças abandonadas, Iossif, apresento-lhe nossas crianças", pensava Kondrátiev, o que fazia surgir em seus lábios escuros um sorriso sombrio. "Levam facas nos andrajos piolhentos, não soubemos dar-lhes nada mais. Sei que não é nossa culpa. E você, que tem todos os revólveres das tropas especiais, também não soube dar nada mais a si mesmo, você que estava com todas as nossas riquezas nas mãos..." Ieromka o examinava de cima a baixo, com seus olhos de menina perigosa. Ele disse:

— Vá embora, tio, não perdeu nada por aqui... Aqui é a conferência dos garotos da zona, entendeu? Estamos ocupados; vá embora.

— Tudo bem — respondeu Kondrátiev —, estou indo. Saudações à conferência.

— Um lunático — relatou Ieromka aos companheiros apertados em círculo dentro da cuba —, nada para temer; continue, Timocha...

Kondrátiev se foi rumo às torres das três estações, a de Outubro, a de Iaroslavl, a de Kazan: a da revolução, a da cidade onde tivemos dezoito fuzilados, 350 derrotados de uma vez, a de Kazan onde com Trótski e Raskólnikov, num brulote, incendiamos a frota branca... É espantoso como fomos vitoriosos, como somos vitoriosos, como estamos abandonados e vencidos (Iaroslavl já não lembra mais que uma prisão secreta), iguais àqueles garotos vadios que talvez estejam conferenciando sobre um crime ou sobre a organização correta da mendicância e dos roubos em torno das três estações — mas eles estão vivos, estão lutando, têm motivo para mendigar, matar, roubar, conferenciar, estão lutando... Kondrátiev falava consigo mesmo, inflamado, gesticulando com a mão aberta, como que na tribuna.

Quando voltou para casa, os galos cantavam nos quintais ao longe, decerto em ruas de aparência provinciana com casinhas de madeira e tijolo, superpovoadas e entulhadas, com árvores de antanho em jardinzinhos miseráveis, montes de lixo pelos cantos, e em cada quarto dormia uma família agasalhada, os filhos aos pés da cama dos pais, debaixo de cobertas multicoloridas feitas de pequenos retângulos de tecidos vistosos, emendados uns aos outros. Havia ícones nos cantos do teto, desenhos de escolares alfinetados no papel amarelado das paredes e alimentos exíguos no patamar da janela. Kondrátiev teve inveja daquelas pessoas que dormiam o sono da vida, o homem e a mulher encostados um no outro, em meio ao odor animal que emanava de seus corpos unidos. O quarto dele era fresco, limpo e vazio; o cinzeiro, o papel de carta, o calendário, o telefone, os livros do Instituto de Economia Planificada, tudo parecia inútil, nada tinha vida. Olhou para a cama com um pavor triste. Mais uma vez deitar-se em lençóis (lençóis como mortalha), debater-se com um pensamento inútil e impotente, saber que haverá a hora absolutamente tenebrosa da lucidez em pleno vazio, quando a vida já não tem sentido nenhum; e, se ela não for mais do que essa angústia vã, a consciência vacilante do "de que adianta?", como fugir de si mesmo? O olhar se tranquiliza por um momento pousado na Browning que está sobre o criado-mudo... Kondrátiev voltou da janela para a alcova, pegou a Browning, sopesou-a com satisfação. O que acontece em nós para nos sentirmos súbita e absurdamente fortalecidos? Ouve seu próprio murmúrio: "Certamente". A aurora crescia na janela, a margem do rio Moscou ainda estava deserta, a baioneta de uma sentinela movia-se entre as ameias da muralha de ronda do Kremlin, um matiz de ouro pálido pousou no bulbo desdourado da torre de Ivan, o Terrível, luz que mal se discernia, mas já vitoriosa, quase rosa, e o céu roseando, não havia limite entre o rosa matinal e o azul da noite que terminava, em que as últimas estrelas se apagariam. "São as mais fortes e vão se apagar porque estão ofuscadas..." Um frescor extraordinário irradiava daquela paisagem de céu e cidade, e a sensação de um poder ilimitado como aquele céu provinha das pedras, das calçadas, das muralhas, das obras, das carroças que surgiram e avançaram pela margem do rio, lentamente, beirando a água rosa e azul. Milhões de seres indestrutíveis, pacientes, incansáveis se desprenderiam do sono e das pedras porque o céu brilhava, voltariam a seguir seus milhões de caminhos, todos levando ao futuro. "Pois bem, pois bem, camaradas", dizia-lhes Kondrátiev, "minha decisão está tomada. Vou lutar. A revolução precisa de uma consciência limpa...". Essas palavras quase o mergulharam novamente no desespero. A consciência de um homem, a sua, gasta e paralisada, para que poderia servir ainda, limpa ou não? Da luz do dia nasceram ideias claras. "Estarei só, serei o último, só tenho minha vida para dar, vou dá-la e dizer NÃO. São mortos demais na mentira e na demência, não aceito desmoralizar mais o que nos resta do partido... Não. Em algum lugar sobre a terra há jovens desconhecidos cuja consciência nascente é preciso tentar salvar. NÃO." Quando se pensa claramente, as coisas se tornam de uma limpidez de céu matinal; não se deve pensar à maneira dos intelectuais, é preciso que o cérebro tenha a sensação de agir... Ele se despiu diante da janela aberta, embora fizesse bastante frio, para ver melhor o raiar do dia. "Não vou poder dormir..." Foi seu último clarão de pensamento; já estava adormecendo. Estrelas enormes, que eram de puro fogo, algumas cor de cobre, outras de um azul transparente, outras ainda avermelhadas, povoaram a noite de seu sonho. Moviam-se misteriosamente, mais se balançavam, a espiral adamantina de uma nebulosa desprendeu-se das trevas sobrecarregadas de uma luz inexplicável, cresceu, veja, veja os mundos eternos — a quem estava dizendo aquilo? Também havia uma presença: mas, afinal, quem era, quem? A nebulosa preenchia o céu, transbordava para a terra, já não era mais que uma flor de girassol, enorme e resplandecente, dentro de um pequeno pátio, sob uma janela fechada, as mãos de Tamara Leontiêvna fizeram um sinal, surgiram escadas ladrilhadas, muito largas, que eles subiram correndo, e uma torrente âmbar corria em sentido inverso, e nas ondas da torrente peixes enormes saltavam como salmões quando sobem os rios...

Enquanto Kondrátiev fazia a barba, por volta do meio-dia, voltaram-lhe à mente fragmentos daquelas imagens; eram benfazejas.

Como diriam as senhoras... Mas o que diria um psicanalista? Estou me lixando para os psicanalistas! A convocação do Comitê do partido não lhe causou nenhuma emoção. Na verdade, não era nada, tratava-se de uma missão de pouca importância, uma festa que ele deveria presidir em Siérpukhovo, quando os trabalhadores da fábrica Ilitch entregariam uma bandeira a um batalhão de tanques de guerra.

— Os rapazes dos tanques são espantosos, Ivan Nikoláievitch — dizia o secretário do Comitê —, mas houve problemas no batalhão, um ou dois suicídios, um instrutor político incapaz, é preciso fazer um bom discurso... Fale do Chefe, diga que o encontrou...

Para evitar qualquer mal-entendido, entregaram-lhe um roteiro resumido.

— Contem comigo para fazer um bom discurso — disse Kondrátiev. — Quanto ao que tentou o suicídio, vou lhe dizer umas coisinhas!

Pensou naquele rapaz desconhecido com amor e raiva. Aos 25 anos, quando se tem aquele país para servir, está maluco, rapaz? Foi até o bar comprar cigarros dos mais caros, luxo que raramente se permitia. Uma delegação de trabalhadores do Zamoskvorétchie tomava chá com as organizadoras da seção feminina e o diretor do pessoal da produção. Tinham aproximado várias mesas. Gerânios formavam belas manchas vermelhas por cima das toalhas; outras manchas vermelhas, mais bonitas, eram as das tiaras nas testas jovens. Vários rostos se voltaram para o homem envelhecido que abria um maço de cigarros, porque a organizadora acabava de sussurrar: "É Kondrátiev, membro suplente do CC...". As palavras "Comitê Central" percorreram a mesa toda. Aquele homem pertencia ao poder, ao passado, à devoção, ao segredo. O murmúrio das vozes baixou, depois o diretor do pessoal da produção exclamou com seu vozeirão cordial:

— Ei, Kondrátiev, venha tomar chá com a geração em ascensão do Zamoskvorétchie!

Naquele momento entrou Popov e, com seu andar de velhote, o quepe sobre as mechas grisalhas, veio colocar as duas mãos nos ombros de Kondrátiev.

— Grande e velho irmão, há quanto tempo não nos vemos! Como vai?

— Vou indo. E você? A saúde?

— Nenhuma maravilha. Muito cansado. Que vá para o inferno o Instituto do Homem, que ainda não inventou um bom rejuvenescedor para nós!

Olhos nos olhos, sorriram-se amistosamente. Juntos, sentaram-se à grande mesa das trabalhadoras têxteis. A agitação das cadeiras foi animada. Havia insígnias nas blusas, vários rostos encantadores de pômulos largos, olhos grandes, expressões acolhedoras. Uma jovem invocou imediatamente o testemunho deles:

— Resolvam o impasse, camaradas, continuamos a discutir o índice de produção. Eu dizia que a nova racionalização não foi levada a fundo...

Convicta do que tinha para dizer, levantava as duas mãos, corava e, como tinha a tez muito clara, boca grande, olhos verde-acinzentados de folhagem no frio, faixa vermelha na testa saliente, tornava-se quase bonita, apesar de banal, aquela moça da terra que se transformara em moça de fábrica, apaixonada por máquinas e números...

— Estou ouvindo, camarada — disse Kondrátiev, um pouco divertido, mas, afinal, contente.

— Não lhe dê ouvidos — interrompeu uma outra, de rosto fino e severo debaixo de tranças escuras e bem enroladas.

— Efriêmovna, você sempre exagera, a tarefa foi cumprida em 104%, mas tivemos avarias em 27 teares, essa foi a verdadeira causa do fracasso.

Rostos de velhas operárias condecoradas animaram-se: não, não, também não foi isso! As mãos de Popov, terrosas como as de um velho camponês, pediram silêncio e ele explicou que os velhos do partido — mmm... — não eram competentes em matéria de indústria têxtil, hum, mmm, são vocês a juventude competente, com os engenheiros, apenas, mmm, as diretrizes do plano exigem boa vontade, mmm, eu dizia, resolução, hmmm, precisamos ser um país de ferro, com vontade de ferro... mmm. "Certo, certo!", disseram vozes jovens e velhas, e foi um coro murmurado, "vontade de ferro, vontade de ferro...". Kondrátiev olhava atentamente para os rostos, um após o outro, sopesando o que havia de oficial e de sincero naquelas frases, muito mais sinceridade, certamente, e a frase convencional, bem no fundo, também é sincera. Vontade de ferro, sim. Observou com olhar duro o perfil sombrio do velho Popov. Vamos ver!

No instante seguinte, Popov e Kondrátiev viram-se sozinhos nas amplas poltronas de couro de um escritório.

— Vamos conversar um pouco, Kondrátiev?

— Claro...

A conversa divagou. Kondrátiev começou a desconfiar. Qual era a intenção daquele velho? Aonde queria chegar com aquelas puerilidades? Ele é da confiança do Politburo, cumpre algumas tarefas... Terá sido mesmo por acaso que nos encontramos? Depois de ter falado de Paris, do PC francês e do agente que dirigia o partido, que não estava à altura, mmm, acho que será substituído, finalmente Popov perguntou:

— ... e a impressão que os processos causaram no estrangeiro, o que você me diz? Mmmm...

"Ah", pensou Kondrátiev, "é aí que você queria chegar?". Sentia-se tão bem, tão calmo quanto na noite anterior, em seu quarto inundado de aurora e frescor, com a Browning na mão a 30 centímetros de uma cabeça disponível, vigorosa e corajosa, enquanto a luz rosada ofuscava as últimas estrelas, as mais ardentes, reduzidas a pontos brancos quase absorvidos pelo céu. Estranha pergunta que nunca se fazia, pergunta perigosa. Você está me fazendo essa pergunta, velho irmão? Era para me perguntar isso que estava me esperando aqui? E agora vai fazer seu relatório, não é, velho safado? E, ao responder, é minha cabeça que estou pondo em jogo? Tudo bem, vamos lá.

— A impressão? Deplorável, a mais desmoralizadora possível. Ninguém entendeu nada. Ninguém acreditou... Nem mesmo os mais bem pagos dos nossos agentes pagos acreditaram...

Os olhinhos de Popov se assustaram.

— Psst, fale mais baixo... Não, não é possível...

— É assim, irmão. Os relatórios que dizem coisa diferente estão mentindo abominavelmente, idiotamente... Tenho vontade de redigir sobre isso um memorando para o Secretariado Geral... para completar aquele que redigi sobre alguns crimes insensatos cometidos na Espanha...

Gostou, velho Popov? Agora você sabe o que eu penso. Comigo, não há o que fazer, ou seja, sempre é possível fazer de mim um cadáver, mas é só isso. Eu não ando, o dossiê pode viajar, eu não vou andar, está estabelecido. Popov ouvia perfeitamente o que estava apenas sendo pensado, graças ao tom, ao maxilar rígido, ao olhar direto de Kondrátiev. Popov esfregava as mãos lentamente, olhando para o chão.

— Então... então... mmm é muito importante o que você está me dizendo... Não escreva esse memorando, seria melhor... Eu... mmm... Vou falar sobre isso... mmm (pausa). Vão mandá-lo a Siérpukhovo, para uma festa?

— Para uma festa, sim!

Respondeu com uma secura tão sarcástica que Popov conteve um esgar.

— Bem que eu gostaria de ir... mmm. Maldito reumatismo...

Estava fugindo.

Popov conhecia melhor do que qualquer um dos iniciados os caminhos secretos do dossiê Kondrátiev, engrossado havia alguns dias por vários documentos embaraçosos: relatório do médico adido no serviço secreto de Odessa sobre a morte do detento N. (foto anexa) a bordo do *Kuban*, na antevéspera da chegada do cargueiro: hemorragia cerebral, aparentemente decorrente de fraqueza constitucional e sobrecarga nervosa, talvez precipitada por emoções. Outros documentos revelavam a identidade do prisioneiro N., dissimulada por duas vezes, de tal modo que se começou a duvidar de que fosse mesmo o trotskista Stefan Stern, o que no entanto foi certificado por dois agentes que voltaram de Barcelona, mas podia-se suspeitar de seu testemunho, pois estavam visivelmente amedrontados e denunciavam-se mutuamente. Stefan Stern desaparecia daqueles papéis duvidosos tão completamente quanto do necrotério do serviço secreto de Odessa, enquanto um funcionário do hospital militar liberava para preparação com fins de exportação "um esqueleto masculino em perfeito estado, transmitido pelo serviço das autópsias sob número A 4-27". Quem foi o imbecil que enfiou até essa peça no dossiê K.? O relatório de um agente de origem húngara, suspeito por ter conhecido Bela Kun, contradizia os dados do relatório Iuvanov sobre a conspiração trotskista em Barcelona, a função de Stefan Stern e a possível traição de K., uma vez que fornecia a identidade de um capitão da aviação com o qual Stefan Stern teria tido dois encontros secretos, que os documentos Iuvanov confundiam com "Rúdin" (K.). Uma peça anexa, introduzida por engano, mas muito útil, revelava que o agente Iuvanov, que adoecera a bordo, desembarcara em

Marseille, abusando de seus poderes, e demorara-se numa clínica de Aix-en-Provence... O memorando Kondrátiev, dirigido contra ele, adquiria assim valor de acusação, e era talvez o que marcava um traço de lápis azul à margem de uma nota prudente de Gordêiev, que abria as portas, ao mesmo tempo, para duas condenações que se excluíam mutuamente... Enfim, das minutas originais depreendia-se que, sem dúvida, não era verdade que, em 1927, na célula de comércio exterior do partido, Kondrátiev tivesse votado a favor da oposição; nesse ponto, o serviço secreto dos arquivos errara grosseiramente ao confundir Kondratienko Appolon Nikoláievitch, inimigo do povo, fuzilado em 1936, com Kondrátiev, Ivan Nikoláievitch! (Documento anexo: nota ditada pelo chefe solicitando investigação severa sobre essa "confusão criminosa de nomes".) Disso seria possível inferir que o Chefe (!), o Chefe não dizia nada a Popov ao lhe entregar aquele dossiê, não se comprometia, tinha a testa vincada de rugas horizontais, olhar severo; parecia indiferente, mas provavelmente ansiava por um bom processo que mostrasse a ligação dos assassinos de Tuláiev com os trotskistas da Espanha, processo cujos relatórios pudessem ser traduzidos para várias línguas, com belos prefácios escritos por aqueles juristas estrangeiros que demonstram qualquer coisa, nem sempre sendo preciso recompensá-los bem. Por aqueles documentos que eram como malhas de uma rede, passava a linha da vida de Ivan Kondrátiev, uma linha forte que não fora quebrada pelos trabalhos forçados dos Urais, pelo exílio em Iacútia, por uma prisão em Berlim por porte de explosivos, linha que parecia perder-se às vésperas da revolução no pântano da vida privada, em algum lugar na Sibéria Central, quando, casado, o agrônomo Kondrátiev deixava-se esquecer, mas sem se corresponder de vez em quando com o Comitê Regional. "Não há revolucionários sem revolução", dizia então, levantando os ombros alegremente. "Não seremos nada, talvez, e terminarei minha vida selecionando as sementes dos trigos de outono e publicando pequenas monografias sobre os parasitas da forragem! Se, contudo, a revolução vier, vocês verão se me acomodei!" Viu-se, de fato, quando ele se improvisou em cavaleiro, à frente dos guerrilheiros do médio Ienissei, desceu com velhas espingardas e cavalos de lavoura até o Turquestão, perseguindo bandos nacionais e imperiais, subiu até o Baikal, assaltou um trem que levava bandeiras de três potências, capturou oficiais japoneses, britânicos e tchecos, ganhou deles várias partidas de xadrez, quase cortou a aposentadoria do almirante Koltchak...

Popov disse:

— Recentemente caiu-me nas mãos um número velho de revista e reli suas lembranças...

— Quais? Não escrevi nada.

— Escreveu, sim, o caso do arquidiácono em 1919 ou 1920...

— Ah... é verdade. Evidentemente, esses números da *Revista de História do Partido* foram tirados de circulação, não?

— Evidentemente.

Como ele devolvia um golpe após o outro! Isso deixava transparecer uma raiva reprimida ou uma decisão desconcertante... O caso do arquidiácono Arkhánguelsk, em 1919 ou 1920: caiu prisioneiro quando da derrota dos Brancos que ele abençoava antes dos combates. Era um velho gordo, barbudo, cabeludo, vigoroso, místico e velhaco, que levava em seus alforjes de soldado um pacote de cartões-postais obscenos, os Evangelhos de páginas amareladas por seus dedos encardidos de tabaco, o Apocalipse anotado nas margens com sinais e exclamações: *Deus nos perdoe! Que o furacão limpe profundamente esta terra infame! Pequei, pequei, escravo famigerado, criminoso, mil vezes maldito! Senhor, salvai-me!* Kondrátiev opôs-se diante de um Soviete de aldeia ao seu fuzilamento: "Eles são todos iguais... Estamos numa terra de gente religiosa... Não exasperemos os religiosos... Precisamos de reféns para as trocas". Levava-o numa barca com setenta guerrilheiros, entre os quais umas dez mulheres, para descer um rio entre altas florestas, de onde, na madrugada azulada ou no crepúsculo, os fuzis lançavam balas terrivelmente certeiras nos homens encarregados da manobra. Era preciso viajar à noite e, de dia, atracar em ilhotas ou fundear em águas rasas. Os feridos enfileiravam-se no porão, não paravam de sangrar nem de gemer, nem de imprecar nem de rezar, tinham fome, os homens mastigavam o couro dos cinturões cortados em pedaços e fervidos, a cada noite conseguiam-se pescar apenas alguns peixes, que era preciso dar aos mais fracos, e estes os devoravam crus, com as vísceras, sob os olhos ávidos dos outros... Aproximavam-se de corredeiras, seria preciso lutar, não conseguiriam lutar, durante os longos dias sentiam-se num imenso ataúde malcheiroso, nenhuma cabeça ousava ultrapassar o alto da escada, Kondrátiev observava as margens através dos buracos, a floresta implacável erguia-se sobre rochas arroxeadas, cor de cobre ou douradas, o céu era branco, a água, fria e branca; era um universo mortalmente hostil. A noite trazia o alívio do ar puro e das estrelas, mas era cansativo subir a escada. Era então que ocorriam os conciliábulos, e Kondrátiev sabia o que se dizia neles; que deviam render-se, entregar o bolchevique, ele que fosse fuzilado, afinal é apenas um homem, um a mais ou a menos, que diferença faria? Render-nos ou acabaremos como os três que já não gemem, na traseira do barco... Na penúltima noite, antes das corredeiras, ouviu-se no convés o estalo de um revólver, como uma chicotada, depois a queda de um corpo pesado na água, rasa naquele lugar. Ninguém se abalou. Kondrátiev desceu a escada, acendeu uma tocha e disse: "Camaradas, venham todos aqui... Declaro aberta a sessão". Sombras titubeantes reuniam-se em torno dele, eram caveiras com longos pelos eriçados e desordenados, órbitas escuras com um pouco de fogo lúgubre em seu interior; deixavam-se cair lentamente no chão, contra o qual se ouvia o bater da água negra e gelada. "Camaradas, amanhã ao amanhecer travaremos a última batalha. Innokiéntievka está a 4 verstas, Innokiéntievka tem pão e gado..." — "Mais uma batalha", resmungou alguém. "Imbecil! Não está vendo então que somos cadáveres?" Kondrátiev era todo desvario e vertigem, dentes batendo, resolução. Fingiu não ouvir e soltou o pior xingamento que conhecia, longamente, com espuma nos lábios, e: "Em nome do povo insurgido, fuzilei aquele canalha de sotaina, aquele devasso, aquele satã barbudo, que sua alma de trevas vá direto para o seu senhor". Todos aqueles moribundos entenderam, instantaneamente, que já nenhum perdão lhes era possível. Um silêncio tumular os oprimiu por alguns segundos, depois as lamúrias encobriram um murmúrio de imprecações, e Kondrátiev viu que para ele avançavam sombras dementes, pensou que o esmagariam, mas um corpanzil vacilante caiu frouxamente sobre ele, olhos febris brilharam bem perto dos seus, braços esqueléticos estranhamente fortes o abraçaram de modo fraterno, um hálito quente, cadavérico, soprou-lhe no rosto: "Fez bem, irmão! Fez bem! Esses cães imundos, todos, estou dizendo, todos! todos!". Kondrátiev convocou os chefes de destacamento para, em "conselho de estado-maior", prepararem a operação do dia seguinte.

Tirou de baixo de seu colchão de palha o último saco de pão preto seco e fez pessoalmente a distribuição de rações surpreendentes, pois escondera aquela reserva suprema para o momento do esforço supremo: para cada um, dois pedaços que cabiam na palma da mão. Alguns moribundos também quiseram: rações perdidas. Enquanto os chefes deliberavam à luz da tocha, só se ouvia o roer das crostas, atacadas por dentaduras doloridas... — Desse episódio de outros tempos, naquele momento, os dois homens só tiveram uma lembrança documental. Continuavam a se medir como que tateando. Kondrátiev disse:

— Quase esqueci tudo isso... Naquele tempo eu não suspeitava que o preço da vida humana fosse baixar tanto entre nós vinte anos depois da vitória.

Reflexão não agressiva, no entanto das mais diretas, e Popov bem percebeu. Kondrátiev sorria.

— Sim... Ao amanhecer, caminhamos longo tempo pela areia molhada... Foi um amanhecer silencioso e verde... Sentíamo-nos monstruosamente fortes, fortes como mortos, eu pensava, e não tivemos de lutar, o dia raiou sobre folhagens amargas que mascávamos enquanto íamos avançando, avançando em louca alegria... Sim, meu velho.

"Agora que você passou dos 50 anos", pensava Popov, "o que pode lhe restar ainda daquela força?".

... Em seguida Kondrátiev administrava os transportes fluviais quando as barcas abandonadas apodreciam ao longo das margens, discursava em recantos perdidos para pescadores matreiros e desolados, formava equipes de jovens, nomeava capitães de 17 anos e os encarregava de comandar jangadas, criava uma escola de navegação fluvial em que se ensinava principalmente economia política, tornava-se o grande organizador de uma região, desentendia-se com a Comissão de Planejamento, pedia para dirigir os peleteiros do Extremo Norte, cumpria uma missão na China junto aos Dragões Vermelhos de Sichuan... Não era homem de fraquejar, tinha uma psicologia mais de soldado do que de ideólogo; e os ideólogos, sensíveis à dialética flexível e complexa de nossa época, capitulam mais facilmente, ao passo que, em se tratando de militares, iniciado o processo, em sete a cada dez casos fica-se reduzido a fuzilá-los sem mais rodeios. Mesmo que, diante dos juízes e do público, eles acabem prometendo boa conduta, não se pode ter certeza; então, o que fazer? Experiências, investigações secretas, processos terminados, processos prováveis, lembranças, dossiês, essas coisas e muitas outras, informes, confusas, com lampejos de precisão quando útil, povoaram por um instante o cérebro de Popov, enquanto ele ponderava imponderáveis... Àquela hora Kondrátiev não se lembrava da própria vida, mas quase adivinhava tudo o mais, mantinha um meio sorriso duro, como que insultuoso, e acomodava-se bem na poltrona. Popov sentiu-o muito agressivo. Não daria para arrancar nada dele, o que era muito irritante. A morte de Ryjik deitava por terra 50% do processo; Kondrátiev, o acusado ideal, deitava por terra os outros 50%. O que dizer ao Chefe? Não havia como não dizer nada... Esquivar-se, deixar a tarefa para o procurador Ratchévski? Aquela mula de puxar carroças de condenados acumularia uma gafe atrás da outra, e abatê-lo em seguida, como um mísero animal de carga que era, também não resolveria nada... Popov, sentindo que seu silêncio se prolongara alguns segundos mais do que devia, levantou a cabeça bem em tempo de receber um golpe direto.

— Entendeu bem? — perguntou Kondrátiev sem levantar a voz. — Eu disse muita coisa em poucas palavras, parece. E, como você sabe, nunca volto atrás.

Por que ele insistia daquele modo? Será que sabia? Como? Impossível que soubesse.

— Claro, claro — gaguejou Popov. — Eu... Nós o conhecemos, Ivan Nikoláievitch... Gostamos de você...

— Ótimo — disse Kondrátiev, absolutamente insuportável.

E o que ele não disse, mas pensou, Popov entendeu: "Também conheço vocês".

— Então, você vai a Siérpukhovo?

— Amanhã, pela rodovia.

Popov não encontrou mais nada para dizer. Carregava seu mais falso sorriso cordial, o rosto mais sombrio e a alma mais exaurida. Um telefonema o libertou.

— Até logo, Kondrátiev... Estou com pressa... Pena... Deveríamos nos encontrar com mais frequência... Vida dura, mmm... É bom conversar um pouco de coração aberto...

— É excelente...

O olhar carregado de Kondrátiev seguiu-o até a porta. "Diga-lhes que vou gritar, vou gritar por todos que não ousaram gritar, que vou gritar sozinho, vou gritar debaixo da terra, que estou me lixando para uma bala na cabeça, que estou me lixando para você e para mim, porque afinal é preciso gritar, senão está tudo perdido... Mas o que está acontecendo comigo, de onde me vem toda essa energia? Será da minha juventude, do amanhecer em Innokiéntievka ou da Espanha? Ora, pouco importa, vou gritar."

———

O dia em Siérpukhovo transcorreu numa região da lucidez próxima do sonho. Como Kondrátiev podia ter certeza de que não seria detido naquela noite e tampouco a caminho, no carro do Comitê Central dirigido por um motorista da Segurança? Ele sabia e fumava com tranquilidade, admirava as bétulas, a cor avermelhada e cinzenta dos campos debaixo de nuvens brancas que corriam rapidamente no vento lá do alto. Não foi ao Comitê local antes da cerimônia, conforme deveria: "Vamos ver o menos possível aquelas fuças administrativas (embora decerto ainda haja gente boa entre os burocratas de província)". Dispensou o motorista surpreso no meio de uma rua, deteve-se diante de fachadas de mercearias e papelarias cooperativas, onde encontrou imediatamente pequenas placas que diziam: "amostras", "latas vazias" (isso sobre latas de biscoitos...), "não temos cadernos". Voltou a perambular, leu o jornal exposto na entrada da Comissão de Revisão dos Trabalhos Industriais, jornal exatamente igual a todos os outros das cidades provincianas daquele porte, sem a menor dúvida alimentado pelas circulares cotidianas da Diretoria da Imprensa Regional do CC. Correu os olhos apenas pela crônica local, sabendo de antemão todo o conteúdo das duas primeiras páginas, e logo encontrou as curiosidades esperadas. O redator da seção rural escrevia que "o camarada presidente do colcoz 'Triunfo do Socialismo', a despeito das reiteradas advertências do Comitê do partido, persiste em seu pernicioso desvio ideológico antivaca, contrário às instruções do Comissariado dos Colcozes...". Antivaca! Belo neologismo! Meu Deus! Aqueles textos de iletrados suscitavam nele uma raiva triste... "O camarada Andrúschenko não permitiu atrelar as vacas aos arados para os trabalhos na lavoura! Será preciso lembrar-lhe a decisão tomada por unanimidade na recente conferência após o relatório tão convincente do veterinário Tróchkin?" Kondrátiev lembrou-se de ter visto em algum lugar, sob um imenso céu de estepe, uma vaca puxando uma carroça na qual só havia um esquife branco e flores de papel; seguiam-na uma camponesa e dois moleques. Se a vaca pode arrastar até o cemitério do horizonte o caixão de um pobre coitado, por que, afinal, não pode lavrar? Em seguida, se a produção de leite cair abaixo das exigências planejadas, bastará enviar aos tribunais o diretor da leiteria... Perdemos de 16 a 17 milhões de cavalos durante a coletivização, 50% a 52%, azar da vaca das terras russas já que não é possível obrigar os membros do Comitê Central a puxar os arados! O resto do jornal era vazio. Nicolau I mandou os arquitetos oficiais projetarem modelos obrigatórios de igrejas e escolas para os construtores de todo o Império... Quanto a nós, temos essa imprensa padronizada, redigida por esses pobres-diabos, inventores de "desvios ideológicos antivaca". É lenta a ascensão de um povo, sobretudo quando se colocam fardos tão pesados sobre seus ombros e tantas amarras no seu corpo... Kondrátiev pensou nas relações complexas da tradição com os erros pelos quais somos responsáveis. Um jovem alto, que vestia o uniforme de couro preto da escola de tanques, saía animado de uma loja, voltava-se, via-se de repente diante de Kondrátiev, e uma surpresa hostil revelava-se em seu rosto imberbe e claro, de olhos frios. "Olhos que decididamente querem se calar..."

— É você, Sacha! — exclamou Kondrátiev em voz baixa, e sentiu que também ele, a partir daquele instante, se empenharia em calar-se, calar-se profundamente.

— Sim, Ivan Nikoláievitch, sou eu — disse o jovem, tão confuso que chegou a corar um pouco.

Kondrátiev quase disse tolamente: "Bonito dia, não é?", mas aquela evasão não era permitida... Rosto regular, viril, testa alta de grão-russo, narinas largas, bonito debaixo do capacete de couro...

— Tornou-se um belo guerreiro, Sacha. E o trabalho, como vai?

Sacha rompeu duramente o gelo, com uma calma inimaginável, como se estivesse falando de coisas absolutamente banais:

— Achei que me expulsariam da escola quando meu pai foi preso... Mas não. É porque sou um dos primeiros alunos ou porque há alguma diretriz que prescreve não expulsar das unidades especiais os filhos de fuzilados? O que acha, Ivan Nikoláievitch?

— Não sei — disse Kondrátiev, baixando os olhos.

Os bicos das botas dele estavam sujos. Uma minhoca sanguinolenta, meio esmagada, mexia-se na junção lamacenta de duas lajotas. Também havia um alfinete na pedra e, a alguns centímetros dele, uma cusparada. Kondrátiev voltou a erguer os olhos e encarou Sacha bem de frente:

— E você, o que acha?

— Por um momento pensei que todo mundo soubesse da inocência do meu pai, mas evidentemente isso não conta. Aliás, o comissário político me aconselhou a mudar de nome. Recusei.

— Fez mal, Sacha. Vai ter muitos aborrecimentos.

Não tiveram mais nada para se dizer, nada.

— Teremos guerra? — perguntou Sacha no mesmo tom.

— Provavelmente.

O rosto de Sacha iluminou-se levemente com um sorriso interior. Kondrátiev sorriu abertamente. Ele pensou: "Não diga nada, rapaz, eu entendi. Primeiro, o inimigo".

— Está precisando de livros?

— Sim, Ivan Nikoláievitch. Gostaria de uns livros alemães sobre a tática de combate com tanques... Lidaremos com uma tática superior...

— Mas teremos moral superior...

— Certo — disse Sacha secamente.

— Vou tentar arranjar esses livros para você... Boa sorte, Sacha.

— Boa sorte para você também — disse o jovem.

Teria ele, de fato, aquela pequena centelha estranha no olhar, aquele subentendido na entonação de voz, aquele ímpeto contido no aperto de mão? "Ele teria o direito de me detestar", pensava Kondrátiev, "o direito de me desprezar, no entanto deve me compreender, saber que eu também...". Uma jovem esperava Sacha diante das figuras de cera da cooperativa dos cabeleireiros sindicalizados *Sheherazade*, "permanentes por 30 rublos", um terço do salário mensal de uma operária. Kondrátiev fez cálculos mais sérios. Até agora, segundo as estatísticas envelhecidas dos Boletins do CC, eliminamos entre 62% e 70% dos funcionários, administradores e oficiais comunistas — isso em menos de três anos, ou seja, cerca de 200 mil homens, representando os quadros do partido, entre 124 mil e 140 mil bolcheviques. Os dados fornecidos não permitem definir a proporção de fuzilados em relação aos encerrados em campos de concentração, mas, a julgar pela experiência pessoal... É fato que a proporção de fuzilados é particularmente elevada nos círculos dirigentes, o que decerto falseia minha perspectiva...

Alguns minutos antes da hora marcada para seu discurso, ele se encontrava debaixo da colunata branca do peristilo da Casa do Exército Vermelho. Secretários inquietos acorriam a seu encontro, o secretário do Comitê Executivo, o secretário do estado-maior, o comandante da praça e outros ainda, quase todos com fardas tão novas que pareciam lustrosas, com couros amarelos, coldres brilhantes, rostos também brilhantes, apertos de mão obsequiosos, e formaram um séquito impressionante enquanto ele subia a grande escadaria de mármore e jovens oficiais inflavam o peito para saudá-lo, magnificamente imóveis.

— Daqui a quantos minutos devo tomar a palavra? — perguntou, apenas.

Dois secretários responderam ao mesmo tempo, dois rostos barbeados e inclinados com solicitude:

— Daqui a sete minutos, camarada Kondrátiev...

Uma voz enrouquecida pelo respeito aventurou-se:

— Deseja tomar um copo de vinho? — E acrescentou em tom humilde e desenvolto: — Temos um Tsinondáli no-tá-vel...

Kondrátiev fez sinal de assentimento, esforçando-se para sorrir. Era como se estivesse cercado de manequins construídos com perfeição. O grupo entrou num salão-bufê em que duas telas de molduras pesadas se confrontavam em paredes creme, dos dois lados das comidas: uma representava o marechal Kliment Efrémovitch Vorochílov montado num cavalo de batalha meio empinado, com o sabre desembainhado indicando um ponto fuliginoso no horizonte; bandeiras vermelhas cercadas de uma massa de baionetas corriam ao longe atrás dele, sob nuvens escuras. O cavalo era pintado com um cuidado prodigioso: as ventas e o olho negro, avivados por uma ponta de luz, estavam mais bem executados até mesmo do que os detalhes da sela; o cavaleiro tinha a cabeça redonda, um pouco curta, de imagem popular, mas as estrelas de ouro de seu colarinho cintilavam. O outro grande retrato mostrava o Chefe, de túnica branca, falando na tribuna. Pintado sobre madeira, seu sorriso era um esgar, a tribuna parecia um bufê vazio, o Chefe parecia um garçom de restaurante caucasiano dizendo com seu sotaque picante: "Não sobrou mais nada, cidadão...". Em contrapartida, o bufê de verdade brilhava de brancura e opulência, sobrecarregado de caviares, esturjões do Volga, salmões defumados, enguias douradas, aves, frutos da Crimeia e do Turquestão.

— Benefícios da terra natal — brincou jovialmente Kondrátiev, aproximando-se das vitualhas para receber das mãos gorduchas de uma loira deslumbrada o copo de Tsinondáli.

Sua brincadeira, cujo amargor ninguém percebeu, desencadeava risadinhas complacentes, não muito altas, pois ninguém sabia se na verdade era permitido rir na presença de um personagem daquela importância. Atrás da garçonete eleita para servi-lo e sorrir para ele (fotogênica, permanente de 50 rublos e, além do mais, condecorada com a Medalha de Honra ao Trabalho), Kondrátiev avistou uma larga fita vermelha presa à parede à maneira de guirlanda em torno de uma pequena fotografia: a dele. Letras douradas diziam: BOAS-VINDAS AO CAMARADA KONDRÁTIEV, MEMBRO SUPLENTE DO COMITÊ CENTRAL. Onde aquele punhado de puxa-sacos foi arranjar aquele maldito retrato velho? Kondrátiev tomou lentamente o vinho do Cáucaso, descartou com mão severa os sorrisos e os sanduíches, lembrou-se de que tinha apenas dado uma olhada desatenta nas teses impressas de seu discurso, fornecidas ao exército pela seção de Propaganda.

— Com licença, camaradas...

Imediatamente o séquito abriu um vazio de três passos ao seu redor, enquanto ele tirava do bolso da calça uns papeizinhos amassados. Um enorme esturjão de olhos brancos apontava para ele os minúsculos dentes carnívoros. As luzes dos lustres refletiam-se na gelatina âmbar. A conferência impressa tratava da situação internacional, da luta contra os inimigos do povo, do ensino técnico, da invencibilidade do exército, do sentimento patriótico, da fidelidade ao Chefe genial, guia dos povos, estrategista único. Imbecis! Deram-me a conferência-padrão dos chefes do Departamento de Moral, que têm grau de generais... "O Chefe do nosso grande partido e do nosso exército invencível, animado por uma vontade férrea contra os inimigos da pátria, está ao mesmo tempo imbuído de profundo e inigualável amor pelos trabalhadores e por todos os cidadãos honestos. 'Pensem no homem!' Ele pronunciou estas palavras inesquecíveis na XIX Conferência e elas devem ser gravadas com letras de fogo na consciência de cada comandante de unidade, de cada comissário político, de cada..." Kondrátiev enfiou aqueles chavões mortos no bolso da calça. Carrancudo, procurou alguém com os olhos. Uma dezena de rostos ofereceram-se a ele, esboçando sorrisos solícitos, estamos aqui, à sua inteira disposição, camarada membro suplente do CC! Ele perguntou:

— Vocês têm tido suicídios?

Um oficial de crânio raspado respondeu muito depressa:

— Apenas um, razões pessoais. Duas tentativas, os dois homens reconheceram suas culpas e têm boa avaliação.

Aquilo acontecia paralelamente à realidade, num mundo inconsistente e superficial como imagem aérea. Depois, de repente a realidade se impôs: foi um atril de madeira pintada sobre o qual Kondrátiev pousou a mão pesada, com veias azuis e pelos curtos, uma mão que tinha vida própria. Ele notou, olhou-a durante uma longa fração de segundo, também observou os ínfimos detalhes da madeira, e daquela madeira real, daquela mão veio-lhe a decisão de enfrentar simplesmente toda a realidade daquele instante, trezentos rostos desconhecidos, diferentes, no entanto semelhantes, cada um deles vencendo silenciosamente a uniformidade. Atentos, anônimos, moldados numa carne que lembrava metal, o que esperavam dele? O que lhes dizer de essencialmente verdadeiro? Ouvia a própria voz, com uma insatisfação tensa, pois dizia palavras inúteis, vislumbradas no resumo da Propaganda, já decoradas de antemão, mil vezes lidas nos editoriais da imprensa, aquelas palavras que, como dissera Trótski um dia, ao pronunciá-las tinha-se a impressão de estar mastigando algodão... Por que vim? Por que eles vieram? Porque somos treinados para obedecer. Nada resta de nós a não ser a obediência. Eles ainda não sabem. Não suspeitam que minha obediência é mortal. Tudo o que lhes digo, mesmo quando é verdadeiro como a brancura da neve, torna-se espectralmente falso por causa da obediência. Eu lhes falo, eles me ouvem, alguns talvez se esforcem para me compreender, e nós não existimos: nós obedecemos. Uma voz interior respondeu: Obedecer também é existir, e ele continuou o debate: É existir como os números e as máquinas...

Continuava a proferir as teses. Via russos de crânio raspado da raça forte que formamos quando libertamos os servos, depois, quando vergamos sua vontade e, depois, quando os ensinamos a resistir a nós mesmos interminavelmente, para voltarmos a forjar neles uma vontade, a despeito de nós, contra nós. Das primeiras filas, um mongol, de braços cruzados, rosto pequeno, postura ereta, olhava para Kondrátiev com dureza, dentro dos olhos. Olhar sequioso, a ponto de ser cruel. Julgava cada palavra. Foi como se o mongol murmurasse distintamente: "Não é isso, camarada, tudo o que você está dizendo não serve para nada, tenha certeza... Cale-se ou encontre palavras vivas... Afinal estamos vivos...". Kondrátiev respondeu-lhe com tal segurança que sua voz mudou. Atrás dele fez-se um movimento entre os secretários que, com o comandante da guarnição, formavam o Presidium do Soviete Supremo. Já não reconheciam as frases daquele tipo de solenidade, sentiam a inquietação física de um erro de comando nas manobras do campo de batalha... A linha dos tanques de repente muda de direção, se rompe, é a balbúrdia na qual nasce a fúria humilhante dos chefes. O comissário político da escola dos tanques empertigou-se para conter sua perturbação, tirou a lapiseira e começou a fazer anotações, tão depressa que as letras se encavalavam no papel... Não conseguia entender as frases do orador do Comitê Central, do Comitê Central, do Comitê Central, seria possível? O orador dizia:

— ... estamos cobertos de crimes e de erros, sim, de uma hora para outra esquecemos o essencial da vida, no entanto temos razão diante do universo, diante do futuro, diante desta pátria magnífica e miserável que não é a União das Repúblicas Socialistas Soviéticas nem a Rússia, que é a revolução... estão ouvindo, a revolução sem território definido... mutilada... universal... humana... Saibam que na batalha de amanhã quase todo o serviço ativo perecerá em três meses... O serviço ativo são vocês... É preciso que saibam por quê... O mundo vai se partir em dois...

Deveria ser interrompido? Não seria um crime deixá-lo falar assim? O comissário político é responsável por tudo o que é dito na tribuna da escola, mas será que tem o direito de interromper o orador do Comitê Central? O chefe da guarnição, aquele idiota, decerto não entenderia nada, pois provavelmente só ouvia um murmúrio de períodos; o chefe da escola, ruborizado, concentrava toda a atenção num cinzeiro... O orador dizia (o comissário só captava fragmentos daquele discurso exaltado, sem conseguir ligar uns aos outros):

— ... os Velhos da minha geração morreram todos... a maioria em erro, confusão, desespero... servilmente... Tinham sublevado o mundo... todos a serviço da verdade... Nunca esqueçam... o socialismo... a revolução... amanhã, batalha pela Europa na crise mundial... Ontem, Barcelona, o início... chegamos tarde demais, muito diminuídos por nossos erros... esse esquecimento do proletariado internacional e do homem... tarde demais, somos miseráveis...

O orador falava do front de Aragón, das armas que não chegaram, por quê? Gritava esse "por quê?" em tom de desafio, sem responder — alusão a quê? Proclamava "o heroísmo dos anarquistas". Dizia (e o comissário, perplexo, não conseguia tirar os olhos dele), dizia:

— ... talvez eu nunca mais fale, jovens... Não vim lhes trazer em nome do Comitê Central de nosso grande partido, essa coorte de ferro...

Coorte de ferro? A expressão não era do traidor Bukhárin, inimigo do povo, agente do serviço secreto britânico?

— ... as frases feitas que Lênin chamava de nossa mentira-comunista, "com-mentira"! Peço-lhes que enxerguem a realidade, seja ela desconcertante ou baixa, com a coragem de sua juventude, digo-lhes que pensem nela livremente, que nos condenem em seu foro íntimo, nós, os Velhos que não soubemos fazer melhor, digo-lhes que, julgando-nos, nos superem... Convido-os a se sentirem homens livres sob sua couraça de disciplina... a julgar tudo, a pensar tudo por si mesmos. Socialismo não é organização de máquinas... mecanização dos homens... é a organização dos homens lúcidos e voluntários... que sabem esperar, ceder, se recompor... Vocês verão assim como somos todos grandes, nós os últimos, vocês, os primeiros de amanhã... Vivam para a frente... Entre vocês há os que pensaram em desertar, pois enforcar-se ou atirar uma bala na cabeça é desertar... Compreendo-os profundamente, algumas vezes também pensei nisso, caso contrário não teria direito de lhes falar... Digo-lhes que observem esse vasto país à sua frente, esse vasto futuro, é o que lhes digo... Digno de piedade é quem só pensa na própria vida, na própria morte, este não entendeu nada... que vá embora então, é o melhor que pode fazer, que vá embora com nossa piedade...

O orador continuava na incoerência, com tal força de persuasão que o comissário político por um momento perdeu o controle de sua atenção e só o recobrou ao ouvir Kondrátiev falar do Chefe em termos estranhos:

— O homem mais solitário de todos nós, aquele que não pode recorrer a ninguém, esmagado por sua tarefa sobre-humana, pelo peso de nossos erros comuns neste país atrasado em que a nova consciência está fraca e doente... pervertida pela suspeita...

Mas terminou com frases tranquilizadoras sobre o "guia genial", a "mão inabalável do Timoneiro", o "continuador de Lênin...". Quando se calou, a sala inteira ficou flutuando numa indecisão penosa. O *presidium* não dava sinal para os aplausos, as trezentas cabeças do auditório esperavam uma continuação. O jovem mongol soergueu-se para bater palmas com paixão, o que desencadeou um tumulto de aplausos irregulares, como que eletrizados, no qual havia ilhas de silêncio. No fundo da sala, Kondrátiev avistou Sacha, que não aplaudia, em pé, com os cabelos desalinhados... O comissário político, voltado para os bastidores, fazia sinais, uma orquestra entoou "Se amanhã a guerra", a sala repetiu em coro o refrão viril, três operárias condecoradas, com uniforme da Aviação Química, surgiram no primeiro plano da tribuna, uma delas carregando a nova bandeira da escola, de seda vermelha cor de fogo ricamente bordada em dourado...

Sorrisos constrangidos exibidos acima das fardas novas rodearam Kondrátiev durante o baile. O comandante da guarnição, que não tinha entendido nada do discurso, mas com bom humor reforçado por ligeira embriaguez, tinha a graça de um urso empanzinado de guloseimas. Aos sanduíches que oferecia, os quais fora buscar no bufê a três salas dali, referia-se com expressões carinhosas e trejeitos enamorados... "Saboreie este querido caviarzinho, camarada querido... ah, a vida, a vida!" Ao atravessar o círculo dos dançarinos, com uma bandeja na mão, o rosto radiante, as botas tão lustrosas que refletiam a seda flutuante dos vestidos, parecia prestes a escorregar grotescamente e cair de costas, no entanto avançava, apesar da corpulência, com extraordinária leveza de cavaleiro das planícies. O chefe da escola, um buldogue corado com olhos azuis minúsculos que mantinham uma expressão friamente mordaz, não se mexia, não dizia uma palavra, imobilizado num esgar sorridente de bibelô, de pernas cruzadas, ao lado do delegado do Comitê Central, e ruminava retalhos de frases incompreensíveis, que podiam ser terríveis — isso ele percebia nitidamente — e faziam pairar sobre ele, qualquer que fosse sua lealdade, uma obscura ameaça. "Estamos cobertos de crimes, no entanto temos razão diante do universo... Seus antecessores morreram quase todos servilmente, servilmente..." Era tão inacreditável que ele interrompia sua ruminação para olhar Kondrátiev de soslaio — seria de fato o autêntico Kondrátiev, membro suplente do CC, ou algum inimigo do povo que estava abusando da confiança das organizações, falsificando os documentos oficiais com ajuda dos agentes do estrangeiro, para levar ao coração do Exército Vermelho uma palavra de traição? A suspeita o espicaçou tão intensamente que ele se levantou, caminhou com pequenos passos inquietos até o bufê, para ver de perto a fotografia do camarada emoldurada por fitas vermelhas. Ela não dava margem a dúvidas, mas as artimanhas do inimigo são inesgotáveis, as conspirações, os processos, as traições dos marechais já o comprovaram suficientemente. Aquele impostor podia estar maquilado; os serviços de espionagem se valem de semelhanças fortuitas com arte consumada; a fotografia poderia ser falsa! O camarada Búlkin, recentemente promovido a tenente-coronel, que em três anos vira desaparecer três de seus superiores (fuzilados, provavelmente), entrou em pânico. Sua primeira ideia foi mandar vigiar as saídas e alertar o serviço secreto. Que responsabilidade! Sua testa cobriu-se de suor. Através de pares que se deixavam levar pelo movimento do tango, ele avistou o chefe da Segurança da cidade a conversar seriamente com Kondrátiev e imaginou que na verdade talvez o estivesse interrogando sem dar na vista. O tenente-coronel Búlkin, com a constituição de um buldogue, com a testa cônica listrada de vincos horizontais que exprimiam sua tensão mental, vagueou pelos salões, à procura do comissário político, e acabou por encontrá-lo, também ele preocupado, à porta da cabine telefônica, que tinha ligação direta com a capital.

— Savéliev, meu amigo — disse-lhe Búlkin, tomando-o pelo braço —, não sei o que está acontecendo... Mal ouso pensar... Eu... Tem certeza de que é o verdadeiro orador do Comitê Central?

— O que está dizendo, Filon Platónovitch?

Não era uma resposta. Cochicharam assustados, fizeram a volta do salão para observar novamente Kondrátiev, que, com as pernas cruzadas, fumava, sentia-se bem, divertido com os dançarinos, entre os quais havia belas moças e rapazes de bom estofo humano... Ao vê-lo, o respeito os paralisou. Búlkin, o menos inteligente dos dois, deu um longo suspiro e murmurou, em tom confidencial:

— Não acha, camarada Savéliev, que poderia ser o anúncio de uma virada do CC?... O indício de uma nova linha para a educação política dos quadros subalternos?

O comissário Savéliev perguntou a si mesmo se não cometera uma loucura ao transmitir por telefone ao Comissariado Central, embora em termos extremamente circunspectos, um resumo do discurso de Kondrátiev. Em todo caso, seria preciso dizer ao camarada delegado do CC, ao se despedir dele, que "as preciosas diretrizes contidas em seu relato tão interessante serviriam a partir de amanhã para orientar nosso trabalho de educação...". Em voz alta, concluiu:

— É possível, Filon Platónovitch, mas antes de receber instruções complementares creio que devemos nos abster de qualquer iniciativa...

Kondrátiev estava saindo, com pressa de fugir do círculo dos graduados obsequiosos. Só o conseguiu por um breve instante, encontrando-se sozinho, por uma sorte inconcebível, à saída do salão cheio de música e movimento. Dois rostos de dançarinos emergiram diante dele, um encantador, com um riso absolutamente primaveril no olhar, o outro de traços firmes, que parecia iluminado por uma luz opaca: Sacha. Sacha segurou sua parceira, e eles giraram lentamente sem sair do lugar para que o rapaz pudesse inclinar-se para Kondrátiev:

— Obrigado, Ivan Nikoláievitch, pelo que nos disse...

O movimento ritmado trouxe para perto de Kondrátiev o outro rosto, cercado de tranças castanhas presas na nuca, com sobrancelhas douradas sob uma testa sem rugas; o movimento a afastou, e foi Sacha, com sua boca trigueira, seu olhar intenso e velado, que voltou a se aproximar. Disse baixinho, em meio ao ruído da música, aparentemente sem emoção:

— Ivan Nikoláievitch, acho que logo vão prendê-lo.

— Também acho — disse simplesmente Kondrátiev, fazendo-lhe com a mão um cumprimento afetuoso.

Tinha pressa de fugir daquele mundo irritante, com aquelas cabeças de inteligência rudimentar e comida em excesso, aquelas insígnias de comando, aquelas moças bem penteadas demais, que não passavam de sexo jovem debaixo de seda transparente, aqueles rapazes obrigatoriamente inquietos a despeito de si mesmos que, incapazes de pensar de verdade porque várias disciplinas o proibiam, conduziam a vida quase com alegria para sacrifícios próximos que não compreenderiam. Talvez seja admirável não podermos dominar inteiramente nosso cérebro e que ele nos imponha imagens e ideias que preferiríamos eliminar covardemente: assim a verdade caminha, apesar do egoísmo e da inconsciência. No grande salão iluminado, durante uma valsa, Kondrátiev lembrara-se de repente de uma manhã de inspeção no front do Ebro. Inspeção inútil, como tantas outras. Os estados-maiores já não podiam remediar nada. Consideravam por um momento, com ar de competência, as posições do inimigo sobre colinas avermelhadas, manchadas de arbustos, como pele de pantera. A manhã era de um frescor de princípio do mundo, brumas azuis esfiapavam-se nas encostas da serra, a pureza do céu crescia a cada instante, e os raios de sol subiram prodigiosamente retos, prodigiosamente visíveis, formando um leque bem sobre a curva cintilante do rio que dividia os exércitos... Kondrátiev sabia que as ordens já não seriam executadas nem exequíveis, que os coronéis que as dariam — uns semelhantes a mecânicos cansados por demasiadas vigílias, outros a belos senhores (que na verdade deviam ser) saídos do ministério para um fim de semana no front, prestes a partir para Paris em missão secreta, de avião ou vagão-leito —, que todos aqueles chefes da derrota, heroicos e desprezíveis, já não tinham nenhuma ilusão quanto a si mesmos... Kondrátiev virou as costas para eles e subiu sozinho, por uma trilha de pastores de cabras semeada de pedregulhos brancos, rumo ao abrigo do chefe de batalhão. Numa curva, um leve ruído surdo e ritmado o atraiu para uma elevação próxima; no cume cresciam cardos eriçados, solitários, numa terra áspera, e suas moitas rijas, poupadas pelo bombardeio da véspera, entravam pelo céu. Logo acima daquela minúscula paisagem de desolação, uma equipe de soldados trabalhava em silêncio para encher uma cova larga em que se enfileiravam cadáveres de outros soldados. Os vivos e os mortos vestiam roupas iguais, tinham rostos quase iguais, mas os dos mortos iam adquirindo a cor da terra, mais aflitivos do que terríveis, com as bocas entreabertas, os lábios às vezes inchados e, neles, o mistério da ausência de sangue. Os rostos dos vivos, magros e concentrados, inclinados para o chão, cobertos de suor, sem olhar, eram como que ignorados pela luz matinal. Aqueles homens trabalhavam depressa, coordenados, suas pás lançando como que um único punhado de terra de onde subia um pequeno ruído abafado. Ninguém os comandava. Nenhum deles se voltou para Kondrátiev, é provável que nenhum tenha percebido sua presença. Incomodado por estar ali, atrás deles, completamente inútil, Kondrátiev voltou a descer esforçando-se para não deixar que os pedregulhos deslizassem sob seus passos... Agora, esgueirava-se assim e ninguém se virava para ele, que era tão distante para aqueles jovens soldados dançarinos quanto para os soldados coveiros. E, tal como naquele outro lugar, o estado-maior veio a seu encontro, aglomerou-se em torno dele, pediu sua opinião, no alto da grande escadaria de mármore. Teve que descer cercado por comissários, secretários, comandantes, declinando de seus convites. Os mais graduados ofereciam-lhe passar a noite na casa deles, assistir às manobras no dia seguinte, visitar as oficinas, a escola, a caserna, a biblioteca, a piscina, a seção disciplinar, a cavalaria motorizada, o hospital-modelo, a imprensa ambulante... Ele sorria, agradecia, tratava desconhecidos informalmente, até gracejava, apesar da vontade violenta de gritar: "Chega! Calem-se! Não sou da raça dos estados-maiores, como podem se enganar assim?". Todos aqueles fantoches não suspeitavam que seria preso por aqueles dias quem só lhes aparecia através da sombra gigantesca da chancela do Comitê Central...

Ele dormiu dentro do Lincoln do CC. Em algum lugar da estrada, um pouco antes do amanhecer, um choque tirou-o do sono. A paisagem começava a se desvencilhar das trevas, eram campos escuros sob estrelas pálidas. Kondrátiev reencontrou aquela desolação noturna algumas horas depois, num rosto de mulher, no fundo dos olhos de Tamara Leontiêvna, que viera apresentar o relatório em seu escritório do Kombinat dos Combustíveis. Ele se sentia de bom humor, com um gesto familiar de homem são pegou-a pelo braço, sorrindo, e um receio confuso insinuou-se nele imediatamente.

— Vejamos, muito bem encaminhado o negócio com o sindicato do Donietz, estará resolvido em 24 horas. Mas o que houve, Tamara Leontiêvna, está doente? Se está se sentindo mal, não deveria ter vindo esta manhã...

— Eu teria vindo a qualquer preço — murmurou a jovem com lábios descorados —, desculpe, preciso, preciso lhe avisar...

Estava desesperada, sem saber como dizer.

— Vá embora, Ivan Nikoláievitch, vá embora imediatamente e não volte mais! Surpreendi sem querer uma conversa por telefone entre o diretor e... não sei quem... não quero saber, não tenho direito de saber, também não tenho direito de lhe dizer, o que vou fazer, meu Deus!

Kondrátiev tomou-lhe calorosamente as duas mãos, estavam geladas.

— Ora, ora, eu sei, Tamara Leontiêvna, acalme-se... Acha que vou ser preso?

Ela fez que sim com as pálpebras.

— Vá embora, depressa, depressa...

— Não, de jeito nenhum — disse ele.

Soltou as mãos dela, tornando-se novamente o distante subdiretor encarregado do controle dos planos especiais:

— Obrigado, Tamara Leontiêvna, termine para as duas horas o dossiê das minas de hulha de Iuzovka. E ligue para o secretário-geral do partido. Insista da minha parte para ser recebido no gabinete do secretário-geral... Imediatamente, por favor.

Aquela luz seria a do último dia? Uma possibilidade em mil de conseguir a audiência... E então? O belo peixe marinho coberto de escamas, cada uma delas refletindo toda a luz de um universo asfixiante, debate-se na rede em plena impossibilidade, sufocante tudo isso — mas estou preparado. Fumava com raiva, dando duas tragadas num cigarro, depois o amassava na beira da mesa e o jogava violentamente ao chão. Logo em seguida acendia outro e seus maxilares se apertavam, abandonava-se na poltrona de diretor, naquele gabinete de trabalho absurdo, antecâmara de um lugar de suplícios imprevisíveis. Tamara Leontiêvna voltou a entrar sem bater.

— Não a chamei — disse ele, mal-humorado —, deixe-me sozinho... Ah, sim, passe-me a ligação...

Fugir, de fato, talvez existisse uma pequena possibilidade.

— O que foi desta vez? As minas de hulha de Horlivka?

— Não, não — disse Tamara Leontiêvna —, pedi a audiência, ele o espera às três horas em ponto no Comitê Central...

— O quê, o quê? Fez isso? Mas com ordem de quem? Você é louca, não pode ser verdade! Estou dizendo que é louca!

287

— Eu ouvi a VOZ DELE — continuou Tamara. — ELE MESMO atendeu o telefone, é o que estou dizendo...

Falava dele com uma veneração aterrorizada. Kondrátiev ficou petrificado: o grande peixe marinho que está começando a morrer.

— Tudo bem — disse ele secamente. — Cuide do relatório Donietz... Horlivka *et cetera*... E, se estiver com dor de cabeça, tome uma aspirina.

Dez para as três, no salão do Secretariado Geral. Dois presidentes de repúblicas federadas conversavam em voz baixa. Outros presidentes de repúblicas desapareceram, dizem, ao sair daqui... Três horas. Vazio. Passos no vazio.

— Entre, por favor...

Entrar no vazio.

—

O Chefe estava em pé na brancura atenuada do amplo gabinete. Contraído. Recebeu Kondrátiev sem um único movimento de boas-vindas. Seu olhar era opaco. Murmurou "Olá!" em tom indiferente. Kondrátiev não sentiu medo nenhum, antes surpreendeu-se por se manter quase impassível. Bom, cá estamos frente a frente, você, o Chefe, e eu, que na verdade não sei se estou vivo ou morto, sem considerar determinado tempo de importância secundária. E agora?

O Chefe deu três ou quatro passos até ele sem lhe estender a mão. Olhava-o da cabeça aos pés, lenta e duramente; Kondrátiev entendeu a indagação grave demais para ser proferida: "Inimigo?", e também respondeu sem abrir os lábios: "Inimigo, eu? Está louco?".

O Chefe perguntou tranquilamente:

— Então, também está traindo?

Tranquilamente, das profundezas de uma calma segura, Kondrátiev respondeu:

— Também não estou traindo.

Cada sílaba daquela frase terrível destacava-se como um bloco de gelo numa brancura polar. Ditas aquelas palavras, impossível voltar atrás. Mais alguns segundos e tudo estaria terminado. Por aquelas palavras, ali, deveria ser aniquilado na hora, e Kondrátiev as concluiu com firmeza:

— E você deve saber.

Não ia chamar alguém, dar ordens com voz tão furiosa que pareceria esmorecida? As mãos oscilantes do Chefe esboçaram vários movimentos incoerentes. Estariam procurando a campainha? Tirem esse miserável daqui, prendam-no, acabem com ele! O que ele está dizendo é mil vezes pior do que traição! Uma resolução tranquila, absolutamente desarmada, levou Kondrátiev a falar:

— Não fique com raiva. Não adiantaria nada. Tudo isso é muito difícil para mim... Ouça... Você pode acreditar, pode não acreditar, para mim é quase indiferente, a verdade continuará sendo verdade. É que, apesar de tudo...

— Apesar de TUDO?

— ... sou fiel a você... Há muitas coisas que me escapam. Há muitíssimas que compreendo. Estou angustiado. Penso no país, na revolução, em você, sim, em você. Penso neles... Principalmente, digo sinceramente. O fim deles me deixa uma dor pavorosa: que homens eles eram! Que homens! A história leva milênios para produzir homens tão grandiosos! Incorruptíveis, inteligentes, formados por trinta, quarenta anos decisivos, e puros, puros! Deixe-me dizer, você sabe que tenho razão. Você é igual a eles, esse é seu mérito essencial...

(Tal qual Caim e Abel saídos das mesmas entranhas sob as mesmas estrelas...)

O Chefe afastou com as duas mãos obstáculos invisíveis. Sem emoção aparente, olhando a distância e até assumindo uma expressão indiferente, disse:

— Nenhuma palavra mais sobre esse assunto, Kondrátiev. Foi feito o que precisava ser feito. O partido e o país me seguiram... Não cabe a você julgar... Você é um intelectual... (um sorriso maldoso esboçou-se em seu rosto desenxabido). Quanto a mim, você sabe, nunca fui...

Kondrátiev ergueu os ombros.

— O que isso importa? Não é hora de discutir os defeitos da *intelligentsia*... Apesar de tudo, ela prestou um grande serviço, não é?... Logo teremos uma guerra... Haverá um acerto de contas, de todas as velhas contas sujas, você sabe melhor do que eu... Morreremos, talvez, até o último, arrastando você conosco. Na melhor das hipóteses, você será o último dos últimos. Aguentará uma hora mais do que nós, graças a nós, sobre nossos esqueletos. Faltam homens à Rússia, homens que tenham na cabeça o que nós temos, o que eles tinham... Que tenham estudado Marx, conhecido Lênin, que tenham feito Outubro, realizado tudo o mais, o melhor e o pior! Quantos restam de nós? Você sabe, você mesmo tem ideia... E a terra vai se pôr a tremer como quando os vulcões despertam todos ao mesmo tempo, de um continente a outro. Estaremos debaixo da terra, nós, na hora sinistra, e você estará só. É isso.

Kondrátiev continuou no mesmo tom triste e persuasivo:

— Você estará sozinho sob a avalanche, com o país morrendo de sofrimento às suas costas, uma multidão de inimigos ao seu redor... Ninguém nos perdoará por termos começado o socialismo mesmo com tanta barbárie estúpida... Não tenho dúvida de que seus ombros são fortes... Fortes como os nossos, que carregaram você... Só que nós ocupamos o lugar do indivíduo na história: um lugar não muito grande, ainda mais quando o homem se isolou no cume do poder... Espero que seus retratos, do tamanho de edifícios, não o iludam a esse respeito.

A simplicidade dessas palavras realizou um milagre. Andaram lado a lado pelo tapete branco. Qual deles conduzia o outro? Param diante do mapa-múndi: oceanos, continentes, fronteiras, indústrias, extensões verdes, nossa sexta parte do mundo, primitiva, poderosa e ameaçada... Um traço vermelho forte, na região das banquisas, indicava a grande rota do Ártico... O Chefe interessou-se pelo relevo dos montes Urais: Magnitogorsk, nosso novo orgulho, altos-fornos tão bem equipados quanto os de Pittsburgh! É isso que conta! O Chefe voltou-se para Kondrátiev, com o gesto mais distinto, a voz descontraída. A opacidade de seu olhar se dissipara:

— Ora, literato! Você deveria fazer psicologia...

Um movimento divertido com o dedo completou a fala: o de embaraçar e desembaraçar um novelo imaginário... O Chefe sorriu:

— Nos dias de hoje, meu velho, Tchekhov e Tolstói seriam autênticos contrarrevolucionários... Gosto dos literatos, apesar de não ter tempo para ler... Há alguns que são úteis... Mando pagá-los muito bem... Um romance às vezes lhes rende mais do que muitas vidas de proletários. É justo ou não é justo? Precisamos disso... Mas não preciso da sua psicologia, Kondrátiev.

Seguiu-se uma pausa um tanto estranha. O Chefe abastecia seu cachimbo. Kondrátiev contemplava o mapa-múndi. Os mortos já não podem abastecer cachimbos nem se orgulhar do Magnitogorsk que construíram! Nada mais a acrescentar, tudo estava explicado sob uma luz impessoal que não permitia manobras nem medos. As consequências seriam o que deviam ser: irrevogáveis.

O Chefe disse:

— Sabe que você foi denunciado? Acusado de traição?

— Naturalmente! Todos aqueles imundos não poderiam deixar de me denunciar. Eles só vivem disso. Alimentam-se de denúncias dia e noite...

— O que afirmam não parece improvável...

— Claro! Eles sabem cozinhar intrigas. Acaso existe coisa mais fácil nos dias de hoje? Mas seja qual for o disparate fétido que mandaram para você...

— Eu sei. Estudei o caso. Uma história espanhola mais do que idiota... Você não devia ter se metido naquilo, é verdade... Sei melhor do que ninguém das sujeiras e bobagens que foram feitas por lá... Aquele procurador estúpido queria mandar prender você... Por ele, prenderiam Moscou inteira. É um estúpido do qual algum dia vamos ter que nos livrar. Uma espécie de maníaco. Não importa. Minha decisão está tomada. Você vai para a Sibéria Oriental, amanhã de manhã vão lhe entregar sua nomeação. Não perca um só dia... Zolotaia Dolina, Vale do Ouro, sabe o que é? Nossa Klondyke, produção que cresce a cada ano de 40% a 50%... Técnicos admiráveis, muitos casos de sabotagem, conforme o devido...

Satisfeito consigo mesmo, o Chefe se pôs a rir. Brincadeiras não lhe caíam bem, às vezes o tornavam agressivo. Pretendia parecer jovial. Sua risada era sempre um pouco forçada.

— Lá precisamos de um homem de caráter; nervos, entusiasmo, instinto marxista do ouro...

— Detesto ouro — disse Kondrátiev com uma espécie de arrebatamento.

Que vida? Exílio nas montanhas de Iacútia, na vegetação branca, em meio a jazidas secretas, desconhecidas do universo? Todo o seu ser tinha se preparado para uma catástrofe, endurecido a esperá-la, acostumado a desejá-la amargamente assim como o homem acometido de vertigem no alto de um precipício sabe que um outro em seu interior aspira ao alívio da queda. Como assim? Está me fazendo um favor depois do que vim lhe dizer? Está se divertindo à minha custa? Será que, ao sair daqui, não vou desaparecer em alguma esquina? É tarde demais para confiar, fomos massacrados demais por você, já não acredito em você, não quero saber de suas missões, que são armadilhas! Você nunca esquecerá o que eu lhe disse e, se está me fazendo um favor hoje, é para ordenar minha prisão daqui a seis meses, quando o remorso e a suspeita lhe subirem à cabeça...

— Não, Iossif, agradeço-lhe por me conceder a vida, acredito em você, vim procurar aqui a minha salvação, você é grande apesar de tudo, às vezes sua violência é cega, você é pérfido, está sendo devorado por ciúmes sangrentos, mas ainda é o Chefe da revolução, só temos você, obrigado.

Kondrátiev conteve tanto a efusão como o protesto. Não houve pausa. O Chefe ria de novo:

— Literato, bem que eu disse. Estou me lixando para o ouro... Desculpe, é dia de audiência. Pegue o dossiê do ouro na secretaria, estude-o. Quanto aos relatórios, envie-os diretamente para mim. Conto com você. Boa viagem, irmão.

— Certo. Passe bem. Até logo.

A audiência durara catorze minutos... Kondrátiev recebeu das mãos de um secretário uma pasta de couro na qual se destacavam em letras douradas as palavras mágicas: KOMBINAT DO OURO DA SIBÉRIA ORIENTAL. Passou diante dos uniformes azuis sem os ver. A claridade do dia pareceu-lhe transparente. Andou por um tempo entre os transeuntes sem pensar em nada. Invadiu-o uma alegria física, à qual seu espírito continuava estranho. Também sentia uma tristeza semelhante à sensação de inutilidade. Foi sentar-se num banco de praça diante de árvores deserdadas e de gramados de um verde insignificante. Crianças vigiadas por uma avó faziam massa de terra lamacenta. Um pouco adiante passavam longos bondes amarelos: o rangido de suas ferragens ecoava na fachada de um prédio de construção recente, de vidro, ferro e cimento armado. Oito andares de escritórios; 140 compartimentos com os mesmos retratos do Chefe, as mesmas máquinas de calcular, os mesmos copos de chá nas mesas dos diretores e dos contadores, as mesmas existências apreensivas... Passou uma mendiga, arrastando umas crianças atrás dela. "Pelo amor de Jesus Cristo...", dizia ela, estendendo uma bela mão morena, de linhas puras. Kondrátiev deu-lhe um punhado de dinheiro miúdo. Lembrou que em cada uma daquelas moedinhas se lia: *Proletários de todo o mundo, uni-vos!* Passou a mão na testa. Teria terminado o pesadelo? Sim, pelo menos por algum tempo, meu pequeno pesadelo pessoal, mas todo o resto continua, nada está esclarecido, nenhum amanhecer desponta sobre as tumbas, não se permite nenhuma verdadeira esperança para amanhã, precisamos continuar caminhando através de trevas, gelo, fogo... Stefan Stern decerto morreu, deve-se desejá-lo por ele. Kiril Rubliov desapareceu; extingue-se com ele a linhagem de nossos teóricos dos grandes tempos... Nas nossas escolas superiores já não restam senão canalhas rasos armados de uma dialética inquisitorial cujas três quartas partes estão mortas. Os nomes e os rostos se acotovelavam em sua memória, como sempre. Que movimento tranquilo o dos soldados do Ebro que cobriam de terra, a pazadas, seus camaradas que jaziam na vala comum! Os mesmos homens na cova, à beira da cova, enterrados, coveiros, os mesmos! Cobriam a si mesmos de terra sem perder a coragem de viver e de combater. É preciso continuar, camaradas, é evidente. Lavar as areias auríferas. Kondrátiev abriu a pasta do Kombinat do Ouro. Só os mapas lhe interessavam, por sua magia própria, reflexo algébrico da terra. Com o da região de Vitim aberto sobre o joelho, Kondrátiev contemplou as hachuras que significavam as montanhas, os verdes que indicavam as florestas, o azul dos rios... Não havia povoados, só ermos austeros, mato sobre rocha, águas frias matizadas por céu e pedra, musgos luminosos espalhados sobre as rochas, a vegetação baixa e tenaz da taiga, céus indiferentes. O homem, em meio àqueles esplendores descarnados da terra, sente-se abandonado a uma liberdade glacial, desprovida de sentido humano. As noites cintilam, têm um sentido inumano, às vezes seu cintilar adormece para sempre o dormente cansado. Bodaibó decerto é apenas um povoado administrativo cercado de arroteamentos, em pleno deserto arborizado, com uma claridade metálica de raio fixo. "Levarei Tamara Leontiêvna", pensou Kondrátiev, "ela vai aceitar. Direi: 'Você é reta como as jovens bétulas daquelas montanhas, é jovem, preciso de você, vamos lutar pelo ouro, entende?'". O olhar de Kondrátiev desviou-se do mapa para seguir uma alegria que estava além das coisas visíveis. E descobriu sapatos gastos, amarrados com barbante, uma barra de calça empoeirada. O homem estava com uma meia só, caída como trapo sujo. Seus pés expressavam violência e resignação, empenho em quê? Em percorrer a cidade como se percorre uma selva para procurar comida, saber, ideias das quais se viverá no dia seguinte sem perceber as estrelas reprimidas em sua imensidão pelas placas luminosas. Kondrátiev virou lentamente a cabeça para examinar seu vizinho, um jovem cujas mãos agarravam um caderno aberto, cheio de equações. Tinha parado de ler, seus olhos cinzentos exploravam a praça com atenção aguda e desalentada. À caça, sempre à mercê da mesma aspereza desolada? "Nessa angústia e nesse tédio, ninguém a quem apertar a mão", diz o poeta, mas o vagabundo Maksim, o Amargo, Górki, transcreve: "Ninguém a quem quebrar a cara...". Uma testa obstinada sob a viseira do quepe erguido à moda dos vadios. Traços irregulares, atormentados no íntimo por uma violência anemizada, tez macilenta. Olhos firmes: não era alcoolista. O movimento do corpo do rapaz no banco mantinha um ímpeto flexível. Se aquele homem se deitasse no chão nu das Sibérias, nenhum cintilar de estrelas o mataria, pois sua obstinação não adormecia nunca. Kondrátiev o esqueceu por um momento.

Assim deviam ser os vadios da taiga do alto Angará, do Vitim, da Tchara, da Zolotaia Dolina, Vale do Ouro. Seguem os animais das florestas por pegadas invisíveis, adivinham as tempestades, temem o urso, tratam-no como ao irmão mais velho que convém respeitar. São eles que levam aos armazéns solitários as peles prateadas e bolsas de couro abarrotadas, cheias de pepitas de ouro, para o tesouro de guerra da República Socialista. Um funcionariozinho silencioso, porque perdeu o hábito da fala, que vive sozinho com a mulher, o cão, a metralhadora e os pássaros do céu, numa isbá feita de grossas toras negras, pesa as pepitas, conta os rublos, vende vodca, fósforos, pólvora, tabaco, a preciosa garrafa vazia, faz os registros na caderneta da equipe cooperativa dos garimpeiros. Ele engole, sorrindo, um copo de aguardente, calcula, diz ao homem da taiga: "Camarada, não é suficiente. Você só cumpriu 92% da tarefa prevista pelo plano de produção... Não dá. Se não se recuperar não vou mais poder vender álcool para você...", diz com voz apagada e acrescenta: "Palmira, traga chá para nós...", pois sua mulher se chama Palmira, mas ele não sabe que é um nome maravilhoso de cidade desaparecida num outro mundo, sob as areias, as palmeiras, o sol... Caçadores, prospectores, lavadores de ouro, jovens geólogos, engenheiros iacutos, buriates, mongóis, tunguses, oriates, grão-russos das capitais, jovens comunistas, membros dos partidos, iniciados na feitiçaria dos xamãs, funcionários meio enlouquecidos de solidão, suas mulheres, suas pequenas iacutas de povoados perdidos que se vendem no canto escuro de um quarto por um punhadinho de grãos amarelos ou por um maço de cigarros, controladores do Kombinat espreitados nos caminhos por fuzis de cano cortado, engenheiros que conhecem as últimas estatísticas da Transvaal e os novos métodos de sondagem hidráulica para a exploração das camadas auríferas profundas, todos, todos eles vivem uma vida magnífica sob o duplo signo do Planejamento e das noites cintilantes, na vanguarda dos homens em marcha, frente a frente com a Via Láctea!

O preâmbulo do *Relatório sobre a emulação socialista e a sabotagem nas jazidas de ouro de Zolotaia Dolina* continha estas linhas: "Como dizia outrora nosso grande camarada Tuláiev, traiçoeiramente assassinado pelos terroristas trotskistas fascistas a serviço do imperialismo mundial, os trabalhadores do ouro formam um contingente de elite na linha de frente do exército socialista. Combatem Wall Street e a City com as próprias armas do capitalismo...". Ah, Tuláiev, grande imbecil, e esse palavrório de procuradores ébrios de servilismo... Dito de maneira rasa, quanto ao ouro, porém, é verdade... Os ventos glaciais do Norte empurram para a região nuvens arroxeadas carregadas de neve. Atrás delas, a brancura cobre o universo entregue a uma espécie de nada. Diante delas fogem tais multidões de pássaros que cobrem o céu. Ao crepúsculo, algumas revoadas distantes de pássaros brancos se deslocam lentamente rumo às nuvens que formam leves serpentes douradas. O plano deve ser cumprido antes do inverno.

Kondrátiev voltou aos sapatos do andarilho angustiado, amarrados com barbante.

— Estudante?

— Tecnologia, terceiro ano.

Kondrátiev pensava em coisas demais ao mesmo tempo. No inverno, em Tamara Leontiêvna que iria com ele, na vida recomeçada, nos encarcerados da prisão interior onde ele acreditara que terminaria aquele dia, nos mortos, em Moscou, no Vale do Ouro. Sem olhar para o rapaz — e, afinal, o que lhe importava aquele rosto magro e amargurado? —, ele disse:

— Quer lutar com o inverno, o deserto, a solidão, a terra, as noites? Lutar, entendeu? Sou chefe de empresa. Estou lhe oferecendo trabalho na tundra siberiana.

O estudante respondeu sem se dar tempo para refletir:

— Se é sério, aceito. Não tenho nada para perder.

— Eu também não — murmurou Kondrátiev, animado.

Capítulo 9
Que a pureza seja traição

O procurador Ratchévski encontrou sobre sua escrivaninha um jornal estrangeiro que anunciava (a pequena notícia devidamente enquadrada em vermelho) o julgamento iminente dos assassinos do camarada Tuláiev. "De nosso correspondente especial: Comenta-se nos meios bem informados... — Os principais acusados — o ex-alto-comissário da Segurança, Erchov, o historiador Kiril Rubliov, ex-membro do Comitê Central, o secretário regional de Kurgansk, Artiom Makêiev, um agente direto de Trótski cujo nome ainda permanece em segredo — teriam feito confissões completas... Espera-se que esse processo esclareça certos pontos que se mantiveram obscuros após os processos anteriores..." O Departamento de Imprensa do Comissariado de Assuntos Estrangeiros anexava um pedido de informações sobre a fonte daquela notícia. Apesar de emanada da Corte Suprema, ela fora comunicada de forma oficiosa por aquele próprio departamento. Calamidade. Por volta do meio--dia, o procurador soube que a audiência por ele solicitada vários dias antes lhe fora concedida.

O Chefe o recebeu numa pequena antecâmara, entre duas portas, diante de uma mesa nua recoberta de vidro. A audiência durou 3 minutos e 45 segundos. O Chefe parecia distraído.

— Bom dia. Sente-se. Pois não?

Ratchévski o enxergava mal, incomodado por seus óculos convexos. O cristal decompunha a imagem do Chefe em detalhes curiosos: rugas nos cantos dos olhos, sobrancelhas pretas e densas com alguns pelos brancos... O procurador, um pouco inclinado para a frente, com as duas mãos apoiadas na beira da mesa (pois não ousava fazer um só gesto), fez seu relato. Não sabia muito bem o que dizia, mas o automatismo profissional permitiu-lhe ser breve e preciso: primeiro, as confissões completas dos principais acusados; segundo, o falecimento inesperado daquele que parecia ser a alma da conspiração, o trotskista Ryjik, falecimento devido à negligência imperdoável da camarada Zvéreva, encarregada da instrução; terceiro, as pressuposições muito fortes reunidas contra Kondrátiev, cuja culpa — se provada — demonstraria a ligação dos conspiradores com o estrangeiro... Uma dúvida devia ser admitida, em princípio, enquanto Kondrátiev fosse submetido à instrução... Todavia...

O Chefe interrompeu:

— Esse assunto é comigo. Já não é da sua alçada.

O procurador se inclinou, sufocado.

— Ah, tanto melhor, obrigado...

Por que estava agradecendo? Teve uma sensação de queda vertical. Assim devia ser cair do alto de um arranha-céu de uma cidade inimaginável, ao longo das janelas quadradas — quadradas — quadradas — quinhentos andares...

— O que mais?

O que mais? O procurador voltou, como que tateando, às confissões completas dos principais acusados...

— Eles confessaram? E você não tem dúvida nenhuma?

Mil andares, o asfalto embaixo. O crânio no asfalto com uma velocidade de bólido.

— ... Não — disse Ratchévski.

— Então aplique a lei soviética. Você é o procurador.

O Chefe se levantava, com as mãos nos bolsos.

— Até logo, camarada procurador.

Ratchévski se foi como um autômato. Não se perguntava nada. Abandonou-se, no automóvel, a um entorpecimento de homem exaurido.

— Não vou receber ninguém — disse a seu secretário —, deixe-me sozinho.

Sentou-se diante de sua mesa. O amplo escritório não oferecia nada a que o olhar se apegasse (pois o retrato do Chefe em tamanho natural ficava atrás da cadeira do procurador). "Como estou cansado", disse a si mesmo, e apoiou a testa nas mãos abertas. "Em suma, só tenho uma saída: estourar o cérebro..." A ideia se formulou sozinha em sua mente, de maneira absolutamente simples. O telefone guinchou — linha direta do Comissariado do Interior. Ao levantar o fone, Ratchévski percebeu a lassidão de seus membros. Nele nada mais havia além daquela ideia, reduzida a uma força impessoal, sem emoção, sem imagens, sem discussão, evidente. "Alô..." Gordêiev perguntou pela "deplorável indiscrição que informava a certos jornais europeus um pretenso rumor... Está sabendo de alguma coisa, Ignátii Ignátievitch?". Excessivamente polido, Gordêiev usava de circunlóquios para não dizer: "Estou fazendo uma investigação". Ratchévski de início se atrapalhou:

— Que indiscrição? O que está dizendo? Um jornal inglês? Mas todos os comunicados desse tipo passam pelo Gabinete de Imprensa dos Assuntos Estrangeiros...

Gordêiev insistiu:

— Acho que não entendeu bem, caro Ignátii Ignátievitch... Permita que eu leia este trecho: *Do nosso correspondente especial...*

Ratchévski interrompeu prontamente:

— Ah, sim, sei... Meu secretariado tinha transmitido um comunicado verbal... por instrução do camarada Popov...

Gordêiev pareceu embaraçado pela clareza inesperada da resposta.

— Bom, bom — disse ele, baixando a voz —, é que... (a voz subiu uma oitava: haveria alguém perto de Gordêiev? Ou a conversa estaria sendo gravada?) você tem uma ordem por escrito do camarada Popov?

— Não, mas tenho certeza de que ele lembra muito bem...

— Obrigado. Desculpe, Ignátii Ignátievitch...

Ratchévski, em momentos de trabalho intenso, frequentemente dormia na Casa do Governo, onde dispunha de um pequeno apartamento sem ornamentos e entulhado de dossiês. Ele mesmo trabalhava muito, pois não sabia utilizar os secretários e não confiava em ninguém. Sessenta casos de sabotagem, traição, espionagem, a serem estudados antes de dormir, espalhavam-se sobre os móveis. Os mais secretos estavam guardados num pequeno cofre-forte, à cabeceira da cama. Ratchévski deteve-se diante desse cofre e, para vencer o torpor, enxugou os óculos longamente. "Evidente, evidente." Trouxeram-lhe a refeição habitual, que ele devorou em pé, diante da janela, sem reparar na paisagem do subúrbio em que se acendiam inúmeros pontos dourados. "É a única coisa a fazer, a única…" Nessa coisa em si ele quase não pensava. Presente nele, ela não oferecia dificuldade real. Dar um tiro na cabeça, o que há de mais simples? Não se tem ideia de como é simples. Era um homem elementar, que não temia nem a dor nem a morte e já tinha assistido a algumas execuções. É provável que não haja dor verdadeira, apenas um choque de duração infinitesimal. E materialistas como nós não têm razão para temer o nada. Ele aspirava ao sono e à noite, o que melhor dá a imagem do nada, que não existe. "Deixem-me tranquilo, deixem-me tranquilo!" Não escreveria nada. Seria melhor para os filhos. Estava se lembrando dos filhos quando Ksênia telefonou:

— Não vai voltar para casa esta noite, papai?

— Não.

— Papai, tirei *muito bem* hoje em história e economia política… Tiopka cortou a ponta do dedo quando estava recortando decalcomanias, Niura fez um curativo seguindo o item de "socorro aos feridos" do manual. A dor de cabeça da mamãe já passou. Tudo vai bem no front do interior! Durma bem, camarada papai-procurador!

— Durmam bem, meus queridos — respondeu Ratchévski.

Ah, meu Deus! Ele abriu o armário baixo da escrivaninha, tirou uma garrafa de conhaque e tomou pelo gargalo. Seus olhos se dilataram, um calor violento o invadiu, era bom. A garrafa, pousada brutalmente à sua frente, oscilou por um tempo. Vai cair, não vai cair? Não caiu. Ele deu dois socos na madeira, dos dois lados da garrafa, mas abrindo depressa uma das mãos, para agarrá-la no ar, se ameaçasse cair. "Não vai cair, canalha, he-he-he-he!" Ria em meio a fortes soluços. "Uma-bala-na-cabeça, fiu-fiu-fiu-fiu! Uma-bala--na-garrafa-fiu-fiu-fiu-fiu!" Inclinado para o lado com todo o peso, esforçou-se para alcançar com as pontas dos dedos uma pasta azul na mesinha ao lado. O esforço o fez gemer. "Vou te pegar, imundície…" Agarrou a borda da pasta, puxou-a com destreza ardilosa e a agarrou no ar, deixando cair algumas folhas no tapete, colocou-a sobre a mesa, mandou os óculos para o inferno jogando-os por cima dos ombros e começou a soletrar as palavras escritas na capa, sublinhando-as com o dedo salivado: *Sa-bot-ta-gem na indústria química, caso de Akmolinsk*. As sílabas se encavalavam, correndo uma atrás da outra, e cada letra redonda, escrita em tinta preta, era cercada de luz verde. Seu dedo agarrava as sílabas, mas elas escapavam como camundongos, como ratos, como as lagartixas do Turquestão que ele agarrava aos 12 anos com um laço feito de capim. — "Ha ha ha! Sempre fui especialista em nós corredios!" — Rasgou o dossiê em quatro. "Aqui, garrafa, aqui, canalha, hurra!" Bebeu até perder o fôlego, o riso, a consciência...

No dia seguinte à tarde, quando ele chegou ao seu gabinete de procurador, Popov o esperava, cercado pelos chefes de serviço, que ele dispensou com um gesto da mão. Popov estava aborrecido, amarelo e com aparência doentia. O procurador sentou-se debaixo do grande retrato do Chefe, abriu sua pasta, assumiu um ar amável, mas a enxaqueca lhe pesava nas pálpebras, estava com a boca pastosa e a respiração oprimida.

— Passei uma noite péssima, camarada Popov, crise de asma, coração, não sei quê, não tive tempo de consultar um médico... Às suas ordens!

Popov perguntou baixinho:

— Leu os jornais, Ignátii Ignátievitch?

— Não tive tempo.

Também não lera a correspondência, pois os envelopes fechados estavam ali. Popov esfregou as mãos.

— Bem, bem... Pois bem, camarada Ratchévski, é melhor que seja eu a lhe transmitir as notícias...

Não devia ser fácil, pois ele procurou um jornal nos bolsos, desdobrou-o e encontrou um determinado texto por volta da metade da terceira página.

— Aqui está, leia, Ignátii Ignátievitch... Aliás, já está tudo arranjado, ocupei-me disso hoje de manhã...

Por decisão do... *et cetera*... o camarada RATCHÉVSKI, I. I., procurador do Supremo Tribunal, está dispensado de suas funções... em vista de sua nomeação para outro posto...

— É evidente — disse Ratchévski, sem emoção, pois percebia uma evidência completamente diferente.

Com as duas mãos, empurrou lentamente sua pasta para Popov.

— Aqui está.

Popov dizia, esfregando as mãos, tossindo, com vagos sorrisos cúmplices — tudo sem nenhum significado:

— Entenda, Ignátii Ignátievitch... Você cumpriu uma tarefa... sobre-humana... Erros inevitáveis... Pensamos num posto que lhe permitisse algum descanso... Você foi nomeado... (do fundo de seu torpor Ratchévski aguçou os ouvidos) nomeado diretor dos Serviços de Turismo... com licença prévia de dois meses... que lhe aconselho amistosamente passar em Sótchi... ou em Suuk-Su, são nossas duas melhores casas de repouso... O mar, as flores, Alupka, Aluchta, as paisagens, Ignátii Ignátievitch! Você voltará com novas forças... dez anos a menos... e o turismo, como você sabe, não é pouca coisa!...

O ex-procurador Ratchévski pareceu despertar. Gesticulou. As lentes grossas de seus óculos emitiram raios. Uma risada rasgou-lhe horizontalmente o rosto côncavo.

— Encantado! Turismo, sonho da minha vida! Passarinhos nas florestas! Cerejeiras em flor! A estrada de Suanécia! Ialta! Nossa Riviera! Obrigado, obrigado!

Suas duas mãos nodosas e peludas agarraram as mãos flácidas de Popov, que recuou um pouco, com o olhar agitado, o sorriso amarelo.

Os funcionários subalternos viram-nos sair de braços dados, como bons companheiros que eram. Ratchévski sorria mostrando todos os dentes amarelos e Popov parecia estar contando uma boa história. Subiram juntos num carro do Comitê Central. Ratchévski pediu que parasse um instante na rua Maksim Górki, diante de uma grande mercearia. Voltou, com expressão muito séria, trazendo um pacote que colocou delicadamente no colo de Popov.

— Veja, velho!

O gargalo de uma garrafa aberta destacava-se do papel.

— Beba, meu amigo, beba primeiro... — dizia Ratchévski, amistoso, e seu braço envolvia os ombros franzinos de Popov.

— Obrigado — disse Popov com frieza —, e, aliás, aconselho... Ratchévski explodiu:

— Vai me aconselhar, caro amigo! Que gentileza!

E bebeu sofregamente, com a cabeça jogada para trás, segurando a garrafa com punho firme; depois lambeu os lábios:

— Viva o turismo, camarada Popov! Sabe o que lamento? Ter começado a vida enforcando lagartixas!

E não disse mais nada, mas desembrulhou a garrafa para ver quanto ainda restava. Popov levou-o até sua casa, nos arredores da cidade.

— Como vai sua família, Ignátii Ignátievitch?

— *All right, very well!* Vai ficar prodigiosamente feliz! E a sua? (Estaria gracejando?)

— Minha filha está em Paris — disse Popov com um quê de preocupação.

Viu o ex-procurador do Supremo Tribunal descer do carro diante de uma mansão cercada de arbustos descorados. Ratchévski enfiou os dois pés em cheio numa poça de lama, o que o fez rir e praguejar. A garrafa emergia do bolso de seu sobretudo, ele a apalpava com a mão, que parecia um caranguejo enorme.

— Até logo, meu velho! — disse ele, alegre ou maldoso, e correu para o portão do jardim.

"Um homem acabado", pensou Popov. E daí? Ele nunca valera grande coisa.

—

Paris não se parecia com nenhuma das imagens confusas que Ksênia criara da cidade. Só fortuitamente encontrava semelhanças instantâneas com a cidade dupla de sua expectativa, capital de um mundo em decomposição, capital das insurreições operárias... Tudo lá fora construído havia tantos séculos, e tanta chuva, tanto sol, tanta noite, tanta vida impregnavam as velhas pedras que a noção de uma realização única se impunha. Turvo, mas azulado, o Sena corria sob velhas árvores dispersas, entre seus cais de pedra de matiz indefinido. As pedras pareciam já não ser duras, a água poluída de cidade grande não podia ser amarga nem perigosa, e decerto em nenhum outro lugar os afogados suscitavam lágrimas mais simples. O trágico de Paris revestia-se de uma glória desgastada, quase leve. Era uma delícia parar diante de uma banca de *bouquiniste*, sob um esqueleto de árvore, para abarcar com um só olhar os livros quase sem vida, ainda não completamente mortos, cuja sujeira guardava as marcas de mãos desconhecidas, as pedras do Louvre, do outro lado do Sena a placa da Belle Jardinière, mais longe, num cruzamento efervescente, o dorso abobadado e a estátua equestre da Pont-Neuf e, embaixo da ponte, a curiosa pracinha triangular quase rente à água; e entre os telhados distantes a sombria flecha trabalhada da Sainte-Chapelle. Os velhos bairros sórdidos, com o rosto marcado pela lepra de uma civilização, atraíam e horrorizavam Ksênia. Demandavam dinamite para que se pudesse, depois das justas demolições, construir grandes blocos de casas em que circulassem ar e luz. No entanto, seria bom viver ali, mesmo a vida indigente dos hoteizinhos, dos alojamentos recortados em antiquíssimas construções de alvenaria, aos quais se chegava por escadas escuras mas cujas flores presas aos parapeitos das janelas surpreendiam como um sorriso de criança doente. Ksênia, que nos fins de tarde explorava bairros de antiga miséria e humilhação, era tomada por singular ternura por aquelas cidades abandonadas na cidade gigante, afastadas das grandes avenidas, dos cais régios, das praças de nobres arquiteturas, dos arcos do triunfo, dos bulevares opulentos... No fundo de uma rua em declive suave, as cúpulas de cor creme da Sacré Cœur captavam no alto toda a claridade do anoitecer. Sua feiura sem alma tornava-se dourada. Naquela rua, infinitamente distante de toda misericórdia cristã ou ateia, mulheres espreitavam às portas ou por trás das vidraças embaçadas, na penumbra malsã dos interiores. De uma calçada a outra, moldadas em seus casaquinhos de lã ou de braços cruzados sobre os penhoares, pareciam bonitas; de perto, todas tinham o mesmo rosto devastado, coberto de maquiagem, de traços violentos. "São mulheres e eu sou mulher..." Ksênia tinha dificuldade em considerar essa realidade. "O que há em comum entre nós, o que há de diferente?" Para ela era tão fácil responder "sou filha de um povo que fez a revolução socialista, e elas são vítimas da velha exploração capitalista", que esta se tornava uma fórmula quase vazia. Acaso também não havia moças assim em algumas ruas de Moscou? O que pensar? Olhares de curiosidade seguiam a estrangeira de casaco e gorro brancos que subia a rua, o que estaria procurando naquele bairro? Não era sua felicidade, com certeza, nem prostituição nem homem. Então o que era? Seria vício? Em todo caso, um mulherão, viu seus tornozelos? Pois os meus eram iguais quando eu tinha 17 aninhos! Ksênia cruzou com um indivíduo taciturno, parecido com um tártaro da Crimeia, que lançava olhares de soslaio para as vidraças e corredores de entrada, e ela o imaginava levado por uma espécie de fome mais lamentável e mais mordaz do que a fome. Vizinhas das tabernas, as mais tristes mercearias ofereciam, em suas vitrines entregues às moscas, chocolate, pacotes azuis de papel de cigarro, queijos, frutas de além-mar. Ksênia lembrava-se da indigência de nossas cooperativas nos subúrbios de Moscou — Como era possível? Serão eles tão ricos a ponto de sua própria miséria poder chafurdar numa espécie de abundância? O horror pantanoso daquele submundo reinava sobre um conforto opulento e baixo, cheio de comidas, licores, roupas agradáveis ao olhar, amores sentimentais e condimentos sexuais.

Ksênia voltava à *rive gauche*. No Châtelet terminava uma cidade comercial cuja trepidação era apenas elementar: ventres e baixos-ventres por alimentar. A animalidade das multidões ocupava-se disso por ali mesmo. A torre Saint-Jacques, cercada por um pobre oásis de folhagens e de cadeiras de 2 tostões, não era mais do que um útil poema de pedra. "Vestígio da era teocrática", pensava Ksênia, "e esta cidade está na era mercantil...". Bastava atravessar uma ponte para chegar, entre a Chefatura de Polícia, a Conciergerie e o Palácio da Justiça, à era administrativa. As prisões datavam de setecentos anos; suas torres redondas, voltadas para o Sena, tinham linhas de tal nobreza que faziam esquecer suas câmaras de tortura de antigamente. Os processos alimentavam um punhado de escribas, mas havia também um mercado de flores.

Outra ponte sobre as mesmas águas, e os livros surgiam vivos nas bancas, jovens de cabeça descoberta levavam cadernos embaixo do braço; nos cafés rostos inclinados sobre textos que eram ao mesmo tempo as *Pandectas* de Justiniano, os *Comentários* de Júlio César, *A interpretação dos sonhos* de Sigmund Freud e poemas surrealistas. A vida subia ao longo dos terraços dos cafés rumo a um jardim de linhas calmas, e esse jardim terminava, entre imóveis burgueses, num globo de bronze vazado que era sustentado por formas humanas, como um pensamento ligado ao chão, metálico mas transparente, terrestre mas soberbamente resistente. Ksênia preferia voltar para casa por aquele cruzamento, em que o céu era mais amplo do que em outros lugares. Os tecidos estampados solicitados pelo Kombinat Têxtil de Ivánovo-Voznéssensk só exigiam dela uma consulta por semana, sobre seleções propostas. Ksênia ia vivendo, coisa inconcebível, mas fácil.

Parar diante de um portal do século XIV, na rua Saint-Honoré, pensando que a carroça de Robespierre e de Saint-Just passou por ali, descobrir ao lado uma vitrine com tecidos do Levante, indagar sobre o preço de um frasco de perfume, perambular pelos jardins da Torre Eiffel... Bonita ou feia aquela estrutura metálica a subir tão alto pelos céus de Paris? Lírica, em todo caso, emocionante, única no mundo! A que emoção estética comparar a emoção que Ksênia sentia ao avistá-la do alto de Ménilmontant, no horizonte da cidade? Súkhov explicava que nosso Palácio dos Sovietes alçaria mais alto nos céus de Moscou uma estátua de aço do Chefe, seria maior e mais simbó-lica! Sua pequena Torre Eiffel, monumento ultrapassado da técnica industrial do final do século XIX, fazia-o rir. "Como pode achar isso interessante?" (Ele desconhecia a palavra emocionante.) "Por mais que seja poeta", respondia Ksênia, "você tem menos intuição de certas coisas do que as plantas", e ele, como não entendia de modo nenhum, ria, certo de sua superioridade. Por isso Ksênia preferia sair sozinha.

Tendo levantado tarde, por volta das nove horas, Ksênia termi-nou de se arrumar, abriu a janela para um cruzamento de bulevares, o Raspail, o Montparnasse, e contemplou, satisfeita da vida, aquela paisagem de casas, de cafés com as cadeiras ainda de pernas para o ar sobre as mesas, de asfalto. Metrô Vavin. A banca fechada do vendedor de ostras e mariscos. A vendedora de jornais montava seu balcão dobrável... De um dia para outro, nada mudava. Ksênia to-mava o café da manhã no hotel, e era um momento agradável. Os rituais matinais do estabelecimento lhe propiciavam uma sensação de tranquila segurança. Como aquelas pessoas conseguiam viver sem problemas, sem ímpeto para o futuro, sem pensar nos outros e em si mesmas com angústia, piedade, amargura? De onde lhes vinha aquela plenitude numa espécie de vazio? Ksênia acabara de sentar-se à mesa costumeira (já cativa, também ela, de um início de hábito), perto das cortinas através das quais enxergava o bulevar em tons de pedra, recomeçando despreocupada sua vida cotidiana, quando a sra. Delaporte entrou sem fazer ruído, como uma gata gorda muito digna. Caixa do café-restaurante havia 23 anos, ali a sra. Delaporte sentia-se simplesmente soberana de um reino do qual a preocupação estava banida, tal como uma rainha Guilhermina da Holanda reinava sobre os campos de tulipas. As contas atrasadas de alguns velhos clientes também inspiravam confiança. A casa dá crédito, senhor, por que não? O fato de o dr. Poivrier, proprietário na rua d'Assas e, além do mais, acionista do Bon Marché, dever 500 francos significava dinheiro no banco! A clientela respeitável e regular era considerada pela sra. Delaporte como obra sua. Se Leonardo da Vinci pintou a Gioconda, a sra. Delaporte fez aquela clientela! Outras mulheres, menos privilegiadas, têm filhos adultos casados, que se divorciam, cujos filhos são doentes, cujos negócios vão por água abaixo, e todos os tipos de transtornos, ora! "Pois eu tenho esta casa, senhor, é meu lar e, enquanto eu estiver aqui, vai funcionar!" O *vai funcionar* a sra. Delaporte pronunciava com uma segurança modesta que não deixava nenhuma dúvida. Ela começava por abrir a gaveta da caixa registradora, arrumava ao alcance das mãos o tricô, os óculos, um livro de biblioteca, a revista na qual leria, nas horas vagas, com um meio sorriso terno e cético, os conselhos de Tia Solange a Miosótis, 18 anos, loirinha lionesa, Rosa Preocupada: "Acha que ele me ama de verdade?". A sra. Delaporte arrumava o penteado com a ponta dos dedos para que cada mecha grisalha, graciosamente ondulada, permanecesse em seu lugar. Depois dava a primeira olhada no café, no qual reinava uma ordem permanente. Sr. Martin, o garçom, acabava de distribuir os cinzeiros pelas mesas; por puro escrúpulo, esfregava o vago contorno de uma mancha de umidade até fazer a madeira brilhar impecavelmente. Ele sorria para Ksênia, e a sra. Delaporte lhe sorria também. Juntas, duas vozes amistosas lhe desejavam bom-dia: "Está tudo a seu gosto, senhorita?". Essas frases pareciam ditas pelas próprias coisas, satisfeitas por existirem e sociáveis por natureza. Entre dez horas e dez e quinze entrava o primeiro cliente regular, o sr. Taillandier, que se acomodava ao balcão, perto da caixa, para tomar um café com kirsch. A caixa e o freguês trocavam frases tão pouco variadas que Ksênia tinha a impressão de sabê-las de cor... A sra. Delaporte se tratava havia doze anos de problemas de estômago, flatulência, azia... O sr. Taillandier preocupava-se com sua dieta de artrítico. "Pois é, senhora, café e kirsch são contraindicados para mim, no entanto, veja só! Não os recuso, não, senhora! É preciso seguir a medicina, mas nem tanto, só confio no meu instinto! Assim, no regimento, veja, em 1924..." — "E eu, senhor (nesse ponto as longas agulhas de tricô da sra. Delaporte começavam seu balé), tentei os especialistas mais caros, consultei a Faculdade sem olhar o preço, acredite, sim senhor, pois bem, voltei aos remédios caseiros, o que me faz bem é uma tisana preparada por um herbanário do Marais, e, como o senhor vê, minha aparência não está tão ruim assim..." Às vezes, nesse momento chegava o elegante sr. Gimbre, muito bem informado sobre as corridas de cavalos: "Jogue no Nautilus II sem vacilar! Depois, Cléopâtre!". Categórico sobre o assunto, o sr. Gimbre às vezes abordava a política, se alguém se dispusesse a replicar; então falava mal dos tchecoslovacos, que até fingia confundir com os curdo-sírios, e revelava o preço exato dos castelos comprados por Léon Blum. Ksênia observava-o por cima do jornal, irritada com o pedantismo e a baixeza de suas afirmações, e perguntava a si mesma: que sentido tem a vida de um ser como esse? A sra. Delaporte, com muito tato, logo dava outro rumo à conversa. "Continua indo à Normandia, sr. Taillandier?", e passava-se a comentar a culinária normanda. "Ah, sim!", suspirava a caixa inexplicavelmente. O sr. Taillandier ia embora, o sr. Gimbre fechava-se na cabine telefônica, sr. Martin, o garçom, postava-se diante da porta aberta, entre os canteiros de relva, para observar, sem dar na vista, o movimento das modistas de Chez Monique em frente. Um velho gato cinza, terrivelmente egoísta, esgueirava-se por debaixo das mesas sem se dignar de olhar para ninguém. A sra. Delaporte o chamava discretamente: "Psst, psst, Mitron!". Mitron seguia seu caminho, provavelmente lisonjeado com a atenção. "Ingrato!", murmurava a sra. Delaporte, e, se Ksênia levantasse os olhos, ela continuava: "Os animais, senhorita, são tão ingratos quanto as pessoas! Não confie neles nem nelas, acredite!". Era um universo minúsculo, tranquilo, em que se vivia sem comentar os números de controle do Planejamento, sem temer os expurgos, sem se dedicar ao futuro, sem se colocar os problemas do socialismo. Aquela manhã, a sra. Delaporte, prestes a pronunciar um aforismo habitual, largou o tricô, desceu de sua banqueta alta, com expressão intrigada fez um sinal ao garçom Martin e caminhou até Ksênia, sentada à mesa, diante do café com leite, dos croissants e do jornal.

Ksênia estava estranhamente imóvel: o queixo apoiado na mão, "branca como um lençol" (observou a sra. Delaporte), sobrancelhas arqueadas, olhar fixo, deve ter visto a caixa chegar, mas não a viu afastar-se em sentido inverso com passos miúdos e apressados, não a ouviu pedir ao garçom:

— Depressa, depressa, um Marie Brizard... Não, espere, é melhor um anisete, mexa-se, ela perdeu os sentidos, meu Deus...

A própria sra. Delaporte trouxe o anisete e o colocou na mesa, diante de Ksênia, que não se mexia...

— Senhorita, minha menina, vamos!

Uma mão pousada suavemente em seu gorro branco e seus cabelos chamou Ksênia de volta à realidade. Ela olhou para a sra. Delaporte, pestanejando através das lágrimas, mordeu os lábios, disse alguma coisa em russo. ("O que fazer, o que fazer?") A sra. Delaporte tinha na ponta da língua uma interrogação afetuosa: "Desgosto de amor, minha menina, ele está sendo mau? infiel?", mas aquela expressão cérea e dura, perturbada e concentrada, não parecia a de alguém com desgosto de amor, devia ser bem pior, algo indizível e incompreensível, com esses russos nunca se sabe.

— Obrigada — disse Ksênia.

Um sorriso insensato desfigurou seu rosto de criança grande. Ela engoliu o anisete, levantou-se, enxugou os olhos, sem pensar em retocar o pó de arroz, e saiu quase correndo, atravessou o bulevar entre os ônibus, desapareceu na escada do metrô... O jornal aberto, o café e os croissants intactos sobre a mesa comprovavam uma desolação insólita.

O sr. Martin e a sra. Delaporte debruçaram-se juntos sobre o jornal.

— Sem óculos já não enxergo nada, sr. Martin, está lendo alguma coisa, um acidente, uma tragédia?

O sr. Martin respondeu depois de uma pausa:

— Só estou vendo o anúncio de um julgamento em Moscou. Sabe, sra. Delaporte, lá fuzilam as pessoas a todo instante, por um nada...

— Um julgamento? — disse a sra. Delaporte, incrédula. — O senhor acha? Tanto faz, pobre moça. Estou sentindo uma coisa estranha. Sr. Martin, pode me dar um anisete, não, espere, melhor um Marie Brizard. É como se eu tivesse visto a desgraça passar por aqui...

Ksênia, no campo iluminado da sua consciência, só via duas ideias claras: "Não podemos deixar que fuzilem Kiril Rubliov. Para salvá-lo talvez reste apenas uma semana, uma semana". Deixou-se levar pela composição do metrô, arrastar por multidões através dos corredores subterrâneos de Saint-Lazare, leu nomes de estações desconhecidas. Seu pensamento não ia além da obsessão. De repente apareceu na parede de uma estação um grande cartaz monstruoso representando uma cabeça de touro preta, com os chifres muito abertos, um olho vivo e outro furado por um enorme ferimento retangular em que o sangue tinha cor de fogo. Animal fuzilado, horrível de ver. Ksênia, fugindo daquela imagem que se reproduzia a cada estação, viu-se na calçada dos Trois Quartiers, diante da igreja da Madeleine, indecisa, falando consigo mesma.

O que fazer? Um homem idoso tirava o chapéu para ela, tinha dentes de ouro, dizia alguma coisa com voz melosa, embaraçado. Ele dizia "graciosa!", e Ksênia ouviu "graça". — Escrever na hora, telegrafar, graça para Kiril Rubliov, graça! O homem, vendo aquele rosto arguto de mulher-criança se iluminar, estava prestes a adotar um ar de beatitude, mas Ksênia bateu o pé, viu-o, com aqueles cabelos ralos repartidos, aqueles olhos porcinos, e fez o que fazia quando criança, nos seus acessos de raiva: deu uma violenta cusparada... O homem se esquivou, Ksênia entrou num bar ruidoso.

— Papel de carta, por favor... Sim, café, depressa.

Trouxeram-lhe um envelope amarelo, uma folha de papel quadriculado. Escrever para o Chefe, só ele salvaria Kiril Rubliov. "Querido, grande e justo, nosso Chefe bem-amado... Camarada!" O arroubo de Ksênia esmoreceu. "Querido", mas, ao escrever, ela não estava começando a reprimir uma espécie de ódio? Era um pensamento assustador. "Grande", mas o que ele estava permitindo que se fizesse? "Justo", mas Rubliov seria julgado, Rubliov seria morto, como um santo. E aqueles julgamentos certamente eram decididos pelo Politburo! Ela refletiu. Para salvar Rubliov, por que não mentir, aviltar-se? Só que a carta não chegaria a tempo e, mesmo que chegasse, ele a leria, ELE que recebia milhares de cartas por dia, que eram abertas por um secretariado? Quem poderia intervir? O cônsul geral, Nikífor Antónitch, um frouxo impassível nascido sem alma? O primeiro-secretário da legação, Willi, que lhe ensinava bridge, levava-a a Tabarin, vendo nela apenas a filha de Popov? Willi espionava o embaixador, Willi, perfeito arrivista, também nascido sem alma. Outros rostos se apresentaram, e todos se tornaram subitamente odiosos. À noite, assim que recebessem a confirmação do telegrama dos jornais, a célula do partido se reuniria, o secretário proporia que se telegrafasse uma resolução por unanimidade exigindo a punição suprema para Kiril Rubliov, Erchov, Makêiev, traidores, assassinos, inimigos do povo, rebotalho da espécie humana. Willi votaria a favor, Nikífor Antónitch votaria a favor, os outros votariam a favor... "Que minha mão seque, miseráveis, se ela se levantar com as de vocês!" Ninguém a quem suplicar, ninguém com quem falar, ninguém! Os Rubliov morrem sozinhos, sozinhos, o que fazer?

Ksênia achou: pai. Pai, me ajude. Você conhece Rubliov desde a juventude, pai, você o salvará, você pode salvá-lo. Vai falar com o Chefe, vai dizer... Ela acendeu um cigarro: a chama do fósforo foi uma estrela de bom augúrio na ponta de seus dedos. Quase radiante, Ksênia começou a escrever o telegrama numa agência de correio. A primeira palavra traçada no papel extinguiu sua confiança. Rasgado o primeiro formulário, Ksênia sentiu seu rosto crispar-se. Acima do balcão, um cartaz explicava: *"Com uma aplicação anual de 50 francos durante 25 anos, você garantirá uma velhice tranquila..."*. Ksênia deu uma gargalhada. A tinta da caneta tinha acabado, ela procurou à sua volta. Uma mão mágica estendeu-lhe uma caneta amarela com aro de ouro. Ksênia escreveu resoluta:

PAI É PRECISO SALVAR KIRIL PT VOCÊ CONHECE KIRIL HÁ VINTE ANOS PT É UM SANTO PT INOCENTE PT INOCENTE PT SE VOCÊ NÃO O SALVAR UM CRIME PESARÁ SOBRE NÓS PT PAI VOCÊ O SALVARÁ

De onde tinha saído aquela ridícula caneta cor de gema de ovo? Ksênia não soube o que fazer com ela, mas uma mão a pegou, um homem; dele ela só viu o bigode à Charlie Chaplin, e ele lhe dizia amavelmente alguma coisa que ela não entendeu. Vá para o inferno! No guichê, a atendente, uma jovem de lábios grandes e muito pintados, contava as palavras do telegrama. Olhou para Ksênia, olhos nos olhos, e disse:

— Desejo que consiga, senhorita.

Ksênia, com um nó de soluços preso na garganta, respondeu:

— É quase impossível.

Do outro lado do guichê, os olhos castanhos estriados de dourado a olharam com apreensão, mas sua expressão desanuviou Ksênia, que se recompôs:

— Não, tudo é possível, obrigada, obrigada.

O bulevar Haussmann vibrou sob um sol leve. Numa esquina, os transeuntes se aglomeravam diante da vitrine de uma sobreloja para ver manequins esbeltas que, balançando um pouco os ombros e os quadris, apresentavam os vestidos da estação... Ksênia sabia que encontraria Súkhov no Marbeuf. Sem se dar conta, tinha nele a confiança física da mulher jovem desejada pelo homem jovem. Poeta, secretário de uma seção do sindicato dos poetas, ele escrevia para os jornais versos rasos, impessoais como os editoriais dos cotidianos, que a Biblioteca do Estado reunia em livretos: *Tambores*, *Passo de marcha*, *Vigiemos a fronteira*... Ele repetia as palavras de Maiakóvski: "Notre Dame? Daria um magnífico cinema". Colaborador da Segurança, visava as células dos jovens funcionários em missão no estrangeiro, para declamar seus versos com voz calorosa e viril de arauto e redigir relatórios confidenciais sobre o comportamento de seus ouvintes no meio capitalista. Quando estavam sós em algum jardim, Súkhov beijava Ksênia. A grama e o aroma da terra tornavam-no apaixonado e davam-lhe vontade de correr, de galopar, como dizia Ksênia. Ela se deixava levar, contente, repetindo-lhe que só o amava como camarada, "e, se você quiser me escrever, que seja em prosa, certo?". Ele não escrevia. Ela lhe recusava os lábios, recusava-se a acompanhá-lo a um hotel da Porte Dorée para começar "uma aventura à francesa" — "que talvez, Ksêniuchka, me tornasse lírico como o velho Púchkin! Você deveria me amar por amor à poesia!". Súkhov beijou-lhe as mãos.

— Está cada dia mais bonita, está assumindo um arzinho de Champs-Élysées que me encanta, Ksêniuchka... Mas não está com boa cara. Chegue mais perto.

Encurralou-a num canto, encostando seus joelhos nos dela, enlaçou-lhe a cintura, olhou-a inteira com seus olhos de belo garanhão. As palavras de Ksênia o congelaram. Ele recuou. E disse severamente:

— Ksêniuchka, sobretudo não faça bobagem. Não se meta nessa história. Se Rubliov foi preso, é porque tem culpa. Se confessou, você não pode negar por ele. Se é culpado, já não existe para ninguém. Esse é meu ponto de vista, não há outro.

Ksênia já buscava outro socorro. Súkhov tomou-lhe a mão. Aquele contato provocou-lhe uma imensa repulsa, que controlou, e ela permaneceu inerte. Será que eu estava louca em imaginar que esse cara de cavalo poderia salvar Rubliov?

— Já vai, Ksêniuchka, está zangada?

— Imagine! Ocupada. Não, não venha comigo.

Você é um brutamontes, Súkhov, só serve para fabricar versos para as rotativas. Seu colete de lã estilo pele-vermelha é grotesco, suas solas duplas de crepe me horripilam. A irritação revigorou Ksênia.

— Táxi... Para qualquer lugar... Bois de Boulogne... Não, Buttes-Chaumont...

As Buttes-Chaumont flutuavam em meio a uma bruma verde. Nas manhãs bonitas de verão, as folhagens do parque Petróvski se parecem com estas. Ksênia observou as folhas bem de perto. Folhas, me acalmem. Debruçando-se um pouco à beira do lago, viu seu ar de quem tinha chorado muito. Patinhos divertidos correram para ela... Pesadelo insensato, não havia nada naquele maldito jornal, não é possível. Passou pó de arroz, batom, respirou fundo. Que sonho horrível! No instante seguinte, a angústia voltou, mas ela se lembrou de um nome: Passereau. Como não tinha pensado antes? Passereau é importante. Passereau foi recebido pelo Chefe. Juntos, Passereau e meu pai salvarão Rubliov.

Por volta das três horas, Ksênia fez-se anunciar na casa do professor Passereau, ilustre nos dois hemisférios, presidente do Congresso para a Defesa da Cultura, membro correspondente da Academia das Ciências de Moscou, o qual Popov fazia questão de encontrar quando vinha a Paris em viagem de inspeção. A porta da sala provincial, ornada de aquarelas, abriu-se de repente e o professor Passereau veio tomar Ksênia pelos ombros, muito afetuosamente.

— Senhorita! Que prazer em recebê-la! Em Paris por algum tempo? A senhorita é adorável! A filha de meu velho amigo decerto me perdoará o galanteio...! Entre, entre!

Pegou-a pelo braço, instalou-a no sofá do escritório, sorriu-lhe com todo o rosto franco de velho oficial de cabelos brancos. Lá não chegavam os ruídos da cidade. Aparelhos de precisão, sob redomas, ocupavam os cantos do recinto. Um buquê de folhagens preenchia a porta que dava para o jardim. Um grande retrato com moldura dourada pareceu chamar atenção de Ksênia. O professor explicou:

— O conde Montessus de Ballore, senhorita, o homem genial que decifrou o enigma dos sismos...

— Mas o senhor também — disse Ksênia com ímpeto —, o senhor...

— Ah, no meu caso é muito mais fácil. Quando o caminho está traçado, em matéria científica, basta segui-lo...

Ksênia deixou-se distrair, fazendo recuar seu problema.

— Sua ciência é magnífica e misteriosa, não é?

O professor ria:

— Magnífica, sim, penso que sim, como toda ciência! Misteriosa, de modo nenhum. Nós cercamos o mistério, senhorita, e ele tem dificuldade em se defender!

O professor abriu um fichário.

— Veja, são as coordenadas do terremoto de Messina em 1908; já não há mistério a respeito! Quando o demonstrei no Congresso de Tóquio...

Mas ele viu que os lábios de Ksênia tremiam.

— Senhorita... O que houve? Más notícias de seu pai?... Alguma tristeza muito grande?... Conte-me tudo...

— Kiril Rubliov — Ksênia balbuciou.

— Rubliov, o historiador?... O Rubliov da Academia Comunista, não é? Ouvi falar dele, creio até que o encontrei num banquete... amigo de seu pai, não é?

Ksênia sentiu vergonha das lágrimas que reprimia, de um absurdo sentimento de humilhação, talvez do que ia acontecer. Sua garganta ressecou, sentiu-se como uma inimiga.

— Kiril Rubliov será fuzilado em menos de oito dias se não interferirmos imediatamente.

O professor Passereau pareceu encolher-se na poltrona. Ela notou que ele tinha a barriga abaulada, berloques pendurados numa corrente de relógio, à moda antiga, um colete de corte antiquado.

— Ah — disse ele. — Ah, o que está me contando é terrível...

Ksênia falou do telegrama de Moscou publicado aquela manhã, da frase abominável sobre a "confissão completa", do assassínio de Tuláiev um ano antes... O professor insistiu naquele ponto:

— Houve um assassínio?

— Sim, mas responsabilizar Rubliov é tanta loucura quanto...

— Compreendo, compreendo...

Ela não tinha mais nada que dizer. Os mecanismos brilhantes e extravagantes dos sismógrafos ocuparam um lugar desmedido em meio ao silêncio. A terra não estava tremendo em lugar nenhum.

— Bem, senhorita, creia na minha total simpatia... eu lhe garanto...

314

É terrível... As revoluções devoram seus filhos, nós bem sabemos, desde os girondinos, Danton, Hébert, Robespierre, Babeuf... É a marcha implacável da história...

Ksênia só ouvia fragmentos dessas frases. Seu espírito captava sua essência e aqueles fragmentos compunham para ela outro discurso.

— Uma espécie de fatalidade, senhorita... Sou um velho materialista e, no entanto, penso diante desses processos na fatalidade do drama antigo... ("Resuma, resuma", Ksênia pensou com dureza)... Diante dela somos impotentes... Tem certeza absoluta, aliás, de que a paixão guerrilheira, o espírito de conspiração não levaram longe demais esse velho revolucionário que... também admiro, no qual também penso com angústia...

O professor fez alusão a *Os demônios* de Dostoiévski... ("Se ele falar em alma eslava", pensava Ksênia, "vou fazer um escândalo... E a sua alma, mandarim?". Seu desespero transformava-se numa espécie de ódio. Jogar uma pedra naqueles sismógrafos idiotas, quebrá-los a golpes de malho, ou simplesmente com o velho machado dos campos russos...)

— Enfim, senhorita, nem toda a esperança me parece perdida. Rubliov sendo inocente, o Supremo Tribunal decerto lhe fará justiça...

— O senhor acredita nisso?

O professor Passereau arrancou do calendário a folha da véspera. Aquela jovem de branco, com o gorro de lado, boca hostil, olhar penetrante, mãos atormentadas, era um ser bizarro, vagamente perigoso, levada àquele escritório tranquilo por uma espécie de furacão. Se tivesse imaginação literária, Passereau a compararia a um pássaro de tempestade; e ela o incomodava.

— É preciso telegrafar imediatamente para Moscou — Ksênia disse, resoluta. — Que sua Liga telegrafe ainda esta noite. Que o senhor responda por Rubliov, que proclame sua inocência: Rubliov pertence à ciência!

O professor Passereau suspirou fundo. A porta se entreabriu, entregaram-lhe um cartão de visita numa bandeja. Ele consultou o relógio e disse:

— Peça a esse senhor que faça o favor de esperar um pouco...

Sejam quais forem os dramas que perturbam revoluções distantes, temos nossas obrigações cotidianas. A interferência do cartão de visita lhe devolveu a palavra.

— Senhorita, não tenha dúvida de que eu... Estou mais emocionado do que posso expressar... Observe, no entanto, que só encontrei Rubliov, a quem respeito, uma vez na vida, numa recepção... Como poderia responder por ele em circunstâncias tão complexas? Tenho certeza de que se trata de um cientista de grande valor e, tal como a senhorita, espero no fundo da alma que ele seja conservado para a ciência... Tenho respeito absoluto pela Justiça de seu país... Creio na bondade dos homens, mesmo em nossa época... Se Rubliov fosse culpado em alguma medida (digo-o por hipótese), a magnanimidade do Chefe de seu partido lhe deixaria ainda grandes possibilidades de salvação, estou convicto disso... Pessoalmente, meus votos mais ardorosos estão com ele, com a senhorita, cuja emoção compartilho, mas realmente não vejo o que eu poderia fazer... Tenho por regra nunca interferir nos assuntos internos de seu país, para mim é uma questão de consciência... O Comitê da Liga reúne-se apenas uma vez por mês, a próxima reunião está marcada para dia 27, daqui a três semanas, e não tenho qualificação para antecipá-la, uma vez que sou apenas o vice-presidente... A Liga, por outro lado, tem por objeto estritamente o combate ao fascismo; a proposta de uma providência contrária a nossos estatutos, mesmo emanando de mim, correria o risco de provocar as mais vivas objeções... Ao insistir, correríamos o risco de iniciar uma crise no seio da organização, que no entanto tem uma nobre missão para cumprir. As campanhas que estamos fazendo por Carlos Prestes, por Thaelmann, pelos judeus perseguidos, poderiam ser prejudicadas. Está me entendendo, senhorita?

— Creio que sim! — disse Ksênia brutalmente. — Então o senhor não quer fazer nada?

— Isso me desespera, senhorita, mas está exagerando em muito minha influência... Acredite... Ora, reflita, o que eu poderia fazer?

Os olhos de Ksênia, grandes e claros, voltaram-se para ele friamente.

— E o fato de fuzilarem Rubliov não o impedirá de dormir, não é?

O professor Passereau respondeu tristemente:

— Está sendo muito injusta, senhorita, mas o velho que sou a compreende...

Ela não o olhou mais, não lhe estendeu a mão, saiu andando, com expressão dura, pela calçada da rua burguesa pela qual não passava ninguém. "A ciência dele é infame, seus instrumentos são infames, a cor marrom do escritório dele é infame! E Kiril Rubliov está perdido, os nossos estão todos perdidos, já não há saída, não há saída."

Na redação de um jornal semanal quase de extrema esquerda, outro professor, de 35 anos, ouviu-a como se lhe anunciassem uma grande dor. Não ia arrancar os cabelos, retorcer os braços? Não fez nada disso. Nunca ouvira falar em Rubliov, mas aqueles dramas russos o atormentavam dia e noite.

— São tragédias shakespearianas... Senhorita, dei um grito de indignação neste jornal. "Clemência!", gritei, em nome de nosso amor e de nossa devoção pela revolução russa. Não fui ouvido, suscitei reações que também é preciso compreender com boa-fé, apresentei minha demissão a nosso Comitê Diretor... Hoje, em razão da situação política, tais artigos já não poderiam passar. Representamos a opinião média de um público ligado a vários partidos; a crise ministerial, de que os jornais ainda não falam, põe em xeque toda a obra dos últimos anos... Neste momento, um conflito com os comunistas poderia ter as piores consequências... E será que salvaríamos Dubliov?

— Rubliov — Ksênia retificou.

— Sim, Rubliov, será que o salvaríamos? Minha triste experiência não me permite acreditar... Não vejo, realmente, o que tentar... A única coisa que eu poderia fazer seria encontrar seu embaixador logo mais para expressar minha preocupação...

— Faça pelo menos isso — murmurou Ksênia, completamente desanimada, pois pensava: "Eles não farão nada, ninguém fará nada, eles não conseguem nem entender".

Ela tinha vontade de bater a cabeça na parede... Ainda passou por várias redações, tão depressa, levada por um sofrimento tão exasperado e desesperado que, mais tarde, só lhe restou uma lembrança confusa de tudo aquilo. Um velho intelectual de gravata suja foi quase grosseiro diante de sua insistência.

— Pois bem, então vá procurar os trotskistas! Temos nossas informações, nossas convicções estão formadas. Todas as revoluções produziram traidores, que podem parecer, que podem ser pessoalmente admiráveis, admito! Todas cometeram grandes injustiças em casos particulares. É preciso tomá-las em conjunto!

Abriu raivoso um jornal da manhã.

— Nossa tarefa, aqui, é combater a reação!

Em outro lugar, uma velha senhora grosseiramente empoada enterneceu-se a ponto de chamar Ksênia de minha querida menina.

— Se eu fosse de fato alguém na redação, minha querida menina, ah, acredite, eu... Eu tentaria pelo menos fazer passar uma pequena notícia destacando a importância da obra de seu amigo, como foi que você disse, Upleff ou Ruleff? Venha, escreva o nome dele aqui... Músico, você disse? Ah, bom, historiador, certo, certo, historiador...

A velha senhora trazia enrolado no pescoço um lenço de seda desbotado.

— Que tempos estamos vivendo, minha querida menina! Dá medo pensar!

Ela se inclinou, sinceramente comovida:

— Diga uma coisa, e perdoe se estou sendo indiscreta, é algo tão feminino: você ama Kiril Rubliov? Kiril é um nome tão bonito...

— Não, não, eu não o amo — disse Ksênia, desolada, reprimindo as lágrimas e a raiva.

Parou por acaso diante da vitrine de uma livraria-papelaria americana, na avenida da Ópera. Pequenas beldades nuas, em fotos recortadas, faziam poses em cima de cinzeiros, perto dos mapas da Tchecoslováquia fragmentada. Os livros tinham aspecto opulento. Abordavam os grandes problemas, eram idiotas, *O mistério da noite sem lua*, *A desconhecida mascarada*, *Piedade pelas mulheres*! Tudo mergulhado numa futilidade luxuosa de gente saciada, lavada, perfumada, que queria sentir um leve frêmito de medo ou piedade antes de adormecer entre lençóis de seda. Será possível que estes tempos continuem sem que eles experimentem de verdade, na própria carne, nos próprios nervos, o medo e a piedade? Em outra vitrine branca e dourada, hipocampos em aquários prometiam a felicidade aos compradores de joias. Sorte no amor, sorte nos negócios com nossos broches, anéis, colares última moda, o hipocampo astral! — Fugir. Ksênia descansou no outro extremo de Paris, num banco, numa paisagem cinzenta de janelas de hospital e muros caiados. A cada minuto um estrondo de ferragens monstruosas jogadas sobre a ponte do metrô penetrava até o fundo de seus nervos. De onde voltou, ao cair da noite, morta de cansaço, como conseguiu dormir? No dia seguinte de manhã, vestiu-se vencendo a náusea, passou batom, com os dedos trêmulos, desceu depois que a sra. Delaporte já tinha chegado. Sentou-se no café sem notar os olhares curiosos e penalizados que se voltavam para ela, apoiou o queixo na mão, olhou para o bulevar Raspail... A própria sra. Delaporte veio lhe tocar o ombro:

— Telefone, senhorita... Não melhorou?

— Sim, sim — disse Ksênia —, não é nada...

Na cabine telefônica, uma voz de homem, segura e aveludada, uma voz de juízo final, falou em russo:

— Aqui é Krantz... Estou a par de todas as suas diligências... imprudentes e criminosas... Aconselho a parar com elas imediatamente... Compreendeu? As consequências podem ser graves, e não só para você.

Ksênia desligou sem responder. Willi, primeiro-secretário da embaixada, entrou no café de casaco cinza, chapéu de feltro perfeito, belo rapaz ao estilo inglês: vontade de lhe dar de presente cinzeiros com mulherzinhas nuas, a revista *Esquire*, luvas de couro de porco amarelo, jogar-lhe tudo isso na cara, arrivista! Falso *gentleman*, falso comunista, falso diplomata, falso, falso! Ele tirou o chapéu, inclinou-se:

— Ksênia Vassílievna, tenho um telegrama para você...

E, enquanto ela abria o envelope azul, Willi a observava com extrema atenção. Cansada, nervosa, decidida. Mostrar-se prudente. O telegrama era de Popov:

MÃE DOENTE PEDIMOS VOLTAR URGENTE...

— Reservei lugar no avião de quarta-feira...

— Eu não vou — disse Ksênia.

Sem ser convidado, ele se sentou diante dela. Inclinados um para o outro, pareciam namorados que se reconciliavam de uma briga, falando baixo. Agora a sra. Delaporte estava entendendo tudo.

— Ksênia Vassílievna, Krantz me encarregou de lhe dizer que deve voltar... Foi muito imprudente, Ksênia Vassílievna. Permita-me dizer... com amizade... Todos nós pertencemos ao partido...

Não era isso que deveria ter dito. Willi retomou:

— Krantz é um bom sujeito... Preocupado com você. Preocupado com seu pai... Você está comprometendo seriamente o seu pai... Seu pai está velho... E aqui você não pode fazer nada, não vai chegar a nada, absolutamente nada... É o vazio.

Mais hábil, agora. O rosto branco de Ksênia perdeu algo de sua dureza.

— Cá entre nós, acho que será presa ao voltar... Mas não será nada grave, Krantz vai interferir, ele me prometeu... Seu pai poderá responder por você... Não precisa ter medo.

Muito hábil, desta vez, a alusão ao medo. Ksênia disse:

— Acha que estou com medo?

— Ora, de jeito nenhum! Estou lhe falando como camarada, amigavelmente, eu...

— Voltarei quando tiver terminado o que tenho para fazer. Diga isso a Krantz. Diga que, se Rubliov for fuzilado, vou alardear nas ruas... Vou escrever a todos os jornais...

— Não haverá processo, Ksênia Vassílievna, estamos informados. Não enviamos desmentido para deixar essa informação inoportuna cair no esquecimento. Krantz nem sabe se Rubliov está preso de fato. Se estiver, em todo caso, qualquer barulho que você tentar fazer em torno do nome dele só poderá prejudicá-lo... E me assusta ouvi-la falar assim. Já não a reconheço. Você é incapaz de trair. Não vai alardear nada para ninguém, aconteça o que acontecer. Aliás, a quem se dirigiria? A esse mundo inimigo que nos cerca? A essa Paris burguesa, a esses jornais fascistas que nos caluniam? Aos trotskistas, agentes dos fascistas? O que poderia fazer além de um pequeno escândalo contrarrevolucionário para maior prazer de algumas folhas antissoviéticas? Ksênia Vassílievna, prometo esquecer o que acaba de dizer. Aqui está sua passagem para o avião de quarta-feira, no aeroporto de Bourget, às 9h45. Estarei lá. Você tem dinheiro?

— Tenho.

Não era verdade, Ksênia sabia e se preocupava. Depois de pagar a conta do hotel, não lhe sobraria quase nada. Ela recusou a passagem de avião.

— Fique com isso, se não quiser que eu rasgue na sua frente.

Willi a guardou na carteira, tranquilamente.

— Pense bem, Ksênia Vassílievna, voltarei amanhã de manhã.

A sra. Delaporte ficou decepcionada por eles se separarem sem ternura. "Essa russinha deve ser terrivelmente ciumenta, são tigresas nessas questões..." — "Tigresas ou desavergonhadas, esses povos todos são descomedidos..." Através das cortinas, Ksênia viu que Willi, antes de entrar no seu Chrysler, virou-se para o alto do bulevar, por onde perambulava uma capa de chuva bege. Já estou sendo vigiada. Vão me forçar a ir embora. São capazes de tudo. Azar. Mas...

Ela contou o que lhe restava de dinheiro. Trezentos francos. Passar pelo Comércio Exterior? Recusariam um adiantamento. Pelo menos a deixariam sair? Vender o relógio de pulseira, a Leica? Fez a mala, pôs um pijama dentro da pasta, coisas miúdas, saiu pela rua Vavin, sem olhar para trás, com a certeza de que estava sendo seguida. No jardim de Luxembourg, de fato, vislumbrou a capa de chuva bege, a uns 50 metros. "Traidora, também eu, como Rubliov... E meu pai é traidor porque sou sua filha..." Como controlar o vagalhão de pensamentos, a vergonha, a indignação, a fúria? Aquilo parecia a descida dos gelos pelo rio Neva: os enormes pedaços de gelo, como estrelas despedaçadas, se chocam, se batem, destroem uns aos outros até o momento em que desaparecem sob os movimentos calmos do mar. É preciso suportar esse pensamento, exauri-lo em seus sobressaltos desordenados, até o momento desconhecido, mas inevitável, em que tudo terminar, de um modo ou de outro. Chegará esse momento, será possível que chegue? Que não chegue? Ksênia tinha a impressão de que seu tormento não acabaria. O que acabaria então? A vida? Serei fuzilada? Por quê? O que fiz? O que Rubliov fez? Horrível visão. Ficar aqui? Sem dinheiro? Procurar trabalho? Que trabalho? Com quem viver? Por que viver? Crianças soltavam veleiros no grande tanque circular. Neste mundo a vida é calma e monótona como essas brincadeiras de criança, cada um vive apenas para si! Viver para mim, que absurdo! Expulsa do partido, já não poderei olhar de frente para um operário, não poderei explicar nada para ninguém, ninguém compreenderia. Willi, aquele canalha, também dizia havia pouco: "Pois bem, sim, talvez sejam crimes, não sabemos de nada. Nosso dever é confiar, de olhos fechados, pois não podemos fazer mais nada, nem você nem eu. Acusar, protestar, nada mais é do que servir ao inimigo. Prefiro eu mesmo ser fuzilado erroneamente. Nem os crimes nem os erros mudam nosso dever". É verdade. São frases ouvidas dos lábios daquele arrivista, que sempre dará um jeito de não correr nenhum risco, mas é verdade. O que faria o próprio Rubliov, o que ele diria? A sombra de uma traição não lhe pode passar pela ideia...

Na estação do metrô Saint-Michel, Ksênia despistou a capa de chuva do espião. Continuou a perambular por Paris, olhando-se de vez em quando nos espelhos das lojas: silhueta de náufraga, casaco desalinhado, rosto de olhos fundos, não era para ter pena de si mesma, mas para se achar feia, quero ser feia, preciso ser feia! As mulheres que passavam, ocupadas consigo mesmas, bem cuidadas, que tinham escolhido bugigangas horríveis para colocar na lapela do *tailleur* ou na blusa, não eram mais do que animais humanos contentes por respirar, mas cuja visão dava vontade de deixar de existir... Ao anoitecer, Ksênia, cansada de andar, viu-se numa praça iluminada. Cascatas elétricas escorriam pela cúpula monumental de um cinema, e aquelas ondas bárbaras de luz rodeavam duas cabeças enormes, repugnantes de tanta beatitude e anonimato, unidas pelo mais estúpido dos beijos. O outro canto da praça, iluminado em vermelho e dourado, lançava na noite, com a voz frenética de seus alto-falantes, uma canção de amor acompanhada por gritinhos estridentes e batidas de salto em tábuas de madeira. Para os ouvidos de Ksênia, o conjunto resultava num longo miado persistente que a envergonhava por seu sotaque humano. Mulheres e homens bebiam no balcão e lembravam estranhos insetos, cruéis uns com os outros, reunidos num viveiro superaquecido. Entre esses dois braseiros, o cinema e o café, uma larga alameda subia pela noite, constelada de letreiros: HOTEL, HOTEL, HOTEL. Ksênia enveredou por ela, entrou na primeira porta que surgiu, pediu um quarto por uma noite. Tirou do torpor um velhinho de lornhão que parecia inseparável do quadro de chaves e do console, entre os quais se encaixava sua pessoa fedendo a tabaco.

— São 15 francos — disse ele, pousando o lornhão embaçado sobre o jornal que estava lendo.

Seus olhos de coelho morto piscaram.

— Engraçado, não me lembro de você, mocinha. Por acaso é a Paula, da travessa Clichy? Não costuma ficar no Hotel Morbihan? É estrangeira? Espere um minuto...

Ele se abaixou, sumiu, reapareceu por debaixo de uma tábua, diante de Ksênia, voltou a sumir no fundo do corredor, e o proprietário veio pessoalmente, com as mangas da camisa arregaçadas nos braços grossos de magarefe. O homem parecia andar envolto por uma névoa gordurosa. Examinou Ksênia como se fosse para vendê-la, procurou alguma coisa debaixo do console e acabou por dizer:

— Bom, preencha a ficha. Tem documentos?

Ksênia estendeu o passaporte diplomático.

— Sozinha? Bom... Vou lhe dar o número 11, são 30 francos, o banheiro é bem ao lado...

Enorme, de pescoço animalesco, ele subiu a escada na frente de Ksênia, balançando entre os dedos gordos o molho de chaves. Frio, mal iluminado por dois abajures sobre os dois criados-mudos, o quarto 11 despertou em Ksênia uma lembrança de romance policial. Naquele canto, ficava o baú, com cinta de ferro, onde foi encontrado o corpo da moça assassinada, esquartejado. O canto cheirava a fenol. Com as luzes apagadas, o quarto, do espelho ao teto, encheu-se de arabescos luminosos em azul-neon projetados da rua através das cortinas. Ksênia descobriu neles, imediatamente, visões familiares à sua infância: o lobo, os peixes, a roca da bruxa, o perfil de Ivan, o Terrível, a árvore enfeitiçada. Estava tão cansada de pensar e vaguear que logo dormiu. A moça assassinada ergueu timidamente a tampa do baú, levantou-se, estirou os membros entorpecidos. "Não tenha medo", disse-lhe Ksênia, "sei que somos inocentes". A moça tinha cabeleira de náiade e olhos tranquilizadores, como margaridas do campo. "Vamos ler juntas o conto do Peixe Dourado, ouça essa música..." Ksênia acolheu-a em sua cama para aquecê-la... Embaixo, atrás do cubículo do porteiro, o dono do Hotel das Duas Luas falava ao telefone com o sr. Lambert, comissário adjunto do bairro.

A vida recomeça a cada despertar. Jovem demais para perder a esperança, Ksênia sentiu-se livre do pesadelo. Já que não haveria julgamento, Rubliov viveria. Era impossível que o matassem, ele que era tão grande, tão simples, tão seguro, e Popov sabia disso, o Chefe não poderia ignorar. Ksênia sentiu-se leve, vestiu-se, olhou-se no espelho e novamente se achou bonita. Mas onde pus ontem o baú do assassinato? Ficou contente por não ter sentido medo. Bateram levemente à porta, ela abriu. Na penumbra do corredor surgiu alguém de ombros largos, cabisbaixo, rosto largo e triste. Nem conhecido nem desconhecido, uma vaga fisionomia carnuda. Com voz grossa e aveludada, o visitante se apresentou:

— Krantz.

Entrou, inspecionou o quarto, avaliou tudo. Ksênia cobriu a cama desarrumada.

— Ksênia Vassílievna, vim buscá-la da parte de seu pai. O carro está esperando. Venha.

— E se eu não quiser?

— Fará o que quiser, dou minha palavra. Você não traiu, não trairá nunca, não vim cometer violência. O partido depositou confiança em você assim como em mim. Venha.

No carro, Ksênia se revoltou. Krantz, meio virado para ela, fingindo ocupar-se de seu cachimbo, sentiu a tempestade chegando. O automóvel seguia pela rua de Rivoli. Joana d'Arc, sem o dourado, mas ainda muito bonita, em seu pequeno pedestal cercado por uma grade, brandia uma espada pueril.

— Quero descer — disse Ksênia com firmeza, e fez menção de se levantar.

Pegando-a pelo braço, Krantz a obrigou a se sentar.

— Vai descer se quiser, Ksênia Vassílievna, prometo, mas não vai ser tão simples.

Ele baixou o vidro do lado de Ksênia. A coluna Vendôme desapareceu no fundo de um corredor de arcadas, na claridade pálida.

— Não seja tão impulsiva, por favor. Faça deliberadamente o que quiser fazer. Há vários policiais no percurso. Vamos avançar lentamente. Tem liberdade para chamar, não me oporei. Você, cidadã soviética, estará sob a proteção da polícia francesa... Vão pedir meus documentos. Você irá embora. As edições especiais das três horas anunciarão sua fuga, ou seja, sua traição. Lance sua porçãozinha de lama sobre a embaixada, sobre seu pai, sobre nosso partido, sobre nosso país. Tomarei sozinho o avião da quarta-feira e pagarei por você, junto com Popov. Conhece a lei: os parentes próximos dos traidores devem ser, no mínimo, deportados para as regiões mais remotas da União.

Ele se afastou um pouco, admirou a náiade de espuma branca que formava o corpo de seu belo cachimbo, abriu sua tabaqueira e disse ao motorista:

— Fédia, faça a gentileza de desacelerar ao passar perto dos policiais.

— Às suas ordens, camarada chefe.

As mãos de Ksênia se apertavam quase a ponto de doer. Olhava com ódio as pelerines curtas dos guardas.

— Como você é forte, camarada Krantz, e como é desprezível!

— Nem tão forte nem tão desprezível quanto pareço. Sou fiel. E você também, Ksênia Vassílievna, deve ser fiel, aconteça o que acontecer.

Tomaram juntos, no aeroporto de Le Bourget, o avião da quarta-feira. A Torre Eiffel foi diminuindo, colada à terra, e o desenho sóbrio dos jardins abriu-se em torno dela; o Arco do Triunfo, por um instante, reduziu-se a uma pedra retangular no centro de uma estrela pavimentada. A maravilhosa Paris desapareceu sob as nuvens, deixando para Ksênia a nostalgia de um mundo aflorado que ela não compreendera, que talvez jamais compreendesse. "Não pude fazer nada para salvar Rubliov, vou lutar por ele em Moscou, tomara que cheguemos a tempo! Obrigarei meu pai a agir, pedirei uma audiência com o Chefe. Ele nos conhece há tantos anos, não se recusará a me ouvir e, se me ouvir, Rubliov estará salvo." Ksênia imaginou em seu devaneio a entrevista com o Chefe. Sem medo, com confiança, sem humildade, sabendo que ela não era nada e que ele era a encarnação do partido pelo qual todos nós devemos viver e morrer, seria breve e direta, pois os minutos dele são preciosos. Tem todos os problemas da sexta parte do mundo para resolver todos os dias; seria preciso lhe falar com toda a alma para convencê-lo em alguns instantes... Krantz, precavido, deixava-a entregue a seus pensamentos. Lia ora revistas estúpidas, ora publicações militares em várias línguas. O poema das nuvens se desenrolava acima das terras fugidias. Os rios que desciam das lonjuras encantavam a visão. Jantaram quase alegremente em Varsóvia. Mais do que Paris, aquela cidade parecia de elegância e luxo, mas do céu apresentava-se cercada de espaços pobres e como que ameaçadores; logo se mostraram, através das aberturas das nuvens, amplas florestas escuras...

— Estamos nos aproximando — murmurou Ksênia, tomada por uma alegria tão pungente que dirigiu um gesto de simpatia ao companheiro de viagem.

Krantz inclinou-se para a janela, parecendo cansado, e disse com triste satisfação:

— Já são as terras dos colcozes, veja, as parcelas pequenas desapareceram...

Eram campos infinitos, de cores imprecisas, entre o ocre e o marrom pálido.

— Chegaremos a Minsk em vinte minutos... De baixo da *Revista da Infantaria Francesa*, ele tirou a *Vogue* e folheou as páginas de papel *couché*.

— Ksênia Vassílievna, me desculpe. Tenho instruções precisas. Peço-lhe que se considere na condição de prisioneira. A partir de Minsk, a Segurança se ocupará de sua viagem... Não se preocupe, espero que tudo se resolva bem.

Na capa da revista, rostos elegantes de chapéu, sem olhos, mostravam lábios pintados em vários matizes de vermelho, de acordo com a tez. Quinhentos metros abaixo, entre terras recém-lavradas, camponeses cobertos de andrajos cor de terra seguiam uma carroça sobrecarregada. Instigavam o pequeno cavalo exausto e se empenhavam em liberar as rodas afundadas nos sulcos.

"Então não poderei fazer nada por Rubliov", pensou Ksênia, arrasada. Aqueles camponeses com a carroça atolada não podiam fazer nada por ninguém no mundo, e ninguém no mundo podia fazer nada por eles. Acabaram desaparecendo, a terra nua aproximava-se lentamente.

Depois do telegrama criminosamente insensato da filha, o camarada Popov oscilava entre a preocupação e o abatimento, realmente atormentado, além do mais, pelo reumatismo. Havia evidente frieza à sua volta. O novo procurador do Supremo Tribunal, Atkin, que investigava a atividade de seu antecessor, levava a insolência velada a ponto de se desculpar por duas vezes, quando Popov o convidava ou se fazia anunciar na casa dele. Quando foi farejar o ambiente do Secretariado Geral, Popov só encontrou expressões distraídas, que lhe pareceram hipócritas. Ninguém foi solícito ao seu encontro. Gordêiev, acostumado a consultá-lo sobre os assuntos correntes, não se mostrou durante vários dias. Mas apareceu no quarto dia, por volta das seis da tarde, ao saber que Popov, indisposto, não sairia. Os Popov ocupavam uma mansão do CC nos bosques de Bíkovo. Gordêiev chegou uniformizado. Popov recebeu-o de roupão; andava pelo tapete com ajuda de uma bengala. Gordêiev começou perguntando sobre seu reumatismo, propôs mandar-lhe um médico que, segundo se dizia, era notável, não insistiu, aceitou um conhaque. Os móveis, os tapetes, tudo era antiquado naquele interior tranquilo e aparentemente empoeirado (embora não houvesse poeira). Gordêiev pigarreou para limpar a voz.

— Trago notícias de sua filha. Está muito bem... Ela... Ela está presa. Cometeu algumas imprudências em Paris, ficou sabendo?

— Sim, sim — disse Popov, apavorado —, imagino, é possível... recebi um telegrama, mas é grave? Você acha?

Covardemente, queria saber, sobretudo, se era grave para ele.

Gordêiev olhou, perplexo, as unhas de suas duas mãos abertas, depois o aposento em meios-tons desgastados, os pinheiros escuros na janela.

— Como dizer? Ainda não sei. Tudo vai depender da instrução. Formalmente, pode ser bastante grave: tentativa de deserção no estrangeiro, enquanto em missão, e atividades contrárias aos interesses da União... São esses os termos do código, mas espero que na prática sejam apenas imprudências ou, digamos, ações irrefletidas, mais passíveis de advertência do que de condenação...

Popov, encolhido de frio, envelhecera tanto que perdera a consistência.

— O mais aborrecido, camarada Popov, veja, é que... Fico constrangido em explicar... Ajude-me...

(E aquele animal queria ajuda!)

— Isso lhe cria, camarada Popov, uma situação delicada. Esses artigos do código (que não aplicaremos rigorosamente, é claro, se não recebermos ordens superiores) preveem... medidas... com respeito aos parentes dos culpados, você certamente sabe que o camarada Atkin abriu uma instrução, ainda secreta, contra Ratchévski. Constatamos que Ratchévski destruiu, é incrível, mas é fato, o dossiê do caso de sabotagem de Aktiubinsk... Procuramos descobrir de onde vinha a indiscrição, extremamente desagradável, que levou a imprensa estrangeira a anunciar um novo processo... Até pensamos numa manobra de agentes no estrangeiro! Ratchévski, com quem é muito difícil conversar, pois parece sempre bêbado, reconhece que mandou redigir um comunicado a esse respeito, mas diz ter agido segundo suas instruções verbais... Assim que ele for preso, eu mesmo o interrogarei, não tenha dúvida, e não permitirei que fuja de suas responsabilidades... A coincidência desse incidente com a acusação que pesa sobre sua filha, no entanto, é, por assim dizer, realmente deplorável...

Popov não respondia nada. Pontadas doloridas atravessavam-lhe os membros. Gordêiev tentou julgá-lo: um homem acabado ou uma velha raposa maldita, capaz de se safar? Difícil pronunciar-se, porém a hipótese mais provável era a primeira. O silêncio de Popov convidava-o a concluir. Popov fitava-o com olhos argutos de animal encurralado na toca.

— Não duvide, camarada Popov, de meus sentimentos...

O outro não reagiu. Duvidava ou escarnecia deles, ou então sentia-se muito mal para lhes dar a mínima importância. Gordêiev não achou que devia dizer que sentimentos eram aqueles.

— Foi decidido, provisoriamente, pedir-lhe que se mantenha no quarto e se abstenha de falar por telefone...

— A não ser com o Chefe do partido?

— Sinto muito por insistir: com quem quer que seja. Além do mais, não é impossível que a ligação seja cortada.

Depois que Gordêiev se foi, Popov não saiu do lugar. O quarto escurecia. Começou a chover sobre os pinheiros. As sombras da noite insinuaram-se pelos caminhos do bosque. Popov, em sua poltrona, confundia-se com as coisas na escuridão. Sua mulher entrou, encurvada, cabelos grisalhos, andando sem ruído, também ela uma sombra.

— Quer que eu acenda a luz, Vassíli? Como está se sentindo?

O velho Popov respondeu, muito baixo:

— Bem. Ksênia está presa. Nós estamos presos, você e eu. Estou infinitamente cansado. Não acenda a luz.

Capítulo 10
O gelo continuava a deslizar...

A vida do colcoz Caminho do Futuro parecia, na verdade, uma corrida de obstáculos. Definitivamente constituído em 1931, após dois expurgos do povoado, marcados pela deportação — sabe Deus para onde! — das famílias abastadas e de algumas famílias pobres que mostravam má disposição, no ano seguinte o colcoz carecia de gado e cavalos, uma vez que os agricultores preferiram destruir os animais a entregá-los à empresa coletiva. A escassez de forragem, os descuidos e as epizooses acabaram com os últimos cavalos por volta da época em que finalmente foi estabelecida em Moltchansk a Estação de Tratores e Máquinas (ETM). A prisão do veterinário da circunscrição, provavelmente culpado, pois pertencia à seita dos batistas, não trouxe nenhuma melhora. A dificuldade das comunicações rodoviárias com o centro regional fez com que a ETM logo sofresse falta de peças de reposição para os reparos das máquinas e falta de combustível. Localizado às margens do Seroglázaia, o rio dos olhos cinzentos, o velho povoado de Pogoréloie, assim chamado para perpetuar a lembrança dos incêndios de outrora, sendo um dos mais distantes da ETM, foi um dos últimos a ser servido. Faltou-lhe força motriz, e os mujiques não tiveram muita vontade de semear em terras que já não consideravam suas e que estavam sob o controle de um presidente de colcoz comunista, operário da fábrica de bicicletas de Penza, mobilizado pelo partido e enviado pelo centro regional. Suspeitavam que o Estado lhes tomaria quase toda a colheita. Três colheitas foram deficitárias. A fome avançava, todo um grupo de homens se refugiou na floresta, abastecidos pelas famílias que, então, as autoridades não ousaram deportar. A fome levou as crianças pequenas, a metade dos velhos e até alguns adultos. Um presidente de colcoz foi afogado no Seroglázaia com uma pedra amarrada ao pescoço. O novo estatuto, várias vezes reformulado pelo CC, trouxe de volta uma paz precária ao restabelecer propriedades familiares na exploração coletiva; o colcoz, visitado por um bom agrônomo, recebeu sementes selecionadas e adubos químicos, houve um verão excepcionalmente quente e úmido, cresceram grãos magníficos apesar da raiva e da divisão dos homens; faltou mão de obra para a colheita, e uma parte da safra apodreceu no local. O operário da fábrica de bicicletas, julgado por incapacidade, incúria e abuso de poder, foi condenado a três anos de trabalhos forçados. "Desejo muita sorte a meu sucessor", disse ele, simplesmente. A direção do colcoz passou para o presidente Vaniuchkin, que era do povoado, comunista recém-desmobilizado do serviço militar. Em 1934-1935, depois da mais profunda fome, o colcoz entrou em convalescença graças às novas diretrizes do CC, ao ritmo favorável das chuvas e das neves, a estações clementes, à energia dos jovens comunistas e, na opinião das velhas senhoras e de dois ou três barbudos muito devotos, graças ao retorno do homem de Deus, o padre Guerássim, anistiado ao final de três anos de deportação. As crises sazonais continuaram, embora fosse inegável que o planejamento das culturas, a seleção das sementes e o emprego de máquinas aumentavam sensivelmente o rendimento das terras. Para restabelecer "definitivamente" a situação, viu-se chegar o agrônomo Kostiúkin, personagem curioso, e também de um militante das Juventudes, enviado pelo Comitê Regional, que todo mundo chamava familiarmente de Kóstia. Pouco tempo antes das semeaduras de outono, o agrônomo Kostiúkin constatou que um parasita atacara as sementes (uma parte das quais fora roubada antes). A ETM enviou só um trator em vez dos dois prometidos e dos três reconhecidos como indispensáveis; e esse único trator não tinha gasolina. Recebida a gasolina, ele teve uma avaria. Os trabalhos se fizeram com dificuldade, com atraso, com uso de cavalos, mas, como os cavalos não puderam, então, garantir o abastecimento regular do colcoz pelas cooperativas da circunscrição, faltaram artigos manufaturados ao colcoz. Metade dos caminhões da circunscrição estava imobilizada por falta de gasolina. As mulheres começaram a murmurar que estava a caminho uma nova crise de fome e que ela seria a justa punição por nossos pecados.

É uma região plana, ligeiramente acidentada, de linhas severas sob as nuvens em que se veem distintamente amontoados de arcanjos brancos que se perseguem de um horizonte a outro. Pelos caminhos encharcados, lamacentos ou poeirentos, conforme a estação, a circunscrição, Moltchansk, fica a cerca de 60 quilômetros; a estação ferroviária fica a cerca de 15 quilômetros; a cidade grande mais próxima, centro regional, a 150 quilômetros pela estrada de ferro. Em suma, uma situação bastante privilegiada do ponto de vista das comunicações. As 65 casas (muitas desabitadas) são de toras ou tábuas, cobertas de choupo cinzento, construídas em semicírculo, no alto, na curva do rio; lá elas se espalham, rodeadas por pequenos cercados, como um cortejo de velhas trôpegas. Suas janelas olham para as nuvens, as suaves águas cinzentas, os campos da outra margem, a sombria linha arroxeada das florestas no horizonte. Nos caminhos que levam ao rio, veem-se crianças ou moças transportando água em velhos barris pendurados nas duas pontas de uma estaca que é carregada nos ombros. Para que a água não se derrame muito com o movimento, põem-se para flutuar nela dois discos de madeira.

Meio-dia. Os campos cor de ferrugem se aquecem ao sol. Têm fome de sementes. É impossível vê-los sem pensar nisso. Deem-nos sementes ou passarão fome! Depressa, os dias bonitos estão chegando ao fim, depressa, a terra está esperando... O silêncio dos campos é um lamento contínuo... Flocos de nuvens brancas passam preguiçosamente pelo céu indiferente. Ouvem-se dois mecânicos trocando conselhos e imprecações desoladas em torno do trator fora de combate, atrás da casa. O presidente Vaniuchkin boceja furiosamente. Padece com a espera dos campos, pensar no plano o atormenta, não dorme por causa disso, não tem nada mais para beber, pois o estoque de vodca acabou. Os mensageiros que ele envia à circunscrição voltam cobertos de poeira, esfalfados e frustrados, com papeizinhos escritos a lápis: "Aguente firme, camarada Vaniuchkin. O primeiro caminhão disponível será para você. Saudação comunista. Pétrikov". Isso não quer dizer absolutamente nada. Quero só ver o que aquele safado vai fazer com o primeiro caminhão disponível, quando todos o colcozes da circunscrição o sufocarem com as mesmas solicitações! Além disso, haverá mesmo um primeiro caminhão disponível? O escritório da administração era mobiliado apenas com uma mesa nua, abarrotada de papéis desordenados, amarelados como folhas mortas. Pela janela aberta via-se a massa compacta das terras. No fundo da sala, o retrato do Chefe em cores fracas observava um samovar enfumaçado, encarapitado sobre o fogão. Embaixo, sacos despencados uns sobre os outros pareciam animais exauridos: nenhum deles continha a quantidade necessária de sementes. Era contrário às instruções da diretoria regional dos colcozes, e Kóstia, verificando o peso das sementes, destacava esse fato, zombando:

— Não vale a pena se abalar para provar qualquer trapaça com as sementes, Iefim Bogdánovitch! E não pense que os mujiques não percebem porque não têm balança! Não conhece esses homens, meu velho, eles pesam um saco numa olhada, vão esbravejar, você vai ver...

Vaniuchkin mascava um cigarro apagado:

— E o que é que você quer, espertalhão? Bom, vamos dar um pulo no tribunal da circunscrição, o que mais que eu posso fazer?

Avistaram chegando pelos campos, com andar saltitante e os longos braços balançando como se flutuassem na brisa, o agrônomo Kostiúkin.

— E esse aí, ainda por cima!

— Quer que eu já diga de antemão tudo o que ele vai dizer, Iefim Bogdánovitch? — perguntou Kóstia, sarcástico.

— Cale a boca!

Kostiúkin entrou. Um quepe cor de palha lhe caía sobre os olhos. Gotas de suor cobriam seu nariz vermelho e pontudo, hastezinhas de capim enredavam-se em sua barba. Logo de início começou a reclamar. Cinco dias de atraso em relação ao planejado. Não havia caminhões para transportar as sementes sadias prometidas pela circunscrição. A ETM estava prometendo, mas não cumpriria.

— Por acaso já viram aqueles sujeitos cumprir promessa?

Quanto às peças de reposição para os consertos urgentes, a estação não receberia antes de dez dias, por causa do engarrafamento nas ferrovias, disso eu sei. É isso. O plano de semeadura fracassou, bem que eu disse. Teremos um déficit de 40% se tudo correr bem, 50% ou 60% se as geadas...

O rosto pequeno e arruivado de Vaniuchkin, que parecia um punho achatado por uma trombada, encheu-se de rugas circulares. Olhou para o agrônomo com ódio, como se quisesse gritar: "Está satisfeito, agora?". O agrônomo Kostiúkin gesticulava demais: parecia estar caçando moscas quando falava. Seus olhos molhados brilhavam muito. Sua voz aflautada ia baixando, baixando, mas, quando se esperava que fosse sumir, ressurgia, rouca. A administração do colcoz o temia um pouco porque ele sempre fazia escândalo, profetizando desgraças, e acertava tanto que por isso mesmo parecia suscitar as calamidades. E o que pensar dele? Estava voltando de um campo de concentração, ex-sabotador arrependido, condenado por ter deixado apodrecer no pé toda uma safra na Região da Terra Negra, alegando falta de mão de obra para fazer a colheita! Fora libertado antes do tempo graças a seu trabalho exemplar nas fazendas da Administração Penitenciária, citado nos jornais por um ensaio sobre os novos métodos de desbravamento nas regiões frias, finalmente condecorado pela Medalha de Honra do Trabalho por ter implantado, durante uma temporada de seca, um engenhoso sistema de irrigação nos colcozes do país votiaco... Portanto, técnico excelente, contrarrevolucionário talvez muito hábil, talvez sinceramente arrependido, ou admiravelmente camuflado; convinha desconfiar dele, mas merecia ser respeitado, convinha ouvi-lo, por conseguinte desconfiar em dobro. Por sua vez instruído pelos cursos breves destinados a dirigentes de explorações coletivas, o presidente Vaniuchkin, ex-pedreiro temporário, ex-soldado de infantaria de elite, na verdade não sabia para onde se virar. Kostiúkin continuava. Os camponeses viam tudo.

— Mais uma vez estamos trabalhando para morrer de fome no inverno. Quem está sabotando? Eles queriam escrever para o centro regional, denunciar a circunscrição. É preciso fazer uma assembleia, explicar.

Kóstia roía as unhas. Perguntou:

— Qual a distância daqui até a circunscrição?

— Cinquenta e cinco, pela planície.

O agrônomo e Kóstia entenderam-se imediatamente, assaltados pela mesma ideia. Sementes, víveres, fósforos, tecidos prometidos às mulheres, por que não transportar tudo nas costas dos homens? Poderia ser feito em três ou quatro dias, mobilizando todo mundo, as mulheres válidas e os rapazes de 16 anos, para se revezarem com os carregadores. Dias e noites de trabalho contariam em dobro, prometemos uma distribuição extraordinária de sabão, cigarros, linha de costura, pela cooperativa. Se a cooperativa não aceitar, Vaniuchkin, irei ao Comitê do partido e direi: "Ou isso ou o plano cai por terra!". Não podem recusar, conhecemos os estoques. Preferem reservá-los para os quadros do partido, os técnicos e outros, é natural; mas terão de fazer alguma coisa, vamos todos juntos falar com eles! Poderiam até nos dar agulhas, sabemos que as receberam, mas eles negarão. O agrônomo e Kóstia trocavam palavras duras, como se jogassem pedras. Kostiúkin se agitava, envergando seu blusão cinza com os bolsos cheios de papéis. Kóstia pegou-o pelos cotovelos, os dois se encararam, o jovem perfil enérgico, o velho rosto de nariz pontudo, com os lábios rachados entreabertos, mostrando dentes lascados.

— Convocamos a assembleia. Podemos mobilizar até 150 carregadores, se o pessoal de Iziumka vier!

— E se fizéssemos o pope falar? — sugeriu o presidente Vaniuchkin.

— Se o diabo chifrudo pudesse nos fazer um bom discurso de agitação, eu o chamaria! — exclamou Kóstia. — Veríamos suas unhas em gancho perfurar suas botas, sentiríamos cheiro de brasa fumegante, ele fustigaria o ar com sua língua de fogo — pela realização do plano das semeaduras, cidadãos! Quanto a mim, quero que o diabo nos venda sua alma!

O riso distendeu os três. A terra cor de ferrugem também ria a seu modo, perceptível só para aqueles homens, o horizonte oscilava levemente, uma nuvem divertida divagava no meio do céu.

A assembleia do colcoz reuniu-se no pátio da Administração, no crepúsculo, hora em que os mosquitos atormentam. Muita gente compareceu, pois o colcoz sentia-se em perigo; as mulheres estavam satisfeitas porque o padre Guerássim falaria. Trouxeram bancos para elas, os homens ouviram em pé. O presidente Vaniuchkin foi o primeiro a tomar a palavra, intimidado no fundo da alma por duzentos rostos indistintos e murmurantes. Alguém gritou das últimas fileiras:

— Por que mandou prender os Kibiútkin? Anátema!

Ele fingiu não ouvir. Lançava grandiosas palavras pastosas — dever, plano, honra do colcoz, o poder exige, as crianças, a fome neste inverno — em direção à esfera solar que descia no horizonte escuro, entre brumas ameaçadoras.

— Passo a palavra ao cidadão Guerássim!

A multidão agitou-se, compacta como um único ser escuro. O padre Guerássim subiu à mesa.

Desde a grande Constituição democrática outorgada pelo Chefe aos povos federados, o sacerdote, já não precisando se esconder, deixara crescer a barba e os cabelos de acordo com o costume antigo, embora pertencesse à Igreja nova. Oficiava numa isbá abandonada, reconstruída pelas próprias mãos e na qual erigira uma cruz feita, lixada e pintada de amarelo dourado também por ele. Bom carpinteiro, jardineiro passável, instruído nesses ofícios no campo especial de reeducação pelo trabalho das ilhas do mar Branco, conhecia profundamente o Evangelho e também as leis, regulamentações, circulares do Comissariado da Agricultura e da Diretoria Central dos Colcozes. Odiava enfurecidamente inimigos do povo, conjurados, sabotadores, traidores, agentes do estrangeiro, fascistas-trotskistas enfim, cujo extermínio ele pregara no púlpito, ou seja, no alto de uma escada encostada ao fogão da isbá. As autoridades do distrito o apreciavam. Era um simples mujique cabeludo um pouco mais alto que os outros, casado com uma plácida vaqueira. Cheio de bom senso malicioso, de fala suave e baixa, às vezes, nas circunstâncias importantes, deixava o espírito insinuar-se através de suas palavras veementes. Todos os rostos, então, erguiam-se para ele, comovidos, até mesmo os dos jovens comunistas que voltavam do serviço militar.

— Irmãos cristãos! Honestos cidadãos! Gente da terra russa!

Ele mesclava em seus períodos confusos, mas repentinamente brilhantes, a grande pátria, a velha Rússia, nossa mãe, o Chefe amado que pensa nos humildes, nosso timoneiro infalível, que a bênção do Senhor esteja com ele! Deus que nos vê, Nosso Senhor Jesus Cristo que amaldiçoa os imprestáveis e os parasitas, expulsou os mercadores do templo, prometeu o céu aos bons trabalhadores, São Paulo que bradou para o mundo: "Se alguém não trabalhar, também não comerá!". Ele brandiu um pedaço de papel:

— Gente da terra, é nossa luta, a batalha do trigo... Uma escória infernal ainda se agita sob nossos pés! Nosso glorioso poder do povo acaba de atingir com seu gládio de fogo mais três assassinos, três almas vendidas a Satã, que apunhalavam covardemente o partido! A elas o fogo eterno, enquanto salvamos nossas próximas colheitas!

Kóstia e Maria aplaudiram juntos. Tinham se encontrado nas últimas fileiras, de onde só se via a cabeça desgrenhada do pope contra o fundo enevoado tristemente azulado. Sobre os peitos, nasciam sinais da cruz. Kóstia envolveu com sua mão suave o pescoço e as tranças de Maria. Aquela moça de pômulos duros e nariz um pouco arrebitado dava-lhe calor. Quando se aproximava dela, o sangue parecia correr-lhe mais depressa nas veias. Ela tinha a boca e os olhos grandes, uma animalidade vigorosa e uma luz jovial.

— É um homem da Idade Média, Maria, mas fala bem, esse velho danado. Pronto, agora demos a partida...

O seio duro e pontudo de Maria roçou o braço de Kóstia, ele sentiu o cheiro forte das axilas da moça, viu nela olhos vertiginosos.

— Kóstia, é preciso tomar decisões, senão nossa gente ainda é capaz de se dispersar...

O padre Guerássim dizia:

— Camaradas! Cristãos! Nós mesmos vamos buscar as sementes, as ferramentas, os produtos! Vamos carregar nas costas, com o suor de nossas frontes, somos escravos de Deus, livres cidadãos! Quanto ao Maligno, que deseja que o plano fracasse, que o poder nos chame de sabotadores, que tenhamos fome, faremos que o mal lhe desça de volta pela garganta fétida!

Uma voz de mulher, muito aguda, respondeu:

— Vamos lá, padre!

Constituíram-se na mesma hora as equipes para reunir os sacos. Partiriam naquela mesma noite, sob a lua, com Deus, pelo plano, pela terra.

Os 165 carregadores, capazes de se revezar para carregar cerca de sessenta fardos, partiram à noite. A fila de caminhantes enveredou pelos campos escuros. Kóstia conduzia rumo à lua que subia ao longe, enorme e chamejante, o primeiro grupo, o dos jovens, que cantavam em coro até a exaustão:

Se vier a guerra,
Se vier a guerra,
Pátria poderosa,
seremos fortes!
Menina, menina,
Como gosto do teu olhar!

O padre Guerássim e o agrônomo Kostiúkin fechavam o cortejo para incentivar os retardatários com suas histórias. Fizeram uma parada às margens do Seroglázaia, o rio de olhos cinzentos, mais leitoso do que cinzento; um assobio suave e contínuo subia dos juncos. O orvalho frio do amanhecer os gelou. Kóstia e Maria dormiram várias horas, um encostado ao outro, enrolados na mesma coberta, para diminuir o frio, tensos demais para se falarem, embora a lua estivesse encantadora, rodeada por um círculo de palidez vasto como o mundo. Partiram de madrugada, dormiram mais uma vez na floresta, sob o calor do meio-dia, chegaram à estrada principal e caminharam por ela levantando uma nuvem de poeira, até chegarem à circunscrição, antes do fechamento dos escritórios. O Comitê do partido mandou servir-lhes uma boa refeição: sopa de peixe e massa de sêmola. A orquestra dos caminhoneiros os acompanhou ao partirem de volta, alguns encurvados sob os sacos e fardos, outros cantando, precedidos até a primeira curva da estrada pela bandeira vermelha das Juventudes. Kostiúkin, Kóstia e o padre Guerássim, no entanto, tinham ido ao Comitê levar queixas amargas.

— Os transportes estão nos burlando: nem caminhões, nem tratores, nem carroças; vão para o inferno! (O rosto de Kostiúkin contraía-se furiosamente, como a cara vermelha e pregueada de algumas velhas aves de rapina.) As pessoas não são feitas para a função de burros de carga! Para nós, ainda passa, mas os colcozes que ficam a 100 quilômetros ou mais, o que vão fazer?

— É verdade, camaradas! — respondeu o secretário da circunscrição com um gesto eloquente dirigido a um dos seus. — Isso é com você!

O padre Guerássim só interferiu no final, em tom velado, cheio de subentendidos:

— Tem certeza, cidadão secretário, de que não há sabotagem nessa história?

O secretário, ofendido, disse:

— Respondo por isso, cidadão oficiante do culto! Foi a gasolina que atrasou.

— No seu lugar eu não responderia, cidadão secretário, pois só Deus sonda as consciências e os rins.

Suas palavras provocaram boas risadas.

— Será que ele não está se tornando influente demais? — perguntou a meia-voz o representante da Segurança, encurralado entre duas diretrizes, uma que ordenava que não se tolerasse nenhuma influência política do clero, a outra que cessassem as perseguições antirreligiosas.

— Cabe a você julgar! — respondeu o secretário do partido, também entre dentes.

Kóstia aumentou o embaraço deles destacando que "o camarada oficiante do culto é hoje nosso verdadeiro organizador...".

As horas eram contadas, uma vez que se perderam pelo menos oito dias com relação ao plano de trabalho, depois de se perderem muitos outros à espera dos meios de transporte, e era preciso também prever a chegada das chuvas. Os 165 caminharam até a exaustão, arqueados sob seus fardos, suando, gemendo, imprecando, rezando. Os caminhos eram abomináveis, e os pés ou se apoiavam em montículos fofos, que desmoronavam, ou, na escuridão, tropeçavam em pedras surgidas sabe Deus de onde. Eles seguiam aos trambolhões um caminho acidentado, pedregoso e lamacento. A lua subiu, enorme, avermelhada e zombeteira. Kóstia e Maria revezavam-se para carregar o mesmo saco de 70 libras, e Kóstia o levava o maior tempo possível, contudo poupando forças para aguentar mais tempo do que Maria. A moça, encharcada de suor, avançava envolta num eflúvio carnal. Os carregadores entraram numa planície prateada. Acima de suas cabeças, a lua, agora branca, alcançara o zênite; suas sombras se moviam debaixo deles, na fosforescência terrestre. Os grupos se espaçavam. Maria andava, com as axilas nuas, sustentando com os braços erguidos o fardo apoiado na cabeça e nos ombros, não completamente encurvada, com os seios para a frente, e a linha tensa do peito, resistindo à atração da terra, aparava a luz. Com a boca entreaberta, ela mostrava os dentes para a noite. Kóstia cessara de gracejar havia horas, quase não falava. "Não somos mais do que músculos em funcionamento... Músculos e uma vontade... Assim são os homens... Assim são as massas..." De repente, foi como se a terra, o céu arroxeado e leitoso, a noite lunar, tivessem cantado nele: "Eu te amo, eu te amo, eu te amo, eu te amo..." — sem lassidão, sem fim, definitivamente, com entusiasmo obstinado.

— Quer me passar o saco, Maria?

— Ainda não, quando chegarmos àquelas árvores, ali... Não fale comigo, Kóstia.

Ela ofegava levemente. Kóstia continuou em silêncio: "Eu te amo, eu te amo..." e seu cansaço se dissipou, o luar o aliviou maravilhosamente.

No acampamento do rio de olhos cinzentos, o Seroglázaia, onde os 165 teriam várias horas de sono antes da aurora, Kóstia e Maria se deitaram apoiados no seu fardo, de frente para o céu. O capim estava fofo, frio e úmido.

— Tudo bem, Marússia?... — perguntou Kóstia em tom indiferente no início da frase, repentinamente carinhoso no diminutivo do fim. — Está dormindo?

— Ainda não — disse ela. — Estou bem. Como tudo é simples: o céu, a terra e nós...

Recostados lado a lado, com os ombros se tocando, infinitamente próximos e afastados um do outro, olhavam para o espaço à frente: o espaço.

Sem se mexer, sorrindo para o céu debilmente cintilante, Kóstia disse:

— Maria, ouça bem, Maria, é verdade absoluta: eu amo você, Maria.

Ela não se moveu, com as mãos entrelaçadas debaixo da nuca. Ele percebeu sua respiração regular. Maria demorou para responder calmamente:

— Tudo bem, Kóstia. Podemos formar um casal sólido.

Ele foi tomado por uma espécie de angústia, e a superou engolindo a saliva. Não soube o que dizer nem o que fazer. Passaram-se alguns instantes. A noite estava esplendidamente luminosa. Kóstia disse:

— Conheci uma Maria nas obras subterrâneas do metrô, em

Moscou. Ela teve um triste fim, que não merecia. Não teve coragem suficiente. Na minha memória eu a chamo de Maria Infeliz. Mas você eu quero que seja Maria Feliz. Vai ser.

— Não acredito na felicidade em tempos de transição — disse Maria. — Vamos trabalhar juntos. Vamos ver a vida. Vamos lutar. Tudo bem.

Ele pensava: "Engraçado, aqui estamos, marido e mulher, e falamos como amigos; eu estava com vontade de tomá-la nos braços, e agora não quero mais do que prolongar este instante...". Depois de um breve silêncio, Maria disse:

— Conheci outro Kóstia. Ele era das Juventudes, como você, quase tão bonito quanto você, mas imbecil e grosseiro...

— O que foi que ele lhe fez?

— Ele me engravidou e me abandonou porque sou religiosa.

— Você é religiosa, Maria?

Kóstia envolveu-lhe os ombros com o braço, buscava o olhar de Maria, encontrou-o tranquilo, um olhar claro e triste como aquela noite.

— Não creio em beatices, Kóstia, tente entender. Creio em tudo o que existe, olhe ao nosso redor, olhe!

Seu rosto de lábios nitidamente recortados aproximou-se dele, para lhe mostrar o universo: aquele céu simples, as planícies, o rio invisível sob os juncos, as amplidões.

— Não sei dizer em que acredito, Kóstia, mas acredito. Talvez seja apenas na realidade. Tem que me compreender.

Uma torrente de ideias percorreu Kóstia: percebeu-as no peito, nas costas, também no espírito. A realidade abarcada por um só movimento do ser. Somos inseparáveis das estrelas, da magia autêntica daquela noite sem milagre, da espera das terras, de toda essa força confusa que há em nós... A alegria explodiu nele.

— Tem razão, Maria, acredito como você, vejo...

A terra, o céu e a própria noite, em que não existiam trevas, uniram-nos de maneira inexprimível, uma testa encostada na outra, seus cabelos enredados, olhos nos olhos, boca na boca e dentes entrechocando-se levemente.

— Maria, eu amo você...

Essas palavras eram apenas pequenos cristais dourados que ele lançava em águas profundas, escuras, pesadas, efervescentes, exaltantes... Maria respondeu com surda violência:

— Já falei que amo você, Kóstia.

Maria disse:

— Parece que estou jogando pedrinhas brancas para o céu e que elas se transformam em meteoros, vejo-as desaparecer, mas sei que não voltarão a cair, é assim meu amor por você...

— O que está nos embalando? — ela murmurou ainda. — Sinto que vou adormecer...

Maria adormeceu com a face apoiada no saco, com cheiro de trigo. Kóstia a velou por um instante. Sua alegria era tão grande que se assemelhava à tristeza. O mesmo embalo o fez adormecer também.

—

A última etapa, para ser vencida através da neblina matinal, depois sob o sol, foi a mais penosa. A fila de carregadores trôpegos estendia-se de um horizonte ao outro. O presidente do colcoz, Vaniuchkin, veio ao encontro deles com carroças. Kóstia jogou seu fardo bruscamente sobre a cabeça e os ombros dele.

— É sua vez, presidente!

Uma alegria difusa reinava sobre a paisagem.

— As semeaduras estão salvas, irmão. Você vai assinar imediatamente duas licenças de quinze dias para Maria e para mim. Vamos nos casar.

— Parabéns — disse o presidente.

Estalou a língua para acelerar o passo dos cavalos.

—

Romáchkin vivia mais dignamente do que antes. Sem mudar de escritório, no quinto andar do Kombinat Moscou-Confecção, e, embora ainda não fosse do partido, sentia-se crescer. Num fim de tarde, um comunicado interno afixado no corredor anunciara que "o subchefe da seção de Salários, Romáchkin, colaborador pontual e zeloso, fora promovido a primeiro subchefe com um aumento de salário de 50 rublos por mês e menção no quadro de honra". De sua mesa da insignificância, cheia de manchas de tinta e pingos de cola, entre a porta e o armário, Romáchkin passara para a escrivaninha envernizada que ficava de frente para outra escrivaninha semelhante, porém maior, a do diretor de Tarifas e Salários do Kombinat. Romáchkin passou a dispor de um telefone interno, na verdade um tanto incômodo, pois as chamadas interrompiam seus cálculos, mas que também era um símbolo inesperado de autoridade. O próprio presidente do Kombinat, utilizando aquele aparelho, às vezes pedia alguma informação. Eram momentos graves. Romáchkin tinha alguma dificuldade em responder sentado, sem se inclinar, sem sorrir amavelmente. Se estivesse sozinho, certamente se levantaria para melhor assumir ares de deferência e prometer: "Imediatamente, camarada Nikólkin; terá os dados precisos em quinze minutos...". Feita a promessa, Romáchkin se retesava até tocar o encosto da cadeira giratória, lançava um olhar importante para as cinco mesas do escritório e fazia sinal ao taciturno Antóchkin, decerto doente do fígado, seu substituto na mesa da insignificância.

— Camarada Antóchkin, para entregar ao presidente do Kombinat, preciso do dossiê da penúltima conferência sobre preços e salários e também da mensagem do Sindicato dos Têxteis referente à aplicação das diretrizes do CC. Tem sete minutos.

Dizia com simples firmeza, sem apelação. O subchefe Antóchkin olhava para o relógio de pêndulo como o burro olha para a vara; seus dedos folheavam as fichas muito depressa; ele parecia estar mastigando alguma coisa... Antes de expirar o sétimo minuto, Romáchkin recebia os papéis e agradecia com benevolência. Do fundo do recinto, a velha datilógrafa e o auxiliar de escritório olhavam para Romáchkin com evidente respeito (Romáchkin, sempre com boa disposição para com os outros, não podia suspeitar que estivessem pensando: "Ufa, esse velho rato morto quem pensa que é? Queria que você tivesse uma bela dor de barriga, cidadão lambe-botas!"). O chefe de escritório, distribuindo assinaturas, alargava os ombros de maneira aprovadora. Romáchkin descobria a autoridade que engrandece o homem, cimenta a organização, torna o trabalho fecundo, economiza tempo, baixa as despesas gerais... "Eu me achava um nulo que sabia apenas obedecer no trabalho, e agora eis que sou capaz de comandar. Qual é o princípio que confere valor ao homem que antes não tinha valor algum? O princípio de hierarquia." Mas a hierarquia é justa? Romáchkin pensou nisso vários dias seguidos antes de responder afirmativamente. Existe melhor governo do que uma hierarquia de homens justos?

A promoção lhe concedia outra recompensa: a janela ficava à sua direita, era só virar a cabeça para avistar árvores nos pátios, roupas secando nos varais, telhados de velhas casas, campanários amarelo-rosados, subsistindo humildemente à sombra de um prédio: quase que espaço demais, coisas espantosas sob o céu, para poder trabalhar bem. Por que o homem sente tanta necessidade de sonhar? O sonho legitimava a coerção. Romáchkin pensou que seria razoável colocar vidros foscos nas janelas dos escritórios para que a visão do mundo exterior não fosse uma distração capaz de diminuir o rendimento do trabalho. Cinco pequenos campanários quase redondos encimados por cruzes oscilantes subsistiam no meio de um jardim abandonado e de um conjunto disparatado de casas baixas de 150 anos. Convidavam à meditação, como os caminhos dos bosques que levam rumo a clareiras desconhecidas que talvez não existam... Romáchkin os temia um pouco ao mesmo tempo que os apreciava. Talvez as pessoas ainda rezassem sob cúpulas sem sentido e quase sem cor no centro da nova cidade de linhas retas traçadas matematicamente por aço, cimento, vidro, pedra.

"Estranho", pensava Romáchkin, "como alguém pode rezar?". Para poupar sua capacidade de trabalho, entre uma tarefa e outra ele fazia uma pausa de alguns minutos dedicada aos devaneios — sem que pudesse ser visto, com o cenho franzido, lápis na mão... No fundo de que ruela, na qual nunca passei, fica aquela igreja curiosamente sobrevivente?

Romáchkin foi vê-la, o que resultou em nova realização de sua vida, a da amizade. Foi preciso entrar num beco sem saída, passar debaixo de um portão, atravessar um pátio ladeado por oficinas para chegar a uma pracinha antiga, fechada para o resto do mundo, na qual algumas crianças jogavam bola de gude. Lá estava a igreja, com três mendigas na entrada e três suplicantes ajoelhadas na solidão do seu interior. Agradáveis de ler, as placas vizinhas formavam um poema enriquecido por palavras e nomes harmoniosos, desprovidos de significado: FILÁTOV, CARDADOR-COLCHOEIRO; OLEANDRA, COOPERATIVA ARTESANAL DOS SAPATEIROS; TÍKHONOVA, PARTEIRA; JARDIM DE INFÂNCIA Nº 4, PRIMEIRA ALEGRIA. Romáchkin ficou conhecendo Filátov, cardador-colchoeiro, viúvo sem filhos, homem sensato que já não bebia, não fumava, não acreditava, e à noite, aos 55 anos, fazia os cursos livres da Escola Técnica Superior, para aprender mecânica e astrofísica.

— O que me resta agora além da ciência? Vivi meio século, cidadão Romáchkin, sem suspeitar que ela existia, como um cego.

Filátov usava um velho avental de couro e um quepe de proletário, o mesmo havia quinze anos. Só tinha um quarto de 3 metros por 1,75, acomodado num ex-vestíbulo agora vedado; mas no fundo daquele nicho ele abrira uma janela que dava para o jardim da igreja; no parapeito instalara, em caixas, um verdadeiro jardim suspenso. Uma escrivaninha colocada diante das flores permitia-lhe copiar *Estrelas e átomos*, de Eddington, anotando reflexões... Aquela amizade inesperada ocupou um lugar importante na vida de Romáchkin. No início, os dois homens não se entenderam bem. Filátov dizia:

— A mecânica domina a técnica, a técnica é a base da produção, ou seja, da sociedade. A mecânica celeste é a lei do universo. Tudo é física. Se eu pudesse recomeçar a vida, seria engenheiro e astrônomo; acho que o verdadeiro engenheiro, para compreender o mundo, deve ser astrônomo. Mas, neto de servo, nasci sob a opressão tsarista. Fui analfabeto até os 30 anos, bêbado até os 40, vivi sem compreender o universo até a morte da minha pobre Nastássia. Quando ela foi enterrada no cemitério Vagánkovo, mandei colocar uma pequena cruz vermelha sobre seu túmulo, porque ela era religiosa, por inconsciência; e, como estamos na época do socialismo, eu disse: que a cruz dos proletários seja vermelha! E fiquei sozinho no cemitério, camarada Romáchkin, paguei 50 copeques ao vigia para continuar ali depois que fechasse, até que as estrelas aparecessem, e fiquei pensando. O que é o homem na Terra? Um pobre grão de poeira que pensa, trabalha e sofre. O que resta dele? O trabalho, a mecânica do trabalho. O que é a Terra? Um grão de poeira que gira no céu com o sofrimento e o trabalho dos homens, o silêncio das plantas e tudo. E o que a faz girar? A lei férrea da mecânica dos astros. "Nastássia", disse eu ao pé do túmulo, "você já não pode me ouvir porque já não existe, porque já não temos alma, mas você estará sempre na terra, nas plantas, no ar, na energia da natureza; e peço perdão por tê-la feito sofrer quando me embriagava, e prometo parar de beber, e prometo estudar para entender a grande mecânica da criação". Cumpri a palavra porque sou forte, de força proletária, e talvez um dia eu volte a me casar quando tiver terminado o segundo ano de estudos, porque se me juntasse com alguém agora não teria dinheiro para comprar livros. Essa é minha vida, camarada. Estou calmo, sei que o homem deve compreender e creio que estou começando a compreender.

Conversavam sentados lado a lado num pequeno banco, à porta da lojinha do cardador-colchoeiro, ao cair da tarde. Romáchkin, pálido e enrugado, que ainda não era velho, mas perdera toda a juventude e todo o vigor — se é que algum dia tivera juventude e vigor —, e Filátov, com cabelo e barba raspados, o rosto recortado por rugas simétricas, consistente como uma velha árvore. Os martelos dos sapateiros da cooperativa Oleandra batiam suavemente o couro, as castanheiras começavam a crescer em sombras. Se não fosse o ruído abafado do centro, poderiam acreditar que estavam numa praça de aldeia, em outros tempos, perto de um rio margeado por florestas do outro lado... Romáchkin respondeu:

— Não tive tempo de pensar no universo, camarada Filátov, porque fui atormentado pela injustiça.

— Suas causas — disse Filátov — estão na mecânica social.

Romáchkin torceu levemente as mãos, depois as pousou nos joelhos, abertas e sem forças.

— Ouça, Filátov, e diga se fiz mal. Sou quase do partido, assisto às reuniões, eles confiam em mim. Na sessão de ontem, falou-se da racionalização do trabalho. E o secretário leu uma nota de jornal sobre a execução de três inimigos do povo que assassinaram o camarada Tuláiev, do CC e do Comitê de Moscou. Está tudo provado, os criminosos confessaram, não guardei seus nomes, e o que importam seus nomes? Estão mortos, eram assassinos, eram desgraçados, morreram supliciados. O secretário nos explicou tudo: que o partido defende a pátria, que a guerra está próxima, que nosso Chefe está ameaçado, que por amor aos homens é preciso abater os cães raivosos... Tudo isso é verdade, é claro. Depois ele disse: "Os que são a favor, levantem a mão!". Entendi que devíamos agradecer a execução ao CC e à Segurança, hesitei e pensei: e a piedade, a piedade, ninguém pensa na piedade? Mas não ousei me abster. Seria eu o único então a me lembrar da piedade, eu que não sou nada? Pretenderia ser melhor do que os outros? E também levantei a mão. Será que traí a piedade? Teria traído o partido em pensamento se não tivesse levantado a mão? O que me diz, Filátov, você que é correto, você que é um verdadeiro proletário?

Filátov refletiu. A escuridão descia sobre eles. A expressão de Romáchkin, voltado para o amigo, era de súplica.

— A máquina — disse Filátov — deve funcionar irrepreensivelmente. Deve esmagar os que se levantam em seu caminho; é inumano, mas é a lei universal. O operário precisa conhecer as entranhas da máquina. Mais tarde haverá máquinas luminosas e transparentes que o olhar do homem atravessará de lado a lado. Será a inocência das máquinas semelhante à inocência do céu. A lei humana será pura como a lei da astrofísica. Ninguém mais será esmagado. Ninguém mais precisará de piedade. Mas hoje, camarada Romáchkin, a piedade ainda é necessária. As máquinas estão cheias de trevas, nunca sabemos o que acontece nelas. Não gosto de julgamentos secretos, de execuções em porões, da mecânica das conspirações. Compreenda: sempre há duas conspirações, a positiva e a negativa, como saber qual é a dos mais justos e qual a dos mais condenáveis? Como saber se é preciso ter piedade ou ser impiedoso? Como saber uma vez que os próprios homens do poder estão evidentemente perdendo a cabeça? Você tinha que votar a favor, Romáchkin, senão se daria mal, e não podia fazer nada, não é? Votou com piedade, está certo. Fiz como você, no ano passado. O que mais poderíamos fazer?

Romáchkin teve a impressão de que suas mãos se tornavam mais leves. Filátov convidou-o a entrar em sua casa, tomaram um copo de chá e comeram pepinos em conserva com pão preto. O quartinho era tão exíguo que eles se tocavam. Dessa proximidade nascia uma intimidade maior. Filátov colocou o livro de Eddington aberto sob o abajur e:

— Você sabe o que é um elétron?

— Não.

Romáchkin identificou no olhar do cardador-colchoeiro mais compaixão do que reprovação. Ter uma longa vida atrás de si e não saber isso!

— Permita que lhe explique. Cada átomo de matéria é um sistema sideral...

O universo e o homem são feitos de estrelas, umas infinitamente pequenas, outras infinitamente grandes, a figura 17 da página 45

346

mostrava-o claramente. Romáchkin teve dificuldade de acompanhar a demonstração admirável, pois continuava pensando nos três fuzilados, em sua mão levantada pela morte deles, tão pesada naquele momento, que voltara a se tornar leve (curiosamente) por ter confrontado a piedade com as máquinas e os astros.

Uma criança chorou no pátio vizinho, a oficina dos sapateiros se apagou, um casal se enlaçou, nos limites do invisível, encostado na grade da igreja. Filátov levou o amigo até o outro extremo da praça. Romáchkin caminhou para a grade. Filátov, antes de voltar para casa, parou sem razão e olhou para o chão escuro. O que fizemos com a piedade nessa mecânica humana? Mais três fuzilados... São mais numerosos do que as estrelas, pois não há mais de 3 mil estrelas visíveis no hemisfério norte. Se aqueles três homens mataram, não seria porque tinham razões profundas para matar, ligadas às leis eternas do movimento? Quem pesou essas razões? Quem as pesou sem ódio? Filátov teve piedade dos juízes: os juízes devem sofrer mais do que todos... Consolou-o a visão do casal enlaçado nas trevas, formando um único ser em virtude da atração eterna. É bom ver os jovens vivendo, quando nós mesmos estamos no declínio da vida. Eles têm, em média, meio século diante de si: talvez vejam a verdadeira justiça, no tempo das máquinas transparentes. É preciso muito adubo para fecundar as terras cansadas. Quem sabe quantos fuzilados ainda são necessários para nutrir a terra russa? Acreditamos enxergar com tanta clareza à nossa frente na época da revolução, e aqui estamos novamente afundados nas trevas; talvez seja o castigo por nosso orgulho. Filátov entrou, colocou a barra de ferro na porta, despiu-se tristemente. Ele dormia à luz de uma lamparina, num colchão estreito estendido sobre arcas. As aranhas começaram seus périplos noturnos no teto: aqueles animaizinhos pretos de patas compridas que pareciam raios moviam-se devagar e era absolutamente impossível entender o sentido de seus movimentos. Filátov pensava nos juízes e nos fuzilados. Quem julgará os juízes? Quem os perdoará? Devem ser perdoados? Quem os fuzilará se não tiverem sido justos? Cada coisa virá na sua hora, necessariamente. Debaixo da terra, por toda parte, debaixo da cidade, dos campos, da pracinha escura em que os namorados decerto continuavam suas carícias, uma multidão de olhos brilhou para Filátov, nos confins da visibilidade, como estrelas de sétima grandeza. "Eles estão esperando, estão esperando", murmurou Filátov, "olhos incontáveis, perdoem-nos".

—

Romáchkin, na brancura indigente de seu quarto, foi novamente tomado pela ansiedade. Os ruídos do apartamento coletivo atingiam interminavelmente seu reduto de silêncio: telefones, músicas de rádio, vozes de crianças, águas escorrendo nos banheiros, chiado dos fogareiros a querosene... O casal vizinho, separado dele apenas por uma divisória de tábuas, discutia febrilmente um caso de revenda de tecidos. Romáchkin vestiu a roupa de dormir: despido, sentia-se mais frágil do que vestido; seus pés descalços tinham dedos míseros, ridiculamente separados. O corpo do homem é feio. Se o homem só tem o corpo e se o pensamento é apenas uma obra corporal, como este poderia não ser incerto e débil? Deitou-se nos lençóis frios, tremeu um pouco, estendeu a mão para a prateleira de livros, pegou um livro de um poeta ignorado, pois faltavam-lhe as primeiras páginas, mas as outras mantinham seu encanto mágico. Romáchkin leu ao acaso.

Divino planeta giratório
tuas Eurásias teus mares cantantes
o simples desprezo dos carrascos
eis-nos aqui pensamento clemente
quase a heróis semelhantes

Por que os versos não tinham pontuação? Será porque o pensamento que abrange e liga com seus fios imateriais — existirão eles? — os planetas, os mares, os continentes, os carrascos, as vítimas e nós, esse pensamento é fluido, não descansa nunca, cessa apenas aparentemente? Por que justamente esta noite a alusão aos carrascos, a alusão aos heróis? De onde me vem essa reprovação, a mim que só desprezo a mim mesmo? E por quê, se há homens que têm ardor de viver e desprezo por carrascos, por que sou tão diferente deles? Os poetas não têm vergonha de si mesmos quando se veem em sua solidão e em sua nudez? Romáchkin pôs o livro de volta e retomou os jornais dos últimos dias. Embaixo de uma terceira página, na rubrica das informações diversas, o cotidiano governamental falava da preparação de um festival de atletismo do qual participariam trezentos paraquedistas pertencentes aos círculos esportivos das escolas. — "Veem-se grandes flores claras descendo do céu, e cada uma traz um rosto humano corajoso, cujos olhos vigiam intensamente a aproximação da terra atraente e ameaçadora..." A notícia seguinte, sem título, em caracteres minúsculos, dizia:

> Caso dos assassinos do camarada Tuláiev, membro do Comitê Central. — Reconhecendo-se culpados de traição, conspiração e assassínio, foram executados: M. A. Erchov, A. A. Makêiev e K. K. Rubliov, condenados à pena capital pela sessão especial do Tribunal Supremo a portas fechadas.
>
> A Associação Geral dos Enxadristas, filiada à Federação Esportiva da União, prevê a organização, nas repúblicas federadas, de uma série de provas eliminatórias tendo em vista o próximo torneio das nacionalidades.

As peças do tabuleiro tinham rostos humanos, desconhecidos, mas com olhares graves. Moviam-se sozinhas. Alguém as observava de longe, atentamente: de repente as peças saltavam, os rostos explodiam e desapareciam inexplicavelmente. Três golpes certeiros fizeram explodir instantaneamente, um após o outro, três rostos do tabuleiro. Romáchkin, entorpecido em seu meio sono, teve medo: estavam batendo na porta.

— Quem é?

— Sou eu, eu — respondeu uma voz radiante.

Romáchkin foi abrir. Sentiu o chão rugoso e frio debaixo dos pés descalços. Antes de puxar o ferrolho, fez uma pausa de um segundo para dominar o pânico. Kóstia entrou com tanta violência que tomou Romáchkin nos braços, como uma criança.

— Velho vizinho! Romáchkin! Meio pensador, meio herói do trabalho enfurnado em seu meio quarto e sua metade de um quarto de destino! Contente em revê-lo! Tudo bem? Diga alguma coisa. É um ultimato: tudo bem, sim ou não?

— Tudo bem, Kóstia. Que bom você ter vindo. Gosto de você, sabia?

— Então está proibido de me olhar com essa cara, como se fosse um cidadão tirado de baixo de um ônibus... A terra gira esplendidamente, que diabo! Diga lá, não está vendo como gira essa nossa bola verde povoada de macacos laboriosos?

Romáchkin voltou a se deitar e, do calor do leito, viu o quartinho crescer e a luz se decuplicar.

— Eu ia dormir, Kóstia, com essa falação dos jornais: paraquedistas, fuzilados, torneios de xadrez, planetas... Que coisa louca. A vida, ora. Você está bonito, Kóstia, vigoroso. Impressionante... Estou muitíssimo bem. Fui promovido no Kombinat, estou frequentando as reuniões do partido, tenho um amigo, um proletário notável, com cérebro de físico... Conversamos sobre a estrutura do universo.

— A estrutura do universo... — Kóstia repetiu em tom cantarolado.

Grande demais para aquele refúgio acanhado, ele dava voltas em torno de si mesmo.

— Nada mudou por aqui, Romáchkin. Aposto que os mesmos percevejos anêmicos continuam se alimentando de você à noite.

— É verdade — disse Romáchkin com um risinho feliz.

Kóstia o empurrou para perto da parede e sentou-se na cama. Inclinou-se para Romáchkin com sua cabeleira desalinhada cujos reflexos castanhos pareciam ruivos, seus olhos agressivos cheios de brumas, sua boca grande ligeiramente assimétrica.

— Não sei para onde vou, mas estou a caminho. Se a próxima guerra não nos transformar todos em carcaças, meu velho, não sei o que vamos fazer, mas vai ser fabuloso. Se morrermos, faremos brotar da terra uma vegetação inédita. Não tenho um copeque, é claro, as solas dos meus sapatos estão sumindo, é claro, *et cetera*, mas estou contente.

— É o amor?

— Claro.

O riso de Kóstia chacoalhou a cama, chacoalhou Romáchkin dos dedos dos pés às sobrancelhas, fez tremer a parede, repercutiu pelo quartinho em ondas douradas.

— Não se assuste, Romáchkin, velho irmão, se estou parecendo bêbado. Fico mais bêbado quando estou completamente em jejum, mas então às vezes fico enfurecido... Você lembra, larguei o metrô, aquela obra de toupeiras industriais debaixo do asfalto de Moscou, entre o necrotério e o escritório das Juventudes. Eu queria ar. Estava farto da disciplina deles. Pois eu tenho disciplina para dar e vender, minha disciplina está em mim mesmo. Fui embora. Em Górki, trabalhei na fábrica de automóveis: sete horas diante da máquina. Aceitei me tornar um estúpido, a longo prazo, para dar caminhões ao país. Eu ia olhar, quando os carros saíam terminados, reluzentes, novinhos; é mais bonito, mais limpo do que o nascimento de um homem, garanto. Pensar que os tínhamos feito com nossas mãos, e que talvez fossem rodar na Mongólia para levar cigarros e fuzis para povos oprimidos, me dava orgulho, me fazia sentir feliz em viver. Bom. Tive uma briga com um técnico que queria me obrigar a limpar as ferramentas depois do horário. O que está pensando, eu disse, que já não existe salariato? É preciso preservar os nervos e os músculos do operário, tanto quanto as máquinas. Boa noite, peguei o trem, aqueles imbecis iam me acusar de trotskismo, mas você sabe o que isso significa: três anos nas minas de Karaganda, muito obrigado. Conhece o Volga, velho? Trabalhei a bordo de um rebocador, primeiro como carvoeiro depois como mecânico. Rebocávamos barcas até o rio Kama. Lá os rios se tornam caudalosos, as cidades ficam esquecidas, a lua sobe acima das florestas abruptas, um imenso exército vegetal fica de vigília noite e dia e ouvimos seu chamado insidioso: a vida verdadeira é a nossa; quem não beber uma taça desse silêncio, com os animais das florestas, jamais conhecerá tudo o que um homem deve conhecer. Encontrei um substituto numa aldeia komi e consegui emprego no Kombinat Regional das Florestas. "Faço qualquer coisa, o mais longe possível, nas florestas mais perdidas!", disse eu àqueles burocratas provincianos. Eles gostaram. Mandaram-me fazer a inspeção dos postos da guarda florestal e a milícia me inscreveu para a luta contra o banditismo. Numa floresta do fim do mundo, entre o Kama e o Vítchega, descobri um povoado de velhos religiosos e de feiticeiros que tinham fugido da estatística. Consideraram o grande censo manobra diabólica, acharam que mais uma vez iriam tomar suas terras, levar seus homens para a guerra, obrigar as velhas a aprender a ler para lhes ensinar a ciência do Maligno. À noite recitavam o Apocalipse. Também cantavam que tudo na Terra está corrompido e que aos homens de coração puro só resta a paciência, e que a paciência vai se esgotar! "E o que acontecerá então?", eu lhes perguntava. "Será o retorno do Ano Mil." Convidaram-me para ficar com eles, fiquei tentado por causa de uma moça bonita, vigorosa como uma árvore, emocionante e pura como o ar das florestas, mas ela dizia que o que mais queria era um filho e que eu conhecera máquinas demais para viver muito tempo com ela, e que não confiava em mim... Fui embora, Romáchkin, para não ficar lá até o Juízo Final deles ou até a completa idiotia... Os anciãos me pediram que lhes mandasse, pelos irmãos que têm na cidade, jornais recentes, um tratado de agronomia, e que lhes escrevesse "se a estatística já tinha passado" sem guerras, espoliações nem inundações... Quer ir comigo viver com eles, Romáchkin? Só eu conheço os caminhos das florestas do Síssola. Os animais da floresta não me fazem mal, aprendi a pilhar os ninhos de abelhas selvagens para lhes tirar o mel, sei montar armadilhas para pegar lebres, sei colocar redes na água dos rios... Vamos, Romáchkin, você nunca mais vai pensar em seus livros e, quando lhe perguntarem o que é um bonde, vai explicar às crianças pequenas e aos velhos brancos que é uma caixa amarela comprida sobre rodas, que transporta gente, é movida por uma força misteriosa que sobe das entranhas da terra por fios metálicos. E, se eles perguntarem por quê, você vai se atrapalhar...

— Eu quero — disse baixinho Romáchkin, a quem o relato tinha encantado como um conto.

Kóstia arrancou-o do sonho:

— Tarde demais, meu velho. Para você e para mim já não existem Escrituras Sagradas nem Apocalipse. Se o Ano Mil está diante de nós, não podemos saber. Somos da época do cimento armado.

— E seu amor? — perguntou Romáchkin, sentindo-se estranhamente bem.

— Casei-me no colcoz — respondeu Kóstia. — Ela é...

Suas duas mãos esboçaram um gesto que devia ser de entusiasmo, mas ficaram suspensas por uma fração de segundo até baixarem, inertes. Enquanto falava, Kóstia voltara o olhar para a mão longa e fraca de Romáchkin, pousada sobre uma folha de jornal. O dedo médio parecia apontar para um texto inverossímil:

O caso dos assassinos do camarada Tuláiev, membro do CC. — reconhecendo-se culpados... foram executados Erchov, Makêiev, Rubliov...

— Como ela é, Kóstia?

As pupilas de Kóstia se contraíram.

— Lembra-se do revólver, Romáchkin?

— Lembro.

— Lembra que você procurava justiça?

— Lembro. Mas refleti muito desde então, Kóstia. Percebi minha fraqueza. Compreendi que é muito cedo para a justiça. É preciso trabalhar, acreditar no partido, ter piedade. Já que não podemos ser justos, devemos ter piedade dos homens...

Um temor no qual não ousou pensar deteve na ponta de seus lábios a pergunta: "O que você fez com o revólver, Kóstia?". Kóstia falou, maldoso:

— A piedade me exaspera. Ora, tenha piedade desses três fuzilados, Romáchkin, se isso o consola: já não precisam de nada (Kóstia mostrava a nota no jornal). Quanto a mim, não quero saber da sua piedade e não tenho vontade de me apiedar de você, você não merece. Talvez seja você o culpado do crime deles. Talvez seja eu o autor do seu crime, mas você nunca vai entender nada. Você é inocente, eles eram inocentes...

Com esforço, ergueu os ombros:

— ... eu sou inocente... mas quem é culpado?

— Acho que eles eram culpados — murmurou Romáchkin —, já que foram condenados.

Kóstia deu tamanho pulo no quarto que o chão e as paredes estremeceram. Sua risada dura chocava-se contra as coisas.

— Romáchkin, você é um ás! Deixe-me explicar o que estou percebendo. Certamente eles eram culpados, confessaram, porque compreendiam o que nós, você e eu, não compreendemos. Está entendendo?

— Deve ser verdade — disse Romáchkin gravemente.

Kóstia andava nervosamente da porta à janela.

— Estou sufocado — disse. — Ar! O que está faltando aqui? Tudo. Pois bem, meu velho Romáchkin, adeus. Vivemos numa espécie de delírio, não é?

— Sim, sim...

Romáchkin ia ficar sozinho, tinha a expressão lamentavelmente abatida, pálpebras enrugadas, pelos descorados em torno da boca, tão pouca força no olhar! Kóstia pensou alto: "Os culpados são os milhões de Romáchkin que há na terra...".

— O que você disse?

— Nada, velho, estou divagando.

Havia um vazio entre eles.

— Romáchkin, este seu quarto está muito escuro.

Kóstia tirou do bolso interno da jaqueta um objeto retangular embrulhado em tecido.

— Tome. É disso que eu mais gostava no mundo quando estava sozinho.

Romáchkin tomou na mão uma miniatura com moldura de ébano. Dentro do círculo preto aparecia um rosto de mulher magicamente real que era só equilíbrio, inteligência, radiância, silêncio. Romáchkin disse com uma espécie de pavor deslumbrado:

— Será possível? Kóstia, você acredita de fato que há rostos como este?

Kóstia se exaltou:

— Os rostos vivos são mais bonitos... Até logo, velho.

Precipitando-se escada abaixo, Kóstia teve a bem-aventurada sensação de uma queda. O mundo material desfazia-se diante dele, as coisas tornavam-se aéreas. Ele seguia pelas ruas com um passo leve de corredor. Mas, em sua cabeça, a inquietação desencadeava uma espécie de trovoada. "No entanto fui eu que... eu..." Correu rumo à casa em que Maria dormia, tal como correra naquela noite de outrora, aquela noite boreal, depois da explosão súbita, em sua mão, de uma flor negra bordejada de chamas, enquanto soavam os apitos dos soldados... A escada escura da segunda residência também era aérea. O apartamento comunitário nº 12 alojava três famílias e três casais em sete cômodos. Uma lâmpada de 25 velas estava acesa no corredor, pendurada bem perto do teto para que não fosse fácil desatarraxá-la. As paredes estavam tisnadas. Uma máquina de costura presa com corrente e cadeado a uma arca pesada refletia-se no espelho rachado da chapeleira. Roncos irregulares enchiam a penumbra de uma vibração brutal. A porta da privada se entreabriu, uma silhueta esguia de homem de pijama flutuou no fundo do corredor e de repente tropeçou ruidosamente em ferragens indistintas. O homem embriagado ricocheteou na parede oposta e se chocou contra uma porta. Vozes encolerizadas atravessaram a escuridão, uma fazendo baixinho "Chchch" no meio do sono, outra veemente, que lançava injúrias: "... Seu vagabundo!". Kóstia foi ao encontro do bêbado de pijama e o pegou pela gola:

— Devagar, cidadão, minha mulher está dormindo ao lado. Onde é seu quarto?

— O nº 4 — disse o bêbado. — Quem é você?

— Ninguém. Calma. Não faça barulho, senão lhe quebro a cara amigavelmente.

— Muito gentil... Quer tomar um trago?

Kóstia empurrou com o cotovelo a porta do nº 4 e jogou para dentro o bêbado, que se deixou cair molemente entre umas cadeiras derrubadas. Um objeto de vidro rolou pelo chão e se quebrou com um belo tilintar cristalino. Tateando, Kóstia encontrou a porta do nº 7, um quarto de despejo, triangular, com teto inclinado e baixo com uma claraboia. A lâmpada, na ponta de um longo fio, estava no chão, entre uma pilha de livros e uma bacia esmaltada, na qual havia uma roupa cor-de-rosa de molho. Além disso, só havia uma cadeira esburacada e uma cama estreita de ferro, na qual Maria dormia, deitada de costas, reta, com a testa erguida e um vago sorriso. Kóstia a contemplou. Tinha as bochechas rosadas e ardentes, as narinas largas, as sobrancelhas estiradas como um par de asas delgadas, os cílios adoráveis. Um ombro e um seio nus estavam descobertos; na carne cor de âmbar do seio pousava uma trança preta acobreada. Kóstia beijou o seio nu. Maria abriu os olhos.

— É você!

Ele se ajoelhou ao lado da cama, pegou-lhe as duas mãos.

— Maria, acorde. Maria, olhe para mim. Maria, pense em mim...

Ela não sorria, mas estava inteira sorridente.

— Eu penso em você, Kóstia.

— Maria, responda. Se eu tivesse matado um homem há séculos, há alguns dias ou alguns meses, numa noite de neve absolutamente prodigiosa, sem o conhecer, sem pensar em matá-lo, sem que eu mesmo quisesse, no entanto voluntariamente, com os olhos bem abertos, a mão firme, porque ele fazia o mal em nome de ideias justas, porque eu estava tomado pelo sofrimento dos outros, porque em alguns segundos eu tinha julgado sem saber, eu por muitos outros, eu, desconhecido, por desconhecidos sem nome, por todos aqueles que não têm nome nem vontade, nem possibilidade nem essa consciência esfarrapada que eu tenho, o que você diria, Maria?

— Eu diria, Kóstia, que é melhor você controlar seus nervos, saber exatamente o que faz e não me acordar para me contar sonhos ruins... me beije.

Ele voltou a falar em tom de súplica:

— Mas se fosse verdade, Maria?

Ela o olhou muito atenta. O carrilhão do Kremlin bateu as horas. As primeiras notas da *Internacional*, leves e graves, flutuaram por um tempo sobre a cidade adormecida.

— Kóstia, vi muitos camponeses morrerem nas estradas... Sei o que é a luta dura. Sei quanto mal se faz sem querer... Apesar de tudo seguimos adiante, não é? Há em você uma grande força pura. Não se atormente.

Com as duas mãos mergulhadas na cabeleira de Kóstia, ela puxou violentamente para junto de si aquela cabeça vigorosa entregue à inquietação.

—

O camarada Fleischman ocupou o dia com a classificação definitiva dos autos do caso Tuláiev. Eram milhares de páginas reunidas em vários volumes. A vida humana refletia-se ali tal como a fauna e a flora terrestres se encontram, em formas tênues e monstruosas, numa gota de água estagnada que se estude ao microscópio. Algumas peças deveriam ir para os arquivos do partido; outras deveriam integrar processos da Segurança, do CC, do Secretariado Geral, do serviço secreto no estrangeiro. Algumas deveriam ser queimadas em presença de um representante do CC e do camarada Gordêiev, alto-comissário adjunto da Segurança. Fleischman fechou-se sozinho com aquela papelada numerada, envolvida por um cheiro de morte. A nota do Serviço de Operações Especiais sobre a execução dos três condenados pelos homens de confiança do destacamento de elite só mencionava um detalhe preciso, a hora: 0h01, 0h15, 0h18. O grande caso terminava no momento zero da noite.

Entre as peças insignificantes anexadas ao processo Tuláiev desde o fim da instrução (relatórios sobre as conversas em lugares públicos, ao longo das quais o nome de Tuláiev teria sido mencionado, denúncias com respeito ao assassínio de um engenheiro, Butáiev, do Serviço de Águas de Krasnoiarsk, comunicados da milícia criminal sobre o assassínio de certo Mutáiev em Leninakan e outros documentos que pareciam trazidos por acaso por uma enchente, pelo vento, pela tolice e pela loucura medíocre da lei da maioria), Fleischman encontrou um envelope pardo, com timbre da estação de Moscou-Iaroslavl, endereçado simplesmente "Para o cidadão juiz de instrução encarregado do caso Tuláiev". Um papel anexado indicava: "Transmitido à camarada Zvéreva". Outro papel acrescentava: *Zvéreva: presa até segunda ordem. Transmitir ao camarada Popov*". A perfeição administrativa exigiria uma terceira anotação sobre o destino pendente do camarada Popov. Alguém, prudente, contentara-se em escrever no envelope com tinta vermelha: CLASSIFICAÇÃO GERAL. "Classificação geral sou eu", pensou Fleischman com uma ponta de desprezo por si mesmo. Cortou despreocupadamente a borda do envelope. Continha uma carta manuscrita numa página dupla de caderno escolar, sem assinatura.

Cidadão! Escrevo-lhe por dever de consciência e preocupação com a verdade...

Ora, mais um que denuncia o próximo ou se entrega com deleite a um deliriozinho estúpido... Fleischman pulou o meio da carta para ir logo à conclusão, sem deixar de observar que a letra era firme e jovem, como que de um camponês instruído, numa escrita desprovida de estilo e quase sem pontuação. O tom era direto, e o alto funcionário da Segurança sobressaltou-se.

Não assinarei. Uma vez que, inexplicavelmente, inocentes pagaram por mim, já não posso reparar nada. Acredite que, se tivesse sido informado a tempo sobre esse erro judiciário, eu lhes teria entregado minha cabeça inocente e culpada. Pertenço de corpo e alma a meu grande país, a nosso magnífico futuro socialista. Se, quase sem pensar, cometi um crime, do qual não consigo me dar conta claramente uma vez que vivemos numa época em que a morte do homem pelo homem é coisa costumeira e decerto é essa a necessidade da dialética histórica e sem dúvida o poder dos trabalhadores que verte tanto sangue verte-o pelo bem dos homens e fui apenas o instrumento menos do que meio consciente dessa necessidade histórica, se induzi em erro juízes mais instruídos e mais conscientes do que eu que cometeram um crime maior, também eles acreditando servir à justiça, só posso agora viver e trabalhar livremente com todas as minhas forças pela grandeza de nossa pátria soviética...

Fleischman retomou a carta a partir da metade:

Sozinho, ignorado pelo mundo, eu mesmo ignorando até então o que ia fazer, atirei no camarada Tuláiev que eu detestava sem conhecer desde o expurgo das escolas superiores. Garanto-lhes que ele tinha feito à nossa sincera juventude um mal imensurável, que nos tinha mentido sem cessar, ultrajado vilmente o que temos de melhor, nossa fé no partido, que ele tinha nos levado à beira do desespero...

Fleischman debruçou-se sobre a carta desdobrada; o suor lhe molhou a testa, a vista se turvou, o queixo duplo se afrouxou, um esgar de abatimento devastou-lhe o rosto, as inúmeras folhas do dossiê flutuaram diante dele numa névoa asfixiante. Ele murmurou: "Eu sabia", contrariado por ser obrigado a conter uma vontade idiota de chorar ou de fugir para um lugar qualquer, de imediato, irrevogavelmente. No entanto, nada mais era possível. Ele desmoronava sobre a carta que gritava a verdade. Ouviu-se um arranhar suave na porta e, de fora, a servente perguntou:

— Posso lhe servir um chá, camarada chefe?

— Sim, sim, Lisa, um chá forte...

Deu alguns passos pelo gabinete, releu mais uma vez a carta sem assinatura, desta vez em pé, para enfrentá-la melhor. Impossível mostrá-la a quem quer que fosse. Entreabriu a porta para pegar a bandeja na qual havia dois copos de chá. E, em seu íntimo, falou com o homem desconhecido que ele entrevia por trás daquela folha dupla de caderno escolar. "Pois bem, jovem, pois bem, nada má essa sua carta... Não sou eu que vou mandar procurá-lo agora. Nós, os velhos, não precisamos da sua força errante, inebriada de si mesma, para sermos condenados... Isso está além de todos nós, arrebata-nos todos."

Acendeu a vela que servia para derreter a cera dos lacres. Pingos vermelhos, como sangue coagulado, incrustavam-se na estearina. À luz daquela vela manchada de sangue, Fleischman queimou a carta, juntou a cinza no cinzeiro e a esmagou com o polegar. Tomou os dois copos de chá e sentiu-se melhor. Disse a meia-voz, com tanto alívio quanto triste sarcasmo:

— Já não existe caso Tuláiev.

Fleischman quis acabar logo o resto da classificação para se esquivar mais depressa. Os cadernos escritos por Kiril Rubliov na cela desprenderam-se de um maço de cartas "retidas para investigação", que eram as de Dora Rubliov, escritas de uma aldeia do Cazaquistão. Aquelas cartas, vindas do fundo da solidão e da angústia para serem lidas apenas pela camarada Zvéreva, o enraiveceram. "Vaca! Se ela me cair nas mãos vou fazê-la ver estepes, neve e areias..." Fleischman folheou os cadernos. A letra era regular, a maneira de traçar certos sinais revelava preocupações de artista — longínquas, ultrapassadas havia muito tempo —, a retidão das linhas lembrava o homem, seu erguer de ombros nas conversas, o rosto longo e magro, a testa de ideólogo, a maneira particular que ele tinha de olhar para a pessoa com um riso apenas dos olhos, quase imperceptível, quando suas palavras traçavam um raciocínio rigoroso, mas solto como um arabesco metálico... "Morreremos todos sem saber por que matamos tantos homens nos quais residia nossa força mais elevada..." Fleischman deu-se conta de que pensava como Kiril Rubliov escrevia alguns dias ou algumas horas antes de desaparecer.

Interessou-se pelos cadernos... Percorreu as deduções de economia baseadas na baixa da taxa de lucro por aumento contínuo do capital constante (donde o marasmo do capitalismo?), sobre o aumento da produção de energia elétrica no mundo, a evolução da siderurgia, a crise do ouro, as modificações de caráter, funções, interesses e estruturas das classes sociais e, mais particularmente, da classe operária... Várias vezes, Fleischman murmurou: "Certo, muito certo, discutível, mas... para ser revisto, verdade no conjunto ou como tendência...". Tomou nota de alguns dados para verificá-los em obras especializadas. Seguiam-se páginas de julgamentos entusiásticos e severos sobre Trótski, em quem Kiril Rubliov louvava a intuição revolucionária, o senso da realidade russa, o "senso da vitória", a intrepidez racional; em quem deplorava "o orgulho de grande personagem histórico", "a superioridade excessivamente consciente de si mesma", "a incapacidade de se fazer seguir pelos medíocres", "a tática ofensiva nos piores momentos da derrota", "a elevada álgebra revolucionária incessantemente oferecida aos porcos, quando só os porcos estão em primeiro plano...".

— Evidentemente, evidentemente — murmurava Fleischman sem tentar superar seu mal-estar.

Rubliov, então, tinha certeza absoluta de que seria fuzilado para permitir-se escrever assim?

O tom da escrita mudava, mas a mesma certeza interior lhe conferia desprendimento ainda maior. "Fomos um sucesso humano excepcional e por isso sucumbimos. Para formar nossa geração, foi necessário um meio século único na história. Do mesmo modo, quando um grande cérebro criador é um êxito biológico e social único, devido a inúmeras interferências, a formação de nossos milhares de cérebros se explica por interferências únicas. O capitalismo em seu apogeu, possuidor de todas as potências da civilização industrial, implantava-se num grande país camponês, de velha cultura, ao passo que um despotismo senil caminhava, de ano para ano, rumo ao fim. Nem as antigas castas nem as novas classes podiam ser fortes, nenhuma se sentia segura do futuro. Pudemos crescer nas lutas escapando de dois cativeiros profundos, o da velha 'Santa Rússia' e o do Ocidente burguês, todavia emprestando desses dois mundos o que eles tinham de mais vivo: o espírito de investigação, a audácia transformadora, a fé no progresso do século XIX ocidental; o sentimento direto da verdade e da ação de um povo camponês e seu espírito de revolta formado por séculos de despotismo. Nunca tivemos o sentimento da estabilidade do mundo social; nunca acreditamos na riqueza; não fomos os fantoches do individualismo burguês, dedicados à luta pelo dinheiro; interrogamo-nos constantemente sobre o sentido da vida e trabalhamos para transformar o mundo..."

"Tínhamos adquirido um grau de lucidez e de desinteresse inquietante para os interesses antigos e novos. Foi-nos impossível nos adaptarmos a uma fase da reação; e, como estávamos no poder, cercados por uma lenda verídica, nascida da exploração, éramos tão perigosos que foi preciso nos destruir para além do físico, envolvendo nossos cadáveres numa lenda de traição..."

"O peso do mundo está sobre nós, somos esmagados por ele. Todos aqueles que já não querem nem o ímpeto nem a inquietude na revolução terminada nos oprimem; e têm atrás de si, alhures, todos aqueles que são enceguecidos e diminuídos pelo medo da revolução..." Rubliov julgava que a implacável crueldade de nossa época se explica por seu sentimento de insegurança: medo do futuro... "O que vai acontecer na história, amanhã, só será comparável às grandes catástrofes geológicas que mudam os aspectos do planeta..." — "Só nós, neste universo em violenta transformação, tínhamos coragem de enxergar claramente. É uma questão mais de coragem do que de inteligência. Víamos que era preciso, para a salvação do homem, uma atitude de médicos. Para o mundo exterior, sequioso de estabilidade a ponto de fechar os olhos obstinadamente para o horizonte cada vez mais sombrio, éramos os intoleráveis maus profetas dos cataclismos sociais; para os bem instalados de nossa própria revolução, representávamos aventura e risco. Ninguém percebeu, nem aqui nem lá, que a pior aventura, a aventura sem esperança, está na busca da imobilidade numa época em que os continentes se fraturam e saem à deriva. Seria tão bom dizer que a criação terminou: vamos descansar! O amanhã está garantido!" — "Uma imensa fúria de reprovação e de incompreensão levantou-se contra nós. Que conspiradores exagerados éramos então? Exigíamos a coragem para continuar a façanha e as pessoas só queriam mais segurança, descanso, esquecer o esforço e o sangue — às vésperas das chuvas de sangue!" — "Num aspecto, faltou-nos clarividência e audácia, não soubemos discernir o mal, para uma época irremediável, que corroía nosso próprio país. Nós mesmos conspurcamos como traidores e pessoas de pouca fé aqueles que, entre nós, o revelavam... Porque também amávamos nossa obra cegamente..."

Rubliov refutava o fuzilado Nikolai Ivánovitch Bukhárin, que, no julgamento de março de 1938, exclamava: "Estávamos diante de negro abismo...". (E não era mais do que um diálogo de mortos.) Rubliov escrevia: "Desaparecendo, não fazemos o balanço de um desastre; atestamos a amplitude de uma vitória que se antecipou demais ao futuro e exigiu demais dos homens. Não vivemos à beira de um fosso escuro, como dizia Nikolai Ivánovitch, que estava sujeito a acessos de depressão nervosa, estamos, sim, às vésperas de um novo ciclo de furacões, e é isso que obscurece as consciências. A bússola se descontrola com a aproximação das tempestades magnéticas..." — "Somos terrivelmente ameaçadores porque poderíamos logo voltar a ser terrivelmente poderosos...".

— Pensou bem, Rubliov — disse Fleischman, sentindo uma espécie de orgulho.

Fechou o caderno suavemente. Teria fechado assim os olhos do morto. Esquentou a cera e a deixou cair lentamente em grandes gotas, como sangue ardente, sobre o envelope que encerrava aquelas páginas. Aplicou-lhes o grande timbre dos arquivos do Comissariado do Interior: o brasão proletário imprimiu-se profundamente no lacre.

Por volta das cinco horas, o camarada Fleischman ordenou que o levassem ao estádio onde se desenrolava o festival de atletismo. Tomou lugar na tribuna oficial, entre os uniformes que levavam insígnias da hierarquia. Levava do lado direito do peito as duas medalhas, a da Ordem de Lênin e a da Ordem da Bandeira Vermelha. O quepe alto e chato aumentava sua cabeça grande, que com os anos se tornara muito semelhante à de um sapo enorme. Sentiu-se vazio, anônimo, importante: um general idêntico a qualquer general de qualquer exército, atingido pelo início da velhice, com a carne intumescida, a alma corroída pelas preocupações administrativas. Batalhões de atletas — as moças de seios empinados precediam os rapazes — desfilavam com nuca ereta, o rosto voltado para as tribunas, sem reconhecerem ninguém (uma vez que o Chefe, cuja efígie colossal dominava o estádio todo, não comparecera), mas sorrindo para os uniformes com animada confiança. Seus passos faziam no chão um leve ruído de granizo ritmado. Passaram tanques cobertos de ramagens e flores. Emergindo das torres, os atiradores, com capacete de couro preto, agitavam buquês amarrados com fitas vermelhas. Altas ondas de nuvens, douradas pelo crepúsculo, desfraldavam-se vigorosamente no céu.

Paris (Pré-Saint-Gervais), Agen, Marseille
Ciudad Trujillo (República Dominicana)
México
1940-1942

Posfácio
Susan Sontag

> "... apesar de tudo, verdade é coisa que existe."
> *O caso Tuláiev*

AINDA VIVO (EM DEFESA DE VICTOR SERGE)

Como explicar a obscuridade de um dos heróis éticos e literários mais arrebatadores do século XX, Victor Serge? Como compreender que se negligencie *O caso Tuláiev*, um romance maravilhoso que tem sido redescoberto e esquecido tantas vezes desde sua publicação, um ano após a morte de Serge, em 1947?

Será porque nenhum país pode reivindicá-lo plenamente para si? "Um exilado político desde o nascimento" — assim Serge (nome verdadeiro: Víktor Lvóvitch Kíbaltchitch) se descrevia. Seus pais, que se opunham à tirania tsarista, fugiram da Rússia no início da década de 1880, e Serge nasceu em 1890 "em Bruxelas, por acaso, em meio a uma viagem pelo mundo", como ele relata em suas *Mémoires d'un révolutionnaire* (Memórias de um revolucionário), escritas em 1942 e 1943 na Cidade do México, onde, em estado de penúria, ele se refugiou da Europa de Hitler e dos assassinos de Stálin e passou seus últimos anos. Antes do México, Serge viveu, escreveu, conspirou e fez propaganda em seis países: Bélgica, no início da juventude e de novo em 1936; França, várias vezes; Espanha, em 1917 — foi ali que adotou o nome artístico Serge; Rússia, a terra natal que ele viu pela primeira vez no início de 1919, aos 28 anos, quando chegou

363

para se unir à Revolução Bolchevique; e Alemanha e Áustria, em meados dos anos 1920, a serviço da Komintern. Em cada país ele morou provisoriamente, enfrentando dificuldades, disputas, ameaças. Em vários deles, a história terminou com Serge expulso, banido, forçado a ir embora.

Será porque ele não foi — o modelo que nos é familiar — um escritor engajado de modo intermitente nas disputas partidárias e políticas, como Silone, Camus, Koestler e Orwell, tendo passado a vida inteira como ativista e agitador? Na Bélgica, Serge militou no movimento Socialismo Jovem, um ramo da Segunda Internacional. Na França, tornou-se anarquista (do chamado tipo individualista), e, por causa dos artigos publicados no semanário anarquista que coeditava, os quais expressavam certa simpatia pelo notório bando de Bonnot depois da prisão da gangue (nunca se duvidou da cumplicidade de Serge), e por ter se recusado, depois de preso, a virar um informante, foi condenado a cinco anos de confinamento solitário. Em Barcelona, depois de ser libertado da prisão, rapidamente se decepcionou com os anarcossindicalistas espanhóis em função da relutância deles em tentar tomar o poder. De volta à França, no final de 1917, foi encarcerado por quinze meses, dessa vez como (palavras de sua ordem de prisão) "um indesejável, um derrotista e um simpatizante do bolchevismo". Na Rússia, filiou-se ao Partido Comunista, lutou no cerco a Petrogrado durante a Guerra Civil, foi encarregado de examinar os arquivos da polícia secreta tsarista (e escreveu um tratado sobre opressão estatal), comandou a equipe administrativa do Comitê Executivo da Terceira Internacional — Comunista —, participou dos seus três primeiros congressos e, aflito com a crescente barbárie do governo na recém-consolidada União das Repúblicas Socialistas Soviéticas, deu um jeito de ser enviado para o exterior pela Komintern, em 1922, como propagandista e organizador. (Nessa época havia um bom número de membros estrangeiros trabalhando como autônomos para a Komintern, que era, na verdade, o Departamento de Assuntos Exteriores ou Departamento para a Revolução Mundial do Partido Comunista Russo.) Depois do fracasso da revolução em Berlim e do tempo que passou logo depois em Viena, Serge voltou, em 1926, para a União Soviética, então governada por Stálin, e oficialmente se filiou à Oposição de Esquerda, a coalizão de Trótski, à qual era ligado desde 1923: foi expulso do partido no fim de 1927 e preso logo em seguida. No total, Serge teve de suportar mais de dez anos de encarceramento em função de seus diversos compromissos revolucionários. Para um escritor, exercer outra profissão mais extenuante em tempo integral tem seus problemas.

Será porque — apesar de todas essas distrações — ele escreveu tanto? A hiperprodutividade não é mais tão bem vista quanto antes, e Serge foi excepcionalmente produtivo. Suas obras publicadas — quase todas fora de catálogo — incluem sete romances, dois volumes de poesia, uma coletânea de contos, um diário tardio, suas memórias, cerca de trinta livros e panfletos políticos e históricos, três biografias políticas e centenas de artigos e ensaios. E havia mais: um relato do movimento anarquista na França anterior à Primeira Guerra Mundial, um romance sobre a Revolução Russa, um livro curto de poemas e uma crônica histórica do ano II da Revolução, todos confiscados quando Serge finalmente obteve permissão para deixar a União Soviética em 1936, como consequência de ter pedido à Glavlit, a censura literária, uma autorização de saída para seus manuscritos — jamais recuperados —, além de uma grande quantidade de material guardado em segurança, mas ainda não publicado. O mais provável é que a sua prolixidade tenha pesado contra ele.

Será porque a maior parte de seus escritos não pertence à literatura? Serge começou a escrever ficção — seu primeiro romance, *Les Hommes dans la prison* (Homens na prisão) — quando tinha 39 anos. A essa altura já contava com mais de vinte anos de obras de avaliação histórica e análise política, bem como uma profusão de brilhantes textos de jornalismo político e cultural. Serge é muitas vezes lembrado, se é que é lembrado, como um corajoso dissidente comunista, um opositor perspicaz e assíduo da contrarrevolução de Stálin. (Serge foi o primeiro a chamar a União Soviética de Estado "totalitário", numa carta que escreveu a amigos em Paris na véspera de sua prisão em Leningrado, em fevereiro de 1933.) Nenhum romancista do século XX vivenciou nada parecido com as experiências que ele teve em primeira mão da insurgência, do contato com os grandes líderes políticos, do diálogo com intelectuais políticos seminais. Ele conheceu Lênin — a esposa de Serge, Liubov Russákova, foi estenógrafa de Lênin em 1921 —, traduziu *O Estado e a revolução* para o francês e escreveu uma biografia de Lênin logo após sua morte, em janeiro de 1924. Era próximo a Trótski, embora os dois não tenham voltado a se encontrar após o banimento de Trótski em 1929; Serge iria traduzir *A revolução traída* e outros de seus escritos tardios e, no México, onde Trótski o precedeu como refugiado político, colaboraria com sua viúva em uma biografia. Antonio Gramsci e Georg Lukács estiveram entre os interlocutores de Serge, com quem ele discutia, quando todos moravam em Viena, nos anos de 1924 e 1925, a guinada despótica que a Revolução dera quase imediatamente sob Lênin. Em seu *O caso Tuláiev*, cujo tema épico é o assassinato pelo Estado stalinista de milhões de pessoas leais ao partido, assim como o da maior parte dos dissidentes nos anos 1930, Serge escreve sobre um destino do qual ele próprio, contrariando as probabilidades, e por muito pouco, havia escapado. Seus romances têm sido admirados principalmente como testemunhos, polêmicas, jornalismo inspirado, história ficcionalizada. É fácil subestimar as realizações literárias de um escritor cuja obra central não é literária.

Será porque nenhuma literatura nacional pode reivindicá-lo inteiramente para si? Cosmopolita por vocação, Serge era fluente em cinco idiomas: francês, russo, alemão, espanhol e inglês. (Ele passou parte da infância na Inglaterra.) Em sua ficção, tem de ser visto como um escritor russo, levando em conta a extraordinária continuidade das vozes russas na literatura — alguém cujos ancestrais são Dostoiévski, o Dostoiévski de *Casa dos mortos* e *Os demônios*, e Tchekhov, e cujas influências contemporâneas foram os grandes escritores dos anos 1920, marcadamente Boris Pilniák, o Pilniák de *O ano nu*, Ievguêni Zamiátin e Isaac Babel. Porém o francês seguiu sendo seu idioma literário. A abundante produção de Serge como tradutor se dá do russo para o francês: obras de Lênin, Trótski, do fundador da Komintern, Grigori Zinoviev, da revolucionária pré-bolchevique Vera Figner (1852-1942), cuja autobiografia relata seus vinte anos de confinamento na solitária em uma prisão tsarista, e, entre os romancistas e poetas, de Andrei Biéli, Fiodor Gladkov e Vladímir Maiakóvski. E seus próprios livros foram todos escritos em francês. Um escritor russo que escreve em francês — isso significa que Serge permanece ausente, até mesmo como nota de rodapé, tanto na história da literatura moderna russa quanto na francesa.

Será porque a estatura que ele atingiu como autor de literatura, seja ela qual for, sempre tenha sido politizada, isto é, vista como uma realização moral? Sua voz era a voz literária de uma militância política honesta, um prisma limitador para se observar o corpo de uma obra que tem pretensões outras, não didáticas, e que merecem nossa atenção. Durante as décadas de 1920 e 1930, foi um autor bastante publicado, pelo menos na França, com um público entusiasmado, embora pequeno — um público formado por militantes políticos, evidentemente, sobretudo por adeptos do trotskismo. Porém, nos últimos anos, após Serge ter sido excomungado por Trótski, esse público o abandonou às previsíveis calúnias da imprensa favorável à Frente Popular Soviética. E as posições socialistas que Serge desposou depois de sua chegada ao México em 1941, um ano depois de Trótski ter sido assassinado pelo carrasco enviado por Stálin, pareciam indistinguíveis das posições dos sociais-democratas aos olhos dos apoiadores que lhe haviam restado. Mais isolado do que nunca, boicotado tanto pela direita quanto pela esquerda na Europa Ocidental pós-guerra, o ex-bolchevique, ex-trotskista, anticomunista Serge continuou a escrever — em grande parte, textos destinados à gaveta. Ele chegou a publicar um livro curto, *Hitler versus Stálin*, colaborou com um camarada espanhol no exílio em uma revista política (*Mundo*) e contribuiu regularmente para umas poucas revistas estrangeiras, porém — apesar dos esforços de admiradores influentes como Dwight Macdonald em Nova York e Orwell em Londres para lhe encontrar um editor — dois dos três últimos romances de Serge, os últimos contos e poemas, e sua autobiografia permaneceram inéditos em qualquer língua por muito tempo, em geral por décadas, depois de sua morte.

Será por causa das muitas dualidades de sua vida? Ele foi um militante, alguém dedicado a melhorar o mundo, até o fim, o que o tornava um anátema para a direita. (Ainda que, conforme observou em seu diário em fevereiro de 1944, "Os problemas já não têm a sua antiga e bela simplicidade: era conveniente viver em antinomias como socialismo ou capitalismo".) Mas ele era um anticomunista inteligente o suficiente para se preocupar com a possibilidade de que os governos americano e britânico não tivessem compreendido que o objetivo de Stálin após 1945 era tomar a Europa inteira (ao custo de uma Terceira Guerra Mundial), e isso, na época do disseminado viés pró-soviético ou antianticomunista entre os intelectuais da Europa Ocidental, tornou Serge um renegado, um reacionário, um belicista. "Todos os inimigos certos", diz o velho lema: Serge tinha inimigos demais. Como um ex-, agora anti-, comunista, ele jamais se penitenciou o suficiente. Deplora, porém não se arrepende. O totalitarismo derivado da Revolução Russa não o fez desistir da ideia de uma mudança social radical. Para Serge — e até esse ponto ele concorda com Trótski —, a revolução havia sido traída. Ele não diz que se tratava de uma trágica ilusão, de uma catástrofe para o povo russo desde o começo. (Mas será que Serge não diria isso, caso vivesse mais uma década, ou mais ainda? Provavelmente.) Por fim, ele foi um intelectual praticante a vida inteira, o que pareceu se sobrepor às suas realizações como romancista, e era um ativista político apaixonado, o que também não fez bem para suas credenciais de romancista.

Será porque ele continuou até o fim a se identificar como um revolucionário, uma vocação hoje tão desacreditada no mundo próspero? Será porque, de modo mais plausível, ele insistia em ter esperança... depois de tudo? "Atrás de nós", ele escreveu em 1943, em *Memórias de um revolucionário*, "há uma revolução vitoriosa que perdeu o rumo, várias tentativas abortadas de revolução e massacres tão numerosos a ponto de inspirar uma certa tontura". No entanto, Serge declara que "aquelas eram as únicas estradas possíveis para nós". E insiste: "Tenho mais confiança do que nunca na humanidade e no futuro". Certamente isso não poderia ser verdade.

Será porque, mesmo exausto e derrotado como ele estava, sua obra se recusa a assumir a carga esperada de melancolia? Seu tom indômito não nos atrai tanto quanto nos atrairia um relato mais angustiado. Em sua ficção, Serge escreve sobre os mundos em que viveu, e não sobre ele mesmo. É uma voz que proíbe a si mesma os tons necessários de desespero ou contrição ou espanto — tons literários, segundo a compreensão da maior parte das pessoas —, embora a situação do próprio Serge fosse cada vez mais sombria. Em 1947, ele tentava desesperadamente sair do México, onde, segundo as cláusulas de seu visto, estava proibido de exercer qualquer atividade política e, como um visto americano estava absolutamente fora de questão em função de sua filiação ao Partido Comunista nos anos 1920, voltar à França. Ao mesmo tempo, incapaz de permanecer alheio, desestimulado, onde quer que estivesse, ficou fascinado com o que observou das culturas indígenas e da paisagem em suas várias viagens pelo país, e tinha dado início a um livro sobre o México. O fim foi miserável. Maltrapilho, desnutrido, cada vez mais atormentado pela angina — tornada mais grave pela altitude da Cidade do México —, Serge teve um infarto fora de casa uma noite, chamou um táxi e morreu no banco de trás. O motorista o largou num posto policial: só dois dias depois sua família soube o que havia acontecido e pôde reclamar o corpo.

Em resumo, sua vida jamais teve qualquer momento de triunfo, nem quando ele era um estudante eternamente pobre nem na fase do militante em fuga — a não ser que se aceite como exceção o triunfo de ser um escritor imensamente talentoso e produtivo; o triunfo de ter princípios e ser também astuto, e portanto incapaz de ficar ao lado dos fiéis e também dos covardemente crédulos e dos meramente esperançosos; o triunfo de ser incorruptível e também corajoso, e de estar portanto numa estrada diferente daquela em que seguem os mentirosos e os aduladores e os carreiristas; o triunfo de estar, depois do início dos anos 1920, certo.

Por estar certo, ele foi punido como escritor de ficção. A verdade da história expulsa a verdade da ficção — como se fosse necessário escolher entre as duas...

—

Será porque a vida dele esteve tão impregnada de drama histórico a ponto de isso ofuscar sua obra? Na verdade, alguns de seus apoiadores fervorosos afirmaram que a maior obra literária de Serge foi sua própria vida tumultuada, cheia de perigos e eticamente robusta. Já se disse algo semelhante sobre Oscar Wilde, que não conseguiu resistir ao gracejo masoquista: "Coloco toda a minha genialidade em minha vida; uso apenas meu talento em minhas obras". Wilde estava enganado, e o mesmo ocorre com esse elogio equivocado a Serge. Assim como no caso da maior parte dos grandes escritores, os livros de Serge são melhores, mais sábios, mais importantes do que a pessoa que os escreveu. Pensar de outro modo é ser condescendente com Serge e com várias questões — Como se deve viver? Como posso dar sentido à minha vida? Como é possível tornar a vida melhor para os oprimidos? — que ele honrou com sua lucidez, sua retidão, seu valor, suas derrotas. Embora seja verdade que a literatura, particularmente a literatura russa do século XIX, é o lar dessas questões, resulta cínico — ou simplesmente filisteu — considerar como literária uma vida vivida à sua luz. Isso depreciaria ao mesmo tempo a moralidade e a literatura. E também a história.

Os leitores de língua inglesa de Serge hoje precisam se colocar numa época em que a maior parte das pessoas aceitava que o curso de sua vida seria determinado pela história mais do que pela psicologia, pelas crises públicas mais do que pelas crises privadas. Foi a história, um momento histórico particular, que levou os pais de Serge a deixarem a Rússia tsarista: a onda de repressão e o terror estatal que se seguiram ao assassinato de Alexandre II pela Naródnaia Vólia (Vontade do Povo), o ramo terrorista do movimento populista em 1881. O pai de Serge, o cientista Leon Kibaltchitch, na época a serviço da Guarda Imperial, pertencia a um grupo militar simpático às exigências dos *narodnik* (populistas) e escapou por pouco de ser baleado quando o grupo foi descoberto. Em seu primeiro refúgio, Genebra, ele conheceu e se casou com uma estudante radical de São Petersburgo oriunda da pequena nobreza polonesa, e o casal passaria o restante da década indo de um lado para outro "em busca do pão de cada dia e de boas bibliotecas [...] entre Londres (Museu Britânico), Paris, Suíça e Bélgica", nas palavras de seu filho, a segunda geração de exilados políticos.

A revolução estava no coração da cultura socialista dos exilados em que Serge nasceu: a esperança quintessencial, a intensidade quintessencial. "As conversas dos adultos tratavam de julgamentos, execuções, fugas e de estradas siberianas, com ideias grandiosas sendo debatidas incessantemente, e com os mais recentes livros sobre essas ideias." A revolução era o drama trágico moderno. "Nas paredes de nossos aposentos humildes e improvisados, havia sempre retratos de homens que haviam sido enforcados." (Um dos retratos, certamente, era de Nikolai Kibaltchitch, um parente distante de seu pai, que esteve entre os cinco conspiradores condenados pelo assassinato de Alexandre II.)

A revolução trazia perigos, o risco da morte, a probabilidade da prisão. A revolução trazia dificuldades, privação, fome. "Acho que se alguém me perguntasse aos 12 anos: 'O que é a vida?' (e eu frequentemente me perguntava isso), eu teria respondido: 'Eu não sei', mas posso perceber que significa '*Pensarás, lutarás, sentirás fome*'."

E assim foi. Ler a autobiografia de Serge é ser levado de volta a uma era que hoje parece muito remota em suas energias introspectivas, nas buscas intelectuais apaixonadas, no código de autossacrifício e na esperança imensa: uma era em que crianças de 12 anos, filhas de pais cultos, se faziam normalmente a pergunta "O que é a vida?". A mentalidade de Serge não era precoce para a época. Era a cultura que imperava nas casas de várias gerações de idealistas que liam vorazmente, muitos deles de países eslavos — os filhos da literatura russa, por assim dizer. Crentes fiéis na ciência e na capacidade de aprimoramento do ser humano, eles proveriam os soldados de vários movimentos radicais no primeiro terço do século xx; e seriam usados, decepcionados, traídos e, se por acaso vivessem na União Soviética, mortos. Em sua autobiografia Serge conta que seu amigo Pilniák teria dito em 1933: "Não há um único adulto pensante neste país que não tenha pensado que poderia ser fuzilado".

A partir do final da década de 1920, o abismo entre a realidade e a propaganda se ampliou drasticamente. Foi o clima de opinião que fez o corajoso escritor de origem romena Panaït Istrati (1884-1935) pensar em recolher seu destemido relato sobre uma estada de dezesseis meses na União Soviética em 1927-1928, *Vers une autre flamme* (Rumo a uma outra chama), por ordem de seu poderoso protetor literário francês, Romain Rolland, que, ao ser publicado, o fez ser rejeitado por todos os seus antigos amigos e apoiadores no mundo literário; e que levou André Malraux, como editor da Gallimard, a recusar a biografia crítica de Stálin escrita pelo russo Boris Souvarine (1895-1984; nome verdadeiro: Boris Lifchitz), por considerar o livro inimigo da causa da República espanhola. (Istrati e Souvarine, que eram amigos íntimos de Serge, formavam com ele uma espécie de triunvirato de escritores francófonos nascidos no exterior que, no final da década de 1920, assumiu o ingrato papel de denunciar a partir da esquerda — portanto, prematuramente — o que estava acontecendo na União Soviética.) Para muitos que viviam no mundo capitalista afetado pela Depressão, parecia impossível *não* simpatizar com a luta desse imenso país atrasado que tentava sobreviver e criar, segundo seus objetivos explícitos, uma nova sociedade baseada na justiça econômica e social. André Gide estava floreando apenas um pouquinho quando escreveu em seu diário, em abril de 1952, que estava disposto a morrer pela União Soviética:

> Na abominável aflição do mundo atual, o novo plano da Rússia agora me parece uma salvação. Não há nada que me convença do contrário! Os miseráveis argumentos de seus inimigos, longe de me convencer, fazem meu sangue ferver. E caso minha vida fosse necessária para garantir o sucesso da URSS, eu deveria dá-la imediatamente... assim como o fizeram, e o farão, tantos outros, e sem me distinguir deles.

Quanto ao que estava ocorrendo na URSS em 1932 — foi assim que Serge começou "O hospital em Leningrado", um conto que escreveu na Cidade do México em 1946 e que antecipa as narrativas de Soljenítsyn:

> Em 1932, eu morava em Leningrado [...]. Eram tempos difíceis, de escassez na cidade e fome nos vilarejos, de terror, de assassinatos secretos e perseguição a gerentes industriais e engenheiros, a camponeses, religiosos e àqueles que se opunham ao regime. Eu pertencia a esta última categoria, o que significava que à noite, mesmo nas profundezas do sono, eu jamais deixava de ouvir os ruídos na escada, atento a possíveis passos que anunciariam a minha prisão.

Em 1932, Serge escreveu para o Comitê Central do partido pedindo permissão para emigrar; o pedido foi recusado. Em março de 1933, foi preso novamente e, depois de um período em Lubianka, enviado para um exílio interno em Oremburgo, uma cidade erma na fronteira da Rússia com o Cazaquistão. A situação de Serge gerou protestos imediatos em Paris. No Congresso Internacional de Escritores em Defesa da Cultura, uma reunião estelar ocorrida em Paris em junho de 1935, presidida por Gide e Malraux, que foi o clímax dos esforços feitos pela Komintern a fim de mobilizar escritores progressistas sem afiliação para a defesa da União Soviética — isso no exato momento em que o programa de Stálin de julgamento e execução de todos os membros sobreviventes da Velha Guarda Bolchevique estava sendo iniciado —, "o caso de Victor Serge" foi levantado por vários delegados. No ano seguinte, Gide, que estava prestes a partir com um *entourage* numa turnê triunfal pela União

Soviética, vista como uma peça de propaganda importantíssima, foi visitar o embaixador soviético em Paris, solicitando a libertação de Serge. Rolland, ao retribuir uma visita oficial, levou o pedido ao próprio Stálin.

Em abril de 1936, Serge (com seu filho adolescente) foi levado de Oremburgo para Moscou, perdeu sua cidadania soviética, reencontrou sua esposa mentalmente fragilizada e a filha pequena e foi colocado num trem para Varsóvia — o único exemplo durante a era do Grande Terror em que um escritor foi libertado (ou seja, expulso da União Soviética) como resultado de uma campanha de apoio feita por estrangeiros. Sem dúvida, ajudou muito o fato de ele ter nascido na Bélgica e ser considerado um estrangeiro.

Depois de chegar a Bruxelas no final de abril, Serge publicou uma "Carta aberta" a Gide na revista francesa *Esprit*, agradecendo-lhe pela abordagem recente que ele fizera às autoridades russas na tentativa de recuperar os manuscritos de Serge que haviam sido confiscados e evocando algumas realidades soviéticas sobre as quais Gide poderia não ouvir falar durante sua turnê, tais como a prisão e o assassinato de muitos escritores e a total supressão da liberdade intelectual. (Serge já havia tentado contato com Gide no início de 1934, enviando uma carta para ele de Oremburgo, em que falava das concepções que os dois compartilhavam sobre a liberdade na literatura.) Os dois escritores conseguiram se encontrar secretamente várias vezes depois da volta de Gide, em Paris em novembro de 1936 e em Bruxelas em janeiro de 1937. Os relatos feitos por Serge em seu diário dão conta de que esses encontros ofereciam um contraste pungente: Gide, o perfeito exemplo de um escritor respeitado, o mestre que havia recebido o manto do Grande Escritor; e Serge, o paladino das causas perdidas, itinerante, empobrecido, sempre ameaçado. (É claro, Gide mantinha algum receio em relação a Serge — de ser influenciado, de ser enganado.)

A escritora francesa do período com quem Serge de fato se parece — no rigor da correção, no estudo incessante, na renúncia por princípio ao conforto, às posses, à segurança — é sua contemporânea mais nova e colega de militância política Simone Weil. É mais do que provável que os dois tenham se encontrado em 1936, pouco depois da libertação de Serge, ou em 1937. Desde junho de 1934, logo depois da prisão dele, Weil esteve entre aqueles que se comprometeram a manter vivo "o caso de Victor Serge" e a fazer protestos diretos às autoridades soviéticas. Eles tinham um amigo íntimo em comum, Souvarine; ambos escreviam regularmente para a revista sindical *La Révolution Prolétarienne*. Weil era bem conhecida por Trótski — aos 25 anos ela tivera um debate pessoal numa noite com Trótski durante uma breve visita dele a Paris em dezembro de 1934, quando Weil providenciou um apartamento dos pais para que ele realizasse uma reunião política clandestina — e aparece numa carta a Serge em julho de 1936, em resposta a uma sugestão de que ela colaborasse com a nova revista que Serge tinha esperanças de fundar. E, no fim do verão de 1936, durante os dois meses em que Weil foi voluntária da milícia internacional que combatia pela República Espanhola, seu principal contato político, que ela encontrou ao chegar a Barcelona, foi o dissidente comunista Julián Gorkin, outro amigo íntimo de Serge.

Os camaradas trotskistas foram os mais ativos na campanha pela liberdade de Serge, e enquanto esteve em Bruxelas, Serge aderiu à Quarta Internacional — o nome usado pela liga de apoiadores de Trótski —, embora soubesse que o movimento não apresentava uma alternativa viável às doutrinas e práticas leninistas que levaram à tirania stalinista. (Para Trótski, o crime foi ter fuzilado as pessoas *erradas*.) À partida dele para Paris em 1937, seguiu-se uma rixa pública com Trótski, que, de seu novo exílio no México, denunciou Serge como um anarquista dissimulado; por respeito e afeto a Trótski, Serge se recusou a responder ao ataque. Sem se deixar abalar pela desonra de ser visto como um vira-casaca, um traidor da esquerda, Serge, na contracorrente, publicou mais panfletos e dossiês sobre o destino da revolução, de Lênin a Stálin, e mais um romance, *S'il est minuit dans le siècle* (Meia-noite no século, de 1939), que se passava cinco anos antes, na maior parte do tempo em uma cidade remota que lembrava a Oremburgo para onde haviam sido deportados os membros perseguidos da Oposição de Esquerda. Foi a primeira representação do Gulag em um romance — mais apropriadamente, GULAG, o acrônimo para o vasto império carcerário interno cujo nome oficial em russo pode-se traduzir como Administração Central dos Campos. *Meia-noite no século* é dedicado aos camaradas do mais honrado dos partidos radicais na República espanhola, a dissidência comunista — ou seja, antistalinista —, o

Partido Obrero de Unificación Marxista (POUM); seu líder, Andrés Nin, executado por agentes soviéticos em 1937, era um amigo querido de Serge.

Em junho de 1940, depois da ocupação de Paris pelos alemães, Serge fugiu para o sul da França, chegando mais tarde ao abrigo criado pelo heroico Varian Fry, que, em nome de um grupo privado americano que se autodenominou Comitê de Resgate de Emergência, ajudaria cerca de 2 mil intelectuais, escritores, artistas, músicos e cientistas a encontrar uma maneira de sair da Europa de Hitler. Ali, na *villa* perto de Marseille batizada por seus moradores e visitantes — entre os quais André Breton, Max Ernst e André Masson — de Espervisa, Serge continuou a trabalhar no novo e mais ambíguo romance sobre o reinado de assassinato estatal na Rússia Soviética, que havia iniciado em Paris no começo da década de 1940. Quando um visto mexicano enfim chegou para Serge (Breton e os outros foram todos aceitos nos Estados Unidos), ele partiu em março de 1941 numa longa e precária viagem marítima. Detido para interrogatório e depois preso pelas autoridades do regime de Vichy quando o navio cargueiro fez uma parada na Martinica, detido novamente por falta de vistos de trânsito na República Dominicana, onde, durante sua estada forçada, escreveu um panfleto político destinado ao público mexicano (*Hitler versus Stálin*), e detido mais uma vez em Havana, onde, mais uma vez encarcerado, prosseguiu com seu romance, Serge só chegou ao México em setembro. Ele terminou *O caso Tuláiev* no ano seguinte.

No início do século XXI, não resta nada da aura controversa que o romance tinha à época. Nenhuma pessoa sã pode negar o sofrimento que o sistema bolchevique impôs ao povo russo. Naquele momento, o consenso era diferente e produziu o escândalo do relato desfavorável escrito por Gide sobre sua viagem, *Regresso da URSS* (1937): Gide continuou sendo, mesmo depois de sua morte, em 1951, o grande escritor de esquerda que havia traído a Espanha. A atitude foi reproduzida na notória recusa de Sartre de abordar o tema do Gulag alegando que isso desestimularia a justa militância da classe operária francesa. (*"Il faut pas faire désesperer Billancourt."*) Para a maioria dos escritores identificados com a esquerda naquelas décadas, ou que simplesmente se viam como contrários à guerra (e que se assustavam com a perspectiva de uma Terceira

Guerra Mundial), condenar a União Soviética era no mínimo problemático.

Como que para confirmar a ansiedade da esquerda, aqueles que não viam problemas em denunciar a União Soviética pareciam ser exatamente aqueles que não sentiam pudores em ser racistas ou antissemitas ou em mostrar desprezo pelos pobres; gente mesquinha, que jamais havia ouvido o canto da sereia do idealismo nem tinha sido tocada por qualquer empatia em relação aos excluídos e perseguidos. O vice-presidente de uma grande seguradora americana, que foi também o maior poeta americano do século XX, pôde acolher o testemunho de Serge. Portanto, a seção XIV do magistral e longo poema "Esthétique du mal", de Wallace Stevens, escrito em 1945, começa com:

> Victor Serge disse, "Eu segui seu raciocínio
> Com a inquietação inexpressiva que se pode sentir
> Na presença de um lunático lógico".
> Assim disse ele sobre Konstantinov. A Revolução
> É o objeto dos lunáticos lógicos.
> A política da emoção deve aparentar
> Ser uma estrutura intelectual.

O fato de soar estranho ver Serge evocado num poema de Stevens dá uma noção de quão completamente Serge foi esquecido, pois ele era realmente uma presença considerável em algumas das mais sérias e influentes revistas dos anos 1940. Stevens provavelmente era leitor da *Partisan Review*, e talvez mesmo da heterodoxa e radical revista *Politics*, de Dwight Macdonald, que publicavam Serge (e também Simone Weil). Macdonald e sua esposa, Nancy, foram a salvação para Serge, e não apenas em termos financeiros, durante os meses de desespero em Marseille e na viagem cheia de obstáculos, continuando a prestar assídua assistência depois que Serge e sua família já estavam no México. Patrocinado por Macdonald, Serge havia começado a escrever para a *Partisan Review* em 1938 e seguiu enviando artigos dessa última e improvável residência. Em 1942, ele se tornou correspondente no México da revista quinzenal anticomunista *The New Leader*, de Nova York (Macdonald desaprovou veementemente), e mais tarde começou a contribuir — por recomendação de Orwell — com a *Polemic* e com a *Horizon*, de Cyril Connolly, em Londres.

Revistas minoritárias; pontos de vista minoritários. Com excertos publicados primeiramente na *Partisan Review*, os magistrais retratos de Czeslaw Milosz da mutilação da honra do escritor, da consciência do escritor, sob o comunismo, *Mente cativa* (1953), eram objeto de desdém de grande parte do mundo literário americano, que via nos textos uma peça de propaganda da Guerra Fria, escrita por um emigrado polonês até então desconhecido. Suspeitas do gênero persistiram até os anos 1970: quando a crônica implacável e irrefutável de Robert Conquest sobre os massacres estatais dos anos 1930, *O Grande Terror*, apareceu em 1969, o livro pôde ser visto em muitos ambientes como controverso — suas conclusões talvez pouco úteis, suas consequências francamente reacionárias.

Aquelas décadas de vistas grossas para o que acontecia nos regimes comunistas, especificamente a convicção de que criticar a União Soviética significava dar apoio e consolo aos fascistas e aos belicistas, parecem quase incompreensíveis hoje. No início do século XXI, passamos a ter outras ilusões — outras mentiras que pessoas inteligentes com boas intenções e politicamente humanitárias contam a si mesmas e a seus apoiadores para não dar apoio e consolo a seus inimigos.

Sempre houve quem defendesse que a verdade por vezes é inconveniente, contraproducente — um luxo. (Isso é conhecido como pensamento prático ou político.) E, por outro lado, os bem-intencionados são compreensivelmente relutantes em abandonar compromissos, pontos de vista e instituições em que uma grande quantidade de idealismo foi investida. De fato, surgem situações em que a verdade e a justiça podem parecer incompatíveis. E a resistência em perceber a verdade pode ser ainda maior do que a resistência aos apelos da justiça. Parece que as pessoas têm uma facilidade excessiva em *não* reconhecer a verdade, especialmente quando isso pode significar ter de romper com (ou ser rejeitadas por) uma comunidade que oferece uma parte valiosa de sua identidade.

Um resultado diferente é possível caso se ouça a verdade da boca de alguém a quem se está disposto a ouvir. Como o Marquês de Custine, durante sua viagem de cinco meses pela Rússia um século antes, foi capaz — profeticamente — de compreender o quão centrais eram para essa sociedade as extravagâncias do despotismo, a submissão e as incansáveis mentiras contadas aos estrangeiros, que ele descreveu em seu diário na forma de cartas, *Cartas da Rússia*? Certamente teve peso o fato de que o amante de Custine era polonês, o jovem conde Ignacy Gurowski, que deve ter ansiado por lhe contar os horrores da opressão tsarista. Por que, dentre os visitantes de esquerda que foram à União Soviética na década de 1930, Gide foi quem não se deixou seduzir pela retórica da igualdade comunista e do idealismo revolucionário? Talvez ele tenha sido preparado para detectar a desonestidade e o medo de seus anfitriões pelas instruções inoportunas do inatacável Victor Serge.

Serge, modestamente, diz que bastam alguma clareza e independência para dizer a verdade. Em *Memórias de um revolucionário*, ele escreve:

> Eu me dou o crédito de ter conseguido ver com clareza o que estava acontecendo em algumas situações importantes. Isso, em si, não é algo difícil de fazer, nem é incomum. Acredito que se trate menos de uma questão de grande inteligência ou astúcia e mais de bom senso, boa vontade e uma espécie de coragem de se permitir ficar acima das pressões do seu ambiente e da tendência natural que temos de fechar os olhos aos fatos, uma tentação que surge de nossos interesses imediatos e do medo que os problemas nos inspiram. Um ensaísta francês disse: "O que é terrível quando você procura a verdade é que você acaba encontrando". Você encontra, e então não é mais livre para seguir as inclinações do seu próprio círculo, ou para aceitar os clichês da moda.

"O que é terrível quando você procura a verdade…" Uma máxima a ser pregada acima da mesa de todo escritor.

A ignominiosa obtusidade e as mentiras de Dreiser, Rolland, Henri Barbusse, Louis Aragon, Beatrice e Sidney Webb, Halldór Laxness, Egon Erwin Kisch, Walter Duranty, Lion Feuchtwanger, entre outros, estão praticamente esquecidas. E o mesmo vale para os que se opunham a eles, combatendo pela verdade. A verdade, uma vez obtida, é ingrata. Não temos como nos lembrar de todos. O que fica na lembrança não são os testemunhos, e sim… a literatura. A hipotética defesa para livrar Serge do oblívio que está à espera da maior parte dos heróis da verdade reside, enfim, na excelência de sua ficção, acima de tudo no romance *O caso Tuláiev*. Porém ser um escritor de literatura percebido apenas ou principalmente como um escritor didático; ser um escritor sem país, um país em cujo cânone literário sua ficção encontraria um lugar — tais elementos do destino complexo de Serge continuam a obscurecer esse livro admirável, arrebatador.

—

Ficção, para Serge, é verdade — a verdade da autotranscendência, a obrigação de dar voz àqueles que são mudos ou que foram silenciados. Ele desdenhava de romances sobre a vida privada, sobretudo de romances autobiográficos. "Existências individuais não tinham interesse para mim — especialmente a minha própria existência", ele observa em *Memórias*. Em uma entrada de seu diário (março de 1944), Serge explica o escopo mais amplo de sua ideia de verdade ficcional:

Talvez a mais profunda fonte seja a sensação de que a maravilhosa vida está passando, voando, esvaindo-se inexoravelmente, e o desejo de capturá-la em meio ao voo. Foi essa sensação desesperada que me moveu, lá pelos 16 anos, a perceber o instante precioso, que me levou a descobrir que a *existência* (humana, "divina") *é memória*. Mais tarde, com o desenvolvimento de uma personalidade mais rica, descobrem-se os seus limites, a pobreza do eu e seus grilhões, descobre-se que só se tem uma vida, uma individualidade para sempre circunscrita, mas que contém muitos destinos possíveis e [...] se mistura [...] a outras existências humanas, à Terra, e às criaturas, a tudo. A escrita então se torna uma busca pela polipersonalidade, um modo de viver diversos destinos, de penetrar nos outros, de se comunicar com eles [...] de escapar dos limites ordinários do eu [...]. (Sem dúvida, existem outros tipos de escritores, individualistas, que buscam apenas sua autoafirmação e só conseguem enxergar o mundo com seus olhos.)

O sentido da ficção estava em contar histórias, evocar mundos. Esse credo conduziu Serge, como autor de ficção, a duas ideias do romance aparentemente incompatíveis.

Uma é o panorama histórico, em que romances individuais têm seu lugar como episódios de uma história abrangente. A história, para Serge, era o heroísmo e a injustiça na primeira metade do século XX europeu, e podia ter começado com um romance ambientado nos círculos anarquistas na França pouco antes de 1914 (sobre os quais ele chegou a completar um volume de memórias, capturado pela GPU). Nos romances que Serge foi capaz de finalizar, a linha do tempo vai da Primeira à Segunda Guerra Mundiais — ou seja, de *Homens na prisão*, escrito em Leningrado no fim dos anos 1920 e publicado em Paris em 1930, a *Les Années sans pardon* (Os anos sem perdão), seu último romance, escrito no México em 1946 e só publicado em 1971, em Paris. (O romance ainda não foi traduzido para o inglês.) *O caso Tuláiev*, cujo tema é o Grande Terror dos anos 1930, tem seu lugar perto do fim do ciclo. Personagens reaparecem — uma característica clássica dos romances, como no caso de alguns livros de Balzac, concebidos como uma sequência —, embora não tanto quanto se poderia esperar, e nenhum deles é um alter ego, um substituto do próprio Serge. O alto-comissário de Segurança Erchov, o promotor Fleischman, a detestável *apparatchik* Zvéreva e o virtuoso membro da Esquerda Oposicionista Ryjik, de *O caso Tuláiev*, apareceram todos em *Ville conquise* (Cidade conquistada, de 1932), o terceiro romance de Serge, que se passa durante o cerco de Petrogrado, e provavelmente no romance perdido, *La Tourmente* (A tempestade), que era a sequência de *Cidade conquistada*. (Ryjik é também um importante personagem, e Fleischman uma figura menos central, de *Meia-noite no século*.)

Desse projeto temos apenas fragmentos. Porém, se Serge não se comprometeu obstinadamente com uma crônica, como no caso da sequência de romances de Soljenitsyn sobre a era Lênin, não é simplesmente porque não teve tempo de completar sua sequência, mas porque havia outra ideia do romance em ação, que de algum modo subvertia a primeira. Os romances históricos de Soljenitsyn são consistentes de um ponto de vista literário e não são melhores por isso. Os romances de Serge ilustram várias concepções diferentes de como narrar e com que finalidade. O "eu" de *Homens na prisão* (1930) é um meio para dar voz aos outros, muitos outros; é um romance de compaixão, de solidariedade. "Não quero escrever biografias", ele disse em uma carta para Istrati, que fez o prefácio do primeiro romance de Serge. O segundo romance, *Naissance de notre force* (O nascimento da nossa força, 1931), usa uma mistura de vozes — as primeiras pessoas "eu" e "nós" e uma terceira pessoa onisciente. A crônica em múltiplos volumes, o romance sequenciado, não era o melhor meio para o desenvolvimento de Serge como autor de literatura, porém permaneceu sendo uma espécie de posição padrão a partir da qual, sempre trabalhando sob assédio e com dificuldades financeiras, ele era capaz de gerar novas tarefas ficcionais.

As afinidades literárias de Serge, e muitas de suas amizades, se davam com os grandes modernistas dos anos 1920 — como Pilniák, Zamiátin, Serguei Iessiênin, Maiakóvski, Pasternak, Daniil Kharms (seu cunhado) e Mandelstam —, mais do que com realistas como Górki, um parente por parte de mãe, e Alexei Tolstói. Porém, em 1928, quando Serge começou a escrever ficção, a miraculosa nova era literária estava virtualmente encerrada, assassinada pelos censores, e em breve os próprios escritores, na maioria dos casos, seriam presos e assassinados ou cometeriam suicídio. O romance como grande panorama, a narrativa com múltiplas vozes (outro exemplo: *Noli me tangere*, do revolucionário filipino de fins do século XIX José Rizal), podia muito bem ser a forma favorita de um escritor com uma poderosa consciência política — a consciência política que certamente não era desejada na União Soviética, onde, Serge sabia, não havia chance de que ele fosse traduzido e publicado. Mas é também a forma de algumas das obras duradouras do modernismo literário, que gerou vários novos gêneros ficcionais. O terceiro romance de Serge, *Cidade conquistada*, é um trabalho brilhante em um desses gêneros, o romance que tem uma cidade como protagonista (assim como *Homens na prisão* tinha como protagonista "aquela máquina terrível, a prisão"), claramente influenciado por *Petersburgo*, de Biéli, e por *Manhattan Transfer* (ele cita Dos Passos como influência), e possivelmente por *Ulisses*, um livro que ele admirava imensamente.

"Eu tinha a forte convicção de estar mapeando uma nova estrada para o romance", Serge diz nas *Memórias*. Um viés pelo qual Serge não mapeia novos caminhos é sua visão das mulheres, que lembra os grandes filmes sobre os ideais revolucionários, de Eisenstein a Alexei German. Nessa sociedade de desafios — e provações, e sacrifícios — totalmente centrada nos homens, as mulheres mal existem, pelo menos não num sentido positivo, exceto por serem objeto do amor ou tutoras de homens tremendamente ocupados.

Pois a revolução, da maneira como Serge a descreve, é em si mesma um empreendimento heroico, masculino, investido dos valores da virilidade: coragem, ousadia, resistência, decisão, independência, a capacidade de ser brutal. Uma mulher atraente, uma pessoa passional, protetora, tenaz, muitas vezes uma vítima, não pode ter essas características masculinas; portanto, ela pode ser apenas uma parceira júnior de um revolucionário. A única mulher poderosa em *O caso Tuláiev*, a promotora bolchevique Zvéreva (que logo será também presa e executada), é repetidas vezes caracterizada por sua sexualidade pateticamente carente (numa cena ela aparece se masturbando) e pela repulsa física. Todos os homens no romance, perversos ou não, têm necessidades carnais desimpedidas e uma autoconfiança sexual sincera.

O caso Tuláiev relaciona várias histórias, destinos, num mundo densamente povoado. Além do elenco de mulheres solidárias, há pelo menos oito personagens principais: dois emblemas de insatisfação, Kóstia e Romáchkin, modestos funcionários solteiros que dividem um quarto com uma divisória num apartamento comunitário em Moscou — o romance abre com eles —, e os veteranos legalistas, carreiristas e sinceros comunistas Ivan Kondrátiev, Artiom Makêiev, Stefan Stern, Maxim Erchov, Kiril Rubliov e o velho Ryjik, que são, um a um, presos, interrogados e condenados à morte. (Apenas Kondrátiev é poupado e enviado a um posto remoto na Sibéria, por um capricho arbitrariamente benigno do "Chefe", como Stálin é chamado no romance.) Vidas inteiras são retratadas, e cada uma delas poderia render um romance. O relato da prisão engenhosamente encenada de Makêiev enquanto ele vai à ópera (no fim do capítulo 4) é em si um conto digno de Tchekhov. E o drama de Makêiev — seus antecedentes, a ascensão ao poder (ele é o governante de Kurgansk), a súbita prisão durante uma visita a Moscou, o encarceramento, o interrogatório, a confissão — é apenas uma das tramas elaboradas de *O caso Tuláiev*.

Nenhum interrogador é personagem importante. Entre os personagens secundários está a epítome ficcional de Serge do companheiro de viagem influente. Em uma cena posterior, ambientada em Paris, "o professor Passereau, ilustre nos dois hemisférios, presidente do Congresso para a Defesa da Cultura", conta à jovem emigrada Ksênia Popova, que em vão tenta fazer com que ele intervenha para ajudar o mais simpático entre os protagonistas velhos bolcheviques de Serge: "Tenho respeito absoluto pela justiça de seu país [...]. Rubliov sendo inocente, o Supremo Tribunal decerto lhe fará justiça". Quanto ao epônimo Tuláiev, a alta autoridade do governo cujo assassinato dá início à prisão e à execução dos demais, ele faz apenas uma brevíssima aparição logo no início do romance. Tuláiev está ali para ser assassinado.

O Tuláiev de Serge, ou pelo menos seu assassinato e suas consequências, parece obviamente remontar a Serguei Kirov, o chefe de organização do partido em Leningrado cujo assassinato em seu escritório em 1º de dezembro de 1934, por um jovem membro do partido chamado Leonid Nikolaiev, se tornou o pretexto para Stálin dar início aos anos de massacre seguintes, que dizimaram membros fiéis do partido e mataram ou mantiveram encarcerados por décadas milhões de cidadãos comuns. Pode ser difícil não ler *O caso Tuláiev* como um *roman à clef*, embora Serge, na nota preliminar, alerte explicitamente contra isso. "Este romance", ele escreve, "pertence à ficção literária. A verdade criada pelo romancista não poderá, de modo algum, ser confundida com a do historiador ou do cronista". Dificilmente alguém poderia imaginar Soljenitsyn prefaciando um de seus romances sobre Lênin com um alerta do gênero. Mas talvez seja o caso de crer em Serge — percebendo que ele ambientou seu romance em 1939. As prisões e julgamentos de *O caso Tuláiev* são sucessores ficcionais dos reais julgamentos de Moscou de 1936, 1937 e 1938, e não sua síntese ficcional.

Serge não está apenas dizendo que a verdade do romancista difere da verdade do historiador. Está afirmando, aqui apenas implicitamente, a superioridade da verdade do romancista. Serge fizera a afirmação mais contundente na carta a Istrati sobre *Homens na prisão*: um romance que, apesar "do conveniente uso da primeira pessoa do singular", não é "sobre mim", e nele "não quero nem mesmo me manter perto demais de coisas que realmente vi". O romancista, Serge prossegue, está atrás de "uma verdade mais rica e mais geral do que a verdade da observação". Essa verdade "por vezes coincide quase fotograficamente com certas coisas que vi; por vezes difere delas em todos os aspectos".

Afirmar a superioridade da verdade da ficção é um venerável lugar-comum literário (sua formulação mais antiga está na *Poética* de Aristóteles), e na boca de muitos escritores soa simplista e até mesmo providencial: uma permissão reivindicada pelo romancista para ser impreciso, ou parcial, ou arbitrário. Dizer que a afirmação de Serge não tem nada a ver com isso é apontar as evidências fornecidas por seus romances, sua incontestável sinceridade e a inteligência aplicada às verdades *vividas* recriadas na forma de ficção.

O caso Tuláiev jamais teve sequer uma fração da fama de *O zero e o infinito* (1940) de Koestler, um romance que trata supostamente do mesmo tema, mas faz a afirmação contrária, indicando uma correspondência entre ficção e realidade histórica. "A vida do homem N.S. Rubashov é uma síntese da vida de vários homens que foram vítimas dos chamados Julgamentos de Moscou", alerta ao leitor a nota preliminar de *O zero e o infinito*. (Acredita-se que Rubashov tenha sido baseado principalmente em Nikolai Bukhárin, tendo algo de Karl Radek.) A síntese, porém, é exatamente a limitação do drama de câmara de Koestler, que é ao mesmo tempo uma discussão política e um retrato psicológico. Uma era inteira é vista pelo prisma da provação de uma pessoa, com seu confinamento e interrogatório, intercalado com passagens de memórias, flashbacks. O romance abre com Rubashov, ex-Comissário do Povo, sendo empurrado para dentro de sua cela e a porta se fechando atrás dele, e termina com o carrasco chegando com as algemas, a descida ao porão da cadeia, e a bala na nuca. (Não é de surpreender que *O zero e o infinito* tenha sido transformado em uma peça na Broadway.) A revelação de *como* — ou seja, pela escolha de argumentos em vez do uso da tortura física — Zinoviev, Kamenev, Radek, Bukhárin, e os outros membros da elite governante bolchevique, puderam ser levados a confessar as acusações absurdas de traição feitas contra eles é a história de *O zero e o infinito*.

O romance polifônico de Serge, com suas muitas trajetórias, tem uma visão muito mais complexa dos personagens, do entrelaçamento entre política e vida privada, e dos terríveis procedimentos da inquisição de Stálin. E atira uma rede intelectual muito mais ampla. (Um exemplo: a análise que Rubliov faz da geração revolucionária.) Todos os presos, com apenas uma exceção, acabam confessando — Ryjik, que resiste, prefere fazer uma greve de fome e morrer —, porém apenas um lembra o Rubashov de Koestler: Erchov, que é convencido a fazer um último serviço para o partido, admitindo ter feito parte da conspiração para assassinar Tuláiev. "Cada um naufraga à sua maneira" é o título de um dos capítulos.

O caso Tuláiev é um romance bem menos convencional do que *O zero e o infinito* e *1984*, cujos retratos do totalitarismo provaram ser tão inesquecíveis — talvez porque esses romances tenham um único protagonista e contem uma única história. Você não precisa pensar nem no Rubashov de Koestler nem no Winston Smith de Orwell como heróis; o fato de que ambos os romances permanecem com seus protagonistas do começo ao fim força a identificação do leitor com a arquetípica vítima da tirania totalitária. Caso se possa dizer que o romance de Serge tem um herói, esse alguém está presente apenas no primeiro e no último capítulos, e não é uma vítima: Kóstia, o verdadeiro assassino de Tuláiev, que permanece insuspeito.

O assassinato, o homicídio está no ar. É disso que trata a história. Um revólver Colt é comprado de um fornecedor escuso — por nenhum motivo específico, exceto por ser um objeto mágico, de aço negro-azulado, que dá a sensação de potência quando escondido no bolso. Um dia, seu comprador, o insignificante Romáchkin, uma alma miserável e também (aos olhos dele mesmo) "um homem puro que só pensava em justiça", está andando perto do muro do Kremlin quando uma figura uniformizada, "farda sem insígnias, expressão dura, bigode volumoso, aquele homem inconcebivelmente carnal", surge, seguida por dois homens em trajes civis, a meros 10 metros de distância, depois a 2 metros para acender um cachimbo, e Romáchkin percebe que ganhou uma oportunidade de matar o próprio Stálin ("o Chefe"). Ele não o faz. Enojado com a própria covardia, ele dá a arma para Kóstia, que, ao sair numa noite de neve, observa um homem robusto num casaco com forro de pele e um gorro de astracã, com uma pasta debaixo do braço, saindo de um poderoso carro preto que acaba de estacionar em frente a uma residência privada, ouve o motorista se dirigir a ele como camarada Tuláiev — Tuláiev do Comitê Central, Kóstia percebe, o das "deportações em massa" e dos "expurgos universitários" — e vê que ele está dispensando o carro (na verdade, Tuláiev não pretende entrar na casa, e sim continuar a pé para um encontro sexual), quando, como se num transe, num momento de ausência, a arma sai do bolso de Kóstia. A arma explode, um súbito trovejar em um silêncio mortal. Tuláiev cai na calçada. Kóstia foge pelas ruas silenciosas e estreitas.

Serge torna o assassinato de Tuláiev quase involuntário, como o assassinato de um desconhecido pelo qual o protagonista de *O estrangeiro* (1942) de Camus vai a julgamento. (Parece muito improvável que Serge, vagando pelo México, possa ter lido o romance de Camus, publicado clandestinamente na França ocupada, antes de concluir seu próprio livro.) O desapaixonado anti-herói do romance de Camus é uma espécie de vítima, principalmente na falta de consciência de suas ações. Em contraste, Kóstia é pleno de sentimento, e seu *acte gratuit* é ao mesmo tempo sincero e irracional: a consciência que ele tem da iniquidade do sistema soviético age *por meio* dele. No entanto, a violência ilimitada do sistema torna inconfessável seu ato de violência. Quando, perto do fim do romance, Kóstia, atormentado pela quantidade extra de injustiça que seu ato gerou, envia uma confissão por escrito, sem assinatura, para o promotor-chefe do caso Tuláiev, Fleischman — ele próprio a poucos passos de ser preso — queima a carta, junta as cinzas e as esmaga com o polegar, e "com tanto alívio quanto triste sarcasmo" diz quase em voz alta para si mesmo: "Já não existe caso Tuláiev". A verdade, incluindo uma confissão verdadeira, não tem lugar no tipo de tirania que a revolução se tornou.

Assassinar um tirano é uma realização que pode evocar o passado anarquista de Serge, e Trótski não estava totalmente errado quando acusou Serge de ser mais anarquista do que marxista. Mas ele jamais deu apoio à violência anarquista: foram suas convicções libertárias que fizeram de Serge, desde cedo, um anarquista. Sua vida como militante lhe deu uma profunda experiência da morte. Essa experiência está expressa de maneira mais penetrante em *Cidade conquistada*, com suas cenas de assassinato como compulsão, orgia, necessidade política, mas a morte está no comando de todos os romances de Serge.

"Não cabe a nós sermos admiráveis", declara a voz de um aflito elogio à insensibilidade dos revolucionários, "Meditação durante um ataque aéreo", em *Nascimento da nossa força*. Nós, revolucionários, "devemos ser precisos, claros, fortes, inflexíveis, armados: como máquinas". (É claro, Serge está completamente comprometido, por temperamento e princípios, com aquilo que é admirável.) O tema principal de Serge é a revolução e a morte: para fazer uma revolução, é preciso não ter compaixão, aceitar a inevitabilidade de matar tanto inocentes quanto culpados. Não há limites para os sacrifícios que a revolução pode exigir. O sacrifício alheio; o sacrifício de si. Pois essa húbris, o sacrifício de tantos outros pela causa da revolução, virtualmente garante que mais tarde essa mesma violência sem compaixão se volte contra aqueles que fizeram a revolução. Na ficção de Serge, o revolucionário é, no sentido mais estrito e clássico, uma figura trágica — um herói que fará, que é obrigado a fazer, *aquilo que é errado*; e ao fazer isso flerta com a retribuição, com a punição, e terá de enfrentá-las.

Porém, na melhor ficção de Serge — trata-se de algo muito além de "romances políticos" —, a tragédia da revolução faz parte de um cenário maior. Serge se dedica a demonstrar a falta de lógica da história e da motivação humana e do curso das vidas individuais, que jamais podemos considerar como merecidos ou imerecidos. Assim *O caso Tuláiev* termina com os destinos contrastantes de suas duas vidas menos significativas: Romáchkin, o sujeito obcecado pela justiça, a quem faltou a coragem ou a desatenção para matar Stálin e que se tornou um burocrata de destaque (até o momento não expurgado) no Estado de terror de Stálin; e Kóstia, o assassino de Tuláiev, o sujeito que protestou apesar de si e que fugiu rumo a um humilde trabalho agrícola no extremo oriente da Rússia, rumo à despreocupação e a um novo amor.

A verdade do romancista — diferente da verdade do historiador — permite o arbitrário, o misterioso, o submotivado. A verdade da ficção inspira: pois há muito mais do que a política, e mais do que os caprichos do sentimento humano. A verdade da ficção encarna, como na pungente fisicalidade das descrições que Serge faz das pessoas e das paisagens. A verdade da ficção retrata as coisas pelas quais jamais poderemos ser consolados, afastando-as por meio de uma abertura com poderes curativos a tudo o que seja finito e cósmico.

"Quero explodir a lua", diz a menininha no fim de "Conto da lua não extinta" (1926), de Pilniák, que recria como ficção um dos primeiros extermínios de um possível futuro rival ordenados por Stálin (aqui chamado de "Número Um"): o assassinato, em 1925, do sucessor de Trótski no comando do Exército Vermelho, Mikhail Frunze, que foi forçado a passar por uma cirurgia desnecessária e morreu, conforme planejado, na mesa de operações. (A submissão posterior de Pilniák às diretrizes literárias de Stálin nos anos

1930 não evitou que ele fosse fuzilado em 1938.) Em um mundo de insuportáveis crueldade e injustiça, parece que toda a natureza deveria rimar com a tristeza e a perda. E de fato, Pilniák relata, a lua, como se respondendo ao desafio, desaparece. "A lua, roliça como a mulher de um mercador, nadou para trás das nuvens, cansada da perseguição." Mas a lua não será extinta. E o mesmo vale para a indiferença redentora, para a redentora visão mais ampla, que é a visão do romancista ou do poeta — o que não elimina a verdade da compreensão política, mas nos diz que há mais do que a política, mais, até mesmo, do que a história. A coragem... e a indiferença... e a sensualidade... e o mundo das criaturas... e a compaixão, a compaixão por todos, seguem vivos.

SUSAN SONTAG, escritora e ensaísta, nasceu em 1933 em Nova York e morreu em 2004. Este ensaio foi escrito como introdução à versão de *O caso Tuláiev* publicada nos Estados Unidos em 2004 pela *New York Review Books Classics*.

Tradução de Rogerio W. Galindo.

Primeira edição
© Editora Carambaia, 2019

Esta edição
© Editora Carambaia
Coleção Acervo, 2023

Título original
L'Affaire Toulaev – Un roman révolutionnaire
[Paris, 1948]

Posfácio
Unextinguished: The Case of Victor Serge by Susan Sontag.
© 2004, Susan Sontag, used by permission of The Wylie Agency (UK) Limited.

Preparação
Ivone Benedetti
Floresta (posfácio)

Revisão
Ricardo Jensen de Oliveira
Tamara Sender
Huendel Viana

Projeto gráfico
Bloco Gráfico

CIP-BRASIL. CATALOGAÇÃO NA PUBLICAÇÃO / SINDICATO NACIONAL DOS EDITORES DE LIVROS, RJ /
S491c / 2. ed. / Serge, Victor, 1890-1947 /
O caso Tuláiev: um romance revolucionário /Victor Serge; tradução Monica Stahel; posfácio Susan Sontag. [2. ed.] São Paulo: Carambaia, 2023. 392 p; 20 cm. [Acervo Carambaia, 28] /
Tradução de: *L'affaire Toulaev: un roman révolutionnaire*
ISBN 978-65-5461-003-2
1. Romance belga. I. Stahel, Monica. II. Sontag, Susan. III. Título. IV. Série
23-84624 / CDD 848.9933 / CDU 82-31(493)

Meri Gleice Rodrigues de Souza
Bibliotecária – CRB-7/6439

Diretor-executivo Fabiano Curi

Editorial
Diretora editorial Graziella Beting
Editoras Livia Deorsola e Julia Bussius
Editora de arte Laura Lotufo
Editor-assistente Kaio Cassio
Assistente editorial/direitos autorais Gabrielly Saraiva
Produtora gráfica Lilia Góes

Relações institucionais e imprensa Clara Dias
Comunicação Ronaldo Vitor
Comercial Fábio Igaki
Administrativo Lilian Périgo
Expedição Nelson Figueiredo
Atendimento ao cliente Meire David
Divulgação/livrarias e escolas Rosália Meirelles

Fontes
Untitled Sans, Serif

Papel
Pólen Bold 70 g/m²

Impressão
Bartira

Editora Carambaia
Av. São Luís, 86, cj. 182
01046-000 São Paulo SP
contato@carambaia.com.br
www.carambaia.com.br

ISBN
978-65-5461-003-2